ROBERT LYNDON

Robert Lyndon vit dans le Dorset, en Angleterre, où il exerce la profession de fauconnier. Après plus de dix ans de recherche, il a publié son premier roman, *La Quête* (Sonatine Éditions, 2013), qui a été traduit dans plus de vingt pays, puis *Le Feu divin* en 2016 chez le même éditeur.

LE FEU DIVIN

DU MÊME AUTEUR
CHEZ POCKET

LA QUÊTE
LE FEU DIVIN

ROBERT LYNDON

LE FEU DIVIN

Traduit de l'anglais
par Élodie Leplat

SONATINE ÉDITIONS

Titre original : *Imperial Fire*
Éditeur original : Sphere

MIXTE
Papier issu de sources responsables
FSC® C003309

Pocket, une marque d'Univers Poche,
est un éditeur qui s'engage pour la préservation
de son environnement et qui utilise du papier fabriqué
à partir de bois provenant de forêts
gérées de manière responsable.

ISBN : 978-2-266-27761-7
Dépôt légal : janvier 2018

À Sam et Caoileann, Andrew et Jane. Et à James…

Brève chronologie

1044 Première occurrence de la « poudre à canon » dans un manuel militaire chinois.

1066 *Octobre :* Guillaume, duc de Normandie, bat l'armée anglaise à Hastings et est couronné roi d'Angleterre en décembre. Quelques guerriers anglais expropriés se rendent à Constantinople pour s'enrôler dans la Garde Varègue, corps d'élite chargé de la protection de l'empereur byzantin.

1071 *Août :* une armée seldjoukide met en déroute les forces de l'empereur byzantin à Manzikert, ville située à l'est de la Turquie actuelle.

1076 La Chine interdit l'exportation du soufre et du salpêtre, deux composants de la poudre à canon.

1077 Suleyman ibn Kutalmish, un émir seldjoukide, fonde le sultanat indépendant de Roum en Anatolie occidentale.

1078 En échange de l'aide apportée par Suleyman pour combattre l'empereur byzantin, un rival convoitant le trône impérial autorise les Seldjoukides à s'installer à Nicée (actuelle

Iznik), ville située à moins de cent cinquante kilomètres de Constantinople.

1081 *Avril :* Alexis Ier Comnène usurpe le trône byzantin.

Mai : Robert Guiscard, duc normand d'Apulie, envahit les territoires byzantins sur la côte adriatique, prenant ainsi Corfou et assiégeant la ville portuaire de Dyrrachium, en Albanie actuelle.

Octobre : le duc Robert bat une armée dirigée par l'empereur Alexis à Dyrrachium.

Celui qui, habitué aux conforts de l'existence
et, fier et enflammé par le vin, ne subit
point comme une épreuve la vie en ville,
aura peine à croire comment moi, las,
j'ai dû faire des routes de l'océan mon foyer.
L'ombre de la nuit s'étirait, la neige venait du nord,
le gel entravait la terre ; au sol tombait la grêle,
le plus froid des grains. Mais à présent mon sang
s'échauffe à l'idée de me confronter
aux ruisseaux montagneux, au fouet salé de la houle ;
les désirs de mon cœur m'exhortent sans relâche
à entreprendre un voyage, à visiter le rivage
d'un lointain peuple étranger par-delà le grand large.
(Extrait du « Marin » [« The Seafarer »]
in le *Livre d'Exeter* [*Exeter Book*], Angleterre, Xe siècle)

Dyrrachium, 1081

I

L’escadron de Vallon entama la via Egnatia aux alentours de midi et parcourut à pas lourd la voie pavée en direction de l’ouest. Ils chevauchaient avec une détermination farouche, le regard fixe, les yeux injectés de sang, et trois jours plus tard – le 16 octobre –, au coucher du soleil, ils arrêtèrent leurs montures à bout de souffle sur une crête boisée qui surplombait la côte adriatique. Vallon se pencha en avant, les yeux plissés dans la lumière du soir. Le soleil, qui avait déjà à moitié sombré sous la mer, formait sur les flots un ruban de cuivre poli qui se déroulait jusqu’au port de Dyrrachium. À cette distance la ville n’était qu’une minuscule tache, trop lointaine pour qu’il pût discerner les positions normandes ou les dégâts infligés par leurs armes de siège.

Après avoir scruté l’horizon, Vallon étudia le campement byzantin situé à plus d’une lieue à l’intérieur des terres, retranché au centre d’un large rectangle au bord d’un cours d’eau sinueux. Un voile de poussière long d’un quart de lieue s’en échappait.

Il jeta un œil à Josselin, l’un de ses centurions.

« Manifestement, nous sommes la dernière roue du carrosse impérial. »

Josselin hocha la tête.

« À en juger par la taille de ces fortifications en terre, j'évaluerais notre force à plus de quinze mille. »

Vallon examina le terrain afin d'essayer de déterminer l'endroit où la bataille serait livrée. Dans la plaine au nord de la ville, conclut-il.

Il ne restait plus qu'un rai de soleil au-dessus de l'horizon et la mer s'était obscurcie en de profondes teintes violettes et indigo. Il se retourna et scruta le bout de la colonne. Ses troupes turkmènes somnolaient sur leur selle. Les autres hommes de l'escadron avaient pour la plupart mis pied à terre et étaient affaissés contre des chênes-lièges, leurs yeux rouges enfoncés dans des visages couverts de poussière. Lors des deux semaines précédentes, ils avaient traversé les Balkans sur deux cents lieues après avoir quitté la frontière danubienne de la Bulgarie, et désormais ils ressemblaient davantage aux survivants d'une bataille qu'à des guerriers sur le point de se lancer dans l'action.

En contrebas, depuis le flanc de la colline, leur parvenaient le cliquetis des cloches de moutons et le doux bruissement de l'eau vive. Quelques soldats remontaient déjà des outres et des barils à leurs camarades et à leurs montures assoiffées. Les trois centurions de Vallon restaient en selle en attendant ses ordres. Il se racla la gorge pour en évacuer la poussière.

« Ce sera l'enfer si on arrive au camp après la tombée de la nuit. On nous assommera de questions. Et on aura de la chance si on trouve un cantonnement avant l'aube. Nous allons nous reposer ici ce soir et nous entrerons dans le camp à potron-minet. Distribuez ce qu'il nous reste de vivres. »

Il se tourna alors vers Conrad, son commandant en second, un Germain originaire de Silésie.

« Capitaine, choisissez dix hommes, décrassez-les et informez le quartier général de notre arrivée. Transportez les blessés dans l'une des charrettes à provisions. Mendiez ou empruntez autant de nourriture que possible. Observez la situation et envoyez-moi un rapport.

— Oui, comte. »

Le rang de Vallon n'était pas aussi pompeux qu'il en avait l'air. En tant que *kome* d'un *bandon*[1], il commandait un escadron de légère et moyenne cavalerie qui comptait, à l'appel du matin même, deux cent quatre-vingt-seize hommes. Soit vingt de moins que lors de son départ de Constantinople pour rejoindre la frontière bulgare sept mois auparavant. On les appelait les Aubains : des mercenaires recrutés dans tout l'Empire byzantin et au-delà.

Quand l'équipée de Conrad partit, les ombres s'étalaient entre les arbres, les roues du chariot branlaient et grinçaient sur leur axe usé, cinq blessés bandés gisant au fond. Vallon dirigea son cheval vers le ruisseau en boitillant : conséquence d'un ligament déchiré au cours d'un combat à l'épée neuf ans plus tôt. Âgé de trente-neuf ans, il commençait à accuser le coup

1. *Bandon :* terme utilisé dans l'armée byzantine au Xe siècle pour désigner la plus petite unité militaire existante, composée de 200 à 400 hommes, et dirigée par un comte, ou *kome*. Tous les autres termes grecs en italique dans le texte désignent différents grades ou titres militaires au sein de cette même armée.

(*Toutes les notes sont de la traductrice.*)

des blessures et des chocs qu'il avait subis en plus de vingt ans de campagne.

La source surgissait à gros bouillons de la base d'un vieux chêne vert. Une fissure dans le tronc abritait une statue peinte de la Vierge berçant l'Enfant Jésus. Icônes, cloches et carillons éoliens étaient suspendus aux branches. Un vieillard au visage semblable à une bourse vide était assis au bord de l'eau, les bras fermement croisés sur la poitrine. Un garçon l'accompagnait, une main posée sur son épaule.

Vallon lui adressa un signe de tête.

« Que Dieu vous garde.

— Vos hommes me volent mon eau. »

Vallon s'agenouilla lourdement à côté de son cheval.

« Il me semble à moi qu'il n'y a pas une goutte de moins qu'à notre arrivée. »

Plein de ressentiment, le patriarche se balançait d'avant en arrière. Il avait les yeux voilés.

« Cette source est sacrée. Vous devriez payer pour vous y abreuver. »

Vallon se pencha, repoussa ses cheveux en arrière et, à l'aide de sa main en coupe, déversa de l'eau dans sa bouche desséchée. Extatique, il ferma les yeux à la sensation délicieuse du liquide frais qui glissait le long de sa gorge.

« Pour qui a soif, toutes les eaux sont sacrées. Mais qui payer ? Celui qui l'a créée ou l'homme qui la garde ? J'adresserais mes prières aux deux avec plaisir. »

Le vieillard marmonna dans sa barbe.

Vallon s'essuya la bouche puis d'un signe de tête désigna la plaine où des feux piquetaient la pénombre.

« Savez-vous ce qui se passe là-bas ? » Le vieux cracha.

« Meurtre, viol, vol : tous les maux qui font le cortège d'une armée. »

Vallon sourit.

« Je vais vous dire ce pour quoi je vais payer. »

Il alla pêcher quelques pièces dans sa bourse et les pressa dans la paume ridée de l'homme.

« Certains de mes hommes ont attrapé le mal des marais d'avoir passé trop de temps dans la plaine du Danube. Ils ne peuvent pas digérer les vivres trop grossiers. Si vous pouviez m'accorder un panier d'œufs, du lait et du pain frais… »

Le garçon s'empara des pièces et examina les effigies impériales.

« C'est des vraies, grand-père. »

Le vieillard plissa ses yeux aveugles.

« Vous n'êtes pas grec.

— Non, je suis un Franc. Que les tempêtes de la vie ont conduit jusqu'à ce lointain rivage. »

L'homme se releva péniblement.

« Francs, Anglais, Russes, Turcs… L'empire est infesté de soldats étrangers.

— Qui se battent pour en défendre les frontières pendant que vos seigneurs indigènes exhibent leurs tenues d'apparat à l'hippodrome. »

Le garçon conduisit son grand-père en bas de la colline. Vallon avala un souper de raisins secs et de biscuit, se passa une couverture sur les épaules et sombra dans le sommeil bercé par le tintement des cloches.

Le retour du garçon le réveilla.

« Voilà des œufs et du pain, mon seigneur. »

Vallon se frotta les yeux et, la tête tournée vers le sommet de la colline, lança :

« Capitaine Josselin, des vivres pour les invalides. »

L'officier parti, Vallon se courba afin d'étudier les feux de l'armée impériale qui formaient un quadrillage, tandis que les flammes des Normands entouraient la ville assiégée telles les perles d'un collier ardent. Sur l'armée normande, il savait simplement qu'elle était dirigée par Robert Guiscard, l'« Avisé », duc d'Apulie et de Calabre, un général de génie qui, arrivé en Italie comme simple aventurier, s'était taillé un duché en l'espace de quinze ans et s'était fait du pape un allié fidèle.

La lumière d'une torche au bout de la route apparaissait par intermittence entre les arbres. Des sabots claquaient. À la lueur du brandon couché par le vent, Vallon discerna un cavalier à la carrure massive qui menait un cheval de bât. Des langues de flammes dansaient devant une barbe nattée vermillon, une chevelure blonde clairsemée et une tunique rouge et or.

Les ombres s'agitaient sur son passage.

« Halte ! Qui va là ?

— Beorn le Timide, *primikerios* dans la Garde Varègue. Êtes-vous les hommes du comte Vallon ? Parfait. Conduisez-moi à lui. »

Vallon se leva avec un grand sourire.

« Je suis là, près de la source. »

Beorn se laissa glisser de son cheval, traversa le bois d'un pas pesant et empoigna Vallon dans une étreinte parfumée. L'impression de masse était justifiée. Cet homme devait se mettre de profil pour passer les portes, et sa poitrine était presque aussi profonde que large, pourtant en matière de toilette il était très délicat.

« Qu'est-ce que tu fabriques à te morfondre dans le noir ?

— Ça fait plusieurs semaines que nous chevauchons sans trêve, la fatigue m'a terrassé.

— Vous avez failli rater le festin. À propos. Je suis tombé sur ton centurion germain, il m'a dit que vous vous étiez nourris de vers pendant tout le dernier mois. J'ai apporté un peu de mangeaille. On ne peut pas se battre l'estomac vide. »

Vallon lui empoigna les mains.

« Mon cher ami. »

Beorn était un exilé comme lui, un comte anglais, vétéran des batailles de Stamford Bridge et de Hastings, il avait perdu sa propriété du Kent au profit des Normands. Vallon s'était lié d'amitié avec lui lors d'une campagne en Anatolie. Ils s'étaient mutuellement sauvé la vie et le lien s'était renforcé quand Beorn avait découvert que Vallon s'était rendu en Angleterre, parlait la langue du pays et avait voyagé dans le Grand Nord en compagnie d'un Anglais.

Le Varègue se tourna vers les sentinelles.

« Détachez ces paniers. Apportez-les par ici. »

Les sentinelles ployèrent sous le poids du chargement. Beorn ouvrit l'un des paniers et fouilla à l'intérieur.

« C'est pas le bon. Passez m'en un autre. »

Il fourragea dedans, poussa un grognement de satisfaction et sortit un poulet rôti.

« J'en ai apporté trois.

— Je ne peux pas me remplir la panse de viande alors que mes hommes rongent des biscuits rances.

— Toujours ce même vieux Vallon. J'ai orienté ton capitaine germain vers le maître du camp. D'ici minuit, tes hommes pourront se faire une ventrée de victuailles. On va se garder une volaille et tu peux faire ce que tu veux des autres. »

Il brandit une bouteille.

« Par contre, ça, c'est rien que pour nous deux. Un malvoisie parmi les meilleurs, importé de Chypre. Demande à tes hommes d'allumer un feu. Toi et moi on a un tas de choses à se raconter et tant que j'y suis, je veux voir ta trogne. »

Vallon s'esclaffa et héla ses centurions. Ils emportèrent la nourriture, et des soldats s'affairèrent à entasser du petit bois et des branches.

Comme le bois commençait à crépiter, Vallon tendit les mains au-dessus du feu.

« Ainsi donc nous sommes vraiment déterminés à combattre. »

Beorn arracha une cuisse de poulet qu'il passa à Vallon.

« Je prie Dieu que oui. L'empereur est arrivé hier. Deux jours de plus et tu aurais raté la bataille.

— Serait-ce le même empereur qu'à mon départ ? »

Voyant le front de Beorn se plisser, il ajouta :

« En neuf ans, Alexis est le quatrième sous lequel je sers. »

Beorn déchira un morceau de poulet avec les dents.

« C'est le même, sauf qu'Alexis n'est pas comme les autres. C'est un empereur soldat. Il a livré son premier combat contre les Seldjoukides à l'âge de quatorze ans, et depuis il n'a jamais été du côté des perdants. Rusé à la guerre comme en matière de diplomatie. »

Vallon désigna les feux qui tremblotaient dans la plaine.

« Je ne suis même pas sûr de savoir ce qui a conduit à cette confrontation. J'étais déjà parti pour le nord quand Alexis a été couronné, et l'ordre de me rendre à Dyrrachium m'est parvenu il y a quinze jours seulement. Les nouvelles mettent du temps à arriver jusqu'au Danube. »

Beorn leva un sourcil broussailleux.

« Vous vous êtes fait molester à la frontière ? J'ai vu les blessés dans le chariot.

— Les Petchenègues nous ont pourchassés au moment de la retraite. Envoyer mon escadron défendre la frontière contre des nomades à cheval c'est comme envoyer un chien attraper des mouches. C'est à la maladie plutôt qu'à l'action qu'on doit la plupart de nos pertes. »

Beorn rongeait un pilon.

« Le conflit couve depuis des années, en fait depuis que l'empereur Michel a été renversé après avoir offert la main de son fils à la fille du duc Robert. Ça a fourni au duc l'excuse dont il avait besoin pour lancer l'invasion. Il a levé l'ancre de Brindisi au mois de mai, s'est emparé de Corfou sans même livrer bataille et a marché sur Dyrrachium. Sa flotte a suivi, mais elle a perdu plusieurs navires dans un orage.

— Quelle taille fait son armée ? »

Beorn jeta son pilon dans le feu.

« Trente mille au départ, pour la plupart un ramassis de bougres réunis sans considération d'âge ni d'expérience militaire. Quand Alexis a eu vent de l'invasion, il a fait preuve d'intelligence en formant une alliance avec le doge de Venise. La dernière chose que veut le doge, c'est bien que les Normands contrôlent les voies d'accès à l'Adriatique. Il a lui-même pris la tête de la flotte vénitienne et surpris les bateaux normands : il en a détruit certains, éparpillé les autres. Puis il a mis le cap sur le port de Dyrrachium. La marine byzantine, à son arrivée, a rejoint les Vénitiens, et ensemble ils ont mis en déroute la flotte normande qui faisait blocus.

— Voilà un départ qui n'est pas des plus prometteurs pour la campagne de Robert.

— Ce n'est pas tout. Robert a assiégé la ville, mais elle est bien défendue par le *strategos* George Paléologue.

— J'ai servi sous ses ordres à l'est. Il n'y a jamais eu commandant plus courageux.

— Tu as raison. Non seulement il a tenu bon contre les catapultes et les beffrois de Robert, mais il a aussi porté une attaque contre l'ennemi en essayant de lancer des assauts depuis la ville et en détruisant l'un de leurs engins de siège. Il a même pris une flèche dans la tête et s'est battu toute la journée avec la pointe logée dans le crâne.

— Si Paléologue menace l'arrière normand, cela nous facilitera la tâche, même si on doit lutter à un contre deux.

— Il n'y aura pas une telle différence. Cet été la peste a emporté cinq mille hommes dans l'armée de Robert, dont plusieurs centaines de ses meilleurs chevaliers. »

Vallon s'esclaffa.

« Tu me fais presque de la peine pour lui. Combien d'hommes compte la force byzantine ?

— Environ dix-sept mille. Cinq mille venus des régiments macédoniens et thraces, mille Excubistes et Vestiaritai et mille Varègues. En plus des troupes indigènes et d'un régiment de vassaux serbes, on a à peu près dix mille auxiliaires turcs, dont la plupart nous ont été fournis par ton vieil ami, le sultan seldjoukide de Roum. »

Vallon fit la moue.

« À ta place, je ne me fierais pas trop à eux.

— Ne t'inquiète pas. Le combat sera réglé par la cavalerie lourde et mes Varègues. Nous avons attendu longtemps pour nous venger de notre défaite à Hastings.

— Connais-tu le plan de bataille ? » Beorn désigna les feux au loin.

« Dyrrachium est sise sur une langue de terre parallèle à la côte, dont elle est séparée par un marais. La citadelle se trouve au bout de cette langue de terre, reliée à la plaine par un pont. D'après ce que j'ai compris, l'empereur a l'intention d'envoyer une partie de ses forces de l'autre côté du marais pour attaquer les Normands par-derrière. Le reste de l'armée occupera la plaine en face du pont. »

Vallon sirota son vin.

« J'ai entendu dire que le fils de Guiscard était son commandant en second.

— Bohémond, confirma Beorn. Un fichu bagarreur doublé d'un soldat de première catégorie. Et ce n'est pas le seul proche de Guiscard qui se battra à ses côtés. Sa femme, Sikelgaite, chevauche au combat avec lui. »

Vallon s'étrangla.

« Tu te gausses.

— Aussi vrai que je vis. Elle est plus grande que la plupart des hommes et plus féroce qu'un lion. Faire la bête à deux dos avec elle, ça doit être quelque chose. »

Vallon songea à son épouse, Caitlin, elle-même une femme redoutable au tempérament de feu.

« As-tu des nouvelles de mon foyer ? »

Beorn resservit une coupe.

« Pardonne-moi. J'aurais dû commencer par là. J'ai dîné chez toi en août. Chaque fois que je la vois, dame Caitlin ressemble un peu plus à une reine, et tes filles n'auront aucune difficulté à trouver de bons partis. Leur compagnie réussit à Aiken, dont les talents se développent de jour en jour. »

Trois ans auparavant, Beorn avait demandé à Vallon s'il accepterait de prendre chez lui son fils alors âgé de treize ans comme écuyer ou porte-bouclier. La mère d'Aiken était morte, et Beorn voulait que son fils grandît en apprenant à parler grec et en adoptant les mœurs de ce peuple. Les Varègues anglo-saxons s'accrochaient encore à leurs propres langue et coutumes, allant même jusqu'à s'adresser à l'empereur en anglais. Si Vallon avait accepté, ce n'était pas seulement à cause des suppliques de Beorn. Caitlin, voyant la grande solitude du garçon, avait pressé son époux de le prendre sous son aile. Il serait le fils qu'elle n'avait pu lui donner.

Presque timidement, Beorn sortit une lettre de sous sa cape et la tendit par-dessus les flammes.

Vallon la lut et sourit.

« Pauvre Aiken. Il apprend à danser avec ma fille aînée comme partenaire.

— Un guerrier qui apprend à esquisser un pas de danse, c'est bien, non ?

— Bien sûr que oui. La vie ne se résume pas à trancher la tête de son ennemi. En tout cas, la danse n'est pas son seul apprentissage.

Il a une bonne écriture grecque et dit que ses précepteurs sont satisfaits de ses progrès en mathématiques et en logique. »

Beorn agita un doigt.

« Mais la carrière militaire reste son destin originel. Il a eu seize ans le mois dernier. Lors de ton prochain départ en campagne, tu le prendras avec toi. »

Vallon hésita.

« Les jeunes de seize ans ne sont pas tous endurcis au même degré. »

Beorn se pencha en avant.

« Et certains ne s'endurcissent qu'après avoir subi l'épreuve du feu. Promets-moi de prendre Aiken lors de ta prochaine campagne. Je sais que tu ne l'exposeras pas à de graves dangers tant qu'il ne sera pas prêt à les affronter.

— J'aimerais lui en parler avant, entendre quelles ambitions il nourrit. »

Beorn balaya d'une main cette considération.

« Il n'y a qu'une seule voie pour mon fils : il prêtera le serment du guerrier. Donne-moi ta parole, Vallon. Dans deux jours, nous partons au combat. Je pourrais être tué. J'affronterai ce sort sereinement si je sais qu'Aiken adoptera ma vocation. »

Vallon fit la moue.

« Dans deux jours ce sera peut-être moi qui serai raide mort, et à ce moment-là c'est ma dame qui fera appel à ta protection. »

Les traits de Beorn se tordirent. Il regardait fixement les flammes.

« J'ai attendu longtemps cette confrontation. La honte me brûle encore de ne pas avoir péri avec mon roi à Hastings. Cette fois-ci, nous écraserons le duc Robert, sinon nous périrons dans l'épreuve. »

Vallon toucha l'épaule de son ami.

« Ce n'est pas avec cette attitude qu'on gagne les combats. »

Beorn leva la tête, les yeux rouges à la lumière des flammes. Il rit.

« Tu as toujours été le rusé qui vit pour se battre un jour de plus. »

Il leva brusquement une main.

« Si je meurs, promets-moi que tu feras d'Aiken un guerrier. »

Vallon leva la main à son tour.

« Je le jure. »

Beorn se redressa d'un bond et lui asséna une bourrade.

« Je t'ai tenu trop longtemps loin de ta couche. Tu ne t'inquiètes pas au sujet de la bataille, dis-moi ?

— Pas particulièrement. »

Beorn partit d'un rire tonitruant.

« Parfait. Le destin épargne toujours le guerrier optimiste. »

Vallon esquissa un pâle sourire.

« Mon vieil ami Raul le Germain disait la même chose. »

Beorn baissa les yeux, son visage de brute adouci.

« Et il avait raison. »

Au lever du jour, Vallon fit descendre son escadron au camp byzantin. Bannières et étendards flamboyaient à travers la poussière soulevée par des milliers de chevaux. Le centurion Conrad vint à sa rencontre au niveau du rempart extérieur et lui fit traverser ce chaos maîtrisé pour se rendre au quartier général du Grand Domestique, le maréchal de l'empereur. Un général grec accueillit Vallon avec une suspicion mal dissimulée.

« Un peu plus et vous arriviez trop tard. Normalement vous avez dû recevoir votre feuille de route au début du mois de septembre.

— Elle ne m'est parvenue qu'il y a deux semaines, et les Petchenègues étaient tellement désolés de nous voir partir qu'ils nous ont pourchassés jusqu'à mi-chemin de Nicopolis. »

Devant cette subtile insubordination, le général plissa les yeux.

« J'espère que votre escadron est apte au combat. »

Vallon savait qu'il était inutile d'expliquer que ses hommes et ses chevaux étaient épuisés.

« J'exécuterai les ordres avec zèle. »

Le lent hochement de tête du général trahit son manque de conviction.

Vallon se racla la gorge.

« Je sollicite votre permission d'aller repérer les positions ennemies. Mon escadron sera plus efficace si nous connaissons la disposition du terrain. »

Le général n'avait pas une haute opinion de Vallon. À l'instar de la majorité des commandants byzantins indigènes, il voyait d'un mauvais œil que les défenseurs de l'empire fussent en grande partie composés de mercenaires étrangers.

« Fort bien. Assurez-vous d'être de retour longtemps avant la tombée de la nuit. Après le coucher du soleil, le camp est bouclé. Personne ne sort, personne n'entre.

— Vous avez entendu ça ? lança Conrad alors qu'ils partaient. Ça doit vouloir dire que l'empereur a l'intention de donner l'assaut demain. »

Accompagné de ses trois centurions et d'une escouade d'archers à cheval, Vallon partit en reconnaissance, se dirigeant vers une crête basse à environ une demi-lieue de la ville. De là il pouvait voir les brèches qu'avaient percées les trébuchets normands dans les murs de la citadelle. Il distinguait aussi le chenal marécageux à travers lequel l'empereur avait l'intention d'envoyer une partie de son armée.

« Si Alexis a eu l'idée de ce stratagème, on peut être sûrs que Guiscard a eu la même. Messires, j'ai l'impression que le sang va couler à flots. »

Il s'attarda longtemps de façon à graver les particularités du terrain dans son esprit. La saison avait été sèche, et les Byzantins avaient mis le feu aux champs afin de priver les envahisseurs de nourriture, laissant une plaine nue, ondoyante et idéale pour la cavalerie.

Il retourna au camp dans une lumière de miel, et il avait à peine posé pied à terre que Beorn accourut et lui empoigna le bras.

« Viens. L'empereur tient son dernier conseil de guerre. »

Ils se dirigèrent vers l'étendard à l'aigle bicéphale qui flottait au-dessus du quartier général impérial, un large pavillon en soie entouré par trois rangées de gardes. Un autre mur de sentinelles tenait en respect une foule d'officiers qui se pressaient autour du cordon intérieur.

L'un des soldats arrêta Vallon d'un geste de la main.

« Le comte est avec moi », expliqua Beorn, le mur humain cédant devant sa carrure.

Sans prêter attention aux regards noirs, Vallon le suivit à travers la mêlée d'officiers jusqu'à avoir une vue dégagée de l'empereur. Alexis Ier Comnène, debout sur une estrade, était en pleine discussion avec ses commandants supérieurs. Au premier abord sa silhouette n'était pas particulièrement imposante : un visage pâle qu'éclipsait presque une barbe noire hérissée, une poitrine pareille à celle d'un pigeon boulant. Sans sa couronne et son uniforme de parade – un corselet d'armure lamellaire dorée porté sur une tunique violet et or – personne n'aurait deviné son rang et son titre haut placés.

Vallon reconnut quelques-uns des généraux. L'homme blond vêtu d'une tunique rouge garance et d'une cape fermée au niveau de l'épaule par une fibule sertie de bijoux était Nabites, le « Croque-mort », le commandant suédois des Varègues. L'homme corpulent à sa droite était le Grand Domestique. L'un des généraux, maigre, hagard et sérieux, semblait se quereller avec l'empereur.

Vallon donna un coup de coude à Beorn.

« C'est Paléologue, commandant de la citadelle.

— Oui. Il s'est échappé de Dyrrachium à l'arrivée de l'empereur et il y retournera ce soir de façon à pouvoir synchroniser son attaque contre les Normands, expliqua Beorn en se frottant les mains. Tout se déroule en notre faveur. »

Vallon vit Paléologue reculer d'un pas et secouer la tête d'un air contrarié.

« Il ne partage pas ton optimisme. »

Alexis se tourna pour observer la foule, et son regard bleu perçant transforma l'impression que Vallon avait eue de lui. D'une main, il intima le silence, maîtrisant son élocution à la perfection.

« Les discussions sont terminées, les tactiques validées. Reposez-vous bien ce soir, car demain nous bouterons les envahisseurs à la mer. »

Il eut un sourire désarmant.

« À moins que l'un d'entre vous n'ait une remarque susceptible d'ébranler ma décision. »

Les bruyants soupirs de soulagement ou d'inquiétude cédèrent place à un silence pesant.

Les mots sortirent de la bouche de Vallon presque malgré lui.

« Je ne vois aucune raison impérieuse de risquer la bataille. » Beorn lui agrippa le bras. Des visages incrédules se retournèrent vivement. Un général s'extirpa de la foule, rouge de colère.

« Qui diable êtes-vous pour questionner Sa Majesté Impériale ?

— Ce n'était pas une question, rétorqua Vallon.

— L'opinion de je ne sais quel couard de mercenaire n'intéresse pas l'empereur. »

Alexis leva son bâton orné de bijoux.

« Laissez-le parler », dit-il dans un grec attique raffiné.

Il se pencha en avant, ses sourcils noirs haussés en une interrogation polie :

« Et vous êtes ?

— Comte Vallon, commandant de l'escadron des Aubains. »

Il s'exprimait en un grec démotique maladroit et entendit des hommes prononcer le mot *ethnikos*, « étranger », assaisonné d'une pincée d'épithètes injurieuses.

Alexis se pencha davantage.

« Expliquez la raison de votre frilosité. »

Il agita son bâton pour faire cesser la bousculade rageuse autour de Vallon.

« Non, s'il vous plaît. J'aimerais entendre la réponse du Franc.

— Ce n'est pas la pleutrerie qui me pousse à parler », expliqua Vallon.

Il voyait un scribe noter ses propos. Il prit son inspiration.

« L'hiver approche. D'ici un mois, les Normands ne seront plus en mesure d'avancer, même s'ils s'emparent de la ville. Ils ne peuvent pas non plus se replier en Italie. Ils ont déjà subi de sérieux revers : la destruction de leur flotte, les ravages de la peste. Leur armée est principalement composée de conscrits réticents. Laissez-les pourrir sur pied. »

Paléologue hochait la tête et Alexis jeta un œil alentour, à l'affût des regards éloquents d'autres commandants, avant de se retourner vers Vallon. Il avait tout l'air d'un homme ouvert à la discussion.

« Certains de mes généraux partagent votre opinion. »

Son expression se durcit, il leva la voix, et son regard bleu incendia l'auditoire.

« Je vais vous dire – à vous tous – ce que je leur ai répondu. »

Il laissa un silence tendu s'installer avant de poursuivre.

« Il est vrai que les Normands ont subi des épreuves. Si nous nous retirons, il est fort possible qu'ils essaient de retourner en Italie pour l'hiver. Mais au printemps prochain ils reviendront, avec une armée et une flotte plus importantes et la perspective d'une saison entière de campagne lucrative. Quant à nous, nous avons déjà retiré nos armées de nos derniers bastions en Anatolie, les laissant ainsi exposés aux attaques des Seldjoukides. Non, c'est maintenant que nous sommes à notre pleine puissance. C'est maintenant qu'il faut attaquer. »

Des centaines de poings fendirent l'air autour de Vallon. Le rugissement des salutations à l'empereur se répandit jusqu'à ce que les Normands, à un peu plus d'une lieue de là, ne pussent plus douter aucunement que l'ordre de bataille avait été lancé.

Beorn éloigna Vallon de force, écartant brutalement un officier qui s'accrocha au Franc et lui cracha au visage. Une fois loin de la cohue, le Varègue fit faire volte-face à Vallon.

« Quelle mouche t'a piqué de braver l'opinion de l'empereur ? Tu viens de mettre un terme à ta carrière et de ruiner mes chances d'être promu commandant des Varègues.

— J'ai dit la vérité comme elle m'apparaissait. Comme la connaît Paléologue grâce à des mois d'expérience. »

Beorn projeta la mâchoire en avant. Il avait une respiration saccadée.

« Imbécile. La vérité est celle que désire l'empereur. » Estomaqué, le souffle court, il disparut dans la foule, laissant Vallon seul. Un officier byzantin percuta le Franc et d'autres lui soufflèrent au visage des réflexions sur sa lâcheté. Les traits impassibles, la main sur l'épée, Vallon partit rejoindre son escadron, sans savoir que la destinée avait arrêté son œil indifférent sur Beorn et qu'il ne lui reparlerait plus.

II

Pas de lune à la veille de la bataille. Rien de visible hormis la lueur floue des feux de camp normands qui brûlaient autour de la ville. Seuls le tintement du métal et le crissement du harnachement des chevaux signalaient à Vallon que son escadron en formation l'entourait. Devant lui, des sabots martelèrent le sol puis s'arrêtèrent. Il entendit un échange de mots de passe et après quelques instants Conrad arriva à ses côtés.

« Vous aviez raison, comte. Les Normands ont quitté la ville et avancent sur la plaine.

— Allez prévenir le Grand Domestique. »

La lumière du jour peinait à percer la brume épaisse le long de la côte, des silhouettes fantomatiques menaçantes sortaient par intermittence de l'obscurité, jusqu'à ce qu'enfin le soleil se levât au-dessus des collines et que les vapeurs se dispersassent, dévoilant l'armée normande déployée en formations sur une demi-lieue de plaine, dressée en une immobilité parfaite, les bannières flasques et les cottes de mailles couleur plomb dans la lumière blafarde. Plus loin, Vallon voyait la flotte vénitienne et byzantine ancrée à l'extérieur de la baie au sud de Dyrrachium, où elle faisait blocus.

Un piétinement de milliers de pieds et de sabots à glacer le sang annonça l'approche de l'armée byzantine. Fidèle à la tradition forgée dans la bataille, elle se déployait en trois formations principales, l'empereur au centre et un régiment conduit par son beau-frère à sa droite. Sur la gauche, le côté le plus proche de Vallon, se trouvait le *tagma* commandé par le Grand Domestique, dont les troupes étaient revêtues de cuirasses de fer scintillantes, de jambières et de heaumes prolongés par des colletins de maille pour protéger le cou, et les chevaux ceints d'une armure d'écailles de cuir de bœuf, la tête protégée par des masques de fer, si bien qu'hommes et bêtes ressemblaient davantage à des machines qu'à des êtres de chair et de sang. Les hommes de Vallon portaient de simples armures en cuir ou en maille rouillées et tachées d'avoir été longuement exposées aux éléments.

L'armée impériale s'aligna sur la position de Vallon, à moins d'une demi-lieue du front normand. Le Grand Domestique avait positionné l'escadron de Vallon à l'extérieur sur le flanc gauche, près de la côte. L'intervention du Franc la veille au soir l'avait catalogué comme trop peu fiable pour occuper une position plus centrale. Il ne s'inquiétait pas. Ses hommes étaient des cavaliers et des escarmoucheurs. Quelle que fût la tournure de la bataille, il pourrait fort bien ne pas voir l'ombre d'une action ce jour-là. Comme l'avait dit Beorn, l'issue du combat serait déterminée par la cavalerie lourde et l'infanterie.

Un mouvement à l'arrière des forces byzantines annonça l'arrivée à cheval de la Garde Varègue, dont les haches à double tranchant miroitaient à la lumière du soleil. Les soldats mirent pied à terre et se placèrent en carré à une cinquantaine de toises devant l'étendard de l'empereur. Une fois que les palefreniers eurent éloigné leurs montures, un escadron de cavalerie légère alla combler au petit galop l'espace entre les Varègues et le centre impérial. C'étaient des Vardariotes, des archers équestres d'élite recrutés en Macédoine parmi des Magyars christianisés.

Des prêtres bénirent les régiments, la fumée de leurs encensoirs se répandait à travers la plaine. L'escadron de Vallon prêta voix au Trisagion, l'hymne des guerriers : « Saint Dieu, Saint Fort, Saint Immortel, aie pitié de nous. » Musulmans et païens chantaient avec autant de ferveur que leurs camarades chrétiens.

Désormais le soleil automnal rasant se reflétait sur les lignes des Normands et illuminait les étendards éclatants portés par les unités byzantines. Vallon jeta un œil à sa propre bannière, dont les cinq fanions triangulaires s'agitaient sous la brise matinale. L'appel d'un clairon le fit frémir. Des trompettes retentirent, des tambours résonnèrent, et leurs notes se répercutèrent dans sa poitrine. Avec un cri qui lui fit dresser les cheveux sur la nuque, les Varègues commencèrent leur avancée. La réponse des Normands leur parvint assourdie et sinistre par-delà le champ de bataille ; dans le ciel, des hirondelles en route vers le sud quêtaient les insectes.

Les Varègues progressaient à grandes enjambées en entonnant leur hymne de bataille : leurs haches gigantesques pendaient à leur épaule gauche et leurs boucliers étaient attachés dans le dos, inutiles. Vallon ne pouvait réprimer son admiration. Ni son angoisse.

Comment des soldats d'infanterie, qu'importe leur courage et leur talent, pouvaient-ils résister à une charge de lanciers à cheval ? Il enfonça son heaume, leva la main puis l'abattit sèchement.

« Avancez ! »

Ils partirent au pas en restant à la hauteur des Varègues. Quand la distance entre les deux armées se fut réduite de moitié, un détachement de cavalerie normande sortit du centre et chargea les Varègues tête baissée. La Garde s'arrêta et referma les rangs.

« C'est une feinte », commenta Vallon.

Au son d'une trompette, la phalange varègue se sépara en deux afin d'ouvrir un couloir aux Vardariotes, qui s'y engouffrèrent au galop. Une fois arrivés au bout, ils tirèrent leurs flèches sur la cavalerie avant de faire volte-face et de venir se repositionner le long des flancs des Varègues.

Le carré se referma et reprit sa progression. La cavalerie normande forma un arc de cercle avant de lancer une nouvelle charge, que les Varègues et les Vardariotes contrèrent avec la même méthode. Les Normands feintèrent encore, et cette fois-ci les Vardariotes contournèrent les Varègues en déchargeant leurs flèches sur la cavalerie à une portée de vingt-cinq toises tout au plus. Vallon vit des cavaliers faire la culbute et des chevaux s'écrouler.

« Voilà qui les a piqués », dit Conrad.

Juste en face de leur position, l'aile droite de Guiscard lança ses chevaux au trot à coups d'éperons, et traversa le champ de bataille.

« C'est parti », commenta Vallon.

La gorge serrée, il regarda la formation charger d'abord au trot enlevé, puis au galop, le flanc gauche des

Varègues. Les flèches des Vardariotes furent impuissantes à les arrêter. Comme la masse des chevaux pénétrait violemment la formation varègue, Vallon frémit, se prit la tête à deux mains quand il la vit fléchir, se pencha sur ses étriers quand il la vit ralentir et commencer à faire tournoyer les épées. Le tumulte du combat se répercutait à travers toute l'arène poussiéreuse : le choc du fer, l'impact barbare des lourdes haches pulvérisant chair et os, les cris sanguinaires, les hurlements des bêtes blessées et des hommes à l'agonie.

Vallon se cala sur sa selle.

« Ils tiennent bon.

— Escarmouche à droite », lança Conrad.

Le Franc balaya du regard le front byzantin avant de reporter son attention sur la lutte macabre au centre. L'attaque portée sur le flanc gauche des Varègues s'était enlisée. Leurs redoutables haches avaient fait un massacre : un mur de carcasses de chevaux se dressait. La cavalerie ne parvenait pas à se frayer un passage, et tandis que les montures tournoyaient et se cabraient, les Vardariotes les arrosaient de flèches tirées à bout portant.

Conrad se tourna.

« Pourquoi Guiscard ne fait-il pas avancer son centre ? »

Vallon se passa un doigt sur les dents.

« Je ne sais pas. C'est bien ce qui m'inquiète. »

Incapable de briser le carré varègue, impuissante contre les archers, la cavalerie normande fit tourner bride à ses chevaux et commença à s'éloigner, d'abord au compte-gouttes puis dans un flot continu, soulevant une vague de poussière qui dissimulait les formations.

Vallon se dressa sur ses étriers.
« Non ! »

Silhouettes floues dans le voile de fumée, les Varègues, pareils à une meute, s'élancèrent à la poursuite de leur adversaire honni. À sa barbe vermillon, Vallon reconnut Beorn qui menait cette charge inconsciente. Le Franc talonna son cheval et galopa vers le régiment du Grand Domestique en agitant le bras pour indiquer qu'il n'y avait pas de temps à perdre.

« Suivez-les ! »

Quelques cavaliers lui jetèrent un œil avant de reporter leur attention sur l'action, comme s'il s'agissait d'un spectacle mis en scène pour leur bon plaisir.

Vallon retourna à toute vitesse vers sa formation.

« À leurs trousses ! hurla-t-il. N'attaquez pas sans mon ordre. »

Les éperons claquèrent sur les flancs, et son escadron se lança au galop à la poursuite des Normands en fuite et des Varègues en chasse. Ici et là des poches de cavalerie qui s'étaient retournées contre l'ennemi se retrouvèrent encerclées et abattues.

Conrad se porta à la hauteur de Vallon.

« Ce n'est pas une feinte. C'est une déroute.

— Pour l'instant, oui », répondit Vallon sans ralentir.

Et pendant un moment ce le fut. Dans la panique de la bataille, l'aile droite normande s'enfuyait vers la mer. Quelques soldats se dépouillèrent de leur armure et plongèrent pour essayer de rejoindre leurs bateaux. Les autres grouillaient le long du rivage sans savoir de quel côté se tourner. Un détachement de cavalerie normande et d'arbalétriers conduit par une silhouette dont la chevelure blonde s'échappait sous le heaume s'interposa entre eux et les Varègues. La femme soldat galopait d'avant en arrière, châtiant les pleutres, exhortant la cohue à se regrouper et à s'unir contre l'ennemi.

« C'est donc vrai, dit Vallon. C'est Sikelgaite, l'épouse de Guiscard. »

Cette intervention provoqua un revirement. Seuls ou par deux, puis par groupes de dix et de vingt, les cavaliers se rassemblèrent et firent volte-face. Sur la plaine, les Varègues étaient éparpillés sur plus d'un quart de lieue. Après avoir mené un combat violent, ils continuaient sur leur lancée, lestés par leur armure, pour exterminer leur vieil ennemi. Sans adopter de formation, épuisés, ils étaient incapables de présenter la moindre défense concertée face à la contre-attaque normande.

Vallon contempla la boucherie qui s'ensuivit avec une incrédulité rageuse. Beorn n'avait eu de cesse de lui raconter comment la retraite feinte des Normands à Hastings avait conduit le mur de boucliers anglais à sa perte. Et voilà que l'histoire se répétait.

Conrad caracolait à ses côtés.

« Nous pourrions faire la différence.

— Non. »

Certains Varègues, dont Nabites, leur commandant, parvinrent à battre en retraite vers les lignes byzantines. D'autres luttaient pour se frayer un passage au milieu des Normands, rassemblant des survivants, se dirigeant vers une minuscule chapelle isolée non loin de la mer. Le temps de parvenir à la bâtisse, leur nombre avait dû se réduire à environ deux cents : un quart de la force qui s'était élancée si courageusement moins d'une heure auparavant.

La chapelle était trop exiguë pour tous les abriter, et ils furent si nombreux à être obligés de se réfugier sur le toit que la structure s'effondra : les hommes tombèrent au milieu de leurs camarades. Déjà les Normands s'activaient à mettre le feu au bâtiment en amassant des broussailles tout autour des murs et en jetant des tisons embrasés par-dessus les avant-toits. Des flammes léchèrent les pierres avant de s'élever en bannières de fumée. La charpente craquait, Vallon entendait les cris d'hommes brûlés vifs.

La porte se fracassa et une dizaine de Varègues se ruèrent dehors, menés par Beorn, la barbe calcinée et le front cloqué. Il transperça un Normand qui sous le choc se plia en deux comme un gond, puis dix hommes le rouèrent de coups, comme on pousse un rat à sortir d'une meule de foin à la période des moissons.

« Voilà Paléologue », lança Conrad.

Sa garnison sortait au galop de la citadelle. Elle rencontra presque aussitôt une résistance féroce, et sa saillie partit à vau-l'eau.

« Trop peu, trop tard », commenta Vallon.

Un chœur de cris de guerre annonça une charge menée par le régiment de Guiscard contre le centre exposé de l'empereur.

« Arrière ! » hurla Vallon.

Guiscard à sa tête, la cavalerie normande fondait sur l'étendard impérial, balayant les archers Vardariotes qui leur barraient le passage. Handicapée par ses couches d'armure, la force impériale avançait pesamment pour faire face à l'attaque, et les deux camps se percutèrent avec une violence dévastatrice.

Des tourbillons de poussière obscurcissaient le champ de bataille. Vallon poussa son cheval vers ce nuage, il peinait à distinguer les deux camps.

« Les Normands ont brisé le centre ! » s'écria-t-il.

Ils avaient fendu la formation byzantine, où ils s'étaient profondément enfoncés.

Après s'être assuré de la présence de son escadron à ses côtés, le Franc tira son cheval sur la gauche.

« Plus près ! Restez en formation ! »

Il se dirigea vers l'étendard impérial, unique point fixe sur le champ de bataille. Mais il se rendit alors compte qu'en réalité il n'était pas fixe. Il avait été retourné et s'éloignait. Plus loin sur le flanc droit, une autre formation byzantine se retirait ventre à terre.

« Trahison ! hurla Conrad. Les Serbes désertent ! »

Et ils n'étaient pas les seuls. Derrière la cavalerie lourde byzantine, les Seldjoukides – les dix mille au complet – prenaient la fuite avant même d'avoir porté un seul coup.

« C'est une calamité, grogna Vallon. Un désastre absolu.

— Attention, derrière vous ! » hurla Conrad en faisant tourner bride à son cheval.

Vallon fit volte-face : le nuage de poussière vomissait un escadron de lanciers normands, les jambes fouettées par leur haubert, leurs armes à l'horizontale.

« Campez sur vos positions et attaquez, ordonna-t-il. Archers ! »

Grâce à une première volée, ils renversèrent plus de dix ennemis : leurs puissants arcs lançaient des flèches qui perforaient blindage et mailles.

Vallon brandit une massue.

« Javelots ! »

Des dizaines de jets dessinèrent un arc en direction de la cavalerie lancée au galop. Rares furent ceux à atteindre leur cible. Puis l'ennemi fondit sur eux. Vallon repéra un homme qui chevauchait vers lui au triple galop. L'assaillant tressautait, seule sa lance restait immobile. Vallon attendit le dernier moment pour s'écarter de la trajectoire de la pointe et, s'appuyant de tout son poids sur son étrier droit, écrasa la tête maillée du Normand d'un terrible coup de massue qui envoya ce dernier culbuter par-dessus la queue de son cheval.

Sang et cervelle giclèrent. Il regarda alentour afin d'évaluer la situation. Quelques Normands, après avoir chargé au beau milieu de son escadron, disparaissaient dans la poussière. D'autres avaient dégainé leur épée en vue d'un combat singulier. Alors que la majorité de ses hommes se battaient au corps à corps, les archers équestres cernaient la bataille en visant les cibles à mesure qu'elles se présentaient. L'attaque conjuguée des épées et des flèches eut raison des Normands, lesquels rompirent les rangs, et l'un d'eux fit tourner bride si brusquement à sa monture que l'animal perdit l'équilibre et s'écroula sur son cavalier avec une force telle qu'il lui brisa la jambe en lui arrachant un cri. Dans sa chute, son heaume tomba et son camail glissa le long de son cou. Un œil fermé par la douleur, il vit approcher Vallon et l'heure de son exécution.

Le Franc lui pulvérisa le crâne.

« Dieu ait ton âme. »

Aussi brève fut-elle, cette escarmouche l'avait désorienté. Les tourbillons de poussière l'empêchaient de se faire une idée de la situation. Sa seule certitude, c'était que les Byzantins avaient perdu cette journée.

Et si l'empereur était mort, ils avaient certainement perdu un empire.

Il brandit sa massue.

« Suivez-moi ! »

Moins de la moitié de son escadron réagit : le reste était dissimulé par la poussière ou éparpillé par la bataille. Vallon ne rattrapa le plus gros de la force normande qu'une fois le camp impérial dépassé, piétinant sans pitié l'endroit où la veille seulement Alexis avait promis la victoire.

Passant bien au large des Normands, les soldats de Vallon distancèrent l'ennemi. Un cavalier byzantin éperdu qui fuyait l'échauffourée lui coupa le passage.

« Où est Alexis ? Est-il vivant ?

— Je ne sais pas. »

Vallon dut parcourir encore près d'une demi-lieue avant de parvenir à la hauteur de l'arrière-garde byzantine engagée dans une lutte désespérée pour enrayer la poursuite des Normands. La tâche était au-dessus de leurs forces. Leur rôle était de foncer sur l'ennemi en formation serrée et de l'écraser sous le poids de leurs armes et de leur armure. Or dans la retraite, ce matériel magnifiquement façonné – plastrons, jambières, brassards et épaulières métalliques – pesait deux fois plus lourd que la cotte de mailles normande et les réduisait à des cibles balourdes.

Vallon passa au milieu d'eux et rattrapa enfin un groupe de retardataires membres de la Garde impériale. Il se porta aux côtés d'un officier.

« L'empereur est-il en vie ? »

L'officier pointa un doigt devant lui et Vallon éperonna son cheval, dépassant en un même mouvement ami et ennemi. Les Normands avaient tellement envie de se saisir d'Alexis qu'ils remarquèrent à peine le passage du Franc, jusqu'à ce que l'un d'eux, solide comme un roc, monté sur un cheval superbe et arborant l'écharpe d'un commandant supérieur, mît cap sur lui après l'avoir entendu crier un ordre en français.

« Vous êtes un Franc. Vous devez regretter la mission d'aujourd'hui. »

Vallon enfonça ses éperons.

« Fortune des armes. »

Le chevalier n'arrivait pas à le suivre.

« Comment vous appelez-vous ?

— Vallon.

— Pas si vite, sire. »

Vallon jeta un œil par-dessus son épaule : l'homme souleva son heaume, révélant un visage rose avenant.

« Je m'appelle Bohémond. Si vous survivez au massacre, demandez une place auprès de moi. Vous me trouverez au palais à Constantinople. »

Vallon pressa sa monture. Devant lui, la masse de cavaliers se réduisit pour dévoiler un noyau de la Garde impériale rassemblé autour d'un cavalier vêtu de soie matelassée et d'une armure splendide. Une cinquantaine de cavaliers normands essayaient de forcer ce cordon. Vallon s'élança à leur poursuite, accrocha son bouclier dans son dos, remisa sa massue et dégaina ses épées : la magnifique lame de Tolède qu'il avait arrachée à un capitaine maure en Espagne et le paramérion semblable à un sabre fixé à sa hanche gauche. Euphoriques, concentrés sur leur cible, les Normands qui ne s'attendaient pas le moins du monde à être attaqués par-derrière ne le virent pas arriver. Entraîné depuis l'enfance à manipuler les armes des deux mains, Vallon galopa entre deux Normands à la traîne, lâcha les rênes et les décapita l'un après l'autre en une fraction de seconde.

Cette attaque audacieuse le déséquilibra. Il dut se défaire de son paramérion pour retrouver son assise et ses rênes. Sa verte jeunesse était derrière lui, il ne s'essaierait plus à cette manœuvre.

Un officier normand le désigna à grands gestes de bras, et une dizaine de cavaliers en cottes de mailles convergèrent vers lui. Il regarda par-dessus son épaule pour voir combien d'hommes de son escadron étaient encore à ses côtés. Pas plus de vingt.

« Contenez-les ! » hurla-t-il.

Il aperçut alors Gorka, un commandant basque à la tête de cinq hommes.

« Vous. Ne vous éloignez pas. »

À présent que le terrain devant lui était presque dégagé, il voyait que les Normands avaient pénétré l'écran défensif de l'empereur. Trois d'entre eux l'attaquèrent simultanément par la droite. Alexis, pourtant monté sur le plus beau destrier que l'or puisse acheter, ne put éviter l'assaut. L'un des assaillants planta sa lance dans le flanc cuirassé de l'animal. Les deux autres enfoncèrent leurs armes dans le côté du souverain qui, sous la force de l'impact, fut violemment projeté sur la gauche.

Distant de vingt-cinq toises, impuissant, Vallon attendit sa chute. *Ainsi meurt l'empire.*

Mais Alexis ne tomba pas. Son pied droit s'était emmêlé dans son étrier et il s'était débrouillé pour tenir bon. Deux autres Normands chargèrent sur la gauche afin de porter le coup fatal. D'un geste ferme de leurs lances, ils l'embrochèrent au niveau de la cage thoracique.

Si Vallon ne l'avait pas vu de ses propres yeux, il n'y aurait pas cru. Comme lors de la première attaque, les pointes ne pénétrèrent pas l'armure. Cette estocade rétablit même l'empereur sur sa selle, et il continua à galoper alors que trois hampes de lances pendaient de l'homme et de sa monture, leurs têtes en fer piégées entre les plaques lamellaires.

Quand Vallon assista à l'ultime attentat contre la vie de l'empereur, il était trop tard. Un Normand le chargeait en diagonale, sa massue à pointes brandie bien haut, déterminé à gagner la gloire. Cravachant de plus belle, Vallon s'efforça de le rattraper. L'empereur tourna son visage ensanglanté au moment où le Normand levait le bras pour abattre sa massue.

Gorka dépassa Vallon à la vitesse de l'éclair, l'épée prête à frapper.

« Il est à moi ! » cria-t-il.

Et il envoya valser la tête du Normand à travers la plaine.

Vallon avait devancé l'ennemi et la rivière se trouvait à moins de deux cents toises. Il se porta à la hauteur de l'empereur. Du sang jaillissait d'une blessure au front.

« Traversez la rivière, vous serez sauf. »

D'une main, Alexis signifia qu'il avait entendu, et Vallon se pressa à ses côtés. Ils pénétrèrent dans l'eau avec force éclaboussures et fendirent le courant. Sur l'autre rive, une escouade byzantine suffisamment imposante pour repousser la poursuite normande se referma autour de l'empereur. Des hommes qui quelques minutes auparavant seulement n'avaient pensé qu'à leur propre vie portèrent Alexis au sol, exaltés par sa libération. Des chirurgiens se précipitèrent pour le soigner. Un morceau de chair ensanglantée pendait de son front. Vallon mit pied à terre et garda ses distances pendant que les médecins œuvraient.

Un officier le doubla à la hâte et lui asséna une bourrade dans le dos.

« Dieu soit loué. L'empereur va vivre. »

Vallon reconnut l'homme qui lui avait craché au visage la veille au soir. Après les événements atroces de la journée, il perdit la raison. Il l'agrippa violemment.

« Pas grâce à vous », lâcha-t-il.

Fou de rage, il l'envoya rouler au sol et se dressa au-dessus de lui, l'épée menaçante.

« Parler de courage et d'honneur au campement, c'est facile. Ça l'est déjà moins de convertir les mots en actes quand on est confronté à des guerriers rompus au combat qui se fichent comme d'une guigne de notre noble lignée. »

L'officier se releva maladroitement en dégainant son épée. Vallon la repoussa du bras et écrasa son bouclier contre le visage de l'homme, qu'il renversa de nouveau.

« Lève-toi si tu l'oses. »

Des mains l'empoignèrent et le traînèrent à l'écart. Un soldat grec brandit son épée pour le frapper.

« Arrêtez ça ! lança une voix. Lâchez cet homme ! »

Vallon aperçut alors un général byzantin à cheval qui cherchait quelque chose des yeux.

« L'un des capitaines mercenaires a aidé l'empereur dans sa fuite. Qu'il s'avance. »

Vallon décocha un sourire à l'officier qu'il avait agressé et remisa son épée dans son fourreau.

« Je crois que c'est de moi qu'il parle. »

Quand Vallon approcha, Alexis leva un visage livide et s'esclaffa.

« J'aurais dû m'en douter. Il semblerait que vous ne m'êtes venu en aide que pour me dire que votre opinion était vengée. »

Vallon s'inclina.

« Que nenni ! Votre tactique aurait fonctionné si les Varègues n'avaient pas eu un coup de sang. Je remercie Dieu de vous avoir épargné, et je m'engage à continuer à servir pour la défense de l'empire. »

Alexis le transperça de son regard bleu déconcertant avant de laisser les chirurgiens le rallonger sur ses coussins. Il fit un geste de la main et ferma les yeux.

« Vallon le Franc. Notez bien ce nom et effacez tout le reste du rapport. »

Constantinople

III

Vallon laissa son escadron dans ses quartiers d'hiver à l'Hebdomon, situé à plus de trois lieues au sud de Constantinople, et rentra seul chez lui. Il pénétra les triples remparts défensifs de la ville par la Porte d'Or en passant sous une arche triomphale hérissée de statues d'empereurs, de reliefs et d'un quadrige tiré par quatre éléphants colossaux. Il emprunta ensuite la Mésè, vaste artère pavée de marbre foulée par les empereurs qui embarquaient ou rentraient de campagne. Sous un ciel de novembre lugubre, dans une ville muette et mélancolique, Vallon jouissait de la rue enneigée presque pour lui seul. Il traversait au trot des places vides, monture et cavalier éclipsés par les statues imposantes d'empereurs défunts dont les attitudes triomphales ne faisaient qu'accroître l'humiliation de la défaite à Dyrrachium. Parvenu au Forum de Constantin, il tourna à gauche et se dirigea vers le port de Prosphorion, au sud de la Corne d'Or. Là il embarqua sur un bac à destination de la rive nord, se remit en selle et se rendit dans le faubourg de Galata.

Sa villa ceinte d'un mur se dressait quasiment au sommet de la colline. Il fronça les sourcils en voyant la porte de la cour entrouverte. Il la poussa et avança, las, avec un soupir de plaisir à se retrouver chez lui. Il s'immobilisa quelques instants afin de s'imprégner de l'atmosphère. Cela faisait quatre ans qu'il possédait cette villa, et pourtant il n'y avait encore passé que onze mois.

Le choc métallique des épées à l'entraînement lui parvint depuis une enceinte derrière l'écurie. Vallon y mena son cheval et trouva Aiken en train de croiser le fer avec Wulfstan, son gardien viking. Vallon les observait, retardant le moment où il devrait annoncer la nouvelle à Aiken.

Comme toujours, il fut frappé par le peu de ressemblance du garçon avec son père.

Aiken était mince, de taille moyenne, avec des cheveux raides châtains et des yeux gris. On aurait pu facilement en loger deux comme lui dans la carrure massive de Beorn. Même en tenant compte du patrimoine sanguin maternel, il n'était pas crédible que le Varègue fût le géniteur, pourtant ce dernier n'avait jamais abordé le sujet et traitait en tous points le garçon comme s'il était la chair de sa chair.

Wulfstan baissa son épée.

« Non ! Tu n'arrêtes pas de te recroqueviller. Tu n'es pas un escargot, tu n'as pas de coquille. Tout ce que tu fais c'est montrer à ton adversaire que tu es terrorisé.

— Mais je *suis* terrorisé. Qui ne le serait pas ?

— Écoute. Il n'y a aucune raison de craindre d'être tué au combat. Si tu reçois un coup fatal, le choc et la douleur t'empêcheront de penser à la mort. Et une fois mort, tu ne penseras plus à rien.

— Dialectique erronée. D'après Platon…

— Écoute mon garçon, je n'ai peut-être pas ton érudition, mais je sais une chose. Un homme qui craint la mort redoute la vie, et un homme qui redoute la vie pourrait aussi bien être mort. »

Vallon se racla la gorge.

Wulfstan fit volte-face : le visage du cogneur moustachu s'illumina. Il dégagea du bouclier le moignon de son bras gauche.

« Seigneur Vallon ! Bienvenue chez vous, sire.

— Il fait bon d'être de retour », répondit Vallon sans quitter Aiken des yeux.

Wulfstan connaissait ce regard et sa signification.

« Seigneur, aie pitié de nous. Ne me dites pas… »

Vallon lui tendit les rênes de sa jument.

« Elle est fatiguée. Nourris-la, fais-la boire et panse-la.

— Bien, sire », répondit Wulfstan d'un ton dépité.

Aiken s'empressa de les rejoindre, le visage éclairé par un sourire enfantin qui s'éteignit à la vue de l'expression de Vallon.

Ce dernier ne fit rien pour amortir le choc.

« Je suis désolé de t'apporter une nouvelle tragique. Ton père a trépassé à Dyrrachium. Il est mort vaillamment alors qu'il menait une charge contre les Normands en entonnant son hymne de bataille. Il n'a pas souffert. »

Aiken déglutit. Il y eut un claquement dans sa gorge.

Vallon lui prit les mains.

« Avant le combat, ton père et moi avons longuement parlé de toi. Il m'a dit combien il était fier de tes progrès. Moi aussi. Nous organiserons une messe afin de prier pour son ascension au paradis. Tu auras besoin d'une période de deuil et de réflexion, après quoi je souhaite t'adopter comme mon fils. Je sais que tu occupes déjà cette place dans le cœur de dame Caitlin. »

Une larme scintilla sur les cils du garçon.

« Quel gâchis ! »

Il se dégagea et s'éloigna en vacillant.

La porte de la villa s'ouvrit, et les filles de Vallon se ruèrent dehors en glissant sur la neige fondue.

« Papa ! Papa ! »

Il en prit une sur chaque bras et les souleva bien haut.

« Zoe ! Helena ! Comme vous avez grandi ! Quelles beautés vous êtes devenues ! »

Par-dessus leurs têtes, il vit Caitlin rejoindre à la hâte la véranda, suivie de Pierre, son domestique. Ses lèvres tremblaient. La bouche de Vallon tressaillit à son tour et son cœur explosa. À trente-trois ans, elle était aussi belle qu'au premier jour – plus, même, grâce aux soins apportés par les femmes de chambre, les coiffeuses et les couturières.

Tenant d'une main l'ourlet de ses jupes, elle se précipita vers lui.

« Vous auriez dû nous prévenir de votre retour. J'aurais organisé une fête.

— Je crains qu'il n'y ait rien à fêter. »

Alors seulement Caitlin remarqua Aiken adossé contre un mur dans un angle de la cour, les épaules secouées de sanglots. Ses yeux s'agrandirent d'horreur.

« Beorn est mort ? »

Vallon hocha la tête.

« Ainsi que presque toute la Garde Varègue. »

Il la retint d'un geste.

« Laissez-le un peu seul. »

Elle le repoussa et courut serrer Aiken contre sa poitrine.

« Que se passe-t-il, père ? »

Vallon contempla les visages de ses filles. Il s'efforça de sourire.

« Je vous ai apporté des cadeaux. »

Les retours de Vallon étaient rarement aussi joyeux qu'il l'avait imaginé. Il y avait toujours une distance à combler, un malaise qui mettait du temps à se dissiper. La mort de Beorn et ses conséquences faisaient de ces retrouvailles les plus tendues qu'ils eussent vécues. Pendant le souper, Caitlin essaya de s'intéresser aux activités de Vallon durant ces sept mois d'absence. Lui remplissait les silences par des questions au sujet des affaires domestiques, des filles, de la vie sociale de Caitlin. Aiken s'était retiré dans sa chambre.

Quand les valets eurent débarrassé les assiettes, Caitlin contempla la table vide.

« Que va-t-il devenir ?

— Je vous le répète, nous allons l'adopter.

— Je voulais dire, que lui réserve la vie ?

— Il va s'enrôler dans l'armée sous ma tutelle. »

Caitlin chiffonna sa serviette.

« Non !

— Aiken est mon écuyer, mon porte-bouclier. C'est son devoir.

— Ce garçon n'est pas un soldat. Il n'a aucune aptitude à la violence. Demandez à Wulfstan. Ce qu'il a en revanche, c'est un don pour les langues et la philosophie.

— Caitlin, je n'ai pas le choix dans cette histoire. J'ai fait un serment à son père.

— Un braillard imbécile et fort en gueule qui s'est fait occire comme tous ces guerriers inconscients qui ont péri à Hastings.

— Beorn est mort en défendant l'empire.

— D'après ce que vous m'avez raconté, on dirait plutôt qu'il a catapulté sa vie pour régler une vieille rancune sanguinaire. »

Vallon grinça des dents.

« Très chère, il me semble que vous vous êtes installée si confortablement dans les mœurs luxueuses de Constantinople que vous en oubliez les sacrifices qui ont été concédés pour préserver votre mode de vie. »

Tous deux regardaient fixement la table. Caitlin finit par briser le silence.

« Vous n'avez tout de même pas l'intention d'emmener Aiken lors de votre prochaine campagne ?

— Si.

— Mais il n'a que seize ans, ce n'est qu'un enfant.

— Il a le même âge que moi quand j'ai tâté pour la première fois le service militaire. Ne vous inquiétez pas. Je le ménagerai. »

Caitlin lui lança un regard perçant, puis se leva et se dirigea vers la porte.

« Où allez-vous ? »

Elle se retourna, des éclairs dans les yeux.

« À votre avis ? »

Vallon resta à table en justifiant sa décision dans sa barbe, encore plus mal à l'aise de savoir que Caitlin avait probablement raison. La douce perspective de son retour avait tourné au vinaigre. Il tapa du poing sur la table, s'empara du broc de vin et de deux coupes, et se rendit dans les quartiers de Wulfstan à côté du portail.

« Je ne t'empêche pas de dormir, dis-moi ?

— Grands Dieux, non, sire.

— Je me suis dit qu'on pourrait trinquer à mon retour sain et sauf et au voyage de Beorn dans l'au-delà. »

Le Viking balaya un banc de sa main valide. Après avoir éclusé sa coupe d'un trait, il se pencha en avant, les yeux brillants.

« Racontez-moi la bataille, sire. »

Vallon sirota son vin, et son regard vogua vers ce jour chaotique.

« C'était la pagaille la plus totale… »

À moitié saoul quand il eut achevé son récit, il leva les yeux vers Wulfstan, qui regardait dans le vague. Les narines du Viking se dilatèrent.

« Pâques Dieu, je donnerais n'importe quoi pour livrer une nouvelle bataille !

— Perdre une main ne t'a pas suffi ? »

Wulfstan considéra son moignon et s'esclaffa.

« Je peux encore tenir une épée. »

Vallon dégrisa.

« Penses-tu qu'Aiken fera un bon soldat ?

— Sous votre tutelle, n'importe quel garçon le deviendrait, répondit le Viking avec circonspection.

— La vérité, maintenant.

— Son jeu d'épée n'est pas mauvais.

— Mais il manque de fougue et de mordant. »

Wulfstan avait bu deux fois plus que Vallon.

« Le problème d'Aiken, c'est qu'il réfléchit trop. L'imagination est l'ennemie de l'action.

— Voilà qui suggère que je ne réfléchis pas assez. »

Wulfstan, éméché, émit un gloussement.

« Que nenni ! Je me rappelle le jour où vous avez combattu Thorfinn Wolfbreath dans les forêts au nord de la Rus. Diantre, quel duel ! »

Il avala bruyamment son vin.

« À l'aube avant le combat, vous étiez assis seul en bordure de l'arène, et Thorfinn, qui avait passé la nuit à se remplir le gosier de bière de bouleau et à se vanter qu'il allait dévorer votre foie au petit déjeuner, a dit en vous voyant : "T'es pas arrivé à dormir, le Franc ?" Et vous avez répondu, aussi calme qu'une mer d'huile : "Seuls les imbéciles ruminent leurs problèmes dans leur lit. Quand vient le matin, ils sont fatigués et leurs problèmes restent inchangés." »

Il abattit son poing sur la table.

« J'ai su alors que vous alliez le battre.

— Je ne m'en souviens pas, dit Vallon avant de se lever en titubant. J'ai fait ce serment tout en sachant que c'était une erreur. Je n'ai pas envie d'obliger Aiken à suivre une voie qu'il n'a pas choisie. Je vais attendre quelques semaines et le laisser décider pour lui-même. »

Vallon et Caitlin se réconcilièrent, comme toujours. Ils partageaient une même couche, faisaient l'amour avec un plaisir mutuel, passaient ensemble de longues soirées, à l'aise l'un avec l'autre, interrompant de temps en temps leurs activités respectives pour échanger des sourires.

Par un après-midi glacial, tard, peu après la fin de l'année, Vallon travaillait près de l'âtre à son rapport de campagne quand la cloche de la cour retentit. Caitlin leva les yeux de sa broderie.

« Vous attendez de la visite ?

— Non », répondit Vallon.

Il se dirigea vers une fenêtre qui donnait sur la cour et écarta les rideaux. Wulfstan avait ouvert le portail à un groupe d'hommes armés d'épées.

Le Viking se dirigea à grands pas vers la maison, suivi par un officier.

« Des soldats de la Garde impériale », annonça Vallon à Caitlin.

Wulfstan entra, un courant d'air froid s'engouffra :

« Une escouade de Vestiaritai. Leur capitaine veut vous voir. Il a pas voulu dire pourquoi.

— Fais-le entrer. »

Caitlin s'approcha.

« Que peuvent-ils bien vouloir ? »

Vallon secoua la tête et se plaça face à la porte. Des bottes giflèrent le sol avec une précision militaire et un jeune officier emmitouflé dans un manteau de fourrure apparut. Il claqua un salut à l'adresse de Vallon et fit la révérence à Caitlin.

« John Chlorus, à la tête de cinquante hommes dans le corps des Vestiaritai, porteur d'ordres destinés au comte Vallon le Franc. »

Vallon esquissa un salut.

« Votre visage m'est familier.

— Le vôtre aussi, sire. Nous avons combattu à Dyrrachium. Vous êtes l'un des rares mercenaires que je reconnaisse. De la plupart des autres, je ne connais que le dos.

— Et la raison de votre visite ?

— Mes ordres sont de vous escorter au Grand Palais. Vous feriez mieux de vous vêtir chaudement. Nous voyagerons en bateau. »

C'était un trajet de près d'une lieue. Il ferait nuit avant leur arrivée.

« Quel est le motif de cette convocation ?

— Ça, je ne puis vous le dire, comte.

— Vous ne pouvez pas ou vous ne voulez pas ? »

Chlorus hésita.

« Mes ordres sont de vous accompagner jusqu'au palais. Voilà tout. »

Caitlin s'interposa.

« La nuit tombe. Croyez-vous vraiment que je vais vous laisser emporter mon époux dans l'obscurité sans savoir qui il va rencontrer ? »

Depuis son arrivée, Chlorus avait tâché d'éviter de la regarder.

« Alors ? s'impatienta Caitlin.

— Mes ordres m'ont été donnés par le logothète du Drome. »

Vallon fronça les yeux. Ce titre se traduisait par quelque chose comme le « Vérificateur des Routes », mais les responsabilités du logothète impliquaient bien davantage que l'entretien des voies de l'empire. Il supervisait également le service postal et le corps diplomatique du gouvernement byzantin, surveillait les activités des étrangers à Constantinople et dirigeait un réseau d'espions et de délateurs dans l'empire entier. De fait, c'était le ministre des Relations diplomatiques de l'empereur, un conseiller personnel qui exerçait dans l'ombre une grande influence.

« Dans ce cas je ne ferai pas attendre le logothète un instant de plus que nécessaire. Je vous prie de m'excuser le temps que je me rende présentable. Mon gardien va vous apporter du vin pour vous réchauffer. »

Vallon lança un regard appuyé au Viking qui rôdait derrière l'officier, la main sur l'épée, le visage transpirant la méfiance.

« Wulfstan, ces soldats doivent mourir de froid. Invite-les à entrer. »

Caitlin se précipita à la suite de Vallon qui se dirigeait vers leur chambre à coucher. Elle lui empoigna le coude.

« Que se passe-t-il ?

— Je n'en ai aucune idée », répondit-il en s'extirpant péniblement de son bliaud.

Caitlin le regarda s'habiller.

« Ce doit être lié au fait que vous ayez sauvé la vie de l'empereur.

— Chut, pas un mot. D'après les comptes rendus officiels, Alexis a arraché sa liberté après avoir massacré vingt Normands et franchi à cheval un précipice large de cent pieds. »

Avec une impatience grandissante, Caitlin observait Vallon qui enfilait sa tunique.

« Pour l'amour de Dieu, vous ne pouvez pas porter cela. Laissez-moi faire. »

Il la laissa parachever sa tenue puis il boucla son épée à sa ceinture. Elle recula pour le jauger.

« Ma foi, vous ne nous ferez pas honte. Je suis sûre que l'empereur a l'intention de vous récompenser. »

Vallon l'enlaça et l'embrassa. Leurs lèvres s'attardèrent. Elle lui caressa le cou.

« Revenez vite, cher mari. Je veux vous montrer à quel point je vous aime.

— Dès que possible, murmura-t-il. Je vous rappellerai votre promesse. »

Il rompit leur étreinte, se retourna et alla affronter sa destinée avec un sourire neutre.

« On y va ? »

Ils descendirent le Bosphore dans un caïque propulsé par huit rameurs, poussés par un vent du nord cinglant. Les soldats parlaient peu et seulement entre eux. Le morne crépuscule s'assombrit en une nuit sans étoiles. Abrité derrière un brise-vent, Vallon contemplait à tribord le défilé des torches sur les vastes digues. Il se demandait comment il allait retourner chez lui quand il songea soudain qu'il pourrait s'agir d'un aller simple. On n'arrache pas à leur âtre par une froide nuit d'hiver les officiers qui se distinguent au combat.

Ils longèrent le phare, dont la flamme était projetée très loin sur la mer par des miroirs, et se mirent à quai au Boucoléon, le port privé de l'empereur au sud des bâtiments du Grand Palais. Le cœur de Vallon battit la chamade. Son escorte se mit en formation autour de lui et franchit une poterne gardée par des lions en bronze. Ils traversèrent une enfilade d'espaces ouverts éclairés par des lanternes dont les flammes agitées illuminaient parcs et bassins à poissons, pavillons et jardins d'agrément. C'était la première fois que Vallon mettait les pieds au palais, il n'avait aucune idée de l'endroit où on l'emmenait. Ils bifurquèrent à gauche en direction d'une bâtisse massive où brillaient quelques lumières éparses derrière des fenêtres.

« Quel est cet endroit ?

— Le palais de Daphné », répondit Chlorus.

Puis il monta au pas de course une volée de marches monumentales qui menaient à l'entrée.

« Je crains de devoir vous demander de vous délester de votre épée et de vous soumettre à une fouille. »

Vallon demeura immobile pendant que les hommes le palpaient pour s'assurer qu'il ne cachait pas d'armes. Chlorus tambourina à la porte, laquelle s'ouvrit dans un éblouissement de candélabres. Un chambellan muni du bâton d'argent propre à sa fonction les reçut et leur fit traverser des couloirs et des salles soutenus par des colonnes d'onyx et de porphyre, de vastes pièces décorées de mosaïques polychromes et de tapisseries. Il les fit passer sur des dallages incrustés de paons et d'aigles en or, et longer des fontaines où des dauphins en bronze crachaient de l'eau. À chaque entrée, des gardes et des eunuques se tenaient au garde-à-vous.

Ils pénétrèrent dans une pièce sobre dont la porte du fond était surveillée par deux soldats. L'un d'eux ouvrit le battant en grand, et Vallon se retrouva dans une espèce de tunnel éclairé par des torchères. Le bruit de ses pas se répercutait sur les murs nus dégoulinants de condensation. Le passage devait être long d'environ vingt-cinq toises, la flamme des torches oscillait sous la brise glaciale qui s'y engouffrait.

Le chambellan s'arrêta devant une porte ouverte sur la nuit.

« Attendez ici. »

Il sortit, fit une profonde révérence, murmura quelque chose d'inaudible et reçut une réponse encore moins perceptible. Il se retourna et fit signe à Chlorus d'avancer. L'officier sollicita la moindre fibre de son corps pour saluer.

« Allagion Chlorus au rapport avec le comte Vallon.

— Faites entrer le comte, répondit une voix, puis vous et vos hommes pourrez disposer. »

Vallon pénétra sur un balcon couvert surplombant un lac d'obscurité entouré par la faible lueur palpitante de la ville. Il lui fallut un moment pour se rendre compte que l'arène en forme de « U » à ses pieds était l'hippodrome, et qu'il le voyait depuis la loge impériale. Il sentit sa chair se pétrifier.

Trois silhouettes emmitouflées dans des vêtements de fourrure occupaient le balcon, assises autour de deux braseros dont l'éclairage ne suffisait qu'à suggérer les formes, sans révéler les traits. Vallon crut deviner que l'une d'elles était voilée, possiblement une femme.

L'une des silhouettes se leva :

« Quelle perspective intéressante que de contempler la ville endormie ! »

Vallon peina à trouver ses mots.

« En effet.

— Je m'appelle Theoctistus Scylitzes, logothète du Drome. Je m'excuse de vous avoir enlevé à votre âtre par une nuit aussi glaciale. »

Vallon se dit qu'une profonde révérence constituait une réponse suffisante. Aucun siège n'avait été prévu à son égard et le logothète n'avait manifestement aucune intention de le présenter aux deux autres silhouettes. Vallon désigna l'arène.

« C'est étrange de la voir vide. La dernière fois que je suis allé à l'hippodrome, il devait renfermer soixante mille spectateurs. »

Une brise attisa les braises, mettant le visage barbu du logothète en relief. Il tenait ce qui ressemblait à un document relié.

« Je racontais à l'instant à l'empereur les voyages qui vous ont conduit des terres barbares du Nord jusqu'à Constantinople. »

Vallon eut des fourmis dans la nuque en entendant ce « à l'instant ». Son regard se porta vivement sur les autres silhouettes. Était-ce l'empereur ? Sûrement pas.

« Oui, poursuivit le logothète, j'ai passé deux jours à étudier le rapport que vous aviez écrit pour mon prédécesseur. »

Vallon retrouva sa voix.

« Je ne l'ai pas couché moi-même sur le papier. Il a été écrit il y a neuf ans, avant que je ne maîtrise le grec. Le compte rendu de nos voyages a été transcrit par un de mes compagnons, Hero de Syracuse.

— Tout à fait. Il semble avoir un don pour l'exposé littéraire.

— Il a de nombreux dons.

— Et une imagination fertile.

— Mon seigneur ? »

Le logothète tapota le livre.

« Très intéressant, absolument fascinant. »

Il s'interrompit.

« Si c'est vrai.

— Dites-moi quelle partie du récit vous paraît fausse et j'essaierai de tranquilliser vos doutes.

— L'ensemble de cette satanée histoire ! s'esclaffa Theoctistus en faisant claquer le document sur sa cuisse. Êtes-vous vraiment en train de me dire que vous avez voyagé de France en Angleterre, puis mis voile au nord à destination d'Ultima Thulé avant de retourner vers le sud en passant par le pays rus et en traversant la mer Noire jusqu'à Roum ?

— Oui, mon seigneur.

— Et tout ça pour livrer une rançon de faucons exigée par ce maroufle de Suleyman ?

— Grosso modo, oui, mon seigneur. »

Le logothète le jaugea.

« Vous êtes un type remarquable, Vallon.

— Remarquablement chanceux. Si j'ai réussi, c'est parce que j'avais à mon service une compagnie aussi courageuse qu'ingénieuse. »

L'une des silhouettes murmura à l'oreille du logothète, qui hocha la tête.

« Vallon, je vais en venir au fait. Je veux que vous entrepreniez un autre voyage au nom de l'empire. »

Vallon sentit ses entrailles se serrer.

« Puis-je vous demander où vous vous proposez de m'envoyer ? »

Le logothète mit un moment à répondre.

« Dans votre récit vous décrivez un ancien diplomate byzantin, un éminent voyageur connu sous le nom de Cosmas Monophtalmos. »

Vallon revoyait l'œil sombre du grec comme si c'était la veille.

« En effet, mon seigneur. Même si je ne l'ai rencontré que dans ses dernières heures, il m'a laissé une impression durable.

— Vous vous rappellerez donc que Cosmas avait voyagé à l'est jusqu'à Samarcande.

— Ce n'est qu'un nom pour moi.

— Samarcande se trouve derrière l'Oxus, dans l'étendue sauvage qui a engendré les Turcs seldjoukides et tous les autres essaims de nomades à cheval qui empoisonnent nos frontières orientales.

— Vous voulez que je conduise une mission à Samarcande ?

— Vous la traverserez. D'après mes calculs, elle correspond au milieu de votre parcours. »

Malgré le froid, la sueur perlait au front de Vallon.

« Je suis désolé, mon seigneur. J'ai une piètre connaissance de cette partie du monde. »

La lueur projetée par les braseros mettait en relief le côté gauche du visage du logothète.

« Avez-vous entendu parler d'un empire appelé la Chine ? Il a aussi d'autres noms, notamment Cathay, même si certains comptes rendus suggèrent que Cathay et la Chine sont deux empires distincts. Ses propres citoyens, sujets de l'empereur Song, lui donnent le titre de Royaume du Milieu ou d'Empire Céleste, car selon eux il occupe une place privilégiée entre le paradis et la terre.

— J'ai entendu des rumeurs à propos d'un riche royaume à l'extrémité est du monde. Je n'ai pas la moindre idée de la manière d'y parvenir. »

Le logothète désigna le tunnel qui partait du balcon.

« Très simple. Suivez le soleil levant et vous devriez y parvenir dans environ un an. »

Environ un an ! Vallon était tellement estomaqué qu'il manqua une partie de l'exposé bien rodé du logothète. Il se ressaisit.

« Même Alexandre le Grand n'a jamais voyagé aussi loin.

— Vous suivrez la route de la soie, une route commerciale très empruntée, et vous voyagerez par étapes en vous reposant dans des postes commerciaux et des caravansérails. »

Vallon se raidit. Un an, c'était comme être lesté par un poids mort, or ce n'était que la durée du voyage aller. Un an pour atteindre la Chine, un an pour revenir, et Dieu sait combien de temps passé entre ces deux termes. Il se sentit vieux avant même d'avoir fait un seul pas.

« Puis-je vous demander le but de cette expédition ? »

Le logothète écarta les mains.

« Constantinople est le miroir de la civilisation occidentale. D'après ce qu'on en dit, la Chine jouit du même rayonnement à l'est. »

Il joignit les mains.

« Il est tout naturel que ces deux pôles de civilisation établissent des relations diplomatiques. Ce ne sera pas la première mission byzantine à destination de la Chine. Après avoir étudié les rapports, j'ai découvert que l'empire avait envoyé sept ambassades en Chine en autant de siècles.

— Lesquelles ont été bénéfiques à Byzance. J'imagine. »

La respiration du logothète se condensait dans l'air glacé.

« Elles ont permis une reconnaissance et un respect mutuels. » Autrement dit absolument rien, interpréta Vallon.

« Il est temps aujourd'hui de bâtir sur ces fondations, poursuivit le logothète. Une alliance avec la Chine permettra d'obtenir des résultats concrets. »

Il resserra étroitement sa cape sur ses épaules.

« Vallon, inutile de vous expliquer la situation critique dans laquelle nous nous trouvons. Les Seldjoukides à une journée de cheval du Bosphore, les Normands qui tambourinent à la porte de nos terres dans les Balkans, les Arabes qui menacent nos voies navales. Byzance est assiégée de toutes parts. Nous avons besoin d'alliés, nous avons besoin d'amis.

— Je suis d'accord, mais je peine à voir comment une puissance étrangère située à un an de voyage à l'est pourrait nous être d'aucun secours.

— La Chine est elle aussi menacée par les barbares des steppes. Si nous formons une alliance avec eux, nous pourrions prendre notre ennemi commun en étau, ce qui nous permettrait de nous concentrer sur des adversaires plus proches de chez nous. D'autres bénéfices découleraient de la mise en place d'un sauf-conduit vers l'est. Avec nos routes commerciales fermées ou soumises à la concurrence de Venise et de Gênes, ouvrir une route vers la Chine nous fournirait une voie d'accès on ne peut plus vitale. »

Vallon se savait au bord d'un tourbillon qui menaçait de l'aspirer s'il ne mettait pas toute son énergie à s'en extirper.

« Seigneur, je ne suis pas l'homme indiqué pour atteindre ces objectifs. J'aurai quarante ans l'an prochain. Ma santé n'est plus aussi solide qu'elle l'était lorsque j'ai accompli ce voyage vers le nord. J'ai… »

Le logothète gifla le document.

« Vous êtes rusé et plein de ressources, loyal et courageux. Ne croyez pas que vos actes à Dyrrachium soient passés inaperçus. Vous avez des années d'expérience de campagne contre les nomades. Vous employez des soldats turkmènes dans votre propre escadron. »

Vallon ouvrit la bouche puis la referma. Une décision avait été prise en haut lieu, rien de ce qu'il pourrait dire ne l'ébranlerait.

Le ministre se rassit.

« Il y a d'autres richesses à chercher en Chine.

— Par exemple ? » s'enquit Vallon d'un ton morne.

Le logothète embrassa du regard l'arène vide.

« Vous savez que la soie constitue l'exportation la plus lucrative de Constantinople.

— Oui, mon seigneur.

— Savez-vous où nous avons obtenu le secret de sa fabrication ?

— Dans un lieu appelé le pays des Sères, quelque part à l'est, au-delà du fleuve Oxus. »

Le logothète manifesta une certaine surprise.

« Vous êtes mieux informé que ce que je m'imaginais.

— C'est Hero de Syracuse qui me l'a expliqué, information qu'il tenait lui-même de Cosmas. Ces deux hommes avaient soif de connaissances au sujet des terres lointaines.

— J'aimerais rencontrer ce Hero de Syracuse. »

Vallon se tint coi, et au bout d'un bref silence interrogatif, le logothète reprit.

« Le pays des Sères et la Chine ne font qu'un. Il y a cinq cents ans, un administrateur qui occupait un poste équivalent au mien a envoyé deux moines nestoriens dans une ville qui fabriquait de la soie à l'est de Samarcande. Ils ont fait passer en contrebande des vers à soie dans des bâtons creux. »

Il glissa une main sous ses fourrures et caressa sa toge.

« Depuis, la soie a été le pilier de notre richesse, mais à présent que les Arabes et d'autres ont appris comment la produire, notre monopole est brisé. Il est temps de découvrir des secrets inédits en Chine : de nouveaux métaux, des engins de guerre ingénieux. »

Il toisa Vallon.

« Vous avez certainement assisté à l'emploi du feu grégeois dans les batailles.

— Oui. Je ne l'ai moi-même jamais utilisé. Je n'en connais pas la formule.

— Ravi de l'entendre. Le feu grégeois est l'arme secrète qui sert de rempart entre Byzance et ses ennemis.

— Faites qu'il nous préserve longtemps », commenta Vallon du ton de celui qui récite un répons dans une litanie.

Le logothète s'approcha et parla dans un murmure parfumé :

« Et si je vous disais que la Chine possède une arme plus puissante que le feu grégeois ? »

Vallon résista à l'impulsion de reculer.

« Ce serait là une richesse fort utile. »

Le logothète s'écarta.

« Il y a trois ans, au Turkestan, des marchands d'esclaves ont capturé un marchand chinois qui a fini par se retrouver à Constantinople. Cet homme avait été soldat et ingénieur. Soumis à la question, il a appris à ses interrogateurs que des alchimistes chinois avaient découvert la formule d'un composé appelé Drogue de Feu, une substance qui s'enflamme à l'aide d'une étincelle et explose quand elle est tassée dans un contenant. Écoutez-moi bien, Vallon. Vous avez déjà vu une bouteille d'huile scellée exploser dans un incendie ? *Vlouf !* Alarmant et susceptible de blesser les personnes à proximité. »

Le visage du ministre fut de nouveau éclairé par le feu.

« Dans les mêmes circonstances, une bouteille de Drogue de Feu réduirait en miettes tous les gens présents à dix toises à la ronde. »

Vallon se massa la gorge. Le logothète s'éloigna vivement et parcourut le balcon d'un pas lourd en frappant d'une main la balustrade.

« Tassée dans des cylindres, la Drogue de Feu propulse les flèches deux fois plus loin qu'un arc. Enfermée dans des sphères métalliques, elle explose avec une force capable de transformer un bateau en petit bois.

— Une armée équipée d'un instrument pareil n'aurait pas besoin de chevaliers, seulement d'ingénieurs.

— Précisément. Mais le plus étrange, c'est que les Chinois n'exploitent pas ce redoutable engin incendiaire à des fins militaires. Apparemment, ils l'utilisent pour tenir à distance les esprits maléfiques. »

Il s'interrompit.

« Nous voulons que vous obteniez la formule de ce composé dévastateur.

— Mon seigneur, cela fait des siècles que Byzance possède le feu grégeois, or pendant tout ce temps nous avons gardé pour nous le secret de sa fabrication. Les ingénieurs de Cathay protégeront leur formule de tout aussi près.

— Je suis sûr que vous trouverez un moyen de la découvrir.

— La voler, vous voulez dire. Que le vol soit découvert, et le moindre gain diplomatique serait balayé d'un coup.

— Voilà qui ne conviendrait point. Vous devrez faire preuve de ruse et d'ingéniosité. »

Vallon saisit le caractère irrévocable du ton employé par le ministre. Il poussa un soupir chevrotant.

« Quand l'expédition doit-elle partir ?

— Au printemps prochain, dès que le vent et le temps le permettront.

— Mon seigneur, si cette ambassade est aussi importante, je ne comprends pas pourquoi vous choisissez un comte étranger pour la diriger.

— Pas pour la diriger. Pour l'escorter. Des diplomates professionnels prendront la tête de la mission. Vous les rencontrerez en temps voulu. Mais vous avez raison. Votre rang doit correspondre à l'importance de votre mandat. »

Le logothète s'inclina.

« Félicitations, *strategos.* »

Général. Jamais promotion n'avait été aussi mal venue. C'est tout juste si Vallon parvint à incliner la tête en recevant cet honneur.

« Il me faut souligner que cette expédition est secrète, ajouta le ministre. Votre promotion sera annoncée comme une reconnaissance de la bravoure dont vous avez fait preuve à Dyrrachium.

— Je comprends. »

Le logothète réintégra son siège. Les braseros bourdonnaient dans un courant d'air. Une voix féminine sévère s'éleva :

« Il nous a été rapporté que votre épouse était une beauté. »

La vision nocturne de Vallon s'était aiguisée. Malgré le voile qui couvrait le visage de son interlocutrice, il était certain que cette femme était la mère de l'empereur, Anne Dalassène, la plus fourbe des intrigantes de Constantinople et celle qui avait manigancé l'accession de son fils au trône. Autrement dit, la troisième silhouette recroquevillée dans ses fourrures était assurément Alexis.

« Mon épouse est originaire d'Islande, répondit Vallon. Cette île engendre une belle race.

— Vous résidez à Galata, si je ne m'abuse. Je ne suis jamais allée là-bas. Évidemment, à votre retour, il vous faudra trouver un logis plus proche du palais. »

D'une main, elle décrivit un cercle.

« Et peut-être une petite propriété sur la côte de Marmara. »

Vallon parvint à faire une révérence avant de se tourner vers le logothète.

« Combien d'hommes aurai-je sous mes ordres ?

— Cent cavaliers choisis au sein de votre propre escadron, chacun sélectionné pour son courage, sa loyauté et sa polyvalence dans le maniement des armes. Notre ambassadeur sera accompagné par ses gardes personnels et ses propres gens. Si on ajoute les palefreniers, les muletiers, les chirurgiens, les cuisiniers, il y aura au total environ deux cents hommes.

— Deux cents c'est trop peu pour livrer une bataille, et beaucoup trop à entretenir pendant une marche d'un an.

— Je ne m'attends à aucun combat sérieux. J'ai déjà entamé les démarches pour obtenir un sauf-conduit afin que vous puissiez traverser les territoires seldjoukides en Arménie et en Perse. Une fois que vous aurez traversé ces terres, vous ne rencontrerez personne de plus redoutable que des bandits nomades. »

Comment le savez-vous ? avait envie de hurler Vallon. *Vous avez méjugé de la même manière les*

Turcs seldjoukides qui, il y a dix ans seulement, ont vaincu les meilleurs éléments de l'armée byzantine et capturé l'empereur. Il prit une profonde inspiration.

« Mes hommes sont des mercenaires. Je ne puis les obliger à me suivre en Chine.

— Vous ne leur direz rien avant d'être sur le bateau. Dans l'intervalle, vous devrez les convaincre qu'une nouvelle saison à la frontière bulgare les attend. Ce n'est que lorsque vous serez à trois jours de voile de Constantinople que vous leur révélerez vos ordres. Afin d'adoucir toute détresse que cette annonce pourrait engendrer, vous êtes autorisé à leur dire qu'ils recevront le double de leurs gages pendant toute la durée de l'expédition. »

Aucun d'eux ne verra un sou, songea Vallon. Tous périront dans un désert inconnu sans même une pièce de monnaie pour leur protéger les yeux de l'assaut du soleil.

« Je suis désolé, mon seigneur. Je ne mentirai pas à mes hommes. Ces bougres viennent des terres les plus diverses et je tire ma plus grande fierté de ce qu'ils me font confiance. Je ne trahirai pas cette confiance. Je ne prendrai que des volontaires qui savent quels périls les attendent. »

À l'extérieur des murs de l'hippodrome, des chiens aboyèrent et la cloche d'une église retentit au loin. Les gaz sifflaient dans les braseros. La troisième silhouette – nul doute, Alexis – empoigna la manche du logothète. Le ministre se pencha, puis se redressa.

« Très bien. Vous avertirez votre escadron au dernier moment, sans informer vos hommes de leur destination précise. Simple précaution de sécurité. Vous transporterez un trésor fort conséquent. »

Vallon redressa les épaules.

« Je suis honoré que vous me considériez à la hauteur de cette tâche. Toutefois si je puis me permettre, vous surestimez mes talents, et je vous supplie de me relever de cette mission.

— Requête refusée, général. Vous avez trois mois pour vous préparer. Pendant ce temps, vous rencontrerez les diplomates et vous vous renseignerez au mieux sur la Chine.

— Et si je refuse ?

— Il s'agirait de trahison, dont le châtiment est d'être aveuglé et fouetté à travers toute la ville assis à l'envers sur un âne. »

À un signal du logothète, Chlorus apparut à la sortie du tunnel.

« Sa Majesté Impériale a promu Vallon le Franc au rang de général : il est hors de question de soumettre un officier d'un rang aussi élevé aux remous du Bosphore. Un quadrige vous attendra à la Porte Chalkè. »

Les soldats déposèrent Vallon à l'extérieur de sa villa puis repartirent vers le bac. Le Franc hésita avant de s'annoncer, conscient qu'il pourrait bien s'agir de l'une des dernières fois qu'il entrerait chez lui. Au sud, la cité dormait sous un halo lumineux. De l'autre côté du Bosphore, seules quelques lumières isolées marquaient la rive asiatique. Il tira violemment sur le cordon de la cloche, et Wulfstan l'escorta jusqu'à l'intérieur, les yeux remplis de questions qu'il n'osait pas poser. Installée devant la cheminée, Caitlin bondit.

« Avais-je raison ? L'empereur a-t-il récompensé votre bravoure ? »

Vallon s'assit et se massa les yeux.
« D'une certaine façon. J'ai été promu général.
— Alors pourquoi cet air de condamné à mort ?
— On m'a donné l'ordre de mener une expédition en Chine.
— Où est-ce ? »
Vallon fit un sourire amer, sachant que durant les mois à venir, il entendrait cette question à maintes reprises.
« Me voilà déjà face à un problème. J'ai l'ordre strict de ne parler à personne de cette mission.
— Balivernes, Vallon. Je ne suis pas une de ces commères grecques. Nous n'avons jamais laissé de secrets nous diviser.
— Je vous préviens simplement que vous ne devrez rien répéter de ce que je vais vous dire.
— Bien sûr que non. »
Vallon creusa les joues.
« La Chine est un empire qui se trouve à l'autre bout du monde, un an pour y aller, un an pour en revenir. Je serai vieux avant mon retour. *Si* je reviens. »
Caitlin lui prit les mains.
« Vous êtes gelé. »
Elle appela. Une femme de chambre apparut.
« Du vin chaud pour le maître. »
Caitlin le conduisit vers la chayère, le fit s'asseoir et s'agenouilla devant lui en lui massant les mains.
« Je ne pourrai supporter si longue séparation. »
Vallon haussa les épaules.
« La seule façon d'échapper à cette mission serait de fuir Byzance.
— Où irions-nous ? »

Nouveau haussement d'épaules.

« Je pourrais accepter l'offre du sultan seldjoukide et rejoindre son armée. »

Il s'esclaffa.

« J'ai rencontré le commandant en second normand sur le champ de bataille. Il m'a fait une offre similaire. Je pourrais aller n'importe où l'on voudrait bien d'un mercenaire vieillissant. »

Caitlin balaya du regard la pièce confortable.

« Cela impliquerait de tout abandonner et de recommencer à partir de rien dans une terre étrangère. Les enfants devraient apprendre de nouvelles langues. »

Vallon se redressa sur son siège.

« Non. Je ne laisserai pas ma famille se faire déraciner. J'exécuterai mes ordres, quitte à ne jamais revoir les êtres qui me sont chers. Je suis désolé de vous imposer un sacrifice similaire. »

La femme de chambre arriva avec le vin. Vallon fit tourner la coupe entre ses mains. Caitlin alla s'asseoir à ses côtés.

« Si quelqu'un est capable d'effectuer ce voyage et de revenir sauf, c'est bien vous. »

Vallon leva sa coupe et la vida d'un trait, sachant pertinemment que Caitlin luttait pour la forme contre ce qui était en réalité la condamnation à mort de son époux.

« Combien de temps reste-t-il avant votre départ ? demanda-t-elle.

— Trois mois.

— Alors il y a de l'espoir. L'empereur pourrait changer d'avis d'ici là. Chaque semaine nous parviennent des informations au sujet de nouvelles menaces qui pèsent sur la frontière. Ils ne vous enverront pas dans une expédition aussi lointaine s'il y a des combats à livrer plus près d'ici. »

Vallon parvint à sourire. Il pressa la main de Caitlin.

« Vous avez raison. »

L'expression de sa femme se fit pensive.

« Si vous y allez tout de même, demanderez-vous à Hero de vous accompagner ? »

Vallon se tourna brusquement.

« Bien sûr que non. Ça ne m'était même pas venu à l'idée. Quant à le convoquer… C'est un médecin brillant en Italie. Il ne mettrait pas sa carrière aux oubliettes pour m'emboîter le pas dans je ne sais quelle aventure inconsidérée. Dieu l'en préserve. »

Caitlin se pencha vers le feu.

« Et Aiken ? »

Vallon étudia son profil à la peau dorée par la lumière des flammes. Il lui caressa la joue.

« Non. Le défi est trop grand. Ce garçon va rester ici poursuivre ses études. »

Caitlin ferma les yeux, soulagée, et embrassa Vallon sur les lèvres.

« Merci, cher époux. »

Elle se leva d'un mouvement gracieux et tendit la main.

« Je crois qu'il est temps de nous retirer. »

Vallon porta la main de sa femme à ses lèvres.

« Je crains que mes pensées ne soient trop tiraillées pour pouvoir vous donner la considération que vous méritez. »

Caitlin lui effleura la tête et se retira.

Il la regarda sortir de la pièce d'un pas léger, accablé par d'amères idées noires. Bien plus tard, son domestique le trouva à contempler l'âtre, où il étudiait les braises palpitantes comme si, ouvertes à toute interprétation, elles constituaient une préfiguration de sa destinée.

IV

Hero se tenait à la proue, une douce brise venue du sud lui soufflait les cheveux en travers du visage. Les premières hirondelles du printemps effleuraient la surface autour du bateau, et haut dans le ciel des cigognes dérivaient en cercles paresseux sur le chemin du retour vers leurs terres de nidification. Devant lui, la mer de Marmara s'engouffrait dans le Bosphore, le détroit large d'une demi-lieue était piqueté de voiles, Constantinople commençait à sortir de la brume sur la rive occidentale. Le cœur gonflé, Hero regardait la ville se rapprocher : ses digues prenaient des formes massives, manoirs, palais et logis déferlaient sur le promontoire dans une grande vague de civilisation.

Tout sourire, il jetait des regards autour de lui dans l'espoir de partager son plaisir, quand il tomba sur un jeune homme qui contemplait la ville à l'approche avec un mélange d'admiration et de crainte. Le garçon était un Franc d'environ seize ans, mais grand et bien bâti malgré son jeune âge, avec un visage qui rappelait à Hero le jeune empereur Auguste : le même long nez protubérant, les cheveux bouclés, des oreilles assez proéminentes et une bouche à la fois agressive et sensible. Il avait attiré son attention peu après son embarquement à Naples ; en partie parce que le jeune homme franc, seul, essayait de renvoyer une image sévère qui ne seyait pas à son âge. Il était manifestement pauvre : sa tunique était rapiécée et ses chaussures grossièrement ravaudées. Pour toute nourriture il avait une besace remplie de ce qui ressemblait à du porridge froid qu'il coupait au couteau et se forçait à ingurgiter avec une répugnance contenue. Hero avait déjà essayé d'engager la conversation, mais avait été débouté. Le garçon fuyait toute compagnie, possiblement parce qu'il ne parlait pas grec. Voyant à présent sa nervosité à peine dissimulée, Hero décida de faire une nouvelle tentative.

« Un paysage magnifique, qui n'en est pas moins intimidant au premier abord. Songez un peu. Un demi-million d'âmes vivent derrière ces murs. »

Le jeune Franc lui jeta un œil, surpris qu'on lui adresse la parole en français, puis détourna le regard.

« C'est ma deuxième visite, poursuivit Hero, pourtant cette vue continue d'accélérer mon pouls comme nulle autre. Je vous montrerai les grands monuments si vous voulez. Les murailles terrestres furent construites par Théodose il y a plus de six cents ans. Elles mesurent près d'une lieue et demie de long, aucune armée n'a jamais réussi à les percer. Ces colonnes et ces façades splendides au-dessus des digues font partie du Grand Palais. Derrière on aperçoit le dôme de Sainte-Sophie. Dans peu de temps vous pourrez contempler l'ensemble de la structure, la plus belle cathédrale de la chrétienté.

— Je ne suis pas là pour admirer le paysage.

— C'est bien ce qu'il me semblait. Je suppose que vous voyagez à Constantinople afin de vous enrôler dans l'armée.

— Supposez ce que vous voulez. »

Sainte-Sophie apparut alors dans toute sa gloire.

« Je m'appelle Hero de Syracuse. Certains pensent qu'il s'agit d'un nom de fille. »

Il désigna derrière lui la mer de Marmara.

« Comme celle dont l'amant Léandre traverse chaque nuit à la nage l'Hellespont pour la rejoindre. En réalité mon père s'est inspiré du nom de l'inventeur et mathématicien Héron d'Alexandrie. »

Le garçon ignora la main tendue du Sicilien.

« Je n'ai jamais entendu ce nom et ça ne m'intéresse pas. »

Hero fit un dernier effort.

« Il nous reste encore du temps avant d'atteindre le port. Cette brise m'aiguise l'appétit. Voulez-vous partager mon petit déjeuner ? Ce n'est que du pain, des figues et du fromage. Une gourde de bon vin.

— Écoutez, s'emporta le jeune homme, je connais les gens de votre espèce. J'ai déjà eu affaire à eux depuis que j'ai quitté l'Aquitaine.

— L'Aquitaine ? Voilà qui est intéressant. Il se trouve…

— Ne me dites rien. Il se trouve que vous avez un ami originaire d'Aquitaine, alors pourquoi ne pas aller tous ensemble souper gentiment ? Vous n'êtes pas le premier à avoir essayé cette ruse. »

Hero recula.

« Je vois que vous vous méfiez des inconnus. Connaissez-vous quelqu'un à Constantinople ? J'ai un ami en ville qui pourrait vous donner des conseils pour vous enrôler dans l'armée. Je suis d'ailleurs venu lui rendre visite.

— Le non ne fait pas partie de votre vocabulaire, hein ? Je ne veux pas partager votre nourriture. Je ne veux pas rencontrer votre ami. »

Hero s'empourpra.

« Vous tirez vos conclusions à la hâte. Voilà un trait de caractère qui ne vous mènera pas loin à Constantinople. Cette ville a la réputation de dévorer les inconnus. »

Le bateau approchait de la Corne Dorée.

« Je ne vous imposerai pas ma présence plus longtemps. »

Il posa quelques pièces.

« Non, ne les rejetez pas. Je sais que vous en avez besoin. Je vous dis au revoir et bonne chance. »

Déconfit par cette rencontre, Hero rassembla ses bagages et se prépara à débarquer. À terre, un douanier nota son nom, son lieu d'origine et le but de sa visite avant de le laisser passer d'un geste sur le quai grouillant de monde. Une dizaine de porteurs l'entourèrent, demandant à grands cris où il voulait aller et proposant des tarifs défiant toute concurrence avant même d'entendre sa réponse. Il laissa ces braillements s'essouffler pour annoncer sa destination.

« Je me rends chez le comte Vallon, un officier franc membre de l'armée impériale. »

L'un des porteurs repoussa ses congénères.

« Je connais Vallon. Il est général, maintenant. »

L'homme désigna un faubourg haut perché de l'autre côté de la Corne Dorée.

« Il habite à Galata, tout en haut. »

Il s'empara du bagage de Hero et se dirigea lestement vers un bac. Parvenu au bord de l'eau, Hero se retourna et vit que les passagers s'étaient dispersés, laissant le jeune Franc seul sur le quai. Leurs regards se croisèrent, puis le porteur prit Hero par le bras pour l'aider à monter dans le bateau. Quand les deux rameurs eurent trouvé leur rythme, le Sicilien se retourna une dernière fois : le garçon se dirigeait vers la porte de la ville, harcelé par des vendeurs ambulants. Un chariot chargé lui boucha la vue et une fois ce dernier parti, le jeune homme avait disparu, englouti par la ville.

En regardant la rive approcher, Hero sentit une agréable appréhension le titiller. Neuf ans s'étaient écoulés depuis la dernière fois qu'il avait vu Vallon, et même s'ils s'étaient échangé quelques lettres, il ignorait quels changements le temps avait apportés chez son compagnon. Il était ravi d'apprendre que le Franc était désormais général – promotion qu'il méritait depuis longtemps. La correspondance de Vallon ne donnait guère d'éclairage sur sa carrière militaire. Ses missives, écrites dans un grec poussif, concernaient principalement sa famille et ses observations de voyage.

Malgré le plaisir que lui procurait la perspective de revoir son ami, Hero n'arrivait pas à se débarrasser d'une pointe de ressentiment. Cette invitation – plus proche d'une convocation – à se rendre à Constantinople avait impliqué qu'il quitte sa pratique médicale florissante ainsi qu'un poste confortable à l'université de Salerne. Ce qui lui restait le plus sur le cœur, c'était la raideur de la missive : non pas une requête personnelle émise par Vallon lui-même, à laquelle il aurait accédé sans hésitation, mais une exigence froide du logothète du Drome stipulant que Vallon, engagé dans une affaire impériale importante, avait insisté pour que Hero le rejoignît sans délai.

Le bac atteignit la rive opposée. Le porteur désigna la colline.

« Vous allez avoir besoin d'une mule.

— Cela fait deux semaines que je navigue. Je préférerais marcher. Bien sûr vous devrez louer une mule pour porter mes sacs », ajouta Hero en voyant la déception de l'homme.

Ils entrèrent dans Galata par une porte et durant l'ascension longèrent de belles villas ceintes de murs où poussaient dans des jardins d'agrément des cyprès noirs duveteux et des mûriers noueux.

« Je puis vous demander d'où vous êtes ? fit le porteur. Vous parlez grec comme un vrai gentilhomme, pourtant vous n'êtes pas de Constantinople. Je le vois bien.

— J'ai grandi à Syracuse et je vis à présent à Salerne.

— M'est avis que vous avez voyagé *un bon peu*. Je vous ai entendu parler arabe à l'un des porteurs. »

Hero sourit.

« *Un bon peu*.

— Où donc, sire ? J'aime bien entendre parler d'endroits de toutes sortes. J'ai rencontré des gens qui venaient de partout : Espagne, Égypte, Rus. Moi, j'ons jamais été plus loin que la mer Noire. »

Hero s'inclina en croisant un couple respectable.

« Ma foi, je suis allé dans la terre des Francs et j'ai visité l'Angleterre.

— Seigneur, quelle épreuve ça a dû être ! »

Les souvenirs délièrent la langue de Hero.

« De là j'ai vogué jusqu'en Islande avant de voyager au sud jusqu'en Anatolie et à la cour de l'émir Suleyman, qui est désormais le sultan de Roum. C'était il y a neuf ans. »

Les yeux du porteur s'agrandirent.

« Vous avez rencontré ce diable de Suleyman ? Ça alors. Excusez la question, sire, mais si ça remonte autant, vous deviez être bigrement jeune.

— J'avais dix-huit ans. »

L'homme s'obligea à détourner les yeux.

« J'adorerais en entendre davantage, sire, mais nous voilà rendus à la résidence du général Vallon. »

Face à la porte, Hero prit une grande inspiration. Le porteur fit tinter la cloche. Des verrous coulissèrent dans un frottement. Le portail s'ouvrit, et un homme trapu aux moustaches pareilles à des ailes s'avança. Tous deux se dévisagèrent, bouche bée, puis Hero recula en trébuchant.

« Toi ! »

Wulfstan le souleva dans ses bras.

« Hero, mon vieil ami. »

Hero se débattit.

« Tu n'es pas un ami. Que fais-tu ici ? Comment… ? »

Il s'interrompit, déboussolé. La dernière fois qu'il avait vu Wulfstan, c'était sur le Dniepr, quand le Viking et ses compagnons avaient déserté la compagnie de Vallon afin de pourchasser un bateau d'esclaves russes. Hero haletait sous le choc.

« Tu nous as abandonnés à la mort. Tu avais promis de nous attendre à l'estuaire. »

Wulfstan se gratta la tête et grimaça.

« Je sais que ça a dû donner cette impression. On est revenus vous chercher, on a trouvé votre campement, le feu encore tiède. On vous a manqués de quelques heures.

— Mais comment t'es-tu retrouvé au service de Vallon ?

— Longue histoire. »

Wulfstan prit le bagage de Hero des mains du porteur estomaqué. Alors seulement le Sicilien remarqua que le Viking avait perdu la main gauche et que son bras se terminait par un moignon. Wulfstan lui passa son membre estropié dans le dos afin de le conduire dans la cour. Hero contempla son environnement d'un air approbateur hébété. La villa blanchie à la chaux formait un « C » carré, avec une loggia garnie d'une treille qui courait sur toute la longueur du bâtiment principal. Dans le jardin, des fleurs couvraient les arbres fruitiers d'une brume rose et blanc.

Wulfstan lui adressa un clin d'œil.

« J'ai hâte de voir la tête du général quand ses yeux se poseront sur vous. »

Le Viking mit ses mains en porte-voix :

« Général Vallon ! Regardez qui est là. »

Vallon sortit de la villa, suivi par un jeune homme. Le Franc s'arrêta net, la bouche grande ouverte.

« Doux Jésus ! » s'exclama-t-il.

Puis il dévala les marches.

« Hero, mon cher Hero. Quelle surprise délectable ! »

Il lui prit les mains et ils se toisèrent dans un sourire. L'âge n'avait pas été ingrat avec Vallon. La même silhouette mince et droite, le nez plus aquilin et le visage plus ridé, ses cheveux auburn grisonnaient aux tempes.

Vallon fit avancer le jeune garçon.

« Tu m'as entendu parler de Hero à de nombreuses reprises. Ma foi, le voilà, avec un air des plus distingués. Hero, laisse-moi te présenter Aiken, mon fils anglais d'adoption. Son père était un compagnon d'armes. »

Hero serra la main d'Aiken. Le garçon avait un visage agréable et intelligent, une attitude calme et courtoise.

« C'est un grand honneur de vous rencontrer, sire. »

Vallon s'esclaffa.

« Je n'arrive toujours pas à y croire. Caitlin sera affligée de t'avoir manqué. Elle et les filles sont parties rendre visite à des amis à la campagne. Elles doivent revenir demain. »

Il lui passa un bras autour des épaules.

« Mais qu'est-ce qui t'amène à Constantinople ? Pourquoi n'as-tu pas écrit pour nous prévenir de ton arrivée ?

— Une lettre ne vous serait pas parvenue à temps. J'ai pris le bateau dès que j'ai reçu la convocation. »

Vallon s'immobilisa.

« La convocation ? Je n'ai pas envoyé de convocation.

— Expédiée par le logothète du Drome, qui me demandait de venir vous retrouver à Constantinople au plus vite. »

Vallon laissa retomber son bras. Son regard se perdit dans le lointain. Il se tira sur les lèvres.

« Mon Dieu.

— Qu'y a-t-il ? »

Vallon prit une grande inspiration.

« Nous en parlerons au souper. Ton voyage a dû te fatiguer. »

Il se tourna vers Wulfstan.

« Va lui montrer sa chambre. »

Deux serviteurs – un homme d'âge moyen et une jeune fille – étaient apparus sur la véranda.

« Pierre, Anna, veillez au confort de notre invité. Il a voyagé depuis l'Italie. »

Wulfstan babilla sans s'arrêter tout en le conduisant à une pièce spacieuse qui donnait sur le Bosphore. Pierre se mit à déballer les bagages.

« Wulfstan, mon arrivée semble avoir choqué Vallon.

— Elle nous a choqués tous les deux.

— Dans le cas de Vallon, pas de façon agréable.

— Qu'est-ce que tu racontes ? Il est ravi de te voir.

— Y a-t-il quelque chose qui le perturbe ?

— Loin de là. Il a enfin eu la promotion qu'il méritait. Tu sais pourquoi ? Il a sauvé la vie de l'empereur à Dyrrachium. »

Le front du Viking se plissa.

« Qu'y a-t-il ? »

Hero se força à sourire.

« Rien. Rien du tout. Revoir de vieux amis après une longue absence est toujours un choc émotionnel.

— Ce n'est point une épreuve pour moi. Je n'ai jamais eu que du respect à ton égard : ta façon d'employer tes talents de guérisseur sur tous ceux qui en avaient besoin, même s'il s'agissait de tes ennemis. S'il te faut quoi que ce soit, appelle-moi. Quoi que ce soit.

— Merci. Pour l'instant tout ce que je veux c'est me reposer. »

Wulfstan sourit jusqu'aux oreilles.

« Quelles histoires nous avons à nous raconter ! »

Il leva la main et sortit discrètement de la pièce tel un troll bienveillant. La femme de chambre était encore en train de préparer le lit, occupée à faire gonfler les oreillers. Pierre disposait les affaires de Hero. Un saladier de fruits était apparu sur une table à côté de la fenêtre, et une aiguière d'eau et des vêtements propres trônaient sur une table de toilette. Pierre s'inclina.

« Un bain sera à votre disposition selon votre convenance. Désirez-vous autre chose ?

— Non. Je vous remercie infiniment. »

Enfin seul, Hero se posta à la fenêtre et contempla le Bosphore, où le couloir de navigation était sillonné de chalands, de caïques, de dromons et de bateaux de pêche. De l'autre côté, sur la rive asiatique, à tout au plus deux semaines de cheval vers le sud-est, Wayland et Syth vivaient leur vie. Qu'étaient-ils devenus ? Avaient-ils conservé leur langue et leurs mœurs anglaises, ou avaient-ils adopté les habitudes turques ? L'épuisement étouffa ses spéculations. Il se laissa tomber sur sa couche, resta assis quelque temps dans une rêverie ébaubie, puis se dévêtit, se glissa sous les draps et s'endormit à l'instant où sa tête toucha l'oreiller.

Il se réveilla dans le noir l'esprit embrouillé. Une silhouette entra discrètement et alluma une lampe. Il se redressa et se frotta les yeux.

« Quelle heure est-il ?

— Les cloches de l'église viennent juste de sonner les vêpres, répondit Pierre. Le maître dit que vous ne devez pas vous lever avant d'être complètement reposé. Il a beaucoup insisté sur ce point. Si vous avez faim, je peux vous apporter le souper dans votre chambre.

— Dites au général Vallon que j'aimerais me joindre à lui. Peut-être après un bain.

— J'ai pris la liberté d'en préparer un. »

Une mosaïque de créatures marines fantaisistes décorait les bains. Après avoir clapoté dans l'eau chaude, Hero plongea dans l'eau glacée et quand il émergea, les idées claires, Pierre l'attendait avec des vêtements fraîchement lavés. Le serviteur le conduisit dans un salon peint de fresques aux scènes pastorales inspirées des récits d'Ovide. Vallon se leva de table.

« As-tu faim ?

— Une faim de loup. »

Pendant un repas simple composé de rouget et de salade printanière, Vallon expliqua comment il en était venu à adopter Aiken.

« Je te serais reconnaissant si tu passais un peu de temps avec ce garçon. Je pense qu'il trouvera ta compagnie plus agréable que la mienne. D'après ses professeurs il a un vrai don pour la logique et la rhétorique. »

Hero perçut des tensions dans cette relation.

« J'en serais enchanté. »

Après avoir jeté un œil alentour il baissa la voix.

« Que fait ici ce traître, ce maraud de Wulfstan ? »

Vallon sourit.

« Je l'ai trouvé en train de mendier dans la rue. Après avoir atteint Constantinople, lui et le reste des Vikings se sont enrôlés dans la marine byzantine et ont servi contre les Arabes en Méditerranée. C'est là qu'il a perdu sa main.

— Oui, mais après nous avoir abandonnés comme il l'a fait…

— À sa place, j'aurais peut-être agi de même. Et au final sa conscience a bel et bien pris le pas sur sa cupidité puisqu'il est revenu à l'estuaire. À ce moment-là nous avions déjà confié notre sort aux vagues. »

Hero frémit.

« L'expérience la plus atroce de ma vie. C'est un miracle que nous ayons survécu. »

Pierre débarrassa les assiettes et se retira. Vallon faisait tourner du vin dans sa coupe.

« Je ne pourrais jamais m'excuser assez que tu aies été contraint de faire un si grand voyage à perte.

— Je ne considère pas vous revoir comme une perte.

— Tu me crois quand je te dis que je n'ai rien à voir avec cette convocation ?

— Évidemment. Mais quel est l'objectif du logothète ?

— Puisque cela ne te concerne pas, il est mieux que tu ne saches pas.

— Ah non ! Nous n'avons eu aucun secret l'un pour l'autre lors de notre quête pour apporter les faucons de la rançon en Anatolie.

— Oh que si, s'esclaffa Vallon.

— Alors cette fois-ci, commençons en étant complètement honnêtes. »

Vallon fit la moue et contempla son verre.

« Après que j'ai attiré l'attention de l'empereur à Dyrrachium, le logothète a étudié les raisons qui m'avaient conduit à Constantinople. Il a lu ton compte rendu de nos voyages, et sur la foi de ce document et de mon passif militaire, il a décidé que j'étais l'homme qu'il lui fallait pour escorter une autre expédition.

— Où ça ? »

Vallon fit jouer sa mâchoire.

« Ma foi, puisque le logothète s'est bercé de l'illusion que tu m'accompagnerais, il ne pourra pas franchement trouver à redire si je te révèle notre destination. »

Il leva les yeux, la lumière de la lampe lui creusait les traits.

« En Chine, le royaume de l'empereur Song. »

Hero se laissa aller à un petit sifflement. Vallon sourit tant bien que mal.

« Ma première réaction a été la même – du moins elle l'aurait été si j'avais eu le loisir de m'exprimer. Le logothète a mené notre entretien en présence de l'empereur Alexis et de l'impératrice mère. Par une froide nuit d'hiver dans la loge impériale à l'hippodrome. »

Hero se redressa sur son siège.

« Pourquoi l'empereur veut-il vous envoyer en Chine ?

— Pour établir des relations avec la cour de Song. Personnellement je ne vois pas ce que Byzance aura à gagner en échangeant des politesses avec un potentat païen qui réside dans une terre située à un an de voyage.

— Une alliance doit sûrement engendrer des bénéfices. Elle redorerait certainement le blason de l'empereur. »

Vallon hocha la tête.

« Ce n'est pas tout. Lors de ses voyages dans l'est, maître Cosmas était-il tombé sur un composé appelé

Drogue de Feu ? C'est un engin incendiaire encore plus violent que le feu grégeois. Le logothète pense qu'il pourrait avoir une grande utilité militaire et souhaite que j'en obtienne la formule. »

Hero secoua la tête.

« Cosmas n'a jamais mentionné pareil composé.

— Ce n'est sans doute qu'une légende. Enfin, peu importe. »

Vallon leva la main pour devancer toute protestation.

« Tu resteras ici aussi longtemps que tu le souhaites, puis tu retourneras en Italie aux frais du logothète. J'ai déjà expédié une lettre au ministre afin de lui exprimer mon indignation devant sa duperie. »

Hero traça un motif sur la table.

« J'imagine qu'il estimait que je serais un atout dans cette entreprise. Manifestement vous ne partagez pas cette opinion.

— Le trajet aller-retour prendra au moins trois ans. Je considère ça comme une peine de mort.

— J'en déduis que vous n'êtes pas en position de refuser ce mandat.

— En effet. J'affronte ma destinée en sachant que si je trépasse, ma famille ne souffrira pas. »

Hero médita un moment.

« Pourrais-je avoir un autre verre de cet excellent vin ?

— Pardonne-moi, dit Vallon en levant la cruche. Toute cette affaire m'a ébranlé. Ce qui me peine le plus c'est la dissension que cela a engendrée entre Caitlin et moi. Imagine ce qu'elle ressent, de savoir que je vais être parti pendant des années pour ne probablement jamais revenir.

— Quand partez-vous ?

— Au début de la saison de navigation. Nous voguerons jusqu'à Trébizonde sur la mer Noire, traverserons l'Arménie puis attaquerons la traversée de la Perse seldjoukide armés d'un sauf-conduit rédigé par le sultan. »

Vallon eut un rire sardonique.

Hero porta le verre à ses lèvres sans le boire.

« Cosmas m'a raconté que les Chinois étaient une race des plus ingénieuses, avec de nombreuses inventions et merveilles à son crédit. Ce serait un singulier privilège d'étudier leurs arts et leurs techniques. »

Vallon éclusa son vin et s'en servit une autre coupe, dont le bord cogna le goulot de la cruche.

« Non, je ne te laisserai pas venir. Pense à ce que je ressentirais si tu mourais pendant le voyage.

— Pensez à ce que moi je ressentirais si je vous laissais partir seul.

— Je suis lié par le devoir. Toi non. J'ai une famille à considérer. Toi non. »

La bouche de Hero se raidit.

« Chacun de nous a des motivations différentes. Dans mon cas, je vous accompagnerai par choix, afin de satisfaire ma curiosité, d'accroître ma réserve de connaissances. Une expédition en Chine serait l'aventure d'une vie.

— Méprises-tu ta profession au point de l'abandonner au profit d'une longue marche dans l'inconnu ?

— Je n'ai encore que vingt-sept ans. Il me reste la moitié d'une vie pour exercer la médecine. »

Vallon vida sa coupe d'un trait et jura.

« Hero, tu ne viendras pas. Parlons d'autre chose. J'insiste. »

Hero n'avala que deux gorgées.

« Pensez-vous que Wayland ait reçu une convocation similaire ? »

Vallon jeta un œil autour de lui comme s'il s'attendait à trouver quelqu'un tapi dans l'ombre.

« Non, grâce à Dieu. Même si l'influence du logothète s'étendait jusqu'à la cour de Suleyman, Wayland ne laisserait pas Syth et ses enfants pour aller traîner ses chausses à l'autre bout du monde sur les simples desiderata de quelque ministre inconnu.

— Vous avez dit "ses enfants". Cela signifie que la famille s'est agrandie.

— Une fille, née il y a trois ans. J'ai la lettre dans mon bureau. Amène ton vin, nous la lirons ensemble. »

Vallon conduisit Hero dans une petite pièce meublée d'une table débordant de papiers. Le Franc les désigna d'un air dégoûté.

« Je m'échine encore à terminer mon rapport sur la dernière campagne. »

Il fourragea dans une boîte qui contenait sa correspondance personnelle.

« La voilà, dit-il. La maîtrise qu'a Wayland de l'arabe écrit est aussi faible que la mienne. »

Hero sourit tout en déchiffrant la lettre.

« Il explique qu'en plus de détenir le poste de haut-fauconnier auprès du sultan, il a été honoré du titre de Maître de la Chasse. Voilà qui ne m'étonne pas. Wayland a vraiment le don d'ensorceler les animaux. »

En entendant un tintement au portail, Vallon se dirigea vers la fenêtre. Hero regarda par-dessus son épaule.

« Pourrait-ce être Caitlin ?

— Il y a peu de chances. »

Wulfstan entra.

« Une lettre pour vous, général. Remise par un messager impérial. Aucune réponse souhaitée. »

Vallon brisa le sceau et lut la missive. Ses lèvres se rétractèrent.

« Encore une convocation : je dois me présenter au Palais de Magnaura dans quatre jours afin de rencontrer l'ambassadeur impérial que je vais escorter en Chine. Et devine quoi ? ajouta-t-il d'un ton hargneux à l'adresse de Hero. Le logothète a appris ton arrivée et demande instamment – autrement dit, exige – que tu m'accompagnes. »

V

En regardant le bac emporter Hero, Lucas ressentit une pointe de honte face à son attitude grossière. Il soupçonnait qu'il avait mal jugé cet homme. En le voyant embarquer à Naples, il avait cru à cause de sa tenue sobre et de son attitude discrète qu'il s'agissait d'un moine. Peut-être était-ce le cas, même s'il n'avait ni tonsure comme les prêtres romains, ni barbe comme les ecclésiastiques orientaux. Il coiffait ses longs cheveux noirs vers l'arrière, ce qui dégageait un front haut. Ses yeux protubérants, son nez pareil à un fuseau et ses lèvres pulpeuses presque féminines auraient dû produire un effet comique, et pourtant il renvoyait une image des plus dignes. C'était sans nul doute un érudit, qui possédait une maîtrise troublante des langues. Lucas l'avait entendu converser avec ses compagnons de traversée en grec, français, arabe, italien et quelque langue inconnue qui aurait fort bien pu être de l'anglais.

L'un des vendeurs ambulants qui le harcelaient lui tira la manche.

« Bas les pattes. »

L'homme évalua le niveau de résistance de Lucas, lui claqua les doigts devant le visage et s'éloigna à grands pas en grommelant. Lucas prit une profonde inspiration et franchit la porte du port pour pénétrer dans une rue bondée bâtie de logis, où il se fraya un passage parmi des chariots bringuebalants et des porteurs qui ployaient sous des balles. La ville assaillait ses sens. Des commerçants venus d'une dizaine de pays faisaient bruyamment l'article de leurs marchandises. Épices et produits en cuir embaumaient l'air. Des gens conversaient à tue-tête depuis des balcons voisins qui bouchaient quasiment la vue du ciel, mais leurs voix étaient presque noyées par le vacarme de la rue. Un cul-de-jatte se déplaçait à toute vitesse sur un chariot en demandant l'aumône. Des prostituées vêtues de robes échancrées afin d'exhiber leur poitrine se tenaient les hanches en avant et écartaient les lèvres en des « O » salaces.

Ce brouhaha s'intensifia à un niveau assourdissant, et Lucas se retrouva au croisement d'une rue encombrée par une foule houleuse : hommes, femmes et enfants se dirigeaient tous au même endroit en entonnant ce qui ressemblait à des cris de guerre. Certains portaient des tabards verts ou bleus, et lorsque les deux partis se rencontraient, de part et d'autre les visages se convulsaient de colère, les gens se poignardaient du doigt et se lançaient des invectives. Des soldats à cheval brandissaient bâtons et fouets afin de séparer les groupes rivaux.

Quelqu'un poussa Lucas par-derrière, et il se retrouva propulsé dans la foule, qui l'emporta au loin. Incapable d'aller à rebours du flux, il pénétra à coups de coude sous une allée à colonnades. Des marchands avaient dressé des baraques et des étals sous les arches. Un homme lui agita un bibelot au visage.

« Je ne comprends pas. Où vont-ils tous ? »

L'homme le repoussa et cueillit un autre passant dans le flot. Lucas se fit écraser le talon et trébucha, manquant de tomber. Une main le redressa, il se retourna : un homme portait sur ses épaules un garçonnet qui imitait la trompette avec jubilation.

« Que se passe-t-il ? cria Lucas. Est-ce une procession religieuse ? »

L'homme pointa un doigt devant lui. En entendant le mot « hippodrome », Lucas comprit : la foule se rendait aux courses.

Il se laissa aller dans le flux, les bâtiments défilaient de part et d'autre. Certains étaient de beaux manoirs aux balcons drapés où des silhouettes vêtues de soie contemplaient ce ragoût d'humanité avec un dédain patricien.

La marée humaine devait avoir porté Lucas sur près d'une demi-lieue quand elle se déversa dans un forum où le flot se divisa autour d'un haut fût de marbre violet couronné d'une statue impériale. De tous côtés, les bâtiments étaient les plus splendides qu'il eût jamais vus, avec des façades d'un blanc éblouissant et de nobles portiques. La foule s'engouffra dans une rue encore plus large. Au-dessus des têtes amassées s'élevait un grand mur percé d'arcades semblable au Colisée en ruine qu'il avait aperçu à Rome. L'enceinte s'étirait presque à perte de vue. Lentement, la foule avançait. On lui toucha la taille, mais quand il fit volte-face, les visages autour de lui étaient impassibles. Il palpa sa bourse sous sa tunique.

Les gens s'engouffraient tous sous une porte colossale surmontée de quatre chevaux de bronze cabrés grandeur nature. Des ouvreurs étaient en faction à l'entrée. Lucas, croyant voir un échange d'argent, farfouilla dans sa bourse en quête de pièces quand la cohue le poussa vers l'avant. Un ouvreur tendit la main, mais Lucas ne savait ni le prix de l'entrée, ni le taux de change de sa monnaie italienne, ni la valeur des pièces que Hero le Grec lui avait données. Il ne savait *rien*.

« *Diploma* », ne cessait de crier l'homme.

Lucas tendit quelques pièces. L'autre retira brusquement sa main, vexé.

« Je ne comprends pas », cria Lucas en essayant de lutter contre la pression qu'exerçaient les gens derrière lui.

Incapable de le repousser, l'homme lui arracha les pièces de la main et le propulsa vers l'avant. Lucas franchit la porte en trébuchant et se retrouva dans un amphithéâtre gigantesque illuminé par un soleil éblouissant. Jamais il n'avait vu autant de monde en un seul endroit. Ce stade aurait aisément pu contenir toute la population de Rome. Les sièges du premier rang étant occupés, les spectateurs se rabattaient sur les gradins. Il monta trente marches et fit péniblement le tour de l'hippodrome avant de trouver une section presque déserte, après le virage en forme de « U » à une extrémité du champ de courses. Les stalles de départ se trouvaient à l'autre bout, à près de deux cents toises de distance. Au milieu du champ, séparant les deux lignes droites, courait une plinthe en pierres encombrée d'obélisques, de statues et de figures en bronze d'animaux et d'auriges. Des bribes de musique leur parvenaient d'un orchestre réuni au centre de l'arène. Les yeux plissés, Lucas parvint à discerner quelques musiciens jouant de l'orgue, dont la soufflerie était actionnée par des équipes d'enfants.

Son voisin remarqua sa stupéfaction et en fit part à ses compagnons. Ils arborèrent un large sourire avec la condescendance bon enfant de cosmopolites qui font étalage de leur sophistication devant un péquenaud étranger. Ils étaient venus équipés pour la journée : coussins pour matelasser les bancs en pierre, ombrelles, paniers de nourriture et gourdes de vin. Lucas dut se détourner devant toute cette abondance. Cela faisait trois semaines qu'il n'avait pas mangé un repas digne de ce nom, et son estomac avait tellement rétréci qu'il lui touchait presque la colonne vertébrale.

À présent l'hippodrome était plein, la foule s'installait avec un murmure d'expectative. Puis ce bruit enfla en un rugissement qui lui fit battre les tympans. Tout le monde se leva d'un bond. Son voisin le mit debout en désignant le côté est de l'arène. Sur un balcon couvert défilaient des silhouettes aux allures de dieux. La loge avait beau se trouver à plus de cent toises, Lucas distinguait le chatoiement de la soie, le reflet de l'or, l'éclat de bijoux.

L'une des silhouettes, barbe noire et vêtements rouge et violet, s'avança au bord de la loge et leva une main. La foule beugla un salut.

Une main en cornet autour d'une oreille pour étouffer le vacarme, Lucas se pencha vers son voisin.

« C'est l'empereur ? »

L'homme se signa.

« Basileus Alexis, Dieu le protège. »

L'empereur laissa tomber un tissu blanc afin de donner le départ des jeux. Tout au bout de l'hippodrome, six chars sortirent des écuries, chacun tiré par quatre chevaux. Leurs auriges brandirent le poing, ce à quoi la foule répondit par des encouragements ou des huées. Les chars s'alignèrent dans les stalles, un drapeau s'agita puis tomba et les chevaux bondirent. Ils galopèrent droit vers Lucas, et ce n'est que lorsqu'ils négocièrent le premier virage juste à ses pieds qu'il apprécia leur vitesse. Les chars se déportèrent, dérapèrent, projetèrent du sable, prirent le deuxième virage sur une seule roue et remontèrent la ligne droite opposée en se dépassant à plusieurs reprises.

Le voisin de Lucas lui asséna un coup de coude et lui tendit des noix. Lucas les dévora, hélas ces quelques miettes ne firent qu'aggraver sa faim.

Lors du troisième tour, deux chars se disputèrent l'intérieur et se percutèrent. L'un d'eux poursuivit sa route, l'autre perdit une roue : l'axe se planta dans le sable et le retourna, envoyant valser l'aurige cinq toises plus loin. Des hommes accoururent, et pendant que certains emportaient la silhouette immobile, d'autres se saisirent des chevaux et lissèrent les ornières à l'aide de râteaux. Quand les chars repassèrent à fond de train, la piste était nette.

Lucas calcula que les concurrents avaient parcouru près d'une lieue avant que l'aurige victorieux ne franchît la ligne d'arrivée en dessous de la loge impériale, parmi les applaudissements de ses partisans et les grognements des parieurs qui avaient misé sur la mauvaise équipe.

Entre deux courses, des musiciens et des troupes d'acrobates divertissaient les spectateurs. Le soleil tapait fort, Lucas avait la tête qui tournait de plus en plus.

« Combien reste-t-il encore de courses ? » mima-t-il.

Son voisin leva sept doigts. Lucas ne pouvait affronter une journée entière à l'hippodrome. S'il ne mangeait pas, il allait s'évanouir. Touchant l'épaule de son voisin en guise de remerciement, il se leva sur des jambes raides et se fraya un passage vers la sortie.

Dehors, la rue était presque vide. Il traversa le forum et s'en retournait vers le port quand une vagabonde se glissa devant lui : tous les traits de son joli visage imploraient de l'aide. Elle lui parla et battit des cils en lui caressant les bras et la poitrine. Elle ne devait pas avoir plus de douze ans, pourtant ce qu'elle proposait était clair. Il la repoussa et poursuivit sa route. Elle pleurnicha, lui emboîta le pas, câline, puis s'agrippa à son coude et fondit en larmes.

Saisissant un mot ou un geste de-ci de-là, Lucas comprit qu'elle était orpheline et mourait de faim. Elle ne le laisserait pas en paix. Il glissa la main sous sa tunique et sortit une pièce. Elle s'en saisit et, transportée par cette générosité, lui passa les deux mains autour du cou et l'embrassa.

Il se dégagea.

« Inutile de faire ça. J'avais une sœur de ton âge et je sais ce que c'est que d'avoir faim. »

Elle s'enfuit en courant, et il l'oublia, déterminé à trouver un étal de nourriture. Un divin fumet l'attira devant une baraque qui proposait des brochettes et des galettes de pain. Les vapeurs de l'agneau grillé l'enivrèrent. Devant lui, un client retira sa commande, servie dans une poche de pain et surmontée d'une ration de sauce aigre au poisson. L'homme paya avec deux pièces qui ressemblaient à celles que le Grec avait données à Lucas. Celui-ci s'avança.

« La même chose. »

En regardant l'agneau grésiller, c'est tout juste s'il parvenait à contenir sa faim, s'imaginant en train d'enfoncer les dents dans de la viande et du pain frais pour la première fois depuis des semaines. Quand le vendeur lui présenta le paquet odorant, la salive qui lui emplissait la bouche l'empêcha de parler.

Le vendeur tendit l'autre main pour recevoir les pièces.

Lucas chercha sa bourse à tâtons, fronça les sourcils, se tapota la taille et, avec un désespoir grandissant qui aurait paru burlesque à celui qui en ignorait la raison, se palpa tout le corps.

« Ma bourse, dit-il. Elle a disparu. »

Le vendeur lui arracha la nourriture des mains.

Soudain Lucas comprit, il regarda au bout de la rue, là où la fille avait disparu.

« J'ai été détroussé. »

Il s'élança dans la rue et scruta de tous côtés. Il porta la main à son couteau et c'est alors qu'il découvrit qu'elle le lui avait aussi dérobé.

Le vendeur l'avait suivi et le repoussa d'une claque sur la poitrine. Lucas, pris d'un étourdissement nauséeux, n'opposa pas de résistance. Dans une stupéfaction incrédule, il se mit à marcher, hébété au point de ne se rendre compte qu'il avait pris la mauvaise direction qu'en voyant un port à ses pieds et la mer de Marmara à l'horizon.

Il s'assit sur un banc devant une église et essaya de réfléchir. Aucun doute, il était dans un beau guêpier :

sans le sou, sans ami, incapable de parler la langue. Mendier était contre sa nature, et d'après ce qu'il avait vu, les estropiés de la ville formaient quasiment une guilde. Personne ne ferait l'aumône à un jeune étranger en pleine santé. Il allait devoir trouver du travail. Cela ne devait pas être difficile dans une ville aussi vaste que Constantinople, et le port était l'endroit évident où chercher. Avec un regain d'optimisme, il descendit au bord de l'eau et parcourut le quai semi-circulaire en demandant à qui voulait l'entendre où il pourrait être embauché. La plupart des gens l'écartèrent d'un geste, d'autres se comportaient comme s'il était invisible.

Il repéra une colonne de porteurs qui ployaient sous des charges volumineuses : ils transféraient des céréales d'un bateau à un grenier. Un homme supervisait leur travail en se tapotant le côté de la chaussure avec un bâton. Lucas se présenta, désigna les hommes affairés, puis reporta le doigt sur lui. Le surveillant le jaugea des pieds à la tête comme s'il s'était agi d'une bête, puis se retourna et cria. Un des débardeurs parmi les plus âgés posa sa balle et s'approcha, tétanisé par l'angoisse. Le contremaître le renvoya d'une pichenette, puis du menton indiqua le chargement à Lucas.

Ce devait être le début d'après-midi quand il commença son travail, et alors qu'il titubait sur ses jambes flageolantes, le dos trempé de sueur, la gorge et les yeux irrités par la poussière du grenier, le surveillant siffla la fin du service. Les porteurs s'arrêtèrent d'un coup. Au début, Lucas, harassé, ne parvint à se mouvoir qu'avec le dos voûté. Il s'approcha du contremaître et tendit la main. L'homme la balaya d'un coup de bâton.

Lucas désigna sa bouche et se tapota l'estomac.

« S'il vous plaît. Je n'ai pas mangé de la journée. »

Un vague sourire traversa le visage du surveillant. Il fit mine de s'éloigner. Lucas le retint.

« Donnez-moi seulement ce que vous me devez. »

L'homme brandit son bâton. Lucas ne lâcha pas prise.

« Ce que j'ai gagné. C'est tout. »

Peut-être le contremaître vit-il dans le regard de Lucas la même belligérance qui avait fait reculer un peu plus tôt le vendeur ambulant. Avec une moue de dégoût, il tendit quatre pièces minuscules et s'éloigna en plastronnant. Les pièces ne pesaient presque rien.

Le soleil sombrait derrière les toits quand Lucas quitta le port. Il étancha sa soif à une fontaine publique et s'en retourna vers le centre-ville, à l'affût d'un étal de nourriture.

La nuit tomba vite. Les rues, encore encombrées de gens rentrant chez eux et de marchands démontant leurs étals un instant auparavant, étaient désormais presque vides. Lucas bifurqua au mauvais endroit et se retrouva piégé dans des ruelles sombres qui serpentaient entre des bâtisses robustes. Les piétons qu'il croisait se déplaçaient en groupes et avec empressement, comme s'ils craignaient de dépasser quelque limite horaire sinistre. Les autorités devaient avoir imposé un couvre-feu.

Il ne faisait pas complètement noir. Ici et là des lampes rougeoyaient derrière des fenêtres, et des flambeaux crachotaient dans des torchères au-dessus de poternes munies de barreaux de fer. Il rencontra à plusieurs reprises des veilleurs armés qui effectuaient leur ronde par deux.

Il allait dans la mauvaise direction, descendant la colline vers les digues. Il tourna à gauche et s'arrêta au milieu de la ruelle : une meute de chiens aux oreilles de chauve-souris qui grognaient au-dessus d'une charogne lui barraient le passage. Il rebroussa chemin, tourna dans une autre rue et s'immobilisa, titillé par une vague sensation de menace. La ruelle derrière lui tournait à angle droit dans l'obscurité. Quelque part dans un logis, un enfant cria et des gamelles s'entrechoquèrent. Il poursuivit sa route, gravissant les marches peu élevées d'une allée tout en regardant de temps à autre derrière son épaule.

Il était presque parvenu au sommet quand un homme semblant se rendre à un rendez-vous apparut à l'angle. La faible lumière reflétait des éclats froids sur son couteau. Lucas fit volte-face et vit un autre homme sortir de l'ombre à seulement sept toises derrière lui.

Aucune embrasure de porte, nulle part où se réfugier. Maudissant la fille qui lui avait volé son couteau, Lucas ôta sa tunique et l'enroula autour de son bras gauche. Il recula contre le mur et avança en crabe vers le rebord d'une marche, sans quitter des yeux ses assaillants. Ils s'arrêtèrent à quelques toises de lui et l'un d'eux se mit à parler en lui faisant signe d'approcher. Lucas répondit d'une voix tremblante :

« Vous êtes sur la mauvaise piste. Je n'ai pas d'argent. »

Il eut un rire forcé.

« Quelqu'un m'a eu avant vous. »

Très lentement, les deux hommes refermèrent leur étau, le couteau tendu, à l'affût du moindre mouvement. Lucas s'obligea à l'immobilisme. Peut-être que lorsqu'ils découvriraient qu'il n'avait que de la menue ferraille, ils le laisseraient partir. Vœu pieux. Ils lui trancheraient la gorge par pure vengeance. Furieux, apeuré, sa respiration se bloquait dans sa gorge. Il était plus grand que ses assaillants. Celui de derrière semblait hésiter, attendant que son complice prît l'initiative. *Attaque-le en premier. Utilise ton entraînement, utilise tes pieds.*

De plus en plus près. Lucas se tenait sur le rebord de la marche, prêt à bondir, quand un rugissement les fit tous se retourner. Une silhouette trapue bouchait l'entrée de la ruelle, une lame gigantesque à la main. L'homme rugit de nouveau et avança d'un pas lourd. Les deux voleurs échangèrent un regard et déguerpirent, celui du haut filant à toute vitesse devant Lucas comme s'il avait cessé d'exister. Le jeune Franc s'affaissa contre le mur, les jambes en coton, et jeta un œil à son sauveur.

« Merci. »

L'homme prononça quelque chose : d'énormes chicots luirent au milieu d'une barbe noire hirsute. Il empoigna alors Lucas par le menton et arbora un large sourire. Puis il brandit sa lame pour la lui faire admirer. C'était le genre de fendoir qu'on utilisait dans les abattoirs. L'homme puait la chair rance et le vin aigre.

« Viens », dit-il.

Du moins c'est ce que pensa Lucas. L'homme ne parlait ni grec ni aucun autre langage que Lucas reconnût. Il lui passa un bras musclé autour de la taille.

« Viens. »

L'homme bavarda sans discontinuer tandis qu'ils parcouraient un dédale de rues désertes : Lucas, sous le choc, le suivait sans mot dire. Quand le barbu s'arrêta devant l'entrée d'un logis délabré, Lucas enfila sa tunique et resta à se balancer dans une sorte de stupeur. L'homme ouvrit et lui fit signe :

« Viens. »

La pièce était crasseuse et sentait si fort le renfermé que Lucas porta la main à sa gorge. L'homme posa son fendoir sur une table et alluma une bougie. Dans un coin gisait un grabat avec des draps froissés qu'on eût dit arrachés à un cadavre ayant déjà passé une semaine dans la tombe. Une icône pendait de guingois sur le mur. Quelque chose remua dans un coin, et Lucas vit des yeux rougeoyer dans un trou. Derrière lui il y eut un bruit de pattes qui détalent sur le plancher. L'homme lui fit un large sourire. Cela semblait être sa seule expression. Il déboucha une bouteille, remplit deux gobelets en terre cuite et en tendit un.

Lucas grimaça.

« Boire du vin l'estomac vide, ce n'est pas une bonne idée. »

Il se tapota le ventre afin de se faire comprendre. Le sourire de l'homme se teinta d'impatience. Lucas avala une gorgée, le breuvage sulfureux le fit cracher.

L'homme s'esclaffa et éclusa son vin. Il contempla Lucas d'un œil neuf, son sourire s'adoucissant en une espèce de spéculation fiévreuse. Lucas s'efforça de sourire.

L'homme se frappa la poitrine.

« Krum », annonça-t-il avant de désigner Lucas d'un air interrogateur.

« Je m'appelle Lucas. »

Krum, ou quel que fût son nom, désigna un objet derrière le jeune Franc. Celui-ci se retourna et vit qu'il indiquait le grabat. Un frisson lui parcourut l'échine.

« Je ne suis pas fatigué. J'ai faim. Allons trouver quelque chose à manger. »

L'expression de l'homme changea de nouveau, figée en une attente languissante. Il tendit une main couverte de poils noirs, la plaça sur l'épaule de Lucas et tâcha de le diriger vers le grabat. Lucas résista, en chancelant sur ses talons. L'homme poussa plus fort. Lucas lui attrapa la main et la repoussa.

« Écoutez, je vous suis reconnaissant, mais il faut que j'y aille. »

L'homme grommela dans sa barbe et commença à dégrafer ses hauts-de-chausses. Lucas évalua la distance qui le séparait de la porte et se préparait à filer quand l'autre croisa son regard et comprit son intention. Vif comme l'éclair, il s'empara du fendoir et le pointa entre les deux yeux de Lucas.

Celui-ci leva les mains.

« D'accord. Mais d'abord, buvons encore un coup. Tenez, laissez-moi faire. »

Il lutta pour empêcher ses mains de trembler en versant. L'homme l'observait, la lame pendante. Lucas engloutit le contenu de son gobelet, toussa et fit un grand sourire. D'un geste tendre, l'homme tendit le bras et soupesa les parties génitales de Lucas.

Ce dernier lui fracassa le gobelet contre le visage, voulut lui envoyer un coup de pied dans les testicules, ne fit que les effleurer et se jeta sur lui de toutes ses forces, en essayant de bloquer le bras armé de son adversaire avec son coude. Il n'y parvint pas et sentit une douleur fulgurante sur son crâne au moment où la lame s'y enfonçait. Il réussit à intercepter le poignet droit de l'homme avant qu'il ne pût lui asséner un autre coup, et tous deux allèrent rouler sur la table.

Lucas entendit le couteau tomber au sol dans un cliquetis. Son assaillant tâtonna à sa recherche. Lucas se jeta sur son dos, lui passa le bras gauche autour du cou et resserra sa prise avec l'autre bras. Il exerça alors une pression sur la nuque. Du sang coulait le long de la joue du jeune Franc. Allongé sur le côté, l'homme gesticulait pour briser l'étau. Lucas savait que s'il parvenait à exercer une pression sur les artères, son adversaire perdrait vite connaissance. Mais sa prise était mauvaise : le plus gros de la pression pesait sur la pomme d'Adam. Au prix d'un énorme effort, l'homme se leva et secoua Lucas. Le Franc se cramponna et l'envoya percuter le mur la tête la première. L'homme fit volte-face, tâchant de se dégager. Lucas lui crocheta la cheville, et tous deux s'écroulèrent au sol. Dans son acharnement, Lucas se mordit la lèvre inférieure. Il s'accrochait, les yeux fermés, pressé contre son ennemi afin de le priver de la moindre prise. L'homme fit encore un effort titanesque, se cabrant et se soulevant à l'instar d'un poisson échoué. Lucas maintenait l'étranglement. Krum cessa de se débattre et émit un grognement guttural. Ne voyant pas son visage, Lucas ne lâcha pas, serrant encore alors même que l'homme s'affaissait sous lui et que ses muscles ne pouvaient plus supporter la pression. Quand le garçon relâcha son étau, Krum ne bougea pas. Lucas se leva en chancelant, le souffle court. Du sang coulait de son menton et éclaboussait le sol. La poitrine haletante, il fit rouler l'homme sur le dos. Il gisait mort, horrible, les yeux exorbités dans son visage noir.

Des poings martelèrent l'huis. Des voix crièrent. Lucas ramassa le couteau, se précipita sur la porte et la déverrouilla. Des yeux terrorisés le dévisagèrent.

Une femme hurla. Il fendit brutalement la foule, dévala les escaliers et sortit. Il bifurqua au premier tournant, et quand il en eut mis deux derrière lui, jeta l'arme.

Harassé, il ralentit, se tenant les côtes en titubant comme s'il avait une jambe plus courte que l'autre. Il saignait encore. Quand il se palpa le crâne, il sentit l'os mis à nu par la balafre. *Tu viens de tuer un homm*e, songea-t-il. *Quel effet ça te fait ? Répugnant. Mais tellement simple. Il suffit d'être désespéré.* Les événements de la journée défilaient à toute vitesse dans sa tête, tous convergeaient vers cet acte immonde perpétré dans cette chambre immonde. Si cette fille ne l'avait pas dépouillé, si ce contremaître ne l'avait pas dupé, si ces deux voleurs ne l'avaient pas menacé… jamais il n'aurait pu convoquer la rage animale nécessaire pour étrangler cet homme. Il se pencha et vomit des filets de bile. Il s'était déjà imaginé tuer, mais seulement au cours d'un combat glorieux sur le champ de bataille, au son des trompettes et bannières au vent, contre un adversaire valeureux qui lui demandait son nom alors qu'ils éperonnaient leurs destriers.

Il s'affaissa lourdement contre un mur, rejeta la tête en arrière et grogna. Son esprit se vida. Un sifflement aigu le fit se redresser net. Voilà que ça recommençait, non loin du lieu de son méfait. Les voisins de l'homme l'avaient vu : ils pouvaient le décrire. Sa blessure constituerait une preuve suffisante. Il s'écarta du mur et chancela au hasard des rues désertes.

Il arriva sur une place de marché éclairée d'une unique lampe. La douce pourriture des légumes en décomposition l'étourdissait. Même blessé et le corps endolori, il ne pouvait nier sa faim. Il avança, les yeux rivés au sol, puis s'arrêta, alerté par des crépitements et de petits vagissements. La place n'était pas vide. Elle grouillait de rats, une horde innombrable, un vrai raz-de-marée.

Piégé dans un cauchemar éveillé, il marchait dans un état de semi-conscience à travers la ville silencieuse, seule âme vivante à errer dans Constantinople. Il avait dû parcourir un quart de lieue quand un cri derrière lui le fit se retourner brutalement. Un veilleur muni d'une épée dégainée et d'une torche enflammée bloquait la rue, puis une autre silhouette apparut. Lucas prit ses jambes à son cou, des sifflets retentirent, et il entendit des bruits de pas à ses trousses. Il fila au bout d'une ruelle.

Sur un côté, un mur d'environ huit pieds de haut renforcé par des contreforts avait une marche en biseau à environ trois pieds du sol. Le bruit de pas précipités se rapprochait. Prenant appui sur le mur d'en face, il bondit, sauta sur la marche et s'agrippa au parapet. Avec une traction à se faire exploser le cœur, il se hissa juste au moment où l'un des veilleurs passait en courant devant l'entrée de la ruelle. Sanglotant sous l'effort, Lucas se tortilla pour franchir le mur et se laissa tomber au sol.

De l'autre côté lui parvenaient des voix et des cliquetis métalliques. Il se plaqua contre la paroi. Les voix diminuèrent. Il attendit. Il n'arrivait pas à comprendre dans quel genre d'endroit il se trouvait. Peut-être un jardin privé ou une cour pavée. Il s'enfonça à pas traînants dans le noir et avait parcouru près de dix toises quand le sol s'ouvrit sous ses pieds. Il trébucha sur quelques marches avant de retrouver l'équilibre. Dans l'obscurité la plus totale, il ne distinguait pas même sa main devant son visage. De l'eau gouttait avec des échos caverneux. Il descendit l'escalier à tâtons. L'air était froid et humide. Il palpa autour de lui et trouva un galet. Il le jeta devant lui et l'entendit tomber dans l'eau avec un plouf.

Il était dans une citerne, l'un des réservoirs souterrains de Constantinople. Il recula et se cogna contre un pilier. Il se laissa glisser à terre, trop épuisé pour faire un geste de plus. Sa mâchoire inférieure claquait de froid. Il serra fort les bras autour de sa poitrine et regarda fixement l'obscurité dégoulinante.

Il dormit par à-coups. Quand enfin il ouvrit les yeux, la citerne s'était remplie d'une lumière sépulcrale suffisamment vive pour laisser voir la surface laquée de l'eau et les colonnades qui s'élevaient jusqu'à des voûtes ombreuses.

Son crâne le lançait. Il tapota son cuir chevelu. Le saignement avait cessé, ses cheveux n'étaient plus qu'une paillasse coagulée et poisseuse. Il s'agenouilla au bord de l'eau et y plongea la tête avec un cri de douleur. Il dut l'immerger trois fois pour faire partir le sang. Le col et les épaules de sa tunique en étaient raides aussi. Il l'ôta, la rinça et l'essora. Grelottant de froid, il endossa le vêtement mouillé puis monta les marches. Le jour venait juste de se lever. La cour qui entourait la citerne était vide. Un léger bourdonnement lui disait que la ville était en train de se réveiller. De ce côté-là, le mur n'offrait aucune prise. Ses yeux s'arrêtèrent sur une cabane au toit plat construite dans l'un des angles de la cour. Un rebord de fenêtre lui fournit un appui. Il rampa jusqu'au mur et regarda par-dessus, en se baissant furtivement au passage d'un homme. Quand il regarda de nouveau, la rue était déserte.

Il roula de l'autre côté du parapet, se laissa tomber et s'éloigna aussitôt.

Un travailleur qui venait en sens inverse prit peur et l'évita. Lucas jeta un œil derrière lui : l'homme le dévisageait. Il comprit pourquoi quand il baissa les yeux. Sa tunique était tachée et marbrée de rose, ses hauts-de-chausses maculés de rouge. Sa plaie s'était rouverte. Du sang lui dégoulinait dans le cou. Il garda la tête baissée.

Il traversa un quartier de forgerons où les hommes délaissèrent leurs marteaux pour l'observer. Il se retrouva ensuite dans une grande rue où des marchands montaient des étals. Il poursuivit son chemin sans croiser leurs regards. Il monta une colline et à travers une percée vit à l'horizon le dôme de Sainte-Sophie à sa droite. La circulation s'amplifiait, il essaya de s'y fondre : énième travailleur qui partait au labeur quotidien.

Trois soldats se frayèrent un passage dans la foule devant lui. Il s'arrêta. Ils ne l'avaient pas encore vu, mais quand ce serait le cas… À l'heure qu'il était, la nouvelle du meurtre devait s'être répandue. Il tourna les talons et n'avait pas fait deux pas qu'il y eut un nouvel éclat de fer : d'autres soldats. À sa droite se trouvait une taverne : quelques tables sous un auvent et une salle sombre ouverte sur la rue. Il entra. Des visages se levèrent des assiettes et des plateaux de tavla. Comme il s'avançait vers le comptoir, le propriétaire le dévisagea d'un air soupçonneux. Lucas sourit et grimaça en se frottant la tête pour indiquer que son apparence désastreuse était la conséquence d'une nuit de débauche qui avait mal tourné. Il exhiba les quatre misérables pièces qu'il avait gagnées sur les quais.

Le gérant de la taverne les contempla, puis posa son regard incrédule sur le visage de Lucas. Il secoua la tête dans une lente fin de non-recevoir.

« C'est tout ce que j'ai. Pâques Dieu, j'ai œuvré suffisamment dur pour les gagner. »

Le tavernier se passa la langue à l'intérieur de la joue et examina derechef Lucas avant de lui désigner une table dans un coin. Lucas s'y affala, dos à l'entrée. Deux serveuses plantureuses zigzaguaient entre les tables, les bras chargés de piles d'assiettes, en bavardant, tout sourire, avec les habitués. Après une longue attente, l'une d'elles apparut devant Lucas et déposa une demi-miche de pain blanc, une omelette et une cruche de vin. Son sourire était si aimable qu'il faillit éclater en sanglots.

Il se laissa aller à sa faim, résistant tout juste à l'envie de déchiqueter le pain et de se fourrer les morceaux dans la bouche au risque de s'étouffer. Quand il eut terminé, il eut l'impression que sa tête s'envolait de ses épaules.

« J'espère que tu as laissé à l'autre bougre un souvenir de toi. »

Lucas se réveilla en sursaut. Un homme s'était calé en face de lui. Il se rendit compte qu'il avait parlé en français.

L'homme faisait naviguer un cure-dents entre ses lèvres. Il désigna le crâne de Lucas d'un hochement de tête.

« Tu as fait la guerre, mon ami. »

Lucas essaya d'esquisser un sourire contrit, mais sa bouche ne fit que trembloter.

« J'ai été attaqué par des voleurs.

— T'es nouveau dans la ville, je parie.

— J'ai débarqué hier », répondit Lucas d'un filet de voix.

L'homme était un vétéran, dont une cicatrice, allant de la tempe au sourcil, et un nœud de nerfs à la place de l'œil droit trahissaient son passif militaire. Sa bouche rieuse adoucissait son allure pugnace.

« T'es venu jouer au soldat pour l'empereur ? »

Lucas hocha la tête.

« T'as des amis à Constantinople ?

— Non, répondit Lucas avant de lever les yeux. Je cherche un officier franc du nom de Vallon. »

Le vétéran retira son cure-dents de sa bouche.

« Vallon ?

— Vous le connaissez ?

— De réputation. Jamais servi sous ses ordres. Qu'est-ce que tu lui veux ?

— J'ai rencontré quelqu'un qui m'a dit qu'il pourrait m'aider à trouver une place dans l'armée. Vous savez où il vit ? »

Le vétéran se porta une main au front.

« Je crois qu'il habite à Galata.

— Où est-ce ?

— Tudieu, j'arrive pas y croire ! »

L'homme posa le tranchant de ses mains sur la table et dévisagea Lucas.

« Galata est de l'autre côté de la Corne. Juste en face de là où tu as mis à quai.

— Oh. »

L'homme le considéra. Il secoua la tête.

« Vallon est trop grand seigneur pour perdre son temps avec des bougres dans ton genre. C'est un général, il a été promu après la déconfiture à Dyrrachium.

— L'homme que j'ai rencontré m'a dit que Vallon venait d'Aquitaine. Comme moi. »

Le vétéran s'esclaffa, fit bruyamment reculer son banc et se leva.

« Il va te dorloter. Vas-y, jouvenceau. Et quand Vallon t'aura mis en quarantaine, reviens ici – Taverne de l'Oiseau bleu – et demande après Pepin. Si c'est être soldat que tu veux, diantre, je peux te dégotter tout ce que tu veux.

— Merci. »

Pepin le vétéran l'examina des pieds à la tête.

« Tu ne peux pas te balader dans les rues dans cet état. Les sentinelles croiraient que tu as estourbi quelqu'un. »

Lucas le dévisagea et déglutit péniblement. L'unique œil de Pépin s'étrécit.

« C'est pas le cas, dis ?

— C'était lui ou moi. Je le jure devant Dieu.

— Sacrebleu ! murmura Pepin. Reste là. »

Il échangea des messes basses avec le tavernier, qui jeta un œil à Lucas, consterné d'apprendre qu'il abritait un meurtrier. Certain que le propriétaire allait appeler la garde, Lucas se leva, bien décidé à prendre la poudre d'escampette. Pepin le rattrapa de justesse.

« Tout doux, mon gars. Par ici. »

Il le conduisit dans une cour intérieure occupée par quelques poules qui grattaient la poussière.

« Enlève ta tunique. »

Il alla chercher un seau d'eau et se mit à nettoyer le visage et les cheveux de Lucas avec un gant. L'eau devint rose. Il la changea.

« Il faudra faire recoudre cette blessure par un médecin. »

Enfin il recula sur les talons afin d'apprécier son travail.

« Ça ira. »

Quand Lucas se fut séché à l'aide d'une serviette, Pepin lui tendit une tunique propre et un couvre-chef.

« Je ne sais pas comment vous remercier, murmura Lucas.

— Nous, les *Frangoi* faut qu'on se serre les coudes. T'as de l'argent ? »

Lucas secoua la tête. Pepin fouilla dans sa bourse.

« Voilà qui devrait te faire tenir pendant quelques jours. »

Lucas regarda fixement les pièces.

« Je ne sais pas combien elles valent.

— Ton ignorance est sans limites, hein ? Ça, c'est des folles. Avec deux cent quatre-vingts folles, t'as un solidus d'or. Deux folles, c'est ce que ton repas aurait dû te coûter. Ces pièces que tu as refilées c'était des nummi, ça vaut des clous. Mais le gérant est un ancien soldat, il a eu pitié de toi.

— Combien coûte la traversée pour aller à Galata ?

— Quatre folles si t'es le seul passager, moins si tu partages. »

Pepin le toisa.

« J'imagine que t'as nulle part où loger non plus. » Il soupira.

« D'accord, quand t'auras fini de perdre ton temps avec Vallon, reviens ici, on s'occupera de toi. Demain, je te présenterai à deux de mes vieux compères d'armée. »

Débordant de gratitude, Lucas sortit dans la rue. Grâce à sa tunique propre et à son couvre-chef qui dissimulait sa blessure, personne ne se retournait sur son passage. Il descendit au port, approcha un passeur et désigna l'autre côté du bras de mer. Après une piètre tentative de marchandage, il finit par payer deux fois le prix mentionné par Pepin. En traversant la Corne, ses nerfs commencèrent à flancher. Qu'allait-il faire s'il parvenait bel et bien à voir Vallon ? Que dirait-il ?

Le bac accosta. Lucas leva les yeux vers les habitations, prit une inspiration chevrotante et se mit en route. Des murs entouraient le faubourg, un soldat l'arrêta à une porte et s'enquit de ce qu'il voulait. En entendant qu'il cherchait Vallon, l'homme le regarda avec un scepticisme non dissimulé, mais le laissa néanmoins passer.

Les ruelles laissèrent place à de vastes artères propres bordées de belles villas bâties derrière des murs tapissés de jasmin et de glycine. Plus il montait, plus sa résolution fléchissait, au point qu'il parvenait tout juste à mettre un pied devant l'autre. *Pepin a raison*, songea-t-il. *Vallon ne voudra pas recevoir un péquenaud originaire d'Aquitaine. Je ne passerai même pas l'étape du portier. Je vais voir où il habite et ensuite je retournerai à la taverne et j'aviserai.*

Il y avait peu de gens dehors et aucun ne voulut l'aider à trouver son chemin. Parvenu à un carrefour en haut de la colline, il tourna à droite et longea un carré d'herbe occupé par quatre damoiseaux oisifs. L'un d'eux donna un coup de coude à ses compagnons pour attirer leur attention sur Lucas. Ils se levèrent et lissèrent leurs tuniques. Au vu de leurs tenues élégantes, Lucas déduisit qu'ils étaient vénitiens, fils de riches marchands. Leurs regards et leurs sourires sardoniques suggéraient qu'ils avaient trouvé en lui la personne qui égayerait leur journée.

Ils lui barrèrent d'un bloc le passage. Lucas ralentit un instant avant d'adopter une foulée assurée, en roulant des épaules.

« Bonjour », lança-t-il en perçant les lignes ennemies.

Une main lui tomba dessus. Les trois autres jeunes gens se rapprochèrent.

« Où crois-tu aller ? » demanda celui qui le tenait.

Lucas secoua la tête et continua à marcher. L'autre le tira en arrière.

« Je t'ai posé une question.

— Je cherche la demeure du général Vallon. »

Cette réplique provoqua un haussement de sourcils.

« Tu es un Franc, dit l'un.

— Originaire d'Aquitaine. »

Ils lui collaient aux basques comme des chiens. L'un d'eux fit une remarque qui suscita un grand éclat de rire. Un autre courut au-devant de Lucas, esquissa une forme de sablier, s'empoigna l'entrejambe et balança le bassin d'avant en arrière dans une pantomime obscène.

Lucas l'écarta d'un geste.

« Je ne vois pas ce que tu insinues. »

L'un des garçons lui arracha son chapeau, cracha dedans, puis l'invita à le remettre. Lucas s'arrêta, son sang chauffait à gros bouillons qui menaçaient de dissoudre sa raison. Il s'efforça de ravaler sa fureur.

« *Je ne cherche point noise*.

— *Je ne cherche point noise* », singèrent-ils.

Leur rire s'éteignit : leurs échanges de regards et leurs expressions plus farouches trahissaient qu'ils étaient prêts à attaquer. L'un d'eux gifla Lucas sur la poitrine.

« On ne veut pas de raclure franque ici. »

Il poussa Lucas une deuxième fois.

« Retourne au pays des Francs, maraud. » Sans céder de terrain, Lucas essaya de repousser ses persécuteurs.

« Écoutez, inutile de se quereller. »

Une main l'empoigna, et il sortit de ses gonds, balançant violemment son poing dans le visage de son assaillant.

« Attrapez-le ! » cria l'un, et les autres plongèrent dans la mêlée à grand renfort de coups de poing et de pied. Lucas garda l'équilibre quelques secondes avant que le poids du nombre ne le couchât au sol. Et là il vit trente-six chandelles. Un pied lui défonça complètement le nez. Un autre s'enfonça dans ses côtes puis se prépara aussitôt à un nouvel assaut. À peine conscient, Lucas se saisit de la cheville menaçante, plongea ses dents dans le tendon et mordit comme une bête. Il y eut un cri horrible, suivi par un coup dans l'œil qui lui fit voir l'univers le jour de sa création, et tout devint noir.

Il reprit connaissance. Haletant, crachant du sang, il roula sur le ventre et eut alors la vision de la violence incarnée : un barbare aux cheveux fauve affublé de moustaches pareilles aux ailes d'un ange vengeur et avec un moignon à la place de la main gauche leur fonçait dessus. L'homme empoigna l'un des attaquants et le cloua sur place. Les autres, qui avaient déguerpi, étaient à présent condamnés à regarder le final de la pièce qu'ils avaient si négligemment improvisée.

Lucas observait la scène à travers ses yeux réduits à des fentes floues.

« Vallon ? »

L'homme baissa la tête.

« Tu es venu trouver Vallon ? »

Lucas acquiesça. Une douleur lancinante provenait de l'endroit où se trouvait jadis son nez.

Le damoiseau capturé se débattait en gémissant. L'air captivé, son ravisseur le retenait sans difficulté, puis l'attira à lui de sorte qu'ils se tenaient les yeux dans les yeux, et là, avec une expression béate, à l'instar de celui qui lève des yeux exaltés vers un saint, il recula la tête et frappa le jeune homme en plein visage : il y eut un bruit semblable à un pot en terre cuite qui se brise. Quand il lâcha prise, sa victime s'effondra, comme terrassée, et se tortilla au sol ; du sang jaillissait entre ses doigts écartés.

Lucas eut vaguement conscience que d'autres gens accouraient. Il vit une jeune femme sculpturale qui, les mains sur la gorge, héla une silhouette élancée vêtue de gris clérical qui se pencha sur lui si bien que son visage familier effaça tout le reste. La dernière chose dont Lucas se souvint fut d'être soulevé et la sensation d'un déchirement atroce dans sa poitrine.

Il se réveilla à la lumière d'une lampe, sa tête sur le point d'éclater. Dès l'instant où il reprit connaissance, il vomit. Des mains placèrent un bol sous sa bouche. Il sombra de nouveau. Des silhouettes défilèrent. La grande dame aux cheveux rouges le dévisagea sans compassion. L'ecclésiastique du bateau prit son pouls en scrutant ses yeux. Un jeune homme se couvrit la bouche en voyant son visage ravagé. Puis – peut-être l'avait-il rêvé – un grand homme sévère l'étudia d'un air impassible avant de s'en aller. Le regard de Lucas était vide, le monde était aspiré au bout d'un tunnel, mais dans un ultime moment de lucidité, il sut qu'il avait enfin trouvé ce qu'il était venu chercher.

C'est lui. Vallon, dont le véritable nom est Guy de Crion. Mon père. L'homme qui a assassiné ma mère et apporté ruine et mort au sein de ma famille.

VI

Lucas se réveilla, surélevé par des oreillers, le crâne bandé, le nez pansé, une main dans une attelle, la vision réduite à une simple fente. D'une fenêtre aux volets clos provenait de la lumière qui se diffusait à travers la petite pièce nue. Une silhouette au pied de sa couche l'étudiait avec un détachement médical. C'était le jeune homme qui avait aidé à le transporter à l'intérieur.

« Tu es réveillé ? »

Lucas cligna des yeux.

« Peux-tu parler ? »

Lucas décolla les lèvres et fit un bruit de déglutition.

Le jeune homme lui servit un gobelet d'eau qu'il lui porta à la bouche. La majorité du liquide lui coula sur le menton. Le jeune homme reposa le verre.

« Ta tête a enflé, elle fait deux fois sa taille normale, expliqua-t-il. Ta mère ne te reconnaîtrait pas. »

Lucas se tapota la figure. Une douleur grinçante au côté le fit suffoquer.

« Ce sont tes côtes. Deux sont cassées. Ton nez aussi, ainsi que l'un de tes doigts. Il a fallu seize points pour recoudre la plaie de ton crâne. Maître Hero a également fait deux sutures sur ta lèvre. Tu étais inconscient, tu n'as rien senti.

— Où suis-je ?

— Dans la maison du gardien du général Vallon.

— Depuis combien de temps suis-je ici ?

— Deux jours. Tu as dormi presque tout le temps. Comment t'appelles-tu ?

— Lucas.

— Moi c'est Aiken, je suis le fils de Vallon. »

Lucas plissa les yeux, réfléchissant à cette affirmation. Autant qu'il pouvait en juger, Aiken et lui étaient à peu près du même âge.

« Non, c'est faux.

— Pas son vrai fils. Il m'a adopté après la mort de mon père. »

Aiken s'assit sur le rebord de la couche avec des mouvements presque guindés.

« Qu'est-ce qui t'a amené ici ?

— Je suis venu à l'est pour m'enrôler dans l'armée byzantine.

— Je voulais dire, qu'est-ce qui t'a conduit à la maison de Vallon ? Wulfstan nous a expliqué que tu avais prononcé le nom du général.

— J'ai rencontré un vétéran franc dans une taverne. Quand je lui ai appris que je venais d'Aquitaine, il m'a suggéré de rejoindre le régiment de Vallon. »

Aiken se leva, le lit grinça.

« Je ne pense pas que le général veuille recruter quelqu'un qui se fait tabasser dès son premier jour à Constantinople.

— Comment est-il ?

— C'est un général. Comment peut-il être, à ton avis ?

— Ce vétéran m'a raconté que Vallon avait fui la France après avoir été déclaré hors la loi, risqua Lucas.

— Ah oui ? À ta place, je garderais ces calomnies pour moi. »

Aiken referma la porte derrière lui. Avec la lenteur d'un vieillard, Lucas tendit une main vers l'eau. Après avoir bu, il se rallongea en réfléchissant à la situation. Depuis son départ de France, il avait répété sa confrontation avec Vallon un nombre incalculable de fois, en s'imaginant le choc sur son visage quand il lui annoncerait qu'il était son fils. Parfois il n'allait guère plus loin et plongeait une épée dans le ventre de Vallon – il la plongeait et la replongeait sans relâche. *Ça c'est pour ma mère, et ça c'est pour mon frère, et ça c'est pour ma sœur. Et ce dernier coup, c'est pour moi.*

Cependant le moment n'était pas venu d'accomplir sa vengeance. Il voulait être en pleine santé pour en savourer le moindre détail. Le temps épicerait le plat, et du temps, il en avait. Vallon ignorait totalement qu'il était son fils. Personne ne savait. *Attends, observe et utilise cet avantage pour infliger un maximum de douleur*. Alors qu'il cédait au sommeil, Lucas avait l'intuition qu'Aiken pourrait s'avérer un levier utile. Leur conversation avait eu beau être brève, il le détestait déjà.

Des songes affreux se succédaient. Avec un cri, Lucas se réveilla en sursaut d'un cauchemar étouffant et découvrit quelqu'un en train de lui éponger le front.

« Chut, intima Hero. Ton corps et ton âme guerroient, laissons-les faire la paix. »

Il lui porta un tampon aromatique sous le nez.

« Te souviens-tu de moi ? »

Le physique hétéroclite de Hero chassa les démons du crâne de Lucas. Il toussa et renifla.

« Si tu avais été moins têtu, tu te serais épargné beaucoup d'ennuis et beaucoup de douleur.

— Je suis désolé de vous avoir repoussé sur le bateau.

— Je comprends ta méfiance vis-à-vis des inconnus. Comment te sens-tu ?

— À peu près comme on pourrait s'y attendre. »

Hero lui prit le pouls, examina son œil découvert, écouta sa poitrine.

« Quel est l'état de ta vue ?

— Je vous vois.

— Combien de doigts est-ce que je montre ?

— Un.

— Et maintenant ?

— Quatre. Vous devez être médecin ?

— Heureusement pour toi, oui. »

Hero glissa un bras sous l'épaule de Lucas et porta à ses lèvres une infusion amère.

« Avale ça. »

Lucas se força à déglutir, le goût le fit trembler.

Hero le recoucha sur les oreillers.

« Aiken m'a dit que tu t'appelais Lucas.

— Lucas d'Osse.

— Il ne t'a pas fallu longtemps pour avoir des problèmes, pas vrai ? Et plus d'une fois, manifestement. Ce ne sont pas ces rustres de Vénitiens qui t'ont infligé ta blessure à la tête.

— J'avais été attaqué par des voleurs la nuit précédente.

— Comme c'est étrange qu'un jour seulement après notre conversation, tu atterrisses dans la maison de l'homme même à qui je me proposais de te présenter.

— Un vétéran que j'ai rencontré par…

— Je sais. Aiken m'a raconté. Ça n'en est pas moins une coïncidence remarquable. »

Lucas, figé sous le regard de Hero, ne se détendit que lorsque le médecin se leva.

« Tu auras l'opportunité de présenter ta requête auprès du général Vallon demain, annonça le Sicilien. Bonne nuit. »

Le cœur de Lucas battait la chamade.

« Avant que vous partiez, sire, puis-je vous poser une question ? »

Hero s'arrêta, la main sur le loquet.

Lucas se tortilla pour se mettre en position semi-couchée.

« Comment avez-vous connu Vallon ? »

Hero s'esclaffa.

« Il me faudrait toute la nuit pour te le raconter. Or tu ferais mieux de passer ce temps-là à dormir.

— Je ne suis pas fatigué. »

Hero revint s'asseoir au pied de la couche.

« Il y a neuf ans, quand j'étais encore étudiant, j'ai été nommé compagnon de voyage d'un diplomate byzantin qui portait une demande de rançon à la famille d'un chevalier normand dont le fils avait été capturé à Manzikert.

— J'ai entendu parler de cette bataille.

— Mon maître est mort dans les Alpes, et j'aurais rebroussé chemin si je n'avais pas rencontré Vallon. Il voyageait vers le sud avec l'intention de prendre du service dans la Garde Varègue.

— Pourquoi ? Enfin, qu'est-ce qui l'a poussé à quitter la France ?

— Qu'est-ce que ça peut te faire ?

— Je me demandais juste.

— Tu n'as pas à te poser de questions au sujet de l'homme qui t'offre l'hospitalité. »

Après un moment de prudente méditation, Hero poursuivit.

« Vallon a accepté de m'accompagner jusqu'au domaine du chevalier normand en Northumbrie, où nous avons livré la rançon. Je me le rappelle encore : "deux couples de gerfauts aussi blancs que le sein d'une vierge ou que les premières neiges de l'hiver".

— Qu'est-ce qu'un gerfaut ?

— Un faucon blanc qui vit sous l'étoile Polaire, à de nombreuses semaines de voyage au nord de la Grande-Bretagne. De là nous les avons transportés vers le sud en traversant la Rus et la mer Noire pour arriver en Anatolie. Ce voyage nous a pris presque une année et nombre de nos compagnons n'en ont pas vu le terme.

— Mais vous, si. Vous avez atteint votre objectif.

— Une part de moi aime à penser que oui. L'autre me souffle que le sacrifice n'en valait pas la chandelle. »

Lucas s'affaissa de nouveau sur ses oreillers.

« Vous ne m'en dites pas la moitié, hein ?

— Non. Jamais je ne pourrai partager les joies et les peines de cette odyssée avec qui que ce soit d'autre que Vallon et Wayland.

— Qui est Wayland ?

— Un Anglais remarquable, un fauconnier qui dort aujourd'hui à la cour du sultan Suleyman avec sa femme, Syth, qui a parcouru chaque lieue de ce long voyage avec nous. »

Lucas voulait en savoir davantage sur son père.

« Le général Vallon est-il un bon commandant ? »

Hero baissa les yeux.

« Je ne suis pas qualifié pour juger des prouesses martiales. Tout ce que je puis affirmer, c'est que sans son commandement, sa ruse et son courage, je ne serais qu'un tas d'os en voie de décomposition dans quelque région reculée.

— Comment évalueriez-vous son maniement des armes ?

— Je dirais que dans sa jeunesse, nul homme n'était capable de le vaincre. »

Lucas gisait immobile, digérant cette affirmation.

« On dirait que vous l'admirez.

— J'exècre la violence, mais Vallon est un guerrier d'honneur. Je ne l'ai jamais vu tuer un homme sans raison. Et personne d'autre n'aurait pu nous conduire à travers ces régions sauvages du monde. Il est le seul homme que j'accepterais de suivre jusqu'au bout de la terre. »

Hero moucha la bougie.

« Sauf que je l'ai déjà fait. »

Demain, avait dit Hero. Toute la journée, avec la pluie qui fouettait les volets, Lucas se tint prêt à voir apparaître Vallon. Il attendait encore, nauséeux d'appréhension et d'effroi, quand l'extinction de la bougie le laissa dans l'obscurité.

Le claquement de la porte le réveilla en sursaut. Une silhouette referma péniblement le battant en protégeant une lampe du courant d'air. La flamme s'immobilisa, éclairant à moitié le visage de Vallon.

« T'ai-je réveillé ? »

Lucas gargouilla une réponse. Vallon secoua la pluie de sa cape, s'assit sur une escabelle trop petite pour lui et posa la lampe sur une table. Cette lumière mettait en relief les anfractuosités de son visage. Lucas parvenait à peine à respirer. Ses fanfaronnades fondaient comme neige au soleil. Le général ne ressemblait certes pas au monstre sanguinolent qui avait marqué sa mémoire au fer rouge, mais il avait bel et bien l'air d'un tueur : un meurtrier professionnel las et rongé par les soucis. Son regard profond était franc, apparemment indifférent, jusqu'à ce qu'une crispation des lèvres ne trahît une humeur maussade.

« Alors, dit-il. Je suis venu en savoir plus sur le coucou qui niche dans mon nid. J'ai cru comprendre que tu étais parti d'Aquitaine. »

Lucas était content que ses bandages dissimulent son visage.

« D'Osse, dans les Pyrénées.

— J'en reconnais l'accent. Tu dois venir d'une famille de paysans.

— De bergers et d'éleveurs de chevaux, mon seigneur.

— Sire suffira. Tu n'avais pas besoin de faire toute cette route pour t'enrôler dans l'armée. Pourquoi n'as-tu pas cherché une troupe plus près de chez toi ?

— Je… Je préférerais ne pas vous le dire. Simplement je ne pouvais pas rester en France. »

Nouvelle torsion de la bouche.

« Ma foi, tu ne seras pas le premier hors-la-loi à chercher de l'emploi sous mon commandement. Comment as-tu voyagé jusqu'à Naples ?

— J'ai marché, mon seigneur… sire. Ça m'a pris six mois, en m'arrêtant à de nombreuses reprises pour échanger travail contre nourriture. »

Vallon se pencha en avant, son ombre se cabrait sur le mur.

« Effort inutile. Si c'est une vie de soldat dont tu as envie, tu aurais pu la trouver en Italie. Les Normands ont passé la péninsule au peigne fin en quête de recrues. Je m'étonne qu'ils ne t'aient pas pris dans leurs filets.

— Ce que j'ai vu des Normands ne me les a pas rendus aimables. »

Vallon se balança en arrière.

« *Aimables ?* Ton discours est plus policé que ce que j'aurais imaginé d'un fils de berger.

— Nous n'étions pas des paysans, sire. L'un de mes oncles était prêtre et a veillé à ce que je reçoive une éducation.

— Sais-tu lire et écrire ?

— À peu près correctement. Autrement dit, pas très bien selon vos critères.

— Hum. Ce vétéran qui t'a dirigé vers moi. Comment s'appelle-t-il ?

— Pepin, sire. Il m'a dit le plus grand bien de vous. Il m'a expliqué que votre régiment avait remporté une victoire notable à Dyr… à Dyr…

— Dyrrachium, et ce n'était pas un régiment et nous n'avons pas gagné la bataille. »

Vallon leva les yeux au plafond.

« Le seul Pepin qui ait servi sous mes ordres a perdu la vie en Castille il y a plus de dix ans. »

Il baissa les yeux.

« Des éleveurs de chevaux, as-tu dit.

— Oui, sire. Et je sais les débourrer.

— Une expérience quelconque avec les armes ? J'imagine que tu sais te servir d'un lance-pierres.

— Je sais manier l'épée, sire.

— Vraiment ? Les bergers d'Osse ne doivent pas être nombreux à pouvoir en dire autant.

— Un vieux soldat qui avait combattu les Maures m'a instruit. Dès le plus jeune âge, j'ai voulu suivre sa vocation. »

Vallon grogna.

« Ma foi, on verra comment tu te débrouilles sur le terrain quand tes côtes se seront rétablies. Si tu te montres prometteur, je te trouverai une place dans l'un des régiments d'infanterie.

— Mon ambition est de servir dans une unité de cavalerie.

— Tu n'as pas les moyens. Un destrier coûte deux ans de solde, à quoi il faut ajouter l'achat des armes et d'une armure. Aucun commandant n'accepterait d'équiper un jeune novice qui n'a jamais vu de bataille.

— Je ne suis pas aussi inexpérimenté que vous croyez.

— J'en déduis que tu as ôté la vie d'au moins un homme. »

Lucas repoussa l'image sordide des spasmes d'agonie de Krum.

« Je me disais que je pourrais débuter en étant votre palefrenier. »

Le front de Vallon se plissa.

« Qu'est-ce qui te fait croire que je trouverai une place pour toi dans mon escadron ?

— Vous m'avez accueilli dans votre foyer.

— Pas par choix. Pourquoi tiens-tu tellement à servir sous mes ordres ?

— Maître Hero m'a décrit l'expédition que vous avez conduite au nord. Son récit de la manière dont vous avez atteint votre objectif m'a convaincu que j'aimerais servir parmi vos Aubains. »

Vallon s'empara de la lampe.

« Non, tu n'aimerais pas. C'est du passé. Nous sommes au présent. »

VII

Quand Vallon s'en revint de sa visite à Lucas, Caitlin ne leva pas les yeux de ses travaux d'aiguille. Hero brisa ce silence gêné.

« Que pensez-vous de notre invalide ?

— Un cas étrange. Au premier abord on croirait à l'entendre un péquenaud prétentieux. Et l'instant d'après, il donne l'impression d'avoir des origines plus élevées. »

Caitlin piqua un point rageur et mit de côté sa broderie.

« Je veux qu'il parte d'ici dès qu'il sera suffisamment rétabli.

— Il ne pose aucun problème.

— Aucun problème ? Les familles des garçons qu'il a attaqués menacent de se plaindre au magistrat.

— Ce sont les Vénitiens qui ont lancé la charge.

— Peu importe. Ces familles sont haut placées, tandis que ce rustre est un moins que rien. »

La voix assourdie de Caitlin menaçait de partir dans les aigus.

« Et qu'est-ce que Wulfstan avait dans le crâne quand il a brisé le nez de Marco ?

— Rien du tout. Marco a attaqué un de nos visiteurs. Il a eu ce qu'il méritait.

— Ça vous va bien de prendre cette histoire à la légère. Vous n'êtes presque jamais là. Moi il faut que je cohabite avec mes voisins. C'est moi qui dois cultiver les amitiés, former des alliances, envisager des bons partis de mariage.

— Zoe a tout juste huit ans.

— Le même âge que la fille de Theodora, or celle-ci est déjà fiancée. »

Vallon ferma un instant les yeux.

Hero avait suivi cet échange en regardant alternativement les deux protagonistes. Il se racla la gorge :

« Lucas devrait être suffisamment rétabli pour partir d'ici dimanche.

— Bien, grogna Vallon.

— Allez-vous le prendre dans votre escadron ? »

Vallon secoua la tête.

« Il me faut des combattants aguerris qui ont les moyens de fournir leur propre cheval et leurs armes. Ce garçon n'a pas un sou en poche.

— Il semble être un jeune homme très déterminé – fier, aussi. Sur le bateau, il mangeait de la nourriture que je n'aurais pas donnée à un cochon, et pourtant il n'a pas mendié. Sans compter que quiconque capable de marcher d'Aquitaine à Naples ne doit pas manquer de ressources. »

Il hésita.

« Combien coûte un cheval ?

— Le moins cher ne partirait pas à moins de vingt solidi. »

Vallon fronça les sourcils.

« Tu n'envisages pas de l'équiper, dis-moi ? » Hero s'empourpra.

« Bizarrement je me sens responsable de lui. Si je l'avais approché avec plus de tact sur le bateau, j'aurais peut-être pu lui épargner une rossée. »

Vallon transforma sa surprise en un haussement d'épaules.

« Ma foi, ce n'est pas à moi de te conseiller sur la manière de dépenser ton argent. Il prétend maîtriser les chevaux et sait manier l'épée. On verra. »

Caitlin se leva dans un tourbillon de soie.

« Vous n'écoutez pas un mot de ce que je dis. Vous êtes sur le point de partir pour un autre voyage, et tout ce dont vous parlez, c'est de je ne sais quel inconnu qui n'est rien pour nous. »

Rassemblant ses jupes, elle sortit vivement de la pièce.

Vallon fit courir sa langue contre sa joue, les yeux fixés au sol.

« Ma dame prend très mal mon départ.

— Elle a ma compassion. »

Vallon replia les jambes.

« Demain le logothète me présentera à l'ambassadeur impérial.

— Et je vous accompagnerai.

— Nous en avons déjà parlé. Inutile que tu te déplaces. Tu n'es pas soumis aux ordres du ministre.

— Vallon, je n'ai pas fait tout ce chemin pour laisser passer la chance d'une visite au Grand Palais. Il y a des princes qui seraient prêts à payer pour avoir ce privilège. Qui est cet ambassadeur ?

— Le duc Michael Skleros, qui n'a rien de moins comme parenté que deux nobles maisons. Sa mère était une Phocas, famille qui a engendré deux empereurs, y compris le dernier. Toutefois sa fortune ne correspond pas à son rang. Les domaines familiaux se trouvaient en Cappadoce. Or ils les ont perdus au profit des Seldjoukides après Manzikert. Oh, et on m'a dit qu'il était laid comme le péché. Ce qui est bizarre c'est que le logothète n'ait pas cru bon de nous présenter avant. Je ne peux qu'en déduire que Skleros ne constitue pas son premier choix. Je le soupçonne d'avoir approché d'autres nobles qui ont fort raisonnablement refusé cette entreprise.

— Ce sera une rencontre intéressante.

— Promets-moi une chose. Ne t'engage pas à faire ce voyage et ne te laisse pas duper par la flagornerie du ministre.

— J'estime être trop mûr pour ça.

— Tu ne l'as pas vu. C'est une araignée. Tu pénètres dans sa toile sans penser une seule seconde à la créature qui l'a tissée, et au moment où tu sens les fils frémir et se resserrer, il est trop tard. »

Un quadrige et une escorte à cheval de toute splendeur les attendaient sur le quai du Prosphorion. Ils parcoururent les rues avec fracas : les cavaliers ouvraient la voie, et les citoyens, après avoir scruté l'intérieur du quadrige, faisaient la révérence, si bien que Hero avait l'impression d'être particulièrement éminent. La Porte Chalkè s'ouvrit devant eux comme par magie, les gardes en uniforme blanc se mirent aussitôt au garde-à-vous, et ils traversèrent à vive allure des jardins immaculés avant de s'arrêter devant l'entrée de la Magnaure. Un eunuque à la démarche sautillante d'une cigogne les conduisit à travers des salles gigantesques, où Hero contemplait bouche bée la décoration et la statuaire abondantes. Il adressa un grand sourire à Vallon.

« Voilà ma peine déjà récompensée.

— N'oublie pas mon avertissement. »

L'eunuque ouvrit à la volée des portes aux battants d'ivoire et annonça les visiteurs dans un contralto flûté. Dix toises plus loin, au bout d'un pavement en mosaïque exquis, une dizaine de notables interrompirent leurs conversations et scrutèrent les nouveaux venus, qui avec un intérêt prudent, qui une suspicion manifeste.

Le logothète, vêtu d'un caftan bleu et argent, s'avança les bras ouverts. Il avait un teint blanc velouté et des sourcils noirs sinueux qui se rejoignaient au-dessus d'un nez délicat et d'une bouche carmin charnue encadrée d'une barbe soyeuse. Hero se demanda s'il s'agissait de l'un des eunuques barbus.

« Général Vallon, quel plaisir de vous revoir. »

Il adressa un sourire éclatant à Hero.

« Et je suis enchanté de faire la connaissance d'un érudit et médecin aussi brillant. »

Vallon en vint directement au fait, au mépris du protocole.

« Hero n'a répondu à votre invitation que par respect pour votre rang élevé. Sa présence ne trahit en aucun cas le moindre désir de se joindre à cette entreprise. »

Le logothète fit un geste ambigu et fixa son regard liquide sur Hero.

« Je m'excuse s'il y a eu malentendu. Au vu de l'enthousiasme avec lequel Vallon avait parlé de vous quand nous avons discuté de cette mission, j'ai supposé qu'il serait ravi de vous avoir à ses côtés. »

Vallon répliqua, les dents serrées :

« Mon seigneur, rien de ce que j'ai dit n'aurait pu donner cette impression. »

Le logothète ne lâchait pas Hero des yeux.

« En tant que diplomate, c'est mon métier de chercher le véritable sens caché derrière les mots, et à l'écoute des propos de Vallon, j'ai déduit qu'il apprécierait grandement votre présence au cours d'une aventure d'une telle importance. »

Il se tourna vivement vers Vallon.

« Me suis-je trompé ?

— Vous savez combien j'admire Hero, mais…

— Parfait. Il semblerait que mon jugement n'était pas erroné. »

Il se retourna vers Hero.

« Évidemment, la décision n'appartient qu'à vous. Si vous déclinez, nous vous renverrons en Italie à nos frais et avec une petite compensation pour le désagrément que vous avez subi. Dans le cas contraire… »

Vallon l'interrompit en anglais.

« Accepte cette offre. Tu peux être parti d'ici une semaine. »

Des murmures s'élevèrent parmi les spectateurs qui tendaient le cou. Que le logothète comprît ou non l'anglais, il sembla saisir la teneur des propos du Franc et fronça les sourcils d'un air de reproche.

« Si vous voulez bien me laisser finir… »

Il sourit à Hero.

« Naturellement, si vous décidiez bel et bien de vous joindre à l'ambassade, nous vous récompenserions généreusement, au-delà de la somme que vous auriez gagnée grâce à votre pratique. »

Vallon tenta une interruption.

« Mon seigneur…

— Général, un gentilhomme de l'intelligence de Hero est sans nul doute capable de décider pour lui-même. »

Hero évita de croiser le regard de Vallon.

« Il me faudrait entendre tous les détails avant de prendre une décision.

— Excellent, fit le logothète. Et après nos discussions, peut-être nous ferez-vous l'honneur de votre compagnie au cours d'un repas informel. J'aimerais beaucoup vous interroger sur quelques détails concernant vos voyages dans le nord, en particulier le temps que vous avez passé en Rus.

— Avec plaisir. »

Avec un regard triomphal à Vallon, le logothète se tourna vers les autres invités.

« Son Excellence le duc Michael Skleros, ambassadeur impérial à la cour de l'empereur Song. Permettez-moi de vous présenter le général Vallon, commandant de votre escorte, ainsi que son compagnon, Hero de Syracuse. »

Hero parvint tout juste à contenir le choc. L'adjectif « laid » ne rendait pas justice à Skleros. Son apparence était répugnante : un corps à la fois gras et rabougri avec une tête d'une grosseur disproportionnée posée eût-on dit directement sur les épaules, des yeux de taupe minuscules, une lèvre inférieure pendante, large de hanches et court sur pattes. Hideux. Hero aurait dû ressentir de la pitié pour quelqu'un d'aussi peu gâté par la nature ; or bizarrement cet homme le faisait se sentir obscurément menacé.

Vallon fit une révérence.

« Je suis honoré d'être sous les ordres d'un serviteur de l'empire aussi distingué. »

Skleros tendit une main manucurée et grassouillette comme s'il s'attendait à ce que Vallon la baisât.

« Général », dit-il.

Pour Hero, il se contenta de hocher la tête et d'agiter les doigts.

Le logothète se massait les paumes de main.

« Général, depuis notre dernière rencontre nous ne sommes pas restés les bras croisés. Nous avons reçu les garanties d'un sauf-conduit pour traverser le territoire seldjoukide. Nous sommes en train de rassembler les provisions et avons réquisitionné un moyen de transport pour la traversée sur la mer Noire. Vous mettrez voile sur Trébizonde avec quatre bateaux. Le premier transportera votre escorte militaire, le deuxième le duc Skleros et ses gens, et les deux autres les chevaux et les provisions. »

À un claquement de doigts du logothète, un clerc s'empressa de fourrer des documents dans les mains de Vallon et de l'un des serviteurs du duc Michael.

« Inventaires. Étudiez-les attentivement. Si vous remarquez la moindre omission ou déficience, faites-le-moi savoir sans délai. »

Durant la discussion qui s'ensuivit, Vallon se glissa aux côtés de Hero.

« Je suis sûr que ta rencontre avec l'ambassadeur a chassé tes illusions.

— Il a sans nul doute une apparence des plus malheureuses. Je ne peux que supposer que l'empereur l'a choisi pour d'autres qualités.

— À savoir ? Sa condescendance sarcastique ? Imagine être coincé avec ce paon bouffi pendant les trois ans à venir. »

Le logothète frappa dans les mains. Des portes doubles s'ouvrirent.

« Si vous voulez bien me suivre. »

Hero pénétra à la suite de la compagnie du duc dans une antichambre ingénieusement éclairée de façon à mettre en valeur une kyrielle de trésors empilés sur une table.

« Ce sont les cadeaux destinés à l'empereur Song. »

Les hôtes encerclèrent la table avec des murmures approbateurs. Hero ne savait pas où donner de la tête. Deux coupes serties d'améthystes et de cabochons. Une robe en soie teinte en violet au murex et brodée de métaux précieux et de perles. Une horloge à eau montée sur un socle en bronze doré. Des icônes représentant Jésus-Christ et la Vierge Marie peintes à l'encaustique par un grand maître. Un plat en argent portant un monogramme de l'empereur, en nielle. Deux compotiers en poterie mordorée, l'un décoré d'un dromon, l'autre d'une scène de chasse…

Le logothète se pencha vers Hero.

« Digne d'un empereur, à votre avis ? »

Hero se passa une main sur les yeux.

« Ce sont des objets magnifiques. »

Le logothète tendit un peu plus le cou.

« Mais ? N'ayez pas peur de dire le fond de votre pensée. »

L'un après l'autre, tous se tournèrent jusqu'à ce que Hero fût le centre de l'attention.

« Ma crainte est que l'empereur de Chine ne possède déjà des trésors inestimables. »

Il caressa la robe au tissu tellement splendide qu'un homme riche aurait pu œuvrer toute sa vie sans jamais gagner suffisamment pour le posséder.

« De la soie ? C'est la Chine qui est à l'origine de sa fabrication. »

Il désigna les icônes.

« Les Chinois vénèrent leurs propres dieux et ancêtres. »

Il s'empara de l'une des coupes.

« De l'or et des bijoux ? Certes, aucun dirigeant n'en possèdera jamais assez. Le problème est le suivant : êtes-vous prêt à en prodiguer suffisamment pour satisfaire l'appétit de l'empereur chinois ? L'horloge est très belle, mais si l'on en croit maître Cosmas, les Chinois ont conçu les leurs, notamment des horloges à eau de la taille d'une maison capables de suivre le mouvement des planètes aussi bien que de donner les heures. Cosmas, encore lui, m'a expliqué que la noblesse chinoise dînait dans des plats en céramique plus beaux et plus raffinés que n'importe quel objet fabriqué par nos potiers. »

Il hésita.

« Je suis désolé de déprécier ainsi vos trésors. »

Le logothète adressa un petit sourire crispé à ses invités.

« Non point, c'est la raison pour laquelle je vous ai amené ici. »

Il bomba la poitrine.

« Alors, qu'a Byzance à offrir à un empereur qui possède manifestement tout ?

— De la jalousie ? » fit Vallon.

Le logothète esquissa un sourire chagrin.

« J'ignorais que vous aviez le sens de l'humour, général. »

Hero étouffa un gloussement. Il était rare que Vallon se gaussât. Il recouvrit son sérieux.

« Il me semble bien que l'empereur chinois pourrait apprécier des cadeaux d'une nature plus pragmatique. »

Les yeux du logothète s'agrandirent.

« C'est-à-dire ?

— Des manuels d'ingénierie et de médecine, sur l'art de la guerre et de gouverner. Et puis… »

Il regarda Vallon à la dérobée.

« Le général m'a dit que vous espériez obtenir de la Chine la formule d'un engin incendiaire extraordinaire.

— La Drogue de Feu. Vous en avez connaissance ?

— Non, mais si c'est important à ce point, peut-être devriez-vous envisager de l'obtenir en échange du feu grégeois. »

Le logothète secoua la tête en fermant les yeux pour appuyer son propos.

« Hors de question.

— Pourtant vous vous attendez à ce que les Chinois partagent leur propre technologie militaire.

— S'ils refusent de la divulguer de leur plein gré, vous pourriez avoir besoin de recourir à d'autres méthodes. »

Le ministre fit un geste dédaigneux.

« J'ai déjà évoqué la question avec Vallon.

— Et je partage les doutes du général, intervint Skleros. Tout gain diplomatique que nous pourrions obtenir serait balayé si les Chinois découvraient que l'un de nos objectifs est de voler un secret d'État. Même nos vies pourraient être mises en péril. »

Le logothète fit un geste brusque de la main comme pour esquiver quelque chose d'obscène.

« Je n'ai pas dit "voler". Je vous ai simplement encouragé à employer tout stratagème concevable afin d'obtenir la fameuse formule. Cela impliquera sans nul doute un échange d'argent. »

Il balaya son audience de ses yeux sombres.

« Je n'ai qu'une chose à ajouter. Revenez en possession du secret de la Drogue de Feu et l'empereur vous récompensera avec vingt mille solidi, que se partageront le duc et le général à proportion de deux parts contre une. »

Les invités échangèrent des regards. Hero était sidéré. Vingt mille solidi équivalaient à plus de deux cents livres d'or. Il se tourna alors vers Vallon, dont l'expression était aussi dure que la pierre.

« Serons-nous armés du feu grégeois ? s'enquit ce dernier.

— Seulement pour la traversée de la mer Noire. Je ne pense pas que vous ayez envie de vous traîner barils, chaudrons et siphons jusqu'en Chine. »

Vallon se tourna vers Skleros.

« J'ai cru comprendre que votre suite se montera à une quarantaine d'hommes. »

Skleros lui jeta un coup d'œil rapide avant de s'adresser au logothète.

« Puisque vous nous avez encouragés à donner notre avis, permettez-moi de livrer le mien. Sans vouloir manquer de respect au général Vallon, notre ambassade aurait davantage de prestige si le commandant et ses troupes étaient grecs. Après tout, vous qui êtes chargé des relations diplomatiques seriez moins enclin à prendre au sérieux une délégation si la majorité de la compagnie était constituée de mercenaires étrangers.

— Vous avez une alternative ? » s'agaça le logothète.

Une bulle se forma sur la lèvre inférieure de l'ambassadeur.

« En effet, oui. Justin Bardanes est un noble seigneur au passé militaire brillant et qui a une connaissance subtile de la diplomatie. »

Le logothète parut s'attrister.

« Bardanes a comploté contre l'empereur et ne s'est jamais distingué sur le champ de bataille si ce n'est pour démontrer à quelle vitesse il savait battre en retraite. Je ne discerne chez lui aucun trait recommandable hormis le fait qu'il s'agisse de votre cousin. »

Skleros rougit. Sans lui laisser le temps de protester, le logothète agita le doigt vers Vallon.

« Alors que les références du général ne font pas l'ombre d'un doute. Vous êtes tous au courant de ses voyages extraordinaires et du courage exemplaire dont il a fait preuve à Dyrrachium. Si vous avez des réserves quant à sa nomination, faites-en part à Sa Majesté Impériale. Je vous arrangerai une audience, si vous voulez. Mais sachez ceci, ajouta-t-il un ton plus bas. C'est notre empereur, le saint et éminent Alexis Ier Comnène, qui a personnellement choisi Vallon pour cette mission. »

Skleros fit marche arrière.

« Je ne dirai pas un mot de plus. »

Le ministre gratifia l'assemblée d'un large sourire.

« Alors, allons déjeuner. »

Le logothète assit Hero à sa gauche et l'interrogea sur différents sujets ayant trait à son voyage dans le grand nord, faisant ainsi montre d'une maîtrise impressionnante de la géographie et des politiques étrangères. La conversation se porta ensuite sur la médecine et la science, et là encore il fit preuve d'une admirable étendue de connaissances. Après avoir écouté le compte rendu de Hero sur son travail de médecin, il embrassa d'un geste une partie du palais derrière lui.

« La Magnaure possède une belle bibliothèque qui contient nombre de textes médicaux rares. Peut-être aimeriez-vous en explorer les trésors.

— Ce serait la réalisation d'un rêve.

— Y a-t-il un auteur en particulier dont vous aimeriez étudier les travaux ?

— L'un des médecins que j'admire le plus est Hunayn ibn Ishaq. Il a écrit un texte intitulé *Dix traités sur l'œil* sur lequel j'essaie de mettre la main depuis des années. »

Les sourcils du logothète formèrent une ligne sinueuse.

« Ce nom m'est familier. Veuillez m'excuser le temps que je me renseigne. »

Un imperceptible mouvement de tête fit accourir un clerc à ses côtés. Leur échange discret se termina par un sourire radieux adressé à Hero.

« Nous en avons deux copies : toutes deux dans la langue arabe originale, l'une d'elles transcrite par Hunayn lui-même. Vous pouvez en faire une copie ou si vous préférez, je peux confier cette tâche à l'un de mes *antiquarii*.

— Je préférerais le traduire en personne. Même les plus fins des scribes ont tendance à commettre des erreurs d'interprétation quand il s'agit de sujets spécialisés.

— Je comprends. »

La conversation se porta sur d'autres questions. Hero trouva avec le logothète un hôte charmant et stimulant et fut fort dépité quand le ministre se leva pour signaler la fin de la rencontre. Le logothète l'escorta à la porte.

« J'aurais aimé discuter plus longuement. Malheureusement, il faut que je répète une réception officielle en l'honneur de l'ambassadeur vénitien. Revoyons-nous à votre convenance. En attendant… »

Il tendit à Hero un mince volume manuscrit relié en ivoire.

Hero l'ouvrit. Là sur la page de titre en papyrus se trouvait la signature de Hunayn ibn Ishaq dans une calligraphie déliée. Il leva des yeux perplexes.

« C'est un cadeau, expliqua le logothète. Considérez-le comme une maigre compensation pour tout malentendu que j'aurais pu causer. »

Il leva une main.

« Non, non. J'insiste.

— Merci, dit Hero. Merci. »

Il regarda autour de lui avec ravissement, mais son sourire se fana sous le regard noir de Vallon. Une main en cornet autour de la bouche, il murmura en anglais :

« Je sais ce que je fais.

— Dit la mouche à l'araignée. »

VIII

Hero déplaça sa table pour profiter de la première lumière du jour et ouvrit le livre. Il admirait depuis longtemps Hunayn ibn Ishaq pour l'étendue de son érudition, mais jusqu'alors il n'avait pu lire qu'une fraction de son travail, et encore, dans des traductions médiocres. Hunayn, chrétien nestorien né en Irak au début du IXe siècle, avait étudié la médecine à Bagdad et appris le grec et le perse afin de traduire des traités scientifiques écrits dans ces langues. Cependant ce n'était pas un simple copiste. Il interprétait et perfectionnait, appliquant sa propre expérience pratique aux livres qu'il transposait en arabe ou en syriaque, et il avait également écrit plus d'une vingtaine de livres originaux, y compris le *Dix traités*. Sa réputation était si grande que le calife avait fait de lui son médecin personnel et lui avait confié la charge de la Maison de la Sagesse, une école dédiée à la transmission des connaissances classiques.

Hero feuilleta le volume et tomba sur un schéma détaillé de l'œil humain, dont toutes les parties étaient illustrées. Il l'étudia pendant un moment avant de revenir au début.

Pierre l'interrompit pour lui demander s'il souhaitait rejoindre ses hôtes au petit déjeuner, mais Hero était tellement absorbé qu'il déclina l'invitation sans même lever les yeux. Il avait lu à peu près la moitié du livre quand on frappa à la porte. Il recouvrit le texte d'une main.

« Entrez. »

Vallon s'avança, lui souhaita le bonjour et se posta à la fenêtre. Il regardait de l'autre côté du détroit.

« J'ai organisé ta traversée du retour. Un navire marchand met voile dans trois jours. Tu te glisseras à bord juste avant qu'il largue les amarres. Tu seras hors de portée du logothète avant qu'il ne découvre ton départ. »

Hero se frotta les yeux.

« Je suis désolé que vous vous soyez dérangé pour rien. J'espère que vous n'avez pas payé le trajet à l'avance. »

Vallon se retourna.

« Tu monteras sur ce bateau, quitte à ce que je doive te porter moi-même à bord. »

Hero lui jeta un coup d'œil furtif.

« Avez-vous remarqué quelque chose d'anormal avec mes yeux ? »

Vallon eut l'air perplexe.

« Je sais que tu n'as pas une bonne vue.

— Observez mon œil gauche. Plus près. Le voyez-vous : ce voile par-dessus l'iris ? Cette tache est causée par ce que les anciens appelaient “cataracte” ou “eau mousseuse”. Elle épaissit un peu plus chaque mois. Cette maladie ne se corrige pas. Elle devient plus prononcée avec le temps et se propage en général à l'autre œil. Si je ne la soigne pas, d'après mes calculs, dans cinq ans je serai aveugle. »

La gorge de Vallon palpita.

« Raison de plus pour passer ces années en études profitables plutôt que de les gâcher dans une aventure à l'étranger. »

Hero poursuivit comme si de rien n'était.

« Hormis passer du temps avec mes amis, lire est mon plus grand plaisir. Sans livres il m'est impossible d'acquérir la connaissance indispensable pour faire progresser mon savoir-faire médical. Sans une bonne vue, je serai incapable de pratiquer. Bref, si je perds la vue je perds ma raison d'être. »

Vallon se couvrit le visage d'une main.

« Hero…

— J'en viens au fait. Le livre que m'a offert le logothète parle des maladies de l'œil et de leur traitement. Cosmas m'a dit qu'en Chine les médecins avaient mis au point une opération chirurgicale capable de retirer les cataractes. Voilà. N'est-ce pas une raison suffisante pour effectuer ce voyage ? »

Vallon déglutit.

« Je suis désolé. Je ne m'étais pas rendu compte.

— Alors, accordons-nous à dire que ma décision est prise. D'ailleurs, elle était prise dès le jour de mon arrivée.

— Si tu es sûr de toi, répondit Vallon d'une voix rauque.

— Certain. Mes motivations sont égoïstes, mais j'espère que les techniques que j'ai apprises en tant que médecin se révéleront utiles lors de ce qui sera, je le sais, un voyage difficile. »

Vallon baissa la tête.

« Oh, Hero. Tu ne sais pas à quel point ta… »

Il s'arrêta net, porta la main à sa hanche, là où aurait dû se trouver son épée. Hero entendit un cri. Vallon ouvrit violemment la porte et Wulfstan apparut, en proie à une jubilation presque débilitante.

« Sanguienne ! Qu'est-ce qui te prend ? aboya Vallon.

— Je vous demande pardon, haleta Wulfstan. Un marmot vient d'arriver avec un message. Un Anglais et sa famille, tous vêtus à la manière seldjoukide, ont accosté au port de Theodosius en affirmant connaître Vallon le Franc. »

Hero et Vallon se regardèrent, bouche bée.

« C'est impossible.

— Mais si, dit Wulfstan. Le garçon n'a pas donné de nom mais il a dit que l'homme avait des cheveux couleur maïs et sa femme des cheveux aussi pâles que le lin. Et ils ont un chien gigantesque avec eux et deux petiots. Les gardes du port refusent de les laisser partir. »

Vallon écarta Wulfstan de son passage et sortit à grands pas dans le couloir.

« Ma dame, venez vite. Incroyable nouvelle ! »

Caitlin accourut.

« Que se passe-t-il encore ? Je ne pourrai supporter une inquiétude de plus.

— Wayland et Syth viennent d'arriver en ville. Nous allons les chercher. »

Caitlin porta ses mains jointes devant sa bouche et poussa un cri.

« Je viens avec vous. »

Elle courut à la porte.

« Et les filles ?

— Prenez-les avec vous. Aiken aussi. Wulfstan, fais venir un caïque. Ce sera plus rapide qu'à cheval. »

En descendant le Bosphore, ils se mirent dans tous leurs états à force de spéculer sur ce qui avait bien pu amener Wayland et sa famille à Constantinople.

« Le logothète a dû l'envoyer chercher, dit Hero.

— Non. Wayland ne déracinerait pas sa famille sur les desiderata du ministre. »

Vallon désigna Wulfstan et porta un doigt à ses lèvres.

« Attendons de voir. »

Le port de Theodosius sur la côte de Marmara était le plus grand de Constantinople, construit pour pouvoir accueillir les importations de céréales byzantines en provenance d'une ancienne colonie égyptienne. L'équipée de Vallon s'empressa de rejoindre le bout du quai, esquivant débardeurs et pêcheurs occupés à décharger leurs prises.

« Ce doit être eux ! » s'écria Wulfstan en désignant un cordon de soldats.

Un officier vint à leur rencontre d'un pas leste et salua.

« Général Vallon ?

— Je crois savoir que vous retenez une famille anglaise. »

Derrière les soldats, un homme blond élancé avec des yeux bleus de Viking se leva d'une balle. Aussitôt une femme mince se redressa, tenant par la main un garçonnet et une fillette aux cheveux filasse : le premier se cramponnait à un arc miniature, la seconde, les yeux gonflés par les larmes, serrait une poupée contre sa poitrine. À côté d'eux se dressait un berger d'Anatolie haut sur pattes au flanc étroit et au pelage crème et gris hirsute.

« Syth ! » hurla Caitlin.

Elle s'élança et prit la jeune femme dans ses bras. Vallon approchait nonchalamment, le sourire jusqu'aux oreilles.

« Wayland. »

L'Anglais eut un sourire indolent. Des années à regarder le soleil avaient gravé un éventail de rides autour de ses yeux. Il avait l'air las et sa tunique matelassée était tachée suite à des jours de voyage.

Syth leur adressa son sourire adorable qui scintillait encore dans la mémoire de Vallon. Avoir eu deux enfants n'avait pas gâté sa silhouette et ses yeux étaient demeurés aussi clairs que les cieux du Nord.

Wayland embrassa ses vieux compagnons.

« Capitaine Vallon, c'est bon de vous revoir après toutes ces années.

— Il est général maintenant, précisa Hero.

— Il n'y a pas de rangs entre nous, dit Vallon.

— Hero, j'ai souvent pensé à toi et je suis ravi de constater que tu as l'air encore plus intelligent que lors de notre séparation. »

Wayland remarqua alors Wulfstan et s'esclaffa.

« Tu es bien la dernière personne que je m'attendais à voir. »

Wulfstan bomba le torse.

« Je suis le gardien de la maison du général. Je me suis rangé. Je vais même à l'église. Viens là, maroufle, laisse-moi te serrer dans mes bras. »

Vallon présenta ensuite Aiken.

« Et voici mon fils adoptif. Il est anglais. Son père était officier dans la Garde Varègue. »

Aiken serra la main de Wayland.

« C'est un honneur de faire votre connaissance. »

Hero posa alors la question qui les taraudait tous.

« Qu'est-ce qui vous amène à Constantinople ?

— Plus tard », lança Vallon.

Il passa un bras autour des épaules de Wayland.

« Commençons par vous conduire à la maison, on aura bien le temps de rattraper toutes ces années perdues. »

L'officier intervint :

« Je suis désolé, général. L'Anglais servait à la cour du sultan de Roum. Je crains de ne pas pouvoir les relâcher avant qu'ils aient été correctement examinés.

— Au diable ces formalités. Je me porte garant d'eux.

— Il va me falloir davantage que votre parole, général.

— Si ça ne suffit pas, je peux me porter garant d'eux devant le logothète du Drome.

— Ce sont ses employés que j'attends.

— Dans ce cas, dites-leur qu'ils pourront nous trouver dans ma villa, mais demain au plus tôt. Mes amis ont besoin de repos. »

Caitlin conduisait déjà Syth et les enfants au bac, écartant brusquement un soldat qui tentait timidement de la retenir.

« Très bien », répondit l'officier.

Wulfstan secoua le bras de Vallon tandis qu'ils montaient à bord du caïque.

« Nous voilà de nouveau réunis. Comme au bon vieux temps.

— Non, répondit tristement Vallon. Cette époque est révolue, nous ne la connaîtrons jamais plus. »

Sur le trajet du retour en remontant le Bosphore, Caitlin distribua des en-cas sortis d'un panier. Les enfants, prénommés Brecc et Averil, observèrent leurs homologues avec une fascination silencieuse avant de s'endormir dans les bras de leur mère. Toute la famille donnait l'impression d'être épuisée.

« Vos chambres ont été préparées, annonça Vallon quand ils atteignirent la villa. Dormez aussi longtemps que vous voulez. Si vous souhaitez vous joindre à nous pour le souper, nous dînons en général au coucher du soleil. »

Caitlin accompagna les invités à leurs chambres. Hero attendit leur départ avant de se tourner vers Vallon.

« Il va être difficile de garder cette expédition secrète.

— Nous leur dirons simplement que je pars pour une nouvelle période de service, et que tu m'accompagnes afin d'observer les coutumes des autochtones. »

Hero ne prononça plus un mot sur le sujet, et tous deux se rendirent dans le bureau afin de passer en revue l'inventaire élaboré par le logothète. Il courait sur seize pages – tellement de chevaux, de mules, de javelots, de cottes de mailles, d'armures lamellaires, de sacs de biscuits…

Vallon prit son stylet.

« Nous prendrons environ cent trente chevaux et bêtes de somme, chacun ayant besoin de vingt livres de foin par jour. La traversée jusqu'à Trébizonde pourrait prendre deux semaines, cela veut donc dire que nous aurons besoin… »

Il commença ses calculs avec force ratures en passant compulsivement la main dans ses cheveux hirsutes.

« Environ trente-cinq mille livres », déclara Hero. Vallon le regarda par en dessous.

« Comment fais-tu ça dans ta tête ?

— Avec l'aide du signifiant zéro. C'est très simple. Je peux vous apprendre comment ça fonctionne en moins d'une heure. »

Vallon leva une main.

« On ne va pas recommencer avec ça. Tu sais bien que ça me dépasse. Je suis trop vieux pour apprendre de nouvelles méthodes.

— De fait, j'ai présenté ce concept à Aiken, il a tout de suite compris. Pourquoi ne pas le laisser vous aider avec cet inventaire ?

— Ce n'est pas une mauvaise idée. Cela lui enseignera qu'être soldat ne consiste pas simplement à massacrer et à se faire massacrer.

— Que ferons-nous en matière de provisions une fois que nous aurons atteint Trébizonde ? Le gouverneur nous attendra-t-il ?

— Non, et il va avoir un choc désagréable quand je lui montrerai les ordres impériaux exigeant qu'il nous ouvre greniers et resserres. Après ça, nous devrons payer notre ravitaillement. Nous transporterons cinquante livres de solidi d'or, lesquels, le logothète me l'a assuré, constituent une monnaie valable tout le long de la route de la soie. Il faut également ajouter la solde de l'escadron : cent trente hommes qui toucheront en moyenne deux solidi par tête chaque mois pendant un an, et dont l'arriéré sera payé à ceux qui auront la chance de revoir leur foyer. »

Vallon jeta un œil interrogateur à Hero.

« À quelle somme arrivons-nous ? »

Hero ferma à demi les yeux pendant quelques instants.

« Quarante-cinq livres.

— Donc cent livres d'or plus les cadeaux destinés à l'empereur Song. Espérons que les pirates n'auront pas vent de notre fortune. »

En fin d'après-midi, ils en étaient encore à parcourir laborieusement l'inventaire quand un cri d'enfant brisa leurs calculs. Ils allèrent sur la véranda et trouvèrent Zoe assise sur le dos du chien, que Brecc promenait dans toute la cour, sous le regard inquiet de Caitlin. Wayland se tenait à ses côtés, baigné de frais et vêtu d'une élégante tunique de soie bleu plomb empruntée à la garde-robe de Vallon.

« Tu es sûr que ce chien est tranquille ? s'angoissa Caitlin.

— Ne vous inquiétez pas. Si les enfants le tourmentent trop, il se retirera dans un coin au calme.

— Je ne parle pas du bien-être du *chien*. Je voulais dire : mes enfants peuvent-ils être tranquilles avec cette bête ?

— Il a grandi avec mes propres petits sans jamais ne serait-ce que les mordiller.

— Comment s'appelle-t-il ?

— Batu. Ça veut dire “fidèle”.

— Est-ce le chien qu'avait choisi Syth au campement de l'émir ?

— Son fils. Le vieux Burigli a été tué par un ours il y a deux ans.

— Je crois que je n'ai pas envie d'en savoir plus, répondit Caitlin d'une voix de gorge. Wulfstan, ne quitte pas mes filles des yeux un seul instant. Je vais rentrer voir Syth. »

Les femmes et les enfants dînèrent séparément, comme le voulait la coutume à Constantinople. La soirée étant douce, les hommes mangèrent dans la cour, où les chauves-souris zigzaguaient dans la lumière de la lampe.

Vallon attendit que l'entrée fût servie.

« Tu ne nous as pas expliqué la raison de ta fuite. »

Des éclats de rire cristallins leur parvinrent de la maison. Wayland posa délicatement les mains sur la table.

« Nous vivions confortablement à Roum, mais nous ne nous sommes jamais vraiment adaptés aux mœurs seldjoukides. Les restrictions qu'ils imposent aux femmes sont difficiles à tolérer pour des Anglais. Les choses se sont envenimées quand l'un des neveux du sultan a demandé à prendre Averil pour épouse. Ce n'était pas là une demande que nous pouvions refuser, mais nous avons décidé que notre fille devrait pouvoir choisir elle-même son mari quand elle en aurait l'âge. Nous nous sommes longuement interrogés, jusqu'à ce que le sultan lui-même nous ordonne d'envoyer Averil chez son neveu. Après avoir falsifié des documents, nous nous sommes joints à une caravane qui se rendait à Sinop, où nous avons embarqué pour Constantinople. Ça n'a pas été aussi simple que je le raconte.

— Je vois bien que votre voyage a été éprouvant.

— C'était difficile pour les enfants.

— Qu'allez-vous faire ?

— Retourner en Angleterre. Nous ne sommes pas dans le besoin. J'ai suffisamment d'or pour payer le trajet et acheter une parcelle de terre décente. »

Clairement mal à l'aise, il changea de sujet.

« Mais toi, Hero. Qu'est-ce qui t'amène à Constantinople ? »

Vallon répondit avant que le Sicilien ne pût ouvrir la bouche.

« Une heureuse coïncidence. Hero a décidé de me rendre visite, et quand je lui ai dit que ma nouvelle affectation serait la frontière danubienne, il a insisté pour m'accompagner. »

Hero contemplait son assiette.

« Dans quelques semaines, Vallon et moi partons en mission pour la Chine. »

Vallon empoigna si fort le rebord de la table que la vaisselle s'entrechoqua.

« Je t'avais demandé de ne pas souffler mot de cette affaire.

— Vous ne pouvez pas la garder secrète. Caitlin en a probablement déjà parlé à Syth. Et puis que ressentirait Wayland s'il apprenait que nous sommes allés à l'autre bout du monde une fois seulement que nous aurions mis les voiles ? Expliquez donc ce que nous complotons et insistez bien sur le fait qu'il n'y a pas de place dans cette expédition pour un mari avec deux jeunes enfants. En dire moins serait trahir notre amitié. »

Vallon se résigna.

« Tu as raison. »

Il sourit à Wayland.

« Aucun homme sain d'esprit ne choisirait de m'accompagner. Et en tant que commandant de l'expédition, je considérerais quiconque se porte volontaire comme un idiot.

— Hero n'est pas un idiot, remarqua doucement Wayland.

— Hero a de bonnes raisons personnelles d'effectuer ce voyage, et il n'a pas de famille. »

Wayland tourna lentement la tête.

« Et toi, Aiken ? Iras-tu ? »

Celui-ci jeta un œil à son père adoptif.

« Oui. »

Vallon s'étrangla de surprise. Il toussa et se frappa la poitrine.

« Nous avions convenus que tu restes poursuivre tes études. Je croyais que c'était là ton souhait.

— J'ai changé d'avis.

— L'as-tu dit à Caitlin ?

— Pas encore. »

Vallon se passa une main dans les cheveux et promena un regard furieux autour de lui.

« Nous en reparlerons plus tard.

— Dans ce cas, vous voulez bien m'excuser ? Je dois terminer un exercice de grammaire. »

Estomaqué, Vallon regarda le garçon partir.

« Par tous les diables ! J'ai l'impression d'être le seul homme sain d'esprit dans une maison de fous. »

Hero combla le silence qui s'installait.

« Aiken est un élève prometteur, expliqua-t-il à Wayland. Il parle grec aussi bien que moi et a une perspicacité impressionnante en matière de logique.

— Je n'en doute pas, répondit Wayland. Je n'ai eu qu'une seule conversation avec lui, pourtant j'ai été frappé par la manière dont il vous mène au bout d'une phrase pour vous laisser à un endroit tout à fait inattendu. »

Vallon s'effondra, l'air anéanti.

« Caitlin ne me le pardonnera jamais si je l'emmène.

— Pourquoi ça ? » s'enquit Wayland.

Son regard passa de Vallon à Hero.

« Vous feriez mieux de m'en dire davantage au sujet de cette entreprise de fous. »

Vallon lui exposa les faits, en soulignant tous les aspects négatifs. Quand il eut terminé, Wayland avait un petit sourire aux lèvres. La maison était devenue silencieuse, seule une fenêtre était éclairée. Il étouffa un bâillement.

« Ma foi, voilà qui m'a tout l'air d'un voyage fort lointain, mais je suis trop fatigué pour en saisir toute la portée. »

Il se leva.

« M'en voudrez-vous si je me retire ? »

Vallon se leva à son tour.

« Avant que tu partes, trinquons. »

Il brandit sa coupe de vin.

« Aux bons amis et loyaux compagnons. Et à la génération future. Puisse la fortune les bénir aussi généreusement qu'elle a béni leurs parents. »

Vallon entra dans la maison à la suite de Wayland et déboula dans la chambre d'Aiken.

« À quoi diable joues-tu ? D'abord tu ne veux pas y aller, et après si. Explique cette inconstance. »

Aiken reposa son stylet et sembla considérer tout un ensemble de réponses avant de choisir celle qui seyait le mieux à son but.

« J'ai décidé de voir où une décision irrationnelle pouvait me mener. »

L'incompréhension se peignit sur le visage de Vallon.

« Quoi ?

— Vous allez voyager dans un empire lointain. Vos chances de revenir sont minces, je serais donc stupide de vous accompagner. En même temps, si je reste, il ne se passera pas un jour sans que je m'inquiète pour vous et que je me sente coupable de ne pas être à vos côtés : devoir que j'ai juré à mon père d'accomplir. Il me faut décider entre la logique et les sentiments. Ce devrait être facile mais ça ne l'est pas. Dans le cas présent, les sentiments prennent le pas sur la raison. Ou plutôt, les deux s'équilibrent. Ce qui fait pencher la balance, c'est la présence de Hero dans cette expédition. Je sais que je peux apprendre de lui bien plus qu'auprès de mes professeurs, c'est pourquoi j'ai choisi de rallier mon sort au sien. »

Il reprit son stylet.

« Je suppose que cela répond à votre question, général.

— Appelle-moi “père”.

— Cela m'est aussi difficile que ça l'est pour vous de m'appeler “fils”. J'avais le même problème avec Beorn. Je m'adressais à lui en disant “père” tout en sachant qu'il n'était rien de tel.

— Il t'aimait et te traitait comme son fils. C'est tout ce qui compte.

— Et je lui en suis éternellement reconnaissant. »

Aiken détourna les yeux, un petit sourire aux lèvres.

« Afin de satisfaire votre curiosité, je puis vous révéler que mon véritable père était un prêtre anglais de Canterbury. Ma mère me l'a confié avant de mourir, et elle m'a également dit qu'elle n'était pas la seule femme qu'il ait séduite. »

Vallon se massa la nuque.

« As-tu informé dame Caitlin de ta décision ?

— Pas encore. Je le ferai avant qu'elle aille se coucher.

— Attends demain, répliqua Vallon d'un filet de voix presque suppliant. Ma dame a eu une journée mouvementée.

— Non, mieux vaut annoncer les décisions dès qu'elles sont prises. »

Il tripota son stylet.

« Maintenant il me faut vraiment finir cet exercice. » L'angoisse de Vallon se mua en fureur.

« À partir de maintenant, tes seuls exercices se feront sur le champ de Mars ! »

Il pointa un doigt tremblant.

« Tu rallieras mon escadron à l'Hebdomon, où tu seras traité comme n'importe quelle autre recrue.

— Je n'en attends pas moins », répliqua Aiken sans cesser d'écrire.

« Passe-moi le vin », lança Vallon à son retour.

Il but comme s'il ne pouvait pas avaler assez vite.

« Je n'arrive pas à y croire, bafouilla-t-il. Aiken dit qu'il nous accompagne de façon à pouvoir être avec toi.

— Je vais lui parler, dit Hero en voulant se lever.

— Non, gronda Vallon. Sa décision est prise. Laissons-le s'en accommoder. »

Hero faisait tourner sa coupe.

« Ce qui laisse encore Wayland. »

Vallon reposa violemment son vin.

« Non ! C'est moi le commandant de cette expédition. C'est moi qui décide qui s'y engage. Or Wayland n'en fera pas partie. »

Un papillon de nuit vint buter sur la lampe. Hero l'éloigna, mais l'insecte revint en frétillant et se cogna contre le verre jusqu'à se brûler les ailes et tomber en tressautant sur la table. Hero observa le ciel nocturne.

« Les étoiles sont lumineuses ce soir. Elles me rappellent les cieux au-dessus de l'Islande et l'aurore boréale en Rus. »

Vallon se resservit.

« Je me souviens d'avoir rendu tripes et boyaux dans la mer du Nord et avalé de la soupe de mousse dans les forêts de Rus.

— Je me souviens d'avoir descendu le Dniepr et d'avoir vu apparaître la ville de Kiev à travers l'aube dorée.

— Et je me souviens de mains couvertes d'ampoules, d'intestins malmenés et de l'enterrement de compagnons à un millier de lieues de chez eux dans des tombes indignes.

— Je sais, et le plus étrange c'est que je ne me suis jamais senti aussi vivant que lorsque nous courions les plus grands dangers. »

Vallon baissa vivement la tête.

« Arrête.

— Allez vous coucher, sire. La journée a été longue.

— Oui. Je m'excuse de la virulence de mes propos. Va donc te reposer, toi. J'aimerais réfléchir un moment. »

La voix de Hero lui parvint dans l'obscurité.

« Wayland prendra lui-même sa décision.
— Non. Je l'ai déjà prise pour lui. »

Vallon resta dans la cour après l'extinction de la lampe. Les constellations projetaient un vernis glacé sur les tuiles du toit. Quelque part dans le lointain une femme chantait un refrain triste en s'accompagnant au luth. Vallon se servit une dernière coupe et regarda autour de lui en grognant :

« Wulfstan, arrête de rôder dans l'ombre et viens partager ce qu'il reste de vin. »

Le Viking sortit des ténèbres avec beaucoup de délicatesse et frotta un pied au sol.

« Général, permettez-moi de vous faire une demande venue du fond du cœur.

— Demande refusée.

— Vous ne l'avez pas encore entendue.

— Mais si. Tu veux te joindre à moi, comme tous ces autres fous. Eh bien, tu ne peux pas. Ta place est ici, au service de ma famille. »

Wulfstan se redressa de toute sa hauteur.

« Sauf votre respect, sire, vous pourriez trouver mille hommes pour surveiller votre maison et congédier les vendeurs de breloques. »

Vallon asséna une gifle sur le banc.

« Assieds-toi et sers-toi un verre. »

Il but au sien.

« Ma prochaine affectation sera la plus éprouvante de ma carrière.

— Raison de plus pour que je sois à vos côtés.

— Tu étais à mes côtés sur le Dniepr et tu m'as abandonné. »

Wulfstan grimaça.

« Je ne déserterai plus jamais. Je le jure devant Dieu. Sans compter qu'Aiken aura besoin de moi. Je n'arrive pas à comprendre ce garçon, mais je m'y suis attaché et je voudrais être là pour veiller sur lui. Ne vous inquiétez pas pour ça, ajouta-t-il en voyant Vallon jeter un œil à son moignon. Même avec une seule main, je compte parmi les meilleurs soldats.

— Ce n'est pas ça. Cette campagne n'est pas une entreprise militaire ordinaire.

— Je sais.

— Comment ?

— L'expression inquiète que vous arborez depuis votre retour du palais cet hiver. Les larmes de votre dame. La façon dont Hero est apparu sans crier gare. Les heures que lui et vous passez enfermés. Et maintenant l'arrivée de Wayland. »

Vallon fit un geste brusque de dénégation.

« Wayland n'a rien à voir avec ça. Il a une famille sur laquelle il doit veiller.

— Mais moi non – pas la mienne en tout cas. »

Vallon leva des yeux troubles.

« Tu tiens vraiment à venir ?

— Oui, sire. J'ai beau adorer votre famille, ça me rend fol dingo de garder une porte. Je suis peut-être un chrétien qui aime psalmodier à l'église, mais je reste un Viking. »

Vallon soupira.

« Mon Dieu. Pourquoi pas ? »

Wulfstan lui pressa les mains à plusieurs reprises.

« Merci, général. Je ne vous décevrai pas.

— Ma dame aura besoin d'un autre ange gardien.

— J'en ai déjà trouvé un. Pepin, le vétéran qui a guidé Lucas jusqu'à votre porte. »

Vallon jeta un œil à la maison du gardien.

« Tiens, Lucas, je l'avais presque oublié. D'accord, débrouille-toi pour que je rencontre ce Pepin. »

Il se dirigea d'un pas assez mal assuré vers la maison, où il trouva Pierre qui l'attendait derrière la porte avec une lampe à capuchon.

« Tout le monde dort, murmura le serviteur. Vos hôtes anglais sont complètement épuisés. »

Vallon suivit la lumière de Pierre, pénétra furtivement dans sa chambre et dans un effort surhumain pour rester discret, se glissa sous les couvertures. La chemise de nuit de Caitlin lui caressa la peau. Il ferma les yeux et s'était presque assoupi quand il se rendit compte aux minuscules convulsions de sa femme qu'elle pleurait. Il se redressa et se pencha sur elle.

« Aiken te l'a annoncé. »

Elle se tourna vivement et se pendit à son cou. Ses larmes mouillèrent la joue de Vallon.

« Je suis enceinte et cette fois-ci je sais que c'est un garçon.

— Mais c'est merveilleux, voilà une occasion de festoyer. »

Elle tourna la tête, ses cheveux balayant le visage de son époux.

« Je sais que tu ne survivras pas et que tu ne nous reverras ni lui ni moi, et voilà qu'Aiken m'apprend son intention de t'accompagner. Tu me dépouilles de tout ce qui m'est cher. »

IX

Hero retira le bandage de la tête de Lucas et examina la plaie.

« On peut retirer ces points. Tu guéris vite et tu as le crâne dur. Comment vont tes côtes ?

— Elles se ressoudent bien. J'ai vu Wayland. Il ressemble exactement à ce que j'imaginais. Les yeux pareils à des flammes bleues.

— Pourquoi ce grand sourire ? »

Lucas se reposa sur ses oreillers.

« J'ai réfléchi. D'abord c'est vous qui arrivez à Constantinople et ensuite une semaine plus tard Wayland fait son apparition.

— Et alors ?

— C'est évident. Vous devez être sur le point de repartir à l'aventure.

— Pour un hôte qui s'est imposé, tu fais preuve d'une familiarité injustifiée, s'emporta Hero. De toute façon, tu te trompes. Wayland retourne en Angleterre avec sa famille. »

Lucas le regarda se diriger vers la porte.

« Je sais qu'il se trame quelque chose. Je n'ai jamais vu Wulfstan aussi guilleret, il chante des hymnes à longueur de journée. Et hier je l'ai vu aiguiser son épée et polir son armure. Il se prépare à partir en campagne. »

Hero sembla sur le point de répliquer, se ravisa, puis sortit, laissant derrière lui un Lucas hilare.

Quelques jours plus tard, le garçon, languissant et agité, regardait par la fenêtre quand Wulfstan passa la tête dans l'embrasure de la porte.

« Es-tu apte à monter à cheval ?

— Bien sûr que oui. Il n'y a nul destrier que je ne peux maîtriser.

— Ne sois pas si faraud. Le général n'aime pas cette attitude, or c'est lui que tu dois impressionner.

— Tu veux dire…

— Aucune promesse, mais prouve que tu es un bon cavalier et Vallon pourrait te trouver une place dans son escadron. »

Lucas avait beau fanfaronner, il s'approcha de l'écurie bouillonnant d'inquiétude. Le regard désinvolte de Vallon le frappa comme une gifle. C'était la première fois que le général voyait son visage. Il avait sûrement repéré quelque ressemblance familiale.

Pourtant il manifesta tout juste qu'il avait remarqué sa présence avant de désigner d'un mouvement de tête une jument baie à l'air placide.

« Voyons si tes actes sont à la hauteur de tes vantardises. »

Lucas se mit en selle d'un mouvement leste de balancier et attendit que Vallon montât à son tour avec une bienséance raide. Ils sortirent à l'amble dans les champs à l'extérieur de Galata. Vallon tira sur les rênes.

« Montre-moi tes allures. Ne force pas. Ménage tes côtes. »

Pendant la demi-heure qui suivit, Lucas fit du trot, du petit galop, vira, s'arrêta, fit marche arrière et finit par engager son cheval dans un galop circulaire qui le porta à moins de trois pieds du général.

« J'ai l'habitude de montures plus fougueuses, haleta-t-il.

— Quand as-tu appris à monter ?

— Avant de savoir marcher.

— Voilà qui expliquerait ta bonne assiette. J'aime ta façon de ne pas trop compter sur tes étriers.

— Je n'ai commencé à monter avec qu'à l'âge de huit ans. »

Vallon observa une buse qui s'élevait dans un courant ascendant.

« Es-tu suffisamment en forme pour manier sérieusement une épée ? Si non, dis-le. Je ne t'en tiendrai pas rigueur.

— Je crois que je le suis, sire. »

Sans ajouter un mot, Vallon tourna bride et reprit le chemin de la villa. Lucas ne cessait de le regarder à la dérobée : les phrases montaient malgré lui avant de s'étrangler dans sa gorge.

« Y a-t-il quelque chose qui te perturbe ? s'enquit Vallon sans se retourner.

— Non, sire. »

Lucas avait l'impression d'avoir la langue pâteuse. Le moment n'était pas encore venu. Quand il viendrait, il le saurait.

Le lendemain matin, Wulfstan arriva avec une armure en tissu matelassé, un heaume et une épée d'entraînement en bois.

« Qui est mon adversaire ?

— Aiken.

Aiken ! Il se bat comme une fille. »

Wulfstan écarquilla les yeux de façon alarmante.

« Préférerais-tu croiser le fer avec moi ?

— Ce serait un combat plus équitable. »

Le Viking lui asséna une claque derrière la tête.

« Sale petit arrogant. Même avec une seule main je pourrais t'embrocher en six passes. Mais cela attendra un autre jour. Viens. Vallon attend. »

Dans le jardin à l'arrière de la maison qui faisait office d'arène, Aiken tournait en rond, l'air nerveux. Vallon et Hero se tenaient à l'écart.

« Enfilez vos casques, enjoignit Wulfstan.

— Inutile, répliqua Lucas. Ce n'est pas comme si on maniait de vraies épées.

— J'ai vu des hommes mourir la caboche fendue en deux par des épées d'entraînement, s'agaça-t-il. Mets-le. »

Il recula de quelques pas.

« Inclinez-vous, entrechoquez vos épées et commencez le combat. »

Pendant un moment, Aiken se débrouilla, contrant avec quelques passes élégantes et menaçant même d'une attaque au flanc. Toutefois dès que Lucas eut brisé sa garde, les défenses du jeune Anglais s'effondrèrent. Il perdit toute coordination, se réduisant à un impotent aux pieds plats qui agitait son épée dans une piètre tentative de maintenir son adversaire à distance. Lucas faisait pleuvoir les coups, chacun asséné avec précision, toucha chaque quart, puis lança un gauche-droite à la tête qui fit vaciller Aiken. Le jeune Franc se mit alors à jouer avec son adversaire : tout en effectuant un cercle serré autour de lui, il nommait la prochaine partie qu'il allait viser.

« Ça suffit », lança Wulfstan.

Il empoigna Lucas par le bras.

« J'ai dit, ça suffit. »

Lucas baissa son épée et sautilla d'un pied sur l'autre, pantelant et suant.

« Je n'ai pas encore recouvré toutes mes forces. »

Aiken, rouge d'humiliation, fit balancer son arme d'un air apathique avant de s'éloigner.

Wulfstan et Vallon s'entretinrent. Lucas attendit leur verdict, bouffi d'orgueil de savoir qu'il venait de battre à plates coutures un adversaire qui avait joui d'un entraînement professionnel. Son grand sourire se fana quand Vallon lui fit signe d'approcher.

« Ton maître a été un bon professeur, mais tu as encore beaucoup à apprendre. Pour commencer, on ne joue pas avec un adversaire. S'il offre une ouverture, tu portes le coup fatal. C'est ton métier. Plastronner est vain, laid et digne d'un amateur. Je ne le tolérerai pas sous mes ordres. »

Lucas s'empourpra et baissa les yeux.

« Est-ce à dire que vous allez me laisser servir sous votre étendard ?

— Demain tu rejoindras les Aubains à l'Hebdomon. Aiken partira avec toi. Vous serez les plus jeunes membres de l'escadron. Je vous fais confiance pour veiller l'un sur l'autre, comme de vrais compagnons d'armes. »

La poitrine de Lucas palpita d'excitation.

« Merci, sire.

— Il n'y a que vingt Francs dans cet escadron. Les autres viennent des quatre coins de l'empire et au-delà.

C'est pour cela qu'on nous appelle les Aubains. Tu serviras aux côtés de Thraces, de Macédoniens, de Bulgares, de Serbes, de Polonais, de Hongrois, de Russes, d'Arméniens, de Petchenègues, de Coumans, de Seldjoukides… Toutes les créatures de Dieu sont dans mon escadron. Leur particularité, c'est d'être une troupe solide et fruste, mais toujours solidaire. Intègre-toi et ils te défendront jusqu'à la mort. Montre-leur l'attitude méprisante que tu as manifestée envers Aiken et ils t'étoufferont sous ton matelas dès ta première nuit. »

Lucas regardait fixement ses pieds.

« Tu vas pénétrer dans la tour de Babel, poursuivit Vallon. Le grec est notre langue commune. Tu prendras des leçons quotidiennes et je veux que d'ici deux semaines tu comprennes les ordres de base. As-tu quelque chose à dire ? »

Lucas leva les yeux. On lisait dans l'expression de Vallon une impatience professionnelle. Lucas se remit à étudier le sol.

« Je ne vous décevrai pas », répondit-il.

Puis, frémissant de sa trahison envers sa mère assassinée et sa défunte fratrie, il ajouta « sire » d'un ton qui lui valut un dernier regard torve de Vallon.

« Tu devrais surveiller tes manières, déclara le général. Prends-y garde. »

Lucas et Aiken se rendirent de concert à la caserne en caïque. Aiken passa la journée plongé dans un livre, Lucas se montrant à la fois méprisant et intrigué que des mots sur une page pussent être captivants à ce point.

« Qu'est-ce que tu lis ? finit-il par demander.

— *La Géométrie* d'Euclide.

— Ça parle de quoi ?

— Si tu poses la question, répondit Aiken sans lever les yeux, c'est que tu ne comprendrais pas la réponse. »

Lucas creusa les joues et adressa un sourire à un public invisible. Il étira les jambes.

« Tu te crois intelligent. »

Aiken répondit sans abandonner sa lecture.

« Je sais que je le suis. C'est l'une des rares certitudes que j'aie. »

Lucas replia les jambes et se pencha en avant.

« Ton étude des livres ne te servira guère dans l'armée.

— J'en suis conscient.

— J'imagine que tu crois qu'être le fils de Vallon te facilitera la vie », répliqua-t-il avec dédain.

Aiken lui adressa un regard méprisant.

« Voilà qui montre à quel point tu connais mal le général.

— Je ne t'ai jamais entendu l'appeler "père", remarqua Lucas d'un ton circonspect.

— Parce qu'il ne l'est pas.

— Aimerais-tu qu'il le soit ? »

Aiken posa son livre.

« J'aurais aimé connaître mon vrai père. Ce n'était pas Beorn, comme tu l'as entendu, j'imagine. »

Cette franchise réduisit Lucas au silence.

« Et ta famille, alors ? demanda Aiken.

— Morts. Tous sauf mon père. Il a disparu au cours d'une campagne quand j'avais cinq ans. »

Aiken le fixa de ses yeux calmes.

« Je suis désolé. »

Pendant un moment, les deux jeunes gens se toisèrent de part et d'autre des gouffres de leur vie. Lucas brisa cette passerelle d'un rire saccadé.

« Je sais qu'il est toujours vivant. J'en ai la preuve. Un jour je le retrouverai, et quand ce jour viendra… »

Il balança la tête et contempla le miroitement des vagues.

« Je prie pour que ce jour arrive vite, dit Aiken en reprenant son livre. Maintenant si tu n'y vois pas d'inconvénient… Je doute d'avoir beaucoup le temps de lire à la caserne. »

Le Fort de l'Hebdomon sur la rive de Marmara abritait quatre escadrons, chacun occupant un ensemble de bâtiments carré composé de trois quartiers, de bains assez grands pour accueillir une centaine d'hommes, d'un bloc d'écuries, d'un champ de manœuvre, de greniers, de réserves et d'un arsenal. À l'extérieur de ce périmètre, un champ d'entraînement descendait en pente douce vers la mer.

À l'entrée, un garde conduisit Lucas et Aiken au pas cadencé jusqu'aux quartiers de l'officier de permanence. Des soldats qui se prélassaient devant leur caserne suivaient leur cheminement sans grande curiosité. Vallon avait raison quand il les disait issus des quatre coins du monde et de toutes les cultures. Lucas vit des géants tatoués aux yeux bleus venus de royaumes de neige et de brume, des Turcs aux yeux d'agate secs comme un coup de trique, de petits hommes sombres venus de repaires montagneux inconnus, des guerriers aux cicatrices tribales. Certains étaient barbus, d'autres rasés de près. Leur seul point commun semblait être un uniforme vert terne et une rudesse naturelle.

Le garde les conduisit à l'intérieur d'un bâtiment, s'arrêta devant un bureau et salua.

« Les nouveaux soldats qui prennent leur service, sire. »

Un homme mince de taille moyenne se leva derrière une table couverte de papiers. Il avait les doigts tachés d'encre et les yeux fatigués d'avoir écrit. Sur sa tunique, un insigne rond brodé d'or indiquait son rang.

« Je m'appelle Josselin, dit-il en français. Deuxième centurion des Aubains. Vous serez rattachés à ma *hekatontarchia*. Votre solde se montera à six solidi l'an et augmentera à neuf solidi au bout d'un an de service. Le paiement s'effectue tous les quatre mois. Soldat Lucas, la moitié de votre paie sera retenue pour rembourser le coût de votre cheval et de votre équipement. À ce taux-là, vous aurez réglé votre dette d'ici trois ans – à moins que vous ne gagniez une promotion ou une part de fortune de guerre. Il est important que vous appreniez à parler grec. Je vous ai organisé des leçons : une heure par jour après vos obligations quotidiennes. »

Il leur fit ensuite la leçon sur l'hygiène et les mit en garde contre les dangers des jeux de hasard et d'argent et des rapports avec l'un ou l'autre sexe.

« La punition pour les délits mineurs va du retrait de votre ration de vin à une marche forcée de dix lieues avec l'équipement complet. Les délits plus sérieux valent flagellation. Vallon n'aime pas voir ses hommes fouettés, il préfère renvoyer le contrevenant. En cas de trahison ou de désertion, le châtiment est la mort. En six ans, nous n'avons eu que deux exécutions. Est-ce bien compris ? »

Lucas avait écouté distraitement. Il ne pensait qu'à une chose : il était dans une unité de cavalerie, et il était même payé et nourri.

Aiken et lui se soumirent à la cérémonie du serment.

« Nous jurons devant Dieu, le Christ et le Saint-Esprit, et devant Sa Majesté l'Empereur – qui tout de suite après Dieu doit être aimé et vénéré comme Son Commandant sur la Terre – que nous ferons avec diligence tout ce que l'Empereur pourra bien ordonner, que nous ne déserterons jamais le service ni ne refuserons de mourir pour l'État byzantin.

— Vous êtes désormais membres des Aubains », décréta Josselin.

Il fit un signe de tête au garde qui attendait.

« Montrez à ces hommes leur logis. »

Huit soldats occupaient deux chambres attenantes blanchies à la chaux dans l'une des casernes. La chambre qui donnait sur l'extérieur était une pièce commune. Des soldats qui avaient quartier libre entamaient des parties de dés. Trois sous-officiers se levèrent pour accueillir les nouvelles recrues. Un homme avec les dents du bonheur s'esclaffa.

« On devrait peut-être se rebaptiser les Voleurs d'Enfants.

— Il suffit », lança le grand sous-officier le plus âgé aux épaules voûtées.

Il examina les nouvelles recrues.

« Je suis Aimery, votre *dekarchos*, à la tête de dix hommes. »

Il parlait d'une voix douce et avait des manières aimables. Il désigna les autres soldats.

« Ces hommes sont vos compagnons d'escouade. Vous mangerez, dormirez et vous entraînerez avec eux.

En campagne, vous partagerez une tente, et au combat, vous vous battrez en unité. Vos lits se trouvent dans la pièce voisine. Maintenez-les immaculés.

— Qu'est-il arrivé aux hommes que nous remplaçons ? » demanda Aiken.

Aimery resta de marbre.

« L'un est mort de la fièvre sur le Danube, l'autre a été tué par les Normands à Dyrrachium. »

Il leur montra le dortoir. On aurait pu y manger par terre tellement le sol était propre. Aiken laissa tomber deux sacs lourds de matériel sur son lit. Lucas ne possédait que quelques objets personnels dans une besace.

Aimery se tourna vers l'un de ses sous-officiers.

« Gorka, emmenez Lucas aux réserves. Gorka est mon *pentarchos*, à la tête de cinq hommes. C'est lui qui s'occupera de votre entraînement de base. »

Avant même que le sergent n'eût prononcé son nom, Lucas avait deviné que Gorka était basque : sourcils épais en ligne droite, longs lobes d'oreille, torse puissant. Sur le trajet vers la réserve de l'intendant militaire, Lucas hésita à faire une remarque au sujet de leur patrie natale commune, mais au vu de l'expression de Gorka, il comprit que les civilités n'étaient pas de mise.

Le soldat se laissa tomber sur un énorme sac de tentes pendant que l'intendant équipait Lucas. Il lui tendit deux tuniques qui arrivaient à hauteur de genoux, deux braies tout en lin, et une large ceinture en cuir. Pour les temps froids, il fournit une tunique en laine qui tombait jusqu'aux chevilles et une cape en laine attachée par une fibule de la forme d'un faucon en vol. Le même motif était tissé sur le côté droit des tuniques, au niveau de la poitrine. Un chapeau en feutre et deux paires de sandales complétèrent cette tenue quotidienne.

« Je m'attendais à un uniforme plus coloré », commenta Lucas.

Gorka descendit de son perchoir.

« Coloré, répéta-t-il en regardant à droite et à gauche comme s'il croyait avoir mal entendu. Nous sommes des éclaireurs et des embusqués. Nous nous fondons dans le paysage. Nous ne batifolons pas comme un essaim de papillons. »

Lucas se déroba à son regard. Les yeux noisette du Basque trahissaient un potentiel de méchanceté infinie. L'homme fit une embardée vers la porte avec la démarche d'un lutteur et Lucas suivit, résolu à se tenir coi.

Ils s'arrêtèrent ensuite à l'arsenal : une salle entourée par un labyrinthe de renfoncements et d'alcôves qui exhalaient des odeurs de cuir, de fer et de cire. Un vétéran unijambiste et trois assistants présidaient à ce bazar martial. L'armurier, appuyé sur des béquilles, dit quelque chose après avoir jaugé Lucas. Un assistant alla fourrager dans l'un des renfoncements d'où il rapporta une lourde veste matelassée qui avait connu des jours meilleurs. Dessus il posa un heaume en fer cabossé doté d'un colletin aux fanons en cuir bouilli censé protéger le cou. Il exhiba également une paire de bottes en cuir qui montaient au genou. Lucas était déçu. Il avait rêvé de recevoir un haubert ou, mieux encore, une armure lamellaire.

Gorka lut dans ses pensées.

« Oublie. Mailles ou écailles, tu arriverais à la retraite que tu n'aurais pas encore fini de les payer. La seule façon de te procurer une armure décente, c'est d'en délester ton ennemi. »

Les assistants de l'armurier avaient disparu dans les boyaux du dépôt. L'un revint chargé d'un petit arc recourbé, d'un étui en toile et de trois cordes enroulées ; le deuxième d'une lance et de deux javelots ; le troisième d'un écu et d'une épée.

Gorka s'empara de l'arc.

« Tu en as déjà utilisé un ?

— Pas de cette forme.

— Il est turc, conçu pour être utilisé à dos de cheval. »

Lucas ouvrit la bouche. Gorka le devança :

« Quelque chose à dire ?

— Je ne m'attendais pas à être déployé comme archer. Les Normands ne… »

En un éclair, Gorka se retrouva nez à nez avec lui.

« On ne se bat pas comme les Normands. Dans notre escadron, chaque homme doit savoir manier l'épée, l'arc et la lance.

— Sire…

— Inutile de me donner du "sire". Appelle-moi "chef".

— Oui sire… chef. »

Gorka lui montra comment ranger l'arc dans son étui.

« Tu entretiens le tissu imperméable avec de la cire et du suif. »

Il tapota une poche sur le côté.

« Les cordes se rangent ici. Un arc mou ou une corde lâche est impardonnable. »

L'armurier s'empara de la main droite de Lucas, examina le pouce et vida une boîte d'étranges bagues en corne sur le comptoir. Les anneaux épais formaient une saillie, courbe d'un côté, plate de l'autre. Il en choisit une qu'il glissa au pouce de Lucas : trop grande, apparemment. La suivante trop petite. Il en essaya trois autres avant d'en trouver une qui se logeait parfaitement derrière la première articulation.

« Ton professeur de tir à l'arc te montrera à quoi ça sert, dit Gorka. Ne la perds pas. »

Lucas contempla l'épée remisée dans son fourreau, la poignée entourée de cuir éraflé et taché de transpiration, le fleuron en fer du pommeau travaillé grossièrement. Il demanda d'un regard la permission de la manipuler, et comme Gorka hochait la tête, il dégaina la lame. Une arme ordinaire qui avait beaucoup servi, le métal était troué et les deux bords présentaient des ébréchures. Malgré tout, il eut un grand sourire quand il l'inclina à la lumière. Il s'empara de l'écu circulaire dont la base en osier était couverte de cuir, et l'avant peint d'un faucon blanc sur champ vert. Magnifique. Il logea sa main sous la poignée et se mit en garde.

« Ton équipement devra toujours être impeccable, expliqua Gorka. Le centurion Josselin conduit une inspection hebdomadaire, et malheur à toi si tu faillis. Tu peux commencer par polir ton casque. Et je vois que la couture du corselet se défait par endroit. Et ces bottes auraient grand besoin d'être cirées. Tu récupéreras ton matériel plus tard. Maintenant on va s'occuper du cheval.

— Pourquoi Aiken n'est-il pas avec nous ? demanda Lucas sur le chemin de l'écurie.

— L'équipement du soldat Aiken a été expédié en avance. » Évidemment. Vallon devait avoir fourni à Aiken un équipement flambant neuf à ses propres frais, le tout de la meilleure qualité et du goût du garçon. Comme il approchait des écuries, cette pensée amère s'évanouit. *Dieu je t'en supplie*, pria-t-il, *ne les laisse pas me donner une vieille carne*.

Le palefrenier en chef les conduisit entre deux allées de stalles, où Lucas humait les fragrances poivrées de la chair chevaline, du crottin et de la sellerie. Il ne savait guère où poser les yeux. Chaque cheval de l'écurie suscitait son admiration. Le palefrenier s'arrêta devant la stalle d'un hongre gris pommelé. Un seul regard à sa tête et à ses grands yeux intelligents suffit à Lucas pour savoir qu'on ne lui avait pas donné un animal de second choix. Il regarda par-dessus la porte et émit un petit gémissement avant de se retourner avec des yeux brillants.

« Pour moi ?

— Le général dit que tu n'es pas un mauvais cavalier, répondit Gorka avec une moue. Il s'appelle Aster. Il a cinq ans. Occupe-t'en bien. »

Lucas caressa le museau d'Aster et murmura son nom. Le cheval lui souffla au visage et le cœur de Lucas déborda. Il parla afin de dissimuler ses émotions.

« Les officiers chevauchent-ils des étalons ?

— Nos chevaux sont nos amis, grogna-t-il. Contrairement aux Normands, on n'a pas envie de passer notre vie à mater des roussins. »

En retournant à sa caserne, Lucas rassembla le courage de poser une question.

« Sire… chef… pourrais-je aller à l'écurie pendant mon temps libre ? »

Gorka lui jeta un œil.

« Ton temps libre ? Tu n'en auras pas, mon garçon. »

À en croire la journée qui venait de s'écouler, il avait raison. Après avoir passé une heure avec son professeur de grec et deux heures à polir épée et casque, Lucas s'écroula dans son lit alors que les autres soldats avaient abandonné leurs jeux depuis longtemps. Aiken dormait à côté de lui : au-dessus de son lit était suspendue une magnifique armure.

« Je pourrais t'aider à apprendre le grec », proposa-t-il.

Lucas s'était assoupi, il se réveilla.

« Je peux me débrouiller.

— Ton cheval te plaît ?

— Il n'est pas mal. Mieux que ce à quoi je m'attendais.

— C'est Hero qui te l'a acheté.

— Hero ? Pourquoi ferait-il une chose pareille ?

— Il est gentil. Il est la raison principale qui m'a décidé à venir. »

Lucas se rallongea.

« Tu sais ce qu'on fait demain ?

— Ils vont éprouver nos capacités à manier les armes, répondit Aiken avec un frémissement. Je redoute ce moment. »

Après le réveil et les ablutions, Aimery inspecta son unité, puis ils se dirigèrent vers le mess où les attendait un petit déjeuner composé de porridge au millet, de pain de blé et de vin coupé à l'eau. Ensuite ils balayèrent et récurèrent leurs quartiers sous la surveillance impitoyable de Gorka.

« Apportez vos armes, lança-t-il. Aujourd'hui je vais découvrir combien de chagrin vous allez me causer. »

Il les mena au terrain d'entraînement et s'arrêta dans un espace entouré par des dizaines d'autres soldats qui exerçaient leurs techniques martiales.

« Commençons par une session d'escrime avec des épées d'entraînement. »

Il fronça les sourcils.

« Ai-je dit quelque chose de drôle ? »

Lucas savait qu'il prenait un risque.

« J'ai déjà été testé contre Aiken et je l'ai battu à plates coutures. Je devrais affronter un adversaire plus sérieux. »

Aiken rougit sous le regard scrutateur de Gorka.

« C'est vrai », confirma-t-il.

Gorka se tourna vers Lucas avec un sourire rêveur.

« Alors comme ça tu te prends pour une fine lame.

— Le général Vallon lui-même a dit que j'étais prometteur. »

Gorka s'autorisa un instant de réflexion pernicieuse avant de scruter l'arène. Il mit ses mains en coupe autour de sa bouche.

« Sergent Stefan, je me demandais si vous pourriez nous accorder un instant. »

Un Serbe râblé s'approcha nonchalamment, son épée d'entraînement posée sur l'épaule. Gorka pointa Lucas du doigt.

« Notre nouvelle recrue pense qu'il lui faut une opposition plus rude que celle de son compagnon d'armes. Peut-être voudriez-vous bien lui rendre ce service ? »

Stefan eut un sourire aimable et brandit son épée. Lucas se mit en garde.

Un éclair flou et le voilà qui louchait sur la lame de Stefan, dont la pointe s'était arrêtée à quelques pouces de sa gorge.

« Je n'étais pas prêt », protesta-t-il.

Gorka s'esclaffa.

« Tous les adversaires de Stefan auraient dit ça s'ils étaient encore en vie pour parler. »

Lucas se remit en garde. Stefan haussa les sourcils d'un air interrogateur. Lucas hocha la tête et sautilla d'un pied sur l'autre. Cette fois-ci, il frôla l'épée de Stefan avant d'être de nouveau menacé à la tête.

Il recula d'un bond.

« Ce n'est pas un style auquel je suis habitué.

— Doux Jésus, s'exclama Gorka. Pas son style ! »

Il baissa la tête et lui cria au visage :

« L'ennemi ne te demande pas quel style de jeu tu préfères avant d'engager le combat. »

Il eut un sourire diabolique.

« Enfin, ce garçon est encore jeune. Sergent, laissez-le se battre comme il en a l'habitude. »

Il s'ensuivit une humiliation abjecte. Lucas eut beau parvenir à effectuer quelques contres, il avait toujours une passe de retard et restait sur l'appui arrière. Stefan lui porta deux coups aux côtes qui lui firent mal même à travers le matelassage, suivis par une botte sur le heaume qui lui fit voir mille étoiles, et termina en lui frappant le poignet tellement fort que son bras fut engourdi jusqu'au coude.

Sanglotant de douleur et de honte, Lucas ramassa son épée.

« Merci, sergent, lança Gorka. C'était un plaisir à regarder. » Il plissa les yeux en direction du jeune Franc.

« À l'avenir, tu feras exactement ce que je t'ordonne. »

Il tourna les talons.

« Maintenant allez chercher vos chevaux : nous allons vous mettre à l'épreuve à la lance et au javelot. »

Lucas se racheta en partie au cours de ces exercices, lesquels impliquaient de lancer un javelot sur un mannequin en paille à dos de cheval et de viser la quintaine avec une lance. Aiken ne fit preuve d'aucune aptitude, incapable de frapper les cibles même au petit galop, tandis que Lucas heurta la quintaine du premier coup et ne la manqua que d'un cheveu avec le javelot.

Gorka l'observait, les yeux étrécis.

« Encore, au petit galop déroulé. »

Lucas frappa les deux cibles. Aiken reçut un coup dans le dos : la quintaine avait tourné sous l'effet de sa timide tentative.

Gorka, les mains sur les hanches, lança :

« Cette fois-ci au galop. »

Lucas s'éloigna au trot, tourna, tapota l'encolure d'Aster et le talonna pour lancer la charge. Il arma le javelot et l'éjecta, la pointe percutant la cible au beau milieu de la poitrine. Il revint au trot récupérer sa lance, fit volte-face et s'élança une fois de plus au galop vers la quintaine, qu'il frappa avec une force telle qu'elle tourna deux fois sur son axe.

Gorka le dévisagea.

« Tu as déjà fait ça.

— Souvent, mais seulement en imagination. »

Ensuite ce fut le tir à l'arc sous la supervision d'un Petchenègue prénommé Gan, un nomade à cheval recruté dans les steppes du nord du Danube. Il coiffait ses cheveux en longues nattes derrière les oreilles et les fentes en amande de ses yeux surmontaient des pommettes rebondies. Comme il ne parlait pas français, Gorka dut traduire.

« Montrez votre tir à Gan », demanda-t-il aux recrues.

Lucas fit une démonstration. Il regarda Gorka à la dérobée.

« J'ai l'habitude d'arcs plus lourds.

— Il t'en faut un léger pour acquérir la bonne technique. Il te faut apprendre une nouvelle méthode de tir. As-tu ta bague d'archer ? »

Lucas la sortit. Gan prit l'une des siennes et montra comment s'en servir, en la glissant sur la première articulation du pouce avec le côté plat de la saillie vers l'arrière. Gorka relayait les instructions.

« Observez comment il accroche la bague sur la corde et la maintient en place en se tenant l'extrémité du pouce avec l'index. Ainsi la corde ne touche pas le doigt : moins de pression et aucun pincement de chair, ce qui signifie une plus grande précision. »

Gan exécuta trois fois les gestes préliminaires avant de décocher sa flèche. Il pivota au niveau de la hanche, banda l'arc au-dessus de sa tête, puis dans une extension du même mouvement, l'abaissa et tira la flèche sur une cible distante d'environ trente toises sans paraître viser. Lucas cligna des yeux quand la flèche frappa, cligna encore quand Gan en tira une autre. Et l'archer ne s'arrêta pas là. En l'espace d'une minute, il décocha douze flèches avec une aisance à couper le souffle. Chacune toucha la cible.

« Gan est tout aussi précis sur un cheval lancé au triple galop », commenta Gorka.

Il recula.

« Maintenant à vous. »

La technique semblait assez basique, pourtant Lucas avait beau se concentrer de toutes ses forces, il n'arrivait pas à prendre le coup de main. Lors de ses premiers essais, il ne parvint pas même à encocher la flèche. Elle tombait sans cesse. Quand il finit par tirer, il n'arriva pas à choisir le moment de la décoche. À la sixième tentative, la corde s'accrocha à l'extrémité de son pouce, lui arrachant un bout d'ongle et laissant la peau à vif.

« Tu décoches trop lentement, expliqua Gorka. Imagine que tu éjectes une bille. »

Le temps que la session se terminât, Lucas s'était arraché la peau du poignet gauche et son meilleur tir n'avait pas atterri à moins de cinq pieds de la cible. Le plus rageant, c'était qu'Aiken avait fiché deux flèches dans la cible.

« Ça demande de l'entraînement, dit Gorka. Entraînement, entraînement, entraînement. »

Il hocha la tête à une remarque de Gan et traduisit.

« Si tu délaisses le tir à l'arc ne serait-ce qu'un jour, il t'échappera pendant dix jours. »

En retournant au dortoir, Lucas se jura de maîtriser toutes les catégories d'armes. Il savait qu'il n'atteindrait jamais le niveau des archers turcs qui avaient tiré leurs premières flèches à l'âge de cinq ans, mais il ferait de son mieux.

« Tu as impressionné Gorka par tes talents équestres », dit Aiken.

Lucas jugea qu'il pouvait se permettre une concession.

« Tu maniais mieux l'arc. »

Aiken haussa les épaules.

« Ça fait des années que j'utilise la bague d'archer. Dans une semaine tu m'auras laissé loin derrière.

— Tu sembles t'en ficher.

— Un peu.

— Alors pourquoi t'es-tu enrôlé dans la cavalerie ?

— Parce que c'est ce que souhaitait Beorn et parce que Vallon tient à ce que j'honore ce souhait.

— Que préférerais-tu faire ?

— Étudier la philosophie et les sciences naturelles.

— Tu es bizarre. »

Ce fut là l'attitude la plus amène que Lucas montra envers Aiken. Au cours des jours suivants, son irritation grandit de voir qu'il avait beau surpasser Aiken dans toutes les disciplines, Gorka fermait les yeux sur l'incroyable maladresse du jeune Anglais et le traitait avec un respect qui confinait à la déférence – tout ça parce qu'il était le fils adoptif de leur commandant. Et pendant ce temps-là, il sautait sur la moindre erreur que commettait Lucas.

Sa rancœur se déversa le matin où Josselin devait inspecter sa centurie. Lucas endossa son armure miteuse. Non seulement elle était d'occasion, mais on aurait dit, à cause de deux taches de sang indélébiles, qu'elle avait été arrachée à la victime d'une bataille. Il s'empara de son heaume en scrutant la toute nouvelle bosse infligée par Stefan. Il aurait beau polir tout ce qu'il pouvait, ce casque ne ressemblerait jamais à autre chose qu'à une marmite. Quand il eut fini de s'habiller, c'est avec une jalousie aigre qu'il regarda Aiken endosser sa tenue. Par-dessus une tunique matelassée ornée de motifs, il enfila un corselet d'armure lamellaire fait de plaques d'acier bleui qui se chevauchaient, les extrémités rondes orientées vers le haut. Il ajusta ensuite épaulières et brassards.

« C'est du gâchis sur toi », commenta Lucas.

Gorka passa la tête dans l'embrasure de la porte.

« Vous n'êtes pas encore prêts ? Vous allez subir des remontrances si vous êtes en retard. »

Les joues rouges, suant, Aiken s'assit sur son lit en se débattant pour attacher les trumelières en fer sur ses mollets. Il jeta un regard désespéré à Lucas.

« Donne-moi un coup de main, veux-tu ? »

Lucas faillit refuser. Qu'Aiken soit en retard pour l'inspection et qu'il en subisse les conséquences. De mauvaise grâce, il s'agenouilla pour fermer les boucles des jambières.

« J'imagine que c'est Vallon qui a payé tout ça.

— Avec l'argent que j'ai hérité de mon père.

— Je ne comprends pas pourquoi il irait gâcher autant d'or pour quelqu'un qui a aussi peu d'aptitudes militaires.

— C'est justement parce que je manque de capacités soldatesques que j'ai besoin de cette armure. C'est ma seule protection.

— Et tu t'attends à ce que je me batte à tes côtés ? »

Aiken baissa les yeux en souriant.

« Oh, à ta place je ne compterais pas sur moi. Je m'enfuirai probablement dès que je verrai l'ennemi. »

Lucas serra la dernière lanière avec un geste brusque.

« Tu vas jusqu'à te vanter de ta couardise. »

Le *dekarchos* l'entendit. Aimery s'avança nonchalamment, l'air songeur. Il donnait toujours l'impression d'être dans la lune.

« Vous avez l'air en forme aujourd'hui, soldat. »

Lucas se releva tant bien que mal au garde-à-vous.

« Sire.

— Avez-vous eu l'occasion de visiter notre belle ville ?

— Pas trop, sire. Je n'y ai passé qu'une seule nuit, où quelqu'un a essayé de me tuer.

— Je me demande pourquoi je ne suis pas surpris. Serait-ce parce que vous avez le don de vous mettre les gens à dos ?

— Sire. »

Aimery se tenait jambes écartées, les mains derrière le dos.

« Puisque vous n'avez pas eu l'opportunité de profiter du site, j'ai un cadeau pour vous. Faites le tour de l'enceinte de la ville jusqu'à la Corne Dorée en courant. La porte de Charisius est particulièrement belle, à ce qu'on m'a dit. Je serais curieux d'en entendre votre description à votre retour. »

L'aller-retour se montait à plus de huit lieues : le temps que Lucas revînt à la caserne en clopinant après le coucher du soleil, les muscles de ses mollets étaient tellement contractés qu'il devait marcher à reculons.

Après avoir lavé ses pieds couverts d'ampoules, il se laissa tomber sur son lit de camp et resta allongé là les yeux rivés au plafond.

« Tiens », dit Aiken en lui passant un gros morceau de pain.

Lucas ne le remercia pas.

« Si ç'avait été toi qui t'étais moqué, personne ne t'aurait puni. »

Aiken se redressa sur un coude.

« Je ne comprends pas ton animosité. Dès l'instant où nous nous sommes rencontrés, tu as eu une dent contre moi. Quel mal t'ai-je donc fait ? Alors ? Réponds. »

Lucas roula sur le ventre.

« Tu le découvriras. »

Deux jours plus tard, Vallon arriva à cheval à la caserne, provoquant un bouillonnement d'activité.

« Tout le monde sur le champ de manœuvre ! cria Aimery. Coudes au corps ! »

Lucas entendit des ordres similaires retentir depuis les autres quartiers.

« Pourquoi toute cette agitation ?

— C'est le début de la saison de campagne, expliqua Gorka. Vallon va nous donner notre feuille de route. »

L'unité sortit au pas cadencé par une journée d'avril radieuse. Vallon et ses centurions montaient leurs beaux chevaux, derrière eux la mer était couleur hyacinthe sous un ciel sans nuages. Lucas put voir pour la première fois les autres centurions. Conrad, le commandant en second, germain au crâne rasé et au visage anguleux, semblait avoir été sculpté dans la pierre. Otia, le Géorgien, avec ses cheveux noir corbeau, sa barbe ondulée et ses magnifiques yeux sombres, ressemblait à un saint mélancolique sur une icône. Lucas avait entendu dire que dans la vie ordinaire, c'était le plus effacé des hommes, mais qu'au combat, c'était un enragé.

« Escadron, en rangs », ordonna Conrad.

Les hommes formèrent trois lignes, l'unité de Lucas se trouvant sur la droite du dernier rang.

Vallon fit un essai pour s'assurer que sa voix portait suffisamment.

« Tout le monde m'entend ?

— Sire ! » cria l'escadron.

Une brise balaya une mèche de cheveux en travers du visage du général. Il la repoussa.

« Vous vous êtes sans nul doute demandé où votre prochaine période de service allait vous conduire. Ma foi, pour ma part, je ne retournerai pas à la frontière du Danube. »

Il réprima d'une main les cris de joie.

« Mon affectation m'emporte beaucoup plus loin, dans une expédition commanditée par Sa Majesté Impériale. Je n'ai pas le droit de vous dire où, seulement qu'il s'écoulera au moins deux ans avant que je revoie mon foyer et ma famille. »

Le silence régnait parmi les Aubains, tous à l'affût des prochains mots du général.

« Je ne prendrai pas l'escadron entier avec moi, poursuivit Vallon. J'ai l'ordre de sélectionner cent volontaires. Nous pouvons d'ores et déjà éliminer tous les hommes mariés et les plus de quarante ans. Ce qui laisse encore près de deux cents d'entre vous. J'espère pouvoir trouver suffisamment d'âmes courageuses parmi ce nombre afin de fournir une force suffisante. »

Lucas vit son excitation se refléter sur les visages de ses compagnons.

« Ceux qui se joindront à moi recevront le double de gages. Ceux d'entre vous qui auront la chance de revenir toucheront une seconde fois cette somme. Pour ceux qui ne rentreraient pas, de généreuses pensions seront versées à leurs familles. Voilà qui vous donne une idée des dangers que nous allons affronter. Je veux que vous réfléchissiez à cet aspect des choses avant de prendre une décision. »

Une onde d'excitation se répandit à travers tout l'escadron.

Conrad fit avancer sa monture d'un pas.

« Silence dans les rangs ! »

Le champ de manœuvre se figea. Une cigogne nichée sur un toit fit claquer son bec avec un bruit semblable au roulement d'un tambour à timbre. Sur la mer, des bateaux gîtaient sous la brise.

« Commençons par le premier rang, déclara Vallon. Que tous ceux qui souhaitent rallier l'expédition avancent de deux pas. »

Un Croate grisonnant leva la main.

« Permission de parler, mon général ?

— Accordée.

— Qu'arrivera-t-il aux hommes que vous laisserez derrière vous ?

— Ils seront intégrés dans un nouvel escadron commandé par le centurion Conrad et affectés à la frontière danubienne. »

Les hommes du premier rang se dévisagèrent, secouèrent la tête et avancèrent comme un seul homme.

Vallon se massa le front.

« J'ai dit que je ne prenais pas les hommes mariés.

— Permission de parler de nouveau ? demanda le Croate.

— Si c'est indispensable. Dans votre cas, cela ne changera rien. Autant que je me souvienne, vous avez reconnu au moins une femme et quatre enfants. »

Le Croate lança un regard noir à ses compagnons qui gloussaient.

« Mon général, je préférerais risquer l'inconnu plutôt que de retourner dans ces marais de la fièvre. Quant à ma femme et à mes enfants, ils savent l'incertitude du destin d'un soldat. Pendant ces huit dernières années, ils ont vécu chaque jour avec la peur que je ne revienne pas à la maison. »

Un murmure approbateur parcourut les rangs.

« Silence ! » crièrent les trois centurions.

Vallon passa en revue les visages devant lui.

« Lors de cette expédition, le non-retour n'est pas une possibilité. C'est une probabilité. »

Il s'interrompit.

« Je suis flatté de la grande confiance que vous placez en moi, mais je n'exige pas la loyauté pour le plaisir de la loyauté. Je me permets de le répéter : cette expédition sera extrêmement dangereuse. Nombre de ceux qui partiront avec moi ne reviendront pas. Leur corps sera dévoré par des bêtes sauvages dans des terres que nul chrétien n'a jamais foulées. »

Il laissa peser un autre silence retentissant.

« Nous allons sonder le deuxième rang, comme tout à l'heure. Que tous ceux qui souhaitent se porter volontaires av… »

Avec une synchronisation impressionnante, le deuxième rang avança.

Vallon palabra avec ses centurions avant de s'adresser de nouveau à son escadron.

« Troisième rang. »

Lucas avança de deux pas, menton en avant, torse bombé. Non, tout le monde ne s'était pas porté volontaire. Lucas jeta un œil à l'espace vide à sa gauche et se rendit compte qu'Aiken était resté en retrait. Vallon le remarqua aussi, et se dépêtra du mieux qu'il put de cette situation embarrassante.

« Aiken n'a pas besoin de se porter volontaire. Étant mon fils et porte-bouclier, sa place est à mes côtés. »

Otia, le centurion géorgien, tendit la main.

« Vous, là. Pourquoi ce petit sourire ? »

Lucas rejeta la tête en arrière.

« Pour rien, sire. »

Vallon se massa de nouveau le front et soupira.

« Je vois que je n'ai d'autre choix que de choisir moi-même. »

Il entra en conciliabule avec ses centurions quelques minutes, puis se plaça face à son escadron.

« Je vous emmènerais tous si je le pouvais. Aucun homme ne devra considérer être laissé de côté comme un affront à son courage, à sa loyauté ni à son intégrité. »

Il mit pied à terre et commença le long processus de sélection. De sa place, Lucas vit que le général avait un mot pour chacun, et des gestes chaleureux en prime. Après son passage, certains soldats serraient les poings le long du corps, d'autres viraient au gris, choqués d'être déboutés. Un homme éclata en sanglots, et Lucas vit des visages crispés et des larmes luire chez plusieurs autres.

Le cheminement de Vallon faisait de Lucas le dernier à entendre son sort. Le temps que le général arrivât devant lui, il tremblait d'être resté si longtemps au garde-à-vous.

« Soldat Lucas, d'après tous les retours que j'ai eus, tu feras un bon soldat le moment venu. Tu manies bien les armes et jouis d'une prédisposition avec les chevaux. Cependant tu es trop jeune et trop inexpérimenté pour cette aventure. Il serait criminel de t'exposer à des dangers que tu n'es pas prêt à affronter. Qui plus est, ton grec n'est pas au niveau. »

Ce rejet frappa Lucas comme un coup de pied dans le ventre. Vallon s'était déjà détourné quand le garçon retrouva sa voix.

« Mon général, vous avez dit que nous pourrions être partis deux ans.

— Au moins.

— Durant cet intervalle, poursuivit Lucas d'une voix chevrotante, je serai devenu un homme et j'aurai acquis les capacités militaires nécessaires. Ma formation se passe bien et mon professeur de grec est satisfait de mes progrès. »

Vallon se retourna.

« Je suis sûr qu'à mon retour, tu ne me décevras pas.

— Général ! »

Gorka l'empoigna par le bras.

« Tais-toi ! Vallon a entendu ta requête. Il en a débouté bien d'autres beaucoup plus méritants. »

Lucas se débattit, le visage contracté.

« Vous ne pouvez pas m'abandonner ! »

Gorka lui enfonça la main dans le bras.

« Pour ton propre bien, ressaisis-toi. »

Vallon se retourna, interloqué. Tous les hommes à portée d'oreille contemplaient le spectacle. Au-dessus des flots, les mouettes dessinaient des cercles en criant.

« Vous m'avez accueilli chez vous, haleta Lucas. Vous m'avez intégré à votre escadron avec Aiken. Pour que nous soyons compagnons d'armes, aviez-vous dit. Vous ne pouvez pas nous séparer maintenant. »

Le centurion Josselin fit un geste du menton.

« Éloignez-le. Mettez-le aux arrêts. Manquement aux ordres.

— Attendez ! » lança Vallon alors que Gorka éloignait Lucas de force.

Il s'approcha et parla de façon à n'être entendu que du jeune Franc.

« Oui, j'espérais que toi et Aiken deviendriez compagnons. Malheureusement on m'a dit que ton attitude envers lui était tout sauf sympathique. La malveillance n'est pas une qualité que j'admire. »

Il tourna les talons.

« Rompez les rangs. »

Lucas fit une embardée, mais Gorka le tira violemment en arrière.

« Tu en as dit assez, gronda-t-il. Tu tâteras le fouet. »

Livide, hébété, Lucas savait ce qu'il devait faire. *Vallon, je suis votre fils, le fils de la femme que vous avez assassinée, le frère de votre benjamin et de votre fille que j'ai tenue dans mes bras avant qu'elle ne meure il y a deux ans. Seul survivant d'une famille déshonorée réduite à fouailler le sol en quête de glands dans les montagnes.*

Il ouvrit la bouche sur un cri. *Père !*

« Laissez-le venir, intervint Aiken. Contrairement à moi, il se comporte comme si sa vie en dépendait. Il ne m'aime pas. Je ne l'aime pas. Peu importe. Je serais curieux de voir comment il affrontera la réalité de la vie en campagne. »

Vallon écarta d'un geste les spectateurs.

« Gorka, c'est toi qui as la charge de sa formation. Qu'en penses-tu ? »

Gorka relâcha sa poigne.

« Ma foi, mon général, voilà mon avis. Il reste à ce garçon beaucoup de chemin à parcourir avant de pouvoir se qualifier de soldat, mais j'ai déjà eu affaire à pire comme recrue. Le truc, c'est que ce garçon me court sur le haricot et que je déteste l'idée qu'il se tripotera le braquemart dans je ne sais quel coin planqué pendant que moi et mes copains on combattra ceux contre qui vous nous emmenez en campagne. Alors… je suis d'accord avec le soldat Aiken. Laissons-le venir et assumer les conséquences. »

Cela faisait deux heures que Lucas se tenait au garde-à-vous. Le visage de Vallon sembla disparaître dans une éclipse : cette obscurité n'était pas semblable aux ténèbres de la nuit, c'était le noir absolu d'un monde où nul soleil ne brille jamais. Il n'eut aucun souvenir du moment où Gorka le rattrapa juste avant qu'il ne percutât le sol.

Toutes les permissions furent annulées. Pendant les dix jours qui suivirent, les forces en partance pour l'expédition trimèrent de l'aube au crépuscule. Les hommes passaient la plupart du temps dans une section du port protégée par un cordon de sécurité, à charger des provisions sur les dromons – *Cigogne* et *Pélican* – et les deux bateaux de charge. Il arrivait à Vallon et à Hero de se montrer sur le quai afin de surveiller les opérations, et c'est à l'une de ces occasions que Lucas, qui faisait rouler des tonneaux sur la passerelle du *Pélican*, croisa le chemin du Sicilien. Il s'essuya le front.

« Ces tonneaux pèsent aussi lourd que des lingots. Qu'y a-t-il à l'intérieur ? »

Hero sourit.

« Rien d'aussi précieux que de l'or, je le crains. Il s'agit d'un minérai qu'on appelle le cobalt, qui est extrait en Perse et utilisé par les potiers pour produire un vernis bleu sur la céramique.

— Ça a de la valeur ?

— Je n'en suis pas sûr. Nous ignorons ce que nos clients attendent de nous.

— Qui sont-ils ? Où allons-nous ?

— Vallon vous l'expliquera une fois que nous serons en mer. Tout ce que je peux dire, c'est qu'à ton retour, tu auras atteint l'âge d'homme.

— Sire… »

Hero avait déjà tourné les talons.

Lucas prononça sa phrase à toute vitesse :

« Merci d'avoir acheté le cheval. Je vous rembourserai. »

Hero s'empourpra.

« Tu n'étais pas censé le savoir.

— Peu importe. Je vous suis reconnaissant – pas juste pour Aster, mais pour la façon dont vous avez soigné mes blessures. J'implore votre pardon quant à mon attitude grossière sur le bateau. »

L'expression de Hero s'adoucit.

« Accordé sans réserve. Je sais ce que c'est d'être un étranger en terre étrangère. Je n'étais guère plus vieux que toi quand j'ai rencontré Vallon. »

Voyant que Lucas s'apprêtait à poursuivre le sujet, il adopta un ton sec.

« Si tu veux montrer ta gratitude, manifeste-la à Aiken. Ces derniers mois n'ont pas été faciles pour lui.

— Lucas ! beugla Gorka. Personne ne t'a donné la permission de bavarder. Remets-toi au travail. »

Cette nuit-là, Lucas tournait et retournait les propos de Hero dans sa tête, déchiré entre la requête du médecin et son propre ressentiment. C'est ce dernier qui l'emporta, montant comme de l'écume amère. *Alors comme ça Aiken n'a pas eu la vie facile ces dernières semaines. Et moi alors ? Ça fait dix ans que je traîne mon chagrin.* Un souvenir caillé l'entraîna vers la nuit où Vallon avait pénétré en titubant dans la chambre d'enfants, maculé du sang de sa femme, l'épée brandie pour occire sa progéniture. Lucas avait six ans à l'époque, et depuis lors, il ne s'était pas passé un jour ni une nuit sans que cette image atroce ne surgît.

« Ahhh ! »

Il se réveilla en sursaut et découvrit au-dessus de lui le visage mauvais de Gorka dont les traits paraissaient grotesques à la lumière de la bougie.

« Finis les doux rêves, mon garçon. On s'en va prendre un bateau et explorer le monde.

— Vous voulez dire…

— C'est ça. Quand la ville s'éveillera, nous serons partis, et chacun d'entre nous ne sera plus qu'un lointain souvenir. »

La mer Noire et le Caucase

X

Les étoiles se multipliaient à l'est quand l'escadron de Vallon commença à embarquer à bord du *Pélican*. Minuit passa avant que tout le monde eût trouvé une couchette et rangé son matériel. Toujours aucun signe du duc. Vallon ne pouvait même pas envoyer quelqu'un voir ce qui le retenait, car le logothète avait exigé que le quai fût bouclé. Il arpentait les docks avec une impatience grandissante. Les étoiles pâlissaient quand Skleros et ses gens s'avancèrent d'un pas léger avec à peu près autant d'empressement qu'un groupe de mondains s'en revenant d'un bon dîner. Dans l'entourage de l'ambassadeur, certains étaient ivres. Vallon parvint tout juste à réfréner sa colère.

« Mon seigneur, les instructions du ministre étaient claires, nous devions mettre les voiles sous couvert de l'obscurité. »

La lèvre inférieure du duc s'affaissa.

« Mon cher général, croyez-vous vraiment que notre départ serait passé inaperçu après tout le remue-ménage de ces quinze derniers jours ?

— Mon seigneur, nous transportons un trésor suffisamment conséquent pour attirer tous les pirates de la mer Noire. Il est impératif que nous observions toutes les mesures de sécurité.

— Oh, arrêtez de vous tracasser », répliqua Skleros.

Il bâilla et regarda alentour.

« Bon, maintenant, si vous vouliez bien avoir cette gentillesse, je vais avoir besoin d'hommes pour s'occuper de nos chevaux. »

Vallon avait la gorge en feu à force de contenir sa colère.

« Ce gentilhomme apprendra qu'il ne faut pas me traiter à la légère, souffla-t-il à Josselin.

— Grâce à Dieu nous voguons sur des vaisseaux distincts. »

Lucas faisait partie du groupe qui chargea les montures du duc. Josselin l'avait affecté à l'un des navires de charge à cause de son bon contact avec les chevaux, et même dans l'état de rage où Vallon se trouvait, il remarqua avec quelle habileté le jeune homme avait amadoué un coursier particulièrement rétif pour qu'il grimpât la passerelle.

Le soleil glissait au-dessus de la limite de l'Asie quand Josselin approcha.

« Tout le monde est à bord et tout est chargé, sire. »

Vallon balaya du regard le quai vide. Personne n'était venu leur dire au revoir. Nul prêtre pour sacrer cette entreprise avec de l'eau bénite. Nul fier drapeau claquant au grand mât. Il avait reçu ses dernières instructions de la part du logothète la veille au matin et avait dit au revoir à sa famille après un service privé à Sainte-Sophie. Un dernier coup d'œil, et il gravit la planche à grandes enjambées.

« Larguez les amarres. »

Des membres de l'équipage remontèrent la passerelle. Un groupe de débardeurs commença à détacher les cordes d'amarrage. Le *Pélican* avait presque appareillé quand une agitation à l'extrémité du quai attira l'attention de Vallon.

« Arrêtez ! » cria Wulfstan.

Mais Vallon avait déjà vu le grand homme blond qui courait sur le quai, un arc suspendu à l'épaule, un chien à ses côtés, suivi par un porteur qui poussait à toute vitesse une charrette à bras.

« Mettez-en un coup ! lança Vallon aux débardeurs.

— Non, attendez ! s'écria Hero. Nous ne pouvons pas partir sans dire adieu. »

Parvenu à la hauteur du bateau, Wayland adressa à Vallon un sourire en coin.

« C'était sournois de me dire que vous ne mettriez pas les voiles avant la semaine prochaine.

— J'agissais dans ton intérêt.

— C'est moi qui déciderai de ce qui est bon pour moi.

— Qui t'a dit que nous partions ? » s'agaça Vallon.

Il fit volte-face.

« Wulfstan, c'est toi ?

— C'est moi », dit Hero.

Vallon poussa un grognement assourdi.

Wayland inclina la tête.

« Allez-vous descendre cette planche ou vais-je devoir sauter ? Je ne suis plus aussi agile qu'avant, et je ne sais pas mieux nager depuis mon départ d'Angleterre.

— Je ne veux pas que tu viennes à cause de je ne sais quel sens de l'obligation mal placé.

— Je viens de mon propre gré.

— Syth est-elle au courant ?

— Nous en avons parlé presque toute la nuit. Ma décision ne lui plaît pas, mais elle s'accorde à dire que c'est la bonne. Il n'y a pas d'urgence à retourner en Angleterre. Elle et les enfants resteront à Constantinople avec votre famille. Ils se réconforteront mutuellement durant notre absence. »

Sur le vaisseau du duc, quelqu'un voulut savoir pourquoi ils ne partaient pas. Vallon regarda Hero. Son sourire et ses yeux brillants en disaient long. Derrière le Sicilien, Wulfstan souriait comme un aliéné.

Vallon se tourna vers l'équipage en attente.

« Baissez la planche. »

Quand Wayland arriva sur le pont, les deux hommes s'enlacèrent.

« Tu n'en as toujours fait qu'à ta tête, marmonna Vallon. Je prie pour que tu n'aies pas choisi la mauvaise voie. »

Il se tut et s'éloigna sans demander son reste.

La flottille ayant le vent contre, lorsque le *Pélican* eut poussé au large, les deux niveaux de sabords de nage à tribord et à bâbord sous le pont s'ouvrirent, et cent vingt rameurs sortirent leurs avirons. Au rythme sonore d'un tambour, les rames se levèrent. Quand la cadence fut installée, un sifflet retentit, et les avirons plongèrent à l'unisson. Ils ressortirent, l'eau étincelant à la lumière du soleil, et plongèrent de nouveau, leurs manches longs de quinze pieds ployant sous l'effort. Le *Pélican* prit de la vitesse. Le rythme des rames accéléra jusqu'à ce que l'eau moussât le long de la proue.

Vallon contempla le *Cigogne* derrière eux. Le *Pélican* était le plus grand des deux dromons : un navire de guerre à la ligne élancée qui mesurait près de cent cinquante pieds de la proue à la poupe, et seulement vingt-cinq pieds de large. Son équipage se montait à cent quarante hommes, plus environ soixante-dix membres de l'escadron de Vallon qui remplaçaient les cinquante marins qu'il transportait d'habitude. Deux mâts soutenaient les voiles latines ferlées qui permettaient une plus grande manœuvrabilité que le knarr que Vallon avait appris à manipuler lors de son voyage vers le nord. Pour le combat, le navire était équipé d'un bélier recouvert de métal qui faisait saillie à la proue, et d'un château en bois blindé au mitan du bateau pour les archers et les catapultes. Des siphons en bronze destinés à propulser le feu grégeois avaient été fixés à l'avant et à l'arrière. La cabine de poupe, dont le toit faisait également office de plate-forme de combat, n'abritait qu'une dizaine de passagers, notamment le capitaine et ses officiers supérieurs, Vallon, ses centurions et Hero. Le reste des Aubains plus les marins qui n'étaient pas de service dormaient sous des tentes en toile sur le pont.

Les bateaux de provisions, le *Thétis* et le *Dauphin*, appartenaient à un type de dromons appelés *chelandia*, avec de larges coques adaptées au transport des chevaux et des cargaisons. Manœuvrés par cent hommes, ils étaient plus lents que les dromons de combat que ce soit à la voile ou à la rame. Trente membres de l'escadron de Vallon ainsi que les muletiers et autres non-combattants avaient été partagés entre les deux navires de transport. Il avait été convenu de se donner rendez-vous à l'extrémité nord du Bosphore avant de traverser la mer Noire en convoi. Ils se trouvaient déjà dans l'embouchure sud du détroit. Vallon regardait Galata approcher. Il distinguait même sa villa et savait que Caitlin serait là-haut, à serrer ses filles dans ses bras en leur disant de ne pas pleurer. *Là, là. Votre père sera bientôt de retour.*

Trois ans !

Wayland avait les yeux rivés sur la terre avec une expression désespérée qui se mua en un sourire forcé quand il remarqua l'attention de Vallon.

« J'aurais eu davantage de chagrin si je ne vous avais pas accompagné.

— Et ton chagrin adoucit le mien. Wayland, je ne peux pas te dire à quel point je suis content de vous avoir à mes côtés Hero et toi.

— Ne m'oubliez pas », intervint Wulfstan.

Le rire de Vallon résonna comme un sanglot.

« Toi aussi, coquin de Viking. »

Wayland serra le poing, le fourra sous le bras de Vallon et se retourna pour contempler Constantinople qui s'évanouissait peu à peu derrière eux.

Le *Pélican* et le *Cigogne* atteignirent la mer Noire en milieu d'après-midi et mouillèrent au large du Cap d'Ancyre – baptisé ainsi, expliqua Hero à Vallon, car c'est là que Jason avait pris à bord de l'*Argo* une ancre en pierre durant sa quête de la Toison d'Or. Les bateaux de transport ne les rejoignirent pas avant que le soleil ne flamboyât derrière les doux contours noirs de la côte thrace. Pendant la nuit le vent tourna plein ouest, et à l'aube la flotte hissa les voiles et fit cap sur Trébizonde. C'était le vingt-sixième jour d'avril.

Quand la côte eut disparu à l'horizon, Vallon réunit son escadron. Il révéla leur destination à ses hommes, qui accueillirent la nouvelle avec calme, incapables de mesurer l'échelle de cette entreprise ni les distances impliquées. Pour la plupart d'entre eux, le royaume de Chine était une destination aussi abstraite que le paradis – ou l'enfer. Ce premier jour là, ils étaient simplement contents de ne pas être à la caserne, en route pour un mystérieux empire où les autochtones parlaient à la manière des chats, où les concubines marchaient en minaudant sur des pieds bandés et où les dragons étaient aussi communs que les corbeaux.

Des courants d'air chaud les poussèrent vers l'est toute la journée, et quand Vallon se réveilla le lendemain matin, le même vent favorable les faisait avancer. Debout à la proue, il observait des poissons volants qui effleuraient les vagues.

Hero le rejoignit.

« À cette vitesse-là, nous atteindrons Trébizonde d'ici une semaine.

— Et notre voyage aura à peine commencé.

— Reconnaissez-le, une part de vous est ravie de s'être embarquée dans une aventure aussi grandiose.

— C'est bien pour ça que je me sens coupable. C'est toujours plus dur pour ceux qu'on laisse derrière soi. Et toi, Hero ? Y a-t-il quelqu'un qui pleure ton absence ?

— Je vais manquer à mes collègues, j'imagine. À part eux, il n'y a que mes sœurs.

— Les Cinq Furies, comme tu les appelais.

— Le mariage les a adoucies. Je suis le fier oncle de sept neveux et cinq nièces à présent. Ce voyage me fera économiser une fortune en cadeaux. »

Percevant le malaise de Hero à évoquer des affaires personnelles, Vallon changea de sujet.

« Allons étudier de plus près les siphons du feu grégeois. Je ne les ai vus en action que de loin et j'aimerais mieux comprendre leur fonctionnement. »

Iannis, le capitaine du bateau, était réticent à organiser une démonstration.

« Général, on ne se sert des siphons qu'au combat, et encore seulement en dernier recours. Le feu grégeois expose presque autant au danger le bateau qui le lance que la cible.

— En tant que commandant militaire, insista Vallon, j'ai besoin de connaître nos capacités de combat. »

Pendant que les marins arrisaient les voiles et qu'une équipe préparait le lance-flammes à la proue, Vallon et Hero en examinaient le mécanisme. Le composé incendiaire était éjecté d'un baril en bronze monté sur pivot avec une ouverture en forme de lion rugissant. De l'arrière du lance-flammes partait un tube en cuivre, muni d'une valve destinée à réguler le flux d'huile, qui conduisait au réservoir de combustible : une chambre en fer soudé mise sous pression au moyen d'une pompe plongeante en bronze. Sous le réservoir, monté sur roues, se trouvait un brasero à charbon de bois attisé par un soufflet afin de chauffer le combustible.

Il fallait dix hommes pour actionner cette machine, tous se rassemblèrent vêtus de cuir et de tabliers ignifugés au moyen de vinaigre et d'alun. Vallon remarqua que le visage de plusieurs d'entre eux présentait des cicatrices de brûlure. Le chef expliqua leurs fonctions respectives. La tâche de l'un d'eux consistait à entretenir le brasero et à enflammer le jet d'huile chaude à l'ouverture. Le chef d'équipe orientait le siphon, tandis qu'un homme actionnait la valve et que deux autres armaient la pompe à pression. Les derniers étaient des combattants du feu, équipés de seaux de sable et de couvertures en cuir de bœuf. Avant que l'équipe ne se mît au travail, ils répandirent une couche de sable autour de l'arme et se signèrent.

Ils allumèrent le brasero, et quand le charbon rougeoya, le préposé au feu commença à actionner le soufflet. Le réservoir faisait des bruits métalliques inquiétants à mesure que le métal se dilatait.

« Général, restez bien en arrière s'il vous plaît, enjoignit le capitaine. Il est déjà arrivé que le chaudron explose.

— Moi-même je l'ai vu se produire, sire, affirma Wulfstan derrière Vallon. Toute l'équipe affectée au feu a été tuée. J'ai encore l'odeur de chair brûlée dans le nez. »

Après avoir jeté un œil au Viking, Vallon recula de six pas.

Le chef d'équipe prit le contrôle du siphon et les deux hommes à la pompe se mirent à pressuriser le réservoir. L'allumeur se mit en position avec une torche enflammée. L'opérateur de la valve se tint prêt. Dans leur tenue extravagante, on aurait dit des agents de Satan se préparant à incinérer des pécheurs dans les flammes de l'enfer.

Le chef semblait se fier aux bruits produits par le réservoir de combustible. Il avait le visage crispé sous la concentration. Le réservoir émit encore un son nasillard très aigu. Autour de lui, l'air palpitait, miroitait. Vallon recula encore.

« Maintenant ! »

L'opérateur de la valve ouvrit la réserve d'huile, et un jet de combustible brûlant s'éjecta de l'ajutage. La puanteur du composé prit Vallon à la gorge et lui piqua les yeux. Bras tendu, l'allumeur enflamma ce jet avec sa torche. *Vrouf !* Une gerbe de flammes enfumées rouges et jaunes gicla à vingt pieds du baril, et sa portée augmenta à plus de trente pieds sous les efforts redoublés des hommes qui actionnaient la pompe. Le jet forma un arc renversé, le combustible partiellement vaporisé se courbant vers le bas avant de s'élever dans un éventail de feu mugissant qui tomba dans la mer et, sans cesser de brûler, dériva le long de la coque du dromon en flaques démoniaques.

« Ça suffit ! » cria le capitaine, qui agitait frénétiquement les bras.

La valve d'alimentation fut refermée. La flamme se raccourcit et mourut, des gouttes et des filets d'huile puante grésillèrent sur le tapis de sable. Un gros nuage chargé de suie s'éloigna, emporté par le vent. L'équipe écarta le brasero en le faisant rouler et ouvrit une valve de décompression sur le réservoir pendant que le reste des hommes tenaient prêtes leurs couvertures anti-feu. Une fois le système sécurisé, ils échangèrent des regards et gonflèrent les joues, comme si seule la grâce divine avait empêché un désastre.

Vallon s'inclina devant le capitaine.

« Ce fut fort impressionnant, et on ne peut plus terrifiant. Maintenant que j'ai compris la puissance de cette arme, je ne remettrai plus en danger votre bateau dans le simple but de satisfaire ma curiosité. »

Lorsque l'arme eut refroidi, Vallon et Hero l'inspectèrent de plus près.

« En as-tu appris davantage au sujet de la formule ? » s'enquit Vallon.

Dans les étendues sauvages au nord de la Rus, Hero avait improvisé un engin incendiaire afin de détruire un drakkar viking.

« Je crois que l'ingrédient principal est une substance appelée huile de roche, qui jaillit du sol dans certaines parties de la Perse et du Caucase. Quant à ce qui le fait adhérer à tout ce qu'il touche… J'imagine qu'ils utilisent des résines de plante – le sang-de-dragon serait un choix approprié. Il se pourrait également que de la chaux vive entre dans la composition. Avez-vous remarqué comme la combustion du feu s'est intensifiée au contact de la mer ? »

Hero étudia la pompe.

« Très ingénieux, commenta-t-il. L'action est double, elle produit aussi bien de l'air sur le mouvement ascendant que descendant. Il faut que je fasse un dessin. »

Vallon s'esclaffa.

« Tu pourrais maîtriser toutes les branches de la science, si tu voulais. »

Il lui pressa l'épaule.

« J'aurais vécu un commandement beaucoup plus solitaire sans ta compagnie. »

Le général se promenait sur le pont en bavardant avec ses hommes. Ils semblaient avoir le moral au beau fixe, appréciant la douceur du climat après avoir passé des mois enfermés dans leurs quartiers d'hiver. Les mains posées sur le bastingage, il embrassa le convoi du regard : les dromons voguaient à voilure réduite afin de ne pas distancer les bateaux de transport. Le *Pélican* fendait les flots à moins de vingt toises du *Dauphin*, où Vallon vit Lucas s'entraîner à l'épée avec un autre soldat sur le pont avant.

Wulfstan le rejoignit et observa les épéistes se porter des estocades.

« Ce garçon n'est pas mauvais.

— Mieux que ça, répondit Vallon. Regarde comme il est agile dans ses déplacements. »

Lucas esquiva une attaque, bondit en arrière, écarta violemment le bouclier de son adversaire sur la droite puis profita de son avantage pour lui asséner un coup, la main en pronation.

« Qu'en pensez-vous ? demanda Wulfstan. Vous croyez qu'il pourrait vous battre ?

— Dans un an, même toi tu auras le dessus sur moi. On appelle ça vieillir. »

Il mit ses mains en porte-voix.

« Bien joué, lança-t-il, mais ne te fie pas trop au tranchant de ton épée. Elle n'est pas de bonne qualité et contre une armure, elle ne provoquera qu'une coupure ou un hématome superficiels. Utilise davantage la pointe. »

Vallon dégaina à son tour et fit la démonstration de quelques passes serrées.

« Tu vois ? Cela porte un coup fatal. Même ton petit morceau de fer transpercera une cotte de mailles si tu y appliques suffisamment de force. »

Il reprit son souffle.

« Autre chose. Combattre en ayant l'objectif de tuer avec la pointe permet de garder ton corps plus centré et de moins exposer ton bras et ton flanc. Essaie. »

Lucas recula et brandit son épée. Wulfstan gloussa.

« Des compliments et des conseils de la part du maître : il va être jouasse toute la journée. »

Vallon se retourna soudain vers Lucas :

« Comment progresse ton grec ?

— *Etsi ki etsi, kyrie.*

— Parfait. Ne te relâche pas. »

Le vent et le temps restèrent si cléments que même Vallon dut garder à l'esprit que la traversée de la mer Noire n'était que la première et plus courte étape de leur voyage. Une fois arrivés à Trébizonde, ils auraient devant eux une marche de mille cinq cents lieues à travers un territoire inconnu et probablement hostile. Les chevaux et les bêtes de somme y résisteraient-ils ? Non, il leur faudrait trouver de nouvelles montures et louer des chameaux. La résolution et la discipline des hommes tiendraient-elles face à l'ennui, à la maladie et aux distractions inévitables de l'alcool et des femmes ? Il était presque sûr que non. Une escarmouche occasionnelle pourrait même être une bénédiction, qui contribuerait à maintenir le moral des troupes, mais, avec une force de combat limitée à cent hommes, Vallon ne pouvait se permettre de perdre un seul soldat au combat. Et puis il y avait le duc, un affreux poids mort. Les sources d'inquiétude se succédaient dans sa tête pour finir par se dissoudre dans le ciel uniformément bleu. Si une expédition avait jamais joui d'un départ favorable, c'était bien celle-là.

Le sixième jour après le départ de Constantinople – un seul jour les séparait encore de Trébizonde –, aux alentours de midi, le *Cigogne* se positionna à moins de soixante pieds du *Pélican* et l'un des hommes du duc héla Vallon au moyen d'un cornet porte-voix.

« Son Excellence vous invite vous et maître Hero à trinquer à notre bonne progression au cours d'un repas.

— Il est encore trop tôt pour festoyer. Je serai ravi de lever une coupe quand nous aurons atteint Trébizonde. »

Le duc Skleros, emmailloté de soie, s'empara du cornet.

« Vallon, nous sommes partis du mauvais pied et je crains que la faute ne m'en incombe. À Trébizonde il n'y aura que banquets officiels et discours creux. Parlons d'homme à homme. Je promets un bon déjeuner. »

L'onde était calme, la brise juste suffisamment forte pour gonfler les voiles. Vallon vit le capitaine Iannis les observer depuis le château au mitan du bateau.

« Pouvez-vous nous transférer en toute sécurité ?

— Oui, mon général. »

Des officiers braillèrent des ordres et des équipes de marins arrisèrent les voiles jusqu'à ce que le *Pélican* ne gardât plus qu'une erre suffisante pour gouverner. Un groupe d'hommes descendit un petit canot le long de la coque puis y fit tomber une échelle de corde. Maladroitement, ménageant sa cheville raide, Vallon descendit, content que des bras costauds s'élèvent pour le stabiliser.

À bord du *Cigogne*, Skleros pressa ses invités d'entrer dans sa cabine, où une demi-douzaine de ses gens étaient rassemblés. Verrerie et argenterie scintillaient sur la table à manger. Les coffres contenant les cadeaux destinés à l'empereur Song étaient verrouillés et enchaînés dans un coin.

« Trinquons avant de manger, déclara Skleros. À un voyage sûr et couronné de succès. »

Vallon et Hero levèrent leurs coupes.

« Sûreté et succès. »

À table, des serviteurs apportèrent un plat principal composé d'ortolans rôtis qui avaient été pris au filet durant leur migration de printemps, puis aveuglés, gavés de millet et de figues jusqu'à ce qu'ils atteignent quatre fois leur poids normal, noyés dans du vin, et enfin cuits entiers, abats compris, délestés de leurs seules plumes et pattes. Skleros en engouffra quatre, ravageant les carcasses tout en tamponnant la graisse qui lui dégoulinait du menton. Sa conversation insipide consistait essentiellement à faire courir des ragots calomnieux sur des parasites de la cour. Il ne cessait de remplir les verres de ses invités avec un vin thrace puissant.

Après la troisième coupe, Vallon couvrit son verre d'une main.

« Je n'en veux plus, merci. Je dois avoir les idées claires et des jambes solides pour retourner sur mon bateau.

— Alors, mon général, lança Skleros en crachant le dernier bec. Dites-nous à combien vous estimez nos chances.

— D'atteindre la Chine ? »

Vallon jeta un regard circulaire à l'assemblée.

« Il ne sert à rien de s'inquiéter de dangers inconnus. Nous en aurons largement le temps quand nous les rencontrerons – et nous les rencontrerons. C'est la logistique qui m'inquiète davantage : trouver suffisamment de nourriture, de fourrage et d'eau. Nous avons de l'or en quantité, mais je ne sais trop jusqu'où cela nous mènera une fois que nous aurons atteint les déserts du Turkestan. »

Skleros entama un flan parfumé aux épices et au citron, qu'il enfournait au-dessus de sa lèvre inférieure pendante.

« J'ai entièrement confiance en vous et en vos hommes.

— Je dois dire, Votre Excellence, que votre propre attitude est remarquablement optimiste. »

Skleros agita une main, donnant la priorité à une autre bouchée. Une fois qu'il l'eut avalée – avec le minimum de mastication –, il fixa sur Vallon ses yeux minuscules.

« Je suis un stoïque, général. Les vicissitudes que j'ai endurées m'empêchent d'embrasser aucune autre philosophie. »

Il leva un regard interrogateur au-dessus de Vallon et sembla hocher la tête. Vallon se retourna et aperçut une silhouette qui disparaissait par la porte. Un serviteur la referma aussitôt.

Skleros avait repris son discours :

« Oui, Vallon, le destin m'a asséné quelques coups rudes. Mes propriétés en Cappadoce étaient tellement vastes qu'il aurait fallu un bon cheval pour les parcourir en un jour. Toutes perdues, au profit de ces ignobles Seldjoukides. Je ne peux regarder ces mercenaires barbares qui garnissent vos rangs sans un frisson de rage. Reprenez une part de flan. Pour ma part, je ne vais pas me gêner. »

On tapota la cheville de Vallon sous la table. Hero lui faisait une grimace en désignant la porte.

« Je crois que vous devriez jeter un œil dehors », dit-il en anglais.

Skleros s'esclaffa.

« Parler dans une langue étrangère. Allons, allons. Voilà qui n'est guère urbain. Partagez avec nous ce que vous avez à dire. »

Vallon fit une moue d'excuse.

« Je suis désolé. Hero me rappelait que j'avais prévu de tester la catapulte du bateau cet après-midi.

— Annulez. Nous serons à Trébizonde demain.

— Non, mes hommes doivent m'attendre. Je suis désolé de quitter un repas aussi somptueux, mais il faut vraiment que je retourne à mon bateau. »

Skleros jetait des regards en coin. Ses hommes semblaient agités, tendus, comme dans l'attente d'un signal.

« J'insiste, dit le duc. Nous avons à discuter de sujets importants. »

Vallon se leva.

« Ils devront attendre jusqu'à Trébizonde. »

Skleros chiffonna sa serviette maculée et la jeta sur la table.

« Bon, très bien, mais je dois dire que vos manières laissent quelque peu à désirer. »

Vallon sortit dans un soleil aveuglant et découvrit que le *Pélican* croisait à portée de flèche à tribord du *Cigogne*. Wayland et Josselin, juchés sur la tour, désignaient frénétiquement le sud.

« Que se passe-t-il ? s'enquit Skleros.

— Je l'ignore, répondit Vallon. Apportez-moi ce cornet porte-voix. »

Josselin en avait déjà trouvé un.

« Navire au sud-ouest. Il ressemble à l'un des nôtres. »

Vallon, une main en visière, scruta les flots et repéra la pointe d'une épine blanche qui écorchait l'horizon.

« Quelle route ?

— Ils se dirigent vers nous. »

Wayland dit quelque chose à Josselin.

« Deux dromons ! cria le centurion. Des trois-mâts. D'après Wayland, ils battent pavillon impérial.

— Combien de temps avant qu'ils nous rattrapent ? »

Josselin consulta le capitaine du *Pélican*.

« Pas plus d'une demi-heure. Leur allure doit être deux fois supérieure à la nôtre. »

Le centurion désigna les navires de charge dodus qui ballottaient dans le sillage des dromons.

Cette situation contrariait Vallon et l'interloquait. Il était presque certain que les navires à l'approche étaient des vaisseaux byzantins, mais cela ne signifiait pas qu'ils étaient amicaux. Depuis que les Seldjoukides avaient envahi la majeure partie de l'Anatolie, des Grecs dépossédés avaient établi plusieurs bases de pirates sur la côte de la mer Noire. Si le *Cigogne* et le *Pélican* se mettaient en panne maintenant pour lui permettre de retourner à son bateau, ces vaisseaux les rattraperaient. D'un autre côté, après l'attitude étrange du duc, il n'avait aucune envie d'être à bord du *Cigogne* à leur arrivée. Il jeta un œil pardessus son épaule et aperçut Skleros et ses hommes se déployer à l'extérieur de la cabine, attendant de voir sur quel pied il allait danser.

« Excusez-moi », dit Vallon.

Il entraîna Hero hors de portée d'oreille.

« Penses-tu que le duc ait été prévenu de l'arrivée des bateaux pendant le déjeuner ?

— Je ne vois pas de quoi il aurait pu s'agir d'autre.

— Alors pourquoi ne nous a-t-il pas fait part de la nouvelle ?

— Peut-être prenait-il trop de plaisir à se goinfrer. »

Vallon examina les bateaux à l'approche. Désormais on distinguait la coque du vaisseau de tête et les voiles de son compagnon ébréchaient l'horizon.

« À moins qu'il n'ait attendu ces bateaux et voulu nous garder à bord jusqu'à ce qu'ils nous aient interceptés.

— Il n'aurait pas pu savoir qu'ils se seraient trouvés là à ce moment précis.

— Non, mais s'il avait posté un guetteur à la tête de mât, il aurait été au courant de leur arrivée bien avant que nos hommes ne les repèrent. Suffisamment à l'avance pour s'assurer que nous serions toujours sur son vaisseau quand ils nous rejoindraient.

— Mais pourquoi ferait-il une chose pareille ?

— Je ne sais pas. Ne t'éloigne pas. »

Josselin le héla de nouveau.

« Aucun doute, ils arborent l'aigle à deux têtes. »

Vallon porta le cornet à sa bouche.

« Maintenez le cap. Restez à proximité des bateaux de provisions. Demandez aux hommes de se préparer au combat.

— C'est ridicule, bafouilla Skleros. Annulez votre ordre. »

Vallon l'ignora. Majestueux toutes voiles dehors, le premier navire de guerre s'était rapproché à moins de deux milles. Un autre pavillon s'élevait en faseyant en haut de la tête du grand mât.

« Ils nous intiment de mettre en panne ! cria Josselin.

— Faites ce qu'ils vous disent », intervint Skleros.

Il agita une main en direction du capitaine.

« Occupez-vous-en. »

Vallon s'avança.

« Attendez. »

Le capitaine hésita, regardant alternativement ses deux supérieurs.

« J'ai l'ordre de ne m'arrêter pour personne, expliqua Vallon.

— Général, vous ne pouvez ignorer un signal donné par l'amiral de la mer Noire. C'est son pavillon qui bat au mât de misaine. Allez-y, capitaine, ajouta-t-il d'un ton plus sec.

— Repos ! aboya Vallon. Le logothète m'a assuré que la flotte de la mer Noire avait l'ordre de ne pas entraver notre progression.

— Peut-être transportent-ils des messages qui concernent notre mission.

— Nous avons eu des conditions de navigation idéales depuis notre départ de Constantinople. Pour nous rattraper, ces galères auraient dû quitter le port moins d'un jour après nous.

— J'ignore tout des bateaux et de la navigation. Mettez en panne et résolvez ce mystère.

— Pourquoi le logothète enverrait-il deux vaisseaux pour porter un message ?

— Général, je n'en ai pas la moindre idée. J'agis en me fiant à mes yeux et pas en fonction de ce qui effraie mon imagination. Je vois un dromon impérial nous intimer de nous arrêter et c'est pourquoi, pour la dernière fois… »

Le duc s'en prit soudain au capitaine, des taches violacées lui couvraient les joues.

«… J'exige que vous obéissiez sans plus tarder.

— Tudieu ! s'emporta Vallon. C'est moi qui suis responsable de la sécurité. »

Mais le titre du duc avait plus de poids, les ordres de mise en panne étaient déjà relayés. Les cordages vibrèrent, les vergues crissèrent, les voiles battirent au vent.

« Hero et moi retournons sur le *Pélican* », dit Vallon à Skleros.

Il leva la voix.

« Faites descendre un canot. »

Personne ne bougea. Il fit volte-face.

« Vous êtes sourds ? »

L'un des hommes du duc tripota la poignée de son épée et cela suffit à Vallon pour confirmer ses craintes de trahison. Il dégaina sa propre lame avant même que l'homme ne pût penser à sortir la sienne. Il regardait de tous les côtés.

« Que se passe-t-il ?

— Vous vous comportez comme un fou, s'agaça Skleros. Un peu de dignité. Les dromons seront bord à bord avant que vous ayez rejoint votre bateau. »

Josselin s'était aperçu qu'il y avait un problème.

« Vous avez besoin d'aide, mon général ?

— Envoyez deux équipes. Transférez tous nos hommes sur le *Pélican*, puis donnez l'ordre aux navires de charge de mettre toutes voiles dehors. Vous, restez où vous êtes et attendez mes instructions. »

Il y eut un bouillonnement d'activité tandis que deux canots étaient descendus. Vingt soldats s'y installèrent et souquèrent ferme jusqu'au *Cigogne.* Les navires de charge commencèrent à se rapprocher du *Pélican.*

Le duc battait des bras.

« Dites-leur de repartir. Je ne veux pas de vos brutes sur mon bateau.

— Vous n'avez pas le choix, rétorqua Vallon. Ne pensez même pas à résister. Vous n'avez pas plus de vingt soldats dans votre entourage et je les soupçonne de n'avoir pas brandi une épée sous le feu de la colère depuis de longues années. »

Skleros s'en remit au capitaine du *Cigogne.*

« C'est une mutinerie. Battez le rappel de vos soldats. »

L'épée de Vallon fusa.

« Capitaine, vous avez déjà bravé l'un de mes ordres. Bravez-en un autre et je vous assure que vous trouverez ma réaction fort décevante. »

Vert, l'homme battit en retraite en marmonnant des ordres et en agitant les bras d'un air consterné devant le chaos qui s'était engouffré sur son bateau sous un ciel bleu azur.

Aimery fut le premier à se hisser à bord. Vallon l'aida d'une main et lui chuchota à l'oreille :

« Je flaire une traîtrise. Faites ce que je vous dirai. »

Gorka le Basque suivit, Wulfstan sur les talons, grimpant l'échelle d'une main, un couteau entre les dents. Vallon se dirigea vers l'échelle puis se retourna en souriant.

« Votre Excellence, j'ai oublié de vous remercier pour votre hospitalité. »

Sans se déparer de son sourire, il marcha à grands pas vers le duc, lui empoigna le bras, lui fit faire volte-face et plaqua le fil de son épée contre sa gorge. Les soldats de Vallon menacèrent les hommes de Skleros sans leur laisser le temps de réagir.

« Prenez autant d'hommes que peuvent en contenir les canots », ordonna Vallon.

De sa main libre, il pointa l'officier le plus élevé de l'entourage du duc.

« Celui-ci, celui-ci et celui-ci là-bas.

— Ça va vous valoir le bûcher, gargouilla Skleros.

— Allez chercher le trésor, intima Vallon à Gorka. Il est dans la cabine. »

L'un des hommes du duc essaya de lui bloquer l'accès à la porte, Gorka l'éjecta d'un coup de poignée d'épée. Vallon entraîna Skleros sur le côté et le confia à un Seldjoukide trapu au visage lunaire d'autant plus effrayant qu'il était impassible.

« Surveillez-le de près. »

Le premier navire de guerre se trouvait à moins d'un mille à tribord, de l'écume ourlait sa proue. Gorka et ses hommes sortirent de la cabine en chancelant sous le poids des coffres du trésor. Une défaillance nerveuse collective figeait sur place les hommes du duc.

« Josselin, intimez à ces navires de garder leurs distances. Dites à leurs commandants que nous accomplissons un devoir impérial et que nous considérerons toute tentative d'approche comme un assaut. Dites-leur que je tiens le duc en otage. »

Vallon attendit que tous les hommes fussent dans les canots avant d'embarquer. Ils avaient trouvé de la place pour six des hommes du duc, et l'embarcation avait un fort tirant d'eau. Wulfstan, perché en équilibre, exhortait les rameurs à en mettre un coup avec un chapelet de jurons dont l'intensité confinait à la poésie. Plus question de chanter des hymnes, à présent. De retour dans son élément, il était aux anges.

La coque du *Pélican* empêchait Vallon de voir arriver les navires de guerre.

« Josselin, que font-ils ?

— Ils arrisent les voiles, sire. Ils ont compris qu'il y avait un souci. »

La coque du *Pélican* dominait les canots de toute sa hauteur.

Des mains se tendirent.

« Prenez d'abord le duc, moi ensuite. »

Deux hommes déposèrent Vallon sur le pont. S'emparant de Skleros, il courut de l'autre côté du pont alors qu'une voix amplifiée leur parvenait du dromon.

« Dungarios de la mer de l'Est, porteur de dépêches impériales pour le duc Michael Skleros. »

Le duc se tortilla sous la poigne de Vallon.

« Je vous l'avais bien dit.

— Quels ordres ? beugla Vallon.

— Visibles par le seul duc.

— D'où êtes-vous partis ?

— De Trébizonde. »

Vallon fit faire volte-face au duc.

« Trébizonde ? Nul bateau n'aurait pu en si peu de temps voguer de Constantinople à Trébizonde avant de repartir en mer pour nous intercepter. La seule raison de leur présence c'est qu'ils avaient été prévenus de notre traversée. »

Skleros avait repris ses esprits.

« Fort probable, répliqua-t-il. Vous avez vécu à Constantinople suffisamment longtemps pour savoir à quel point il est difficile de garder des secrets. Un ordre impérial murmuré dans le cabinet d'un palais fait dès minuit l'objet des parlottes de taverne.

— Non, rétorqua Vallon. C'est de votre fait. »

Le visage du duc s'enflamma.

« Comment osez-vous ! N'oubliez pas à qui vous parlez. »

Vallon demeurait implacable.

« C'est vous.

— Balivernes. Où est votre preuve ? Je pourrais proférer la même accusation contre vous.

— Je n'ai parlé à personne.

— Pas même à votre femme ? »

Vallon l'envoya valser.

« Nous établirons les responsabilités bien assez tôt. »

Sur le navire de guerre, l'officier leva son porte-voix.

« Transférez le duc sur le vaisseau de l'amiral afin que nous lui donnions des instructions concernant votre mission.

— Si vous y tenez, il faudra venir le chercher. »

Skleros tira sur la manche de Vallon.

« Vous ne faites qu'aggraver votre cas. Ces bateaux transportent six cents hommes et marins. Inutile de résister. Vous ne pouvez pas sauver votre carrière, mais vous avez encore une chance de sauver votre vie. »

Vallon retroussa les lèvres.

« Je croyais que vous ignoriez tout des affaires militaires, et pourtant vous voilà en train de dénombrer la force de l'ennemi. »

Le duc regarda alentour en secouant la tête avant de dévisager Vallon avec une expression tragique. Il poussa un soupir las.

« Vous êtes un fieffé imbécile. Si vous étiez resté plus longtemps à table, nous aurions pu arranger la situation à la satisfaction de tous. Mais non. À peine apercevez-vous un bout de voile que vous vous mettez à courir comme un chien enragé. »

Un frisson parcourut l'échine de Vallon.

« Alors j'ai raison. Vous avez sabordé notre expédition.

— Je nous ai sauvés d'une mort certaine, siffla Skleros en se penchant en arrière. Reconnaissez-le, Vallon, vous n'avez pas plus d'appétit que moi pour cette aventure. Je l'ai vu sur votre visage le jour où nous nous sommes rencontrés. »

Il se pencha.

« Moi seul possède la preuve indiscutable de la folie de l'empereur. »

Il hocha la tête en agitant un doigt potelé, sa voix s'abaissant en un murmure empressé.

« Nous ne sommes pas la première expédition à partir pour la Chine. L'empereur détrôné par Alexis a envoyé une délégation au printemps dernier. Un pigeon voyageur a apporté des nouvelles de leur sort en décembre. Ils avaient perdu les trois quarts de leur effectif et épuisé leurs réserves de nourriture et d'eau. Depuis, on n'a plus jamais entendu parler d'eux. Ils sont morts. Voulez-vous subir le même sort ? »

Vallon contemplait les galères de guerre. Des centaines d'hommes armés bordaient le bastingage.

« Ces bateaux ne font pas partie de la flotte orientale, pas plus qu'ils ne transportent d'amiral. Qui les commande ?

— Des parents proches et des amis dignes de foi.

— Quel accord avez-vous passé ?

— Laissez-les se mettre bord à bord et nous escorter jusqu'à Trébizonde.

— Et ensuite quoi ? On me ramènera à Constantinople, où je serai exécuté pour trahison.

— Ni vous ni moi ne pouvons retourner à la capitale. Il vous faudra rester en Anatolie. Le duché est de fait indépendant. À Trébizonde, vous serez hors de portée de l'empereur. »

La situation échappait au contrôle de Vallon.

« Ma femme et ma famille vivent dans la capitale.

— Les miennes aussi, elles attendent les instructions pour nous rejoindre. Dès que nous aurons atteint le port, envoyez un message à votre dame. Un navire les attendra. J'ai tout prévu. Dans une semaine ou deux, vous serez réunis.

— Et perdre ma maison, ma carrière ? »

Skleros souffla son haleine pestilentielle au visage du général.

« J'ai perdu bien davantage. Nous deux pouvons bâtir une nouvelle vie à Trébizonde. Mieux vaut ça que mourir au milieu de barbares à mille lieues de chez nous.

— Et mes hommes ?

— Trébizonde a besoin de soldats. Ils trouveront du travail. » Skleros avait pris le dessus.

« Écoutez, Vallon. Pourquoi l'empereur vous a-t-il choisi pour cette mission à votre avis ?

— Pour mon expérience des voyages en terres hostiles. »

Le duc lui tira le bras.

« Oui, oui, certainement. Mais il y a autre chose. »

Vallon fronça les sourcils.

« Parce que j'ai sauvé la vie de l'empereur ? »

Skleros partit d'un rire jubilatoire.

« Et quelque chose avant ça. Vous lui avez tenu tête devant ses généraux en lui disant qu'il serait stupide d'attaquer les Normands. Et vous aviez raison. Et quand les faits ont confirmé vos dires, vous avez retourné le couteau dans la plaie en sauvant l'empereur de son propre orgueil. Vous ne fréquentez pas les cercles de la cour comme je le fais, mais croyez-moi, dans les banquets privés et les bains, des hommes importants murmurent votre nom et sourient de cette ironie. Ils n'ont pas oublié – et Alexis non plus – que Basile Ier, l'un de nos plus grands empereurs, a entamé sa carrière comme général étranger.

— Et votre crime à vous, quel est-il ?

— Mon nom. Je suis un Phocas, cousin de l'empereur détrôné par Alexis et sa chienne d'intrigante de mère. »

Vallon avait l'impression d'avoir le cerveau ramolli. Il secoua la tête.

« Alexis ne dépenserait pas une fortune rien que pour se débarrasser de l'un de ses généraux et d'un duc traître. »

Quand Skleros souriait, ses yeux disparaissaient.

« Décidément, vous ne vous y entendez guère en politique byzantine. »

Il désigna d'un geste les coffres du trésor.

« Il y a moins d'or ici qu'il n'en faut à Alexis pour construire une chapelle privée où confesser ses péchés. »

Il leva un doigt et sa voix se réduisit à un souffle.

« Mais pour nous, général, c'est une fortune, une fondation solide sur laquelle rebâtir nos vies. »

Les espoirs de Vallon, châteaux branlants depuis le début, étaient tombés en ruine. Skleros, percevant son désarroi, s'engouffra dans la brèche.

« Autre chose. Vous avez une femme magnifique. Vous avez passé plus de temps en service à l'étranger que chez vous. »

Voyant Vallon se décomposer, le duc leva une main apaisante.

« Ne vous méprenez pas. Je n'ai rien entendu qui laisserait penser que votre épouse soit tout sauf une compagne fidèle. Mais au cours de dîners de réception, j'ai entendu plusieurs riches gentilshommes jouissant de bonnes relations qui aimeraient vous séparer de votre maîtresse. »

Il resserra son emprise.

« Trois ans, Vallon. C'est le temps que nous serons partis, peut-être plus. C'est le temps que votre épouse devra supporter un lit vide. »

Vallon était glacé.

« Quel rôle joue le logothète là-dedans ? »

Skleros relâcha sa poigne.

« Qui sait ? Il file, il tisse, emmêlant saint et pécheur dans la trame et la chaîne. »

Vallon prit une inspiration chevrotante.

« Il faut que je consulte mes officiers.

— Il n'y a pas matière à consultation. L'expédition est terminée. Même si vous pouviez vous échapper, vous perdriez les navires de provisions. »

Vallon dévisagea Skleros comme s'il le voyait pour la première fois.

« Je vous croyais sot, un glouton paresseux qui ne pense à rien d'autre qu'à son prochain repas. »

Le duc gloussa.

« Des hommes plus intelligents que vous ont commis la même erreur. »

Il recouvra son sérieux et ses yeux s'arrondirent en une expression de fausse sincérité.

« Je ne vous en tiendrai pas rigueur. Vous n'êtes qu'un simple soldat qui essaie de faire son devoir.

— Oui, confirma Vallon. Un simple soldat.

— Ainsi donc, je vous pardonne le traitement brusque auquel vous m'avez soumis. Bon, maintenant, suivez mes ordres et vous recevrez une part de l'or et du trésor.

— Combien ? »

Skleros inclina la tête, tel un oiseau sur le point d'embrocher un ver de terre.

« Un quart me semblerait équitable. » Vallon recula.

« Je vais soupeser tout ce que vous m'avez dit. »

Dans un silence perplexe, son escadron l'observa qui se dirigeait vers la tour en intimant au capitaine du *Pélican* et au centurion Otia le Géorgien de le rejoindre. Il monta sur la plateforme et fit face à ses officiers. Wulfstan se glissa à ses côtés.

Vallon s'exprima d'une voix contrainte.

« Ces bateaux sont des navires pirates et le duc est de connivence avec eux. Il dit que si nous les suivons jusqu'à Trébizonde, nous serons libres de prendre un nouveau départ avec une partie de l'or. »

Wulfstan cracha.

« Diantre, l'expédition aura été brève !

— Je ne crois pas le duc. S'ils voulaient que nous allions à Trébizonde, ils auraient pu se contenter d'attendre notre arrivée. À mon avis, ils espéraient nous aborder sans éveiller les soupçons, nous désarmer et nous massacrer. Ils auraient tué l'équipage et fait couler les navires, sans laisser aucune trace de leur crime.

— Allons-nous les combattre ? » demanda Josselin. Vallon se racla la gorge et se redressa.

« Seulement si c'est indispensable. Capitaine, le *Pélican* peut-il distancer ces bateaux ?

— Général, je ne vais pas…

— Je vous ai posé une question. »

Iannis déglutit.

« Nous sommes plus légers et plus maniables. Je parierais que nous aurions le dessus si tant est que la brise se maintienne. Si elle tombe, leur vitesse à la rame sera plus importante.

— Où nous enfuirions-nous ? demanda Josselin. Sinop est le port amical le plus proche, mais il doit se trouver à plus d'un jour contre le vent. Si nous nous dirigeons vers le nord, nous tomberons entre les mains de chefs de guerre rus ou de nomades des steppes. Faisons voile à l'est et nous nous retrouverons en Arménie ou en Géorgie. »

Vallon commençait à reprendre ses esprits.

« Nous ne trouverons pas de refuge sûr en Arménie. Elle est aux mains des Seldjoukides et entretient de bonnes relations avec Trébizonde. Nos documents qui nous garantissent un sauf-conduit ne vaudraient même pas l'encre avec laquelle ils ont été écrits. »

Il plissa les yeux vers l'est.

« Capitaine, à quelle distance sommes-nous de la Géorgie ?

— Si cette brise se maintient, nous devrions apercevoir la côte demain matin. »

Vallon se tourna vers Otia.

« C'est ton pays. À quel genre d'accueil pouvons-nous nous attendre ?

— Hostile. Seuls quarante ans se sont écoulés depuis que Byzance est partie en guerre contre la Géorgie, or mes compatriotes n'ont pas la mémoire courte.

— Nous n'allons pas envahir le pays, juste accoster en toute sécurité jusqu'à ce qu'on détermine la marche à suivre. Capitaine, pouvez-vous trouver un endroit paisible où nous faire débarquer ? »

Iannis scruta l'horizon oriental.

« L'embouchure du fleuve Phase. Là-bas la côte est plate et marécageuse, habitée seulement par des pêcheurs.

— Cap à l'est ! »

Josselin désigna les navires de guerre contre le vent.

« Comment allons-nous leur échapper ? »

Le regard de Vallon tomba sur la catapulte : un trébuchet muni d'un bras propulseur en bois d'œuvre de vingt pieds de long, avec en guise de contrepoids un panier rempli de sable qui devait peser près d'une tonne. Il jeta un œil à Wulfstan.

« Tu as utilisé des catapultes en Méditerranée. De quoi cette chose est-elle capable ? »

Le Viking examina la machine d'un œil professionnel.

« Je dirais qu'elle est capable de jeter un rocher de trente livres à plus de cinq cents pieds.

— À quelle distance éjecterait-elle le duc ? »

Wulfstan s'étrangla de rire. Même le visage d'Otia se fendit d'un petit sourire.

« D'après mes calculs, il tomberait assez loin de la galère, mais il ferait de sacrées éclaboussures. »

Hero était choqué.

« Vallon, vous plaisantez, j'espère.

— Allez le chercher. »

L'ange gardien seldjoukide de Skleros le poussa sur le toit avec brusquerie. Le duc examina les visages autour de lui sans y trouver de réconfort.

« Je suppose que je vous ai fait revenir à la raison », chevrota-t-il.

Vallon hocha la tête d'un air défaitiste.

« Oui, après avoir considéré notre situation sous tous les angles, je me rends compte que notre posture est presque désespérée. »

Skleros poussa un soupir de soulagement.

« Parfait. Je savais qu'au fond, vous aviez l'esprit pratique.

Rappelez-vous-le…

— *Presque* désespérée, aboya Vallon. Posture qui m'est malheureusement familière. »

Son regard se porta vivement sur Wulfstan.

« Ligote-le au madrier. »

Il se tourna vers le capitaine.

« Hissez les voiles. Josselin, répliquez au moindre geste de l'ennemi par une volée de flèches. »

Quatre hommes traînèrent jusqu'au trébuchet un Skleros qui se débattait en hurlant et le hissèrent sur le madrier. Sur le navire de guerre, l'officier leva son porte-voix.

« Général, que faites-vous ? S'il arrive quoi que ce soit au duc, vous le paierez de votre vie.

— Comment vous appelez-vous ? lança Vallon. Quand quelqu'un me menace, j'aime savoir à qui j'ai affaire.

— Thraco, répondit l'officier. Un cousin du duc Skleros.

— Vous m'avez demandé de vous le transférer, et comme il a confessé ses crimes et que je n'ai plus besoin de lui, je vous le renvoie le plus promptement possible. »

Il jeta un regard en coin : le duc était attaché par les bras, à califourchon sur le madrier, Wulfstan prêt à relâcher la détente qui propulserait ce missile humain à la vitesse d'une flèche.

« À mon commandement…

— Non ! hurla Skleros. Dieu, je vous en supplie.

— Faites vite, pressa Wulfstan. Son Altesse s'est conchiée. » Vallon leva de nouveau le cornet.

« Il semblerait que le duc ait changé d'avis et souhaite rester sur le *Pélican*. Si vous voulez le sauver, laissez-nous partir sans encombre. Rappelez-vous, nous avons en plus six de ses hommes que nous pouvons utiliser en guise d'entraînement. Je suis sûr que vous n'avez aucune envie de voir gâcher autant de sang bleu.

— Vallon, s'il arrive quoi que ce soit au duc… »

Vallon leva un bras tandis que le *Pélican* prenait de la vitesse, son mouvement de balancier se muant en un glissement. Il était presque hors de portée de voix quand les derniers mots de Thraco lui parvinrent.

« Vallon, vous ne faites que retarder l'inévitable. Vous êtes acculé. Vous ne pouvez pas défendre vos bateaux de provisions. Sans nourriture ni chevaux… »

La distance avala le reste de son message.

Vallon poussa un soupir.

« Libérez le duc et lavez-le. »

Quand il descendit sur le pont, le premier visage qu'il vit fut celui d'Aiken, les lèvres retroussées en un rictus de dégoût.

« Ne me regarde pas comme ça. Tu as choisi de venir en voulant jouer au plus malin. C'est la guerre, et la guerre ne connaît ni logique ni raison. »

Aiken battit en retraite et Vallon prit place à la proue. Au crépuscule, il y était encore.

« Les galères de guerre ont capturé les bateaux de provisions, lui annonça Josselin derrière lui.

— Je ne suis pas aveugle. »

Josselin hésita.

« Général, pouvez-vous m'expliquer vos plans ? Les hommes s'inquiètent et…

— Je suis encore en train de réfléchir. Dès que j'aurai trouvé une issue, je vous le dirai.

— Très bien, mon général. »

Il faisait presque noir quand Hero se porta à la hauteur de Vallon. Ils regardèrent la nuit tomber et Vénus clignoter à l'est.

Ce fut Hero qui brisa le silence.

« Auriez-vous vraiment éjecté le duc avec la catapulte ?

— Si j'y avais été obligé, oui. Mais je crains que le sursis ne soit que temporaire. Avec tout le trésor qu'on transporte, les pirates pourraient bien décider que Skleros et ses autres nobles valent la peine d'être sacrifiés.

— Vous trouverez un moyen de nous sortir de là. Je me rappelle que vous m'aviez dit qu'un bon commandant est celui qui, confronté à une impasse, se forge son propre passage. »

Quand Vallon se retourna, Hero était parti, il se retrouvait seul dans les bras de la nuit.

XI

Au cours d'une tentative désespérée d'échapper aux navires de guerre, l'équipage du *Thétis* et du *Dauphin* avait sorti les rames, en vain : les galères leur avaient foncé dessus, leurs proues blindées arrachant sur chacun une rangée d'avirons comme s'il s'agissait de cure-dents. Des équipes d'abordage s'étaient emparées des navires de charge qui n'étaient plus que coques basses à l'horizon, surveillés de près par l'un des dromons ennemis. L'autre galère suivait le *Pélican* à un mille à l'arrière. À un moment donné, elle s'était rapprochée dans l'intention de jeter son grappin et n'avait renoncé que lorsque Vallon avait menacé de jeter or et trésor par-dessus bord, ainsi que le duc Skleros.

Lucas observait les voiles de la galère qui rougeoyaient dans le soleil couchant, puis s'évanouirent dans les ténèbres avant de réapparaître semblables à des triangles de parchemin sous la lumière d'une demi-lune.

Quand les dromons avaient été aperçus, il nettoyait l'écurie dans la cale du *Dauphin* et avait grimpé sur le pont pour assister au spectacle des navires qui fondaient sur eux. Comme tout le monde, il supposait que Vallon avait organisé ce rendez-vous, et lorsque l'ordre était venu d'évacuer, on avait dû l'éloigner de force d'Aster. Il avait été l'un des derniers à monter sur le pont du *Pélican*, et avec son grec rudimentaire, il lui avait fallu un bon moment pour comprendre la situation. Même après que Josselin avait réuni les hommes pour leur annoncer la trahison du duc, il y en avait encore qui pensaient que les navires de guerre étaient de véritables vaisseaux de la marine byzantine envoyés afin d'empêcher le général de prendre la poudre d'escampette avec l'or de l'empereur. Certains évoquaient l'intention de Vallon d'établir une colonie sur quelque rivage étranger. Rumeurs et contre-rumeurs allaient bon train.

À minuit, les voiles de l'ennemi étaient encore en vue. De part et d'autre de la poupe, l'eau giclait au-dessus du gouvernail à double safran. Malgré son harassement, Lucas ne parvenait pas à dormir. Il était toujours bouleversé d'avoir perdu Aster, sans compter qu'Aimery lui avait appris que le lendemain ils accosteraient et devraient peut-être livrer bataille. Il bâilla à s'en décrocher la mâchoire.

« Tu parles d'une grande expédition. Terminée presque avant d'avoir commencé, et aucune chance de retourner chez nous. »

Lucas cligna des yeux : c'était Aiken qui l'apostrophait.

« Je n'ai pas de chez-moi, répliqua-t-il.

— On pourrait aussi bien être morts, poursuivit Aiken. Ils sont trois fois plus nombreux que nous et ils ont nos chevaux.

— Je ne comprends toujours pas pourquoi ils nous attaqueraient. Nous sommes là sur les ordres de l'empereur.

— Le duc aussi, et tu as vu ce que Vallon lui a fait ? Il l'a ligoté sur le trébuchet et menacé de le lancer à la mer. Quel genre d'homme faut-il être pour envisager ce genre de cruauté ?

— Aimery m'a expliqué qu'il s'agissait d'une ruse destinée à intimider l'ennemi, un stratagème pour gagner du temps.

— Tu penses que Vallon ne l'aurait pas fait ? » demanda Aiken.

Il approcha son visage.

« Un homme qui a assassiné sa propre femme. »

L'entendre de la bouche d'un autre, c'était comme avoir une lame glacée plantée entre les côtes. Il parvint tout juste à articuler :

« Où as-tu entendu ça ?

— C'est toi qui as baragouiné que Vallon avait dû fuir la France avec sa tête mise à prix. J'ai interrogé Hero et il a reconnu que c'était vrai. Ça te choque, hein ? Ce n'est pas ce à quoi tu t'attendais au sujet du grand Vallon. »

Lucas empoigna Aiken par la tunique.

« Dis-moi pourquoi. »

Aiken dégagea la main de Lucas et répondit d'un ton neutre :

« Sa femme avait pris un amant quand il était en campagne en Espagne. Il les a assassinés dans la couche maritale. »

Lucas réagit sans réfléchir.

« Qu'est-il arrivé à ses enfants ? »

Aiken était trop remonté pour se demander comment il savait que Vallon avait des enfants.

« Il les a sûrement tués aussi. Et même s'il ne l'a pas fait, il les a condamnés à la pauvreté et au déshonneur. Le duc d'Aquitaine a saisi la propriété de Vallon et l'a déclaré hors la loi. Voilà l'homme pour qui tu as fait ce si long voyage afin de te mettre à son service. »

Aiken parti, Lucas s'affaissa, les souvenirs bouillonnaient pareils à des vapeurs nauséabondes : la nuit d'hiver deux ans auparavant quand il avait tenu dans ses bras sa sœur agonisante qui respirait en râles saccadés, les routes bloquées par la neige et pas même un prêtre pour administrer les derniers rites. Deux ans encore avant, son frère empoisonné par une épine noire, avec des filaments rouges sur les bras, les glandes de ses aisselles enflées jusqu'à ressembler à des pommes, délirant dans ses dernières heures, puis si paisible dans la mort. Et encore avant, bien avant, le monstre qui était entré en titubant dans la chambre d'enfants tel un ogre ivre de sang, l'épée dégoulinante – la lame même que Vallon avait conservée jusqu'à ce jour.

« T'en fais pas, mon gars. On n'est pas encore fichus. »

Lucas essuya du poing les larmes de ses yeux et regarda le visage serein d'Aimery.

« C'est pas ça.

— Qu'importe les peurs qui te hantent, tu les affronteras mieux l'estomac plein. Le cuisinier a fait un bouillon épais. Mets-t'en un peu dans la panse. Viens, dit Aimery en tendant une main. Je te veux fort et en bonne santé. On pourrait bien danser la gigue-douille aujourd'hui. »

« Terre, droit devant ! » lança le guetteur.

Lucas courut avec tous les autres vers la proue. Il ne voyait qu'une tache grise. En milieu de matinée, avec le soleil ardent et l'air lourd, la vue n'était pas plus nette. Il fallut attendre midi pour observer les premiers contours qui se dessinaient. Plusieurs milles les séparaient encore de la côte quand Vallon s'adressa à son escadron depuis le château. Debout à l'arrière, Lucas peinait à entendre les mots du général.

« Je vais faire court. D'abord, je vous assure que les vaisseaux qui nous poursuivent ne font pas partie de la marine byzantine. Ce sont des pirates, et la seule raison qui les a empêchés d'engager le combat c'est que nous détenons le duc, l'or et le trésor. Devinez ce qu'ils convoitent le plus ? Dès que nous accosterons, ils lanceront une attaque, il va donc falloir que nous débarquions à toute vitesse. Je partirai en premier, accompagné d'une équipe qui transportera les lingots. Ensuite viendra une escouade chargée d'escorter le duc et les autres otages. Officiers, mettez au point une manœuvre afin d'obtenir une évacuation disciplinée. Je veux que tout le monde atteigne la côte équipé pour le combat. Voilà. Des questions ? »

Le capitaine Iannis intervint avant que quiconque pût répondre.

« Général, je ne peux pas vous faire accoster directement sur cette terre. Il n'y a pas assez de profondeur et nous approchons en marée descendante. Le *Pélican* s'échouerait.

— On ne peut rien y faire et ce pourrait être à notre avantage. Les navires ennemis ont un tirant d'eau plus fort que le nôtre. »

Un soldat leva la main.

« Et les chevaux, sire ? Sans eux, l'ennemi va nous faucher. »

Vallon évalua les distances. La première galère de guerre était à moins d'un mille en arrière, sa compagne et les bateaux de charge étaient tout juste visibles.

« Nous allons devoir combattre sans. »

Lucas parla sans réfléchir.

« Hors de question que je laisse Aster. »

Vallon tendit l'index.

« Mettez cet homme aux arrêts. »

Gorka asséna un coup de coude à Lucas.

« Espèce de tanche. »

Vallon leva une main.

« Notre situation n'est pas aussi désespérée que vous pourriez le penser. D'après les dires d'Otia et du capitaine, les chevaux ne seront pas d'une grande utilité sur cette côte. L'intérieur des terres n'est que paluds et lacs pendant plusieurs lieues, seuls quelques sentiers les traversent. Je ne pense pas que l'ennemi perdra du temps à faire débarquer les chevaux. Ce ne sont pas des cavaliers et ils auront tellement hâte de mettre la main sur l'or qu'ils nous tomberont dessus comme une meute sur une biche. Cela dit, ne vous inquiétez pas. J'ai la ferme intention de récupérer nos montures et nos provisions. Retirez-vous. Allez chercher quelque chose à manger. »

Lucas revêtit son armure de rebut en vue de la bataille et observa la côte qui se précisait : un littoral marécageux entrecoupé de criques stagnantes et de lagunes, puis au-delà des collines vertes luxuriantes avec en toile de fond des montagnes encapuchonnées de nuages, où l'on distinguait des plaques de neige quand le plafond nuageux se déchirait. Au sud de l'embouchure du fleuve, quelques petits bateaux entraient et sortaient d'un port. Le reste du rivage semblait désert.

« Mettez cap au nord de l'estuaire, ordonna Vallon.

— Pourquoi ne nous dirigeons-nous pas vers ce port ? demanda Lucas à Gorka.

— Parce que les Géorgiens nous détestent. Et quand bien même, pénétrer dans un port étranger chargé d'un trésor et avec des pirates aux trousses n'est pas la chose la plus intelligente à faire. »

Josselin supervisait l'évacuation avec son calme habituel.

« Regroupez-vous par escouade de part et d'autre de la proue. »

Lucas se retrouva presque au tout dernier rang, il ne restait derrière lui que les muletiers et les palefreniers. Dans son armure matelassée, il dégoulinait de sueur.

« L'ennemi prend les rames ! » hurla quelqu'un.

Lucas regarda derrière lui et vit de l'écume mousser sur les pelles, et une vague se former à la proue du dromon.

« Ordonnez à vos hommes de faire de même, intima Vallon au capitaine du *Pélican*.

— Mon général, je refuse de saborder mon bateau.

— Vous, votre dromon et votre équipage êtes à ma disposition et soumis à ma volonté. »

Voyant le capitaine hésiter, Vallon haussa la voix.

« Otia, emmène deux escouades dans les cales et fais souquer les rameurs jusqu'à ce que je donne l'ordre contraire. »

Des soldats descendirent en toute hâte et Lucas sentit le *Pélican* se propulser en avant au moment où les rames plongèrent. Un regard en arrière montra que cet effort ne serait pas suffisant. La galère de guerre n'était plus qu'à un demi-mille à l'arrière et réduisait vite l'écart.

Vallon désigna un petit groupe de masures bâties en retrait d'une lagune.

« Cap sur ce village. »

Lucas vit des gens s'enfuir du hameau. Un quart de mille seulement les séparaient de la côte, la mer avait pris la teinte d'une bière légère.

« Accrochez-vous, lança un soldat. On va cogner le fond de plein fouet, ça va secouer !

— Ça me va, fit un autre. Je ne sais pas nager. »

Vallon agita son épée du haut vers le bas.

« Baissez les voiles. Arrêtez de ramer. »

Les avirons se cabrèrent. Avant même que les marins aient pu arriser les voiles, le *Pélican* s'échoua sur un banc de sable dans un long dérapage sifflant, et la décélération fit faire une embardée à Lucas. Seules vingt-cinq toises les séparaient de la côte.

« Larguez les bateaux ! » cria Otia.

Les deux canots amerrirent avec force éclaboussures.

« Escouades chargées des lingots et du prisonnier. »

Quand les deux embarcations se furent éloignées, les deux escouades suivantes sautèrent à l'eau, une de chaque côté de la proue, et pataugèrent jusqu'au rivage, immergées à hauteur de poitrine, en tenant leurs armes au-dessus de leur tête. La galère de guerre, à un long tir de flèche seulement du *Pélican,* fendait toujours les flots, propulsée par les voiles et les rames.

« Les deux escouades suivantes. Sautez ! Les autres, approchez. »

Lucas se pinça les lèvres.

« Nous n'arriverons pas tous à descendre à temps.

— Ferme-la, cracha Gorka.

— Ces maroufles vont nous foncer dedans, lança un soldat.

— Préparez-vous à avoir des invités ! » cria quelqu'un.

Lucas se tendit, les yeux rivés sur la galère. Il ne restait désormais plus que quatre escouades à bord du *Pélican*. Quarante soldats contre des centaines.

« Les deux escouades suivantes. Sautez ! »

Les premiers hommes à être partis avaient atteint le rivage et se précipitaient vers le village. Lucas se concentrait sur l'ennemi. La galère allait toujours droit à la collision, les soldats massés sur le pont avant tambourinaient sur leurs boucliers.

Soudain ils se renversèrent comme des quilles : la coque s'était ensablée, et le navire s'arrêta après avoir parcouru moins de sa propre longueur, les mâts grinçant sous la pression, les haubans se détachant avec un vibrato.

« L'ennemi descend les canots. »

Une flèche ricocha sur le heaume de Lucas et alla se ficher dans le pont. Il jeta autour de lui des regards interloqués. Gorka lui tira sur le bras.

« Qu'est-ce que tu attends ? Viens. On est les suivants. »

Lucas se mit face à la côte, prit plusieurs inspirations et se prépara à sauter. Josselin le retint.

« Pas si vite. Nous avons déjà eu quelques accidents. »

Il attendit ce qui sembla une éternité avant d'asséner à Lucas une claque dans le dos.

« Allez, vas-y. »

Lucas gifla l'eau, coula et refit surface en crachant. Il avança péniblement avec des grognements de bête et atteignit bon an mal an le rivage, en s'emmêlant les pieds dans les deux javelots qu'il transportait. Gorka le redressa.

« Qui t'a dit que tu pouvais te reposer ? »

Lesté par ses armes et son corselet imprégné d'eau, Lucas traversa le village à petites foulées sur un caillebotis qui s'élevait à quelques pieds au-dessus du marais.

« Quel est le plan ? » haleta-t-il.

Gorka lui jeta un regard noir.

« Sanguienne, si je le savais, je serais général. T'arrête pas. »

Lucas trouva un second souffle. Les zones humides s'étendaient jusqu'à un horizon ouaté de brume. Tout autour se déployait un monde aquatique de lacs, de criques, de marécages, de roselières et d'îles envahies par des bosquets d'aulnes et de saules, de chênes et de frênes. À côté de lui, Gorka grogna en se tenant les côtes.

« Un coup de main, chef ? Je peux porter votre bouclier si vous voulez. »

Le regard de Gorka aurait fait cailler du lait.

Lucas leva les genoux et accéléra le pas.

« Vous n'avez qu'un mot à dire, chef. »

À un quart de lieue sur la route, Wayland déboucha d'une parcelle de forêt marécageuse avec son chien. D'un signe de tête, il leur fit signe de passer.

« Ce n'est plus très loin maintenant. »

À l'endroit où le caillebotis sortait des bois, il dessinait un virage sec avant de traverser un vaste lac planté de roseaux. Un furlong plus loin, Vallon organisait deux escouades en formation défensive. Il arrêta d'une main l'équipe d'Aimery.

« Combien de temps nous reste-t-il ? »

Aimery se plia en deux, les mains sur les genoux.

« Je ne sais pas trop, sire. Ils n'avaient pas encore atteint la côte quand nous avons quitté le rivage.

— Mettez-vous en formation derrière le mur. Avez-vous vu Wayland ?

— Oui, sire.

— Il y a trois escouades cachées dans les arbres à sa droite et à sa gauche. Nous allons conduire l'ennemi dans ce mur et les bloquer. »

Vallon désigna d'un mouvement de tête une escouade d'archers turkmènes un peu plus loin.

« Ils vous faciliteront le travail. Une fois que vous aurez arrêté l'attaque ennemie, les escouades cachées dans les bois engageront le combat et couperont leur retraite. »

Il entremêla ses doigts.

« Nous allons les prendre en étau.

— Compris, sire. »

Vallon remarqua Lucas.

« Je ne m'attendais pas à ce que tu sois confronté si vite à une bataille. Es-tu sûr d'être à la hauteur ?

— Je veux rester avec mon escouade.

— Brave garçon. Comporte-toi courageusement et je te pardonnerai ton insubordination. »

Il frappa dans les mains.

« Allez-y ! »

La première escouade de dix hommes forma un *foulkon,* un placement défensif utilisé d'ordinaire par l'infanterie contre la cavalerie. Au premier rang, cinq hommes mirent un genou à terre, leurs écus posés devant eux, les hampes des lances plantées dans le sol et les pointes dirigées vers le haut afin de résister à une charge. Ils bouchaient complètement le caillebotis étroit. Le second rang resta debout, boucliers superposés à ceux de leurs compagnons, lances tenues à hauteur de poitrine. Pour un attaquant, ce mur d'écus serait un spectacle impressionnant, car les hommes derrière, invisibles, semblaient invulnérables. Lucas n'avait pratiqué cette formation qu'une seule fois, en s'agenouillant dans la position subordonnée, qu'il avait trouvée extrêmement inconfortable, les boucliers du dessus s'accrochant contre le sien sans lui laisser aucune marge de manœuvre.

La deuxième et la troisième escouades se placèrent sur quatre rangs en faisant se chevaucher leurs écus, chaque homme armé de deux javelots, un dans une main, l'autre enfoncé par la hampe dans le sol tourbeux.

Gorka entraîna Lucas à l'arrière de la formation.

« Ne t'emballe pas. Attends l'ordre d'Aimery avant de lancer tes javelots. J'ai déjà vu des hommes embrochés par des idiots surexcités qui se tenaient derrière eux. »

Lucas attendit, trempé de sueur et d'eau salée. Les muletiers et autres non combattants parvinrent en haut du caillebotis en pantelant, houspillés par Josselin. Maudissant leur lenteur, le mur de boucliers se décala pour les laisser passer.

Le silence se fit. Le caillebotis s'étirait au loin, désert. Le cœur de Lucas battait contre ses côtes. Il avait l'estomac noué. S'il avait rêvé de batailles à de nombreuses reprises, jamais il n'avait imaginé combattre dans un contexte aussi étrange et étriqué. La tranquillité le rendait plus irréel encore : les roseaux murmuraient sous une brise légère, les grenouilles coassaient et le gibier d'eau jacassait, une rousserolle gazouillait dans la laîche. Du coin de l'œil, Lucas aperçut un serpent vert vif qui ondulait à travers une gerbe de mauvaises herbes. Un héron effectuait un vol majestueux au-dessus du lac, portant dans son bec une anguille qui se tortillait.

Gorka lui asséna un coup de coude.

« Tu tiens bon ?

— C'est l'attente. »

Gorka s'esclaffa.

« Si j'avais touché un solidus chaque fois que j'ai entendu cette phrase, je serais plus riche que l'empereur.

— Les voilà ! lança Aimery. Pas un bruit. »

Lucas se tripota la gorge. Il entendait des cliquetis métalliques, le bruit de pas amortis et de respirations haletantes. C'est alors que la première fournée d'ennemis apparut au petit trot à l'orée du bois. Les hommes qui couraient en tête s'arrêtèrent à la vue du mur de boucliers et les suivants leur rentrèrent dedans. Un officier leva une main et cria. L'ennemi se rassembla derrière lui : des groupes de vingt s'accumulaient en renfort tout le long de la route.

« Ne laissez pas leur nombre vous désarçonner, dit Aimery. Ils ne peuvent attaquer qu'à cinq ou six de front. »

L'avant-garde de l'ennemi commençait à progresser sous le poids des hommes qui s'entassaient derrière : ne voyant pas l'obstacle qui bloquait le passage, les soldats venaient buter contre les premiers rangs. Cédant à la pression, le meneur brandit son épée, donna l'ordre d'avancer et conduisit ses hommes au pas cadencé.

Lucas les regardait arriver, la masse se transformant en visages convulsés par la peur et la frénésie. Un cri inarticulé monta dans sa gorge. Comment pouvaient-ils se tenir là en silence alors qu'une centaine de guerriers se ruaient sur eux pour les annihiler ?

« Ne bougez pas », intima Josselin.

Des flèches décochées par les archers derrière eux fendirent l'air juste au-dessus de la tête de Lucas. Les assaillants eurent comme un sursaut collectif. Piqués par la deuxième volée, ils chargèrent tête baissée. Comme ils attaquaient sur un front étroit, ils peinèrent à rester en formation. Les pieds s'emmêlaient et trébuchaient. Les coudes s'entrechoquaient. Les hommes qui se tenaient sur les flancs se retrouvaient éjectés de la route. Au milieu des cris de guerre, Lucas entendit des jurons et des récriminations.

Une troisième volée de flèches dessina un arc tendu et l'officier qui menait la charge chancela, s'effondra en pleine course et se retrouva à quatre pattes, à cracher du sang. Les hommes à sa suite sautèrent par-dessus lui. L'un deux le heurta du pied et s'écroula de tout son long, emportant un compagnon dans sa chute. Un autre soldat alla plonger dans l'eau à grand renfort de moulinets de bras. Désormais l'ennemi était trop près pour permettre aux archers de viser l'avant-garde, la volée suivante atterrit sur les rangs de derrière.

Quelqu'un émit un petit cri aigu et geignait encore quand les premiers assaillants se rapprochèrent. Lucas resta figé jusqu'à ce que le hurlement lancé en chœur par ses camarades le délivrât de sa paralysie. Le rugissement qui avait enflé dans son ventre jaillit.

Son visage se contracta, ses lèvres se retroussèrent. L'escouade devant lui lança une volée de javelots, la main déjà sur la seconde hampe avant même que la première eût atteint sa cible. Ils s'accroupirent et Gorka asséna une gifle sur la poitrine de Lucas.

« Maintenant ! »

Il manqua lamentablement son premier jet, le second fut plus précis. Son javelot volait encore quand l'ennemi percuta le mur de boucliers, la violence de l'assaut arrachant des grognements aux défenseurs. Le mur ploya mais tint bon. Un soldat s'écroula, un homme du troisième rang se fraya alors un passage pour combler la brèche. Le bruit était épouvantable : chocs d'épées contre épées, boucliers contre boucliers, obscénités ignobles et aboiements informes lancés par ceux qui n'étaient pas encore engagés dans la mêlée.

« Ne perdez pas de terrain ! » lança Vallon depuis l'arrière.

Et ils n'en perdirent pas. Le premier rang des Aubains, tout juste revenus de bataille et aguerris au combat, était mieux entraîné que l'ennemi. Ils avaient massacré la première ligne d'assaillants et les avaient allongés au sol de façon à obliger leurs remplaçants à se mouvoir en équilibre sur le corps des victimes, mortes ou vives. Les hommes de l'avant-garde étaient écrasés entre le mur d'écus et les soldats qui pressaient à l'arrière, sans guère de place pour manier leurs épées. Certains se jetaient à l'eau afin de tenter de contourner le blocus. Les archers turcs les transperçaient d'une flèche ou d'un coup de lance. Les assaillants étaient tellement entassés que l'un des soldats, dont la tête avait été fendue en deux, restait debout parmi les vivants telle une souche branlante. Lucas en aperçut un autre de dos, la tête pendante entre les épaules, maintenue par un simple lambeau de chair.

Une trompette retentit, annonciatrice de l'attaque dans les bois. L'ennemi fut alors balayé par la panique : l'arrière se détacha en premier, suivi par l'avant. Les rescapés du mur de boucliers étaient trop épuisés pour partir en chasse et lorsqu'ils s'affaissèrent, sanglotant d'épuisement, Lucas vit le carnage que les Aubains avaient provoqué. Devant eux s'élevait une montagne de corps, où certains, encore vivants, agitaient les membres. Il avait l'habitude de la vue du sang, pourtant rien ne l'avait préparé à l'atrocité de la guerre : de profondes flaques rouges, des hommes étreignant des boudins de viscères, une victime agrippée à sa jambe sectionnée avec une expression qui hanterait le jeune Franc des mois durant.

Poussant d'atroces cris de triomphe, la deuxième escouade commença à escalader le charnier à la poursuite de l'ennemi.

« Suivez-les ! beugla Vallon. Et maintenez les rangs ! N'engagez le combat qu'en cas de nécessité. Je les veux vivants. »

Gorka tordit le bras de Lucas.

« Nous y voilà. Saute sur l'occasion.

— Quoi ?

— C'est l'heure du butin, imbécile. Tout ce que transporte l'ennemi nous appartient. »

Lucas descendit alors le caillebotis au pas de course à la poursuite des troupes en fuite. Lorsque les soldats se virent bloqués par l'escadron dans les bois, certains hommes se délestèrent de leur armure et essayèrent de s'échapper en traversant le lac. Quelques âmes déterminées, galvanisées par un officier, firent volte-face.

« Rassemblez-vous en formation serrée ! » cria Josselin.

Avant que l'ennemi pût organiser une contre-offensive, Vallon déboula à l'avant.

« Une autre attaque conduira à la même fin sanglante. Vous êtes piégés à l'avant et à l'arrière. Rendez-vous et je promets de vous épargner. »

Le même ultimatum se répercuta un peu plus loin sur la route. Là-bas le combat se poursuivit un moment avant que les cris et le choc des armes ne cessassent. Les soldats pris au piège jetaient des regards éperdus tels des animaux traqués, attendant que quelqu'un prît l'initiative. Un officier se fraya un passage dans la mêlée et s'adressa à Vallon.

« Comment pouvons-nous vous faire confiance ?

— Vous avez ma parole. Elle est gravée dans une monnaie moins dépréciée que celle avec laquelle marchande le duc.

— Vous le jurez ?

— Sur la croix. »

L'ennemi se replia. Nombreux étaient les soldats à pleurer de honte et de soulagement, en appui sur leurs épées.

« Récupérez leurs armes, intima Vallon. Ne faites usage de la violence que pour vous défendre. »

Gorka donna un coup de coude à Lucas.

« Tu viens de gagner ta première bataille. Il est temps de récolter ta récompense. »

Ainsi Lucas, qui n'avait pas même utilisé son épée, se retrouva à collecter les lames de l'ennemi et à les donner aux serviteurs préposés à l'équipement. Il avait du mal à regarder les prisonniers en face. En prenant l'épée d'un captif secoué de sanglots – un homme en âge d'être son père – il lui vint brusquement à l'esprit que leurs positions auraient pu très facilement être inversées. C'est alors qu'il se rendit compte à quel point la fortune des armes pouvait être capricieuse, et qu'il résolut d'être un soldat qui laisserait le moins possible sa part à la chance.

Comme Vallon.

En tout, l'escadron avait piégé soixante soldats et tué ou blessé plus de trente. Après avoir délesté les prisonniers de leurs objets de valeur, Gorka retourna vers les morts, dont il faucha l'or et les bijoux telle une pie malfaisante. Dégoûté, Lucas suivait le mouvement sans rien prendre. Ce n'était pas comme ça qu'il avait imaginé la guerre.

Gorka sautilla dans l'eau jusqu'aux genoux et releva la tête et le buste d'un officier qui avait basculé sur le ventre en bordure de la route ; il était vêtu d'une armure lamellaire finement forgée. La main du Basque descendit en piqué, et il brandit une broche sertie de bijoux.

« Ça vaut quarante solidi à Constantinople. Aide-moi. »

Lucas l'aida à regagner la terre ferme tout en contemplant le cadavre d'un air médusé.

« Son armure doit valoir la rançon d'un comte.

— Trop encombrant. Contente-toi des petits objets de grande valeur. »

Il remarqua la fascination gênée de Lucas.

« Tu la veux ? La taille a l'air de correspondre à peu près. »

Lucas jeta un œil au bout du caillebotis.

« Si tu ne la prends pas, quelqu'un d'autre le fera.

— Je n'ai rien fait pour la mériter. Je n'ai même pas rougi mon épée.

— Tu n'as pas perdu de terrain. C'est déjà pas mal. Allez. Il n'en aura plus besoin. »

Lucas hissa le cadavre gisant sur le caillebotis et se mit à lui ôter son armure par la tête. Une bouillie de substance cérébrale s'échappa du crâne. On eut dit à l'expression de Lucas qu'il avait avalé du purin.

Gorka le repoussa.

« Tu n'es pas en train d'essayer de peloter une vierge à ton premier rendez-vous. Regarde. »

Il retira l'armure comme s'il écorchait un lapin, la rinça dans le lac et la tendit à Lucas. Le garçon la contempla d'un air admiratif.

« Elle doit valoir dix fois le prix de la tienne. »

Gorka caressa son corselet en fer miteux.

« Endosse un haubert de princesse et tu deviens la cible du moindre péquenaud armé d'une serpette. Au combat, mieux vaut ne pas se faire remarquer. »

Lucas jeta l'armure sur une épaule.

« Je n'ai pas l'intention d'être un mouton. Un jour, je serai général.

— Toi ? Écoute, mon gars. Ne t'éloigne pas de moi, fais ce que je te dis et dans cinq ans tu pourrais être promu au commandement de quatre hommes. »

Il gloussait encore du fantasme de Lucas quand Vallon donna l'ordre de raccompagner les prisonniers sur la côte.

« As-tu tué l'homme qui portait cette armure ? »

Lucas, qui guidait un groupe de prisonniers à la pointe de l'épée, fit volte-face et découvrit Aiken, livide, mais autrement immaculé. Il ne s'était même pas mouillé les pieds.

« Et si c'était le cas ?

— Qu'est-ce que ça fait de tuer un homme ? »

Un otage vint buter contre le jeune Franc qui, de peur, s'en prit violemment à lui. L'homme eut un mouvement de recul en implorant pitié.

« Comment te sens-tu maintenant ? » persista Aiken.

Lucas se mit à haleter. Il lui asséna une gifle sur la poitrine.

« Hé ! » intervint Gorka.

Lucas repoussa Aiken.

« Tu te planques à l'arrière et après tu as le culot de me demander ce que ça fait d'affronter l'ennemi. Si tu tiens à le savoir, tu n'as qu'à te joindre toi-même au mur de boucliers, postillonna-t-il. *Fils à papa !* »

Gorka le souleva presque de terre.

« Tu n'apprends jamais, hein ? »

Lucas se ramollit et un sanglot lui ébranla tout le corps. Quand il leva les yeux, Vallon le transperçait du regard. Il eut un rire un peu fou.

« Vous ne me faites pas peur. Vous… »

La gifle de Gorka lui fit faire un quart de tour. Il chancela, s'agrippa les genoux et vomit ses tripes à s'en brûler la gorge.

« Le choc, expliqua Gorka au général. C'était la première fois qu'il tâtait le combat. »

Vallon hocha la tête d'un air entendu.

« Quand bien même, son comportement est intolérable. Mets-le dans la caravane des provisions pendant un mois. Tiens-le à distance d'Aiken et hors de ma vue. Je ne veux plus poser les yeux sur lui pendant toute la durée de notre expédition. »

XII

La force ennemie, encore remarquablement puissante, se déployait en formation de combat, dos à la mer. Les deux dromons s'étaient désensablés avec la marée montante, et l'autre galère ennemie, après avoir fait accoster le reste de l'effectif, rôdait au large. Thraco, le meneur grec, sortit du premier rang.

« Nous avons toujours un avantage en nombre écrasant et nous détenons votre bateau, vos chevaux et vos provisions. Cédez-nous le duc, les prisonniers et l'or, et nous vous laisserons aller votre chemin. C'est ma dernière proposition. »

Vallon s'avança nonchalamment, suivi par deux soldats qui traînaient le duc par ses mains liées.

« Si vous avez le dessus, pourquoi perdre du temps en parlottes ? »

Thraco ne répondit pas. Une brise chaude et humide agitait les bannières des Aubains. À l'intérieur des terres, le tonnerre gronda. Vallon avança encore d'un pas.

« Voici les miens, de termes. Déposez à terre tous nos chevaux et provisions. Cela fait, vous laisserez le *Pélican* mettre les voiles sans l'entraver.

— Une fois que vous serez à bord, toutes mes promesses seront caduques. Il n'y a pas de retour possible pour vous.

— Qui vous dit que nous comptons nous en retourner ? Quand le *Pélican* aura franchi l'horizon, je relâcherai l'ensemble des prisonniers à l'exception du duc. Refusez et je les tuerai un par un devant vous. Vous feriez mieux de vous hâter. J'ai perdu cinq hommes suite à votre trahison et ma colère menace de prendre le dessus.

— Même si vous les tuez tous, nous aurions encore l'avantage.

— Vous entendez ça ? lança Vallon aux troupes grecques. Voilà le peu de cas que font vos seigneurs de la vie de vos camarades. »

Il laissa le silence s'appesantir.

« Soit. Faites avancer le premier prisonnier. »

Deux Turkmènes sortirent sans ménagement un soldat blessé des rangs, l'agenouillèrent de force et dégainèrent leurs épées. Le prisonnier leva sa tête ensanglantée vers Thraco.

« Est-ce là votre façon de récompenser les hommes qui se sont battus et sont morts à votre service ? Sommes-nous de simples pions dans un jeu destiné à remplir l'escarcelle du duc et de ses proches ? »

De sombres murmures d'approbation bouillonnèrent dans les rangs grecs.

« Thraco, vos hommes vont mourir pour rien, lança Vallon. Vous n'aurez jamais l'or. Il a été caché à plusieurs lieues à l'intérieur des terres. Pour l'atteindre, il vous faudrait franchir les cadavres des prisonniers et d'une centaine d'autres soldats que nous tuerons si vous vous embarquez dans cette tâche futile. Vous serez contraint de repartir les mains vides en compagnie de trois cents hommes armés qui vous auront regardé sacrifier leurs camarades au profit de votre cupidité. Croyez-moi, vous n'aurez pas le sommeil tranquille lors de votre traversée jusqu'à Trébizonde.

— Donnez-lui ce qu'il veut ! » hurla un prisonnier, et deux ou trois autres marins grecs firent écho à sa requête avant que des officiers ne les réduisent au silence d'un coup de fouet.

« Vous pouvez les faire taire, s'esclaffa Vallon, mais vous ne pouvez pas dissiper cette odeur nauséabonde. Vous la sentez ? C'est la puanteur de la mutinerie. »

Thraco se frotta la bouche.

« Relâchez le duc, je réfléchirai ensuite à vos requêtes. »

Vallon secoua lentement la tête dans une fin de non-recevoir.

« Oh non. Le duc ne rentrera jamais chez lui. »

Skleros se débattit dans ses liens.

« Laissez-moi partir, supplia-t-il. Je plaiderai votre cause.

— Vous la plaiderez d'où vous êtes, répliqua Vallon. Et ce en des termes les plus serviles. »

Skleros leva les mains.

« Faites ce qu'il dit.

— Plus fort », intima Vallon.

Skleros tenta un dernier appel à la vénalité.

« J'ai été trop cupide. La moitié de l'or pour vous. »

Devant le regard incendiaire de Vallon, il se ratatina.

« Les trois quarts.

— Tuez-le, qu'on en finisse », dit Vallon.

Il joua avec son épée avant d'ajouter :

« Non, tudieu, je lui trancherai moi-même le cou !

— Pitié ! hurla Skleros en agitant ses mains liées. Acceptez l'intégralité des requêtes du général. »

Capituler ne seyait guère à Thraco, mais la lâche supplique du duc et la dissension rampante des troupes ne lui laissaient pas vraiment le choix.

« Ce que je promets aujourd'hui ne m'engage pas demain.

— Maintenant, c'est moi qui commande mon destin, et je vous ordonne de retourner à vos bateaux, de descendre vos hommes du *Pélican* et de le laisser accoster, ainsi que mes navires de charge. Je ne relâcherai pas les prisonniers tant que nous n'aurons pas obtenu toutes nos provisions et tous nos chevaux – ceux du duc comme les nôtres. »

Les traits de Thraco se convulsèrent. Il se retourna avec une geste désinvolte comme s'il venait juste de perdre un pari insignifiant.

Le mauvais temps menaçait et l'après-midi touchait presque à sa fin quand les bateaux finirent par accoster. Vallon et ses aides montèrent à bord du *Pélican* et confièrent au capitaine Iannis une lettre scellée.

« Remettez-la au logothète du Drome en personne.

— Ne revenez-vous pas avec nous ?

— Non. »

Vallon évalua ce qu'il restait de lumière du jour.

« Partez maintenant et profitez de la nuit et de la pluie pour mettre de la distance entre vous et l'ennemi. »

Il était sur la passerelle lorsqu'il s'immobilisa, les yeux fixés sur le siphon de feu grégeois à la proue.

« Prends ça, ordonna-t-il à Josselin, ainsi qu'une demi-douzaine de barils du composé incendiaire. Et tant que tu y es, démonte le trébuchet. Il vient aussi avec nous.

— Général, le nombre de nos bêtes de somme nous permet seulement de porter les rations d'une semaine et autres objets indispensables.

— Nous ignorons ce qui est indispensable lors d'un voyage comme le nôtre. Il sera toujours temps de nous débarrasser de tout équipement inutile. »

Pendant toute la soirée, Vallon passa de bateau en bateau, en exhortant ses hommes à de plus grands efforts. Ils posèrent à terre les derniers barils et balles sous une bruine pénétrante, et il faisait déjà nuit noire quand ils eurent chargé les provisions et que la caravane d'équipement fut prête au départ. Vallon descendit au bord de la mer.

« Vous m'entendez ? »

La réponse de Thraco lui parvint, lointaine et assourdie.

« Je vous entends.

— Nous partons. Vous trouverez les prisonniers indemnes sur le caillebotis. »

La réplique de Thraco les suivit dans la nuit détrempée.

« Vous n'irez nulle part. Vous n'arriverez jamais à traverser le Caucase. Soit les autochtones vous massacreront, soit ce qui reste de votre escadron reviendra en ordre dispersé à Trébizonde. Où nous vous attendrons. »

La colonne avança péniblement sur le caillebotis. Sous une pluie battante, les flammes des torches se reflétaient dans l'eau et les grenouilles coassaient de toutes parts. Les moustiques les harcelaient. À plusieurs reprises les chariots s'enlisèrent jusqu'à l'axe et durent être déchargés afin de pouvoir être dégagés. Des protestations s'élevaient. Pourquoi n'étaient-ils pas repartis avec le *Pélican ?* Où Vallon les emmenait-il ?

Un cri d'alerte en tête de la colonne annonça le retour d'un éclaireur. C'était Wayland. Vallon balaya les moustiques de son visage.

« Par tous les diables, où sommes-nous ? Combien reste-t-il encore de chemin à parcourir avant de sortir de ce marécage ?

— Seulement une demi-lieue, mais il serait plus prudent de camper dans le marais. Les villageois qui ont pris la fuite ont sûrement donné l'alerte. J'ai trouvé un bout de terrain sec où planter les tentes. Mais il faudra que les chariots restent sur le caillebotis. »

Il les guida jusqu'au site. Vallon se laissa glisser de son cheval, les jambes raides, et tendit les rênes à Wulfstan.

« Demande aux officiers de venir au rapport dans mes quartiers une fois qu'ils auront mangé. »

Son propre repas se composa de biscuit trempé dans du vin, mastiqué dehors sous la pluie pendant que ses serviteurs se démenaient pour ériger sa tente de commandement. Il devait être aux alentours de minuit quand ses centurions vinrent s'entasser dans sa tente, aux côtés de Wayland, Hero et Wulfstan.

Vallon se gifla le cou.

« Maudits soient ces satanés suceurs de sang. »

Il s'installa sur une escabelle pliante.

« Alors, écoutons ce que vous avez à dire. Vous savez que je respecte leur jugement autant que j'accorde de la valeur au vôtre », dit-il aux officiers en désignant Hero et Wayland et en ignorant ostensiblement Wulfstan.

Josselin fut le premier à parler.

« Pourquoi n'êtes-vous pas retourné à Constantinople sur le *Pélican ?* »

Le rire de Vallon aurait pu provenir d'un cercueil.

« Même si nous avions échappé aux navires ennemis, je doute que l'empereur nous aurait couverts d'honneurs pour avoir abandonné notre mission après guère plus d'une semaine.

— Cela signifie-t-il que vous avez l'intention de continuer ? »

Vallon regarda dans le vide un moment.

« C'est ce que nous devons décider. En un sens, rien n'a changé. Nous avons toujours le trésor et les traîtres n'ont pas réduit nos forces de beaucoup. Je m'estime plus heureux sans le commandement du duc. Ce n'était qu'un prête-nom, après tout, et sacrément désagréable, avec ça. Les Chinois ne connaîtront ni notre rang ni notre lignée. Nous pouvons nous attribuer les titres que nous voulons. »

Il adressa un grand sourire à Otia.

« Que dirais-tu d'être l'ambassadeur byzantin à la cour de l'empereur Song ?

— Qu'allez-vous faire du duc Skleros ? s'enquit Otia sans se départir de sa gravité.

— Je déciderai de son sort en temps et en heure. Je suppose qu'il est bien gardé ?

— Par quatre hommes, sire, nuit et jour.

— Tuez ce maroufle », cracha Wulfstan.

Vallon le regarda du coin de l'œil.

« Peux-tu me rappeler en quelle qualité tu assistes à cette réunion ?

— En qualité de bras droit, sire. Loyal serviteur et garde du corps. » Vallon ne releva pas.

« Il mérite certainement d'être exécuté, mais il pourrait encore nous servir comme otage. »

Il se tourna et balaya du regard l'intérieur encombré de la tente.

« Les cartes, demanda-t-il. Il faut que j'établisse notre position. »

Hero farfouilla dans un coffre où il dénicha un rouleau en peau de bouc. Vallon le déroula sur une table de camp en maintenant les coins à plat à l'aide de lampes à huile.

« Nous sommes largement au nord du trajet que nous avions prévu pour traverser la Perse à pied. »

Dans un silence plein de tact, Hero tourna la carte dans le bon sens. C'était une copie de la carte du monde connu de Ptolémée d'Alexandrie, mise à jour grâce à du matériel emprunté aux meilleurs cartographes arabes. Hero la tapota.

« Nous sommes à peu près ici, expliqua-t-il. Au nord de l'Arménie, au sud de la Rus, entre les deux principales chaînes de montagnes du Caucase. »

Son doigt glissa au sud-est.

« La Perse se trouve ici. »

Les autres se rassemblèrent autour de lui, s'efforçant de comprendre ce monde aplati en deux dimensions.

« Otia, dit Vallon, quel trajet recommanderais-tu ? »

De toute évidence, pour le centurion, cette carte n'avait ni queue ni tête. Il se gratta le crâne.

« Si je voulais aller en Perse, je ne partirais pas d'ici. Le chemin le plus facile est par le sud, en longeant la côte. Le problème c'est que ce trajet nous conduirait en Arménie, distante de Trébizonde de quelques jours à cheval seulement à l'est. Les hommes du duc s'attendent à ce que nous prenions cette route et c'est là qu'ils nous attendront. »

Abandonnant la carte, Otia désigna l'endroit où il imaginait trouver la Perse.

« Prenez cette route directe, et la traversée des montagnes sera une véritable lutte : un cul-de-sac tous les deux virages et des membres de tribus qui nous disputeront chaque lieue.

— Il a raison, intervint Hero. C'est la route que Xénophon a prise lors de sa retraite de Perse. Il a perdu des centaines d'hommes pendant la marche. »

Vallon eut un geste d'impatience.

« Pourquoi ne pourrions-nous pas nous diriger à l'est et suivre la côte choresmienne jusqu'à la Perse ? C'est assurément le chemin le plus court.

— Oui, sire, confirma Otia. Mais il nous obligerait à traverser Koutatissi, la capitale de la Géorgie. Même si le roi nous accordait un sauf-conduit, il nous faudrait malgré tout franchir Tiflis et les provinces orientales – toutes tenues par les Seldjoukides. »

Agacé, Vallon s'agitait.

« Êtes-vous en train de me dire qu'il n'y a pas moyen de quitter cette côte ? »

Otia hésita.

« La seule façon d'éviter les principaux bastions géorgiens et seldjoukides serait de remonter le Phase jusqu'à la Svanétie, en plein cœur du Caucase. De là il nous faudrait emprunter les sentiers montagneux vers l'est puis franchir le Caucase Nord par un col élevé avant de descendre vers la mer Choresmienne.

— Quelqu'un a-t-il une meilleure idée ? demanda Vallon. Non ? Alors c'est le trajet que nous suivrons. Pourquoi ne l'as-tu pas dit plus tôt, Otia ? »

Le Géorgien grimaça.

« Général, le Caucase est un pays sauvage habité par des clans farouches. Chaque vallée est un monde en soi, avec ses propres langue et coutumes. Le cœur de la société bat au rythme de querelles ancestrales. L'unique point commun de ces montagnards, c'est une hostilité meurtrière envers les étrangers – qui peuvent très bien être des habitants de la vallée voisine. Et il y a autre chose que vous devriez savoir : nombre de Géorgiens qui ont fui les envahisseurs seldjoukides ont trouvé refuge dans les montagnes. Ils ne verront pas d'un bon œil une armée composée de tant de Turkmènes. »

La pluie s'était intensifiée, tombant sur la tente avec un sifflement régulier qui finit par imposer son propre silence.

Vallon se gratta le cou.

« Tu n'aurais pas mentionné ce trajet si tu ne le pensais pas praticable. Tu connais le pays et tu en connais les dangers. C'est un énorme avantage comparé aux alternatives obscures. Alors, sauras-tu nous guider à travers les montagnes depuis cette Svanétie – en suivant un col que ne connaîtraient que de rares bergers ? »

Otia secoua la tête.

« Ce n'est pas un passage que pourrait emprunter notre caravane d'équipement. Pour une armée aussi lourdement chargée que la nôtre, il n'existe qu'un seul chemin pour franchir le Caucase. C'est un col élevé appelé la Passe de Darial : la Porte des Alains. »

Hero hocha la tête.

« Également connu sous les noms de Portes Caucasiennes, Portes d'Alexandre et Trou de Serrure Scythe. En réalité, Alexandre n'a jamais franchi ce col, par contre le roi Mithridate a échappé aux légions de Pompée en passant par là. D'après la légende, le pays au-delà du col est le foyer de Gog et Magog.

— Tu nous feras l'historique plus tard », coupa Vallon.

Il contempla la carte.

« Qui le contrôle ?

— Quand je suis parti il y a quatorze ans, il était encore aux mains des Géorgiens, répondit Otia. Il est probablement sous contrôle seldjoukide à présent. Quand je dis "contrôle", je veux dire qu'ils occupent les forts à l'extrémité sud. Les étendues les plus hautes sont tenues par des tribus montagnardes : des brigands qui font payer des péages aux voyageurs ou se contentent de les dévaliser et de les tuer. »

L'atmosphère lourde et les insectes voraces rendaient Vallon irritable.

« Ce n'est sûrement pas aussi dangereux si des armées le traversent depuis des siècles. »

Il se pencha de nouveau sur la carte.

« La Porte des Alains, as-tu dit. J'imagine que cela signifie que le pays d'Alanie se trouve du côté septentrional.

— Oui, sire.

— Notre dernier empereur était marié à une princesse alaine. Elle a adopté Alexis comme son fils – et son amant, d'après certains. Quoi qu'il en soit, Constantinople et l'Alanie sont alliées. Une fois en Alanie nous devrions être entourés d'amis. »

Otia tira sur sa barbe.

« Sire… »

Vallon leva la tête, ses joues étaient creuses à la lumière de la lampe.

« Parle.

— Je crains que vous ne sous-estimiez les dangers. J'ai mené campagne contre les tribus caucasiennes et j'ai appris au travers d'expériences sanglantes à quel point elles sont redoutables. À partir du moment où nous quitterons ce camp, nous deviendrons des cibles pour chaque brigand et chef de guerre que nous rencontrerons. Si nous échouons à franchir les montagnes, ils nous poursuivront jusqu'à la mer. Pour gagner un refuge, il nous faudra l'occuper de force. Même les plus petits villages sont fortifiés par des tours construites pour résister à une armée.

— Alors nous ne devons pas échouer, répliqua Vallon en se redressant avant d'appuyer l'index sur la carte. Une fois que nous aurons atteint l'Alanie, que faire ensuite ?

— Se diriger à l'est vers la mer Choresmienne et essayer de trouver des bateaux qui nous transportent jusqu'à la côte perse. De là il ne restera qu'un court trajet vers le sud avant qu'on ne rattrape la route initialement prévue. »

Vallon aurait pu en rester là, mais Hero savait lire cette carte mieux que personne et avait passé un temps considérable à la consulter avec les géographes du logothète.

« Excusez-moi », dit ce dernier en écartant doucement Vallon.

Il ébaucha à la main une traversée de la Choresmienne.

« Quel que soit le trajet que nous emprunterons, nous devrons atteindre le Turkestan et rejoindre la route de la soie dans les terres de l'autre côté de l'Oxus. Même en admettant que le concepteur de la carte ait fait des erreurs, celle-ci montre que la Transoxiane se trouve plein est par rapport à la Choresmienne. »

Il jeta un œil à Otia.

« Combien de temps durerait une traversée en mer ?

— Je ne sais pas trop, répondit Otia. À peu près une semaine.

— Une semaine seulement ? Même si la traversée était deux fois plus longue, elle serait considérablement plus courte qu'une marche à travers la Perse.

— Il doit y avoir une bonne raison d'éviter la mer, remarqua Josselin. Sinon le logothète nous aurait dirigés par là.

— Pas avec la Géorgie hostile à Byzance et infestée de Seldjoukides.

— Certains de nos soldats turkmènes sont originaires de Transoxiane, dit Vallon. Allez chercher Yeke. »

Le Turc entra dans la tente, le visage luisant de pluie. Il semblait de prime abord un type particulièrement affable, pourtant Vallon l'avait vu au combat affronter l'ennemi en tenant entre ses dents, suspendue par les cheveux, la tête tranchée d'un adversaire qu'il avait occis quelques instants plus tôt. Sa compréhension du grec se limitant aux ordres militaires, Vallon laissa le soin à Wayland de mener à bien la collecte d'informations. Leurs échanges s'éternisèrent, avec force hésitations et grattements de tête de la part de Yeke.

Enfin, Wayland fit son rapport.

« D'après Yeke, il n'y a pas de ports sur la côte est de la Choresmienne. L'intérieur des terres est presque inhabité, deux déserts s'étendent sur des centaines de lieues : l'un appelé les Sables Rouges, l'autre les Sables Noirs. Nous ne parviendrions jamais à les traverser sans guide qui sache où se trouvent les puits, et nous devrions faire vite, avant que la chaleur de l'été ne les rende infranchissables.

— Mais c'est possible », commenta Vallon.

Wayland jeta un œil à Yeke.

« Si nous ne mourons pas de soif, après un mois de voyage ardu nous devrions atteindre la ville de Khiva au bord du fleuve Oxus. Il s'appelle Amu Darya en turc et se trouve sur les sentiers de caravanes qui mènent à Boukhara et à Samarcande. »

Vallon réfléchit.

« Disons trois semaines pour atteindre la Choresmienne, une semaine pour la traverser et un mois pour rejoindre Khiva. »

Il fronça les sourcils.

« Hero, nous avions calculé qu'il faudrait trois mois pour atteindre Boukhara en passant par l'Arménie et la Perse.

— Au moins.

— Plus un mois encore rien que pour traverser l'Arménie. Quatre mois au total, contre seulement deux si nous empruntons la route choresmienne.

— La voie de la mer est la bonne pour moi, lança Wulfstan.

— Pardonnez-moi, sire, protesta Josselin. Il me semble à moi que vous vous fiez trop à cette carte et à notre pouvoir de faire apparaître plusieurs bateaux.

— Je fais confiance à l'interprétation de Hero et aux connaissances de première main de Yeke. Sans compter qu'il y a autre chose à prendre en compte. Pendant la traversée de la Perse, nos vies dépendront du sauf-conduit négocié avec les Seldjoukides. Piètre protection, soyez-en sûrs. J'aurais davantage confiance en une rognure d'ongle d'orteil de notre Seigneur achetée quatre solidi à un vendeur ambulant au marché Neorian. »

Vallon posa les mains sur la table.

« Messires, m'est avis que le duc nous a fait une faveur en nous obligeant à nous détourner de notre trajet initial. Otia, je te confie le commandement du groupe de reconnaissance. Tu seras notre guide et négociateur. Prends trois escouades. »

Vallon passa au français.

« Wayland, je te serais reconnaissant d'accompagner le groupe d'Otia. »

La pluie s'était intensifiée, martelant la tente avec une force qui décourageait toute conversation. Vallon n'avait pas besoin que ses officiers lui disent le fond de leur pensée, leur expression suffisait : il faisait un pari épouvantable, basé sur des renseignements on ne peut plus maigres et des espoirs on ne peut plus fous.

XIII

Wayland courut à toute vitesse sous la pluie torrentielle et plongea dans sa tente, suivi par son chien. Il alluma une lampe, s'essuya et s'allongea sur sa paillasse. Comme l'eau ruisselait sur le sol, le mâtin se releva et se laissa tomber sur la poitrine de son maître avec un grognement. Wayland se débrouilla pour lui faire de la place et, allongé à moitié en dehors de sa couche, écouta la pluie sur le toit. De l'eau lui gouttait sur la tête. Les moustiques s'acharnaient.

Il avait dit à Vallon qu'il n'avait pas rallié l'expédition par obligation, mais c'était faux. Après avoir partagé les épreuves et les triomphes de leur voyage au nord, il s'était senti le devoir de risquer cette nouvelle aventure. Et puis il ne pouvait pas nier que la perspective d'explorer de nouveaux territoires lui avait donné des fourmis dans les jambes.

Seulement la trahison du duc changeait tout, reléguant cette expédition au rang de quête écervelée menée par des soldats qui n'avaient aucune idée de ce à quoi ils allaient être confrontés. Wayland connaissait mieux les risques que la plupart d'entre eux. Durant son long séjour parmi les Seldjoukides, il avait appris beaucoup au sujet du territoire qu'ils allaient traverser : des étendues de désert caniculaire où la moindre oasis était contrôlée par un chef de guerre. Une centaine d'hommes n'était qu'un grain de sable dans cette région sauvage, du gibier infidèle envoyé par Allah afin d'être plumé et saigné par les croyants.

Sans compter – il était réticent à l'admettre – que sa relation avec Vallon avait changé. Lors de leurs aventures septentrionales, ils avaient été un groupe soudé qui partageait tout : nourriture, abri, décisions. Lors de ce voyage, en revanche, il n'était qu'un individu rattaché à une petite armée avec sa hiérarchie établie, son propre fonctionnement. Depuis leur départ de Constantinople, il n'avait eu qu'une dizaine de conversations avec Vallon. Il ne lui en voulait pas. Les principales responsabilités du général étaient envers ses hommes, dont certains avaient servi sous ses ordres pendant près de dix ans. Mais quand bien même…

Il grommela : son chien se relevait en lui plantant une patte osseuse dans le ventre. Hero passa une tête dégoulinante par le battant de la tente.

« Quelle nuit détestable. Je peux entrer ? »

Wayland repoussa le chien.

« Si tu arrives à trouver un endroit où t'asseoir. »

Hero parvint à se percher sur le rebord de la couche et essuya la pluie de ses yeux. Le chien lui lécha le visage. Il éclata de rire et le repoussa.

« Ton molosse est sans nul doute plus gentil que la brute qui nous avait accompagnés durant notre premier voyage. Je n'avais jamais osé l'approcher à moins de dix pieds.

— Le caractère de ce chien avait été forgé par des années de vie sauvage.

— Le tien aussi, commenta Hero. Tu étais un garçon si farouche la première fois que nous nous sommes rencontrés.

— Homme ou chien, nous nous adoucissons tous avec le temps.

— Je m'attendais à ce que tu t'exprimes davantage durant la réunion.

— Je ne parle pas bien le grec. Une grande partie de la discussion m'a échappée, mais je ne voulais pas faire perdre de temps à Vallon en demandant une traduction.

— Il n'y a pas que ça. Tu n'es pas satisfait de sa décision.

— Ce n'est pas à moi de lui dire ce qu'il doit faire.

— Vallon estime ton opinion et tu connais les Turkmènes mieux que personne. Qu'aurais-tu conseillé ? »

Wayland hésita.

« De rentrer. Vallon ne serait pas puni d'avoir échoué. Ce n'est pas lui qui a choisi le duc comme ambassadeur. C'est le logothète ou l'empereur qui sont responsables de cette pagaille.

— Tu ne comprends pas la politique byzantine. Les puissants ne se flagellent pas pour leurs échecs.

— Quelle est la pire chose qu'ils auraient pu infliger à Vallon ? Lui retirer son rang de général. Au moins il serait retourné auprès de sa famille.

— Où tu préférerais être. »

Wayland ne répondit pas. Hero caressa distraitement la tête du chien.

« Vallon partage ton sentiment, bien qu'il doive le cacher. Il a résisté de toutes ses forces à prendre ce commandement. Il a même envisagé de fuir avec sa famille et de se mettre au service des Normands. Mais maintenant qu'il a accepté cette mission, son sens de l'honneur l'empêchera de l'abandonner dès le premier revers.

— Être obligé d'accoster sur un rivage hostile sans chemin défini devant soi et avec des ennemis aux trousses n'est pas un revers. C'est un désastre. »

Hero sourit.

« La nuit où nous nous sommes rencontrés pour la première fois dans ce château en Northumbrie, Vallon a dit au comte Olbec que le chef de notre quête devrait être un homme suffisamment courageux pour affronter les dangers connus et suffisamment ingénieux pour éviter des périls inédits. Un homme qui, dans l'impossibilité de trouver un chemin, se fraierait le sien. Vallon est toujours cet homme.

— Je sais. C'est moi qui ai changé. »

Wayland se redressa.

« Je servirai Vallon au mieux de mes capacités, attention. Seulement il ne faut pas s'attendre à ce que je participe activement à ses conseils. »

Hero réfléchit un instant, ébaucha une question qu'il laissa finalement en suspens avant de se diriger lentement vers l'entrée.

« Dors bien, mon cher ami. »

Dormir, il ne risquait pas d'y arriver. Le chien avait profité du départ de Hero pour s'étaler de tout son long sur le lit. Wayland se pressa contre lui, éclaboussé par de grosses gouttes de pluie.

« Ah, Syth », soupira-t-il.

Au nom de sa maîtresse, le mâtin se leva d'un bond dans un ravissement plein d'espoir qui menaça de faire s'écrouler leur abri branlant. Wayland l'attrapa par la peau du cou.

« Allonge-toi, espèce d'imbécile sentimental. »

Le dogue s'affaissa avec un gémissement et dévisagea Wayland d'un air mélancolique. Le fauconnier moucha la lampe, mais l'obscurité ne parvint pas à éteindre son imagination. Un redoutable écho du passé se logea dans son âme : une voix qui résonnait par-delà des flots voilés de brouillard.

Vous irez tous en enfer !

« Réveillez-vous, maître Wayland. Ça ne vous ressemble pas de jouer les marmottes. »

Wayland se retourna péniblement et se protégea les yeux de la lumière éblouissante du soleil qui s'engouffrait derrière le visage ravi de Wulfstan.

« Pourquoi es-tu si guilleret ?

— La pluie s'est arrêtée, le soleil brille, et nous nous lançons dans une aventure digne des héros de l'ancien temps. Qu'est-ce qu'on pourrait demander de mieux à part un petit déjeuner ? Je vous ai gardé quelques crêpes. Levez-vous tant qu'elles sont encore chaudes. »

Wayland se traîna hors de la tente et fit une pause, légèrement chancelant, étourdi par la chaleur humide et le paysage stupéfiant. Un banc de brume opalescente ceinturait le pied des collines au nord. Au-dessus, des sommets s'élevaient en aiguilles et plissements, et de la neige fraîche recouvrait les pentes inférieures. Autant qu'il pouvait en juger, cette barrière de montagnes n'était guère à plus de trois jours de marche.

Il mangea des crêpes tartinées de miel tout en prêtant l'oreille à ce que disaient les soldats. Pas de ronchonnements ce matin-là, seuls le remue-ménage et les plaisanteries d'une armée bien disciplinée qui lève le camp. Mais Wayland, sensible aux humeurs, savait que le badinage des hommes dissimulait une appréhension.

Il se lava le visage et se brossa les dents à l'aide d'une petite branche.

« Seigneur ? »

Wayland baissa les yeux afin de voir le visage de son interlocuteur. Un garçon aux traits délicats le dévisageait avec une timidité maladive. Wayland sourit.

« Bonjour, qui es-tu donc ? »

La voix du garçon oscillait entre soprano et haute-contre.

« Atam, votre seigneurie. Maître Hero m'a dit que vous aviez besoin d'un interprète. Je parle grec, géorgien et turc. Je suis né en Arménie et j'ai été capturé par les Seldjoukides à l'âge de cinq ans. »

Wayland avait rencontré une centaine d'Atam durant son service auprès des Seldjoukides : des enfants enlevés pendant la guerre, parfois arrachés aux bras de leur défunte mère, en général traités avec gentillesse par leurs ravisseurs, mais blessés à tout jamais par la séparation cruelle d'avec leur famille.

« Je ne suis pas un seigneur, alors appelle-moi Wayland. Quel âge as-tu ?

— Quinze ans ? » répondit Atam au bout d'un moment.

Treize tout au plus, songea Wayland.

« D'où as-tu donc surgi ? Je ne t'avais encore jamais vu.

— J'étais l'assistant d'un cuisinier, seigneur.

— As-tu un cheval ?

— Maître Hero m'a trouvé une mule.

— Tu auras besoin d'une monture plus vive si tu dois rester à mes côtés. Je vais arranger ça. »

Le garçon faisait naître un sentiment protecteur chez Wayland.

« Je suis sûr que tu te débrouilleras très bien et je suis reconnaissant à Hero de sa prévenance. Tu peux commencer tout de suite à me montrer de quoi tu es capable. La colonne va bientôt partir, je dois discuter de mes fonctions avec Otia. »

Son petit écuyer aborda le centurion de façon tellement timorée que l'officier ne le remarqua pas.

« Parle plus fort, conseilla Wayland. Dis au centurion que Wayland l'Anglais vient prendre son service. »

Après avoir écouté l'annonce flûtée d'Atam, Otia serra la main de Wayland.

« Il est content de vous avoir dans son unité, traduisit Atam. Le général Vallon lui a dit que personne ne savait dénicher un sentier ou flairer le danger aussi bien que vous. »

Atam désigna les montagnes.

« Le seigneur Otia dit que vous allez avoir besoin de toute votre ruse pour repérer les pièges et les embûches qui nous attendent là-haut. »

Les serviteurs s'étaient levés bien avant l'aube afin de préparer la caravane d'équipement. C'était un long processus, et quand l'escadron s'ébranla, le soleil était déjà à mi-course dans le ciel ; les soldats chevauchaient à rênes raccourcies pour s'adapter à l'allure de la colonne de provisions. Wayland trottait en compagnie de l'équipe de reconnaissance, avec Atam à ses côtés et son chien qui bondissait, langue pendante, dans l'ombre projetée par son cheval.

Il l'autorisait de temps à autre à partir chercher le gibier. Il y en avait beaucoup pour exciter ses instincts de chasseur, notamment des oiseaux à longue queue avec un plumage bronze et vert et une tête rouge émaillée, qui arpentaient les fourrés d'un pas autocratique. Wayland n'avait encore jamais vu pareils oiseaux. Otia lui expliqua qu'on les appelait des faisans et qu'ils tiraient leur nom du fleuve Phase et de sa province.

Le groupe d'éclaireurs comptait trois Turkmènes qui tiraient des flèches sur ces oiseaux quand le chien les débusquait. L'un des archers – un Couman originaire des steppes au nord de la mer Noire – en abattit un au moment où il prenait son envol et invita Wayland à sortir son arc pour se livrer à une compétition amicale : il avait entendu dire que l'Anglais pouvait rivaliser avec les archers turcs les plus habiles. Wayland garda son arc sur l'épaule, et son adversaire fit volte-face avec un rire sarcastique. En l'observant, Wayland se rappela le jeune Couman qu'il avait tué au cours d'un duel d'archer au bord du Dniepr neuf ans auparavant. Depuis cette expédition, jamais plus il n'avait versé le sang d'un autre homme.

Ils quittèrent les marais et bifurquèrent au nord sur un chemin qui traversait des prés et des vergers en fleurs. Ils longèrent des maisons à clayonnage enduites de torchis et aux toits couverts de roseaux, où Otia lançait des phrases rassurantes aux habitants amassés à bonne distance. Les femmes portaient des blouses, des culottes bouffantes et des foulards colorés. Certaines levaient discrètement la main en réponse aux saluts d'Otia.

La plupart se signaient ou faisaient des gestes pour écarter le mauvais sort. Les hommes se contentaient de dévisager les envahisseurs d'un œil durci par le soupçon jusqu'à ce qu'ils eussent disparu de leur vue.

Wayland pressa les flancs de sa monture afin de se placer à la hauteur du Géorgien.

« Une belle race. Fière, aussi.

— Attends qu'on arrive dans les montagnes. Là tu verras de la fierté. »

Le soleil s'évanouissant à l'horizon, ils établirent le camp au bord d'un fleuve appelé l'Ingouri, et ils atteignirent la région montagneuse le jour suivant. Alors que le chemin se raidissait et commençait à sinuer, les éclaireurs cessèrent leurs activités futiles pour surveiller les collines ondoyantes et les lisières de forêt, à l'affût de signes d'embuscade. Leur prudence fut très vite justifiée. Perchée sur un surplomb dominant la route, avec le fleuve en bas à gauche, une rangée de cavaliers se cabra. Otia ordonna à ses hommes de laisser leurs épées au fourreau et se dressa dans ses étriers afin d'annoncer leur identité et leur destination, en soulignant qu'une armée plus importante suivait et qu'ils ne faisaient que passer sans aucun dessein hostile à l'égard de ce territoire.

Ce fut ainsi toute la journée : des belligérants potentiels sortaient des arbres tels des fantômes ou les observaient depuis les hauteurs avec une franche hostilité, et Otia les rassurait d'une phrase jusqu'à ce que sa voix s'érodât en un coassement rauque.

Alors qu'ils se trouvaient sur une sente en contrebas, une pierre lancée par une fronde vrombit juste à côté de Wayland et frappa le cheval d'un des soldats sur la croupe, qui partit alors dans une gavotte sauvage. Les hommes dégainèrent leurs arcs et se déployèrent en quête de leur assaillant.

« Arrêtez, intima Otia. C'est sans doute un enfant qui a voulu relever un défi. »

Wayland tendit une outre d'eau au centurion en sueur.

« Si vous n'aviez pas été là pour faciliter notre passage, nous aurions sûrement livré un combat violent aujourd'hui. »

Otia inclina la gourde et but longuement avant de la rendre. Il s'essuya la bouche.

« Quand j'ai expliqué au général que je ne pouvais pas garantir un passage sûr, je disais vrai. Je suis un habitant des plaines, or les Svanes méprisent les habitants des plaines. Pour ma part, je déteste les tribus des montagnes. Chaque hiver ils descendent de leurs repaires pour voler du bétail. Le peuple de ces contrées adorerait me pendre et me brûler sur la corde, et si j'en avais l'opportunité, je leur infligerais le même sort. »

Le lendemain, Vallon ordonna aux éclaireurs de rester à proximité du groupe principal, l'armée entière et sa caravane de provisions grimpant au pas pesant des mules. Le fleuve bouillonnant se creusait un passage dans une hêtraie aux arbres tellement massifs qu'il fallait cinq hommes main dans la main pour encercler leurs troncs majestueux. À la sortie du bois, la colonne progressa dans une vallée verdoyante et pénétra dans un bassin montagneux qui aurait pu constituer le parc et le terrain de jeu d'un prince de cette région sauvage. Des bosquets de noyers et de chênes serpentaient jusqu'à des crêtes herbeuses surplombées par des pics acérés. De l'autre côté du fleuve, les pins ressemblaient à des cônes noirs dans une forêt dense à feuilles caduques. Wayland repéra des ours qui broutaient sur les hauteurs dans une clairière. Deux aigles montèrent en flèche, les ailes déployées, se laissant porter par les courants, la tête éclaboussée par l'or du soleil. L'un d'eux poussa un cri perçant, referma ses serres sur ceux de son compagnon, et les deux oiseaux pirouettèrent dans le ciel.

Otia désigna le nord-est.

« Là-bas se trouve l'Elbrouz, la plus haute montagne du monde. Où Prométhée a enduré son supplice. »

Hero expliqua le mythe, racontant comment Prométhée, un Titan, avait provoqué la colère de Zeus d'abord en créant l'homme dans de l'argile et en lui insufflant la vie, puis en volant le don du feu aux dieux pour le donner à l'homme. En guise de châtiment, Zeus l'avait enchaîné aux pentes glaciales de l'Elbrouz et l'avait condamné à se voir dévorer le foie par un aigle à perpétuité.

Échauffé par son récit, Hero ajouta que c'était dans le royaume caucasien de Colchide que Jason avait accompli sa quête de la Toison d'Or, qui appartenait à un bélier magique envoyé par Zeus pour secourir Phrixos et Hellé.

Otia toucha le poignet du Sicilien.

« Je suis désolé de gâcher votre histoire, mon cher et savant ami, mais la Toison d'Or n'a rien à voir avec les dieux. Dans ces montagnes, les gens se servent de toisons qu'ils maintiennent sous l'eau pour récolter l'or dans les rivières. Parfois, après un glissement de terrain ou une inondation, les chercheurs d'or récupèrent leur toison avec tellement de poussière précieuse piégée dans la laine qu'on croirait la peau faite d'or massif. »

À ce moment-là, l'escouade franchit une côte au petit galop et Wayland tira sur ses rênes, surpris de voir au loin un village fortifié qui semblait tout droit sorti du royaume des fées. De hautes tours carrées en pierre surmontées de tourelles se massaient autour des maisons, les donjons blanchis à la chaux scintillant sur le fond vert intense des pentes. Dans une vallée au nord, un glacier descendait de la chaîne de montagnes pareil à un escalier d'argent.

« Je préfère la version de Hero », commenta-t-il.

Les arbres se réduisirent à une ligne de sapins, la courbe verte de la vallée faisant écho à l'arc bleu du ciel. Les voyageurs longèrent des tombeaux ornés de fresques représentant des séraphins à quatre ailes avec des roues en guise de pieds et d'autres bizarreries exécutées dans un style populaire énergique. L'escadron ne vit pas l'ombre d'un habitant dans ce territoire haut perché.

« Où sont-ils tous passés ? demanda Wayland à Otia.

— Ils nous attendent, répondit le centurion en désignant les quatre hameaux fortifiés rassemblés au bout de la vallée. Ouchguli. Ça veut dire “cœur sans peur”. »

Wayland s'imprégna du paysage : le fleuve descendait en cascade à travers des prairies, des alouettes turlutaient dans le ciel, l'air était chargé de l'odeur de la résine de pin. Les tours – il devait y en avoir plus de cinquante – donnaient aux villages des allures de villes miniatures.

« Un homme pourrait vivre comblé dans un endroit aussi magnifique.

— Reviens en hiver, quand la neige glisse des avant-toits, que les loups hurlent à ta porte et qu'il te faut vérifier avant d'entrer dans une étable qu'un ours ne t'y a pas précédé. »

Wayland scruta les pentes.

« Donc tout le monde est dans les tours. »

Otia hocha la tête.

« Ils ont probablement appris la nouvelle de notre arrivée il y a plus d'un jour. En Svanétie, tous les inconnus sont des ennemis potentiels et chaque foyer est un château. »

Le centurion dirigea l'armée vers l'un des villages. Plus Wayland approchait, plus il était impressionné. Certaines tours se dressaient à plus de cent pieds, se terminant en fuseau par des toits peu pentus avec des meurtrières arquées sur les avant-toits. En revanche les maisons et les étables blotties à leur base étaient trapues et dépourvues de fenêtres, avec des toits couverts de tuiles d'ardoise grossières et entourées de murs en pierres sèches.

« Regarde, le village est organisé comme une ruche, expliqua Otia. Toute armée qui voudrait l'occuper devrait lutter maison après maison, en poursuivant les habitants en fuite sous une pluie de flèches et de pierres déversée par les défenseurs dans les tours. »

Wayland repéra des flèches pointées dans leur direction depuis tous les mâchicoulis. Après avoir identifié le porte-parole de l'ennemi, Otia entama les négociations : les questions et les réponses fusèrent.

Vallon s'avança.

« C'est le chef ?

— Le premier au sein d'un conseil de dirigeants. Il s'appelle Mochila et il refuse de nous laisser entrer. Il dit que nous pouvons établir un camp au bout de la vallée et qu'il viendra nous voir avant la tombée de la nuit. »

Le site du campement donnait sur un flanc de montagne où s'accrochait un glacier. Le temps que l'escadron s'assurât de sa sécurité, la neige avait pris des reflets bleus glaciaux et la nervure dorée qui ourlait les sommets s'estompait. Au cri d'alarme d'une sentinelle, Wayland se retourna et vit trente hommes sortir de l'obscurité au petit galop. À leur tête, Mochila chevauchait un étalon noir splendide. Il était vêtu d'une cape en feutre dotée d'épaulettes carrées aussi larges que des ailes. En dessous il portait sa cotte de mailles, tenue parachevée par un casque en fer pointu tellement archaïque qu'il aurait pu être récupéré dans un tumulus funéraire scythe.

Lui et Otia se saluèrent de manière très solennelle, une main sur le cœur. Le centurion présenta Mochila à Vallon : les deux hommes se jaugèrent, à l'affût de signes de force, de faiblesse ou d'intentions sinistres. Mochila avait les traits d'un aigle affamé.

« Victoire à vous, lança-t-il.

— Et à vous », répondit Vallon.

Otia s'adressa au Franc.

« Général, je crois avoir convaincu Mochila que nous ne représentons aucune menace. Il vous invite vous et vos officiers à un festin. Je vous suggère de n'en prendre pas plus d'une demi-douzaine.

— Je sais que nous, nous ne représentons aucune menace. Je ne peux pas en dire autant de ces Svanes.

— Mochila prendrait tout refus comme une insulte.

— Je préférerais risquer d'offenser cet homme plutôt que de me livrer comme otage.

— Général, nous ne traverserons pas son domaine sans son accord. Même si nous gagnons notre passage par les armes, il soulèvera le clan suivant contre nous.

— Il va vouloir de l'argent.

— Laissez-moi faire. Je crois que je peux négocier un passage sûr sans entamer trop profondément nos coffres. »

Vallon et Mochila se regardèrent dans les yeux, chacun cherchant un cillement révélateur. Vallon inclina la tête en une révérence subtilement calibrée.

« Dis à Mochila que j'accepte son invitation avec plaisir. Tu m'accompagneras, évidemment, ainsi que Wayland et Hero. »

Un cri les fit tous se retourner.

« Ces hommes sont des traîtres et des félons. Je suis le duc Skleros Phocas, nommé chef de cette expédition par l'empereur Alexis Ier Comnène. Mille solidi d'or à celui qui… »

Les gardes du duc étouffèrent son coup d'éclat. Mochila se caressa la lèvre supérieure d'un doigt.

« Qui est-ce ? demanda-t-il.

— Un prisonnier, répondit Vallon. Dis-lui que ce ne sont pas ses affaires. »

Mochila eut un hochement de tête pensif, jaugea une dernière fois les Aubains puis reconduisit son groupe dans l'obscurité.

Vallon les regarda partir.

« Tu crois qu'ils ont compris ?

— Le duc a parlé de solidi, répondit Josselin. Même ici ils savent ce que ça vaut. Je vous conseille de ne pas vous compromettre. Si les Svanes vous capturent, on aura un mal de chien à vous récupérer. Laissez-moi y aller à votre place. »

Vallon porta les yeux sur Ouchguli. Des étoiles en couronnaient les tours et une lune inclinée projetait des formes d'un noir d'encre en travers des prés.

« Ce ne sera pas la dernière fois que nous devrons nous jeter à la merci d'inconnus. Reste là. Si je ne reviens pas, c'est toi qui prendras le commandement. »

Un guide muni d'une torche de suif les conduisit dans des ruelles où l'on s'enfonçait dans la bouse de vache jusqu'aux chevilles. Des mastiffs enchaînés dans des entrées sombres grondaient en bondissant. Wayland entraperçut des yeux qui les suivaient à travers des fenêtres aux volets clos. Le guide grimpa sur une galerie en bois, ouvrit une porte et les pressa d'entrer dans une vaste salle noire de suie, enfumée par un foyer alimenté avec du fumier. Pupilles et dents étincelaient à la lumière d'une dizaine de lampes. Comme sa vision s'habituait à la pénombre, Wayland dénombra une vingtaine de visages, vieux et jeunes, aux mines pour la plupart patibulaires. Il laissa errer son regard sur des panneaux sculptés et des coffres peints de symboles célestes et autres mystères. Croix et icônes se partageaient l'espace du mur avec des trophées de cornes d'aurochs, de bison et de bouquetin suspendus aux côtés de selles et de brides incrustées de turquoise et d'argent. Mochila et sa suite s'étaient délestés de leurs armures et portaient des chemises amples ornées de croix ou de triangles brodés sur le cœur. De la nacre embellissait les coutures de leurs pantalons.

Des serviteurs montrèrent aux invités leurs places sur des tapis à longs poils. Wayland s'assit en tailleur, Atam à côté de lui.

« Quelle est la procédure à suivre ? demanda Vallon à Otia.

— Elle est longue, je le crains. Nous commençons par un échange protocolaire de vœux de santé, puis nous festoyons. Après seulement nous en venons au fait. Mochila va essayer de nous enivrer. »

Wayland murmura à l'oreille d'Atam :

« Traduis-moi tout ce qui se dit. »

Un serviteur apporta de la bière aux invités. Après la deuxième coupe, un vieillard se leva et prit une pose théâtrale.

« C'est le *tamada*, chuchota Atam. L'animateur de banquets du clan. »

L'homme déclama longuement, en levant sa coupe à chaque santé qu'il portait. Atam résuma.

« Il dit à quel point sa communauté est honorée d'accueillir des voyageurs distingués dans sa terre natale. Il vous demande de boire à leur terre natale. Maintenant il lève sa coupe afin de bénir *votre* terre natale. »

La cérémonie interminable était déroutante, l'homme levant sa coupe tantôt pour les inviter à boire, tantôt pour introduire un autre discours démesuré. Wayland refusa qu'on le servît une cinquième fois, mais le serviteur écarta sa main protectrice et versa bruyamment de la bière jusqu'au rebord. Quand il inclina la cruche au-dessus de la coupe d'Atam, Wayland lui repoussa violemment le bras.

« Ça suffit. Il est trop jeune pour supporter l'alcool. »

Quand le *tamada* en eut terminé, ce fut au tour d'Otia. Délaissant sa morosité habituelle, il parla avec l'emphase d'un poète, remerciant les Svanes pour leur hospitalité, se réjouissant d'être de retour en Géorgie et se lamentant de la perspective de devoir quitter si vite Ouchguli.

Dès qu'il se tut, un autre Svane se leva et se lança dans une péroraison éméchée à propos de l'amitié universelle sous le règne de Dieu. La voix d'Atam se fit grinçante à force de traduire. Wayland lui tapota le bras.

« Épargne ta voix pour la partie importante. »

Son service auprès du sultan seldjoukide avait beau l'avoir entraîné à endurer des audiences à rallonge, il était à moitié endormi quand Atam lui donna un coup dans les côtes.

« C'est à vous maintenant.

— À moi ? »

Des regards pleins d'expectative perçaient la fumée. Il se mit debout et en appela à Vallon.

« Qu'est-ce que je suis censé dire ?

— Ce qui te passe par la tête. Je leur ai récité le vingt-troisième psaume : "Quand je marche dans la vallée de l'ombre de la mort…" »

Wayland ne parvint à prononcer que quelques platitudes hésitantes, puis sa voix s'éteignit.

« Récite l'un de tes poèmes anglais, proposa Vallon.

— Ils ne comprennent pas l'anglais.

— Alors tu n'as aucune raison d'être timide. »

Wayland se rappela un poème intitulé *The Wanderer*, le vagabond[1], qu'il avait entendu pour la

1. Poème qui fait lui aussi partie du *Livre d'Exeter* (voir poème en épigraphe).

première fois assis sur les genoux de son grand-père, alors qu'un orage de janvier grondait dehors dans la forêt. Sa gorge se dénoua.

Les orages s'écrasent contre ces pentes rocailleuses,
La neige fondue ou glaciale tombe et entrave le monde,
L'hiver hurle, puis les ténèbres s'étirent,
L'ombre de la nuit projette sa noirceur et apporte
De terribles tempêtes de grêle du ventre de la terre pour effrayer les hommes.
Rien n'est jamais facile dans le royaume terrestre,
Le monde sous les cieux est entre les mains du destin.

Wayland se frappa la paume de la main droite.

Ici les biens sont fugaces, ici les amis sont fugaces,
Ici l'homme est fugace, ici le parent est fugace,
Le monde entier devient une étendue sauvage.

Il baissa la tête et s'interrompit. La salle était suspendue à ses lèvres. Il désigna une croix dorée à l'arrière de la pièce.

« Mieux vaut pour un homme chercher pitié et réconfort auprès du Père qui est aux cieux où la sécurité règne pour nous tous. »

Des applaudissements énergiques et des coupes levées récompensèrent sa récitation. Vallon lui tapota le bras.

« Bravo. Crois-tu que nos hôtes boivent de la bière coupée à l'eau ? »

Wayland avala une gorgée d'alcool pour se détendre la gorge.

« J'ai regardé. Ils boivent la même pisse que nous. »

Il s'ensuivit un dernier discours prononcé par Mochila, puis des femmes entrèrent discrètement avec la nourriture. La plupart étaient de belles matrones aux traits puissants et lestées de lourds ornements en argent et de coiffes piquées de coquillages. Celle qui servait Wayland était une jouvencelle aux minces sourcils arqués et au visage aussi ovale qu'une amande. Ses seins s'agitaient sous sa chemise filée à la main. Un croissant d'or à l'une de ses oreilles soulignait la perfection de ses traits. Quand ses yeux gris vert croisèrent les siens, il dut détourner le regard. Deux semaines seulement s'étaient écoulées depuis qu'il s'était séparé de Syth et le voilà qui faisait déjà de l'œil à une autre femme. Comment pourrait-il rester fidèle à son épouse pendant deux ans ? Comment pourrait-elle lui rester loyale ?

Les yeux baissés sous de longs cils, la fille lui servit un plat de fromage fondu et de beurre garni d'une croûte de mélange de farines. Bien que cette mixture aigre-douce lui collât au palais, c'était un changement délicieux par rapport au biscuit de mer dur comme de la brique, il l'enfourna donc de bon cœur, suivant l'exemple de ses hôtes en se servant de son couteau pour racler les morceaux sirupeux collés à la gamelle. Ensuite, les femmes apportèrent un chaudron noirci de fumée contenant un bouillon où flottaient des morceaux de bœuf. La pièce s'emplit des bruits de mastication et de déglutition. Mochila servit lui-même à Vallon les morceaux de choix. Pendant ce temps, la bière continuait à circuler.

Enfin les hommes repoussèrent leurs écuelles, rotèrent, desserrèrent leurs ceintures et s'affalèrent sur les coussins. Mochila posa les mains sur les genoux et inclina vers Vallon son visage aux traits squelettiques dans la lumière enfumée.

Atam traduisit dans un murmure énergique.

« Il demande comment il peut être utile à notre mission. »

Vallon se massa l'estomac.

« Grâce à vous, notre voyage, labeur douloureux, s'est déjà transformé en un plaisir luxueux. La seule aide que je vous demande c'est un conseil sur la manière d'atteindre la Passe de Darial. »

Il s'autorisa une pause.

« Et si vous pouviez nous fournir un homme pour nous montrer le chemin… »

Mochila fit tourner sa main en un demi-cercle dédaigneux.

« Vous n'atteindrez jamais le Darial. Les cols qui vous attendent sont déjà assez difficiles pour des chevaux peu chargés. Impossibles pour vos chariots.

— Je n'ai nullement l'intention d'abandonner nos charrettes, répliqua Vallon. S'il le faut, nous les démonterons et leur ferons franchir les montagnes planche après planche, roue après roue. Évidemment, notre tâche serait facilitée si nous avions des bras supplémentaires. »

Mochila creusa les joues et secoua la tête.

« C'est le printemps. Tous nos fils gardent les troupeaux dans les prés d'altitude et nos femmes travaillent aux champs de l'aube au crépuscule. Vous êtes arrivés pendant notre saison la plus active. En Svanétie, la neige ne nous laisse que six mois pour semer et récolter.

— Naturellement, nous vous verserons une compensation. »

Wayland comprit que les Svanes avaient flairé la proie à leur façon de se lécher les lèvres, de bomber les joues avec leur langue et de se jeter des coups d'œil sans toutefois laisser leurs regards se croiser. Mochila restait immobile.

« Qu'offrez-vous ?

— Pour vous, mon Seigneur, je préférerais en discuter en privé. »

Mochila, d'un doigt levé, mit fin à un bourdonnement désapprobateur et reprit sa discussion avec Vallon. Wayland sentait la tension monter.

« Je vais mettre ça sur le compte de votre ignorance de nos coutumes. En Svanétie nous ne concluons pas de marché dans le dos de nos proches.

— Pardonnez-moi, seigneur. En tant que général nommé par l'empereur, j'ai l'habitude de traiter avec de grands hommes et de les récompenser en fonction de leur rang et de leur influence. »

Wayland vit une lueur d'avarice traverser fugitivement les yeux de Mochila. Le chef svane fit tourner sa coupe en corne et l'observa. Quand il parla, ce fut d'un ton prévenant.

« Je ne demande rien pour moi, en revanche il me semble que c'est la moindre des choses que des hommes détournés de leurs moyens de subsistance soient récompensés. »

Il se laissa aller sur ses coussins.

« Une expédition de la taille de la vôtre doit transporter énormément d'or. »

Vallon eut un rire contrit.

« Si seulement nous en avions plus qu'il n'en faut. Hélas ! nous sommes au début de notre voyage, nous ne pouvons donc point nous permettre de donner la moindre pièce. Je dois payer la solde de mes hommes. Ce sont des mercenaires, poursuivit-il avant que Mochila ne pût l'interrompre, des guerriers endurcis dans quelques-unes des batailles les plus sanglantes de Byzance. Ils ne servent que pour le gain, et non par loyauté personnelle. Puisez dans leurs gages, et ils passeront leur colère d'abord sur moi, puis sur les gens qu'ils considèrent responsables de la privation de leur dû. »

L'expression de Mochila se fit malveillante.

« Alors qu'êtes-vous prêt à offrir ?

— Du sel.

— Du sel ! »

Mochila en resta bouche bée.

« Qu'est-ce qui vous fait penser qu'on a besoin de sel ?

— Je crois savoir qu'il s'agit d'une denrée rare dans ces montagnes. J'ai vu de mes yeux vos cabots nous suivre pour lécher notre pisse. Évidemment nous possédons d'autres biens que vous trouverez peut-être davantage à votre goût : du tissu, de l'huile, du blé… »

Wayland comprit que Mochila faisait des calculs compliqués.

« Combien de sel ? »

Vallon se concerta avec Otia avant de répondre.

« Suffisamment pour répondre à vos besoins pendant la moitié d'une année. »

Mochila se gifla le genou.

« Vous me demandez de vous fournir de la main-d'œuvre et en échange vous proposez de récompenser le bétail. Non, mon cher et honoré hôte. Recommençons depuis le début. »

L'impasse avait cependant trouvé une issue. Wayland somnola pendant le reste du marchandage. Autant qu'il pût en juger, quand le marché fut conclu, les Svanes étaient plus riches en termes de sel, de tissu et de coquillages – ces derniers ayant été imposés par une vieille femme qui avait rôdé près d'une porte pendant toute la durée des négociations.

Quand Wayland sortit dans la nuit, la lumière des étoiles laquait les sommets, l'herbe givrée crissait sous ses pas. Il avala l'air pur et froid à grandes bouffées successives. Une main lui agrippa le coude.

« Qu'as-tu pensé de tout ça ? demanda Vallon. Je sais à quel point tu es sensible à la traîtrise. Si Mochila te cause des démangeaisons, on ferait tous mieux de se gratter. »

Wayland se retourna vers le village à tourelles.

« Il veut notre or mais ne commande pas suffisamment d'hommes pour le prendre de force.

— J'ai trouvé un moment pour lui souffler que je garnirai sa bourse et le laisserai choisir deux des chevaux du duc.

— Cela ne fera qu'aiguiser son appétit. Je pense qu'il a l'intention de nous soutirer davantage que quelques sacs de sel et une poignée d'or.

— J'ai alerté l'escadron.

— Même si nous arrivons à traverser la Svanétie, il nous faudra encore affronter les sangsues de la vallée suivante – et de celle d'après. Si Mochila est à la mesure des montagnards, ils pourraient nous saigner jusqu'à l'os avant même qu'on atteigne la Choresmienne. »

Vallon lui pressa le bras.

« Avec la grâce de Dieu, nous trouverons un moyen de nous en sortir. »

Sur ce, il partit, en lançant des ordres à ses lieutenants. Wayland inclina la tête vers le firmament, frappé par l'idée que les étoiles qu'il regardait étaient les mêmes qui brillaient sur sa famille.

Une toux rauque le ramena sur terre. Il posa une main sur l'épaule d'Atam.

« Tu as bien travaillé », le complimenta-t-il.

Son chien se tenait à côté du garçon, les oreilles dressées, l'œil vif.

« Il ne te reste vraiment plus de famille ? »

Atam frotta le sol du pied.

« Aucune.

— Nous avons un long chemin à parcourir, et nous tous trouverons le parcours plus facile si nous avons des amis sur lesquels compter. Je suis trop jeune pour être ton père, mais pas trop vieux pour être ton frère. »

Atam ouvrit de grands yeux et le chien agita la queue.

Wayland pressa l'épaule de l'orphelin.

« Il est tard. Le soleil va bientôt pointer au-dessus des montagnes, et je pressens une dure journée à venir. Ne t'éloigne jamais de moi. »

XIV

Il fallut à l'escadron toute la journée suivante et la plus grande partie de la nuit pour démonter les charrettes et répartir les chargements parmi les porteurs svanes. Mochila avait mobilisé la majorité de la population d'Ouchguli, femmes et enfants compris. Les premiers rayons du soleil se déployaient entre les montagnes quand la colonne s'ébranla. Mochila et sa suite l'accompagnèrent jusqu'au bout du dernier pré du village et le chef déversa une pluie de bénédictions sur les voyageurs avec tous les accents de la sincérité. Il semblait bien trop content, songea Wayland.

Un virage et un plongeon dans la vallée dissimulèrent ce comité d'adieu, et le fauconnier porta son attention sur la route. Abram, leur guide, était un montagnard filiforme qui devait avoir au moins soixante ans. Il portait deux vestes en peau de mouton, et ses yeux étaient tellement voilés à force d'exposition au vent et aux reflets aveuglants de la glace qu'il paraissait à moitié aveugle. Il menait la marche à pied, un bâton en travers des épaules et la tête penchée comme un mendiant plongé dans une méditation profonde.

Ils suivaient un torrent déchaîné de neige fondue qui coulait depuis la langue d'un glacier sous le flanc de la montagne. Le massif incrusté de glace les dominait de toute sa hauteur et Abram semblait les conduire dans une impasse, jusqu'à ce qu'il bifurquât à l'est en remontant un affluent. Un peu plus loin, le sentier se divisa : l'un des chemins, très fréquenté, offrait une ascension facile jusqu'à un vaste col, l'autre était à peine plus qu'une piste le long du ruisseau et montait en escaliers vers une vallée bordée de précipices.

Wayland et Atam rattrapèrent le guide et lui demandèrent pourquoi il avait choisi le chemin le plus ardu.

« Il dit que le col de Zagar sera bloqué par la neige, expliqua Atam. Ce chemin est plus raide, mais la neige sera moins profonde. »

Wayland observa le guide au visage flétri, mais son regard nébuleux était impénétrable. Il était vrai que les orages avaient effacé les montagnes depuis qu'ils avaient quitté la côte, déposant six bons pieds de neige sur les pentes les plus élevées. Wayland jeta un œil au bout de la colonne, dont l'extrémité était déjà à plus d'une demi-lieue en arrière, puis observa de nouveau l'ascension. Il ne pouvait croire que les Svanes organiseraient une embuscade sur un terrain aussi difficile contre une armée aussi dispersée.

Malgré tout, il resta à côté du guide et surveillait d'un œil prudent les rochers escarpés. Le ruisseau bondissait et culbutait au-dessus de grosses pierres couleur rouille, et il perdit le compte du nombre de fois où ils durent franchir le courant, tantôt sur des ponts en rondins, tantôt sur des plaques de glace, tantôt en passant à gué l'eau glaciale. Par endroits le sentier s'élevait à une centaine de pieds au-dessus du cours d'eau et à d'autres il plongeait sous des amas de rochers empilés par les crues.

La vallée se rétrécit en une gorge plantée de gigantesques escarpements rocheux d'où l'on n'apercevait le ciel que par intermittence. Ils chevauchèrent à travers une pinède enracinée au milieu de rocs de la taille d'une maison et tapissés de mousse. Azalées et rhododendrons fleurissaient dans les zones ombragées.

Le sentier monta au-dessus du ruisseau et se raidit, s'inclinant le long d'une falaise. Il fallait avoir le cœur et la tête bien accrochés pour faire cette ascension. Des glissements de terrain avaient balayé des portions entières de chemin, laissant des pentes raides éboulées qu'il fallait franchir en empruntant un sillon de seulement quelques pouces de large. À ces endroits, les Svanes lançaient leurs chevaux dans un fracas de schiste argileux, tandis que les plus prudents traversaient derrière sur la pointe des pieds avec force mouvements de bras dignes de danseurs. Wayland restait en selle en jetant des coups d'œil au ruisseau qui grondait à plusieurs centaines de pieds en contrebas.

Les Svanes indiquaient les sanctuaires érigés à la mémoire de voyageurs qui avaient perdu la vie sur cette route, Atam traduisait avec un engouement désinvolte. Ici ce vagabond avait croisé un ours sur le sentier et l'animal avait fait valoir son droit de passage. Là ce pauvre bougre avait fait une chute de trois cents pieds, pourtant quand son frère avait récupéré son cadavre, il avait découvert un corps indemne, mais aux os tellement pulvérisés qu'on aurait pu le faire tenir dans une sacoche.

Wayland s'essuya le front et ôta son manteau. Les Svanes s'étaient vantés de vivre dans le village le plus élevé de Géorgie, et il estimait avoir grimpé au moins deux mille pieds, pourtant l'air était d'une chaleur oppressante. La neige fondue les éclaboussait depuis les hauteurs et des pierres qui se détachaient d'un bloc de glace en liquéfaction volaient à côté d'eux en sifflant. Il vit des nuages noirs échevelés dériver dans un ciel qui s'assombrissait. Abram poussa un cri d'alarme et Wayland tira Atam à l'abri de la falaise.

Le ciel se noircit et des grêlons gros comme des grains de raisin s'abattirent avec un bruit de crécelle en rebondissant au sol jusqu'à hauteur de genoux, déposant sur le sentier deux pouces de glace. Les nuages se déchirèrent alors et la lumière du jour revint. L'éclat du soleil était éblouissant sur ce manteau de grêlons. Un oiseau chanta. Le guide repartit, comme engagé dans quelque tâche éternelle.

Ils continuaient à monter, tournant à droite et à gauche dans un escalier de pierres, tant et si bien que Wayland avait du mal à savoir dans quel sens il allait. Des craves à bec rouge tournoyaient dans le vide, leurs cris ensorcelés résonnaient entre les falaises.

Soudain le sentier fit un virage en épingle autour d'un affleurement acéré, où une piste étroite longeait un précipice à vous retourner l'estomac. Wayland aida le cheval d'Atam à négocier ce passage et attendit, les cavaliers svanes abordant cette zone dangereuse avec une indifférence affichée. Une équipe de Turkmènes suivit. Afin de ne pas perdre la face, ils restèrent en selle et laissèrent leurs montures négocier seules le danger.

« Soyez prudents », prévint Wayland.

Les Turkmènes étaient de formidables cavaliers, mais la plupart vivaient là leur première expérience des montagnes.

Un soldat seldjoukide passa le virage en bavardant avec son compagnon derrière lui. Wayland anticipa l'accident un instant avant qu'il se produisît et se jeta sur le cavalier.

Trop tard. L'extrémité de l'arc du Seldjoukide frotta contre la falaise : ce simple effleurement suffit à déséquilibrer le cheval. Poussé sur le côté, l'animal, les pattes arrière dans le vide, battit l'air en quête d'une prise, et son cavalier bascula tout son poids en avant.

« Saute ! » hurla Wayland.

Le cheval fit une dernière tentative désespérée pour retrouver l'équilibre, puis glissa dans le précipice avec un hennissement de terreur. Wayland attrapa le bras du cavalier au moment où il basculait et faillit être lui-même emporté dans le gouffre. Il tomba violemment à plat ventre contre le rebord de la falaise qui lui scia la joue, son bras à moitié déboîté par le poids du Seldjoukide. Il vit avec effroi le cheval pirouetter dans l'abîme, percuter une saillie avec un bruit sinistre, tournoyer et s'écraser en bas de la gorge dans un geyser de sang.

Il aurait suivi le même chemin si les compagnons du Seldjoukide ne lui avaient pas plaqué les jambes au sol et soulagé la pression exercée sur son bras. Puis ils les hissèrent tous les deux, en terrain sûr. Wayland s'affaissa contre la falaise en aspirant de grandes bouffées d'air et en massant son épaule luxée. L'homme qu'il venait de secourir était assis les bras autour des genoux avec un sourire d'aliéné. D'abord tenté de le gifler,

Wayland lui effleura la joue. Il entrouvrit le pouce et l'index.

« On est passés à ça. »

L'homme lui prit la main et l'embrassa. Les Turkmènes se portèrent les doigts aux lèvres et adressèrent des remerciements à Wayland avant d'éloigner leur compagnon.

« Vous avez failli mourir à cause de cet imbécile », lança Atam.

Wayland fit tourner son bras afin de vérifier qu'il ne s'était pas déchiré de ligaments. Puis il palpa sa joue écorchée.

« Viens. On ne doit pas être loin du sommet. »

Ils traversèrent une cuvette peu profonde où les chevaux pataugèrent dans la neige fondue et arrivèrent sur un col flanqué de cimes fendues par le gel et couvertes de lichen. En atteignant l'autre côté, Wayland contempla un paysage de chaos gelé, où la chaîne de montagnes du Grand Caucase s'étirait d'est en ouest à perte de vue. À cette altitude la plupart des sommets étaient à hauteur d'yeux, cependant quelques montagnes au loin étaient si élevées que seuls leurs sommets dépassaient, flottant dans l'éther. En contrebas, le sentier descendait à un petit lac gelé pareil à un œil vitreux avant de basculer dans des plaines en pente douce partagées entre forêts et alpages.

Otia se glissa à ses côtés et observa le paysage, les mains croisées sur son pommeau.

« Nous voilà maintenant arrivés au pays de Ratcha.

— Comment sont les habitants ? »

Otia partit d'un rire triste.

« Je vais te le dire. Une fois, un inconnu qui se rendait à Oni, la ville principale, rencontra un homme originaire de Ratcha. “Oni est-elle loin ?” demanda l’étranger. “Non, pas loin”, répondit l’autre. Ils marchèrent encore deux heures et de nouveau l’inconnu demanda : “Oni est-elle loin ?”, “Maintenant, oui”, répliqua son compagnon de route. »

Sur ce, il fit claquer sa langue et entama la descente. Wayland et Atam se reposèrent contre un rocher inondé de soleil et l’Anglais partagea une bûchette de fromage fumé et une miche de pain. Ils mangèrent pendant que la colonne défilait pesamment. Un bouquet de jonquilles naines qui poussait dans un cours d’eau rocailleux lui rappela la Northumbrie. Et il prit conscience, en voyant un vautour dessiner un cercle solitaire dans le ciel, qu’il ne reverrait probablement jamais son « chez-lui ».

Pendant ce temps, soldats et porteurs passaient sans discontinuer. La caravane devait s’être étirée sur plus d’une lieue. Wayland avait atteint le col en milieu d’après-midi, or à présent le soleil était perché en équilibre sur les sommets occidentaux et les ombres emplissaient les vallées. Il ferait nuit avant que l’arrière de la colonne arrive au camp.

Lucas déboucha d’un pas nonchalant. Il guidait son cheval et tirait trois mules en poussant des cris saccadés. Wayland lui adressa un signe de tête, que le garçon interpréta comme une invitation à les rejoindre.

« Maître Wayland, puis-je vous demander une faveur ? »

Wayland lui jeta un regard soupçonneux.

Lucas s’accroupit.

« Qu’est-il arrivé à votre visage ?

— Dis ce que tu as à dire.

— Vous et Vallon êtes de vieux compagnons.

— Toi non, alors appelle-le “général”. » Lucas se gratta le nez.

« Vous avez entendu qu’il m’a placé dans la caravane d’équipement.

— Tu t’en es sorti à bon compte. La plupart des commandants t’auraient fait fouetter ou pendre pour avoir insulté leur fils.

— Fils adoptif, et il le méritait. Bref, je n’ai pas envie de passer le reste de ce voyage à contempler le cul d’une mule. Je pensais…

— Non, tu ne pensais pas, sinon tu économiserais ton souffle. Je ne plaiderai pas ta cause auprès du général Vallon.

— Oui, mais…

— Tu ne m’as pas entendu ? Le général t’a condamné à passer un mois dans la caravane d’équipement. Évite les ennuis et tu seras de retour avec ton escouade avant qu’on atteigne la Choresmienne.

— Tout le monde s’attend à ce que les montagnards nous tendent une embuscade avant. S’il y a un combat, je n’ai pas envie d’être coincé avec des muletiers qui brassent du fumier. Et il y a autre chose. Le capitaine de la caravane d’équipement est un voleur. Lui et ses compères ont vendu nos provisions en douce. Je peux en donner la preuve à Vallon. »

Wayland ferma les yeux, il n’en croyait pas ses oreilles. Quand il les rouvrit, ils étaient glacés de colère.

« Tu ne comprends rien à rien, pas vrai ? Tous les capitaines d’équipement sont des voleurs. Je le sais, tu le sais, le général le sait. Signale les vols et il sera obligé de prendre des mesures. Résultat ? Un capitaine d'équipement avec la corde au cou et un ressentiment profond parmi ses hommes. »

Lucas se releva d'une poussée et regarda Wayland.

« Il me semble à moi que Vallon punit l'innocent et ferme les yeux sur le coupable. »

Wayland parvint – tout juste – à se maîtriser.

« Tu as une façon étrange de montrer ta gratitude à un homme qui t'a recueilli chez lui. »

Il le congédia d'un geste du menton.

« Va t'occuper de ta bête. »

Lucas siffla. Aster hennit, trotta vers lui et fourra son museau dans les mains de son maître. Le garçon plaqua son visage contre la tête de l'animal, lequel hennit de plaisir. Il toisa alors Wayland, les yeux mi-clos.

« Reconnaissez-le. Je sais y faire avec les chevaux.

— Je parlais de cette mule », rétorqua Wayland.

Chargée d'une roue de charrette sur chaque flanc, la bête, qui essayait d'atteindre une touffe d'herbe dans une ravine pentue, était dangereusement déséquilibrée. Lucas se baissa, ramassa une pierre, et, à une distance de quinze toises, l'envoya d'un geste précis frapper la croupe de la mule. Avec un regard triomphal à Wayland, il rassembla son chargement et disparut de l'autre côté du col en entonnant une chanson de berger des Pyrénées. Il avait un assez bon sens de la mélodie.

Wayland secoua la tête.

« Je ne sais pas quoi penser de ce garçon. »

Atam chercha une réponse.

« C'est un fort vilain damelot. »

Wayland bascula la tête en arrière et éclata de rire.

« Oui, on peut le dire. »

La froidure mordait déjà le sommet quand les retardataires arrivèrent d'un pas pesant. Cette escouade d'Aubains grincheux menait un groupe de porteurs essoufflés et des mules renâclant sous le poids des pièces détachées du trébuchet. Le bras de l'engin de siège était fixé entre deux bêtes : Wayland ne comprenait pas comment diable ils étaient parvenus à négocier les tournants les plus raides. Il se leva et épousseta le séant de ses braies.

« Vous êtes les derniers ?

— Oui.

— Hâtez-vous, alors. »

Quand le cliquetis des sabots et de l'éboulis du schiste argileux se fut estompé, Wayland se remit en selle. Il se trouvait à la lisière du col quand il jeta un œil en arrière.

« As-tu vu passer le duc ? »

Atam secoua la tête.

Wayland éperonna son cheval dans la descente en criant aux soldats de s'arrêter.

« Le duc, haleta-t-il. Où est le duc ? »

Ils échangèrent un regard puis haussèrent les épaules.

« Qu'est-ce que j'en sais ? » répliqua l'un.

L'Anglais scruta le paysage dans tous les sens. Le duc et ses gardes étaient-ils passés pendant qu'il discutait avec Lucas ? Non. Wayland remarquait les choses même quand elles ne se logeaient pas au premier plan de sa conscience. Il garda un ton calme.

« Le duc et son escorte ne chevauchaient pas loin devant vous. Quand les avez-vous vus pour la dernière fois ? »

Les soldats, comprenant qu'il y avait un problème, tâchèrent de se délester de toute responsabilité.

« Nous n'avons pas vu le duc depuis notre départ d'Ouchguli, marmonna l'un d'eux. On était trop occupés à diriger ces fainéants.

— Réfléchissez bien, insista Wayland. On ne vous en tiendra nulle rigueur. »

Un soldat thrace prit la parole.

« La dernière fois que j'ai vu le groupe du duc, c'était avant l'orage de grêle. »

Ce devait être aux alentours de midi. Inutile de rebrousser chemin. Les premières étoiles brillaient déjà et il serait impossible de suivre leur piste de nuit. Si le duc s'était échappé pendant l'orage, il pourrait fort bien être de retour à Ouchguli à l'heure qu'il était.

« Veillez sur Atam », lança Wayland.

Sur ce, il tourna bride et dévala le sentier ventre à terre en demandant à tous les soldats qu'il doublait s'ils avaient vu le duc. Personne ne l'avait vu, et le peu d'espoir qu'il avait était presque réduit en fumée quand il pénétra au galop dans le camp.

« Le duc Skleros, cria-t-il. Il est là ? »

Vallon sortit de sa tente.

« Il est à l'arrière.

— Non, il n'y est pas. J'ai passé en revue toute la colonne. Il a disparu.

— Tu en es sûr ?

— Si je vous le dis. »

Vallon ouvrit le battant de sa tente et fit signe à ses officiers de l'y suivre. Wulfstan parvint à s'immiscer dans le groupe.

Vallon leur tournait le dos.

« Comment ? s'impatienta-t-il.

— C'est simple, répondit Wayland. La colonne était dispersée, chaque homme se concentrait sur l'endroit où il posait le pied. Il y a eu des dizaines de passages où le duc aurait pu s'éclipser. Il l'a probablement fait sous couvert de l'orage, et il lui suffisait ensuite d'attendre que tout le monde soit passé. »

Vallon se frappait la cuisse avec une lenteur menaçante.

« Je sais comment il s'y est pris. Ce que je veux savoir, c'est qui l'a laissé disparaître. »

Otia se tripota la gorge.

« Les gardes ont dû l'aider.

— Qui étaient-ils ? demanda Vallon sans se retourner. Qui les a choisis ? »

Josselin était pétrifié.

« C'est moi, sire. J'ai choisi deux équipes de quatre hommes pour se relayer, tous issus d'escouades différentes afin de réduire le risque de machinations. »

Vallon leva vivement une main.

« Battez le rappel. Voyez qui manque. »

Il pivota.

« Skleros ne se serait pas échappé à moins d'être certain que Mochila lui offrirait un refuge.

— Retournez à Ouchguli et exigez la restitution du duc, conseilla Josselin. Assiégez le village s'il le faut.

— Vous avez vu ses défenses, répliqua Otia. Nous sentirions la morsure de la faim bien avant qu'elle ne chatouille les Svanes.

— Détruisez une tour ou deux avec le trébuchet. Voilà qui ramènerait Mochila à la raison.

— Allez-y, rétorqua Otia, et nous nous ferons des ennemis de toutes les tribus montagnardes que nous rencontrerons. »

Wulfstan se caressa les moustaches.

« Général, si j'étais vous…

— Tu ne l'es pas, sanguienne ! s'emporta Vallon. Et si tu me dis encore une fois que j'aurais dû tuer le duc, je te couperai l'autre main et t'étranglerai avec. »

Wulfstan prit un air de martyr.

« C'est pas ce que j'allais dire, général. Moi comme je vois les choses, on a une centaine de Svanes à notre merci. Retenez-les en otages en échange de la reddition du duc.

— Otia ? interrogea Vallon. Est-ce que ça fonctionnerait ? »

Le centurion expira.

« Il ne faut pas oublier la façon dont les Svanes nous considèrent. Pour eux, nous sommes des étrangers mal venus qui transportent un riche chargement : des moutons prêts à être tondus, aux yeux de Mochila. Si le duc s'est échappé à cause de notre négligence, nous ne pouvons nous en prendre qu'à nous-mêmes. »

Wulfstan s'apprêtait à cracher quand il se rappela au dernier moment qu'il était en compagnie du général.

« Il fanfaronnera moins si nous pendons une dizaine des siens à l'extérieur d'Ouchguli. »

Wayland, voyant que Vallon réfléchissait sérieusement à cette proposition, donna son avis.

« Même si nous ne récupérons pas le duc, notre mission n'est pas fichue. Il a dû promettre de l'or en échange de sa libération, mais l'or n'est pas à sa disposition. »

Vallon le transperça du regard.

« Si nous laissons les Svanes impunis, toutes les tribus que nous rencontrerons le prendront comme une autorisation de nous attaquer.

— Et si nous nous vengeons, toutes les tribus nous traiteront comme des ennemis. »

Vallon réfléchit.

« Le duc va révéler aux Svanes la quantité de richesses que nous transportons. Ce que je ne comprends pas c'est la façon dont Mochila espère mettre la main dessus. Nous sommes sortis de son territoire et je ne l'imagine pas vouloir partager le moindre butin avec ses voisins.

— Je pense qu'il va livrer Skleros aux Géorgiens, répondit Otia. En échange d'une coquette somme, évidemment. C'est la seule solution qui serait favorable au duc. Sans l'aide géorgienne, il n'atteindra jamais Trébizonde. Il paiera sa traversée en divulguant notre trajet et en décrivant aux Géorgiens le trésor que nous transportons. Si j'ai raison, on peut s'attendre à un accueil sanglant sur la route de la Passe de Darial.

— Mochila aura conscience des noises que Skleros peut nous causer et pourrait nous proposer de les éviter en nous le retournant contre une rançon.

— Prix qui vaudra la peine d'être payé, commenta Otia. Nous ne sommes pas assez forts pour affronter l'armée géorgienne. »

Aimery entra et confirma que le duc et ses gardes avaient disparu.

Vallon faisait les cent pas dans l'espace confiné de la tente. Quand il s'immobilisa, tout le monde retint son souffle.

« Apportez-moi l'homme de main de Mochila. »

Le général attendit, jambes écartées. Deux soldats poussèrent un guerrier svane dans la tente. Il lança un sourire narquois à la ronde, sourire qui se décomposa quand il se posa sur Vallon.

« Demande-lui quel prix exige Mochila pour le retour du duc.

— Il prétend ne pas avoir la moindre idée de ce dont vous parlez », répondit Otia.

L'épée de Vallon jaillit dans un glissement.

« Repose-lui la question. »

Une longue querelle s'ensuivit avant qu'Otia ne communiquât les termes.

« Il jure que Mochila ne détient pas le duc, mais affirme que les Svanes feront tout leur possible pour le traquer et vous le retourner. Naturellement, Mochila s'attend à une récompense.

— Combien ?

— La moitié de notre or et de notre trésor. »

Vallon réfléchit à cette exigence comme s'il s'agissait d'une base raisonnable aux négociations. Il désigna le Svane.

« Sortez-le et pendez-le. Gardez autant de ses congénères qu'il en faut pour transporter nos provisions jusqu'au prochain village, et renvoyez les autres. »

Otia grimaça.

« L'exécuter sera perçu comme une déclaration de guerre par toutes les tribus des montagnes. C'est un combat que nous ne pouvons pas gagner. Ils nous élimineront un à un jusqu'à ce qu'il ne reste plus de nous que le souvenir d'un fier montagnard et un corselet byzantin rouillé cloué au mur.

— Et si nous ne rendons pas la justice, le moindre petit seigneur considérera notre inaction comme une invitation à nous ronger les os. »

Vallon agita l'index.

« Quand bien même nous paierions la rançon, Mochila nous vendrait malgré tout aux Géorgiens. Que je sois damné si je le laisse se garnir les poches deux fois à nos dépens. »

Vallon reprit son souffle et déclara d'un ton posé irrévocable :

« Je maintiens le châtiment. Exécutez-le sur-le-champ. »

XV

Au premier village ratcha, Vallon renvoya le reste des porteurs svanes et ordonna à Otia de négocier avec les autochtones afin de trouver des remplaçants. Les montagnards restèrent dans leurs tours, rejetant toutes les récompenses, méprisant toutes les menaces. Ces pourparlers unilatéraux se poursuivirent jusqu'au lendemain après-midi, où Otia finit par baisser les bras.

« Il faut continuer notre route, général. Plus on s'attarde, plus on laisse le temps à nos ennemis de nous tendre des embuscades.

— Nous ne pouvons pas avancer sans animaux ni bêtes pour porter notre équipement. »

Otia échangea un regard avec Josselin.

« Sire, le seul moyen d'atteindre la Choresmienne est de voyager léger. Abandonnez le trébuchet et le siphon du feu grégeois.

— Pas avant que je donne à ces montagnards un avant-goût de ma colère. »

Son regard se posa sur Wulfstan.

« Tu sais faire fonctionner le trébuchet.

— Oui, sire.

— Et tu t'en es servi pour projeter le feu grégeois.

— En effet, sire, avec des résultats dévastateurs.

— Je t'élève au rang de capitaine d'artillerie. Assemble l'engin de siège et forme une équipe à sa manipulation. »

Il évalua la distance qui les séparait du village et désigna un bout de terrain à environ trois cents pieds devant.

« Voilà l'endroit d'où tu tireras.

— Tout de suite, sire. »

Vallon pointa ensuite une étable au toit de chaume à l'extérieur du village.

« Et voilà ta cible. »

Il s'éloigna à grandes enjambées.

« Josselin, donne à Wulfstan les hommes dont il a besoin. »

Sous les regards inquiets des montagnards, Wulfstan supervisa la remise en service du trébuchet : il fixa le bras sur les montants de la structure au moyen d'un axe transversal, attacha une poche en cuir à l'extrémité du bras lanceur, et lesta avec des rochers la nacelle qui faisait office de contrepoids. Des ombres plissaient les champs enneigés quand le Viking annonça que l'engin était prêt.

« Utilise des barils d'eau pour déterminer la portée, conseilla Vallon. Quand tu seras sûr d'atteindre ta cible, détruis-la avec le feu grégeois. Tu peux faire ça ?

— Sans problème. »

Wulfstan visa la cible et fit quelques ajustements mineurs avant de tirer le levier de détente. Le contrepoids tomba et le bras lanceur se releva en un arc paresseux, entraînant la poche derrière lui. Au moment où celle-ci atteignit la position verticale avec un claquement, le baril s'envola, dessinant une haute courbe pour exploser quinze toises derrière la cible et légèrement à droite. Wulfstan retira quelques rochers, corrigea le tir et fit une nouvelle tentative. Trois essais furent nécessaires avant qu'un tonneau d'eau ne transperçât le toit de l'étable. Dans les tours, les défenseurs déchargèrent leur nervosité avec des sifflets et des jets de flèches. Seul un rai de lumière citron demeurait dans le ciel.

« Maintenant, avec le feu grégeois », intima Vallon.

Un groupe de soldats torse nu s'échina sur un treuil pour abaisser le bras. Wulfstan déposa dans la poche en cuir un lit de petit bois sur lequel il plaça un baril de feu grégeois tel un œuf infernal, versa du liquide incendiaire dessus et alluma le petit bois. Des flammes enfumées léchèrent le ciel sombre.

À demi accroupi, le regard fou dans cette lueur satanique, Wulfstan attendait le bon moment.

« Pas encore. Attendez que le feu prenne. »

Vallon observait, les yeux plissés tandis que les flammes carbonisaient les douves du baril.

« Wulfstan, si tu ne tires pas, c'est nous qui allons…

— Maintenant ! » hurla le Viking.

Le tonneau en feu s'éleva haut dans le ciel et les flammes rugirent avant de s'éteindre en l'air. Le baril tomba au sol Dieu seul sait où. Vallon se plaqua les mains sur les joues.

Soudain le toit de l'étable recracha une boule de feu qui alla rouler dans la nuit pareille au brasier de l'enfer invoqué par les prêcheurs afin d'effrayer les faibles. Après cette première explosion, le toit brûla, des étincelles tourbillonnant à cinquante pieds de haut.

Vallon attendit que le feu prît bien.

« Orientez l'engin sur le village. Allumez des torches de façon que les défenseurs n'aient aucun doute sur l'endroit où tombera la boule de feu. »

Les hommes firent péniblement pivoter le trébuchet jusqu'à ce que son bras pointât vers le cœur du village. Puis ils commencèrent à actionner le treuil. Derechef, Wulfstan recouvrit la poche de petit bois avant d'ajouter un baril de feu grégeois. Au moment où il brandissait son tison enflammé, une voix leur parvint de l'une des tours.

« Attendez, lança Otia. Ils sont prêts à réfléchir à nos requêtes. »

Vallon se détourna.

« Je te laisse t'arranger avec eux. »

Les Aubains dressèrent le campement le lendemain, en dessous de la limite des arbres, dans un camp d'été de bergers occupé par une cabane en rondins et quatre habitations primitives qui ressemblaient à des ruches en pierre aplaties couvertes de mottes d'herbe. Les bergers avaient construit un enclos à l'aide de troncs et c'est là que les muletiers conduisirent les bêtes de somme et remisèrent l'équipement.

C'était un endroit charmant : un long pré couvert de fleurs et traversé par le murmure d'un cours d'eau. Sur un côté de la vallée, une rivière tombait en cascade telle une plume indolente, les gouttelettes formant des voiles au-dessus de la brume noire de la pinède. De l'autre côté, les flancs de montagne s'élevaient jusqu'à des pentes vertigineuses couvertes d'éboulis et des rochers escarpés dominés par des pics d'où s'envolaient des volutes de neige.

Comme il lui restait encore une heure de lumière du jour après avoir accompli ses obligations, Lucas se promena en amont du ruisseau. Il semblait riche en truites. Au premier bassin, Lucas tomba sur un poisson qui avait plongé dans les profondeurs vertes laiteuses. Les yeux plissés par la concentration, il remonta jusqu'au bassin suivant, en quête d'endroits où se tapir. Un gros rocher lisse surplombait un tourbillon en dessous d'un rapide. Il s'y glissa à plat ventre et scruta les flots. À deux pieds sous lui, une truite dont seule la tête émergeait se prélassait, nageoires déployées.

Lucas plongea la main droite derrière le poisson. Les doigts en coupe, il avança le bras jusqu'à toucher la queue de la truite. Il chatouilla l'animal et progressa le long de son ventre jusqu'à atteindre ses branchies. Il retint son souffle, ferma les doigts, et arracha vivement le poisson de son élément en s'aidant de ses deux mains pour ne pas qu'il lui échappât. Puis il le serra fort et poussa un cri triomphal. Il examina sa prise : tout juste huit pouces de long, avec un dos couleur mousse tacheté de points rose corail. Une beauté.

Il la mit de côté et se rendit au bassin suivant. Celui-ci était plus difficile d'accès, il dut patauger, palper sous tous les rochers et arbres abattus susceptibles de dissimuler un poisson. Il perdit la truite suivante mais en ajouta ensuite deux autres dans sa besace, et quand il n'y eut quasiment plus de lumière, il en avait pêché six qui pesaient au total quelque chose comme plus de deux livres.

« Tu pêches plutôt bien à mains nues », commenta une voix derrière lui.

C'était Wayland et son chien, accompagnés par Atam et Aiken.

Lucas revint sur la berge avec force éclaboussures.

« Je pêche la truite comme ça depuis l'âge de cinq ans. La technique est simple. Ce qui compte c'est de savoir où se cache le poisson. »

Wayland hocha la tête.

« Je pêchais aussi à mains nues, petit. Il y a eu un mois de septembre où je n'ai vécu que de truites, de framboises et de chanterelles. Un roi ne dîna jamais mieux. »

Il éclata de rire.

« Je n'oublierai jamais la fois où j'avais cru attraper une truite et que j'avais sorti un rat d'eau. Je ne sais pas lequel de nous deux était le plus choqué. »

Lucas s'esclaffa à son tour, ravi de parler à Wayland sur un pied d'égalité.

« Hero m'a raconté que vous aviez grandi seul dans la forêt. J'aimerais entendre un jour le récit de vos expériences.

— Il n'y a pas grand-chose à raconter. Je trouvais les étés faciles et les hivers rudes. Je ne voudrais pas retourner à ce mode de vie.

— Comment les attrapes-tu ? demanda Aiken. Quelle est l'astuce ? »

Lucas l'ignora. Il désigna les pics.

« Ces montagnes me rappellent les Pyrénées. »

Il pointa un gypaète barbu qui survolait une pente dans les dernières lueurs du jour.

« J'en ai vu fracasser des tortues sur des rochers pour briser leur carapace et atteindre la chair. »

Wayland jeta un œil au vautour.

« Je doute que tu aies des léopards dans ton pays.

— Vous avez vu un léopard ?

— À environ une demi-lieue en arrière. »

Lucas siffla.

« J'aurais aimé être là. Un léopard. »

Sur une impulsion, il brandit sa brochette de truites.

« J'en ai trop pour mon propre souper et elles sont meilleures quand elles ont encore le goût de la rivière. »

Wayland inclina la tête.

« Merci. Partage-les avec tes camarades de mangeaille. » Lucas fronça les sourcils en direction du camp.

« J'ai été séparé de mes compagnons, pas vrai ? Ce serait du gâchis de faire manger de la truite aux muletiers. Votre chien les apprécierait davantage que ces brutes. »

Il poussa quatre poissons vers Wayland.

« Allez, prenez-les.

— Merci. Je te promets que mon chien n'aura que les restes. »

Il jeta un œil au ciel.

« Tu ferais mieux d'ôter ces braies trempées. Une nuit froide s'annonce et je ne serais pas surpris de voir la neige tomber avant l'aube. »

À le voir partir, une main sur l'épaule d'Atam, l'autre sur celle d'Aiken, son chien agitant la queue comme un drapeau, Lucas ressentit d'abord de l'admiration puis de l'affliction. C'est lui qui aurait dû marcher aux côtés de Wayland, pas Aiken.

Il se raidit lorsque ce dernier revint sur ses pas, une résolution douloureuse peinte sur le visage. Lucas inspira par le nez et se prépara à l'accueillir.

« Qu'est-ce que tu veux ?

— Je suis désolé que mon emportement ait conduit à ta punition, répondit Aiken, tête basse. La peur et l'excitation étaient responsables de mes propos. En te regardant te battre sur le caillebotis, j'étais persuadé que tu allais être tué. »

Lucas frotta un pied détrempé contre un rocher.

« Oui, bon, facile à dire maintenant.

— J'ai demandé au général qu'il te laisse réintégrer ton escouade. Il a refusé pour une question de discipline, mais il ne te garde aucune rancune. Bien au contraire, il affirme que tu as l'étoffe d'un excellent épéiste. Même Gorka dit qu'il commençait juste à s'habituer à toi quand le général t'a rétrogradé. Il a employé un langage fort grossier, mais de toute évidence il t'aime beaucoup. »

Tous deux levèrent la tête et se regardèrent dans les yeux. À ce moment-là, Lucas aurait pu laisser de côté son animosité. Il savait que le garçon n'était pas l'agent de ses malheurs et que c'était Aiken, pas lui, qui avait perdu un père. Pourtant de ses émotions bouillonnantes, ce fut le coquin tapi au plus profond de lui qui se fit entendre.

« Je n'ai pas besoin de ta compassion. Encore une semaine et je serai de retour avec mon escouade – en véritable soldat – tandis que toi tu seras toujours en train de te planquer à l'arrière. »

Les traits d'Aiken se pincèrent.

« Je ne comprends pas ton hostilité. C'est comme si tu me détestais avant même qu'on se rencontre. »

Il déglutit.

« Soit. Je ne tendrai pas d'autre rameau d'olivier. » Sur ce, il s'éloigna à la hâte.

Lucas se laissa tomber sur la berge et regarda le ruisseau couler dans l'obscurité. *Tu pourrais y mettre un terme maintenant,* songeait-il. *Il te suffit de pénétrer dans la tente de Vallon et de lui dire qui tu es.* À cette perspective, tout son être se recroquevilla. Il s'imaginait l'expression horrifiée de Vallon. Le général avait une nouvelle épouse et deux filles. Pour lui, son fils était mort, et il n'avait aucune envie de voir la situation changer.

« Tu es toujours là ? lança Wayland. Les poissons dorment dans le lit de la rivière et il est temps de dîner. Souviens-toi, les léopards arpentent ces montagnes. »

Il faisait presque nuit, des feux de camp brûlaient et l'agitation de l'escadron s'estompait pour laisser place au murmure reconnaissant d'hommes sur le point de se remplir la panse.

« J'arrive ! » cria Lucas.

Et il entra dans le camp d'un air fanfaron, en exhibant ses prises à tous ceux qu'il croisait.

Le bétail et l'équipement étaient remisés au centre du camp, entourés par les abris de bergers en forme de ruche. Lucas, cantonné dans l'une de ces masures, ne considérait pas cela comme un couchage privilégié. Le toit, à seulement quatre pieds du sol, était recouvert de goudron sur un quart de pouce d'épaisseur. Les poux le harcelaient et il arrivait à peine à fermer l'œil à cause des souris – ou étaient-ce des rats ? – qui détalaient sur lui dans l'obscurité. Ce fut presque un soulagement quand à potron-minet la voix de Gorka transperça son sommeil agité.

« Lucas, c'est ton tour de garde. Sors-moi ton cul d'ici. »

Le jeune Franc se leva avec un bâillement en se grattant et enfila sa cape sur ses épaules. Sa rétrogradation à la caravane d'équipement ne le dispensait pas de son devoir de faction.

Sortant à plat ventre dans l'obscurité, il cilla au contact délicat de la neige sur ses yeux. Gorka lui tira le bras.

« Par ici. »

Lucas le suivit d'un pas maladroit, la seule lumière qui perçait les ténèbres provenait de quelques lits de cendres grésillant dans la neige et d'une lampe alimentée au brai qui se consumait devant la tente de commandement.

Le camp formait un carré dont un côté était protégé par la rivière. Au coin en amont, le sentier croisait un pont de rondins. Là Gorka secoua le bras de Lucas afin de l'arrêter à son poste.

« Arides ? » appela-t-il.

Une voix étouffée répondit sur la droite. Gorka se pencha dans cette direction.

« J'espère que tu ne dormais pas.

— Non, chef, je suis juste gelé. »

Gorka empoigna le bras de Lucas.

« Je viendrai vérifier avant la fin de ton tour de garde que tu es vigilant. Si j'arrive à te surprendre, tu vas déguster quelque chose de bien.

— Vous feriez mieux de faire attention, chef, répondit Lucas en claquant des dents. Si je vous entends arriver, je pourrais croire que vous êtes un ennemi et vous asséner un coup. »

Gorka lui souffla son haleine fétide au visage.

« Joue pas les finauds avec moi, sale pisseux de Français. C'est parce que t'arrives pas à contrôler la gigue de ta langue que tu te retrouves avec ces enculeurs de moutons dans la caravane d'équipement.

— Il ne me reste plus qu'une semaine, chef.

— Tu sais quoi, Lucas : tous les soirs avant de dormir, je tombe à genoux et je remercie notre Père Éternel qu'un jour de moins me sépare du moment où je vais retrouver ce maroufle de Lucas d'Osse de mes deux, ce peigne-cul de Franc qui a cherché des noises tellement de putain de fois que j'en ai perdu le putain de compte.

— Content d'entendre que je vous manque. »

Gorka s'en alla avec un grognement sonore. Les épaules voûtées contre le froid, Lucas regrettait de ne pas avoir d'argent pour s'acheter des vêtements plus chauds que les défroques qu'on lui avait données. Il clignait des yeux dans les rafales de neige. Des flocons s'insinuaient dans son cou. Le sifflement et les crachotements de la rivière sous le pont auraient suffi à étouffer l'approche d'une armée ennemie. Cette veille était inutile. Personne n'attaquerait le camp par une nuit aussi sombre et aussi maussade que celle-ci.

« Hé ! lança Arides. T'es Lucas, c'est ça : le soldat que Vallon a mis dans la caravane d'équipement ?

— Je peux pas vraiment lui en vouloir après avoir cogné son fils. » Rire étouffé.

« C'est pas l'enfer, ça ? Je sais pas toi, mais moi je suis en train de crever.

— Le jour va bientôt se lever.

— Je vais te dire un truc. Si j'avais su que je me gèlerais les noisettes dans ces montagnes, je me serais pas précipité quand le général a demandé des volontaires. Je commence à me dire que je serais mieux à retourner au bord du Danube. T'en dis quoi ? »

Quelque étrange sentiment de loyauté s'affirma chez Lucas.

« Le froid ne me dérange pas. J'ai passé un paquet de nuits d'hiver à garder des moutons et des chevaux pour les protéger contre les ours et les loups.

— J'ai une outre de vin. Viens donc te réchauffer la panse. »

La perspective était tentante.

« Merci, mais si Gorka ne me trouve pas à mon poste, il va me tuer.

— Tu parles, il a que de la gueule, cracha Arides. Je l'ai vu détaler comme une jouvencelle effarouchée pendant une escarmouche en Bulgarie. »

Lucas se hérissa. Certes Gorka lui empoisonnait la vie, mais c'était un membre de son escouade et ça, ce n'était pas rien.

« Ah oui ? Ce n'est pas ce qu'on m'a dit. Aimery m'a raconté que Gorka avait chevauché aux côtés de Vallon quand le général a sauvé l'empereur à Dyrrachium.

— Tu es jeune et encore vert, mon garçon. Ne te laisse pas berner par les contes de feux de camp. »

S'ensuivit un long glouglou, puis un reniflement.

« Sacré bon vin. Tu sais quoi ? Si t'as pas les couilles de quitter ton poste, c'est moi qui vais t'apporter la vinasse. T'es où – sur le pont ?

— Oui.

— J'arrive tout de suite.

— Non, vraiment. Je suis en service.

— Va au diable, alors. »

Le visage et les pieds de Lucas s'engourdissaient. Les mains enfouies sous les aisselles, il se mit à sautiller sur place. Il soufflait comme un cheval à travers des lèvres chevrotantes. Le temps passait à la vitesse d'une limace.

Soudain il fit volte-face, alerté par un bruit. Difficile d'en déterminer l'origine. Il se frotta les yeux.

« Arides ? » murmura-t-il.

Pas de réponse. Un nouveau bruit ténu lui donna un coup au cœur. On aurait dit le harnais d'un cheval. Il dégaina son épée, scruta derrière lui et eut un rire nerveux.

« Je vous ai repéré, chef. Il faudra marcher d'un pied plus léger si vous voulez me surprendre à piquer du nez. »

Pas de réponse, plus un mouvement. Lucas essayait de percer l'obscurité.

« Gorka ? »

Le croassement d'un corbeau annonça l'approche de l'aube. Lucas se tourna vers la droite.

« Arides ? J'ai entendu un bruit. »

Il leva la voix.

« Arides ? T'es où ?

— Juste là », chuchota Arides en lui empoignant le bras.

Lucas était tellement tendu qu'il sursauta et se dégagea. L'instant d'après il y eut un *vouit !* et une flamme froide lui brûla l'avant-bras.

« Diantre ! » s'exclama-t-il.

Estomaqué, il chancela en arrière et trébucha sur les rondins du pont. Cette glissade lui sauva la vie. Un autre sifflement agressif dessina un demi-cercle à quelques pouces au-dessus de sa tête : il savait que c'était la lame d'une épée mais il n'arrivait pas à croire que ce fût Arides qui la manipulait ni à comprendre pourquoi. Il recula à quatre pattes sur la berge opposée, encore trop choqué pour pouvoir crier.

Arides jura et traversa à tâtons, en balançant son épée à droite et à gauche. La main serrée sur son bras blessé, Lucas descendit maladroitement sur la rive.

« Arides ? siffla une autre voix. Tu lui as réglé son compte ?

— Je sais pas. Je l'ai touché mais il s'est échappé.

— Trouve-le, espèce de bon à rien.

— Vas-y, toi. J'y vois goutte.

— Oublie, alors. Monte en selle avant qu'il donne l'alarme.

— Non, on a fichu notre chance en l'air.

— On ne peut plus faire marche arrière maintenant. Allez ! »

Des sabots emmitouflés dans du tissu firent trembler le pont et des voix rancunières s'évanouirent en amont de la rivière.

« Attaque ennemie », gargouilla Lucas.

Il se massa la gorge, retraversa le pont et chancela vers le fanal au centre du camp.

« Aux armes ! cria-t-il. Attaque ennemie ! »

Des voix répercutèrent l'alerte et il s'ensuivit un branle-bas de combat, cris et ripostes se mêlant aux bruits d'hommes qui dégainaient leurs armes et couraient à l'aveuglette dans la neige.

« Par là ! » cria Lucas.

Des silhouettes spectrales surgirent de l'aube. L'une d'elles brandit son épée et l'aurait frappé s'il n'avait pas hurlé son nom. Les soldats grouillaient, cherchant l'ennemi. Un cheval sans cavalier passa au galop.

La voix de Vallon couvrit ce remue-ménage.

« Ne bougez plus ! »

Tout mouvement cessa. Un silence étrange s'abattit. Lucas toucha son avant-bras droit : du sang chaud jaillissait.

On avait allumé des torches.

« Quelle est la cause de cette panique ? demanda Vallon. Qui a donné l'alarme ? »

Lucas avait la nausée et son bras blessé lui faisait mal jusqu'à l'os.

« Moi, coassa-t-il. Lucas.

— Tudieu, grogna Gorka. J'aurais dû m'en douter. »

Un faisceau de torches s'approcha et Vallon apparut, le visage rouge dans les flammes.

« Qui nous a attaqués ? Qui t'a blessé ?

— Arides, sire. Il a essayé de me tuer. »

Il brandit son bras blessé, du sang noir brillait sur sa manche.

« Tu as perdu la tête ? Pourquoi Arides aurait-il essayé de te tuer ?

— Je ne sais pas, sire », répondit Lucas d'une voix brisée.

Josselin se tourna dans ses étriers et écarta la neige de ses yeux.

« Arides ? lança-t-il. Arides ? »

Seul le crachotement des torches répondit. Vallon se pencha sur Lucas comme une griffe.

« Si tu as assassiné Arides au cours de je ne sais quelle chamaillerie, tu seras pendu.

— Je vous jure, sire, protesta Lucas, au bord des larmes.

— Attendez, dit Josselin. Quelqu'un approche. »

Aussi silencieux que des ombres, Wayland et son chien revenaient en courant dans la lumière des torches.

« Aucune piste qui approche du camp. Trois chevaux qui se dirigent vers le nord. Nous n'avons pas été attaqués. L'ennemi venait de l'intérieur. »

Vallon, raide comme un piquet, avait le visage convulsé.

« Des déserteurs. »

Il claqua des doigts.

« Envoie une escouade à leur poursuite. Dix solidi pour chaque traître. Ramenez-en un vivant. »

Josselin tourna bride et disparut. Hero s'avança, saisit le bras de Lucas et examina la plaie.

« Arrives-tu à bouger la main ? » Lucas plia les doigts.

« Bien. Aucun tendon sectionné. Il va falloir des soins, néanmoins. »

Soutenu par Gorka et Wayland, Lucas suivit Hero dans sa tente. Il se laissa tomber sur un grabat pendant que le Sicilien préparait ses instruments. Hero badigeonna la plaie à l'aide d'un onguent résineux dont les vapeurs volatiles piquèrent la gorge du blessé.

« Ça aidera à nettoyer la plaie et à atténuer la douleur pendant que je recoudrai. Tu es prêt ? »

Lucas tendit le bras droit et s'agrippa au rebord d'une table de camp. Gorka lui immobilisa le poignet.

« Typique. Première blessure et elle t'est infligée par ton propre camp. »

Il adressa une petite révérence à Hero.

« Cousez donc, maître. »

Hero faisait boire à Lucas du bouillon à la petite cuiller quand Wayland entra dans la tente. Il salua Hero d'un geste avant de se tourner vers Lucas.

« Es-tu capable de monter à cheval ? »

Hero se leva.

« Moi seul en serai juge.

— J'ai bien peur que non. Des éclaireurs nous ont annoncé des problèmes en amont. Vallon veut que nous ayons franchi le prochain col demain avant le coucher du soleil.

— Je peux chevaucher », répondit Lucas en se redressant brusquement.

Aussitôt tout se mit à tournoyer et il se serait écroulé si Wayland ne l'avait pas rattrapé. Lucas ouvrit grand les yeux et les cligna jusqu'à retrouver une vue nette.

« Ça va », dit-il d'une voix qui venait de très loin.

Wayland lui tapota l'épaule.

« Tu as du cran. Il faut bien le reconnaître.

— Que s'est-il passé ? » demanda Lucas.

Wayland réfléchit.

« Arides et deux autres Aubains ont déserté. Ils ont rebroussé chemin dans l'espoir de retourner sur la côte. Vallon a envoyé une escouade à leurs trousses. Ils ne s'échapperont pas. Même s'ils distancent leurs poursuivants, la neige tombée hier soir aura fermé le col. Et s'ils parviennent à le franchir, les Svanes les attendront. »

Un mouvement imperceptible du battant de la tente, et Wayland avait disparu. Lucas porta un regard brouillé sur Hero.

« Ils sont fous s'ils croient pouvoir retourner à la mer Noire.

— Chut ! Tu auras besoin de toutes tes forces pour le trajet de demain. »

Longtemps après la tombée de la nuit, Lucas se réveilla dans la tente de Hero et entendit des injonctions sonores et le claquement des souliers au garde-à-vous. Puis le silence retomba. Hero se dirigea vers l'entrée, jeta un œil dehors et revint avec un sourire forcé.

« Rien qui doive t'alarmer, annonça-t-il. Rendors-toi. »

Lucas entendit une voix entonner ce qui ressemblait à une messe solennelle. C'était Vallon, dont les mots étaient trop indistincts pour être compris. Le jeune Franc repoussa ses couvertures et posa les pieds au sol. Hero essaya de le dissuader.

« Ne sors pas. Je suis sérieux.

— Les éclaireurs ont capturé les déserteurs, n'est-ce pas ? »

Hero ferma brièvement les yeux.

« Oui. Ils les ont tous tués sauf Arides. Ils l'ont ramené pour lui faire subir un procès sommaire et l'exécuter. Reste ici. Il y a certaines choses qu'un jeune homme ne devrait pas voir. C'est dans les esprits tendres que les mauvaises herbes prennent racine. »

Lucas força le passage.

« J'ai vu des choses plus cruelles que la pendaison du maroufle qui a essayé de me tuer. »

Il sortit en clignant des yeux devant des flammes bondissantes qui découpaient la silhouette d'un gibet. Sous la potence, Arides était assis sur un cheval, les mains attachées dans le dos, un nœud passé autour du cou. Il adressa un grand sourire à l'attroupement.

« Ma foi, camarades, nous avons parcouru un long chemin ensemble et à présent mon voyage est terminé. Nous empruntons tous la même route. La seule différence c'est que quand vous arriverez au bout, je serai là à vous attendre. S'il y a du vin en enfer, je paierai ma tournée. »

Quelqu'un partit d'un rire caustique.

« Ce serait une première. »

Sur l'ordre de Josselin, deux soldats fouettèrent la croupe du cheval. L'animal bondit en avant, éjectant Arides qui se balança, pris de convulsions, donnant des coups de pied à seulement quelques pouces du sol. L'escadron attendit en silence que son corps arrêtât de tressauter et pendît, inerte, en pivotant.

« Vous avez vu ça, lança Vallon. Maintenant qu'Arides nous a quittés, il ne sait pas de quel côté se tourner. Que cela vous serve à tous de leçon. La seule façon de couronner notre voyage de succès c'est de le poursuivre ainsi que nous l'avons commencé : comme une compagnie d'hommes loyaux entre eux et envers leur commandant. La marche arrière est plus dangereuse que la marche avant, et c'est chaque jour encore plus vrai. Nous sommes sur un pont qui s'écroule derrière nous. Notre seul espoir est d'avancer plus vite qu'il ne s'effondre. Rompez. »

De retour dans la tente, Lucas trouva Hero en train d'écrire comme un forcené.

« Satisfait ? demanda le Sicilien sans lever les yeux.

— Il a eu ce qu'il méritait. »

Hero enfonça la pointe de son stylet dans le parchemin.

« Arides avait une femme et trois enfants. Tous les déserteurs avaient une famille. Ils ont agi par désespoir. Ils étaient convaincus que Vallon les conduisait à une mort certaine. »

Lucas n'avait pas beaucoup réfléchi à leur mission. Son envergure était telle qu'il ne pouvait l'appréhender qu'au jour le jour. Et il était tellement obnubilé par les crimes de son père qu'il n'avait guère pensé à l'endroit où ils allaient ni au but qu'était censé servir ce voyage. Il se sentit un peu bête.

« C'est le cas ? »

Hero recommença à écrire.

« Possible. Probable. J'ai étudié les rapports sans trouver la moindre trace d'une équipée qui aurait rejoint la Chine en partant de Constantinople.

— Pourtant Vallon, Wayland et vous avez accompli un voyage impossible jusqu'au bout de la terre. »

Hero posa son stylet.

« J'avais ton âge quand j'ai voyagé jusqu'aux terres du nord, et j'ai eu beau voir des amis mourir au cours de cette expédition, j'étais trop inexpérimenté pour croire que la mort pourrait m'étreindre. Depuis, j'ai appris que la Faucheuse frappait au hasard, emportant les jeunes comme les vieux, les innocents aussi souvent que les coupables. »

Lucas caressa le duvet de sa mâchoire.

« Je sais à quel point la vie peut être cruelle. »

Hero fit couler du sable sur sa page.

« C'est pourquoi je préfère l'explorer à travers les livres. Contrairement à nos propres paroles, les écrits ne meurent pas.

— Qu'écrivez-vous ?

— Un journal. Un compte rendu de notre voyage.

— Au cas où aucun de nous ne survivrait.

— Je te l'avais dit que regarder cette pendaison te mettrait des idées morbides dans la tête. Repose-toi maintenant. Demain tu rejoindras ton escouade. Tu viendras me voir matin et soir de façon que je puisse examiner ta blessure. Elle cicatrise bien. »

Lucas laissa Hero l'aider à s'installer sur son grabat. Il esquissa un sourire faible tandis que le Sicilien remontait les couvertures.

« C'est la deuxième fois que vous me sauvez la vie.

— Tu exagères, s'esclaffa Hero. Tu es aussi robuste que les chats qui arpentaient les quais de Syracuse où j'ai grandi. »

Il lui tapota la poitrine.

« Cela dit tu as utilisé au moins trois de tes vies depuis notre rencontre, alors tu ferais bien de faire plus attention. »

XVI

Dix jours et cinq cols plus tard, Lucas faisait trotter Aster sur la grande voie militaire qui serpentait vers le nord jusqu'à la Passe de Darial. Le reste de la colonne suivait par petits groupes. Cette nuit-là ils campèrent dans une pinède et passèrent le jour suivant à remonter les charrettes. Lucas polissait l'armure du soldat grec qu'il avait détroussé quand Josselin passa à côté de lui d'un pas nonchalant.

« Je cherche Aimery. »

Ses yeux se posèrent sur l'armure.

« Doux Jésus, ce corselet est encore plus splendide que le *klivanion* du général. »

Lucas déglutit, redoutant que le centurion ne lui confisquât son équipement.

« Je n'ai pas l'intention de la porter avant de m'être distingué au combat.

— Tu as parfaitement raison. Il ne faudrait pas que tu éclipses tes supérieurs avant d'avoir versé une goutte de sang ennemi.

Comment va ton bras ? »

Lucas le plia.

« Comme neuf, sire.

— Allons, pas de fanfaronnade.

— C'est vrai, sire. »

Lucas dégaina son épée, exécuta une passe, dessina une belle parabole et remisa l'arme avec précision.

« Vous voyez ? »

Le reste de son escouade s'était approché.

« Demain vous serez en mission de reconnaissance, leur annonça Josselin. À environ quatre lieues d'ici, la route est gardée par un fort géorgien. Approchez avec la plus grande prudence.

— Allons-nous le prendre d'assaut ? s'enquit Aimery.

— Vallon espère le longer de nuit en catimini.

— Impossible, intervint Gorka. Trop de gens nous ont repérés. »

Josselin l'ignora.

« Ce fort est le dernier bastion géorgien érigé contre les envahisseurs du nord. Une fois qu'on l'aura passé, nous serons de nouveau parmi les montagnards. Des Ossètes cette fois-ci. Quatre jours de marche devraient ensuite nous conduire à la Passe de Darial. Après quoi notre chemin descend en pente douce vers la Choresmienne. »

Josselin parti, Gorka prit Lucas à part.

« Qu'a dit le capitaine au sujet de l'armure ?

— Il a dit que j'aurai le droit de la porter quand j'aurai tué cinq hommes au combat », improvisa Lucas.

Gorka se fendit d'un large sourire.

« C'est ça ! D'ici là je me serai retiré dans un monastère.

— Vous, dans un monastère !

— Seulement parce qu'on ne me laisserait pas entrer au couvent. »

Quand l'escouade s'ébranla à l'aube, le brouillard voilait les arbres. La condensation perlait sur les vêtements et le visage de Lucas. Ils chevauchaient en silence, balayant des yeux la lisière de la forêt. Les lieues défilaient comme dans un songe. Son corselet rembourré était complètement détrempé quand il tira sur les rênes d'Aster et dégaina son épée.

« Ennemi droit devant ! »

Des visages furieux se retournèrent.

« T'as appris à murmurer dans une forge ou quoi ? » grogna Gorka.

Deux silhouettes avançaient à travers l'obscurité. Une figure à cheval leva une main ouverte et c'est alors que Lucas repéra le chien qui trottait à ses côtés.

« C'est Wayland. »

L'Anglais chevauchait en compagnie d'un Seldjoukide. Comprenant mal le grec, il relaya ses informations par le biais de Lucas.

« Le fort est à environ une demi-lieue d'ici. Il est construit à droite, sur un éperon rocheux. La route est le seul moyen de le contourner. D'après mes estimations, la garnison est deux fois plus nombreuse que nous.

— Est-ce qu'ils nous attendent ? demanda Lucas, fier de discuter affaires martiales.

— Avez-vous rencontré quelqu'un sur la route, aujourd'hui ?

— Pas âme qui vive.

— Alors tu tiens ta réponse. Le commandant de la garnison a déblayé la route en vue du combat. J'ai espionné les sentinelles et ils ne m'ont pas eu l'air d'hommes à se tourner les pouces dans le vain espoir qu'il se passe quelque chose. »

Vallon et Otia arrivèrent, reléguant Lucas à l'arrière-plan. Après avoir tenu conciliabule avec Wayland, Vallon leva des yeux plissés vers le ciel larmoyant, fit un geste frustré de la main et redescendit le long de la colonne.

« C'est quoi le plan ? demanda Lucas à Gorka.

— Le temps est trop mauvais pour qu'on puisse se faufiler en douce de nuit. Vallon nous a ordonné de nous tapir dans les bois et de nous tenir prêts à avancer dès le signal. Pas de tentes ni de feux. Pas de boustifaille chaude ni d'habits secs. »

L'escadron et sa colonne se mirent à couvert sous les arbres dégoulinants et s'installèrent au mieux. Lucas se força à avaler un morceau de biscuit et une grosse tranche de porc salé rance couverte de saumure. Aucune des voix assourdies qui lui parvenaient à travers l'obscurité ne parlait de l'affrontement du lendemain. Les hommes se plaignaient du froid et de l'humidité, de leurs pieds cloqués et de la mangeaille infecte – mais ils n'évoquaient en aucun cas la possibilité de subir une mort violente avant qu'un autre jour ne se fût écoulé.

La mâchoire de Lucas frémit. La tête fourrée sous sa cape, il sombra dans un sommeil inconfortable.

Un pied lui écrasa les côtes.

« Debout là-dedans ! » lança Gorka.

Lucas se réveilla en grelottant dans l'obscurité détrempée. Il toussa et grommela. Les bruits étouffés d'hommes en train de s'armer lui parvinrent à travers les ténèbres.

« Il est quelle heure ?

— L'aube approche. »

Lucas se leva, s'étira. En se tournant pour récupérer Aster, il se cogna contre un arbre. Il s'essuya le nez, se lécha les doigts et eut dans la bouche un goût de sang sucré salé.

« Je n'ai pas envie de me battre aujourd'hui.

— Voilà ce que j'aime entendre », s'esclaffa Gorka.

Se fiant à l'ouïe et au toucher, l'escadron se déploya en formation le long de la route, deux tiers des combattants en avant de la caravane d'équipement, le reste protégeant l'arrière. Dans une embardée collective, à l'instar d'une bête paresseuse que l'on pousse contre son gré à se mouvoir, la colonne avança d'un pas lourd.

La route ne pouvait loger que cinq cavaliers de front. Des soldats s'emmêlaient les étriers ou versaient dans le fossé. Derrière eux les charrettes roulaient bruyamment en grinçant.

« Faites quelque chose avec ce moyeu qui couine », lança quelqu'un.

Aveuglée et désorientée, l'armée progressait au ralenti. Lucas sursauta en entendant des bruits de pas qui avançaient vers eux en pataugeant dans les flaques.

« Ne tirez pas, dit Otia. C'est un éclaireur. »

Ce dernier prononça son rapport dans un murmure fiévreux.

« On est presque à leur hauteur, annonça Otia. Tenez vos positions. »

Lucas attendit. Son cœur martelait sa poitrine. Le voile noir de la nuit s'estompa, le faîte des pins se dessina au-dessus du brouillard tandis que le chemin restait un chenal opaque.

L'obscurité céda progressivement jusqu'à ce que Lucas parvînt à discerner la silhouette de ses compagnons. Un corbeau croassa dans les bois et une brise fit s'envoler des nuées de gouttelettes de la cime des arbres. La lumière s'accentua et le brouillard se retira comme aspiré au bout d'un tunnel.

« Les voilà », lança Gorka.

La bouche de Lucas s'assécha. Un cordon de soldats alignés sur deux rangs bloquait la route à l'endroit où elle s'élargissait : un carrefour distant d'un tir d'arc, et encore, un tir ambitieux. L'infanterie devant, la cavalerie derrière, leurs contours se mouvaient dans les vapeurs.

« Reformez vos lignes », intima Otia.

Lucas se trouvait au quatrième rang. Vallon remonta la formation au trot et étudia la position adverse.

« Je n'estime pas leurs forces plus importantes que les nôtres, dit-il à Otia. Wayland nous avait décrit l'ennemi deux fois plus nombreux.

— C'est encore mieux, répondit Otia.

— Encore pire. Où sont les autres ? »

Des rouleaux de brume s'envolaient, laissant entrapercevoir les Géorgiens et leur château perché sur un promontoire à l'est de la voie principale. Aucun bruit ni mouvement de part et d'autre.

« Tu as gardé la corde de ton arc au sec ? » demanda Gorka.

Lucas tapota la poche imperméable.

« Pourquoi on n'attaque pas ? Une charge suffirait à fracasser le centre.

— Et laisserait les porteurs d'équipement se faire hacher menu. Depuis ton retour parmi tes compagnons, tu n'as fait que déblatérer des vilenies sur les muletiers et les charretiers. Mais souviens-toi que si on est obligés de les abandonner, demain on n'aura rien à se mettre dans le bec. »

Lucas observait l'ennemi qui disparaissait et réapparaissait dans la brume. Un bruit de course dans la forêt alerta tout le monde.

« C'est moi », lança une voix.

Les soldats détendirent alors leurs bras armés tandis que Wayland et son chien dévalaient le bois à grands bonds. Vallon sauta lestement à bas de sa selle et les deux hommes s'entretinrent. Une fois leur échange terminé, le général donna un ordre et deux cavaliers s'éloignèrent le long de la colonne à coups d'étriers.

« Vous entendez ça ? lança Gorka. Les Géorgiens ont envoyé la moitié de leur force attaquer notre arrière. »

Flanqué de deux cavaliers porteurs d'un drapeau blanc, un officier géorgien, monté sur un étalon qui marchait au pas relevé, s'avança sur le terrain qui séparait les deux forces en présence. Vallon envoya Otia négocier.

Gorka cracha.

« Qu'importe le marché qu'ils proposent, je parie dix solidi contre un faux nummus que Vallon va leur dire de se le foutre au cul. »

Otia revint au petit galop et se lança dans un nouveau conciliabule avec Vallon.

Ces tergiversations faisaient enrager Lucas.

« Qu'est-ce qu'on attend ? »

Vallon se sépara d'Otia et talonna son cheval pour faire face à son escadron.

« Comme je le craignais, le duc Skleros a réussi à rejoindre les Georgiens et a attisé leur cupidité en leur racontant monts et merveilles sur les trésors qu'on transporte. Ses hôtes proposent des termes généreux. Si on cède notre or jusqu'à la dernière miette, ils nous laisseront poursuivre notre chemin ou faire demi-tour sans nous entraver le moins du monde. Après ce qu'on a traversé, cela ne me semble pas équitable. Qu'en dites-vous ? Vous préférez combattre pour défendre votre dû ou vous soumettre comme des mufles ? »

Les épées frappèrent les boucliers.

« Combattre ! »

Vallon calma cet emportement et fit face à l'ennemi. Le négociateur géorgien retourna à ses lignes. La brise commençait à disperser le brouillard.

« Regardez-moi ça ! s'écria Gorka. C'est le duc. »

Lucas repéra le traître, paré de fourrures et de soies, monté sur un cheval gris au centre de la cavalerie géorgienne.

« Embrochez ce gros lard ! cria quelqu'un.

— Le tir est long, rétorqua Vallon. Au moins trois cents pas. Cela dit ça vaut le coup d'essayer, ne serait-ce que pour leur montrer à quel point nos archers surpassent les leurs. Amenez une dizaine de nos meilleurs tireurs. »

Six Turkmènes s'avancèrent à la hâte et prirent la mesure du défi. Vu leur expression, il était clair qu'ils ne s'estimaient pas à la hauteur. Même s'ils avaient protégé leurs armes de la pluie, l'humidité ambiante avait sapé la torsion de leurs arcs et détendu les cordes.

« Général, ce n'est pas le bon jour pour un tir précis », protesta Gan, l'archer petchenègue qui avait démontré son talent remarquable lors du deuxième jour qu'avait passé Lucas à l'Hebdomon.

« Utilisez vos *sipers* », suggéra Vallon.

Lucas n'avait vu employer ces accessoires que sur les buttes d'entraînement. Sanglé sur le poignet et la main d'arc, un *siper* était un coussinet sillonné d'une rainure en os pour y glisser la flèche afin d'accroître l'allonge et ainsi d'augmenter la portée. Lucas, qui peinait toujours à maîtriser le tir turc, n'avait pas atteint un niveau technique aussi avancé. Si l'on s'y prenait mal, on pouvait se transpercer la main avec sa propre flèche.

Gan fixa son *siper*. Pour lui pas de coussinet en cuir ni de sillon en os. Son accessoire était confectionné avec du chagrin et de l'ivoire. Les autres archers attendirent son signal, et six flèches s'élevèrent bien haut pour se briser en éclats sur la route vingt-cinq toises devant l'ennemi.

« Encore », ordonna Vallon.

Quatre fois les archers bandèrent leurs arcs, chaque volée tombant plus loin que la précédente. L'ennemi les conspua et le duc Skleros, enhardi, s'élança en avant pour ajouter railleries et menaces.

« Un mois de gages si vous percez cette vessie », lança quelqu'un.

Un nouveau vol de flèches zébra la brume avec un sifflement. L'une d'elles se brisa à quelques pieds seulement devant le duc, qui retourna bien vite se réfugier dans les rangs.

« Ça ira », dit Vallon.

Il leva un bras pour annoncer l'assaut. La poitrine de Lucas se serra sous l'effet de l'excitation.

« Laissez-moi essayer un tir. »

Lucas fit volte-face : Wayland mettait pied à terre et aidait Atam à descendre. L'Anglais chevauchait équipé de trois arcs : un léger, qui avait beaucoup vécu, et qu'il utilisait pour le gibier ; un petit arc de guerre puissant conçu pour être manié à cheval ; et un arc de cible qu'il avait lui-même conçu. Ce fut ce dernier qu'il sortit de son étui de protection. Lucas l'avait déjà vu une fois, et Wayland l'avait même autorisé à le manipuler et à s'émerveiller devant sa fabrication remarquable. Croisement entre un arc de guerre et un arc de tir au vol, quand la corde était lâche il formait un croissant, et non un bateau comme les armes employées par les archers à cheval. Sa construction composite – un tendon au dos, du bois pour le cœur, de la corne sur le ventre face au tireur – n'avait rien d'inhabituel, mais Wayland avait choisi les matériaux les plus nobles et les plus rares. La face convexe était gainée non pas avec des tendons de vache, mais avec les tendons d'un élan qu'il avait lui-même chassé. Le cœur était non pas fait avec de l'érable, mais avec une branche d'if qu'il avait taillée dans les monts Taurus. Quant à la face concave, c'était de la corne de buffle d'eau qui remplaçait celle de vache. Et pour relier ces matériaux, il avait choisi de la colle de poisson. Pas n'importe quelle vieille colle de poisson, mais de la colle importée du Danube, prélevée dans la bouche d'un esturgeon. Le facteur d'arc avait décoré le ventre avec un motif répété connu sous le nom de « bouton de fleur », peint avec un pigment obtenu à partir des plus beaux lapis-lazulis de Perse et verni avec de la résine dammar. Sur le dos de la poignée, il avait signé son nom et inscrit une devise en caractères déliés couleur or sous une écaille de tortue de mer. *Foi en Dieu, pas en les armes*.

« Quelle est sa portée ? demanda Vallon.

— Trois cents toises les bons jours. Aujourd'hui n'en est pas un.

— Fais vite et que Dieu guide ton tir. »

Les gestes de Wayland étaient presque trop rapides pour qu'on puisse les suivre. Il encorda l'arc avec une corde sèche en soie – la puissance de l'arc étant équivalente à celle d'un solide jeune homme –, encocha une flèche, inclina la tête face à la cible tel un faucon qui repère une proie, puis se tendit en un mouvement fluide où arc et archer ne faisaient qu'un. Bouche bée d'admiration, Lucas savait que, peu importe combien il s'entraînerait, jamais il ne rivaliserait.

Au moment où Wayland décocha, un écheveau de brouillard traversa la route, dissimulant la cible. Lucas se raidit, attendant qu'un cri annonce que la flèche avait mordu. Aucun bruit ne leur parvint des lignes géorgiennes et quand le brouillard se dissipa, la scène ressemblait en tous points à ce qu'elle était avant.

En tous points, jusqu'à ce que le duc basculât sur le flanc de son cheval, à la stupéfaction des officiers qui l'entouraient.

« Bordel à queue ! » s'exclama Gorka.

Les Aubains qui se tenaient près de Wayland lui assénèrent des bourrades dans le dos ou se contentèrent de le toucher comme si un peu de sa magie aurait pu déteindre sur eux.

« Bravo ! s'écria Vallon. Un tir digne du paradis. »

Wayland eut un sourire contrit.

« J'ai manqué ma cible. Je visais le commandant géorgien. »

À cet instant, le respect que nourrissait Lucas pour le fauconnier se mua en adoration.

« Escadron, avancez ! ordonna Vallon. Quand vous atteindrez l'endroit où le terrain s'agrandit, formez des rangs larges d'une escouade. Frappez au centre. »

Lucas fut en mouvement avant même d'être prêt, essayant de contenir son excitation et de retenir son cheval. Vallon donnait le rythme, la main droite levée.

« Doucement. Chargez à mon signal. Si on réussit à percer, faites demi-tour et attaquez de nouveau. Ne perdez en aucun cas contact avec la caravane d'équipement. »

Il poussa son cheval en un petit galop enlevé, et l'escadron se déversa derrière lui pareil à un fleuve qui accélère avant de plonger dans une chute d'eau.

Il baissa le bras.

« Chargez ! »

Emporté par le courant, Lucas vit les lignes ennemies se resserrer dans un sursaut. C'est comme ça qu'il s'était imaginé une bataille. C'était ça le vrai combat. D'ici quelques battements de cœur, il se rapprocherait du moment où il pourrait endosser cette armure splendide. Il ne lui vint jamais à l'esprit que l'espace de ces quelques pulsations, il pourrait être mort.

Lancé au triple galop, il coucha sa lance. Il avait repéré sa cible, rien d'autre n'existait. Les Géorgiens maintenaient leurs positions. Il était à moins de vingt-cinq toises quand l'ennemi se dispersa : l'infanterie détala dans la forêt, la cavalerie remonta ventre à terre la route du château. Là où la mort ou la gloire les avait attendus quelques instants plus tôt, seule une silhouette demeurait : le cadavre rondouillard du duc Skleros Phocas, feu l'ambassadeur impérial auprès de la cour chinoise.

« Ne les poursuivez pas ! hurla Vallon. Otia, envoie deux escouades pour soutenir l'arrière-garde. Les autres, tenez-vous prêt à une contre-attaque. »

Lucas hurlait de frustration.

« Lâches ! » criait-il aux Géorgiens.

Il n'était pas le seul à être dégoûté par la fuite de l'ennemi. Gorka dégaina son épée et taillada le cadavre du duc. Tous les soldats à sa suite l'imitèrent, se penchant et frappant avec une froideur désinvolte, comme ils auraient salué un sanctuaire sur le bas-côté du chemin. Les Turkmènes piétinèrent le corps sous les sabots de leurs chevaux. Les charrettes roulèrent sur les restes, et le temps que Josselin pressât l'arrière-garde sur le champ de bataille, le traître n'était plus que de la bouillie. En se retournant pour jeter un dernier regard, Lucas vit deux corbeaux, l'œil brillant, sautiller vers la charogne dans un rayon de soleil impromptu.

XVII

Les Aubains poursuivirent leur route jusqu'à la nuit tombée et établirent une position défensive dans une gorge boisée. Wayland, las des compliments et des accolades, se retira avec Atam au sommet d'une ligne de crêtes. Le ciel s'était découvert et des étoiles se massaient en tourbillons gazeux. Au nord, des pics neigeux se dressaient pareils à des crocs. Wayland s'allongea sur le dos et observa à travers les branches la dérive presque imperceptible des constellations.

« Vous aviez bel et bien visé le duc, dit Atam.

— C'était de la pure chance, sourit Wayland.

— M'apprendrez-vous à bander un arc ?

— Tu n'as pas envie d'être soldat.

— Que puis-je être d'autre ?

— Quand on rentrera à la maison, tu iras à l'école.

— La maison, répéta Atam comme s'il s'agissait d'une destination aussi lointaine que le paradis.

— Tout à fait. C'est ma femme qui s'en occupe à l'heure où je te parle. Elle te plaira.

— Parlez-moi d'elle. »

Wayland ferma les yeux pour mieux se représenter Syth.

« D'apparence, grande, blonde et mince – plus grande que toi et avec un port qui ferait rougir de honte la plupart des reines. De comportement, gentille et gaie, mais elle a des idées bien arrêtées qu'elle est prompte à faire valoir. Quand on discute au coin du feu – je ne crains pas de l'admettre – ma Syth a souvent le dessus. Elle a une façon d'exprimer les choses qui semble absurde jusqu'à ce qu'on fasse l'effort de tourner la tête et de regarder le monde de son point de vue. »

Atam s'esclaffa.

« Tes enfants ne verraient pas d'un bon œil l'arrivée d'un étranger dans leur nid.

— Pourquoi donc ? Mon chien t'a adopté comme un membre de ma famille. Mes enfants feront de même. »

Atam frotta sa joue contre la tête du molosse, lequel agita la queue et lui lécha la figure.

Une sentinelle poussa un cri d'alarme. Une traînée de flammes rougeoyait au sud, de plus en plus vive.

« Un feu de signalement, expliqua Wayland. Nous ne sommes toujours pas hors de danger. »

Et effectivement, une tache de flammes apparut au nord, puis encore une autre, plus loin dans les montagnes.

Wayland aida Atam à se relever et le ramena au camp.

« Vous le pensiez vraiment, dit le garçon. Quand vous parliez de me prendre chez vous. »

Wayland lui pressa la main.

« Dieu m'en est témoin. »

Ils poursuivirent l'ascension sous un ciel bleu ponctué de nuages moutonneux. En regardant le paysage se déployer, Wayland fut frappé par l'idée que chaque jour serait pareil à celui-là : un nouveau morceau du monde dévoilé puis délaissé, oublié ou fixé à jamais dans la mémoire.

Comme ce bout de chemin. À droite un fossé où des fleurs des champs ployaient sous le poids des abeilles. Au-dessus un versant rocailleux tapissé de rhododendrons qui montait jusqu'à un escarpement vertical coiffé d'arbres. À gauche une vaste vallée verte en pente où coulait une rivière semblable à une veine laiteuse. Les fleurs de rhododendrons embaumaient l'air d'une forte odeur de chèvrefeuille. Un coucou lança son chant lancinant depuis la corniche.

Le cri perçant d'un rapace noya sa mélodie. Wayland repéra le profil en arc tendu d'un faucon pèlerin qui défendait son aire en patrouillant au-dessus de la paroi. L'oiseau s'immobilisa et s'apprêta à plonger vers un affleurement boisé. Wayland plissa les yeux. Ce n'était pas le remue-ménage sur le chemin qui alarmait le faucon. La menace venait d'en haut.

Alors même qu'il pivotait pour lancer un cri d'alarme, les premières flèches sifflèrent. Un soldat à quinze toises derrière lui se cramponna les côtes et s'écroula sur le dos de son cheval.

Une dizaine d'autres traits s'abattirent, l'un d'eux lui déchira la manche. Il attrapa vivement les rênes du cheval d'Atam, qu'il entraîna dans la pente à gauche du chemin, tira le garçon au sol et le coucha à plat ventre.

« Ne bouge pas », ordonna-t-il.

Il empoigna la tête de son chien à deux mains.

« Garde Atam et les chevaux. »

Tapi en lisière du chemin, il descendit à quatre pattes. Quelque part au-dessus de lui, un cheval hennit. Un soldat se jeta dans le fossé et regarda derrière lui en s'essuyant la bouche pleine de poussière.

Wayland passa prudemment la tête au-dessus du fossé. La moitié de l'armée s'était mise à couvert plaquée contre la pente rocailleuse. Les autres s'étaient jetés du même côté que lui et remontaient en rampant pour évaluer la menace. La caravane d'équipement avait était abandonnée, une mule était morte, une autre ruait entre ses brancards. Un seul et unique charretier était resté à son poste, les mains plaquées sur la tête. Wayland fila le rejoindre, l'empoigna et l'entraîna à couvert. Il prit appui sur un coude et mit une main en porte-voix.

« Vallon !

— Par ici ! »

Wayland se laissa glisser jusqu'au général en contournant un muletier qui tambourinait des pieds dans un spasme d'agonie. Il se jeta à plat ventre à côté du Franc.

« Ils ont bien choisi l'endroit, haleta-t-il. Il faudrait un jour pour arriver à grimper ces falaises, et d'en bas nos archers ne pourront rien contre les embusqués.

— Je sais. Sans compter que les Géorgiens menacent nos arrières.

— Si nous descendons dans la vallée, nous contournerons l'embuscade.

— Les charrettes ne peuvent pas emprunter cette pente. Si on perd l'équipement, on perd tout. »

Wayland rejoignit le bord du chemin à plat ventre pour jeter un nouveau coup d'œil. L'escarpement traçait une courbe au nord sur une demi-lieue, ses falaises fissurées et ses saillies boisées auraient pu abriter une armée de tireurs.

« Il va juste falloir qu'on tente notre chance », déclara Vallon.

Il leva la voix.

« Centurions, choisissez quarante hommes pour mettre les charrettes et les mules hors de danger. Les autres, débrouillez-vous pour remonter le chemin en restant hors de vue. »

Il se laissa retomber le temps que ses capitaines fissent leur choix.

« Prêt ! lança Josselin.

— Allez-y ! » cria Vallon en prenant la tête.

Les soldats le suivirent au pas de course et Wayland eut le sentiment de n'avoir d'autre choix que de les imiter. Vallon organisa les hommes : il en délégua certains pour couper les traits des animaux morts et les remplacer, et ordonna aux autres de former un écran défensif à l'aide de leurs boucliers. Wayland prêta main-forte à un groupe en difficulté. Les flèches pleuvaient.

Ne craignant pas de contre-attaque, les embusqués commencèrent à se montrer. Certains étaient armés d'arcs pesants qu'ils bandaient en s'asseyant, le pied gauche en appui sur la branche. Wayland vit un archer assis qui armait à deux mains une flèche de trois pieds de long, les deux pieds plaqués contre un arc de l'épaisseur d'un poignet. L'homme semblait viser droit sur lui. Vite, Wayland se baissa et un soldat qui œuvrait à ses côtés s'écroula : la flèche avait percé écu et armure.

Les soldats mirent la caravane en branle. Wayland trottinait à côté des chariots en essayant d'ignorer la grêle mortelle. Devant lui un homme se contorsionna, une barbelure plantée dans le mollet. Il le soutint, et le soldat poursuivit en boitillant.

« On n'est plus très loin. »

Il ne mentait pas. Les falaises s'éloignaient du chemin en s'incurvant et l'assaut se calma. Il confia le soldat blessé à Hero et trouva Atam et le chien indemnes. Les hommes se hélaient, en quête de camarades disparus. Quatre d'entre eux ne répondraient plus jamais à une sommation terrestre et le même nombre de porteurs avait péri.

Vallon, qui avait retrouvé son cheval, arriva d'un pas lourd, le visage dégoulinant de sueur.

« Vous avez vu ça ? » lança-t-il.

Au bout de la vallée, une lumière clignotait du sommet d'une tour de guet perchée sur une crête élevée.

« Ces maroufles n'en ont pas fini avec nous. À moins qu'on trouve un autre sentier, ils nous tueront en une centaine de coups. »

Il se passa une main sur le front.

« Après cette victoire facile, nos attaquants vont pousser l'avantage. Wayland, cache-toi avec une demi-douzaine d'hommes et captures-en quelques-uns. »

Sa fureur était telle qu'il avait oublié que le fauconnier n'était pas soumis à ses ordres.

Wayland bomba la joue avec sa langue et hocha la tête. Il pivota et choisit un pirate bulgare qui l'avait impressionné par son calme durant l'assaut. Puis il désigna un autre homme.

« Et toi.

— Et moi, dit Lucas.

— Toi », poursuivit Wayland en sélectionnant Gan, le maître de tir à l'arc.

Il pointa l'index encore trois fois.

« Sept, ça devrait suffire, dit-il à Vallon.

— Comptez-en huit », insista Lucas.

Vallon balaya l'air d'un geste.

« Prends cet imbécile. S'il meurt, ce ne sera pas une grosse perte. »

Sur ce, le général cravacha sa monture et s'éloigna.

Wayland le regarda partir avec un sourire ambigu avant d'organiser son escouade. Pour le site de l'embuscade, il choisit un bosquet de bouleaux le long d'une portion de chemin protégée juste après un virage serré. Il répartit ses hommes de part et d'autre de la route et se lova dans un vallon avec son chien. Lucas se débrouilla pour se mettre à côté de lui. L'expédition disparaissait pesamment, la poussière retombait dans son sillage.

« Je peux vous poser une question ? demanda Lucas.

— Vas-y toujours.

— Combien d'hommes avez-vous tués ?

— Je n'ai jamais compté.

— Vous devez bien avoir une idée.

— Ça reste entre moi et mon confesseur. »

Lucas fit rouler une tige entre le pouce et l'index.

« J'ai pris une résolution. Si je tue cinq hommes au combat, je considérerai que j'ai gagné le droit de porter l'armure que j'ai récupérée sur le caillebotis.

— Elle n'a pas été d'un grand secours à son premier propriétaire. »

Lucas bredouillait une réponse quand Wayland le coupa. Le chien dressa les oreilles.

« Ils arrivent.

— Et s'ils rappliquent en meute ?

— Tire une flèche et cours comme si le Vieux Cornu essayait de t'attraper la queue. Prends exemple sur moi. »

Lucas banda son arc. Wayland le lui fit détendre. Ils attendirent. Une hyène rayée trotta sur le chemin, regarda derrière elle et fila dans le sous-bois quand les premiers montagnards bondirent à la sortie du virage.

Ils progressaient séparément, courant avec des sandales cloutées qui ne faisaient presque pas de bruit.

« Ne tire pas avant que je le fasse », intima Wayland.

Il attendit que le montagnard le plus proche se fût éloigné de vingt toises avant de se lever et de l'abattre sur place.

L'arc de Lucas décocha avec un son nasillard discordant.

« Raté ! »

Deux autres montagnards tombèrent. L'un des premiers coureurs, dont la barbe lui arrivait à la taille, encourageait ses hommes en agitant une étrange épée cannelée. Wayland décocha sa quatrième flèche au moment où Lucas tirait sa deuxième et le chaman s'écroula avec une expression des plus tragiques.

« C'est la flèche de qui ? s'enflamma Lucas. La vôtre ou la mienne ?

— Ni l'une ni l'autre. Elle venait de l'autre côté. »

Les montagnards, qui ne s'étaient pas attendus à une opposition de cette ampleur, tournèrent les talons en poussant des cris d'orfraie.

« Poursuivez-les ! » hurla Wayland.

Deux soldats attrapèrent l'un des montagnards avant qu'il eût parcouru vingt-cinq toises, le jetant à terre dans un tourbillon de poussière. La cible de Wayland escalada les rochers en bordure du chemin et traversa les buissons.

Le fauconnier suivit, les branches lui fouettaient le visage. La pente était raide et accidentée. Il respirait avec difficulté. Lucas le doubla et se rapprocha de sa proie. Devant lui le chien accula le fuyard. Le molosse n'était pas un tueur d'hommes, mais le fugitif l'ignorait. Il recula contre un arbre et agita frénétiquement un couteau.

Lucas fit voler l'arme d'un coup de pied, empoigna l'homme par une touffe de cheveux et lui plaqua la tête au sol.

« Vivant ! » cria Wayland avec ce qui lui restait de souffle.

Il grimpa laborieusement, saisit le prisonnier et lui dégagea le visage : c'était un enfant, élevé à rude école, certainement, mais guère plus âgé qu'Atam.

L'Anglais s'en prit violemment à Lucas.

« Tu crois que tuer un gamin t'autorise à porter une armure d'apparat ? »

Lucas asséna négligemment un grand coup de pied dans un buisson.

« Je me suis laissé emporter. »

Wayland l'empoigna par la tunique.

« Apprends à brider ta colère, sinon je ne veux plus jamais entendre parler de toi. »

Il le relâcha.

« Maintenant, descends avec lui. »

Wayland observa le jeune Franc escorter son captif jusqu'au chemin comme s'il s'agissait d'un parent vieillissant. L'Anglais était piqué au vif. Jamais personne auparavant ne l'avait devancé dans une poursuite. Il caressa le chien.

« Je deviens trop vieux pour ce genre de fantaisies », dit-il.

Ses prisonniers sur les talons, l'escouade préposée à la capture rattrapa le groupe principal à un pont qui enjambait un ruisseau bouillonnant. Les Géorgiens avaient abandonné leur chasse, mais cela suggérait qu'ils étaient plus intimidés par les hommes des tribus des montagnes que par les Aubains.

Vallon était en selle.

« Tu sais ce que tu as à faire », dit-il à Otia.

Des soldats traînèrent l'un des prisonniers devant le centurion. C'était un homme d'âge moyen, un berger ou un chasseur avec des yeux bleus délavés et un visage tanné par le soleil. Soumis aux questions d'Otia, il s'agita de plus en plus en désignant les pics et en levant les mains en l'air.

Otia se tourna vers Vallon.

« Il dit que la Passe de Darial est le seul moyen de traverser les montagnes.

— Il doit y en avoir un autre. Dis-lui que s'il ne nous le révèle pas, nous l'exécuterons. »

Otia reprit son interrogatoire. Le prisonnier répondit d'abord avec ferveur, puis se mit à bredouiller et se tut, résigné à son sort. Il sortit une croix de sa tunique et l'embrassa.

« Il confirme qu'il n'y a pas d'autre chemin, expliqua Otia.

— Tue-le. »

Otia confia le prisonnier à un soldat arménien qui avait perdu un ami pendant l'embuscade. Celui-ci agenouilla de force le montagnard et lui trancha la tête à raison de quatre coups, occasionnant une telle boucherie que même les vétérans grimacèrent et détournèrent le regard.

L'enfant que Wayland avait capturé tremblait sous sa poigne, de l'urine lui tachait l'entrejambe.

D'un doigt, Vallon lui fit signe d'approcher.

« Ce garçon vous donnera la même réponse, intervint Wayland en français. Ce chemin est le seul qui existe.

— Moi seul en serai juge. »

L'interrogatoire d'Otia arracha des larmes au prisonnier. Le centurion se tourna vers Vallon.

« Il jure qu'il n'y a pas d'autre sentier pour traverser ces montagnes. »

Vallon pointa du doigt un soldat.

« Tue-le. »

Les autres Aubains, qui quelques instants plus tôt seulement auraient massacré tous les montagnards qu'ils croisaient – des matrones aux cheveux blancs jusqu'aux bébés allaités – contemplaient le spectacle dans un silence écœuré.

Wayland se glissa sous l'épée du bourreau.

« Recule, intima Vallon.

— Je n'ai pas rallié cette expédition pour regarder des enfants se faire massacrer.

— Ne gaspille pas ta compassion. Dans la situation inverse, je parie que ce gringalet nous aurait arraché les yeux et fait bouillir la cervelle au-dessus d'un feu. »

Il se leva à demi dans ses étriers.

« Tue-le. »

Wayland écarta l'épée du soldat. Puis il reprit la parole en français.

« Le tuer ne servira à rien. Vous posez la mauvaise question. »

Vallon frappa sa selle.

« Je ne te laisserai pas t'ingérer dans mon commandement.

— Vous étiez bien content que je m'ingère quand j'ai décoché cette flèche sur le duc. Vous étiez bien content que je m'ingère quand j'ai capturé ces prisonniers – alors même que je ne sers pas dans vos rangs. Si ce damelot ne peut pas nous montrer de passage sûr, c'est qu'il n'en existe pas. Ce qu'il peut faire en revanche, c'est nous avertir des autres périls qui nous attendent sur cette route.

— Faites confiance à Wayland », intervint Hero.

Vallon projeta la mâchoire en avant. Il ne savait plus quoi penser.

« Que les choses soient bien claires, siffla-t-il entre ses dents. Si ce garçon ne nous donne pas d'informations utiles, je me chargerai moi-même de l'exécuter. »

Wayland fit signe à Otia de le rejoindre et ils se mirent à interroger le garçon. Le soleil était bas de l'autre côté des montagnes quand l'Anglais vint faire son rapport à Vallon. Il pointa le nord.

« Les montagnards déclencheront leur prochain piège de là-haut. Une vingtaine d'entre eux nous attendent pour nous faire rouler des rochers sur la tête. »

À une ou deux lieues au bout de la vallée, le côté est dégringolait en trois marches gigantesques, la plus basse tombant presque à la verticale sur le chemin, et au-dessus, deux murs de falaises séparant des pentes éboulées s'inclinaient aux limites de la stabilité. Le chemin était taillé à même la montagne, il n'y avait pas moyen d'éviter l'embuscade.

« Je vais envoyer une équipe de grimpeurs prendre position, décréta Vallon.

— Je les conduirai, proposa Wayland.

— Je croyais… » commença Vallon, puis il se ravisa. Il esquissa une révérence sèche.

« Organise l'attaque comme il te sied. »

La douce lumière du soleil couchant baignait les montagnes quand le convoi approcha du site de l'embuscade. Ils avaient grimpé au-dessus de la ligne des arbres et de longues ombres accentuaient le caractère sauvage de la vallée. Vallon arrêta son armée bien avant le site, et Wayland profita de la fin de la journée pour déterminer une route. Une ascension directe était impossible. Même s'ils escaladaient la falaise par une voie moins rectiligne, la pente éboulée au-dessus du rocher escarpé était si chauve que les embusqués auraient repéré l'escouade bien avant qu'ils ne pussent lancer l'assaut. Surplomber la position ennemie sans être vus allait impliquer un long détour qui les conduirait au-dessus de la deuxième marche, où ils pourraient se positionner derrière les embusqués. Ensuite ils devraient descendre la falaise pour tomber sur l'ennemi. À en juger par le vaste tablier d'éboulis sous la paroi, les couches de roche étaient pourries. Ce n'était pas une descente à entreprendre de nuit.

Il avait choisi son équipe : tous des hommes qui avaient grandi à la montagne. Dont Gorka et Lucas.

Le jeune Franc avait beau être une girouette à émotions, tout homme capable de devancer Wayland dans une course en côte était apte à la tâche.

Il partageait son dîner avec Atam quand un braiment atroce lui fit dresser les cheveux sur le crâne. Le chien leva la tête et hurla à la lune.

Wayland entendit Vallon éclater de rire.

« Nous savons comment répondre à ça. »

Des soldats se levèrent et beuglèrent au creux de leurs boucliers : ces cris amplifiés et les ripostes se confondaient et se faisaient écho entre les parois des vallées. Quand le vacarme prit fin, au loin, deux meutes de loups continuèrent à hurler dans un contrepoint mélancolique.

Wayland se retira dans sa tente et se réveilla aux alentours de minuit. Des étoiles se consumaient dans le ciel paisible. Son équipe de dix hommes se tenait prête. Il suspendit son arc de guerre sur son épaule, jeta un œil au rocher escarpé où attendait l'ennemi et se guida à la lumière de la lune.

« Attention où vous mettez les pieds. Par une nuit aussi calme, l'ennemi vous entendrait trébucher à un quart de lieue. »

Ils entamèrent l'ascension laborieuse. La nuit s'était presque totalement écoulée quand ils atteignirent le second mur de falaises. Wayland cherchait une voie pour continuer à monter, le front luisant de sueur.

« Par ici », dit-il, en guidant ses hommes en haut d'une ravine bordée de rochers qui se dérobaient sous ses mains.

Derrière lui, un soldat délogea un énorme morceau de roche pourrie qui dévala la montagne avec fracas.

« L'ennemi pourrait mettre ça sur le compte du hasard, siffla Wayland. Mais encore un geste maladroit et ils sauront qu'on est là-haut. »

L'aube n'atteignait pas encore la cime des pics quand l'escouade arriva au sommet de la falaise qui surplombait le site de l'embuscade. Tout autour d'eux le ciel était moucheté d'étoiles. Une pluie de météorites dessina un arc diffus dans le firmament. Les soldats somnolaient ou discutaient discrètement entre eux.

« J'ai une question à te poser, dit Wayland à Lucas.

— Allez-y.

— Si Vallon t'avait ordonné de tuer ce garçon, tu l'aurais fait ?

— Je me le suis moi-même demandé. Je ne sais pas. Si je l'avais fait, cela aurait empoisonné mes rêves.

— Parfait. Ça signifie que tu as une conscience.

— Êtes-vous en train de dire que Vallon n'en a pas ?

— Loin de là. Sa conscience est plus troublée que celle de la majorité d'entre nous à cause des décisions qu'il est obligé de prendre. »

Wayland s'allongea et s'enveloppa dans son manteau.

« Réveille-moi entre chien et loup. »

Les étoiles s'estompaient quand Wayland se prépara à la descente. Il se pencha au bord de la falaise aussi loin qu'il l'osa. Elle était plus haute et plus raide que ce à quoi il s'attendait.

« Cherchez une voie pour descendre », ordonna-t-il aux soldats.

La lumière frangeait les chaînes de montagnes orientales lorsque les éclaireurs s'en revinrent.

« Seul un chat pourrait s'équilibrer sur ces débris », annonça l'un.

Un autre corrobora cette affirmation :

« J'ai fait la moitié de la descente et je suis tombé sur une pente à pic, haleta-t-il.

— Il va falloir qu'on utilise des cordes », conclut Gorka.

Lucas déboula au petit trot.

« Je crois avoir trouvé un passage. C'est un peu acrobatique.

— Montre-nous. »

Lucas les conduisit à une fissure où il se laissa glisser en se retenant des mains et des pieds contre les parois. Wayland l'imita. Même en se déplaçant prudemment, il ne put éviter de déloger des cailloux.

« Attention, lança Lucas. Vous avez failli m'assommer. »

L'aube rougeoyait de mille feux quand ils atteignirent une saillie en suspension à plus de vingt pieds au-dessus de la base de la falaise.

Wayland se pencha

« Trop raide pour descendre sans matériel. »

Les hommes commencèrent à dérouler les cordes. Il y avait suffisamment de lumière à présent pour discerner les silhouettes des embusqués tapis à côté de cairns de rochers. Il ne fallait pas avoir beaucoup d'imagination pour se représenter le carnage que ces blocs causeraient sur une colonne avançant au ralenti à plusieurs centaines de pieds en dessous.

« Attention ! » hurla l'un des soldats.

Un rocher qu'il venait de desceller vrombit juste à côté de la tête de Wayland, percuta la saillie avec un grand bruit et s'envola dans le vide. Il heurta les éboulis et rebondit vers les embusqués.

« Parbleu, tout est fichu ! » s'exclama Gorka.

Les ennemis se retournèrent vers le sommet des falaises.

« On est dans l'ombre, dit un soldat. Ils ne nous repéreront peut-être pas. »

Au moment même où il prononçait ces mots, un groupe de montagnards commença l'escalade laborieuse de la pente. Gorka jeta sa corde dans le vide.

« Pas le temps, dit Wayland. Ils nous auront rejoints avant que tout le monde soit descendu. »

Lucas s'avança tout au bord du précipice.

« On n'a pas besoin de cordes. Il suffit de sauter.

— T'es dingue ou quoi ? tempêta Gorka.

— Les éboulis sont tellement pentus et mouvants qu'ils amortiront notre chute. Je sautais du haut de falaises comme ça dans les Pyrénées. Regardez. »

Sur ce, il s'élança. Il heurta le sol et glissa sur dix toises avant de s'arrêter en battant des bras. Il avait le sourire jusqu'aux oreilles.

« Le truc, c'est d'atterrir au même angle que la pente. »

Gorka se passa un doigt sous le nez.

« Merde alors. »

Les montagnards avaient progressé de plus de cent pieds, le pas lourd et inlassable.

« J'y vais », annonça Wayland.

Il ferma les yeux le temps d'une courte prière et sauta. Une longue coulée en apesanteur, puis il percuta l'éboulis et dévala la pente. Lucas parvint à arrêter sa descente. Wayland se retourna vers le reste des soldats.

« Ce n'est pas aussi horrible que ça en a l'air. »

Sept d'entre eux rassemblèrent le courage de sauter et atterrirent indemnes. Le dernier resta en arrière et lança d'une voix doucereuse :

« Je ne peux pas. Je me suis tordu une cheville dans la montée.

— Alors, débrouille-toi pour descendre », répondit Wayland.

Les montagnards étaient déjà à un tiers de la pente.

« On les rejoint ou on les attend ? demanda Gorka.

— On peut passer au travers, dit Lucas.

— Il a raison, confirma Wayland. Déployez-vous sur une ligne. Prêts ? Partez ! »

Ils s'élancèrent dans la pente à un rythme saccadé, penchés en arrière pour freiner et garder l'équilibre. L'éboulis commença à bouger sous leurs pieds, les obligeant à faire des foulées de plus en plus grandes, tandis que la surface glissait de plus en plus vite jusqu'à menacer de dépasser le moulinet de leurs jambes.

« Laissez-vous glisser ! » hurla Lucas en pliant les genoux et en déployant les bras.

Wayland s'équilibra sur la vague rocheuse et accéléra à une vitesse alarmante, les cheveux soufflés en arrière, des larmes dans les yeux. L'équipe dépassa dans une glissade le groupe de montagnards comme s'il s'agissait de souches. Le sifflement de l'éboulis derrière ce toboggan humain s'intensifia en un crépitement épouvantable. Ils avaient déclenché un glissement de terrain, un rouleau de débris qui s'étoffait à mesure de la descente. Des pierres grosses comme des poings rebondissaient à côté de Wayland. Le site de l'embuscade se rapprochait dangereusement : il lui restait à peine cinquante pieds avant de basculer dans le précipice.

« Comment on s'arrête ? cria-t-il.

— Comme ça », hurla Lucas en slalomant.

Wayland dérapa et parvint tout juste à s'échapper de la cascade de schiste argileux en se déchirant la paume d'une main au passage. Les autres soldats se débrouillèrent à leur tour pour retrouver la terre ferme. Six des embusqués se dispersèrent avant d'être engouffrés par le glissement de terrain. Les quatre autres décampèrent trop tard : la masse d'éboulis les éjecta par-dessus la falaise comme des cloportes emportés dans une gargouille.

Le crépitement infernal mourut progressivement. Une pierre esseulée se décrocha. Les soldats grognaient en riant.

« Encore mieux que la bête à deux dos ! » s'exclama Gorka.

Wayland, qui suçait les éclats de roche dans sa main lacérée, vit Lucas poursuivre vainement les embusqués en fuite.

« Reviens par là », lança-t-il.

Lucas obtempéra aussitôt : à en croire la vitesse à laquelle il courait, il aurait eu assez d'énergie pour recommencer. Il se jeta à côté de Wayland.

« Qu'est-ce que vous en pensez ? Quatre morts et une embuscade déjouée. Est-ce que ça compte dans la quête de mon armure ?

— Non, ce n'était pas un combat en bonne et due forme. »

Lucas en appela à Gorka.

« Vous en dites quoi, chef ? »

Avec un geste de la main qui ne présageait rien de bon, Gorka l'attira et lui ceintura la tête.

« T'as failli tous nous y faire passer », lança-t-il.

Puis il le repoussa brutalement et gloussa.

« Espèce de fou furieux. »

Wayland sourit. Il se leva et toucha Lucas au passage.

« Tu t'es bien débrouillé. »

Il se dirigea alors vers le rebord de la falaise et sortit un fanion des Aubains qu'il agita afin de signaler que la voie était libre. La colonne fit un départ poussif. De ce poste d'observation, Wayland voyait ce qui était pour l'instant invisible à l'expédition : le chemin s'étranglait en lisière d'un gouffre béant, où des à-pics vertigineux s'élevaient jusqu'à des sommets enneigés.

Personne ne les importuna durant leur traversée du col. Au-delà, le chemin descendait en zigzags gigantesques, et Wayland aperçut des villages ossètes de l'autre côté de la vallée. Certaines maisons n'étaient guère plus que des tas de pierres. Seuls les panaches de fumée qui s'échappaient du toit les identifiaient comme des habitations.

Le chemin se remit à monter et les sommets jumeaux du mont Kazbek apparurent au-dessus de cimes moins imposantes, telle une mitre d'évêque. Une couverture de nuages gris s'installa, oblitérant les sommets. C'était la partie la plus lugubre et la plus sauvage de la route : d'immenses parois couleur fer de part et d'autre, la rivière écumante mille pieds en contrebas, et juste au-dessus le miroitement agressif de la glace. Des congères s'entassaient dans les zones ombragées, certaines bloquaient le passage. À un endroit, le convoi dut creuser un tunnel au milieu des éboulis pour que les chariots pussent circuler.

L'après-midi les vit étirés en file indienne sur une portion de sentier taillé à même les falaises. Un vent contraire à l'odeur de fer froid s'engouffrait sur le col. Vallon se porta à la hauteur de Wayland.

« La neige arrive. Si nous accélérons un peu, nous devrions être tirés d'affaire. »

Wayland scruta les à-pics menaçants sous le manteau nuageux.

« Attendez qu'il fasse noir.

— Si nous nous attardons, la neige pourrait bloquer la route.

— Les montagnards n'en ont pas fini avec nous. »

Vallon leva les yeux vers les falaises drapées de nuées.

« Même s'ils nous attendent, ils ne pourront pas nous voir.

— Ils ont probablement posté des guetteurs. Attendons la tombée de la nuit.

— Une tempête risquerait de nous retarder de plusieurs jours. »

Vallon fit un geste du bras à l'adresse de la colonne.

« Continuez à avancer. Ne vous arrêtez pas avant qu'on soit passés. »

Le crépuscule et la couverture nuageuse donnaient au paysage des allures d'enfer effroyables. Wayland progressait, les nerfs à vif. La colonne alluma des torches pour éclairer la route et avait peut-être parcouru encore une demi-lieue quand un cor retentit non loin du convoi. Wayland observa les nuages noirs. Il entendit comme un grognement puis le frottement d'une pierre. Quelques instants plus tard, un fracas épouvantable brisa le silence.

Il tira son cheval vers la falaise.

« Mettez-vous à couvert ! »

Un énorme rocher dévala bruyamment l'à-pic et explosa sur le chemin dans une pluie d'étincelles, envoyant des éclats voler dans toutes les directions. Le vent apportait une puanteur âcre. Le deuxième missile s'écrasa au sol, où il se brisa en mille morceaux avec une force telle qu'il aurait pu ouvrir une brèche dans le mur d'une ville.

« Demi-tour ! cria quelqu'un.

— En avant ! » lança un autre.

Peu importe de quel côté ils se tournaient. L'ennemi avait calculé son attaque à la perfection en surprenant les Aubains à l'endroit où il n'était possible ni de reculer ni d'avancer. Ayant eu des jours entiers pour se préparer, ils faisaient basculer des rochers gros comme des cabanes qui explosaient au moment de l'impact en projetant des fragments capables de réduire un corps en bouillie. Un rocher tomba pile sur un cheval et son cavalier et les écrasa comme des insectes. Un éclat de pierre pas plus grand qu'une rognure d'ongle lacéra la joue de Wayland. Il se cramponnait désespérément à son cheval terrifié.

« Atam ! »

Quelqu'un criait sans discontinuer et cet horrible bruit suffisait à lui seul à vriller les nerfs.

Wayland attrapa son chien par la peau du cou.

« Va chercher Atam. »

Sans hésiter, l'animal remonta le chemin à travers le déluge de rochers. Wayland abandonna son cheval et suivit son mastiff.

« Atam ! Où es-tu ? »

Le garçon fit son apparition au milieu du branle-bas, le visage éclaboussé de sang.

« Oh mon Dieu », s'écria Wayland en se laissant glisser sur les genoux.

Atam avait le bras gauche sectionné sous l'épaule. Le garçon agrippait son moignon.

« J'ai perdu un bras », gémit-il sur le ton d'un enfant qui a égaré un objet important et redoute une punition.

Wayland le traîna sous un surplomb. Les yeux du garçon s'enfonçaient dans son visage. Le molosse gémissait.

« Bon chien », murmura Atam.

Wayland ravala son dégoût et examina la plaie. La force de l'impact avait cautérisé efficacement les vaisseaux sanguins.

« Hero ! cria-t-il. Hero, j'ai besoin de toi.

— Il est par là, répondit un soldat plié en deux quelques toises plus loin.

— Reste avec le garçon, dit Wayland en se levant d'un bond. Hero ! »

Wayland trouva le médecin en train de soigner un soldat à la mâchoire fracassée.

« Atam est horriblement blessé. Dépêche-toi ! » Hero lui adressa un regard mesuré.

« Je viendrai dès que j'aurai fini de m'occuper de ce patient. »

Wayland l'éloigna de force.

« Il ne va pas mourir de sitôt, Atam, lui, ne survivra pas à moins que tu t'en occupes tout de suite. »

Le soldat qui veillait le garçon leva la tête à leur approche et renifla une larme.

« Pauvre petit bâtard. »

Hero s'accroupit et toucha la joue d'Atam.

« Le choc seul a dû suffire à le tuer. Je ne pense pas qu'il ait souffert.

— Il ne peut pas être mort ! hurla Wayland. Il y a deux jours seulement je lui ai promis de l'emmener chez moi auprès de ma famille. »

Hero lui prit les mains.

« Je suis désolé », dit-il.

Des cris effroyables leur parvenaient dans l'obscurité.

« Je dois m'occuper des vivants. »

Le chien avait posé la tête sur les genoux d'Atam. Wayland dégagea les cheveux du garçon et se cramponna à l'arrière de son crâne.

« A-t-il parlé ? A-t-il dit quelque chose ? »

Le soldat chassa ses larmes d'un gloussement.

« Il a appelé sa mère. J'imagine que je ferai pareil quand mon tour viendra. »

Wayland s'effondra à côté d'Atam et pleura les larmes d'un puits qui semblait sans fond. Quand on lui secoua l'épaule, il leva la tête, vidé par le chagrin.

« On ferait mieux de se mettre en route », murmura Wulfstan.

Le bombardement avait cessé et la tempête était arrivée, faisant tourbillonner des flocons humides qui collaient au visage du fauconnier. La colonne défilait en silence, les roues des charrettes étaient étouffées par la couverture blanche.

« Je ne laisserai pas Atam ici », déclara Wayland.

Un chef caravanier les dépassa en pressant ses mules à grands cris et coups de fouet. Wulfstan s'avança.

« Arrête-toi le temps qu'on charge une victime. »

Le charretier aperçut Atam, dont la moitié du corps était déjà ensevelie sous la neige. Il fit claquer son fouet.

« Je suis déjà surchargé. Laissez les morts s'occuper des morts. »

Wayland se leva d'un bond, sauta sur le chariot et plaqua un couteau contre la gorge de l'homme.

« Tu finiras parmi eux si tu ne prends pas ce garçon. »

Ils allongèrent Atam sur la charrette et marchèrent derrière ce corbillard de fortune en le poussant pour qu'il parvînt à rouler dans la neige toujours plus épaisse. Ils s'échinèrent ainsi jusqu'à l'aube, où neige et pente s'adoucirent, et ils contemplèrent le pied des collines qui émergeaient sous un ciel s'éclaircissant.

Au premier camp sous la Passe de Darial, les officiers firent le compte des victimes. Sur les cent soldats qui étaient montés à bord du *Pélican* et du *Cigogne,* vingt étaient morts et huit autres blessés. Wayland attendit que l'expédition atteignît un sol plus clément pour enterrer Atam. Le soldat qui avait veillé l'orphelin à l'agonie se joignit à Hero, Aiken et Wulfstan pour la cérémonie funèbre. Vallon n'y assista pas.

« Je ne m'étais pas rendu compte à quel point il comptait pour toi, dit Hero à Wayland.

— Moi non plus jusqu'à ce qu'il parte. Je ne sais pas pourquoi, sauf qu'il n'avait personne d'autre au monde.

— Viens, maintenant. Nous parlerons plus tard.

— Laisse-moi seul un moment. »

Il s'agenouilla auprès de la tombe et pria pour qu'Atam trouve une existence plus douce dans l'au-delà. Le chien geignait en piétinant la terre retournée. Wayland se leva à l'instant où le soleil perçait les nuages, dévoilant des pics qui se succédaient à perte de vue dans toute leur splendeur.

La mer Choresmienne et le Turkestan

XVIII

Par un après-midi chaud et humide vers la fin du mois de mai, Vallon contempla enfin, au-delà d'un couloir de steppe côtière, la mer Choresmienne qui se fondait dans le ciel tel un miroir embué.

Otia désigna une tache minuscule sur le rivage.

« Ce doit être Tarki.

— Ça n'a pas l'air très grand.

— C'est le seul port entre la Volga et Derbent. »

Vallon passa en revue l'escadron aligné le long de la crête.

« Choisis trois escouades et prends le contrôle de la ville. N'emploie la force qu'en cas de nécessité. Fais-leur bien comprendre que nous paierons notre traversée.

— On aura de la chance si on affrète un bateau de pêche dans ce trou perdu, marmonna Josselin.

— Surveille ton langage, aboya Vallon. Je ne laisserai pas mes officiers exprimer leurs doutes devant mes hommes. »

Il se retourna vers Otia.

« Fais-nous signe en cas de réussite. Le système habituel. »

Il se retira dans sa tente après le départ des soldats. Depuis la traversée du Caucase, il était resté seul la plupart du temps, ne communiquant avec ses hommes que via des ordres secs.

La nuit tomba et avec elle, la pluie. Vallon était en train d'écrire à Caitlin une lettre qu'elle ne recevrait jamais quand son serviteur annonça Wayland. Peu de temps encore auparavant, l'Anglais aurait pénétré dans la tente du commandant sans manières et ils auraient échangé des plaisanteries en guise de préliminaires aux affaires. Cette fois-ci, il se présenta avec une révérence cérémonieuse.

« Pas encore de signal, annonça-t-il.

— Je n'en attends pas avant demain matin. Fais le guet dès les premières lueurs du jour.

— Très bien, général. »

Vallon reposa son stylet.

« Qu'est-ce que c'est que ce “général” ? Même damelot tu ne craignais pas de m'appeler par mon nom.

— Je pense que pour une question de discipline il serait mieux que je m'adresse à vous en mentionnant votre rang.

— Y compris en privé ? Diantre, soit. »

Wayland s'arrêta sur le seuil, Vallon ouvrit la bouche, dans l'expectative. L'instant passa. Wayland était parti et Vallon se retrouva de nouveau seul. Il lut la lettre qu'il n'enverrait jamais : ses mots n'étaient rien d'autre qu'un exutoire au mal du pays qu'il ne pouvait confier à personne ni guérir. Il froissa la missive en une boule qu'il lança à travers la tente.

Il s'enfouit alors le visage dans les mains et était toujours dans cette position quand son serviteur se glissa dans la tente afin de s'enquérir s'il avait besoin de quoi que ce soit pour la nuit.

« Non, rien, merci, répondit Vallon. Tu peux te reposer maintenant. »

L'homme remarqua la lettre chiffonnée et se pencha pour la ramasser.

« Ce n'est pas important, dit le général. Brûle-la. »

À l'aube, il guetta la course du soleil qui se levait dans une vague rouge menaçante. Ce voile s'amincit et le cercle cuivré se dessina à travers la brume. Toujours aucun signal de la part des hommes d'Otia. De la sueur lui dégoulinait dans le cou. Il frotta ses lèvres gercées. Si l'armée échouait à prendre le contrôle du port, il n'avait aucune idée de la direction à prendre.

« Voilà le signal, lança Wayland.

— Où ça ? »

L'Anglais vint poster son cheval à sa hauteur.

« Là. »

À travers la couverture nuageuse, un miroir clignotait mollement : une fois, deux fois, trois fois. Vallon retint un cri triomphal.

« Ils ont pris le port. Une escouade pour m'accompagner. Les autres suivez avec la caravane d'équipement. »

Des hourras discordants s'élevèrent, puis l'escouade de Vallon s'élança vers la côte. Otia chevauchait à leur rencontre.

« Aucune victime de part et d'autre, sire. Les habitants se sont réfugiés dans l'église. J'ai expliqué au prêtre et aux anciens que nous paierons tout ce que nous prendrons.

— Beau travail », le félicita Vallon, même s'il voyait bien à l'expression d'Otia que la prise du port n'avait pas résolu tous leurs problèmes.

Il comprit pourquoi quand il passa au milieu des quelques maisons aux murs de torchis et aux toits recouverts de chaume et vit quatre petits bateaux de pêche et deux navires de charge côtiers en piteux état qui flottaient sur la mer étale. Un regard lui suffit pour savoir que ces vaisseaux ne pourraient pas transporter l'ensemble de son escadron et son chargement.

Il feignit la gaieté.

« Le pire est derrière nous, déclara-t-il. Si nous sommes arrivés à franchir le Caucase, nous arriverons à traverser ce bief. Organise un festin pour les hommes. »

Il examina ensuite les bateaux en compagnie de Wulfstan.

« Combien d'hommes pouvons-nous entasser dedans ?

— Presque tous, mais ça laissera peu de place pour les chevaux et le chargement. Et aucun de ces vaisseaux n'est apte à une traversée en eau profonde. »

Vallon embrassa du regard la mer d'huile.

« Ce n'est qu'un gros lac. Enfin quoi, la marée est si faible qu'à peine un pied sépare le flux du reflux.

— Elle est bien plus vaste que la mer du Nord, sans compter qu'une tempête en eau peu profonde peut faire jaillir des vagues avant même qu'on puisse arriser les voiles. »

Le Viking pointa l'un des navires de charge qui gîtait tel un ivrogne fatigué.

« Je ne me risquerais pas à naviguer hors de portée de la terre dans cette épave.

— Nous avons besoin de nous reposer et de reprendre des forces. Il y a de grandes chances qu'un navire marchand accoste dans les deux ou trois jours à venir. En attendant, fais le nécessaire pour mettre ces bateaux en état de naviguer. »

En retournant au campement, il dut faire un bond de côté pour esquiver un groupe de soldats en train de pourchasser à travers les ruelles boueuses un cochon qui poussait des cris aigus. Il s'enferma dans sa tente pendant que ses hommes festoyaient, et ils cuvaient encore quand il descendit sur la côte le lendemain matin. Pas une seule voile ne se montra de la journée, et le jour suivant n'apporta pas plus de soulagement. Il attendait près du clapotis des vagues en essuyant son visage en sueur, et alors que son ombre s'étirait loin devant lui il scrutait encore l'horizon. Il se tourna vers le mur bleu du Caucase. Repartir à travers les montagnes les condamnerait à une mort certaine. Au nord il n'y avait rien d'autre que des prairies désertes et les marécages du delta de la Volga. Les seuls grands ports se trouvaient en Géorgie, au sud, accessibles en longeant une langue côtière qui se refermait aux Portes de Fer de Derbent. S'ils empruntaient ce couloir, ils se retrouveraient au terme de quelques jours au milieu de Seldjoukides ou d'Arabes.

Otia, qui rôdait dans les parages, sembla lire dans ses pensées.

« Je suggère que nous allions vers le sud, l'escadron voyagera sur terre et la caravane d'équipement restera à portée sur les bateaux. Derbent est la seule ville où nous trouverons des vaisseaux suffisamment grands pour transporter tous les hommes et les provisions.

— Attendons encore un jour. »

Vallon se dirigeait vers le camp d'un pas pesant quand Wayland le héla.

« Voiles au nord-est. Deux, très près, à mi-chemin sous l'horizon et mettant cap au sud. »

Vallon accourut.

« Montre-moi.

— Là-bas, elles s'éloignent de la terre. »

Le jour tombait vite, Vallon ne distinguait rien dans l'obscurité naissante. Il se frotta les yeux.

« Tu es sûr de ne pas les avoir imaginées ? »

Wayland le dévisagea.

Vallon recula.

« Allumez un feu, ordonna-t-il. Faites-le bien haut. »

Les hommes coururent chercher du petit bois. Wulfstan approcha à la hâte.

« Si vous voulez attirer leur attention, brûlez ça. »

Il désignait des meules de foin surmontées d'un toit en bois. Vallon jeta un œil au village.

« Un brasier est aussi susceptible de repousser que d'attirer.

— Ils ne nous verront pas sinon.

— Tu as raison. Sers-toi du feu grégeois pour accélérer l'embrasement. »

Wulfstan s'élança dans la nuit. Des étoiles clignotaient à l'est. Le Viking revint, grimpa en haut d'une échelle appuyée contre les meules et déversa le composé incendiaire sur le foin. Il en aspergea également autour de la base. Des soldats lancèrent des brandons sur le tas et des flammes léchèrent le ciel.

Pourtant éloigné de cinquante pieds, Vallon se protégea le visage de la chaleur cuisante. Le feu illuminait Wayland.

« C'est le fourrage précieux d'un paysan que nous brûlons là. J'espère que tes yeux ne t'ont pas trompé.

— Non. Il y avait quelque chose d'étrange dans ces voiles, quelque chose…

— Oui ?

— Attendons jusqu'à l'aube. Si j'ai raison, ce brasier aura attiré les bateaux. Faites brûler un feu sur la plage et demandez à quelques hommes de souffler dans des trompettes et de faire comme si des pirates s'étaient emparés du port.

— Diantre, Wayland. Ne vas-tu pas me dire ce que tu soupçonnes ?

— Je viendrai vous chercher tôt. »

« Wayland est là », murmura le serviteur en brandissant une lampe.

Vallon se frotta les yeux et rejeta ses couvertures. Il se vêtit et sortit. Des étoiles soulignaient les monts du Caucase, l'horizon oriental était invisible.

« On est encore au beau milieu de la nuit », maugréa-t-il, agacé de n'avoir pu fermer l'œil à cause du vacarme des trompettes et des cris de guerre.

Wayland le guida vers le feu de signalement sur la plage. Trois soldats se mirent au garde-à-vous. L'Anglais alla se poster au bord de l'eau. Vallon s'assit à côté des bûches crépitantes, une couverture sur les épaules.

« Tu vois quelque chose ?

— Il fait encore trop sombre.

— Pourquoi m'as-tu tiré du lit, alors ?

— Parce que si j'ai raison, il nous faudra agir vite. »

Vallon articula un juron et se mit à somnoler. Wayland le réveilla d'une pression sur l'épaule. Vallon ne parvenait toujours pas à distinguer la mer du ciel.

« Ils sont là », annonça Wayland.

Vallon se leva en chancelant et scruta l'obscurité qui précédait l'aube.

« Si je ne savais pas ta vue aussi perçante que celle d'un faucon, je jurerais que tu te gausses de moi. »

Les dents de Wayland luirent à la lumière du feu.

« Cachez-vous les yeux un moment. Vous n'en verrez que mieux. »

Pareil à un enfant qui s'adonne à un jeu, Vallon se couvrit les yeux.

« Je les discerne à présent, dit Wayland. Pas très loin au sud par rapport à nous, à environ un mille au large. »

Vallon sondait la pénombre. Son regard ne cessait de revenir à deux points qui restaient noirs tandis que le monde autour pâlissait.

« C'est eux ?

— C'est eux. »

À cette époque de l'année, le jour se levait vite. Les oiseaux chantaient à pleins poumons quand les bateaux prirent une forme solide. Vallon avança d'un pas, se frotta les yeux et partit d'un rire rauque.

« Grands Dieux, je n'arrive pas à y croire.

— Moi non plus la première fois que je les ai repérés, mais la coupe des voiles m'était familière. C'est comme quand on voit quelqu'un de loin. On a beau ne pas distinguer ses traits, quelque chose dans sa posture, dans sa façon de bouger, nous dit que c'est un vieil ami. »

Vallon lui passa un bras autour des épaules.

« Ou un ennemi. »

Côte à côte, ils contemplèrent la mer jusqu'à ce que le premier flamboiement du soleil découpât la silhouette de deux drakkars vikings, dont les dragons taillés à la proue et à la poupe se cabraient en ouvrant grand leur gueule noire.

L'escadron entier se tenait sur l'estran à regarder les Vikings les regarder.

« Qu'est-ce que tu penses d'eux ? demanda Vallon

— Ce doit être des Suédois, répondit Wulfstan. Ils n'ont pu atteindre la Choresmienne que d'une seule façon : en descendant la Volga. Je n'ai jamais entendu parler d'un équipage norvégien qui aurait emprunté ce trajet. »

Pendant la nuit, les bateaux s'étaient subrepticement rapprochés à moins d'un demi-mille de la côte, toujours trop loin pour être hélés. Ils dérivaient ensemble, la proue de l'un reliée à la poupe de l'autre par une corde.

« Je ne compte que quarante-deux membres d'équipage, déclara Wulfstan. Ils ont dû perdre un sacré paquet d'hommes en allant vers le sud. De la Suède à la Choresmienne, il y a plus d'un an de voyage. »

Vallon agita le bras d'un air encourageant.

« Appelle-les encore.

— Gaspillage de souffle, rétorqua Wulfstan. Ils ne vont pas risquer de se jeter dans la gueule d'une force armée jusqu'aux dents. »

Au geste vague de l'un des Vikings, les pirates se séparèrent et prirent position sur les bancs de nage.

« Ils partent, s'exaspéra Vallon. Ma foi, s'ils refusent de venir à nous, je vais leur envoyer quelqu'un. Wulfstan, tu es l'homme de la situation. Vas-y. »

Ce dernier jeta un regard dubitatif aux drakkars.

« Qu'est-ce que tu attends ? s'impatienta Vallon. Ils ne vont pas capturer un vieux pirate avec une seule main. »

Wulfstan cracha.

« C'est bien ce qui m'inquiète. Ils pourraient se contenter de me fracasser la tête et de me jeter à l'eau. »

Vallon le poussa.

« Tu perds du temps. Expose-leur nos affaires en ne racontant que le strict nécessaire. Ne dis rien au sujet de ma traversée vers le nord. »

Il désigna une langue de terre herbeuse qui s'incurvait dans la mer à un demi-mille au sud.

« Dis à leur chef de nous retrouver là : quatre de chaque camp. Tous les autres doivent rester bien à l'écart. »

Wulfstan courut vers le port. Les Vikings avaient commencé à s'éloigner à la rame quand il s'élança sur l'eau dans une yole propulsée par deux rameurs. Vallon se protégea les yeux de la lumière éblouissante. Les drakkars ralentirent puis s'immobilisèrent. La yole se porta à leur hauteur en quelques coups de rames et un Viking tendit la main pour aider Wulfstan à monter à bord.

Il s'ensuivit une longue attente caniculaire avant que Wulfstan ne retournât à la yole et se dirigeât vers la côte. Vallon alla le retrouver au bord de l'eau.

« Alors ?

— Ils sont d'accord pour parlementer. C'est bien des Suédois. Leur chef s'appelle Hauk.

— Autre chose ?

— Ils se sont retrouvés dans une mauvaise bagarre, mais Hauk est trop fier pour l'admettre. Il ne lâche pas grand-chose. S'il n'y avait pas ces bancs de nage vides et une demi-douzaine de blessés qui gémissent, on pourrait croire qu'il fait une croisière de printemps.

— Accompagne-moi aux pourparlers », dit Vallon.

Il s'adressa ensuite à ses centurions.

« Restez là bien en vue avec les hommes. À la moindre menace, les Vikings s'esquiveront. »

Josselin aurait manifestement été ravi de les voir tourner les talons. Il désigna l'armure splendide de Vallon et sa magnifique épée rangée dans son fourreau finement ciselé.

« Sauf votre respect, sire, vous ne devriez pas mettre votre vie en péril. Laissez-moi y aller à votre place.

— Tu ne parles pas le norrois et ce ne sera pas la première fois que je discute avec les Vikings. »

Il adressa un grand sourire à Wayland.

« Tu te rappelles quand on s'est retrouvés perchés sur un rocher au milieu d'un fleuve sauvage pour parlementer avec Thorfinn Wolfbreath ?

— Ça ne s'est pas très bien terminé.

— Pas pour Thorfinn, en tout cas. Je te veux de nouveau à mes côtés. »

Hero fit un pas hésitant.

« Et si les Vikings transportent des blessés, peut-être ma présence sera-t-elle utile. »

Le soleil avait entamé sa descente depuis une heure, et Vallon et son équipe se trouvaient toujours sur le promontoire, accablés par la chaleur, tandis que les drakkars se prélassaient au large.

Hero balaya les mouches d'une main.

« Vous croyez qu'il a changé d'avis ? » demanda-t-il.

Wulfstan retira un galet de sa bouche et cracha un flocon de salive blanche.

« Il nous ramollit en nous laissant mariner pendant qu'il se la coule douce à l'ombre. Je vais envoyer chercher de l'eau.

— Attends », dit Vallon.

Un mouvement sur le côté d'un drakkar avait attiré son attention. Les Vikings descendaient un canot, où quatre hommes s'installèrent.

« Enfin. »

L'embarcation rama vers eux : ses occupants semblaient ondoyer dans les vagues de chaleur. Ils échouèrent la yole et descendirent : trois guerriers à la tignasse fauve dominaient d'une demi-tête leur commandant, tous vêtus d'un manteau en laine sur une cotte de mailles rouillée, une tunique en lin et des sortes de braies.

« Hauk, as-tu dit.

— C'est notre homme. »

Vallon l'étudia tandis qu'il approchait. Bien chaussé, bien bâti, rasé de près et avec des cheveux bruns coupés court éclaircis par le soleil. Il n'était petit qu'en comparaison avec ses compagnons musclés. Ce n'était pas un païen non plus, à en juger par le crucifix à son cou.

La délégation s'arrêta à cinq toises d'eux et Hauk jaugea le général. Il avait des yeux de choucas : des pupilles d'un gris argenté entourées par des iris sombres, un regard vif et grave.

Ses yeux s'arrêtèrent sur l'armure de Vallon, s'attardèrent sur Wayland et glissèrent sur Hero.

Il eut un reniflement méprisant.

« Ton commandant a choisi un étrange lot de lieutenants, commenta-t-il à Wulfstan. Je m'attendais à quelque chose de plus redoutable qu'un soldat manchot, un bigot et un homme à chien.

— Vous pouvez me parler directement, intervint Vallon. Je suis Vallon le Franc, général dans l'armée de Sa Majesté Impériale Alexis Ier Comnène. Et Hero n'est pas prêtre. Il est médecin. Wayland est anglais, ancien maître fauconnier du sultan de Roum. »

Hauk écarquilla légèrement les yeux, trahissant ainsi sa surprise de se voir adressé dans sa propre langue.

« Où avez-vous appris à parler un norrois aussi mauvais ?

— Lors d'un voyage en Islande et au Groenland. Nous avons suivi la Route des Varègues aux Grecs en compagnie de Vikings norvégiens avant de partir chacun de notre côté. J'ai poursuivi jusqu'à Miklagard, où je me suis enrôlé dans l'armée byzantine.

— Je suis Hauk Eiriksson, prince de Uppland, petit-fils d'un Viking qui a voyagé il y a près de quarante ans jusqu'à la Choresmienne avec Ingvar le Voyageur au Long Cours. Si vous avez descendu le Dniepr, vous avez peut-être eu ouï dire de ses exploits.

— Le temps que l'on atteigne le Dniepr, les Varègues n'étaient plus qu'un lointain souvenir.

— Mes compatriotes honorent toujours leur aventure. Plus de trente pierres runiques commémorent les hommes qui ont effectué ce voyage.

— J'espère qu'ils sont retournés chez eux chargés de richesses.

— Six bateaux étaient au départ de cette expédition, un seul est revenu. Mon grand-père est mort dans le Serkland avec Ingvar. J'espère découvrir ce qui l'a conduit à sa perte. »

Vallon trouva cette absence de grandiloquence encourageante.

« Et pourtant vous avez choisi de répéter son entreprise. Je croyais que l'époque des pirates vikings était révolue.

— Le roi de Svealand m'a exilé après que j'ai tué l'un de ses fils. J'ai gagné une réputation dans mon pays, mais pas de fortune. J'ai l'intention d'obtenir les deux dans le Serkland.

— Il parle de la Perse, expliqua Wulfstan.

— Et vous, reprit Hauk. J'ai cru comprendre que vous étiez en mission vers l'est.

— Pour une terre qu'on appelle la Chine. Mes ordres sont d'établir des relations amicales avec son dirigeant. Expliquez-moi, Hauk Eiriksson, comment vous avez atteint la Choresmienne.

— Nous avons traversé la mer Baltique au printemps dernier et nous sommes allés à Kovrov via Novgorod sur la Volga.

— Vous n'avez quand même pas porté ces drakkars à travers les zones de portage.

— Bien sûr que non. Nous les avons construits sur la Volga l'hiver dernier et nous avons descendu le fleuve une fois la glace brisée. »

Le regard de Vallon se porta sur les bateaux.

« Pardonnez-moi si je remue le couteau dans la plaie, mais j'ai l'impression que vous avez beaucoup moins d'hommes qu'à votre départ. »

Il leva une main apaisante.

« Je parle comme quelqu'un qui a vécu l'amère expérience des revers de fortune. Notre traversée du Caucase m'a coûté près d'un quart de ma force. »

Hauk se détendit.

« La maladie a emporté vingt de mes hommes pendant l'hiver et j'en ai encore perdu une dizaine durant une bataille près de l'embouchure de la Volga.

— Je suis content que nous parlions aussi franchement. Il me semble que cette rencontre pourrait faire souffler un vent frais sur nos deux entreprises. »

Il montra d'un geste la piètre flotte du port.

« Nous n'avons pas suffisamment de bateaux pour traverser la Choresmienne. Vous, en revanche, vous avez des couchettes libres. Peut-être pourrions-nous…

— Je ne suis pas un passeur. Je poursuis mon propre cap.

— Écoutez-moi. Je ne fais pas appel à votre charité. Transportez-nous jusqu'à la côte est – une semaine de navigation tout au plus – et je vous paierai pour chaque homme que vous prendrez à bord. »

Hauk plissa les yeux.

« En argent, exigea-t-il.

— Non. »

Hauk ricana.

Vallon brandit un solidus.

« En or. »

Il tendit la pièce.

« Prenez-la. Allez-y, prenez-la. »

Hauk s'en empara et la donna à l'un de ses lieutenants sans même la regarder. L'homme se détourna comme un chien qui dissimule le vol de quelque mets délicat et l'expertisa en évaluant goût, texture et poids tandis que ses compagnons tendaient le cou dans l'attente du verdict.

Un grand sourire fendit le visage de l'homme. Hauk lui arracha la pièce des mains et la fourra dans sa bourse. Le soleil faisait jaillir des étincelles argentées de ses yeux.

« Une pièce d'or ne suffit pas à me convaincre de votre honnêteté. Vous êtes deux fois plus nombreux que nous. Si je prends vos soldats à bord, comment puis-je savoir que vous n'essaierez pas de vous emparer de mes bateaux ?

— Vous avez ma parole, pour commencer. »

Le rire du Viking résonna sèchement.

« Si ça ne suffit pas, poursuivit Vallon, nous pouvons trouver des compromis d'ordre pratique. Vous pourriez par exemple transporter mes muletiers et mes palefreniers, et laisser mes hommes armés risquer leur chance sur les navires de charge et les bateaux de pêche.

— Vous avez l'air désespéré.

— Je ne peux qu'aller vers l'est. Même si je pouvais ramener mon armée à Miklagard, je serais confronté à une disgrâce certaine et à une mort probable. Voilà, vous savez tout. »

Pendant leur discussion, des gémissements intermittents leur étaient parvenus des drakkars.

« Certains de vos compagnons sont blessés, déclara Vallon. Quoi que vous décidiez, laissez Hero les soigner. Il les secourra de manière totalement désintéressée.

— Pourquoi ?

— Soigner les malades est sa vocation, tout comme s'occuper de l'âme des hommes est l'appel sacré du prêtre. »

Hauk toisa de nouveau Hero.

« Je vais discuter de votre proposition avec mes camarades.

— Pendant ce temps, je vais faire chercher de l'eau. J'arrive à peine à parler tellement j'ai soif. »

Le groupe de Hauk se retira au canot et, pressés les uns contre les autres, ponctuèrent leurs échanges de gestes emphatiques.

« Qu'en pensez-vous ? demanda Hero.

— Je ne me fierais à lui pour rien au monde, déclara Wulfstan.

— Je suppose que c'est aussi le sentiment qu'on lui inspire. »

Un soldat arriva d'un pas vif, chargé d'outres d'eau. Vallon but à longues gorgées, le liquide lui dégoulinait sur le menton. Après avoir retiré son casque, il se versa le reste sur la tête.

« La réponse arrive », annonça Wayland.

Hauk avançait à la tête de ses hommes.

« Ce n'est pas assez.

— Alors, énoncez vos propres termes.

— Inutile. Je pourrais vous capturer ici et maintenant et vous retenir prisonnier en échange d'une rançon.

— J'aimerais bien voir ça », s'esclaffa Wulfstan.

Il pointa Vallon du doigt.

« Le général est l'épéiste le plus doué que j'aie jamais rencontré.

— Chut ! » intima Vallon.

Les hommes qui escortaient Hauk tripotèrent leurs épées. L'un d'eux, le visage défiguré par une cicatrice violacée qui courait de la tempe à la mâchoire, dégaina en partie sa lame. Vallon n'esquissa pas un geste.

« Se battre avant d'avoir fini de discuter serait stupide. J'ai exposé mes conditions. Voyons maintenant quelles sont les vôtres. »

Les narines de Hauk se dilatèrent.

« Trois solidi pour chaque homme que nous transporterons, plus encore un solidus pour chaque bête de somme.

— Accordé. »

Les traits du Viking se figèrent.

« Quoi ?

— J'ai dit que j'acceptais vos conditions. »

Wulfstan dissimula un ricanement. Hauk grinçait des dents.

« Payé en avance.

— Vous recevrez la moitié de l'or quand nous quitterons ce rivage. Le reste quand nous accosterons de l'autre côté. »

Hauk contempla le sol puis leva la tête avec un sourire pensif.

Un nouveau cri étranglé en provenance des drakkars débloqua la situation.

« Vos blessés ont besoin de soins, intervint Hero. Laissez-moi rassembler mes médicaments et retourner aux bateaux avec vous.

— Wayland et moi viendrons également, ajouta Vallon en inclinant à demi la tête. Avec votre permission. »

Hauk acquiesça.

« Venez dans votre propre bateau », répondit-il.

En partant, son regard s'attarda sur Wayland.

« Il ne parle pas beaucoup.

— Il parle quand il a quelque chose d'important à dire. » Vallon sourit à Wayland et s'adressa à lui en français.

« Ai-je conclu un pacte avec le diable ?

— Je ne sais pas. Hauk est bien plus malin que Thorfinn. Il me rappelle quelqu'un.

— Ah oui, qui ça ?

— Vous. »

Les conditions à bord des drakkars étaient pires que ce à quoi s'attendait Vallon. Les Vikings étaient affamés, leurs yeux mornes s'enfonçaient dans des orbites mauves, des plaies suintaient sur leurs visages. C'était un groupe hétérogène, certains avaient à peine atteint l'adolescence, d'autres étaient suffisamment âgés pour avoir effectué leurs premiers raids à l'époque où les hommes du Nord gouvernaient encore les mers.

Hero prit la direction des opérations.

« Ces hommes ont besoin de nourriture et d'eau fraîche.

— Nous avons largement de quoi partager », répondit Vallon.

La mâchoire crispée, Hauk inclina imperceptiblement la tête.

« Va chercher du ravitaillement, ordonna Vallon à Wulfstan. Ne lésine pas. »

Vallon et Hauk talonnèrent Hero pendant qu'il examinait les six blessés en palpant leurs plaies avec une délicatesse infinie, qui inspirait à Vallon autant de dégoût que d'admiration.

Un homme victime d'un coup de poignard dans le ventre pourrissait de l'intérieur. Un autre, à peine conscient, le crâne défoncé, bavait et baragouinait à l'adresse d'anciens dieux. Un troisième, sans signe visible de blessure, s'empoignait l'estomac en implorant Hero de mettre fin à ses souffrances. Le quatrième tendit stoïquement un bras coupé au niveau du coude, enveloppé dans un bandage crasseux qui grouillait de mouches. Le cinquième présentait deux lacérations profondes jusqu'à l'os, l'une au niveau des côtes, l'autre à l'épaule. Quant au dernier, un seul regard à la jambe réduite en bouillie, dont l'os brisé en éclats sortait de la chair suintante nauséabonde, et Vallon fut pris de vertiges. *Mon bon Seigneur*, pria-t-il, *quand la mort viendra me prendre, faites que ce soit rapide*.

Hero se leva, éjecta d'une chiquenaude un ver de ses mains, qu'il rinça ensuite dans l'eau de mer. Il avait une expression tendue et distante. Pour lui, Vallon, Hauk et les autres n'existaient pas.

« Vous feriez mieux de retourner sur le rivage, conseilla-t-il. Je vais travailler toute la nuit.

— Ils pourraient tout aussi bien être morts, répliqua Vallon. Et quand ils mourront, leurs compagnons te tiendront responsable. »

Hero se sécha les mains avec un linge.

« Depuis quand êtes-vous médecin ? J'arriverai peut-être à en sauver deux si je m'occupe tout de suite de leurs blessures. Quant aux autres, j'ai des drogues qui rendront leurs dernières heures supportables. »

Maladroitement, à l'instar d'un pécheur qui tendrait le bras vers une relique sacrée, Vallon toucha le bras de Hero.

« Tu es un homme bon. »

Alors qu'il montait dans l'embarcation, il remarqua une fille assise seule à la poupe du deuxième drakkar. De loin et dans la faible lumière du soir, il crut déceler des cheveux noirs et des traits pâles hiératiques.

« Qui est-ce ? s'enquit-il.

— Une esclave, répondit Hauk sans même se retourner.

— Pourquoi est-elle attachée ?

— Pour l'empêcher de se jeter à l'eau. Elle l'a déjà fait une fois. »

D'un signe de tête, Vallon indiqua à ses rameurs de commencer à nager. Il gloussa tandis que ses hommes trouvaient leur rythme :

« Un an de voyage et tout ce que Hauk trouve à exhiber c'est une esclave indomptable. »

Wayland était assis en face de lui à la proue, encadré par l'aura du soleil.

« Je refuse de voyager en compagnie de marchands d'esclaves.

— Nous ne croiserons pas grand-chose d'autre à l'est, bâilla Vallon.

— Je ne plaisante pas. Au cas où vous l'auriez oublié, quand nous nous sommes rencontrés, j'avais tout d'un esclave sauf le nom. Syth aussi. »

Vallon, surpris, comprit d'un regard que Wayland parlait sérieusement.

« Qu'attends-tu de moi au juste ?

— Achetez sa liberté. Je paierai. »

Vallon se souvint de la manière dont Wayland s'était démené comme un beau diable pour garder Syth avec lui durant leur voyage vers le nord.

« Wayland, j'espère…

— Cette fille n'est rien pour moi. Je n'estime pas sa valeur à plus de quelques-unes de ces pièces que vous jetez aux quatre vents. »

Vallon s'assouplit la mâchoire.

« Arrêtez de ramer », intima-t-il.

Il se retourna.

« Hauk Eiriksson. »

Le Viking se pencha par-dessus le plat-bord, les traits brunis par le soleil.

« L'esclave, lança Vallon. Où l'avez-vous prise ?

— Dans un village près du coude de la Volga. Qu'est-ce que ça peut vous faire ?

— Vos hommes s'en sont-ils servi ?

— Ça aurait réduit sa valeur de moitié. Dans le Serkland on emploie des sorcières pour déterminer si une fille a toujours sa virginité.

— Quel prix atteindra-t-elle ? Si je demande, c'est parce que je vais moi-même tremper dans la traite d'esclaves.

— Une fille aussi rare que celle-là : au moins cinq solidi.

— Vous surestimez sa valeur.

— Je vous ai dit que je paierai, marmonna Wayland.

— Ramenez-nous au drakkar », ordonna Vallon aux rameurs.

Hauk les reçut, légèrement surpris. Vallon tendit une main.

« Cinq solidi, avez-vous dit. En voilà six.

— Je n'ai pas dit qu'elle était à vendre.

— Si, vous l'avez dit.

— Je n'aurais pas cru que la soif des vierges comptait parmi vos faiblesses », s'esclaffa-t-il

Vallon glissa un regard à Wayland.

« Elle n'est pas pour moi. »

Hauk contempla l'Anglais sous un nouveau jour avant de se saisir lestement de la pièce.

« Prenez-la et bon débarras. Cela dit je vous préviens : quand vous aurez pris du bon temps, gardez l'œil ouvert si vous ne voulez pas sentir ses crocs s'enfoncer dans votre gorge. »

Un Viking gigantesque hissa par-dessus bord la fille qui se débattait à coups de pied et de griffe, et la laissa tomber dans la yole. Son agitation dérangea ses hardes, donnant à Vallon un aperçu du triangle sombre au-dessus de ses cuisses. Il resserra sa cape sur ses épaules et fixa les yeux sur le rivage.

« Vous allez regretter cet achat, lança le Viking. Elle vous coupera les couilles dans votre sommeil. »

La yole se dirigeait vers la plage.

« Comment s'appelle-t-elle ? » demanda Wayland.

Vallon l'effleura du regard.

« Comment le saurais-je ? »

L'Anglais bondit pour empêcher la fille de se jeter à l'eau. Elle se débattait tellement qu'elle menaçait de faire chavirer l'embarcation. Des railleries braillardes s'élevèrent des drakkars.

« Oh, pour l'amour du Ciel », s'impatienta Vallon.

Wayland plaqua la fille sur le plancher.

« Essayez de voir quelle langue elle parle.

— Je ne suis pas votre intermédiaire, sanguienne !

— Essayez juste…

— Ce serait n'importe qui d'autre… » maugréa Vallon.

Il s'adressa à la fille en grec. L'expression de cette dernière ne changea pas. Il agita une main et se retourna face à la plage.

« Elle ne comprend pas le grec.

— Elle doit être très loin de chez elle.

— N'est-ce pas notre cas à tous ? »

Wayland s'adressa à la fille en perse, l'une des langues qu'il avait apprises à la cour seldjoukide.

« Comment tu t'appelles ? »

Vallon jeta un œil en arrière quand la fille répondit avec une salve de mots, en désignant d'abord le sud, puis le nord.

« Elle s'appelle Zuleyka, expliqua Wayland. Les Vikings n'ont pas été les premiers à la capturer. Des pirates khazars l'ont enlevée en Perse il y a cinq ans. Elle prétend être la fille du roi des Bohémiens. »

Vallon partit d'un rire moqueur.

Wayland passa à côté de lui pour réintégrer sa place à la proue. Le soleil ayant sombré dans un banc de nuages, Vallon n'avait plus besoin de plisser les yeux pour discerner l'expression de son compagnon.

« Pourquoi la regardes-tu comme ça ?

— Voyez vous-même.

— Ça ne m'intéresse pas.

— Sa tête pend comme celle d'un faucon sauvage qu'on aurait chaperonné pour la première fois. Faites ne serait-ce que l'effleurer et aussitôt elle crachera et bondira. »

Vallon pointa l'index.

« Wayland, si j'avais pensé que tu avais l'intention de l'affaiter…

— Ce n'est pas mon intention.

— Parfait. »

La yole s'échoua et le général passa péniblement à côté de Wayland.

« Parce qu'elle ne vient pas avec nous.

— Grâce à vous, c'est une femme libre. Elle peut aller où bon lui plaît. »

Vallon remonta la plage d'un pas furieux.

« N'importe où sauf dans ma compagnie. »

XIX

Un seul regard à la fille et Lucas fut conquis. Il était en train de ramasser du petit bois quand elle accosta, se déplaçant avec la grâce d'un chat qui marche le long d'une barrière. Son fagot lui tomba des mains. Les yeux exorbités, il contemplait sa chemise crasseuse en loques qui laissait entrevoir de fines jambes galbées et mettait en valeur ses seins et ses hanches. Son cou était aussi élégant que celui d'un cygne, un nid de boucles sombres couronnait son visage, ses grands yeux aux paupières tombantes avaient le vert des feuilles de houx. Son long nez délicatement arqué renforçait encore davantage son port aristocratique.

Gorka lui asséna un coup de coude.

« N'y pense même pas. Le général l'a payée six solidi.

— Pour quoi faire ? Enfin, c'est sa femme ? »

Gorka repoussa sa coiffe, quelque peu perplexe.

« Il ne nous autorise pas à prendre de mignonnes en campagne, et jamais il n'enfreindrait les règles pour son bon plaisir. Pendant toutes mes années de service chez les Aubains, je ne l'ai jamais vu ne serait-ce que jeter un œil à une femme – pourtant crois-moi, les occasions ne manquaient pas. Et des sacrées beautés en plus. Mieux que cette sorcière maigrichonne. »

De tendres souvenirs adoucirent son expression, puis sa bouche se referma comme un piège.

« Reprends ton labeur, soldat. »

Dans un escadron où les hommes étaient aussi proches que les Aubains, les rumeurs au sujet de la fille se répandirent et se multiplièrent en mélangeant réalité et spéculation parfois lascive.

« Sa présence n'est pas le fait de la volonté du général, expliqua Gorka. C'est l'Anglais qui l'a achetée. Il a le sang plus chaud que ce qu'il laisse paraître.

— J'ai entendu qu'il l'avait achetée pour la libérer », nuança un soldat.

Gorka jeta un os dans le feu.

« Seulement une fois qu'il l'aura culbutée. Foutu chanceux. Nous autres on se trempera pas la saucisse avant d'avoir atteint Samarcande, et Dieu seul sait où ça se trouve.

— C'est une Luri, commenta un autre. Une bohémienne. Elle était danseuse dans une troupe de chanteurs et de comédiens. »

Gorka se racla la gorge et cracha.

« Les bohémiens c'est la guigne. Ils savent lire l'avenir et vous jeter des sorts. Je l'ai vu de mes propres yeux aujourd'hui même. »

Il tapota le genou de Lucas.

« Un regard de cette sorcière a suffi à lui faire fondre les os. Pas vrai, mon gars ? »

Lucas se tortilla.

« Arrêtez un peu, chef. »

Un homme se signa.

« Comment s'appelle-t-elle ?

— Zuleyka. Un truc comme ça. »

Zuleyka. Ce nom enfla dans l'esprit du jeune Franc.

« Vous voyez ? se gaussa Gorka. Elle l'a ensorcelé. »

Il lui appuya sur la cuisse.

« Tu vas avoir besoin d'un prêtre pour t'exorciser. »

Lucas se dégagea et répondit roidement :

« Arrêtez ces calembredaines. C'est juste que je n'ai pas vu de femmes depuis des semaines. »

Le rire des soldats s'éteignit.

« Il a raison, le gars, dit l'un. Au moins quand on surveillait le Danube il y avait toujours une villageoise pour vous donner du bon temps et vous repriser vos chausses.

— Toi et tes satanées chausses. »

Une haute silhouette qui se découpait à la lueur du feu les fit se relever laborieusement.

« Repos, dit Vallon. Tout va bien ?

— On ne se plaint pas, répondit Aimery. On se demandait quels accords vous aviez passés avec les Vikings.

— Ils ont accepté de nous faire traverser la Choresmienne.

— Contre de l'or ?

— Ce ne sera pas retiré sur votre solde. » Vallon se racla la gorge.

« Je veux qu'on soit partis demain, alors il va falloir que vous commenciez à charger avant les premières lueurs du jour. Vous aurez tout le temps de rattraper le manque de sommeil pendant la traversée. Bonne nuit. »

Aimery brisa le silence qui s'éternisait.

« Vous l'avez entendu. Au lit. »

Gorka remua les cendres comme pour consulter les augures.

« Le général a passé un marché avec les Svanes, qui l'ont rompu. Et voilà maintenant qu'il fait les yeux doux à une bande de Vikings… »

Le grésillement du crachat dans la braise fut plus éloquent que des mots.

Même en commençant de nuit, répartir les hommes et le chargement parmi les vaisseaux dura jusqu'à l'après-midi. Lucas faisait monter la dernière file de chevaux sur le navire de charge lorsqu'un soldat au sommet de la passerelle poussa un cri en pointant du doigt.

Lucas fit volte-face : l'esclave filait au galop. Sa bouche s'ouvrit en grand. Ses yeux roulèrent.

« Hé, c'est mon cheval ! »

Il dévala la planche et bondit à cru sur un beau destrier bai. S'agrippant à sa crinière de la main gauche, il le cravacha de la droite. Un soldat l'évita d'un bond sur le côté. Les cris s'estompèrent derrière lui. Il chevauchait couché sur l'encolure, la steppe défilait en une masse verte indistincte. La fille avait un furlong d'avance, une excellente monture et pesait cinquante livres de moins que lui. Sans compter que, constata-t-il, c'était une cavalière remarquable à l'équilibre parfait. Foulée après foulée, elle augmentait son avance, tant et si bien que le temps qu'il couvrît une lieue, près d'un quart de lieue les séparait. Il ne pouvait pas continuer à cette allure. Diriger son cheval à l'aide de ses seules mains et de ses cuisses demandait un effort trop difficile à soutenir. L'écart que fit sa monture pour éviter une fourmilière faillit l'éjecter sur la steppe.

Des sabots martelaient le sol derrière lui : deux Seldjoukides le doublèrent comme des flèches, on les eût dit assis sur des coussins d'air. Grâce à l'avantage que leur conféraient leurs selles et leurs étriers, toise après toise ils acculèrent la fille en la prenant en étau. L'un d'eux transféra son poids sur son étrier gauche, se pencha et empoigna les rênes d'Aster. Le hongre s'arrêta en s'ébrouant et les chevaux des Seldjoukides l'encerclèrent en hennissant et en claquant des dents.

Lucas les rattrapa, en nage, furieux. La chemise de la fille était remontée jusqu'à sa taille. Quand il essaya de l'obliger à descendre, elle lui gifla le nez d'un revers de main qui lui fit monter les larmes aux yeux.

« Maudite sois-tu ! » cria-t-il.

Il l'empoigna et ils roulèrent à terre. Elle fut la première à se relever et quand il la tira à lui, elle lui griffa la joue.

Tout en parant ses moulinets, il la fit basculer au sol. Elle continuait à se débattre. Il lui enfourcha les hanches et lui plaqua les poignets au sol. Elle ne s'immobilisa que le temps de lui cracher dans les yeux.

Un soufflet à la tête le fit chavirer. Clignant des yeux, il vit l'univers se remettre d'aplomb autour de Wayland. La fille saisit sa chance et plongea vers Aster. L'un des Seldjoukides éloigna le cheval, l'autre tourna autour de Zuleyka en poussant d'étranges cris haut perchés.

Lucas secoua la tête pour retrouver la vue.

« Pourquoi avez-vous fait ça ?

— Va chercher ton cheval. »

Le garçon jeta des regards venimeux à la fille pendant qu'il examinait Aster.

« Si tu l'as estropié… »

Le cheval, essoufflé et couvert d'écume, n'avait subi aucun dommage sérieux. Lucas se tamponna sa joue éraflée. Les Seldjoukides restaient en selle, impassibles. Wayland indiqua du menton la monture que Lucas s'était appropriée.

« Tu sais à qui elle appartient ? »

Le garçon parvint à faire un grand sourire.

« Non, mais c'est une bonne jument.

— Et comment ! C'est la monture de rechange du général. »

Lucas balança le bras comme pour jeter quelque chose à terre.

« Tudieu ! »

Wayland s'empara du cheval de Vallon et l'éloigna, suivi au trot par les Seldjoukides.

« Avance. Tu retardes le convoi.

— Hé ! cria Lucas. Qu'est-ce que je suis censé faire avec *elle* ?

— Rien. Elle peut aller où bon lui semble à condition que ce ne soit pas sur une monture de la compagnie. »

Lucas s'affaissa. Il écarta Zuleyka d'Aster.

« Tu es libre. T'as compris ? »

Il la repoussa.

« Allez. Dégage. »

Elle se mit à marcher vers le sud.

Lucas retroussa les lèvres. *Chienne sans cervelle,* songea-t-il.

« Tu pars du mauvais côté.

— Pas du tout, intervint Wayland. Elle vient de Perse. Des pirates khazars l'ont capturée quand elle avait douze ans. »

Lucas se hissa péniblement sur Aster.

« Elle n'arrivera pas à atteindre la Perse toute seule. Regardez-la. Elle ne survivra pas un seul jour.

— Ce n'est pas mon problème.

— Ni le mien. »

Wayland lança son cheval au petit galop d'un coup de talon.

« N'aggrave pas ton cas en retardant encore davantage le convoi. »

Lucas partit au trot. Son visage le piquait et il avait mal aux cuisses. Le lendemain il arriverait tout juste à marcher. Wayland et les Seldjoukides se réduisaient déjà à des silhouettes et la fille n'était qu'un point dans la prairie caniculaire. Il jura et la rattrapa, ralentissant le pas pour avancer à son rythme. Elle poursuivit son chemin, le regard fixé droit devant elle, ses longues foulées laissant voir ses mollets fins.

« Tu es folle, dit-il. Tu vas encore te faire enlever par une bande de pirates. »

Elle l'ignora.

« Vas-y alors. Pour ce que ça me fait. »

Mais il ne parvenait pas à la laisser. Des brins d'herbe lui avaient déjà entaillé les pieds.

« Allez, Zuleyka. Dis quelque chose. »

Il la doubla et se retourna.

« Écoute, je suis désolé de t'avoir malmenée, mais faut pas m'en vouloir. Aster est la seule chose que j'aie. »

Elle s'arrêta et il fondit à la vue des larmes qui enflaient dans ses yeux. Il tendit une main et sa voix prit un timbre plus grave.

« Monte derrière moi. »

Alors qu'elle le regardait vraiment pour la première fois, il regretta de tout son cœur de ne pas pouvoir effacer son coup de sang. Il s'étira vers elle comme pour essayer de combler un gouffre et au bout d'un instant, elle lui saisit les doigts et sauta derrière lui.

Ils revinrent lourdement, Lucas sentait la poitrine de Zuleyka contre son dos. Il se racla la gorge.

« Tu montes vraiment bien. »

Vu l'attention qu'elle lui portait, il aurait pu tout aussi bien ne pas exister.

Il se frappa le torse.

« Je m'appelle Lucas. »

Il tourna la tête.

« Lucas. »

Les étranges yeux verts de la fille l'ignorèrent.

Amour, désir et culpabilité formaient une bouillie rance. Lucas talonna les flancs d'Aster.

« Va donc en enfer. »

À son retour, railleries et sifflets l'accueillirent. Vallon s'était planté sur son passage, le visage figé en une rage qu'il n'aurait pas eue à l'égard d'un simple soldat. Devant cette injustice, Lucas se décomposa.

« Qu'est-ce que j'étais censé faire ? » bredouilla-t-il.

Wulfstan s'empara des rênes d'Aster.

« Monte à bord. »

Lucas se laissa glisser.

« Et la fille ? »

Le Viking le poussa vers le navire de charge.

« Contente-toi de faire ce qu'on te dit. »

Gorka l'attendait en haut de la passerelle, secouant la tête devant cette dernière transgression.

« Foutre Dieu, foutre foutre Dieu. Tu attires les problèmes comme la merde attire les mouches.

— Ce n'était pas ma faute.

— Pas ta faute ? s'empourpra Gorka. Tu es dans l'armée, bordel à queue. C'est toujours la faute de quelqu'un. »

Il lui gifla le dos.

« Maintenant fais comme si tu n'existais pas. »

Lucas se jeta au sol, croisa les bras sur la poitrine et ne bougea plus jusqu'à ce que le navire de charge eût appareillé. Il se leva sur des articulations raides et vit les montagnes décroître derrière eux dans une brume pastel, les bateaux s'étirant en file indienne dans la nuit tombante. Affamé, il rejoignit son escouade pour le souper.

« Quelqu'un sait ce qui est advenu de la fille ? demanda-t-il d'un ton qu'il voulait désinvolte.

— C'était affreux, répondit Gorka. Vallon l'a exécutée. Voler un bien impérial est un crime capital. »

Lucas se leva d'un bond.

« Non ! »

L'un des soldats eut pitié de lui.

« Gorka se gausse de toi. Vallon et Wayland ont eu une violente querelle à son sujet. Le général insistait pour la laisser sur la rive et Wayland lui répliquait qu'ils ne pouvaient pas la jeter comme ça dans la steppe. Ils se criaient dessus juste devant nous et j'ai cru un instant qu'ils allaient en venir aux mains. Bref, c'est l'Anglais qui a eu le dessus. La fille nous accompagne jusqu'au Turkestan, où elle pourra trouver une caravane qui la ramènera en Perse. »

Soulagé, Lucas s'affaissa.

« Où est-elle ?

— Sur l'un des bateaux d'équipement.

— Avec ces brutes contre nature ! »

Il jeta des regards enflammés alentour.

« Lors de ma première nuit avec eux, quand je me suis réveillé, j'en ai trouvé un qui se glissait sous ma couverture. »

Les soldats éclatèrent de rire en se giflant les cuisses. L'un d'eux essuya une larme.

« Sa virginité est sauve. Le chien de Wayland la garde.

— Quoi ?

— Wayland a posté son chien pour la surveiller. Il l'a dressé pour protéger ses enfants. »

Un autre soldat secoua la tête.

« Cent hommes, une fille. Ça ne peut conduire qu'à une chose. »

Gorka hocha la tête.

« Bien dit, Petrocles. »

Il brandit vaguement un couteau vers la gorge de Lucas.

« Je ne le répéterai pas alors tu ferais mieux d'ouvrir les écoutilles. Tourne autour de la bohémienne et deux soldats finiront raides morts : l'un poignardé par son rival, l'autre condamné par Vallon à valser en haut de quelque gibet sur le bord de la route. Crois-moi. J'ai vu plus d'un soldat se faire passer la corde au cou parce qu'il n'avait pas pu s'empêcher de tremper sa saucisse en échange de quelques babioles. »

Lucas s'empourpra.

« Si je l'ai poursuivie c'est uniquement parce qu'elle avait volé mon cheval. »

Gorka brandissait toujours son couteau.

« M'est avis qu'elle a volé plus que ça. »

Aimery détourna la lame.

« Tu as dit ce que tu avais à dire. La journée a été éprouvante, on se sentira tous mieux après une bonne nuit de sommeil. »

Quand Lucas s'allongea, il contempla les étoiles en se remémorant la sensation du cheval entre ses cuisses, du vent chaud sur son visage, des seins de la fille qui pointaient sous sa tunique, et de ses douces cuisses couleur crème.

Zuleyka.

Gorka lui asséna un coup de coude.

« Tu rêves de foutre la bohémienne ?

— Non, chef. »

Gorka bondit.

« Et pourquoi non ? T'es sodomite ou quoi ? »

XX

La traversée, aride, dessécha les gosiers. Chaque jour à midi le ciel se courbait au-dessus d'eux tel un bouclier cuivré dont le soleil était l'ombon en fusion. Bien qu'ils eussent rempli tous leurs barils d'eau, les provisions s'amenuisaient si vite que Vallon imposa le rationnement dès le quatrième jour.

Le sixième jour à l'aube, ils tiraient des bords sous un vent debout caniculaire au large de la côte du Turkestan. En milieu de matinée, même Hero parvenait à distinguer ses collines noires et chauves qui grillaient sous un ciel couleur d'urine. L'air avait un goût douceâtre désagréable qui irritait la trachée et poussait les hommes à se racler la gorge et à cracher, au mépris des avertissements du capitaine qui disait qu'insulter la mer la mettrait en colère. À midi, sous un soleil qui aurait pu faire fondre de la poix, le drakkar de tête arrisa sa voile à un demi-mille du rivage et le convoi se mit en panne.

« Quel est ce bruit ? » demanda Vallon.

Hero leva la tête, aux aguets. On aurait dit de l'eau qui glissait au bas d'un bief lointain.

Aiken désigna une crique rocheuse.

« Ça vient de là-bas. »

Une main en visière, Vallon examina la baie.

« Je ne saisis pas ce qui se passe. »

Hero non plus. Ils comprirent quand ils s'approchèrent du chenal à la rame. Les hommes se signèrent et échangèrent des regards pleins d'appréhension. L'eau ne coulait pas dans la mer. En lieu et place, de façon contre nature et terrifiante, la mer se déversait sur la terre.

« Sainte Marie mère de Dieu, murmura un soldat. C'est la gorge de l'enfer. »

Le capitaine du navire de charge, qui savait de quoi il s'agissait, s'était arrangé pour accoster avec un maximum d'effet dramatique.

« *Kara-Bogaz*, expliqua-t-il. La Gueule Noire.

— Qu'est-ce que c'est ? demanda Vallon. Où cela mène-t-il ?

— C'est une cascade inversée, qui descend de la mer à la terre. Elle se précipite dans une vaste baie : les Turkmènes disent que c'est l'enfant de la Choresmienne et de la mer Noire. Parce que la Choresmienne abandonna son mari, Dieu décréta que la *Kara-Bogaz-Gol* ne couperait jamais son cordon ombilical, et c'est pourquoi la Choresmienne est condamnée à l'alimenter en eau jusqu'à la fin des temps.

— Passez au large et faites-nous accoster. »

Ils posèrent le pied sur des rochers brûlants qui grouillaient d'insectes et longèrent tant bien que mal le rivage dans une nuée de mouches agressives. Depuis l'embouchure du canal, Hero vit ce qui était invisible en mer. La Choresmienne glissait dans un chenal rocheux large d'une cinquantaine de toises seulement et se déversait dans un gigantesque lagon cerné de rubans de sel. Sous un ciel scintillant qui lui blessait les yeux, la baie lui paraissait infinie.

« Je crois pouvoir expliquer ce mystère, déclara-t-il. Cette anse, plus petite que sa génitrice et située dans une région plus sèche, s'évapore au soleil plus vite que la Choresmienne ne peut l'approvisionner. D'où la différence de niveau.

— Oui-da, confirma le capitaine. À cette période de l'année, la chute ne mesure pas plus de six ou sept pieds. En plein été elle est deux fois plus raide. »

Hero balaya du regard le paysage cautérisé sans trouver aucune trace d'homme. Nulle végétation hormis des buissons grêles qui s'entrechoquaient comme des os dans la brise suffocante. Il leur semblait avoir accosté sur la parcelle de création que Dieu avait le plus négligée.

« Où trouverons-nous de l'eau ? demanda Vallon au capitaine.

— Je ne sais pas. Même les nomades fuient cette côte.

— Alors, pourquoi nous avoir fait accoster dans ce trou perdu ?

— Vous aviez exigé que j'emprunte le trajet le plus court.

— Diantre ! Où se trouve l'eau potable la plus proche ? »

Le capitaine trembla devant la colère de Vallon.

« Il y a une rivière à environ trois jours au sud, mais cela fait des années que ses eaux n'ont pas rejoint la mer. Vous allez peut-être devoir marcher loin à l'intérieur des terres avant de trouver un puits. »

Vallon plissa les yeux dans la lumière couleur pisse.

« Jusqu'où s'étend la baie ?

— D'après ce que j'ai entendu, deux jours de navigation avec un vent arrière.

— Trouverons-nous de l'eau de l'autre côté ? »

Le capitaine se crispa.

« Général, je ne me suis jamais aventuré aussi loin. Ce n'est pas moi qui ai choisi de faire cette traversée. »

Vallon marmonna des propos grossiers avant de se mettre à penser tout haut :

« Il ne reste que trois jours de réserve d'eau et aucune certitude de trouver un nouvel approvisionnement, quelle que soit la direction que nous prenions. »

Il ferma les yeux. Tout le monde était suspendu à ses lèvres, sachant que sa décision pourrait les sauver ou leur être fatale.

Il claqua des doigts.

« Ce soldat seldjoukide qui nous a conseillés sur la route à prendre à travers la Transoxiane. Yeke. Demandez-lui ce à quoi l'on peut s'attendre. »

Des soldats relayèrent la réponse de Yeke de bateau en bateau jusqu'à ce qu'elle parvienne aux oreilles d'Otia, l'information ayant sans nul doute été déformée au cours de sa transmission.

« Il dit que nous devrions traverser le lac Noir jusqu'à sa berge la plus éloignée. De là, deux ou trois jours nous séparent d'une route de caravane alimentée par des puits. »

Wayland émit des réserves :

« Je ne me fierais pas trop aux indications de Yeke. Les Seldjoukides ne mesurent pas les distances comme nous. »

Les épaules de Vallon se détendirent, signe qu'il avait pris une décision.

« Ordonnez à tout le monde d'accoster. Attachez les bateaux ensemble et surveillez-les. Postez un écran d'archers derrière moi. »

Les Aubains à bord des navires de chargement et des bateaux de pêche mirent pied à terre, laissant le reste de l'armée de Vallon sur les drakkars. Celui de Hauk rama jusqu'à être à portée de voix.

« Faites accoster mes hommes, lança Vallon.

— Donnez-nous d'abord notre or.

— Seulement quand vous aurez mis mes hommes à terre. »

Hauk attendit que le gros des Aubains se soit retiré à l'intérieur des terres avant de faire pointer le nez de son navire sur la rive et permettre à la plupart des otages de descendre. Puis il ordonna à ses hommes de reculer à la rame d'une cinquantaine de toises au large.

« J'ai dit *tous* ! cria Vallon.

— J'en retiens dix jusqu'à ce que je compte l'or.

— Votre cupidité vous aveugle quant à notre situation fâcheuse.

— *Notre ?*

— Relâchez mes hommes, accostez, et je vous expliquerai. »

Hero était pris de vertiges à cause de la chaleur quand le dernier des hommes de Vallon pataugea jusqu'au rivage. Hauk et huit gardes du corps arrivèrent d'un pas lent, la main sur l'épée.

Vallon désigna la chute d'eau.

« J'imagine qu'avec vos bateaux vous pouvez descendre ça.

— Pouvoir et vouloir sont deux choses différentes, répondit Hauk. Vous m'avez demandé de vous transporter jusqu'à la côte, ma foi, vous y voilà. Quant à moi, je vais prendre mon dû et vous dire adieu. »

Vallon désigna Josselin.

« Fais chercher l'or. Tout.

— Général…

— Apporte-le ! »

Quatre hommes accompagnés par Aiken traînèrent le coffre sur la plage.

« Ouvrez-le », intima Vallon.

Les Vikings restèrent bouche bée quand le couvercle s'ouvrit dans un bâillement, dévoilant son trésor de lingots. Vallon en effleura la surface. Hauk esquissa un geste pour apaiser l'excitation de ses compagnons.

Aiken compta les pièces devant des Vikings qui, le sourire jusqu'aux oreilles, se bousculaient, se pourléchaient et s'assénaient des coups de coude. Leur bonne humeur se refroidit quelque peu quand ils virent que leur portion avait à peine entamé le contenu du coffre.

Hauk fit couler des pièces entre ses doigts.

« Si j'avais su que vous transportiez un trésor aussi considérable, j'aurais passé un plus gros marché. »

Vallon referma sèchement le couvercle.

« Prenez votre dû. Nous sommes quittes. »

Hauk regarda les soldats remporter le coffre.

« Vous êtes un homme de parole, Vallon. La seule faveur que je vous demande c'est de la nourriture et de l'eau en quantités suffisantes pour tenir jusqu'à ce qu'on trouve une source. Si vous insistez, je vous paierai avec votre propre monnaie.

— Il n'y a rien. » Hauk plissa le front.

« Ni nourriture ni source ?

— Je n'ai pas assez d'eau pour la partager et aucune idée de l'endroit où vous allez pouvoir remplir vos tonneaux. »

Hauk étouffa les vilains grognements de ses hommes.

« J'ai respecté notre accord à la lettre.

— Moi aussi. Je n'ai pas souvenance qu'il comprenait l'obligation de vous fournir de l'eau. »

Un Viking voulut dégainer son épée et au même instant les archers derrière Vallon bandèrent leurs arcs.

Hauk écarta d'une main un nuage de mouches mugissant.

« Je peux vous capturer avant que vos hommes puissent bouger le petit doigt.

— Méfiez-vous. L'arc turc est une arme redoutable. »

Vallon leva une main puis la laissa retomber. Trente flèches fusèrent dans le ciel avec le bruit d'un tissu que l'on déchire et tombèrent en sifflant dans la mer derrière le drakkar le plus éloigné. Hauk tourna la tête afin d'évaluer la menace avant d'adresser un sourire pincé à Vallon.

« On vous retiendrait quand même en otage.

— Un butin de bien piètre valeur. Je suis trop coriace et trop maigre pour tenter les marchands d'esclaves. Laissez-moi vous parler avec franchise de vos perspectives, Hauk Eiriksson. Vous êtes en mission vers nulle part. L'époque où un équipage de Varègues pouvait piller de riches villages côtiers est révolue. La Perse et l'Anatolie sont dirigées par les Seldjoukides : une race guerrière qui s'est taillé un passage presque jusqu'aux murs de Constantinople. Chassez le butin au sud ou à l'ouest et vous rencontrerez le même destin funeste que votre grand-père. »

Hauk balaya du regard la monotonie des collines grises et brunâtres.

« Je me façonnerai ma propre destinée. Quant à l'eau, je remplirai mes tonneaux après votre départ en m'approvisionnant sur les autres bateaux.

— Que nenni ! Ils ne reviendront pas avant de nous avoir transportés à l'autre bout de cette marmite puante. »

Hauk perdit son sang-froid.

« Vous allez leur faire descendre la cascade ? » s'esclaffa-t-il.

Wulfstan se rengorgea tel un coq nain.

« Le général et moi avons fait franchir les rapides du Dniepr à toute une flotte. Vous devez en avoir entendu parler : le *Glouton*, l'*Insatiable*, l'*Insomniaque*… Comparé à ces fils de chien, celui-ci n'est qu'un clapotis. »

Hauk dévisageait les deux hommes à tour de rôle.

« Je flaire une proposition.

— Vous avez raison, confirma Vallon. J'ai encore besoin de vos drakkars. Continuez avec nous jusqu'au bout de la Baie Noire. Vous partagerez les mêmes rations que mes propres hommes, les mêmes dangers. »

Hauk observa la baie les yeux plissés.

« Et après ? On pourrait fort bien ne pas trouver d'eau là-bas.

— Au moins nous serions dans le même bateau. »

Hauk se passa la langue sur les lèvres.

« Il va me falloir davantage que de l'eau en échange.

— L'or ne se boit pas.

— Non, mais si nous périssons, au moins, je mourrai riche.

— Transportez mes hommes jusqu'à l'autre bout et vous recevrez encore la même somme.

— Je ne le ferai pas pour moins du double.

— Alors vous ne le ferez pas du tout. S'il le faut, je ménagerai de la place en abandonnant les bêtes de somme. Comme vous l'avez vu, nous ne manquons pas d'argent pour payer de nouvelles montures. »

Le vrombissement des mouches emplissait le silence. Un sourire prudent se dessina sur le visage de Hauk.

« Le double et pas un centime de moins. »

Vallon tourna les talons.

« Viens.

— Vallon ! »

Le général avança encore de plusieurs pas avant de se retourner.

« Cette chaleur me fait frire la cervelle et me dessèche la langue. À moins que vous n'ayez quelque chose d'utile à dire, mettez les voiles. »

Repoussant ses gardes du corps, Hauk approcha. Les archers Aubains n'étaient qu'à une cinquantaine de toises derrière le général, leur silhouette oscillait dans la chaleur.

« Moitié plus et le marché est conclu.

— Mon offre était définitive. Adieu, Hauk Eiriksson.

— Vallon ! »

Avec une lenteur infinie, le général se tourna face au Viking.

« Dernière chance. »

Hauk plia l'index et le baissa comme s'il eût aimé arracher le cœur du général.

« Estimez-vous heureux.

— Je prends ça pour un “oui”, répliqua Vallon. Parfait. »

Cloué dans le sillage du général, Hero vit Hauk, les lèvres serrées, faire le serment silencieux de se venger de cette humiliation.

Le Sicilien rattrapa le général qui était en train d'informer les capitaines de la flotte que le travail n'était pas terminé. Ils ne pouvaient pas repartir avant d'avoir fait traverser le lac Noir aux Aubains.

« Comment reviendrons-nous ? se lamenta l'un d'eux. Comment halerons-nous nos bateaux pour repartir sur la Choresmienne ?

— Vous auriez dû y penser avant de nous faire accoster sur ce brasier infernal. »

Une bourrasque brûlante emporta la réponse du capitaine. Un tourbillon de poussière les dépassa. Hero toussa, la gorge irritée.

Wayland apparut à ses côtés.

« Je préférais quand il n'y avait que nous trois.

— Nous étions plus que trois, protesta Hero.

— Oui. »

Malgré cette chaleur intolérable, le Sicilien frissonna.

« J'ai toujours su qu'un éclat de glace était logé dans le cœur de Vallon, mais il a grossi chaque jour de notre voyage jusqu'à figer le moindre sentiment chaleureux.

— Le commandement oblige à prendre de rudes décisions.

— Je ne comprends pas pourquoi il a exhibé notre richesse à ces pirates de la mer.

— Il a l'intention de compenser nos pertes en recrutant les Vikings. Maintenant qu'ils ont vu la quantité d'or que nous transportons, il n'y aura pas besoin d'une grande force de persuasion. Pourquoi quadriller des rivages hostiles pour rafler quelques esclaves et des miettes d'or quand la rançon d'un roi se trouve juste sous leur nez ?

— Je suis content de ne pas avoir à prendre ces décisions », commenta Hero.

Il avança d'un pas, trébucha sur une pierre et se frotta les yeux.

« Pâques Dieu !

— Prends mon bras, proposa Wayland. Le sol est traître. »

Vallon laissa à Wulfstan le soin d'organiser la descente du convoi branlant dans la Gueule Noire. La quille des navires de charge frotta bruyamment sur des récifs avant de flotter comme un bouchon dans l'eau étale. Une fois tous les navires descendus, les Vikings franchirent le rapide à la rame avec un aplomb désinvolte.

Wulfstan rejoignit Vallon d'un pas énergique.

« Prêts à partir, sourit-il. Faut bien reconnaître ça aux Vikings. Personne ne manœuvre les bateaux aussi proprement qu'eux.

— Tu n'es pas tenté de changer de camp », rétorqua Vallon.

Ce n'était ni une question ni une plaisanterie.

« Sire, comment pouvez-vous ? »

Vallon agita un doigt.

« Avant la fin de notre voyage, certains de mes plus fidèles lieutenants me déserteront.

— Pas moi, assura Wulfstan. Je vous suivrai jusque dans la gueule de l'enfer.

— On y est déjà. »

Vallon monta à bord de son bateau puis fit signe au convoi de se mettre en route. Lentement, les bateaux s'ébranlèrent.

Avec le vent contraire, les marins peinaient à avancer sur les eaux couleur plomb. Des poissons qui avaient été aspirés de la Choresmienne flottaient morts parmi des coussins d'écume grise, au-dessus desquels les mouettes planaient puis plongeaient en pliant leurs ailes. Loin de la cascade, un silence étouffant s'abattit. La rive s'éloignait de part et d'autre, tant et si bien que seul le récif de minéraux qui bordait le rivage permettait aux voyageurs de distinguer la mer de la terre.

L'eau était toxique. Après que le cuisinier eut utilisé cette saumure pour préparer du porridge, les hommes souffraient de crampes d'estomacs et de diarrhée. L'un des Vikings blessés mourut et lorsque ses camarades le jetèrent par-dessus bord, il flotta en surface, dodelinant dans leur sillage avec un bras levé en un adieu burlesque.

L'air lui-même était malsain : furoncles et lésions suintantes bourgeonnaient sur la peau des hommes. Une fois leur quart de rame terminé, les soldats se recroquevillaient dans le peu d'ombre qu'ils arrivaient à trouver, les mains croisées sur les épaules, la tête enrubannée de haillons humides. Ils ne s'animaient que lorsque venait leur ration d'eau : ils déglutissaient le liquide avec gourmandise avant de replonger dans l'apathie, mesurant leur vie à la quantité d'eau restante.

Le troisième jour de cette épreuve, Vallon divisa par deux la ration quotidienne pour les hommes comme pour les animaux. Un soldat – un jeune garçon originaire de Thessalonique – arracha une outre des mains du préposé au rationnement et y téta avidement, mais des gardes s'empressèrent de la lui reprendre violemment.

« Le fouet pour cet homme quand nous aurons accosté », lança Vallon.

Cette injonction provoqua des rires creux. Quelle côte ? Ils seraient tous morts de soif d'ici deux jours.

Mais le lendemain, aux alentours de midi, un soldat interpella ses compagnons.

« Hé, les gars, regardez-moi ça. »

Les hommes se levèrent tant bien que mal et se frottèrent les yeux afin de mieux voir leur salut.

« Doux Jésus », s'exclama l'un sur le ton respectueux et craintif de celui qui assiste au second avènement.

Droit devant, un voile couleur rouille traversait le ciel à vive allure, et au-dessus, des nuées orageuses pareilles à des champignons monstrueux roulaient. Des éclairs dentelés poignardaient ces montagnes de nuages et le tonnerre claquait. Au niveau de la mer, le monde sombra dans les ténèbres.

Vallon se tenait à la proue.

« Il semblerait que cet orage va éclater au-dessus de nous. Préparez-vous à recueillir la pluie. »

Les hommes s'affairèrent aussitôt à confectionner des récipients en toile à voile et attendirent en articulant des supplications muettes. Un éclair leur brûla les yeux, suivi d'un coup de tonnerre à leur ébranler le cerveau. L'obscurité effaça tout sauf les bateaux les plus proches. Des flammes bleues grésillaient le long du gréement. Au troisième claquement de tonnerre, d'énormes gouttes de pluie chaudes et brunes éclaboussèrent le pont. Puis les cieux déchargèrent leur fardeau : l'intensité du déluge était telle que respirer était un effort. Les hommes couraient en tous sens pour recueillir la pluie, renversant plus d'eau qu'ils n'en récoltaient. Peu importait. Il pleuvait si dru qu'ils remplirent leurs barils en quelques minutes. Ils ôtèrent alors leurs vêtements raidis de sel et caracolèrent sur le pont piqueté d'eau avant de s'arrêter, nus, la tête en arrière et les yeux clos pour se protéger du martèlement des gouttes.

L'orage passa, les nuages se déchirèrent tels des linceuls pourris, et le soleil perça, découpant les contours d'une côte contre un ciel purgé de poussière. Ils ignoraient totalement qu'il était tombé davantage de pluie lors de cette dernière demi-heure qu'il n'en tomberait le restant de l'année.

Ils se ruèrent sur le pont avant, le cou tendu pour voir ce qui les attendait.

Wayland repoussa ses cheveux humides.

« Karakoum, annonça-t-il. Le Désert Noir. »

Vallon l'entendit.

« Je vois de jeunes pousses vertes. L'orage a donné vie au désert et a sauvé la nôtre. »

En voyant l'éclat des yeux de Vallon, Hero se demanda si la folie ne s'était pas emparée du général.

« On a eu de la chance. Sans cet orage, nous serions tous morts de soif. »

Vallon se prélassait contre la proue, les cheveux plaqués autour du visage.

« Je ne mise pas tout sur la fortune. Il nous reste encore quatre jours d'eau cachés.

— Vous avez privé vos hommes alors que nous avons des provisions ?

— Un soldat garde toujours des réserves, s'esclaffa Vallon. Tu te souviens ? »

Hero se souvenait bien de cette nuit glaciale de février en Angleterre, où Vallon s'était privé afin de lui donner sa dernière ration.

« Wayland dit que vous espérez recruter les Vikings.

— Mon escadron est composé de plus d'un quart de Turkmènes. Comme les autres Aubains, ils commencent à redouter cette expédition. Contrairement aux chrétiens, ils seront en territoire familier une fois que nous aurons accosté. Je m'attends à ce que beaucoup désertent.

— Vous ne pouvez pas employer des pirates.

— La nature émoussera leur avarice. Ils ont déjà appris que l'or était un maigre substitut à la nourriture et à l'eau. »

Il se dégagea du plat-bord.

« Tes yeux ont l'air irrités.

— La pluie les a beaucoup soulagés », répondit Hero.

Et c'était vrai, mais le voile sur son œil droit avait tellement épaissi qu'il voyait à travers un brouillard permanent.

« Tant mieux, dit Vallon. Ces dernières semaines, je ne t'ai pas vu autant que je l'aurais souhaité. Ne laissons pas la distance s'installer entre nous. »

XXI

Les Aubains n'avaient pas encore débarqué quand le soir tomba. Ils décidèrent d'attendre le lever du jour pour décharger les animaux et les réserves. Vallon paya Hauk, et le Viking retourna à ses bateaux amarrés un demi-mille plus bas sur la côte. Durant la nuit, les échos d'une violente dispute montèrent du campement des hommes du nord. À l'aube, les deux drakkars étaient encore à l'ancre. Vallon avait déjà envoyé Yeke et deux autres Turkmènes chercher de l'eau et un sentier.

Sans l'orage, la terre où ils venaient d'accoster aurait été aussi néfaste que la côte autour de la Gueule Noire. On aurait dit un fond marin asséché à l'air libre : une laisse rugueuse de puits salants et de dômes chauves composés de sédiments éclatés par le soleil et sillonnés de rigoles qui se terminaient dans des drains et des avens. Mais l'énorme averse avait fait germer des graines en dormance, et de l'eau stagnait encore dans divers trous et creux. Dès que l'escadron eut déchargé les bateaux, les hommes se mirent à creuser des fosses tapissées de toile à voile goudronnée.

Vallon donna leur dû aux capitaines de vaisseaux de Tarki, à qui il fournit également de l'eau plus qu'en suffisance pour le voyage du retour. En recevant l'or, ils réagirent comme s'ils avaient été payés avec de la merde.

« À quoi cet or va-t-il nous servir ? s'exaspéra l'un. Nous n'avons pas assez d'hommes pour haler les navires de charge en haut de la Gueule Noire.

— Vous puiserez de la force dans le désespoir, et si ça ne suffit pas, vous pourrez remonter un des bateaux de pêche en haut des rapides. Il sera suffisamment grand pour vous transporter de l'autre coté de la Choresmienne. »

Sur ce, il les congédia d'un adieu sec.

« Vous serez de retour dans vos familles d'ici quinze jours, tandis que nous, nous pourrons nous estimer heureux si nous revoyons jamais nos êtres chers. J'espère que lorsque vous serez revenus dans vos foyers, vous trouverez de la place pour nous dans vos prières. »

Les soldats délaissèrent leurs tâches afin de regarder la petite flotte s'éloigner, et tous sans exception ressentirent un pincement d'angoisse à voir se couper leur dernier filin de secours. En jetant un œil au campement viking plus bas sur la côte, ils envièrent ces hommes avec leurs drakkars et exprimèrent leur mécontentement, tant et si bien que des officiers durent leur intimer de tenir leur langue et de se remettre à l'ouvrage.

Après le souper, Vallon convoqua une réunion à laquelle prirent part ses centurions et Hero. Les officiers eurent vite fait de relayer les angoisses des soldats et d'y ajouter les leurs.

« Le sol s'assèche d'heure en heure, déclara Josselin. Nous ne pouvons transporter d'eau que pour deux ou trois jours. Si nous ne trouvons pas de puits à l'intérieur des terres… »

Vallon était assis derrière sa table de campement.

« J'ai confiance, les éclaireurs reviendront avec des nouvelles encourageantes.

— Votre optimisme pourrait fort bien être mal placé, répliqua Otia. C'était une erreur de relâcher les bateaux avant de savoir ce qui nous attendait. »

Vallon jouait avec un stylet.

« Nous n'avons plus besoin de bateaux. Notre chemin se trouve à l'est, alors arrêtez de regarder en arrière. »

Les centurions échangèrent des regards, aucun ne voulant être le premier à exprimer le fond de sa pensée.

Vallon s'adossa.

« Je vois, dit-il. Vous pensez à une alternative.

— Je suis d'accord, il nous est impossible de retourner à Constantinople, répondit Josselin d'une voix tendue.

— Alors où ? »

Le centurion regardait par-dessus la tête du général.

« Nous avons suffisamment d'hommes et d'or pour fonder une colonie. Une fois que nous aurons établi un village, nous pourrons faire venir nos familles. »

Vallon n'était ni surpris ni fâché. Il tapota la table avec son stylet.

« Et où avez-vous l'intention de fonder cette colonie ?

— La terre est riche dans le delta de la Volga. »

Vallon jeta son stylet.

« Oh, pour l'amour du Ciel, nous ne vivons pas à l'époque d'Homère ! La moindre parcelle de terre fertile entre ici et le Bosphore a été accaparée et labourée depuis des vingtaines de générations, comme les Vikings l'ont découvert à leurs dépens. »

Il plissa les yeux.

« J'ose espérer que vous n'avez pas fait miroiter cette idée saugrenue à vos hommes. Sinon…

— Bien sûr que non, répliqua Otia. Mais vous savez aussi bien que moi qu'ils ont perdu tout enthousiasme vis-à-vis de ce voyage. »

Vallon posa les deux mains sur la table.

« Maintenant écoutez-moi. Dans un mois nous atteindrons la route de la soie : la plus grande voie marchande du monde, constellée jusqu'en Chine de villes florissantes et de caravansérails. Il y aura du vin et des putains pour les hommes à chaque arrêt. »

Josselin protesta :

« Nous n'avons pour étayer cette affirmation que la parole d'un érudit qui interprète le monde à partir de gribouillis sur un parchemin.

— Si tu fais référence à Hero, sache qu'il a passé des semaines à consulter les meilleurs géographes et les cartes les plus fiables. Ce n'est pas tout. Dans sa jeunesse, il était au service de Cosmas Monophtalmos, un grand voyageur qui a exploré la route de la soie jusqu'à Samarcande. Contrairement à nous, Cosmas a parcouru cette route dans les deux sens, seul et sans armes. J'ai toujours encouragé mes hommes à parler librement, ajouta-t-il en levant la voix, mais je ne tolérerai pas que vous inventiez des dangers comme deux pleutres qui… »

Il leva brusquement la tête.

« Oui ?

— Excusez-moi, sire, intervint son serviteur. Le commandant viking demande une audience. »

Vallon se leva.

« Fais-le entrer. Nous poursuivrons cette discussion plus tard, ajouta-t-il en voyant les grimaces de ses centurions. Hero, j'aimerais que tu restes. »

Les deux officiers frôlèrent Hauk en sortant et il se retourna pour les regarder partir.

« Vos officiers font grise mine.

— Asseyez-vous, dit Vallon avant d'adresser un signe de tête à son serviteur. Apporte-nous du vin. »

Hauk se percha sur une escabelle pliante et étudia l'intérieur de la tente. Quand le serviteur versa le vin, aucun des commandants ne voulut boire en premier. Ce fut Vallon qui prit la parole.

« Vous ne vous êtes pas trompé sur l'humeur de mes officiers. Mes hommes n'ont plus d'appétit pour cette aventure. »

Hauk sirota son vin.

« Les miens non plus. Vous les avez probablement entendus hier soir. La moitié d'entre eux veulent rentrer chez nous. »

Vallon leva sa coupe.

« Et s'ils en avaient l'opportunité, la moitié des miens partiraient avec eux.

— Mais vous avez l'intention de les pousser à continuer. »

Vallon but.

« Si j'atteins la Chine et que j'établis des relations amicales avec son dirigeant, je retournerai chez moi couvert de richesses et de titres. Si j'échoue mais que je meurs au cours de ma tentative… ma foi, au moins mon honneur sera sauf et ma famille recevra une pension. En revanche si je fais demi-tour sur la simple base de craintes et de rumeurs, je serai diffamé et ma famille ruinée. »

Il éclusa son verre, puis le brandit afin d'être resservi.

« Et vous ? »

Hauk sourit dans sa coupe.

« La richesse se gaspille, la chance tourne, et nous sommes condamnés à mourir. Une seule chose demeure : la réputation du mort. »

Il vida sa coupe d'un trait et s'essuya les lèvres.

« Cela dit, il n'y a aucun mérite à se forger un nom en sacrifiant sa vie à une quête sans espoir. »

Hauk désigna Hero d'un signe de tête.

« Ce savant-là m'a un peu parlé de votre voyage. J'avoue qu'avant de vous rencontrer, je n'avais jamais entendu parler de la Chine. Quelles sont vos chances de l'atteindre ?

— Minces, voire inexistantes, répondit Vallon avant de se pencher vers le Viking. Je vais vous dire une chose que je n'ai pas même confiée à mes officiers. L'année dernière, l'ancien empereur byzantin a envoyé une autre mission en Chine. Elle a disparu dans les sables avant même d'avoir parcouru la moitié du trajet.

— J'apprécierais encore davantage votre franchise, répondit Hauk en soutenant son regard, si vous m'expliquiez comment vous avez l'intention d'éviter le même sort.

— Mon expédition jouit de plus d'hommes, d'un meilleur équipement et – oserais-je le dire – d'un meilleur commandant. Grâce à ces avantages, je suis sûr que nous pouvons faire face à n'importe quel danger qui se présentera. Cependant j'ai là trop de soucis immédiats pour me préoccuper de périls susceptibles de nous attendre d'ici plusieurs mois. Comme vous dites, vous les Vikings : “Un homme qui ne connaît pas son destin à l'avance est libre de tout souci.” »

Hauk bascula la tête en arrière, en proie à un rire jovial.

« Vous vous êtes imprégné de bonne sagesse nordique dans les terres du nord, commenta-t-il en se trémoussant sur son escabelle. Malgré tout, bien fol est le commandant qui se lance dans l'inconnu et n'est jamais sûr de ce qui l'attend d'un jour à l'autre. »

Vallon fit signe à Hero.

« Explique à Hauk où nous mènera notre route. »

Le Sicilien s'avança dans la lumière.

« Le mois prochain sera le plus rude : une traversée du désert avec de rares villages, et encore, s'il en existe de permanents. Si nous survivons à cette épreuve, nous atteindrons les terres fertiles du Khwarezm, irriguées par l'Oxus, un fleuve qu'avait suivi Alexandre le Grand. »

L'intérêt de Hauk s'aiguisa.

« Un fleuve. Est-il navigable ?

— Hélas ! non. Il se jette dans une mer intérieure. La capitale du Khwarezm est une cité appelée Khiva.

— Une ville riche ?

— Passablement, mais pas autant que Boukhara et Samarcande situées plus loin sur la route de la soie. La richesse de ces deux villes égale celle de Constantinople. »

Hauk effleura du nez le rebord de sa coupe.

« Une petite armée bien disciplinée pourrait-elle s'imposer sur ces villes ? »

Hero jeta un œil à Vallon.

« Si votre question est de savoir si vous pourrez arracher un butin par la supériorité des armes, je dirais que la réponse est non. Les émirs qui dirigent ces hauts lieux de commerce défendent leurs intérêts en entretenant de vastes armées de métier. »

Hauk tira son épée sur ses genoux.

« Des esclaves, alors. Ces villes font-elles dans le commerce d'esclaves ?

— Oui, en effet, mais à mon avis vous découvrirez que les autochtones se sont accaparé ce marché. »

Hauk fronça les sourcils à l'adresse de Vallon.

« Vous m'aviez dit avoir l'intention de tremper dans la vente d'esclaves.

— C'était un mensonge. Un homme qui traite ses semblables comme des bêtes ne vaut lui-même pas mieux qu'une bête. »

Hauk reposa son verre.

« J'ai promis des richesses à mes hommes. Vous prétendez que je pourrai en trouver à l'est, et pourtant vous ne livrez aucun indice quant à la manière de les obtenir.

— Le commerce, expliqua Hero. Tout au long de la route de la soie, vous pourrez acheter un nomisma des biens que vous revendrez dix numismata un mois plus tard. Prenez le corail par exemple. À Samarcande sa valeur est estimée à cinq solidi la livre, mais à Hotan elle atteindra quatre fois cette somme, ce qui suffira à acquérir un poids équivalent de jade. Transportez cette dernière en Chine et vous la vendrez à un prix dix fois supérieur à ce qu'elle vous aura coûté.

— Nous n'avons ni corail ni jade, objecta Hauk. Les seuls biens commerciaux qu'il nous reste sont des fragments d'ambre de la Baltique. »

Une main sur un genou, il s'apprêta à se lever.

« J'espérais rapporter des nouvelles plus encourageantes à mes hommes. Merci pour le vin.

— Restez boire une autre coupe, dit Vallon. Il existe d'autres voies vers la richesse. »

Hauk se rassit avec une réticence feinte.

« Montrez-les-moi. »

Vallon attendit que son serviteur eût rempli leurs coupes.

« Certaines caravanes de la route de la soie comprennent jusqu'à mille chameaux chargés d'objets à vendre. Autant de richesses nécessitent une protection, dont le coût est déterminé par la valeur des biens et les dangers auxquels le convoi s'expose. Imaginons qu'une caravane transportant des biens d'une valeur de dix mille solidi approche un col où des bandits ont dévalisé les trois derniers convois jusqu'au moindre bout de harnais. À votre avis, combien ces marchands seraient-ils prêts à payer pour bénéficier d'une protection garantie : un dixième de la valeur de leurs biens, un cinquième ?

— Humm. Oui, je vois le profit possible dans ce genre d'affaires. »

Vallon posa les coudes sur la table.

« Malheureusement, ni vous ni moi ne commandons suffisamment de soldats pour pouvoir saisir ces opportunités. Si nous étions amenés à combiner nos forces, en revanche… »

Hauk leva une main.

« Attendez, général. Nous ne croiserons peut-être pas ces opportunités avant des mois. Mes hommes refuseront de poursuivre à moins de voir leurs efforts récompensés à court terme.

— Grâce à nous, répondit doucement Vallon, leur coopération leur a déjà rapporté davantage que ce qu'ils auraient gagné avec la piraterie. Accompagnez-nous jusqu'à l'Oxus et je vous promets de payer à vos hommes la même solde que reçoivent mes soldats. Je récompenserai vos officiers en fonction de leur rang. En ce qui vous concerne, je vous paierai volontiers au même taux que mes centurions.

— Je ne suis pas un homme entretenu.

— Bien sûr que si. Sans notre eau et notre nourriture, à l'heure qu'il est, vous serviriez de pâture aux corbeaux. Ne regimbez pas. Mieux vaut un faucon affaité bien nourri par son maître qu'un oiseau libre mourant de faim faute de proie. »

Il commença à se lever alors que Hauk se dirigeait vers la porte.

« Écoutez-moi.

— Il n'y a rien à ajouter, répliqua le Viking. Je ne suis pas une épée à louer. »

Le serviteur de Vallon s'effaça à l'entrée pour le laisser sortir.

Vallon se redressa complètement.

« Si vous franchissez ce seuil, je ne vous autoriserai plus à revenir. »

Hauk s'arrêta à la dernière seconde, les poings serrés contre les cuisses.

« Et nos bateaux ? »

Il écarta les doigts.

« Sans eux…

— Si vous les laissez là, ils seront parfaitement en sécurité, répondit Vallon. À l'exception de quelques nomades qui ne sauraient quoi faire d'un voilier, personne ne vient sur cette côte. »

Hauk se retourna.

« Nous n'avons pas de chevaux. Je n'irai pas en Chine à pied.

— Nous avons quelques montures supplémentaires pour vous et vos lieutenants. Le reste de vos hommes pourront faire le trajet sur les chariots s'ils sont fainéants à ce point. Nous leur achèterons des chevaux à la première occasion.

— Que ce soit bien clair. Si nous vous accompagnons jusqu'à cette voie commerciale, vous nous paierez en or. Un mois de gages.

— Deux. Contribuez à mon objectif comme je l'entends, et je vous paierai le trajet du retour. Vous ne jouirez pas seulement de l'or, vous gagnerez aussi en expérience et en connaissances.

— Je commence à comprendre comment vous réglez les problèmes, ricana Hauk. En y jetant de l'argent. »

Il sortit dans l'obscurité.

« Je vous ferai part de ma décision avant minuit.

— Ne tardez pas trop, lança Vallon. Un homme de mon âge a besoin de sommeil. »

Le rire de Hauk résonna avec bonne humeur, ou raillerie.

« Il va accepter, commenta Hero. Il n'a pas le choix.

— C'est bien ça le problème, répliqua Vallon. Accule un loup et il te sautera à la gorge. »

Il s'assit.

« En sortant, convoque mes centurions. »

À l'entrée de ces derniers, il ne mâcha pas ses mots.

« J'ai demandé à Hauk d'unir sa destinée à la nôtre jusqu'à Khiva. Je ne veux plus entendre parler de retraites ni de colonies. Compris ?

— Oui, sire.

— Essayez d'avoir l'air plus enthousiastes. »

La pomme d'Adam de Josselin fit le yoyo.

« Dans les rangs, la rumeur circule qu'une précédente expédition à destination de la Chine a disparu sans laisser de traces.

— C'est un fait, pas une rumeur. Je suis déterminé à ce que nous ne connaissions pas le même sort. Bonne nuit. »

XXII

Profitant d'un bref moment de fraîcheur, Wayland était parti à l'aube chasser du gibier sur une crête quand il repéra un tourbillon de poussière à l'est : un cavalier approchait ventre à terre, en soulevant un long panache. Wayland descendit jusqu'au sentier et le cavalier s'arrêta dans une giclée de graviers. C'était l'un des éclaireurs turkmènes, méconnaissable sous une carapace de crasse, les yeux injectés de sang et les lèvres pareilles à du cuir brûlé.

« Yeke ?

— Bonnes nouvelles, mon ami, que Dieu te bénisse. Nous avons trouvé le chemin des caravanes au bout de deux jours et atteint des puits le lendemain. »

L'homme se frappa la poitrine.

« N'avais-je pas dit que je trouverais de l'eau ?

— Je n'ai jamais douté de toi », répondit Wayland.

Il lui lança son outre, que Yeke but à moitié avant de se vider le reste sur la tête. Le ruissellement de l'eau sur son visage poussiéreux le fit ressembler à un mort-vivant.

« Où sont tes compagnons ?

— Restés au campement, en train de manger, de boire et de faire les yeux doux aux charmantes donzelles. Je les ai quittés hier soir et j'ai chevauché toute la nuit tellement j'avais hâte d'apporter ces nouvelles au seigneur Vallon. »

Wayland caressa l'encolure du cheval harassé.

« Ne t'attends pas à beaucoup te reposer après ta longue chevauchée. Vallon trépigne d'impatience de se mettre en route. »

Yeke s'asséna un coup de poing sur l'épaule gauche.

« Bah ! Un Seldjoukide n'a pas besoin d'un lit tant qu'il a une selle. »

Son cheval fit volte-face et, à demi conscient, Yeke se mit à repartir lentement par où il était venu. Wayland s'empara de la bride de l'animal et le remit dans la bonne direction. Quand ils pénétrèrent dans le camp, il dut réveiller Yeke d'une secousse.

Après avoir écouté le rapport du Seldjoukide, Vallon ordonna une marche de nuit qui démarra au moment où le soleil s'accroupissait à l'horizon du lac Noir. En tournant le dos au couchant, les hommes ne songèrent pas qu'ils ne verraient peut-être jamais plus la mer. Et quand bien même une telle idée leur aurait traversé l'esprit, il n'y avait aucun moyen de savoir lesquels parmi eux survivraient aux mois à venir et se retrouveraient, émerveillés, sur le rivage d'un océan à l'autre bout du monde.

Chaque soldat transportait de l'eau pour trois jours, et une réserve d'une semaine clapotait dans les barils à bord des chariots. Wayland trottait sur le bas-côté à la tête de la colonne, revigoré d'être à nouveau sur la route.

Le paysage qui défilait lentement au point du jour dans un voile de clair d'étoiles le laissait rêveur.

La nuit venue, la température chuta presque sous le point de gel. L'aube s'accompagna de notes bleu acier avant que la boule en fusion du soleil ne se levât et que les horizons ne se missent à trembloter. Quand le paysage se liquéfia en une chaleur blanche, la colonne s'arrêta pour chercher un abri sous des arbustes squelettiques. Et quand le soleil effleura de nouveau les contours de l'horizon, les hommes se levèrent pour affronter l'étape suivante, en allégeant leur résignation à coups d'humour grossier et de fantasmes fugitifs.

« Imagine qu'en franchissant la crête suivante on se retrouve à contempler une cité splendide entourée de vignobles, de vergers et de jardins.

— Pourquoi s'arrêter là ? Imagine que c'est une cité sans hommes, dirigée par des Amazones qui se languissent de soldats audacieux avec de gros braquemarts.

— Ces deux points te disqualifient.

— On a bien le droit de rêver. Est-ce que je t'ai dit que dans cette ville on servait du vin qui te transporte dans l'Éden, où tous les vœux se réalisent ?

— Je me contenterai de bains publics et d'un lit propre.

— N'écoute pas Lucien. Il râlerait même s'il était assis au paradis à la droite de l'archange Gabriel.

— Y a pas beaucoup de coucherie quand Gabriel t'a à l'œil. De toute façon, c'est pas de sexe que j'ai envie. C'est de boustifaille digne de ce nom. De quoi regorge cette ville pour me faire saliver ?

— D'ambroisie, mon ami. La nourriture des dieux. »

Wayland entendit cette conversation au passage et d'autres semblables : les soldats le saluaient d'un geste des deux mains en le regardant s'éloigner avec des expressions pleines d'interrogations.

« C'est un gars étrange, dit l'un. Il va et vient comme un fantôme.

— Tu devrais être content qu'il chevauche avec nous. Tu as vu comme il excelle à l'arc, et il sait déchiffrer la piste d'un homme ou d'une bête mieux que les Turkmènes. Petit, il courait dans la nature avec les loups. T'es pas obligé de me croire. Demande à Hero.

— En voilà un autre qui est bizarre. Il cligne des yeux, bafouille et marmonne comme un vieillard gâteux.

— Hé, je refuse d'entendre un seul mot négatif sur maître Hero. Il a apaisé sans sourciller avec du baume un furoncle que j'avais à la raie du cul. Je ne l'oublierai jamais.

— Maintenant que tu nous as gratifiés de cette image, moi non plus.

— C'est un vrai chirurgien, pas le charlatan habituel. Il enseigne à l'université de Salerne. Dieu seul sait pourquoi il a abandonné une place aussi douillette pour rejoindre cette aventure.

— Ne te laisse pas berner par ses manières douces. Il est aussi robuste que du cuir. On raconte qu'il a retiré à un ami une flèche qui lui avait transpercé les poumons.

— Le gars s'en est sorti ?

— Peu importe. Pour ma part, même si j'ai fait couler pas mal de sang au combat, jamais je ne pourrai manier un couteau de chirurgien. Diantre, je tombe dans les pommes quand je me coupe en me rasant.

— Ma foi, nous voilà sur la crête et il n'y a ni ville, ni jardins, ni haie de damoiselles pour nous accueillir.

— À la prochaine, ou celle encore d'après. Dans un voyage aussi long que le nôtre, on est forcé d'avoir tôt ou tard un coup de chance. C'est logique.

— Tu veux parier ? »

La colonne traversa au ralenti un désert argileux qui s'érodait en des formes fantastiques, avant de pénétrer dans une région de dunes sableuses. La pluie n'était plus qu'un vague souvenir, et pourtant il poussait encore du vert autour de trous d'eau saumâtre. Ces oasis étaient sillonnées par les empreintes fendues des gazelles et les coussinets des lions et des loups à leur poursuite. Des humains aussi habitaient là. Les soldats virent à plusieurs reprises des voiles de poussière brillants soulevés par des nomades qui éloignaient leurs troupeaux des envahisseurs.

Il leur fallut quatre jours pour rejoindre le sentier des caravanes. Des chariots s'étaient brisés, l'axe de leurs roues cassé en deux ou les moyeux réduits à des ovales de guingois. Vallon, qui refusait de les abandonner, ordonna que l'on procédât à des réparations de fortune au moyen de baguettes de fer, de rondelles de cuir et de coins en bois.

Wayland fut le premier à repérer le campement nomade : une vingtaine de yourtes sur la rive d'un lac asséché entourées de dromadaires blatérant et de trois troupeaux de moutons bêlants gardés par des chiens et des marmots.

L'un des cavaliers turkmènes galopa à leur rencontre.

« On ne comptait presque plus sur votre venue.

— Où est l'eau ? » s'enquit Wayland en se grattant la nuque à l'endroit où le frottement de son col crasseux avait provoqué une irritation.

Le Turkmène tourna bride et tendit le bras.

Wayland entra dans le camp en inspirant l'odeur aigre-douce des feux de crottin. Des chiens se ruèrent sur lui, et son molosse se bagarra avec l'un d'eux dans une brève mêlée avant de le faire fuir, sanguinolent et dépité. Quelques instants plus tard, le mastiff agitait la queue devant un enfant nomade.

Les bergers avaient regardé le chien imposer sa loi avec des expressions curieusement inertes, comme si l'habitude de lutter avec la nature leur avait appris qu'il était vain de prendre parti. Les hommes portaient des coiffes en poils de bouc et des robes de coton sur d'amples pantalons. Les femmes semblaient être soit jeunes et pleines de sève, soit vieilles et ratatinées.

Un nomade guida la tête de la colonne à un puits bordé de pavés. Wayland scruta le gouffre noir. Il y fit tomber une pierre et attendit qu'elle touchât le fond. Pas un bruit. Le sourire jusqu'aux oreilles, le nomade descendit un seau en cuir attaché à une corde tressée dont l'extrémité libre était enroulée, formant une pile de trois pieds de haut. Sans se départir de son sourire, il laissa filer la corde, procédé qui dura si longtemps que la moitié de l'armée était arrivée quand la corde devint enfin lâche. L'homme s'empara de l'extrémité libre qu'il lança par-dessus une barre en bois, puis l'attacha à un dromadaire. Un garçon éloigna la bête à coups de bâton et ils n'étaient plus que deux points au loin quand le seau s'éleva des profondeurs en se balançant avec son chargement d'eau amère. Hero avait rejoint Wayland et par pure curiosité, il mesura la longueur de la corde en comptant ses pas.

« Plus de sept cents pieds, déclara-t-il. Comment ont-ils foré un puits aussi profond sans machines ni véritables outils ? »

En entendant cette question, le nomade dévisagea les deux étrangers comme s'ils étaient simples d'esprit et mima énergiquement le geste de creuser.

« Grands Dieux ! s'exclama Hero. Ça a dû prendre des dizaines d'années. Imagine-toi assis dans une nacelle à plusieurs centaines de pieds sous terre en train d'écailler la terre à l'aide de bouts de silex et de fer. »

Le nomade pointa le nord-est et Wayland traduisit.

« Il dit que certains puits s'enfoncent à plus de mille pieds. »

Hero secoua la tête, ébaubi.

« Il faut que j'écrive ces détails tant qu'ils sont frais dans ma mémoire. Pourquoi ris-tu ? »

En échange de quelques rouleaux de tissu et d'un sac de perles en faïence, l'expédition acheta une demi-douzaine de moutons qu'ils firent rôtir au-dessus de foyers creusés dans le sol et tapissés de branches de saxaoul enflammées. Après le festin, les soldats bavardèrent tranquillement sous les étoiles jusqu'à ce qu'un orchestre composé de trois hommes de leur compagnie se mît à jouer un air impromptu avec une flûte de Pan, une flûte à bec et une cithare. Repu, pris d'une douce somnolence, Wayland agitait un doigt en rythme.

La musique faiblit et les spectateurs s'agitèrent. Wayland ouvrit les yeux : Zuleyka occupait l'espace devant les musiciens. Depuis qu'ils avaient accosté, il s'était tenu à distance de cette fille, mais elle n'avait pas quitté ses pensées. Elle s'empara de l'instrument du flûtiste et joua une mélodie qui semblait avoir résonné dans la tête de Wayland depuis toujours. Elle rendit ensuite la flûte, déploya les bras et tapa du pied tandis que les musiciens entonnaient un autre air. Les yeux baissés au sol, elle hocha la tête jusqu'à ce qu'ils trouvent leur tempo, puis bascula la tête en arrière, claqua des doigts et se mit en transe.

Wayland se leva et tous les autres l'imitèrent. C'était comme si la musique parcourait le corps de la bohémienne. Ses pieds semblèrent d'abord entrer en lévitation, puis ses hanches frissonnèrent avant que ce courant n'atteignît ses bras. Ils ondoyaient dans de gracieux enchaînements, suggérant toutes sortes d'images, sacrées et profanes. Puis elle les laissa retomber et oscilla pareille à une flamme, ses épaules exécutant leur propre danse. À un cri perçant de sa part, l'exhortation d'une amante, la musique accéléra et ses mouvements se firent plus exaltés.

Elle ne portait qu'un mince pantalon bouffant et un haut coupé sous la poitrine qui lui dénudait la taille. Elle se mit à faire tourner son ventre tout en secouant les hanches. Ces deux mouvements giratoires se muèrent en voluptueuses ondulations qui ne laissaient rien à l'imagination.

Aubains et Vikings se rapprochèrent tels des papillons de nuit attirés par une lampe.

« Imagine une nuit avec elle, commenta un soldat. Elle t'aspirerait l'âme. »

Wayland jeta un regard noir à l'homme qui venait de parler. Le spectacle de Zuleyka le sidérait davantage qu'il ne l'excitait. Comment pouvait-elle bouger une partie de son corps indépendamment du reste ?

Le public battait la mesure, plus d'une centaine de guerriers exhortaient Zuleyka à atteindre la jouissance.

« Elle me regarde, dit un homme à la droite de Wayland.

— Non, pas du tout. Elle a les yeux rivés sur l'Anglais. »

La peau de Wayland se tendit. Les yeux de la bohémienne regardaient bel et bien dans sa direction.

« Arrêtez cette exhibition indécente ! »

Vallon entra à grands pas dans le cercle, roide de colère. La musique cessa et un soupir monta du public. Zuleyka se détendit, prit plusieurs inspirations et s'éloigna à pas rapides : le chien, gardien de sa vertu, marchait d'un pas tranquille à ses côtés en agitant la queue comme une bannière.

« Allez vous coucher », intima Vallon.

Il parcourut la foule du regard et s'arrêta sur Wayland. Il n'y avait aucun doute quant à celui qu'il considérait responsable de cette entorse à la discipline, de cette fragilisation flagrante de la santé morale des Aubains.

Il y avait tellement d'hommes et de bêtes à approvisionner à une seule source, que le lendemain matin les tireurs d'eau œuvraient encore pour remplir les récipients de l'expédition. Vallon négocia pour qu'une dizaine de dromadaires et leurs conducteurs accompagnent son armée jusqu'à l'Oxus, sachant que d'autres animaux et assistants seraient recrutés en chemin. Leur guide, un vieillard, expliqua au général, d'une voix qui sifflait autour d'une seule et unique dent, que des brigands infestaient le sentier et s'abattaient sur les caravanes tels des loups sur des parcs à moutons.

Dans ce contexte, leur rencontre suivante avec les habitants se révéla donc être une surprise inoffensive. Sur un chemin tracé au beau milieu de nulle part, ils croisèrent une fête nuptiale : une dizaine de chameaux avançaient à pas lents, drapés d'ornements tissés avec de la laine rêche et de harnais où tintaient des cloches en argent battu, le visage des femmes était dissimulé sous des voiles de crin, la future mariée était couronnée d'une magnifique coiffe en argent et ses longues tresses brunes descendaient jusqu'en bas de sa tunique. Les Aubains s'écartèrent pour laisser passer cette procession et la regardèrent diminuer puis disparaître dans le paysage.

Ce soir-là, Wayland était occupé à ressemeler une chaussure dans les derniers rayons du soleil quand une silhouette imposante traversa la lumière.

« Vallon, dit-il en tirant fort sur son aiguille. Je me disais que je pourrais organiser une partie de chasse. »

La silhouette s'immobilisa et l'espace d'un instant Wayland crut que le général s'était offensé de cette adresse peu formelle.

« C'est à moi que vous parlez ? » demanda Lucas.

Il n'y avait personne d'autre à portée d'oreille.

Wayland, une main en visière, s'esclaffa.

« J'avais le soleil dans les yeux. Je t'ai pris pour le général.

— Je n'aurais jamais cru que des yeux aussi perçants que les vôtres pourraient vous jouer des tours », répliqua Lucas.

Il semblait figé sur place.

Wayland se leva en souriant.

« De fait, il y a une ressemblance. Quelque chose dans la ligne du menton, ton nez. Je ne sais pas. Quelque chose. »

Lucas se passa la main sur le visage.

« J'ai le nez cassé. Je ne ressemble pas du tout au général. »

Si Lucas s'était éloigné à ce moment-là, Wayland aurait oublié cette gêne passagère. Mais le jeune Franc restait pétrifié et dut se forcer à faire volte-face. Quand il se fut quelque peu éloigné, il s'arrêta, les épaules crispées, avant de repartir à la hâte.

Wayland fronça les sourcils. *Non, impossible*, songea-t-il. Et pourtant ses yeux le trompaient rarement. Il pouvait distinguer un pigeon d'un faucon à une demi-lieue, et si c'était un faucon, il pouvait déterminer au seul rythme des ailes s'il ramait ou s'il chassait.

Peu après cette rencontre, il tomba sur Gorka qui faisait griller des brochettes de mouton au-dessus d'un feu.

Wayland se massa les mains à la chaleur.

« Lucas, commença-t-il. J'ai cru comprendre qu'il venait de ta région du monde. »

Gorka se mit aussitôt sur ses gardes.

« Qu'a-t-il encore fait ? »

Wayland s'accroupit.

« *A priori* rien. Je suis curieux de savoir pourquoi un garçon originaire d'un trou perdu irait voyager jusqu'à Constantinople pour s'enrôler dans l'armée. »

Gorka retourna sa brochette. La graisse s'embrasa.

« Y a plein de recrues qui ont voyagé encore plus loin. Pour un garçon qui a envie de faire quelque chose de sa vie, un endroit comme Osse n'offre pas beaucoup d'opportunités. Je sais de quoi je parle. J'ai grandi à deux vallées de là.

— Osse se trouve en Aquitaine ? »

Gorka cracha.

« C'est basque, quoi qu'en dise le duc d'Aquitaine. »

Wayland se redressa.

« Bon appétit. »

La plupart des soirs il passait voir Hero et bavardait des événements de la journée pendant que le Sicilien écrivait son journal. Les deux hommes trouvaient ces conversations agréables, elles scellaient le lien qu'ils avaient créé au cours des nombreux mois de leur voyage vers le nord. Une fois qu'ils se furent échangé les nouvelles, Wayland se leva avec un bâillement avant de s'arrêter.

« Vallon a eu trois enfants avec sa première femme, c'est ça ? »

Hero continuait à écrire.

« Oui. Deux garçons et une fille, si je ne m'abuse. L'aîné devait avoir à peu près cinq ans quand… »

Il reposa son stylet.

« Sais-tu ce qui est arrivé aux enfants ? Vallon a-t-il essayé de prendre contact avec eux ? »

Hero se frotta les yeux.

« Je ne sais pas. Je ne lui ai jamais posé la question.

— Mais ses enfants – du moins certains – pourraient être encore en vie.

— J'imagine que oui.

— Tu ne connaîtrais pas leurs noms par hasard ? »

Hero secoua la tête.

« Vallon ne me les a jamais dits. Il refusait même de prononcer celui de sa femme. Je le lui ai demandé quand on a fui l'Angleterre et il m'a bien fait comprendre que pour lui, elle n'avait jamais existé.

— Avant que Vallon fuie la France, il avait un rang et un titre – Guy de Crion. Un commandant franc qui avait espoir d'obtenir de l'avancement aurait pu transmettre son nom à son fils aîné.

— Très probable. »

Wayland anticipa la question qui s'imposait.

« Si je te le demande, c'est que je pense beaucoup à ma propre famille, et il m'est venu à l'esprit que ce devait être aussi le cas de Vallon.

— Pas à cette famille-là. Caitlin et ses filles sont tout ce qui compte pour lui maintenant.

— Tu as raison. »

Wayland referma le battant de la tente.

« Ne te fatigue pas les yeux à écrire des banalités. »

Il avait parcouru une ou deux toises quand le battant de la tente se rouvrit, laissant passer un éventail de lumière.

« Des banalités pour toi, répliqua Hero. Des faits rares et étranges pour des gens qui dorment ce soir entre des murs familiers. »

Quelques jours s'écoulèrent avant que Wayland ne recroisât le chemin de Lucas. Il avait passé la plupart de ce temps dans une stupeur somnolente, chevauchant au milieu d'un paysage aux lignes horizontales, traversant au trot des plaines d'alcali aussi soyeuses que du talc, pataugeant dans des langues de sable qui envahissaient le chemin, l'horizon se fondant dans leur sillage en un mouvement perpétuel.

Cela dit, la vie florissait ici. Des perdrix des sables jaillissaient de trous d'eau en escadrons si denses qu'ils éclipsaient le soleil. Des tortues se traînaient dans le désert, et des lézards de quatre pieds de long changeaient de queue et découvraient des crochets d'où suintait du venin. Ces reptiles chassaient des hérissons, au pelage doux et de la taille de chatons, et des rats du désert qui se propulsaient à l'aide de leurs pattes arrière et de leur queue. La nuit, avant de s'installer pour dormir, Wayland vérifiait qu'il n'y avait pas au sol de scorpions ni de cobras. Un soir, il vit un guépard courser une gazelle, chasseur et chassée traversant l'horizon à toute vitesse dans des nuages de poussière qui se muèrent progressivement en un tourbillon furieux.

Des troupeaux d'ânes sauvages, des koulans, parcouraient le désert. C'était d'élégantes créatures à la robe crème et fauve avec une rayure noire qui courait de la crinière à la queue. Les éclaireurs turkmènes essayaient de les rattraper, mais ces animaux trapus, étonnamment rapides, distançaient les chevaux et galopaient à bonne distance avant de se regrouper pour regarder derrière eux. Après avoir observé deux de ces vaines poursuites, Wayland avait rassemblé les Turkmènes afin de leur suggérer une tactique. La seule façon d'arriver à atteindre ces animaux était de poster un écran d'archers derrière eux puis de les conduire vers l'embuscade. Ils avaient essayé le lendemain : Wayland avait longuement étudié la disposition du terrain avant de placer une demi-douzaine d'hommes en un vaste cercle quelque part derrière la ligne de fuite probable des koulans.

Lors du troisième assaut ils avaient tué deux koulans, trois au suivant. Vallon était ravi. De la viande fraîche était une bénédiction pour des hommes à l'estomac fatigué par des biscuits si durs qu'ils s'y cassaient les dents, sans compter que ces chasses donnaient un coup de fouet au moral des troupes en leur fournissant une distraction bienvenue. Il avait demandé à Aiken d'établir un roulement qui donnerait l'occasion à tous les Aubains d'y participer.

Deux jours plus tard, Lucas interrogea Wayland au réveil.

« Quand aurai-je mon tour ? »

Wayland étudia la liste d'Aiken.

« Désolé, mais tu ne maîtrises pas assez bien le tir à l'arc.

— Qui le dit ? Aiken ? »

Lucas partit d'un rire méprisant. « Arrête, intima Wayland.

— Écoutez, je sais que mon tir n'est pas comparable au vôtre, mais je m'entraîne tous les jours et ma visée s'améliore. »

C'était vrai. Chaque soir après l'installation du camp, Lucas s'isolait pour tirer des flèches jusqu'à ce qu'il fît trop sombre pour voir où elles atterrissaient.

« Tirer sur une cible fixe n'est pas la même chose que de décocher sur une proie vivante. Je n'ai pas envie de passer la moitié d'une journée à traquer un animal que tu aurais blessé à l'arrière-train.

— Je sais que je n'ai fait que viser des cibles. C'est bien pour ça qu'il faut que je m'exerce sur un objet en mouvement. Et vous ne pouvez pas nier que je monte bien à cheval. »

Wayland céda.

« L'un des soldats a des douleurs d'estomac. Tu peux prendre sa place. »

Lucas esquissa un vague sourire et partit à grands pas avant de s'immobiliser comme frappé par une brillante idée de dernière minute.

« Zuleyka peut-elle venir aussi ? »

C'était typique de sa part, toujours à en demander trop. Wayland secoua la tête.

« Non, elle ne peut pas.

— Ce n'est pas ce que vous croyez. Elle ne sait peut-être pas bander un arc, mais elle monte comme si elle était née sur un cheval.

— Il va falloir que je demande à Vallon. Après le spectacle de l'autre soir, ne te fais pas trop d'illusions. »

En fait le général accéda à cette requête avec le plus sec des hochements de tête.

« Fais juste bien comprendre que je ne tolérerai aucun… aucun…

— Batifolage ? » suggéra Wayland.

Plus tard il renforça l'injonction du général en écrasant d'un doigt le sternum de Lucas.

« Si tu poses la main sur Zuleyka, si tu lui fais ne serait-ce que de l'œil, le général te fera fouetter jusqu'au sang. »

Lucas brandit le poing.

« Vous avez ma parole ! »

Wayland l'observa qui s'éloignait le torse bombé, en roulant des épaules.

« Guy ! » lança-t-il.

Lucas s'arrêta, comme transpercé par une flèche, resta figé un moment, puis se retourna en s'efforçant à la nonchalance.

« Qui est Guy ? »

Wayland le rejoignit lentement.

« Toi. »

Lucas eut un rire ébréché.

« Vous êtes fou. »

Wayland lui tapota l'épaule.

« Quand vas-tu dire à Vallon que tu es son fils ? »

Lucas blêmit.

« Je ne suis pas son fils. Je ne sais pas de quoi vous parlez.

— Bien sûr que si. »

Lucas jetait des regards désespérés autour de lui.

« Les hommes sont prêts pour la chasse. Laissez-moi les rejoindre. S'il vous plaît. »

En effet les chasseurs piaffaient de partir.

« Nous en reparlerons plus longuement à notre retour, répondit Wayland. Ne t'inquiète pas. Je ne dirai rien à Vallon. »

L'après-midi était bien avancé quand Wayland repéra enfin un troupeau de koulans qui paissaient sur une pente au nord. Il vérifia la direction du vent, étudia les sentiers qu'avaient empruntés les animaux, puis rassembla les chasseurs. Il en délégua huit pour tendre une embuscade.

« Vous voyez ce col, dit-il en désignant une légère incurvation à l'horizon. C'est là que se dirigeront les koulans. Contournez le troupeau en restant au moins à un quart de lieue de distance. Une fois que vous aurez franchi la crête, postez-vous sur le col et restez cachés.

Cela pourrait prendre un peu de temps avant qu'on pousse le gibier à votre portée, alors soyez patients.

— Zuleyka et moi, pouvons-nous les accompagner ? demanda Lucas. Je veux participer au tir. »

Il pinça la corde de son arc pour souligner son propos.

Wayland le dévisagea d'un œil torve, puis lança un regard à Zuleyka. Elle ne cilla pas : ses iris d'un vert foncé se découpaient sur des blancs d'une pâleur éclatante, de longs cils noirs encadraient ses yeux. Aussi brune que Syth était blonde, elle lui rappelait bizarrement sa femme : toutes deux n'étaient pas tout à fait de ce monde. Il avait eu l'intention d'intégrer la fille dans son propre groupe afin de l'éloigner de Lucas, mais pour des raisons auxquelles il préférait éviter de penser, il décida que sa proximité serait trop perturbante.

Il fit signe au chef des embusqués.

« Gardez Lucas et Zuleyka bien séparés. »

Il frappa dans les mains.

« Allez-y. Il ne fera pas jour longtemps. »

Le groupe de l'embuscade suivit ses instructions et les koulans ne levèrent la tête que le temps de se dire que les cavaliers ne représentaient aucune menace, avant de se remettre à brouter. Wayland grimaça et s'empoigna le ventre. Il avait passé l'après-midi à contracter l'anus pour retenir des accès de diarrhée. Seule une violente déjection mit un terme au branle-bas de ses entrailles, et il retourna à son poste, le front moite, tandis que les derniers embusqués sautaient par-dessus la crête.

Quand ils eurent disparu, il disposa en croissant les huit soldats restants et les conduisit au trot vers les koulans. Ils les laissèrent approcher à moins de deux tirs de flèche avant de secouer la tête et de partir au galop. Wayland les suivit sans trop les serrer afin de leur laisser toutes les chances de prendre la ligne naturelle de fuite qui les conduirait vers le col. Le temps que les ânes filent par-dessus la crête, le soleil bouillonnait sur le sol du désert.

Il agita le bras et ses hommes lancèrent leurs chevaux au triple galop à coups de talons pour fermer la ligne de retraite. Ils arrivèrent au col juste à temps pour voir les derniers filer dans une ravine en bordure du col, poursuivis par Lucas, Zuleyka et Yeke. Ceux-ci atteignirent la ligne d'horizon et plongèrent hors de vue. Le reste de l'embuscade rejoignit Wayland : les hommes secouaient la tête, dégoûtés.

« Que s'est-il passé ? »

L'un des chasseurs se pinça une narine et éjecta de la morve.

« Cet imbécile de Franc n'a pas attendu que le troupeau entre dans le piège. Dès l'apparition du premier koulan, il a essayé de lui couper la route et a envoyé le reste des bêtes se carapater par là.

— Qu'est-ce qu'il fabrique à les poursuivre ? »

Le soldat étala le mucus sur ses braies.

« Il a tiré une flèche dans la panse de l'animal. S'il croit qu'il va revenir glorieux, il va être déçu. Je vais le massacrer.

— Je le ferai pour toi, dit Wayland. Retournez au camp. Je vais attendre Lucas. »

Ils s'éloignèrent nonchalamment. Wayland attendit, le désert s'installait dans son silence nocturne, le sable refroidissait autour de lui. Il ne restait plus du soleil qu'une balafre cramoisie. Son mal de ventre l'avait trop affaibli pour qu'il allât pourchasser Lucas. Peut-être les cavaliers avaient-ils tué leur proie et étaient à présent en train de la découper. Ce n'est que lorsque Vénus s'anima dans un clignotement qu'il commença à s'inquiéter. Il fit claquer sa langue, et son cheval et son chien s'avancèrent au bord de la crête.

Le monde au-delà était inondé par les ombres. Il scruta la vacuité du paysage sans repérer aucun signe de mouvement. Ses cris se perdirent dans l'immensité. Il se dit que les chasseurs devaient avoir tué l'âne dans une ravine hors de vue et hors de portée d'oreille. La lumière s'était presque évanouie quand une flamme piqua la plaine en contrebas de la crête. Son soulagement se mua en perplexité. Les chasseurs ne s'étaient quand même pas arrêtés pour faire cuire leur proie ! Il passa mentalement en revue toutes sortes de possibilités sans arriver à se fixer sur rien de plausible.

La flamme s'éteignit. Ils devaient être sur le retour. Wayland attendit, et il attendait encore alors qu'ils auraient dû être revenus depuis longtemps. Sans plus d'atermoiements, il se mit à les pister. Même dans l'obscurité, il repéra vite des taches de sang laissées par le koulan blessé.

Cependant il avait trop tardé. La nuit cacha la piste avant qu'il n'arrivât au bout.

« Trouve-les », intima-t-il à son chien.

Il suivait en rappelant son molosse quand il s'éloignait trop. Sa colère devant l'indiscipline de Lucas se teinta d'inquiétude puis s'aggrava en angoisse. Il était arrivé malheur. Peut-être la fille avait-elle essayé de s'échapper. Peut-être Lucas et le Seldjoukide s'étaient-ils querellés à cause d'elle. Peut-être l'avaient-ils violée…

Le chien grogna, Wayland s'arrêta net. Il encocha une flèche, se laissa glisser à terre et scruta les ténèbres. Le rire sardonique de hyènes lui fit dresser les poils sur la nuque. Il tressaillit au vol d'un engoulevent à côté de lui. Il déglutit et fit avancer son cheval.

Il sentit alors une forte odeur de braises et trouva les restes d'un feu, où des branches à moitié carbonisées étaient grossièrement éparpillées. Le chien le guida en haut d'une ravine à sa droite. Au sommet il tomba sur le cadavre du koulan, dont une patte arrière avait été découpée. Quelques toises plus loin, il trouva un corps étalé face contre terre, deux flèches plantées dans le dos. Il le retourna et reconnut le visage de Yeke, la gorge tranchée avec une précision de boucher. Un genou au sol, il scruta toutes les formes et recoins alentour.

« Lucas ? Zuleyka ? »

Il ne s'attendait pas à obtenir de réponse. Ses sens, exacerbés de façon surnaturelle dans son enfance, avaient flairé la piste d'hommes et de chevaux inconnus.

Il enflamma un brandon de broussailles et quadrilla le sol de façon à se forger une idée de ce qui s'était passé. Puis il se remit en selle et retourna au campement.

Une escouade de soldats munis de torches l'intercepta avant son arrivée. Vallon, qui chevauchait au centre, se plaqua une main sur la bouche à la vue de l'expression de Wayland.

« Morts ?

— Yeke, oui. Cinq archers à cheval l'ont occis et ont capturé Lucas et la fille. »

Vallon tourna bride.

« Rapport complet au camp. »

Wayland se lava et mangea avant de se présenter devant le général. Vallon secoua la tête.

« J'aurais dû me douter qu'autoriser Lucas à se joindre à la chasse se terminerait en désastre.

— Il ne pouvait pas savoir que des bandits étaient en embuscade. S'il y a un responsable, c'est moi. J'aurais dû vérifier le site plus attentivement. »

Vallon fit rouler ses épaules comme pour essayer de décharger un fardeau.

« Les chasseurs m'ont expliqué que Lucas avait tiré une flèche au mépris de tes instructions. Résultat, l'un de mes hommes – mon éclaireur principal – gît mort au milieu d'une étendue sauvage. Ma foi, Lucas et la fille n'ont qu'à payer pour leur stupidité.

— Êtes-vous en train de dire que vous les jetez aux loups ?

— Oui.

— Lucas est un soldat de votre escadron.

— Pas par une quelconque volonté de ma part. Quant à la fille…

— Laissez-moi prendre quatre hommes et partir à leur recherche.

— Non. Je refuse de risquer davantage de vies.

— Alors j'irai moi-même.

— Je te l'interdis ! » explosa Vallon.

Wayland baissa les yeux au sol.

« J'irai avec ou sans votre consentement. »

Il avait quitté la tente avant que Vallon pût répondre.

« Reviens, foutre Dieu. »

Wayland expulsa tout l'air de ses poumons, puis fit demi-tour. Il évita le regard du général.

Celui-ci partit d'un rire sans joie.

« Toujours ce même bon vieux Wayland. À prendre le contre-pied de tous les ordres. »

Il voûta les épaules.

« Je prendrai une décision quand j'aurai examiné le site. »

Deux escouades quittèrent le camp au cœur de la nuit et atteignirent la scène du crime peu avant l'aube, dans une lumière lugubre. Des hyènes et des chacals avaient déjà commencé à dévorer le Seldjoukide et le koulan morts. Wayland suivit la piste des nomades puis revint au rapport.

« Ils ont retrouvé le reste du clan à un peu moins d'une lieue au nord. Ils sont seize au total, y compris des femmes et des enfants, plus vingt chevaux et quatre dromadaires. »

Les lèvres pincées, Vallon balaya du regard l'immensité du paysage. Il agita une main en direction du guide.

« Demande-lui ce qui se trouve là-bas. »

Le vieillard répondit avec des gestes éloquents. Wayland esquissa un sourire.

« Il dit que seuls les djinns peuplent le désert. »

Vallon regardait fixement la scène atroce.

« Inutile de les poursuivre. Ils vont les conduire au marché d'esclaves le plus proche. C'est Khiva. On les cherchera là-bas.

— Les nomades voyagent sûrement léger en terrain familier, répliqua Wayland. Ils arriveront à Khiva bien avant nous.

— Cela vaut aussi pour toi. Ils ont déjà une demi-journée d'avance.

— Ils progresseront à l'allure des dromadaires. Des cavaliers peuvent chevaucher deux fois plus vite. »

Vallon le regarda les yeux plissés.

« Tu y tiens vraiment.

— C'était moi l'instigateur de la chasse. Lucas et Zuleyka relèvent de ma responsabilité. »

Le désert commençait déjà à trembler sous la chaleur du soleil.

« Seul, tu ne survivras pas deux jours. Choisis six hommes endurcis à ces conditions. Si demain au coucher du soleil vous ne les avez pas rattrapés, revenez, c'est un ordre. »

Wayland hocha la tête.

« Demain au coucher du soleil. »

L'Anglais et ses hommes partirent chargés de trois gallons d'eau chacun, plus une réserve portée par deux montures supplémentaires. La piste fut d'abord facile à suivre, ils chevauchèrent aussi vite que les conditions le permettaient. Les espoirs que nourrissait Wayland de les rattraper à la nuit tombée furent brisés quand le sable se mua en champ de graviers et en saillies rocheuses. Il ne pouvait plus se fier pour continuer qu'à des indices disséminés : du crottin de dromadaire, la branche d'un saxaoul cassée par un panier de bât, des coques de pistaches jetées. À moins que les nomades ne ralentissent, il ne parviendrait pas à les rattraper avant le délai fixé par Vallon.

Le lendemain matin, ils durent faire face à un vent contraire capricieux et poursuivirent sur un sol d'argile lustré tellement dur que les sabots n'y laissaient pas d'empreintes. Des giclées de sable ricochaient sur cette surface polie comme s'ils glissaient sur de la glace. Ils chevauchèrent toute la journée : le soleil rougeoyait pareil à une gigantesque boule de charbon ardent, les cavaliers marchaient sur leurs ombres indigo quand enfin ils arrivèrent sur les rives d'un lac asséché où le moindre signe du passage de l'homme avait disparu. Le vent se renforça, obligeant l'escouade à chevaucher le visage masqué, et au coucher du soleil, la poussière soulevée par les rafales peignait le ciel d'étonnantes teintes de rose, d'ambre et de violet.

Wayland n'avait d'autre choix que de rebrousser chemin. Ils avaient épuisé plus de la moitié de leur eau et ne pourraient pas se réapprovisionner avant d'avoir retrouvé la caravane. Certains chevaux boitaient. Le chien avait les coussinets à vif. Le matin suivant, Wayland se mit en selle, jeta un dernier regard sur les étendues arides et conduisit son équipe vers le sud.

Il leur fallut six jours pour rattraper l'expédition, eût-il fallu en endurer un septième, tous n'auraient pas survécu. Hero passa du baume sur le visage cloqué de Wayland et lui baigna les yeux avant que l'Anglais n'allât faire son rapport à Vallon.

Le général l'aida à s'asseoir sur une escabelle.

« Tu as fait de ton mieux. »

Wayland se massa les yeux.

« Je n'ai pas complètement perdu espoir. Comme vous l'avez dit, les marchands d'esclaves vont probablement emmener Lucas et Zuleyka à Khiva.

— Nous n'allons pas à Khiva. »

Wayland le dévisagea.

« J'ai changé notre programme, expliqua Vallon. Nous pouvons raccourcir notre voyage d'une semaine en visant Boukhara, plus loin au bord de l'Oxus.

— Vous ne pouvez pas abandonner comme…

— Je suis responsable de la vie de plus de cent hommes, répondit Vallon d'une voix douce mais ferme. Chaque jour qui passe, le désenchantement des Vikings s'accroît.

— Je vous avais bien dit de ne pas unir votre sort au leur.

— Vikings ou pas, je ne suis pas en position de dérouter mes hommes. Nous allons à Boukhara. »

Wayland s'exprima à travers un brouillard de lassitude.

« Vous pourriez regretter cette décision.

— Comment ça ? »

Wayland ouvrit la bouche et se rendit compte que les mots refusaient de sortir.

« Alors ? » insista Vallon.

Wayland savait qu'il ne pouvait pas faire part de ses soupçons. Et s'il se trompait au sujet de Lucas et que le général allait à Khiva pour finalement découvrir que le garçon était ce qu'il prétendait : le fils d'un éleveur de chevaux pyrénéen ? Ou encore, songea Wayland, et s'il avait raison et que Vallon se rendait à Khiva pour s'apercevoir que Lucas n'y était pas ?

« Rien, répondit-il. Je suis trop fatigué pour réfléchir correctement. »

XXIII

Yeke avait tiré sa quatrième flèche en plein galop, amenant le koulan à s'affaisser sur les genoux dans une ravine à près d'une demi-lieue du départ de la chasse. Après avoir sauté à bas de son cheval, il avait enfoncé son couteau dans la jugulaire de l'animal. Le sang avait violemment giclé et l'âne s'était débattu tandis que de son cou montait un sifflement horrible. Lucas l'avait rejoint au moment où les spasmes de la bête s'apaisaient dans la mort.

« Bien visé, Yeke, mais n'oublie pas qui a logé la première flèche. »

Le Seldjoukide recueillait le sang du koulan dans un bol en cuir qu'il semblait transporter spécialement à cet effet. Il avait agité sa lame vers la crête.

« Cherche de l'aide, avait-il intimé dans son grec limité.

— Vas-y, toi », avait lancé Lucas à Zuleyka.

Elle s'était éloignée dans le crépuscule. D'un seul coup profond, Yeke avait entaillé la carcasse et s'était mis à sortir les intestins.

« Laisse-moi t'aider », avait proposé Lucas.

Yeke l'avait éloigné d'un geste et désigné l'embouchure de la ravine.

« Allume un feu. »

Lucas avait enflammé des broussailles et jeté quelques grosses branches sur le feu avant de revenir vers son compagnon. Comme il faisait presque trop sombre pour distinguer le sol sous ses pieds, il s'était dirigé au son de la mélopée funèbre que le Seldjoukide chantait à l'intention de l'âne.

Soudain, un vrombissement avait coupé court à cette complainte. Le gravier avait crissé et les poils sur la nuque de Lucas s'étaient hérissés. Dégainant son épée, il avait scruté les alentours, incapable de discerner quoi que ce fût à l'exception du feu.

« Yeke ? »

L'épée brandie, il avait avancé lentement. Devant lui, un entrechoquement l'avait fait bondir en arrière.

« Qui est là ? »

Des cris perçants l'avaient tétanisé. Il avait fait volte-face : deux silhouettes s'étaient précipitées vers lui et soudain un coup porté à la tempe l'avait assommé.

Quand il avait repris connaissance, un visage pareil à celui d'un rat le dévisageait avec un sourire de pure satisfaction. Il avait tâtonné à la recherche de son épée sans parvenir à la trouver. On lui avait alors bloqué les mains dans le dos avant de le pousser vers la carcasse. Il entendait derrière lui d'autres hommes qui éteignaient le feu à coups de pied.

Il avait aperçu Yeke, étendu face contre terre, deux flèches plantées dans le dos et une tache noire qui s'élargissait autour de la tête. Accroupi à côté du koulan, un nomade découpait une patte de l'animal.

Deux autres hommes avaient surgi, conduisant entre eux Zuleyka et son cheval.

Ses ravisseurs l'avaient hissé sur sa selle, lui avaient ligoté les mains de façon qu'il pût tout juste manipuler les rênes et lui avaient attaché les jambes sous le ventre d'Aster. Le chef avait lancé un ordre aigu et l'un de ses hommes avait fait avancer Aster d'un coup de fouet.

Du dos de la main, Lucas avait palpé la bosse qui enflait sur sa tempe. Étourdi, il se sentait trop mal pour comprendre ce qui se passait. L'attaque était venue de nulle part, le crissement ayant été le seul avertissement.

« Zuleyka, avait-il bredouillé. Ça va ? Qui sont-ils ? Qu'est-ce qu'ils veulent de nous ? »

Il n'avait compris de sa réponse que le mot « esclave ».

« Je ne suis l'esclave de personne. »

Un nomade l'avait giflé en travers de la bouche avant d'agiter un doigt menaçant.

Lucas avait vomi puis s'était essuyé la bouche.

« Arrière, espèce de barbare au cœur noir. Je ne suis l'esclave d'aucun homme, et je le prouverai en t'arrachant le cœur et en te l'enfonçant dans la gorge. »

Le nomade n'avait pas pu comprendre, et pourtant il s'était esclaffé comme si ce n'était pas la première fois qu'il entendait ce genre d'affirmations creuses.

Les nomades avaient retrouvé trois générations de leurs semblables à un trou d'eau. Les femmes avaient poussé des youyous, étaient tombées à genoux, avaient embrassé les mains des ravisseurs et avaient joint les paumes afin de remercier Dieu Tout-Puissant de leur avoir livré ces tendres infidèles. Le chef avait coupé court à leurs célébrations et leur avait ordonné de lever le camp en toute hâte. À en juger par les regards qu'ils n'arrêtaient pas de jeter derrière eux, ils s'attendaient à être poursuivis.

Ils avaient chevauché toute la nuit sans s'arrêter en suivant un trajet chaotique, certains s'écartant du groupe afin de laisser de fausses pistes. À deux reprises, l'un des ravisseurs de Lucas lui avait plaqué une gourde d'eau contre la bouche. La première fois il avait refusé, la deuxième il avait bu tout son saoul et aurait bu encore davantage si le marchand d'esclaves ne lui avait pas retiré le goulot.

Le lever du soleil avait révélé à quel point la situation des captifs était critique : le paysage rabougri se déroulait jusqu'au bout de la terre. Le chef exhortait son clan avec des cris d'oiseau sans épargner ni les femmes, ni les enfants, ni les prisonniers. Ils avaient franchi une forêt d'arbustes flétris qu'on eût dit consumés par le feu puis blanchis par un millier d'années de sécheresse. Puis ils avaient marché au milieu d'arbres aux troncs trapus surmontés d'un cercle de branches ressemblant à des ombrelles brisées. Un sur trois servait de perchoir à de petites chouettes aux pupilles étrécies pour se protéger du soleil.

Ils avaient traversé des terres arides criblées de mouches et des étendues minérales polies comme du mica, où le reflet des rayons du soleil transperçait le crâne de Lucas. Un garçon avait soulagé ses souffrances en lui tamponnant les yeux avec un mélange de suie et de suif. Il avait également encapuchonné la tête d'Aster. Après quoi il avait chevauché aux côtés du Franc, auquel il avait tenté d'arracher une réaction en arborant des mines grotesques.

Lucas observait son bourreau de ses yeux irrités.

« Aussi jeune puisses-tu être, je te clouerai en plein soleil les yeux grands ouverts jusqu'à ce qu'ils cuisent comme des œufs. »

Une autre nuit était tombée et ils continuaient toujours, chevauchant en silence dans une mer intérieure desséchée d'une blancheur d'os. Lucas avait conclu de l'observation des étoiles que les marchands d'esclaves se dirigeaient au nord-est : à Khiva.

L'aube devait approcher quand deux cavaliers venus du sud les avaient rattrapés pour leur apporter des nouvelles qui avaient lancé le clan dans un nouveau paroxysme de prières et de remerciements.

Lucas avait frotté ses lèvres gercées.

« Le groupe de recherche a fait demi-tour », avait-il expliqué à Zuleyka.

Il avait craché pour soulager la sécheresse pâteuse de sa bouche.

« Peu importe. Je n'ai besoin de l'aide de personne pour m'échapper. »

Zuleyka avait désigné la gigantesque vacuité. *Où ça ?*

Alors seulement le chef avait ralenti l'allure. Peu après le lever du soleil, les ravisseurs firent halte et se mirent à creuser une fosse dans le sable. À quatre pieds de profondeur, ils trouvèrent de l'eau là où nul autre n'aurait pensé à aller la chercher. Les hommes dressèrent des auvents artisanaux sous l'un desquels ils traînèrent Lucas. À l'ombre de celui-ci, il observa une mère et sa fille qui assemblèrent un métier à tisser et commencèrent à confectionner un tapis en échangeant des propos domestiques.

Un coup de pied le fit émerger d'une somnolence nauséeuse. La main en visière pour se protéger du coucher de soleil, il découvrit le chef et ses hommes qui le dévisageaient avec un grand sourire. Le chef du clan était quelconque : des traits pincés encadrés par une barbe clairsemée.

« Qu'est-ce que vous regardez ? »

L'homme empoigna Lucas par le menton et lui fit tourner la tête pour l'exhiber aux curieux. Ils signifièrent leur approbation par des hochements de tête et des grommellements.

« Ôte tes sales pattes de là. »

Sur un ordre du chef, deux nomades le relevèrent et le déshabillèrent. Alors qu'il se débattait, il entendit Zuleyka crier et vit un groupe de vieilles femmes la pousser derrière un paravent. Une lame pressée contre sa trachée eut raison de ses protestations.

Ses ravisseurs l'examinèrent sous tous les angles, le chef accroupi un peu à l'écart afin de déterminer la valeur de son prisonnier. À en croire les éclats de rire des nomades, ils le considéraient comme un spécimen de premier choix qui atteindrait un bon prix au marché et donnerait du plaisir aux servantes de son prochain maître.

Puis le chef ordonna de le revêtir. Une vieillarde se releva en titubant, l'air de jubiler : Lucas comprit que Zuleyka, après avoir également subi l'examen le plus intime, avait été jugée comme un bien de valeur.

N'ayant mangé que des croûtes depuis son enlèvement, il mourait de faim. L'odeur âcre du feu de bois prit progressivement le doux fumet de la viande rôtie.

Un nomade lui apporta une brochette : il plongea les dents dans la chair grillée dont les sucs lui giclèrent dans la bouche.

Après son repas, il appela vainement Zuleyka. Depuis qu'elle avait été reléguée aux soins des femmes, il ne l'avait aperçue que de loin, sans avoir la moindre occasion de lui parler.

Le camp s'immobilisa. Allongé sur le dos pour regarder les étoiles, Lucas ruminait des fantasmes sanglants de fuite et de revanche.

Les journées de voyage dans le désert s'étirèrent en semaines et la certitude inoxydable qu'avait Lucas de s'échapper s'émoussa sérieusement. Ses ravisseurs le surveillaient nuit et jour, même pendant ses besoins. Qu'ils le laissent ou non partir importait peu. Zuleyka avait raison. Cette étendue sauvage n'offrait aucun refuge.

L'espoir rejaillit quand les nomades rejoignirent un sentier et commencèrent à croiser d'autres voyageurs. Hélas, loin de cacher leur crime, les ravisseurs de Lucas s'en réjouissaient, exhibant leurs trophées à tous ceux qu'ils rencontraient. Un marchand rondouillard assis à califourchon sur une mule blanche sanglée de belles sacoches s'arrêta avec sa cohorte de gardes afin de négocier l'achat de Lucas. Le chef des brigands au visage de rongeur interrompit ce marchandage interminable en décrétant que le Franc atteindrait deux fois le prix proposé au marché aux esclaves.

Lucas arrivait désormais à comprendre suffisamment la langue turkmène pour saisir qu'ils avaient décidé de vendre leurs captifs à Boukhara. Après quatre jours de chevauchée, ils atteignirent les berges de l'Oxus et suivirent la rive sud en direction de l'est, longeant la lisière d'une steppe envahie de roseaux. Le chef passa une journée à négocier la traversée avec un passeur. Lucas essaya d'expliquer au bandit que, quelle que fût leur valeur sur le marché, Vallon paierait trois fois cette somme pour les reprendre. Le pirate du désert ne semblait pas comprendre le concept d'argent. Il n'avait probablement jamais manipulé une pièce de sa vie.

Au-delà de l'Oxus, la route qui menait à la capitale traversait une steppe vallonnée parsemée de pistachiers et de champs de coquelicots sauvages. Les terres arides s'adoucirent en une terre fertile irriguée par un réseau de canaux. Lucas traversait des champs de melons et des bosquets de grenadiers, quand un jour à midi il vit les murs de l'oasis de Boukhara se déployer sur quinze lieues à travers la plaine. Après encore deux jours de marche, il pénétra dans la ville proprement dite par une enceinte qui s'arrondissait toutes les cinquante toises en une tour de guet.

Une fois à l'intérieur des remparts, en s'engageant dans les rues bondées, les bandits nomades virent leur statut se réduire à celui de péquenauds ; ils chevauchaient groupés, jetaient des regards nerveux et des coups retenus aux vendeurs ambulants qui s'agrippaient à leurs étriers.

Une avenue étourdissante qui traversait la cité débouchait sur une place murée ceinte de casernes dépourvues de fenêtres. Des gardes refermèrent la porte cloutée et la clameur de la ville se fit murmure. Un agent flanqué de ses hommes sortit et écouta avec un ennui feint le brigand des sables vanter les qualités de ses captifs. Quand le nomade eut terminé son article, l'agent missionna un homme qui s'en revint avec un rouleau de coton et quelques petites bandes de cuivre qu'il jeta aux pieds du bandit.

Ce dernier poussa des gémissements et trépigna. Il en appela à Dieu pour corriger cette injustice. Mais dans le monde des marchands, c'était la loi de Mammon, le Dieu argent, qui prévalait : les hommes forts du fonctionnaire éconduisirent le bandit avec des biens d'une valeur inférieure à celle que Vallon aurait fixée en échange d'un mouton.

Dans la place vide, l'agent jaugea ses achats avant d'ordonner à ses hommes de conduire Lucas et Zuleyka dans deux directions opposées.

Les gardes du garçon le poussèrent dans un cachot voûté puant et l'assirent sans ménagement sur un banc taillé à même le mur. Ils lui enchaînèrent une jambe à un anneau en fer fixé au sol puis partirent. Quelques petites bougies jetaient une lueur lugubre sur au moins trente autres prisonniers affaissés dans des postures désespérées. Personne n'accorda guère plus qu'un coup d'œil morne et fugitif au nouvel arrivant.

« Quelqu'un parle-t-il français ici ? »

Hormis un gargouillis incompréhensible, personne ne répondit.

« Grec, alors. Quelqu'un parle-t-il grec ?

— Qu'est-ce que tu veux ? demanda une voix dans la pénombre.

— Quel est cet endroit ?

— L'antichambre du paradis. À ton avis ? »

Lucas se laissa tomber contre le mur gras.

« Quand nous emmènera-t-on au marché ?

— Bientôt. Ils ne veulent pas qu'on leur bouffe leurs profits.

— Y a-t-il un moyen de s'en sortir ? »

Il y eut un rire torturé.

« Ça oui. Pas plus tard que ce matin, l'un d'entre nous s'est échappé : il repose désormais dans le giron de notre Seigneur. Comment as-tu atterri dans ce bouge ?

— J'étais soldat dans une expédition byzantine à destination de la Chine. J'étais parti chasser quand… »

Lucas s'interrompit.

« Qu'est-ce qu'il y a de drôle ?

— Je n'arrive pas à croire que ces imbéciles à Constantinople envoient deux troupes d'affilée. J'ai été embarqué dans la même mission il y a plus d'un an et ça a été un désastre du début à la fin. Notre commandant était un idiot qui croyait pouvoir donner des ordres aux Turkmènes comme si c'était des chiens.

— Que s'est-il passé ?

— La plupart de mes camarades ont été tués dans une embuscade, les survivants vendus comme esclaves. Je suis l'un des derniers à aller sur le marché. D'ici un mois, ce trou sera rempli de tes compagnons. »

Lucas secoua ses entraves.

« C'est là que vous vous trompez. Mon commandant n'est ni un imbécile ni un pleutre. C'est…

— Oui ? Quoi ? »

Lucas se liquéfia.

« C'est mon père. »

Au réveil, il se retrouva sous la lumière scrutatrice d'un gentilhomme élégant à la robe immaculée et dont la barbe couleur neige épousait le contour ovale de son menton. S'abritant derrière un pot pourri en argent, il demanda en grec :

« Qui es-tu et d'où viens-tu ?

— Je suis Lucas d'Osse, soldat dans l'armée du général Vallon, qui conduit une mission diplomatique commissionnée par Sa Majesté Impériale Alexis Ier Comnène, dirigeant de l'Ouest. Si mes compagnons ne sont pas encore arrivés à l'heure qu'il est, attendez-vous à les voir débarquer d'un jour à l'autre. Ils me chercheront, et s'ils découvrent que vous m'avez vendu comme esclave, attendez-vous à des représailles féroces. Je suis le fils du général Vallon. Vous m'entendez ? Son fils. »

Le marchand d'esclaves haussa un sourcil puis se retira. Une larme roula sur la joue de Lucas. Quand Wayland s'était ouvert à lui, il avait nié sa parenté avec Vallon. L'Anglais n'exprimerait pas ses soupçons au général. Vallon ne saurait jamais que trois mois durant, son propre fils avait chevauché en sa compagnie.

La nourriture, quand elle venait, consistait en des biscuits servis dans un gruau liquide. Le troisième jour, des gardiens lavèrent Lucas, lui coupèrent les cheveux et l'habillèrent d'une tunique grossière mais propre, avant de le conduire, ainsi qu'une dizaine d'autres hommes mis aux fers, dans la lumière éblouissante du soleil. La place avait été grande ouverte aux commerçants, lesquels avaient installé des baraques et des étals tout autour de l'arène des enchères. Des citoyens qui vaquaient à leurs occupations observaient la file cliquetante des esclaves sans plus d'intérêt qu'ils n'en auraient manifesté pour un troupeau de moutons en route vers l'abattoir. Lucas essayait de redresser les épaules. Celui qui l'achèterait allait maudire le jour où il avait prétendu posséder Lucas d'Osse.

XXIV

Des minarets et des dômes sous une lune coquille d'œuf donnèrent à Hero son premier aperçu de Boukhara la noble. L'expédition campa dans un verger à moins d'une lieue de la capitale, et partit à l'aube, visages débarbouillés, vêtements lavés, armures polies. Ils n'avaient pas parcouru une demi-lieue qu'une troupe de lanceurs et d'archers leur bloquait déjà le passage.

Vallon tendit à Hero les lettres en arabe et en perse écrites par le département du logothète.

« Je te laisse négocier. »

Le commandant portait un camail et un haubert en écailles de poisson par-dessus une tunique en soie. Après avoir écouté le discours de Hero, il envoya un lieutenant porter les documents au palais de l'émir puis éloigna ses troupes à bonne distance, laissant l'expédition de Vallon mijoter sur la route. Un brouillard de fumée et de poussière était suspendu au-dessus de la ville. Derrière les murs brun foncé, le dôme vert marin d'une mosquée flottait dans ce voile tel un poulpe, plus loin une coupole dorée brillait faiblement et des minarets pareils à de minces phallus disparaissaient dans la brume.

Le secrétariat de l'émir leur transmit la permission d'avancer en fin d'après-midi. Les soldats se postèrent de part et d'autre du convoi et l'escortèrent par une porte percée dans une tour fortifiée qui s'élevait à quarante pieds au-dessus des remparts. Immédiatement à l'intérieur se trouvait un faubourg apprécié de l'élite de la ville : quelques portes ouvertes offraient des aperçus de cours et de jardins bien arrosés. L'escorte mena l'expédition à un *ribat* construit contre les fortifications. De l'extérieur, ce caravansérail ressemblait à une prison, avec ses murs aveugles en boue et ses tours à chaque coin, qui faisaient partie intégrante des défenses de la ville. La compagnie entra par une enfilade de portes en bois sculpté percées dans un donjon construit avec des briques ornées de motifs de cordes tressées. À l'intérieur se trouvait une cour paisible, avec en son centre un bassin rectangulaire ombragé par des mûriers et entouré de logements cloîtrés qui comprenaient des dortoirs et des appartements spacieux construits au-dessus d'écuries, de cuisines et de bains. Un panel de serviteurs se tenait prêt à assister les hôtes étrangers et un jardinier voûté accompagné de son fils vaquaient à leur tâche, arrosant les parterres de rosiers.

Le commandant de l'escorte informa Hero que le représentant de l'émir viendrait leur rendre visite le lendemain, après les prières du matin. En attendant, cuisiniers, blanchisseurs et pale-freniers étaient à leur disposition pour répondre à leurs besoins. Aussitôt les portes refermées derrière l'escorte, des soldats armés d'arc s'alignèrent sur le parapet et prirent position toutes les cinq toises, face à la cour.

Quand Vallon eut trouvé ses quartiers et organisé ses affaires, il convoqua ses lieutenants à un conseil dans l'*iwan* du caravansérail : une salle voûtée à trois murs ouverte côté nord pour laisser passer les brises rafraîchissantes. Il épousseta sa tunique et contempla la cour.

« J'ai vu pire en matière de cantonnement. »

Hauk jeta un œil aux gardes.

« Une prison parfumée à la rose n'en est pas moins une prison. »

Vallon esquissa un geste de la main.

« Patience. »

Cette qualité, les Vikings en avaient étiré les propriétés jusqu'au point de rupture. Ils étaient des vagabonds de la mer à des centaines de lieues de leur élément, des hommes du nord à la peau claire qui se flétrissait sous la morsure du soleil d'orient.

« Rappelle-nous à qui nous avons affaire, demanda Vallon à Hero.

— Boukhara est dirigée par les Karakhanides, une tribu turque apparentée aux Seldjoukides mais en conflit avec eux. Comme les Seldjoukides, ce sont des musulmans convertis qui ont adopté la culture arabe et perse tout en conservant certaines de leurs mœurs nomades. Le dirigeant se fait appeler à la fois sultan et khan, son gouverneur à Boukhara porte les titres d'émir et de bey. Le khan actuel s'appelle Ahmad, petit-fils d'Ibrahim, un seigneur des horizons qui considérait les murs comme une prison et dirigeait la ville depuis un campement nomade. Malgré leurs origines sauvages, les membres de cette dynastie sont de généreux protecteurs de la religion et des arts, qui dotent de nombreuses madrasa et élèvent la réputation de Boukhara au rang de “dôme des connaissances de l’Est”. Avicenne, le célèbre historien et médecin, est né dans cette ville. Jeune homme, Omar Khayyam, brillant mathématicien, astronome, philosophe et poète, a étudié l’algèbre ici. »

L’héritage culturel des Karakhanides n’intéressait pas Hauk.

« Comment on les dépouille, ces marauds ? »

Vallon grimaça.

« Nous sommes moins de deux cents entourés par des milliers de soldats. Jouez au pirate ici et vous mourrez comme un pirate. Il me faut vous prévenir que les Turkmènes ont des méthodes ingénieuses pour exécuter les malfaiteurs. Enfoncer dans le rectum un pieu épointé garni de barbelures en est une. Une nuit passée dans une fosse en compagnie de serpents et de scorpions venimeux en est une autre. Et je suis sûr que ce n’est qu’un aperçu de leur cruelle inventivité. »

L’un des lieutenants de Hauk, un individu massif avec des yeux décolorés, un nez camus et une barbe tressée, se pencha et cracha effrontément près des pieds de Vallon.

« Nous sommes là uniquement parce que vous nous avez refusé quelques barils d’eau. »

Vallon toucha la poignée de son épée.

« Vous êtes en vie uniquement parce que j’ai eu pitié de vous. »

Hauk leva une main en signe d’apaisement.

« Paix, Rorik. Nous sommes maîtres de notre destinée, à présent, et nous avons suffisamment d’or pour poursuivre nos ambitions. »

Vallon lissa sa tunique.

« Précisément. Vous êtes libres de suivre tout vent qui vous semblera favorable. »

Hero regarda les Vikings partir.

« Je suis content que nous en ayons fini avec cette bande. »

Vallon hocha la tête, mais quelque chose dans son expression suggérait qu'une rupture nette et sans bavure avec les vagabonds du Nord n'était pas jouée d'avance.

Ce n'était pas simplement la chaleur emmagasinée dans les murs cuits par le soleil qui empêchait Hero de dormir. Il ne cessait de s'émerveiller d'avoir voyagé plus loin à l'est que presque n'importe quel homme avant lui, plus loin même qu'Alexandre, le conquérant du monde connu. Une fois qu'il aurait dépassé Samarcande, à une semaine de voyage seulement, il foulerait un sol sur lequel même maître Cosmas Monophtalmos n'avait jamais posé le pied. Il rejeta son drap, alluma une lampe et emporta une copie de l'itinéraire du logothète sur le balcon. Déroulant le parchemin, il retraça leur progression mer après mer, ville après ville. Il calcula qu'ils avaient parcouru entre un tiers et la moitié de la distance qui les séparait de la Chine. Après Samarcande, les points de repère n'étaient plus que des noms : Kachgar, Khotan, Cherchen, Chang'an et, dans un espace vierge au bout du parchemin, Kaifeng, capitale de la Chine de Song.

Un coq poussa son cocorico. Le premier appel à la prière s'éleva et des réponses fusèrent de toutes parts : les bruits se superposaient, une voix s'élevait tandis qu'une autre s'éteignait, se fondant dans un brouhaha à la fois tonitruant et mélodieux.

Hero se retourna et sourit.

« Toi non plus tu n'arrivais pas à dormir ?

— Je suis trop excité, répondit Aiken.

— Montons voir le soleil se lever. »

Ils grimpèrent un escalier en colimaçon construit dans l'une des tours et sortirent sur une haute plate-forme. Un vol d'oiseaux passa, silhouettes noires ramant dans un ciel pêche et lilas. Hero posa les mains sur le parapet et contempla le soleil qui enflait au-dessus de la métropole en faisant scintiller les tuiles vertes et bleues des toitures des mosquées, des minarets, des mausolées et des madrasa.

Le soleil se leva et avec lui la clameur de la ville en éveil. Maisons à toit plat, dômes nervurés en forme de melon et cimes duveteuses des arbres s'évanouirent dans la fumée et la poussière d'un nouveau jour.

« Es-tu content d'être venu ? demanda Hero.

— Oh oui. J'ai l'impression de marcher dans les pas d'empereurs. »

Après le petit déjeuner, Hero se rendit aux bains : là, un géant taciturne l'allongea sur une dalle, où il le pétrit et le martela en lui faisant craquer une articulation après l'autre avant de terminer en lui levant la tête et en la lui pliant sur la poitrine jusqu'à ce que quelque chose cédât à l'intérieur. Sur la dalle voisine, un autre masseur foulait aux pieds la colonne vertébrale de Vallon.

Peu après, vêtu d'un caftan en soie grise, Hero se tenait aux côtés de Vallon pour recevoir le représentant de l'émir. Les doubles portes s'ouvrirent et une colonne montée pénétra dans la cour au pas relevé, précédée par un orchestre qui jouait du fifre, de la trompette et des timbales. Derrière l'avant-garde chevauchait un jeune aristocrate aux traits si fins qu'ils auraient pu être frappés sur des pièces de monnaie. Seul un léger pli épicanthique suggérait des origines asiatiques. Il portait de la main droite une hache incrustée d'or en guise d'insigne de sa fonction. Son cheval fougueux attirait aussi l'attention : une petite tête ciselée posée sur un cou long et puissant, une croupe solide et des pattes assez courtes et droites. Au triple galop, sa longue crinière touffue devait donner l'impression qu'il avait des ailes.

Hero présenta le fonctionnaire à Vallon.

« Son éminence Yusuf ad-Dawlah, secrétaire adjoint au ministère des Relations diplomatiques. Son éminence espère que notre logement nous sied et nous assure que sa maison est la nôtre pendant toute la durée de notre séjour.

— J'espère bien, rétorqua Vallon. Elle nous coûte assez cher. »

Yusuf, toujours en selle, respirait l'autorité et une légère odeur d'ambre. Quelques corbeaux épars passèrent dans le ciel en croassant.

Hero expliqua leur mission en insistant sur les bénéfices que tireraient tous les centres de civilisation d'une alliance avec l'empereur Song.

Yusuf ne semblait pas impressionné.

« Dieu là-haut est plus proche de nous que l'empereur de Chine. Toutefois nous n'avons nullement l'intention de vous empêcher d'avancer. Vous pouvez poursuivre vers l'est avec la bénédiction de l'émir et à vos risques et périls.

— Nous allons avoir besoin de guides et de nouvelles bêtes de somme.

— Ce sera arrangé.

— Demande-lui d'organiser une audience avec l'émir, dit Vallon.

— Son Excellence adorerait vous recevoir, répondit Yusuf d'une voix suave. Hélas ! l'émir est parti en voyage à travers les provinces afin d'assurer la paix et la prospérité du vaste empire du khan. »

Hero décoda ce mensonge :

« J'imagine que l'émir n'a pas envie d'être associé à nous en cas d'échec – pas après l'hécatombe de la dernière ambassade.

— Demande au secrétaire ce qu'il sait de leur sort. »

L'expression de Yusuf se voila.

« Ils ont fait escale au chérif à Boukhara l'été dernier et nous leur avons témoigné la plus grande courtoisie tout en les avertissant des dangers qu'ils allaient affronter. Ils n'en ont pas tenu compte. Si je puis me permettre, ils m'ont paru arrogants et mal préparés.

— Voilà des défauts que vous ne trouverez pas chez nous, répondit Hero. Nous avons subi des revers et savons que d'autres sont à venir. Nous apprécierions tous les conseils que vous pourriez nous donner.

— Mon conseil ? Faites demi-tour. Notre khan, puisse Dieu Tout-Puissant avoir pitié de lui, peut vous garantir un passage sûr uniquement jusqu'à Kachgar. Au-delà se déploient les routes qui mènent en Chine. Les forts sont vides et en ruine. Des bandes de déserteurs sont tapis dans l'attente des rares caravanes prêtes à tout pour risquer le voyage. »

Sur un murmure de Vallon, Hero désigna les soldats et les Vikings.

« Voilà des mois que nos soldats n'ont pas eu de contact avec la société. Ils ont hâte de renouer avec elle. »

À l'idée de lâcher ces militaires lubriques sur la ville, une migraine foudroyante sembla frapper Yusuf.

« On ne peut autoriser plus de six hommes à sortir à la fois, et encore, seulement sous escorte armée. Tout crime qu'ils pourraient commettre sera puni en accord avec les lois de Boukhara. Cela dit je comprends que vos hommes aient des besoins humains, ajouta Yusuf en adressant un signe de tête à l'un de ses gardes. Arrange-moi ça. »

Il s'apprêta à partir.

« Une dernière chose, lança Hero. J'imagine que vous enregistrez l'arrivée de tous les voyageurs qui pénètrent dans la ville.

— Nous accueillons les justes et tâchons d'éconduire les mécréants. Pourquoi cette question ?

— Il y a un mois, des nomades ont capturé l'un de nos soldats dans le Karakoum. Nous soupçonnons ses ravisseurs d'avoir l'intention de le vendre au marché aux esclaves.

— S'il a été enlevé il y a un mois, vous auriez dû aller le chercher à Khiva. »

Cette repartie mit un terme à la visite du secrétaire. Son orchestre entonna un air et il le suivit vers la sortie, les portes se refermant bruyamment derrière lui.

Le lendemain matin, Hero et Aiken partirent explorer la ville sous la protection d'un ange gardien prénommé Arslan. Ils franchirent un mur intérieur qui entourait la médina et parcoururent des ruelles qui formaient des galeries entre des murs aveugles en pisé. Arslan forçait le passage au milieu d'une foule turbulente et de files d'ânes et de dromadaires chargés de produits agricoles.

Toutes les tribus de Dieu semblaient y être représentées : des Turkmènes au visage lunaire avec des joues pareilles à des pommes et des yeux verts, des Arabes aux nez aquilins et aux barbes gris fer, des Perses aux traits qu'on eût dits copiés sur des miniatures. La majorité des représentants de l'aristocratie turkmène portaient des chéchias et des robes à rayures appelées *khatans* serrées à la taille par des ceintures suffisamment larges pour pouvoir y glisser des cimeterres. Les individus plus rustiques privilégiaient les vestes matelassées, les culottes de cheval et les casques coniques en feutre blanc avec des rebords retournés. Hero observa un homme aux yeux maquillés de khôl avec une rose derrière l'oreille, qui menait une tribu d'épouses et de filles tellement emmaillotées dans des voiles de crin qu'elles ressemblaient à des ruches pourvues en haut d'une fenêtre étroite. Parmi d'autres individus exotiques, il y avait des moines manichéens tout de blanc vêtus qui portaient de grandes cloches, ainsi que des juifs coiffés de chapeaux en laine de karakul aux mailles serrées, qui obéissaient aux lois somptuaires décrétant qu'ils devaient nouer leurs robes avec des cordelettes dont l'étroitesse empêchait le port des armes.

Quittant la lumière, Arslan plongea dans la pénombre d'un bazar aux voûtes en enfilade qui de l'extérieur ressemblait à une couvée d'œufs géants. Hero et Aiken le suivirent le long d'allées labyrinthiques, devant des piles de sacoches et de tapis de prière, entre des étals de cordonniers, de cordiers, de confiseurs et d'orfèvres, où les assistants faisaient bruyamment l'article de leurs produits pendant que les propriétaires marchandaient avec leurs clients et calomniaient leurs concurrents.

La lumière du soleil éblouissait, l'ombre aveuglait. Ils avaient alors débouché dans un marché à ciel ouvert qui proposait des biens de consommation quotidiens. Des pierres de sel rose étaient empilées, pareilles à des blocs de glace. Des mouches grouillaient autour de bacs à viande. De la volaille grattait dans des cages en osier. Un marchand insista pour que les étrangers goûtent du melon à la chair aussi blanche que du lait, aussi sucrée que du miel. Des forgerons frappaient sur place des ustensiles à usage domestique en invitant les chalands à observer la qualité de leur savoir-faire.

Après s'être faufilé par une porte étroite, Hero entra dans une place bruyante où l'atmosphère était aussi festive que commerçante. Des groupes de badauds regardaient des artistes exécuter des numéros de serpents et de chiens savants.

Un souteneur aux yeux vairons les accosta.

« Vous aimez les coquines ?

— Certainement pas, répliqua Hero.

— Les vilains garçons, alors, hein ! » Hero tira sur la manche d'Arslan.

« Je crois que ça ira pour un premier jour. »

En sortant de la place pour pénétrer dans un quartier plus tranquille, Hero remarqua plusieurs tavernes ouvertes sur la rue, dont les clients se prélassaient sur des tapis abrités par des auvents, tandis qu'en arrière-plan des musiciens pinçaient les cordes de leur luth.

« Que boivent-ils ? demanda-t-il à Arslan.

— Du *chai*, sire, ça vient de Chine. C'est très à la mode au sein de l'aristocratie. Cela vous plairait-il d'en goûter ?

— Oui, tout à fait, répondit Hero avant de se tourner vers Aiken. Maître Cosmas avait essayé ce breuvage et affirmé qu'il procurait de nombreux bienfaits. »

Sur un mot d'Arslan, le propriétaire du *chai-khana* suivant s'empressa d'aller préparer une place sur un beau tapis teint avec de la laque précieuse. Il montra à ses invités une boîte de *chai* portant des caractères chinois poinçonnés, en expliquant qu'on l'appelait la Pousse de Longévité du Dragon et qu'elle était réservée à la cour de l'empereur.

Pendant ce temps un serveur versait le *chai* dans des bols blancs peu profonds à l'aide d'une théière en argent. Le propriétaire présenta l'un de ces vaisseaux à la lumière afin d'en montrer la transparence et en tapota le rebord, produisant ainsi un joli tintement.

« De la porcelaine, commenta Hero. Ça vient aussi de Chine. »

Il huma le parfum fumé du *chai* et sirota en faisant tourner la boisson astringente dans sa bouche. Un serviteur déposa un plateau de crêpes garnies d'un miel liquide noir.

« C'est offert, sire, annonça le propriétaire. C'est un honneur de servir des hôtes aussi distingués. »

Hero fit claquer ses lèvres et reposa son bol.

« Voilà qui me sied, dit-il. À la fois rafraîchissant et apaisant. Tu crois que ça se vendrait à Constantinople ? »
Aiken fit la moue.

« Des hommes habitués au vin puissant ne choisiraient pas une boisson aussi insipide.

— Tu as sans doute raison. »

Il bâilla, somnolent dans l'ombre pommelée, et passa en revue la clientèle. Un gentilhomme assis à genoux lisait un livre entre deux gorgées de *chai*. Hero déduisit de ses petits sourires que le manuscrit n'était pas un texte sacré, et lorsque l'homme posa le livre et détourna le regard, laissant refroidir son *chai*, Hero ne put contenir sa curiosité. Il se leva et approcha à pas discrets.

« Pardonnez-moi, agha. Je suis moi aussi l'esclave de la parole écrite, et j'ai vu que votre livre vous avait mis en transe. Puis-je vous demander qui en est l'auteur ? »

L'érudit soupesa le manuscrit à deux mains.

« C'est un recueil de rubaiyat écrits par Omar, fils du fabricant de tentes, que Dieu bénisse sa postérité.

— Omar Khayyam ! s'exclama Hero dans un souffle. J'ai entendu parler des découvertes de ce grand esprit universel en matière de sciences naturelles, mais je n'ai jamais lu ses poèmes. »

L'homme feuilleta le livre.

« Voilà celui que je lisais :

Cette vieille auberge qu'on appelle monde,
Ce lieu où se succèdent, en alternance, matin et soir
Est un banquet délaissé par cent Djamchid,
Un tombeau où reposent cent Bahrâm[1]. »

---

1. Omar Khayyâm, *Robâiyât (Quatrains)*, traduit du persan par Hassan Rezvanian (Actes Sud, Babel, 2008).

Hero laissa planer un silence.

« Je loge dans un caravansérail près de la porte ouest. Je voyage avec une compagnie en route pour la Chine.

— Mon neveu préféré est parti pour la Chine avec une armée de mercenaires l'hiver dernier. Il y a trois jours, j'ai appris qu'il était mort au fort de la Porte de Jade.

— Oh, toutes mes condoléances. »

Hero se détourna, extrêmement gêné.

« Je vous prie d'excuser mon intrusion maladroite.

— Attendez, lança l'ecclésiastique. Dites-moi d'où vous venez et pourquoi vous voyagez jusqu'en Chine. »

Il fit signe au serveur qui s'empressa de venir remplir leurs bols.

Aiken se joignit à eux tandis qu'ils conversaient.

« Je n'arrive pas à y croire, lui dit Hero. Cet imam érudit a rencontré maître Cosmas Monophtalmos ici à Boukhara il y a vingt ans. Imagine. »

L'ecclésiastique se leva.

« Je dois me rendre à un conseil de mosquée. »

Il s'empara du livre, hésita, puis le tendit à Hero.

« Pour vous, mon ami.

— Je ne puis accepter.

— Prenez-le. Un long et dangereux voyage vous attend. La poésie d'Omar Khayyam pourrait vous consoler, vous informer et vous inspirer durant les nuits solitaires dans le désert. »

Hero se leva d'un bond.

« Laissez-moi au moins vous en payer la valeur. »

L'homme partait déjà.

« S'il vous plaît, ne m'offensez pas avec de l'argent. Je ne suis pas un marchand et la sagesse ne se mesure pas en métal précieux. »

Hero et Aiken le regardèrent descendre la rue, étrangement isolé de la foule agitée. Quand il eut disparu, Hero ouvrit le livre à la page de titre et lut la dédicace en arabe. *À l'imam Kwaja, figure la plus glorieuse et la plus honorée de la nation et de la religion, épée de l'Islam et cimeterre des imams, seigneur des lois religieuses... De la part du dernier des esclaves, Omar Khayyam.* Hero se plaqua une main sur la bouche.

« Doux Jésus ! Regarde. Il est signé par le poète. Je ne peux certainement pas le garder. Tiens, dit-il en fourrant le livre dans les mains d'Aiken. Cours après ce gentilhomme et rends-le-lui. »

Hero en était encore à se flageller quand Aiken revint en courant, à bout de souffle.

« Je n'ai pas réussi à le trouver. »

Hero supplia le propriétaire de l'aider, mais l'homme ne pouvait ou ne voulait pas divulguer l'adresse de l'imam.

Sur le trajet du retour, Hero se plongea dans les quatrains d'Omar Khayyam.

« Comme ils sont ingénieux. Ce fils de fabricant de tentes est capable de distiller un monde de significations en quatre vers. »

Aiken essaya de faire contourner à Hero un tas d'excréments humains.

« Attention ! Trop tard. Tant pis. »

Hero se frotta le pied dans la poussière sans lever les yeux de sa page.

« En voilà un bon, qui contient une vérité pour nous deux :

J'étais un faucon, je me suis envolé du monde des mystères,
Dans l'espoir d'atteindre, peut-être, l'empyrée.
N'ayant trouvé, ici, aucun confident,
Je suis reparti par la porte par laquelle j'étais entré[1] *!*

— J'ai vu Lucas, annonça Aiken. »

Hero trébucha.

« Quoi ?

— Au marché aux esclaves.

— Quoi, à l'instant ?

— Non. Avant qu'on s'arrête au *chai-khana*. Le secrétaire du Commerce nous a menti. Lucas est ici et est vendu comme esclave au moment même où je parle. »

Hero n'en revenait pas.

« Pourquoi n'as-tu pas… ? »

Soudain il comprit.

« Oh, Aiken. Ma foi, laissons ça pour plus tard. »

Maintenant qu'il avait recouvré sa lucidité, il parlait aussi vite que courait sa pensée.

« Va le dire à Vallon. Non, pas à Vallon. Va chercher Wayland et apporte de l'argent. Beaucoup d'argent. »

Il tira alors sur la manche d'Arslan.

« Ramène Aiken au caravansérail. Vite. Aussi vite que tu peux. »

Hero remonta la rue à petites foulées. Partout où il regardait, sa mauvaise vue révélait des rassemblements animés. En s'approchant à la hâte d'un de ces groupes, il découvrit qu'un conteur divertissait les

1. *Ibid.*

gens avec l'histoire des exploits de Rostam. Faisant une embardée vers un autre, il se heurta à un mur de spectateurs qui pariaient sur des combats de perdrix. Il agrippa la manche d'un passant.

« Le marché aux esclaves. Où est-il ? »

L'homme ne comprit pas et se dégagea.

« Quelqu'un peut-il me conduire au marché aux esclaves ? » s'écria Hero.

Son regard éperdu se posa sur un vieillard grave qui l'observait avec une vague inquiétude. Hero se jeta sur lui.

« Sire, aidez-moi, je vous en prie. Je dois me rendre au marché aux esclaves. »

Sur un appel péremptoire du vieux, deux vendeurs ambulants fondirent sur Hero et commencèrent à se bagarrer pour savoir qui aurait le droit de saigner ce riche étranger.

« Je n'ai pas le temps pour ça », s'impatienta Hero en attrapant l'un d'eux et en recevant au passage un coup en travers de la mâchoire.

« Toi, dit-il. Emmène-moi au marché aux esclaves. Immédiatement. »

Le vendeur ambulant se faufila à travers la foule jusqu'à atteindre un groupe dense composé d'acheteurs potentiels, de spectateurs fortuits et, sans nul doute, de quelques voleurs et de prostituées. Il pénétra de force dans la mêlée, la promesse de l'or l'immunisant contre n'importe quelle dose de protestations et de soufflets indignés.

« L'homme que je cherche est un jeune Franc », pantela Hero.

Son guide lui fit un clin d'œil.

« Dépêche-toi ! »

Même les efforts brutaux du vendeur ne suffirent pas à pénétrer l'attroupement. Au troisième rang, un homme armé lui asséna une gifle et le houspilla pour ses manières grossières. Cerné de toutes parts, Hero se mit sur la pointe des pieds et découvrit que l'estrade était vide.

« Trop tard, gémit-il. Oh, Aiken. »

Le vendeur lui enfonça un coude dans les côtes et découvrit ses dents jusqu'à leurs racines jaunâtres.

« Le Franc. »

Hero tendit le cou : deux hommes poussaient Lucas sur l'estrade. L'homme qui organisait la vente suivit, et après avoir balayé du regard l'audience d'un air distant, se lança dans son discours en pointant une baguette sur Lucas tandis que ses assistants exhibaient les atouts vendeurs du jeune Franc qu'ils manipulaient comme du bétail.

Hero essayait de fendre la foule.

« Laissez-moi passer. Il y a eu un horrible malentendu. Ce jeune homme est membre d'une mission diplomatique. »

Mais les gens tenaient bon et les enchères avaient déjà commencé : l'organisateur jouait avec la foule tel un forain expérimenté.

« Que dit-il ? demanda Hero.

— Cet esclave fait partie du dessus du panier, lui répondit le vendeur ambulant. Jeune et en bonne santé. Robuste et vigoureux.

— Dis-lui que je souhaiterais l'acheter. Demande-lui de parler grec ou arabe à mon intention. »

À l'écoute de la requête beuglée par le vendeur, l'organisateur se pencha afin de jauger Hero. S'étant fait une idée, d'une chiquenaude il prit acte de la demande avant de reprendre à la fois en turc et en arabe.

Désormais Hero pouvait suivre les enchères, ce fut bref : une demi-douzaine de candidats à l'achat de Lucas sur le marché. À quarante dirhams – environ un solidus –, les chasseurs de bonnes affaires se retirèrent, et à cent dirhams, seuls quatre restèrent en lice.

Le vendeur ambulant asséna un coup de coude à Hero.

« Pourquoi n'enchérissez-vous pas, sire ?

— Je n'ai pas d'argent.

— Pas d'argent ? Sire.

— Chut ! »

Les enchères s'étaient ralenties au goutte à goutte, chaque augmentation se faisait à l'arraché. Hero ne voyait pas ses concurrents.

L'organisateur leva sa baguette.

« J'ai cent quatre-vingts dirhams. Quelqu'un dit-il mieux ? Non ? demanda-t-il en dévisageant Hero. Alors cent quatre-vingts une fois, cent quatre-vingts deux fois et…

— Dix solidi d'or », lâcha Hero.

Le vide se fit autour de lui tandis que le public médusé se reculait pour voir cet infidèle prodigue. Quelqu'un lança une protestation colérique qui glissa sur l'organisateur. Ravi, il leva sa baguette pour conduire le final.

« J'ai une enchère de dix solidi de la part de ce gentilhomme grec.

— Douze, lança une voix.

— Quinze, répliqua Hero.

— Vingt.

— Et cinq de plus », lâcha Hero, à la fois nauséeux et exalté.

Il y eut du remue-ménage autour de lui, une poussée agressive l'avertit que son rival ne prenait pas à la légère son intervention. Un homme au faciès de brute repoussa sans ménagement le vendeur et s'en prit à Hero.

« Arrête d'enchérir, chien d'étranger.

— Bien au contraire, répliqua Hero avec un geste désinvolte. Trente. »

L'homme dégaina son couteau. Et soudain il fut étrangement contraint de faire marche arrière : Wulfstan était apparu, de sa main valide il serrait le cou de l'agresseur. Puis il lui asséna un coup de genou dans l'entrejambe et l'homme s'écroula en louchant. Wayland et Gorka fendirent brusquement la foule, suivis par un Aiken cramoisi et en sueur.

Wulfstan ramassa le couteau, releva le mécréant et l'envoya bouler d'un coup de pied.

« Puis-je continuer ? s'enquit l'organisateur, la baguette en suspens. J'ai une enchère à trente solidi.

— *Combien ?* s'étrangla Wayland.

— Trente-cinq », corrigea l'organisateur.

Il tourna vivement la tête.

« Et cinq.

— Chut ! » dit Hero.

Il leva une main.

« Cinquante. »

Il adressa à Wayland un sourire idiot.

« Ce n'est pas notre argent.

— Cinquante-cinq », lança l'organisateur après avoir enregistré une surenchère.

Il y eut un long intervalle, l'homme en charge de la vente balançant la tête de droite à gauche.

« J'accepterai cinquante-sept, déclara-t-il. Oui, vous, sire. J'ai cinquante-sept, annonça-t-il à la foule.

— Soixante ! cria quelqu'un.

— Soixante-dix ! » contra Hero.

Wayland gémit. Wulfstan s'esclaffa et donna une bourrade à Gorka.

On aurait entendu le silence à cinquante toises à la ronde. D'ailleurs des gens venus d'aussi loin s'étaient approchés pour voir qui se vendait en échange d'une somme qu'une vie ne leur suffirait pas à gagner.

« Quelqu'un dit-il mieux que soixante-dix solidi byzantins ? »

Des cerfs-volants tournoyaient au-dessus de la place.

« Soixante-dix une fois, soixante-dix deux fois. »

Le marteau de l'organisateur s'abattit.

« Adjugé au gentilhomme grec, qui je l'espère retirera satisfaction de son achat toute sa vie durant. »

Hero se tenait là, étourdi, tandis qu'Aiken s'arrangeait avec l'organisateur de la vente, laissant Wulfstan et Gorka, hilares, dans les bras l'un de l'autre, et Wayland qui secouait la tête, incrédule. Si les assistants avaient poussé Lucas à monter sur l'estrade comme de la viande sur pattes, ils le firent descendre comme un prince. Wayland le prit en charge.

Lucas regarda autour de lui en clignant ses yeux desséchés et s'arrêta sur Gorka.

« Merci, chef.

— Je suis venu uniquement parce que je ne supportais pas l'idée que quelqu'un d'autre fasse de ta vie un enfer. »

Lucas s'efforça de sourire.

« Combien ai-je coûté ?

— Une fortune, répondit Wayland. Tu vas payer pour rembourser ton achat jusqu'en Chine et retour.

— Comment m'avez-vous trouvé ?

— C'est Aiken qui t'a repéré. » Lucas dévisagea son sauveur.

« Inutile de me remercier, lâcha Aiken. J'ai failli te laisser là. Après la façon dont tu m'as traité, tu n'aurais pas mérité mieux.

— Qu'est-il arrivé à Zuleyka ? demanda Wayland dans le silence qui s'ensuivit.

— Je ne sais pas. Ils nous ont séparés à notre arrivée à Boukhara. Il faut qu'on la retrouve.

— On ferait mieux de filer, intervint Wulfstan. On s'attire un tas de regards mauvais. »

Gorka et lui empoignèrent Lucas sous les aisselles. Le jeune homme planta les talons au sol.

« Non, il faut qu'on la trouve.

— Belle mentalité, pas vrai ? rayonna Gorka. Bientôt il va nous demander de lui restituer son cheval.

— Oui, et après je partirai à la poursuite de la bande qui a assassiné Yeke et m'a réduit en esclavage.

— Oublie, répliqua Gorka en resserrant sa poigne. Il est temps de te ramener auprès de tes compagnons avant que quelqu'un d'autre ne s'entiche de toi.

— Attendez, lança Wayland. L'organisateur doit savoir ce qui lui est arrivé. Nous reste-t-il encore de l'argent ?

— Environ dix solidi », répondit Aiken.

Wayland tendit la main pour les prendre puis s'avança vers l'homme en charge de la vente.

« Je viens avec vous, dit Lucas.

— Surtout, gardez-le là. »

Lucas avait été le dernier lot et l'attitude expansive de l'organisateur était retombée dans une sorte de vacuité post-coïtale. En l'observant de loin, Hero était certain que Wayland n'en tirerait rien. L'homme essaya de repousser l'Anglais, puis, comme Wayland insistait, il héla ses assistants afin qu'ils le débarrassent de cet infidèle envahissant. Avant qu'ils ne pussent poser les mains sur lui, Wayland murmura quelque chose qui sembla couler comme du miel dans les oreilles de l'homme et l'amena à dévisager les Aubains d'un air calculateur.

Il dégaina son sourire superficiel, passa un bras autour des épaules de Wayland et fit les cent pas avec lui en conversant joue contre joue. De l'argent fut échangé par un tour de passe-passe, puis Wayland revint.

« Avez-vous trouvé où elle est ? s'enquit Lucas.

— Il l'a vendue hier.

— Mieux vaudrait le dire à Vallon, intervint Hero.

— Je ne pense pas. Son propriétaire est le même homme qui a enchéri pour Lucas et lancé sa brute épaisse sur Hero. Après la déception d'aujourd'hui, ni l'or ni les menaces n'arracheront Zuleyka à son emprise.

— Raison de plus pour évoquer le sujet avec Vallon, intervint Aiken.

— Lucas ne compte pas beaucoup à ses yeux, et la fille encore moins. Il ne va pas remuer ciel et terre pour la sauver.

— Elle compte beaucoup pour moi ! s'écria Lucas.

— Ramenez-le au caravansérail », intima Wayland.

Hero, qui s'était ressaisi, était estomaqué par ses enchères irresponsables.

« Inutile de préciser à Vallon combien nous avons déboursé.

— Bien sûr que si, rétorqua Aiken. Le général m'a confié les comptes. Je ne peux pas les trafiquer.

— Soixante-dix solidi, gémit Hero. Il va être furieux.

— C'est moi qui le lui dirai, proposa Wayland. Pas un mot au sujet de la fille. »

XXV

Vallon resta pantois.

« Soixante-dix solidi ! »

Wayland fixait un point légèrement derrière le général.

« Disons plutôt quatre-vingts si on inclut la commission de l'organisateur de la vente et autres dépenses.

— Foutre Dieu ! C'est davantage que ce que gagnent la plupart des soldats en toute une carrière. C'est plus que mon salaire annuel.

— Hero n'a enchéri que le strict nécessaire. C'est l'enchérisseur le plus bas qui détermine le prix de vente.

— Pourquoi ne m'avez-vous pas demandé la permission avant de dilapider tout cet or ?

— Le temps pressait. Les enchères avaient déjà commencé. Hero ne pouvait pas rester planté là à regarder Lucas se faire vendre comme esclave. »

Vallon s'affaissa sous le poids d'une incrédulité lasse.

« Ce damelot est le fléau de ma vie. Je paierais volontiers soixante-dix solidi pour m'en débarrasser.

— Il se bonifiera avec le temps. De toute évidence, l'enchérisseur le plus bas a décelé de la valeur chez lui. »

Un dernier sursaut de colère poussa Vallon à se relever.

« Il a fait de moi un objet de risée.

— Bien au contraire. Ses camarades le traitent comme une espèce d'amulette. Naturellement, j'ai fait courir le bruit que c'était vous qui aviez arrangé son sauvetage. »

Vallon tâtonna à la recherche de son siège.

« Où est-il ?

— À l'infirmerie. Le désert a été pour lui une rude épreuve.

— Formidable. La rançon d'un comte pour racheter un péquenaud au bout du rouleau qui ne doit sa capture qu'à sa propre folie.

— J'ai le sentiment qu'un jour Lucas vous récompensera de votre générosité.

— Je ne veux rien de ce rustre hormis une bonne discipline – et un respect décent envers Aiken.

— C'est Aiken qui l'a repéré. Il aurait pu le planter là et je ne lui en aurais pas tenu rigueur. Je ferai bien comprendre à Lucas à qui il devra adresser sa gratitude. »

Laissant Vallon ruminer ce rebondissement, Wayland prit la poudre d'escampette et croisa Wulfstan dans la cour.

« Je crois qu'au fond il est content, commenta le fauconnier.

— Et la bohémienne ?

— Il n'en a pas parlé et moi non plus.

— Comment vas-tu la récupérer ? » gloussa le Viking. Wayland continuait à marcher.

« Où vas-tu ?

— Rendre visite à un ami. »

Wayland se glissa dans un dortoir occupé par des soldats turkmènes. Il se frotta les yeux, aveuglé par la lumière extérieure.

« Toghan ? »

Un Seldjoukide se leva d'un bond, celui que Wayland avait empêché de plonger dans un gouffre du Caucase. C'était un jeune homme de bonne composition et plein d'entrain. Son prénom signifiait « Faucon ».

Ils s'embrassèrent et échangèrent des bénédictions. Wayland le conduisit dehors.

« J'ai une faveur à te demander.

— Tout ce que mon seigneur commande à son esclave, je m'efforcerai de l'accomplir. »

Wayland atteignit la zone ombragée autour du bassin.

« Tu as entendu qu'on avait sauvé Lucas ?

— Bien sûr. Il a eu pour lui la faveur de Dieu.

— Dieu n'a pas montré Sa faveur envers Zuleyka. Elle a été vendue comme esclave la veille.

— Son maître est un gentilhomme chanceux », gloussa Toghan.

Il fit tourner ses hanches dans une pantomime ondoyante.

« Il y aura un bébé au printemps, si Dieu le veut.

— Pas si je peux l'empêcher », répliqua Wayland.

Toghan se plaqua la main sur la bouche.

« Ah, mon seigneur, je comprends. Vous la désirez pour vous-même. »

Wayland ne perdit pas de temps à nier.

« L'homme qui l'a achetée est un riche marchand arabe du nom de Sa'id al-Qushair. Il possède une maison près de la citadelle et une grande demeure à la campagne à un peu moins de quatre lieues de Boukhara, juste derrière Ramitan sur la Route Dorée qui mène à Samarcande. C'est là qu'il a emmené Zuleyka. »

Toghan se pressa un poing sur le cœur.

« Vous voulez que j'aille la sauver. Bien sûr, aucun problème. Puis-je être votre sacrifice.

— Je veux que tu ailles repérer la maison pour découvrir où la fille est recluse et chercher un moyen d'entrer. Si possible, pénètre dans la propriété et essaie de garder en mémoire la disposition des lieux. Habille-toi de guenilles et sonne à la porte en disant que tu es un ancien soldat qui cherche un travail en échange d'un repas. »

Toghan écarta les coudes puis les referma pareil à un oiseau qui prend son envol.

« Tout de suite. »

Wayland le rappela.

« Attends demain. Tu quitteras la ville dès l'ouverture des portes, tu chevaucheras jusqu'à la demeure et reviendras avant le couvre-feu. Je ne veux pas qu'il t'arrive noise. »

Toghan se pencha et lui adressa un clin d'œil grotesque.

« Qu'est-ce que c'est censé vouloir dire ? »

Toghan caqueta et porta un doigt à ses lèvres.

« Je comprends, mon seigneur. Vous chérissez cette dame comme la vôtre et ne pouvez supporter de voir son innocence souillée par un riche vieillard à barbe grise. »

Sans retirer son doigt de ses lèvres, il recula.

Wayland s'attarda à l'ombre, réfléchissant, le cœur lourd, aux conséquences possibles d'une tentative de sauvetage. Qu'elle réussisse ou non, elle risquait de compromettre leur mission et ne manquerait pas d'agrandir le fossé entre Vallon et lui. Un poisson monta à la surface de la mare et goba un insecte. Wayland se traîna dans la chaleur et pénétra dans l'infirmerie.

« On pourrait faire cuire un œuf dehors tellement il fait chaud. »

Hero se retourna.

« Bois un peu du jus de fruit de Lucas. »

Le fils prodigue était étendu sur un lit de camp, les jambes enveloppées dans des cataplasmes.

Wayland but le liquide frais et observa Hero qui défaisait les bandages, dévoilant les mollets ulcéreux du garçon. Il songea alors que Zuleyka devait être dans un état similaire et aurait besoin de soins et de repos avant que son propriétaire ne la jugeât apte à partager le lit conjugal. Il écarta cette idée.

« Comment va-t-il ?

— C'est la quatrième fois que je le soigne. Il ne lui reste donc plus que cinq vies.

— Combien de temps lui faudra-t-il pour être sur pied ?

— Je peux répondre moi-même, intervint Lucas. Je suis prêt à partir dès maintenant. »

Hero le repoussa sur le lit.

« Tu te lèveras quand je t'y autoriserai. »

Wayland regarda Hero appliquer des bandages propres.

« Puis-je lui parler en privé ?

— Bien sûr. »

Hero remisa bandes et lotions puis sortit, laissant Wayland et Lucas se dévisager à travers la lumière du soleil diffuse.

« Efface ce petit sourire de ton visage », lança le fauconnier.

Lucas se figea.

« Ce n'est que de la nervosité. Vous allez chercher Zuleyka, pas vrai ? S'il vous plaît, emmenez-moi avec vous. »

Wayland secoua la tête.

« Tu es suffisamment dans le purin comme ça.

— Je sais. Quoi que je fasse, je ne pourrai pas m'enfoncer davantage. »

Wayland s'assit au pied du lit.

« Nous n'avons pas eu l'occasion de terminer notre conversation… dit-il en lui tapotant la poitrine. Guy. »

Le garçon s'efforça de rire.

« Ne me dites pas que vous vous imaginez encore que je suis le fils de Vallon.

— Parfois oui et parfois non. Toi seul peux me dire la vérité.

— Vous vous trompez, que cela mette un terme à cette discussion. »

Wayland hocha la tête d'un air pensif, se leva et se dirigea vers la porte.

« C'est tout ? s'étonna Lucas.

— Si tu n'es pas le fils de Vallon, il n'y a rien d'autre à ajouter.

— Et Zuleyka alors ?

— Cela ne te regarde en rien. Les soldats n'ont pas de mignonne. »

Wayland était sur le seuil quand Lucas reprit la parole.

« En avez-vous parlé à quelqu'un d'autre ?

— Personne.

— Qu'est-ce qui vous a fait croire que j'étais le fils de Vallon ?

— Au début, juste cette ressemblance fugace. Ensuite je me suis mis à réfléchir et je me suis demandé pourquoi un jeune pécore franc apparu de nulle part serait aussi jaloux d'Aiken, le fils d'un des plus proches camarades de Vallon. N'importe qui d'autre à ta place aurait cherché à gagner la faveur du garçon. Pas toi. Tu l'as au contraire traité comme un rival honni. »

Lucas poussa un soupir chevrotant.

« C'est vrai. Je suis le fils de l'homme qui se fait appeler Vallon. »

Wayland ferma les yeux et prit une profonde inspiration.

« J'avais six ans quand il a assassiné ma mère, poursuivit Lucas d'une voix tout juste audible. Après sa fuite, j'ai couru dans la chambre de ma mère et je l'ai trouvée enlacée avec son amant sur un matelas ensanglanté. »

Wayland plissa les yeux dans la lumière du soleil.

« Il s'appelait Roland.

— Il m'apportait des jouets. Mon préféré était une poupée taillée de la forme d'un soldat maure. Il chantait pour ma mère, et moi je m'approchais discrètement de leur porte pour écouter. Je connaissais à peine Vallon et je considérais Roland comme mon véritable père.

— C'était un pleutre pervers qui s'est arrangé pour que Vallon soit jeté dans un cachot maure.

— Un garçon de six ans est incapable de comprendre ces choses-là. Roland était charmant et généreux. Guy de Crion a été absent presque toute mon enfance, et quand il rentrait à la maison, il était sévère et distant. Il me faisait peur. »

Wayland se retourna, aveuglé par le passage de la lumière à l'obscurité.

« Tu as fait preuve d'une grande détermination en voyageant jusqu'à Constantinople. J'imagine que ton dessein était le meurtre.

— Au début, oui. Il ne s'est pas passé un jour sans que je ne m'imagine en train d'enfoncer une épée dans les entrailles de Vallon.

— Et maintenant ?

— Je ne sais pas. Vraiment. Ça me ronge dans mon sommeil. »

Wayland s'approcha de lui.

« Demande-toi qui tu préférerais servir : le général qui a tout sacrifié pour diriger cette mission, ou le freluquet qui a trahi son commandant de façon à pouvoir coucher avec sa femme ? Un misérable coucou qui s'est introduit dans le nid familial en offrant des jouets aux oisillons et en chantant des airs guillerets. J'ai eu des différends avec Vallon, et nos personnalités divergent en de nombreux points. Mais je vais te dire une chose. Le général est un homme de principes et d'honneur qui ne rogne ces vertus que pour protéger ses hommes. »

De la sueur perla au front du garçon.

Wayland décroisa les mains.

« Plus tôt tu le lui diras mieux ce sera. Imagine que Hero ne t'ait pas racheté. Vallon aurait rejoint sa tombe sans savoir que son fils héritier était en vie.

— Et il serait mort plus heureux de cette ignorance.

— Que veux-tu dire ?

— La dernière chose dont il a envie, c'est bien qu'un fils oublié le mette face à ses crimes.

— Veux-tu que ce soit moi qui le lui dise ?

— Non ! »

Wayland s'assit sur le rebord du lit.

« Un jour, il faudra bien que tu avoues.

— Oui, mais à un moment que j'aurais moi-même choisi.

— Le temps a cette façon de s'écouler plus vite qu'on ne le pense. Hero a dit que tu avais déjà épuisé la moitié des vies d'un chat. Je n'ai pas envie d'être celui qui informera Vallon que le soldat qu'on vient de basculer dans une pauvre tombe au milieu de je ne sais quel désert était la chair de sa chair. »

Lucas fit rouler sa tête sur l'oreiller.

« Je me suis débattu avec ce dilemme depuis le jour où j'ai posé les yeux sur lui, et maintenant je me suis décidé. Vallon s'est fait un nom comme guerrier quand il avait mon âge. Vous vous rappelez ? Je vous ai dit que j'aurai le droit de porter l'armure que j'ai volée quand j'aurai tué cinq hommes dans un combat régulier ? Le jour où j'aurai accompli cette tâche, je révélerai ma lignée à Vallon.

— Ce jour pourrait être long à venir. »

Lucas lui empoigna les mains.

« C'est moi qui dois choisir mon moment. Accordez-moi ça. Je vous en supplie.

— Comme tu voudras.

— De toute façon, pour l'instant, c'est pour Zuleyka que je m'inquiète.

— Laisse-moi m'occuper de ce problème.

— Permettez-moi de me joindre à vous. J'ai juré de la libérer, si vous ne me laissez pas vous aider, mon honneur sera souillé. »

Wayland dissimula un sourire devant tant de grandiloquence.

« À deux conditions. D'abord, tu feras ce que je te dis sans poser de questions.

— Bien sûr.

— Ensuite, tu vas aller trouver Aiken et le supplier de te pardonner pour les affronts que tu lui as faits. Inutile de te justifier, mais tu dois être sincère.

— D'accord, je ferai ça pour vous.

— Pas pour moi. Pour Hero qui a pris soin de toi, pour Vallon qui t'a supporté et pour Gorka qui a pris ta défense malgré ton attitude ingrate.

— Je le ferai. »

Wayland se leva.

« Tu sais ce qu'on nous infligera si on nous attrape. Zuleyka sera enterrée jusqu'au cou et on lui jettera des pierres d'une taille choisie exprès pour qu'elle meure lentement. Quant à toi, quand ils apprendront à quel point tu as le crâne dur, ils prendront leur revanche sur tes parties les plus tendres.

— Si vous êtes prêt à prendre le risque, moi aussi. »

Wayland partit d'un rire sec.

« Si ça tourne mal et que Vallon te condamne au gibet, tu pourras gagner un sursis en révélant votre parenté au moment où le nœud t'embrassera le cou.

— Wayland.

— Oui ?

— Pendant ma captivité, j'ai eu beaucoup de temps pour réfléchir. Je ne suis plus le même homme.

— J'espère que non. »

Dans la chambre de Wayland, des papillons de nuit effleuraient ou percutaient la lampe, quand Toghan revint deux soirs plus tard, frétillant d'excitation. Wayland le fit asseoir et lui servit un bol de lait caillé.

« Je t'attendais hier.

— Mon seigneur, quelle histoire j'ai à vous raconter !

— Tu as trouvé la maison ?

— Oui. Une demeure gigantesque. Plus grosse que ce *ribat.*

— Décris-la.

— Elle est sur la route de la soie, comme vous l'aviez dit. Des grands murs tout autour, la route d'un côté et un canal de l'autre. J'ai expliqué au portier que j'étais un soldat sans le sou qui cherchait du travail en échange d'un repas. L'homme m'aurait éconduit si par chance le contremaître n'était pas passé par là pour lui demander de m'envoyer œuvrer dans le potager. C'était peu de temps avant midi : j'ai enfoncé du fumier dans la terre jusqu'à ce qu'on n'y voie mie. Ma récompense ? Un bol de nouilles et une coupe d'eau tiède. Quand j'ai expliqué à ces brutes que je devais être de retour à Boukhara avant le couvrefeu, ils m'ont menacé avec des fouets en disant que je n'avais pas épuisé mes obligations. Seigneur, le maître de cette maison – que la peste soit sur son âme – croit que tout homme sans pouvoir ni richesses lui appartient et qu'il peut faire de lui ce que bon lui semble. Le lendemain avant l'aube, le contremaître m'a conduit dans la propriété afin que je reprenne ma corvée. J'étais entré dans cette demeure comme un honnête travailleur journalier, on m'a traité en esclave. Moi. Toghan, fils de Chaghri fils de Tughril fils de… »

Wayland arpentait la pièce.

« Comment as-tu réussi à partir ?

— J'ai dégainé le couteau caché dans ma chaussure et l'ai plaqué contre la trachée du contremaître en le menaçant de lui faire bouffer ses couilles s'il ne me rendait pas mon cheval et ne m'ouvrait pas le portail.

— N'aurais-tu pas pu inventer un moyen plus subtil de t'échapper ? »

Toghan se mit à laper le lait caillé.

« L'homme qui ne protège pas son honneur n'est qu'une bogue, une coquille vide. Je l'aurais tué et envoyé en enfer mieux préparé à endurer ses tourments si vous ne m'aviez pas fait promettre de quitter ce foyer impie aussi paisiblement que j'y étais entré. Je suis revenu ventre à terre. »

Il se leva à moitié.

« Puisse Dieu consacrer les âmes de vos ancêtres. »

Wayland se laissa tomber sur son siège et dévisagea Toghan à travers ses doigts écartés.

« Maintenant que tu es parti de façon aussi cavalière, ils risquent de soupçonner que tu avais d'autres desseins. »

Toghan se lécha les doigts un par un.

« Pour eux, je n'avais pas plus d'importance qu'une mouche. Où trouve-t-on la mouche qui vient de nous piquer ? Ici ? Là ? Non, trop tard. Envolée. »

Wayland approcha son escabelle.

« As-tu trouvé Zuleyka ?

— Elle est dans le harem, évidemment. J'ai entendu les serviteurs parler d'elle. »

Wayland se résigna à un long interrogatoire.

« Où se trouve ce harem ?

— De ce côté-là », répondit Toghan en indiquant la droite. Wayland se leva pour aller placer Toghan à côté de la porte.

« Commence à partir du moment où tu es entré dans la propriété. Qu'as-tu vu ?

— Un jardin luxuriant et le manoir derrière, des quartiers d'esclaves et des écuries à gauche, le harem à droite.

— Séparés par des murs.

— Oui. Le harem possède sa propre cour.

— Comment entrerons-nous ?

— En escaladant les murs extérieurs.

— Qu'y a-t-il derrière ? Tu as parlé d'un canal.

— Pas de canal de ce côté-là. Juste des champs.

— Quelle hauteur font les murs ?

— Pas si hauts que ça. »

S'il y avait une chose que Wayland avait apprise durant son travail au service de la cour du sultan, c'était que les Turkmènes n'avaient pas d'unités de mesure usuelles. Ils étaient capables de repérer un ennemi distant de près d'une lieue sans parvenir à s'accorder sur la distance exacte. Pointez un faucon qui vole bas, ils déclareront que c'est un aigle. Montrez-leur un aigle loin d'une demi-lieue et c'est un faucon pèlerin ou une autre espèce de faucon. Wayland disposait d'une dizaine de mots pour désigner les rapaces, les Turkmènes n'en avaient que trois, qui signifiaient respectivement gros, moyen et petit.

« Les murs sont-ils plus hauts que ceux qui entourent ce *ribat* ?

— Plus petits.

— Deux fois ma taille ? »

Le regard de Toghan divagua.

« Oui. Deux fois plus grands. »

Autrement dit n'importe quelle hauteur entre dix et vingt pieds. Il faudrait des cordes et des grappins.

« Tu as dit qu'approcher ne posait aucun problème. »

Toghan adopta une attitude évasive.

« Je n'ai pas pu faire tout le tour de la maison. Ça aurait éveillé les soupçons des gardes.

— C'était ma prochaine question. Combien d'hommes armés ? »

Toghan n'hésita pas :

« Une dizaine. Des chiffes molles, ajouta-t-il en agitant la main. Trois d'entre nous suffiraient à massacrer toute la maisonnée.

— Tuer n'est pas notre intention. Notre objectif est de récupérer Zuleyka sans blesser âme qui vive. Cela dit tu as raison sur un point. Nous serons trois. Toi, Lucas et moi. Plus le chien. Nous agirons demain. »

Le rire de Toghan prit une tonalité nostalgique.

« Je ne pourrais pas tuer le contremaître ?

— Non, pas question. Vole Zuleyka sous son nez et tu lui infligeras une blessure inguérissable. Puis retourne le couteau dans la plaie en suggérant que nous l'avons soudoyé afin qu'il ferme les yeux sur notre intrusion. »

Toghan, secoué d'un rire rauque, se plia en deux.

« Comme vous êtes intelligent ! »

Stupide, oui, songea Wayland.

À la porte de Samarcande, le garde observa Wayland et ses deux conspirateurs qui approchaient en tirant un cheval, le chien sur les talons. Wayland continua à parler à Toghan en turc, monté sur son destrier dans la position affaissée mais néanmoins élégante qui suggérait une vie entière passée sur la selle. Cependant ses vêtements turkmènes et le turban indigo qui enveloppait ses cheveux blonds ne parvenaient pas à dissimuler son ascendance étrangère. Ses yeux, bleus comme la partie la plus chaude de la flamme d'une bougie, trahissaient ses origines nordiques.

Le garde les arrêta.

« Qui êtes-vous et où allez-vous ? »

Wayland répondit tout en égrenant un chapelet entre ses doigts.

« Nous sommes les agents de confiance de Mohamed ibn Zufar de Samarcande, puisse Dieu le couvrir de bénédictions. »

Il pointa Lucas du doigt.

« Nous escortons cet infidèle jusqu'à son nouveau propriétaire. Je l'ai acheté au marché aux esclaves il y a quatre jours, ainsi que ce cheval. »

Le garde fit le tour des trois cavaliers avant de se replacer face à Wayland.

« Quand avez-vous rejoint le foyer de votre maître ?

— Il y a onze ans. J'ai été capturé à Manzikert à l'âge de seize ans. La défaite lors de cette bataille a été mon sauvetage spirituel. À travers les enseignements de mon maître j'ai embrassé la vraie religion, qu'en soit remercié et loué Dieu le plus puissant et le plus exalté, créateur du monde et connaisseur des mystères. »

Le garde regarda Toghan.

« Il est très religieux », confia le Seldjoukide.

Le garde recula comme si la piété pouvait être contagieuse.

« Passez en paix et puisse votre voyage être facile. »

Une fois parvenu à la route dégagée, Toghan éclata de rire.

« Ça, c'était malin ! »

Wayland lança son cheval au trot.

« Nous laissons une trace. Il se rappellera de notre passage et témoignera contre nous le moment venu. »

Quand ils longèrent la demeure, le ciel du soir avait pris des teintes charbon et vermillon. Wayland s'imprégna des traits saillants de l'enceinte en quelques coups d'œil. Les murs étaient plus hauts et plus épais que ce que Toghan avait décrit, et ils ne pouvaient se mettre à couvert nulle part pour dissimuler leur approche. Ils continuèrent à trotter jusqu'au coucher du soleil puis s'arrêtèrent dans un bosquet de mûriers. Des chauves-souris dansaient à travers les branches. Au sud, un zeste de lune était suspendu au ras du ciel. Dans la plaine, le rugissement d'un lion ébranla la nuit.

Wayland s'installa.

« Enveloppe les sabots des chevaux, intima-t-il à Toghan. Réveille-moi à l'heure la plus sombre. »

Il observa les étoiles dans leurs orbites en se demandant ce que penserait Syth de cette folle aventure. La réponse était simple. Il cilla en l'imaginant lui tambouriner la poitrine. *Tu nous as laissés, tes enfants et moi, pour risquer ta vie à sauver une danseuse bohémienne.*

« Ce n'est pas ça ! »

Une main plaquée sur sa bouche le fit s'étouffer.

« Chut, mon seigneur. Aucun endroit sur terre n'est assez isolé pour ne pas être pénétré par un cri. »

Wayland le repoussa et se réveilla d'un battement de paupières.

« Il est temps d'y aller », dit Lucas.

Les chevaux approchèrent de la demeure avec leurs sabots matelassés. Quand ils furent à un furlong, Wayland quitta la route et fit un détour par un champ de luzerne jusqu'à ce que l'enceinte se dressât au-dessus de lui. Il se laissa glisser à terre, aux aguets. Des grenouilles coassaient dans le canal derrière la maison. Au loin, on entendait des chacals gronder et glapir.

Il s'approcha furtivement du mur. Au moins dix-huit pieds.

« Tu es sûr qu'on est au bon endroit ? murmura-t-il.

— Oui, souffla Toghan.

— Laissez-moi y aller, chuchota Lucas.

— Garde les chevaux, répliqua Wayland.

— Mais c'est moi qui devrais la libérer. »

Wayland l'empoigna par la tunique.

« Tu m'avais promis de faire ce que je te demandrais.

— Désolé. »

De sa sacoche, le fauconnier sortit une corde munie de deux griffes en fer fixées à une extrémité. Il la fit tournoyer et la lança par-dessus les remparts. Le cliquetis que fit le grappin en frappant le mur en terre cuite le fit grimacer. Il tendit l'oreille à l'affût de bruits d'alarme. Les grenouilles continuaient à coasser. Le chien le regardait, langue pendante.

Il tira sur la corde, les griffes mordirent dans le parapet. Il se suspendit alors de toutes ses forces, le grappin ne bougea pas.

« Maintiens-la tendue », dit-il à Toghan.

Après s'être craché dans les mains, il escalada le mur, dont il atteignit le sommet avec la poitrine palpitante et les bras en feu. Couché sur le parapet, il étudia la disposition des lieux. Toghan ne s'était pas trompé. L'espace en dessous était une cour verdoyante, à droite de laquelle se trouvaient les quartiers des femmes. Pas une seule lumière ne brillait dans la bâtisse ni nulle part ailleurs. Quelque part gargouillait une fontaine.

Il se retourna.

« Toghan.

— Mon seigneur.

— Il faudra que tu nous aides à nous hisser. »

La corde vibra tandis que le Seldjoukide se tractait en haut du mur. Wayland sortit de son sac une autre corde munie d'un grappin, l'accrocha sur le côté extérieur du mur et laissa tomber l'extrémité libre dans la cour.

« Assure-toi qu'elle ne se détache pas. »

Il se laissa glisser au bas de la corde. Sa confiance augmenta quand il atteignit la terre ferme. Après avoir de nouveau tendu l'oreille, il se dirigea d'un pas ferme vers la porte du harem. C'était maintenant la partie imprévisible. Zuleyka pouvait fort bien être confinée dans une cellule en plein cœur de l'enceinte. Si c'était le cas, il n'aurait pas le temps de la trouver avant d'ameuter toute la maisonnée.

Il arpenta les murs du harem en écoutant à chaque volet clos : à l'un pas un bruit, un ronronnement féminin agréable à un autre.

Il se retourna : il distinguait tout juste Toghan accroupi sur le mur, incube malveillant prêt à fondre sur les vierges endormies pour les déflorer. Après avoir étudié la serrure de l'huis, Wayland comprit qu'elle ne cèderait pas à un simple crochetage.

Il sortit de son sac un bélier en fer de vingt livres.

« Attaquez la citadelle tant qu'elle dort », siffla Toghan en le voyant hésiter.

Deux chocs suffirent pour faire sauter la serrure, puis il ouvrit le battant d'un coup de pied et fit une entrée titubante.

« Zuleyka ! »

Des femmes hurlèrent.

« Zuleyka ! »

Wayland entendit une gifle épouvantable et un cri de douleur.

« J'arrive ! »

Zuleyka se jeta dans ses bras, vêtue d'une simple chemise de soie, dont la texture luxueuse ne lui échappa pas tandis qu'il la guidait en courant jusqu'au mur. La sonnerie discordante d'un clairon se fit entendre au milieu de la clameur du harem.

« Attrape la corde, lança Wayland. Toghan va te tirer. »

Tout en tendant l'extrémité libre, il se retourna pour voir quelles forces son invasion avait déchaînées. L'établissement entier était en émoi, les hurlements des femmes et les cris des hommes se mêlant aux criaillements de paons. Zuleyka poussa un cri aigu et tomba de la corde, aplatissant Wayland au sol. Il la releva brusquement et lui remit les mains sur la corde.

« Contente-toi de t'accrocher, laisse Toghan te tirer à l'abri. »

Une femme replette en chemise de nuit s'enfonçait maladroitement une perruque sur la tête tout en s'avançant, comme mue par des roulettes. Baragouinant de colère, les doigts recourbés comme des serres, elle fondit sur Zuleyka. La bohémienne lui jeta un regard, lâcha la corde et se rua sur sa geôlière en criant, toutes griffes dehors et avec force coups de pied.

« Nous voilà bien », dit Wayland.

Il les sépara en retenant la harpie et se fit lacérer la joue au passage.

« Monte à cette fichue corde ! »

Il jeta la sorcière dans la poussière, où elle articula des imprécations à vous figer le sang.

« Et vous de même », lui lança-t-il en surveillant la porte de la cour principale.

Elle s'ouvrit à la volée un instant après que Toghan avait crié que Zuleyka était en sûreté.

« Ne m'attendez pas. »

Wayland grimpa à la corde comme si les lutins de Satan lui assénaient des coups de fourche dans le derrière. Une main lui effleura la cheville. Il l'écarta d'un coup de pied et escalada à toute vitesse. À mi-parcours, il entendit un hurlement décroissant et vit le grappin qui assurait l'autre corde se détacher et filer hors de vue. Au faîte du mur, il se retourna : une meute d'hommes armés accourait.

Toghan lança la corde.

« Tenez. »

Du coin de l'œil, Wayland aperçut un archer qui bandait son arc.

« Pas le temps. »

Il s'assit sur le mur, prit une grande inspiration et se jeta dans le vide. Une chute de près de vingt pieds laissait un laps de temps étonnamment grand pour envisager les blessures susceptibles de s'ensuivre. L'impact le secoua des pieds à la tête, mais ayant atterri sur du sable mou, il se releva d'un bond en repoussant son chien surexcité. Il clopina jusqu'à son cheval et parvint à se mettre en selle à la deuxième tentative.

Il embrassa son animal entre les deux oreilles et lui talonna les flancs.

« Vole ! »

Ils atteignirent la route et filèrent comme le vent. Après avoir parcouru près d'une lieue, la jument de Wayland trébucha et son rythme ralentit. Il relâcha les rênes.

« Attendez ! »

Zuleyka et Lucas surgirent de l'obscurité.

Wayland mit pied à terre et souleva la patte antérieure de son cheval.

« Elle boite. Continuez tous les deux. Attendez-nous devant la Porte des Vendeurs d'Épices. »

Il farfouilla dans sa sacoche et lança une tenue d'homme à Zuleyka.

« Enfile ça. Allez-y. »

Derrière lui, Toghan était allongé sur la route, une oreille collée au sol.

« Au moins six cavaliers. »

Wayland entendait déjà le martèlement des sabots.

« On ne pourra pas les distancer. Il faut quitter la route. »

Toghan tira son cheval sur la droite.

« Par ici. »

Ils n'avaient pas fait cinquante toises qu'un cri les avertit qu'ils avaient été repérés. Wayland jeta un œil par-dessus son épaule : un cavalier se lançait ventre à terre à leurs trousses.

« Séparons-nous ! lança Wayland.

— Jamais ! » cria Toghan.

L'instant d'après, le Seldjoukide fit la démonstration de ce dont Wayland avait été témoin à de nombreuses reprises sans jamais parvenir à l'accomplir lui-même : la flèche du Parthe.

Toghan laissa tomber ses rênes, pivota face à la queue de son cheval, banda son arc et décocha. Sa flèche frappa le cheval à leur poursuite en plein poitrail. L'animal poussa un hennissement strident et fit une embardée sur la gauche, faisant basculer le cavalier par-dessus l'encolure. Cinq autres gardes déboulèrent dans la nuit. L'homme à terre leur enjoignit de continuer leur poursuite.

Wayland éperonna son cheval de plus belle, derrière lui les secousses se rapprochaient, son chien galopait à ses côtés d'une foulée souple.

« Attaque-les », lui ordonna Wayland.

Le mastiff fit demi-tour et s'élança vers les cavaliers, donnant de la voix comme s'il avait repéré un renard ou un chacal. Wayland l'aperçut qui bondissait autour d'un cheval, puis il arriva face à un canal noir. Il lança sa jument dans l'eau à grand renfort d'éclaboussures. Elle jeta les pattes en avant pour grimper la rive opposée mais ne parvint pas à trouver de prise. Wayland sauta à terre et, avec l'aide de Toghan, la hissa sur la berge. Trois cavaliers s'arrêtèrent dans une glissade de l'autre côté et essayèrent de pointer leurs arcs. Le chien les en empêcha. Claquant des crocs, il mordait l'ergot des chevaux, qu'il faisait ainsi tourner en rond.

Wayland bondit sur sa selle et cravacha son destrier. Derrière lui, cris et aboiements s'atténuèrent.

« Arrêtons-nous », dit-il au bout d'une demi-lieue.

Il dut tendre l'oreille pour couvrir les battements de son cœur, Toghan haletant à côté de lui.

« Je crois qu'on les a semés. »

Toghan rejeta la tête en arrière.

« Oh, quelle belle partie de plaisir ! »

Et ils retournèrent à Boukhara au petit galop. Ses dômes commençaient tout juste à se découper dans l'obscurité quand le chien les rattrapa, à peine essoufflé et très content de lui. Ils firent le grand tour de l'enceinte et approchèrent de la porte occidentale alors que l'aube se peignait en vert pistache derrière les minarets. Lucas et Zuleyka les attendaient, la fille vêtue d'un costume nomade. Lucas poussa un soupir de soulagement.

« Avez-vous dû vous battre ? »

Wayland but à la gourde.

« Dieu merci nous n'avons pas eu à faire couler de sang humain. »

Peu après le premier appel à la prière, les portes s'ouvrirent. Wayland se dirigea vers les trois gardes, les vêtements humides et maculés de boue, le turban à moitié dénoué. Il était inutile d'essayer de dissimuler son identité.

« Je fais partie de la mission byzantine.

— Où êtes-vous allés ?

— Nous revenions de Samarcande quand des voleurs nous ont attaqués. Pour leur échapper, nous avons dû chevaucher à travers la campagne et nous nous sommes perdus. Nous avons quitté Boukhara sans la permission du général et nous devons retourner au caravansérail avant qu'il ne découvre notre escapade.

— Il faudra d'abord nous en dire plus sur ces voleurs. »

Wayland fit rouler un solidus d'or entre le pouce et l'index.

« Il y en a un pour chacun d'entre vous. »

Il déposa la pièce dans une paume avide et lança les deux autres dans la poussière.

Les gardes étaient encore en train de gratter la terre quand Wayland et ses compagnons franchirent les portes.

Il poussa Zuleyka dans une cellule vide et se dirigea vers la sortie.

« Reste discrète jusqu'à ordre contraire.

— Wayland. »

Son sang frémit de l'entendre pour la première fois prononcer son nom. Il s'immobilisa.

« Viens-là, dit-elle en persan.

— Je n'ai pas le temps, répondit-il dans la même langue.

— Je veux te remercier. » Il se retourna.

« Fais vite. »

Elle s'exécuta, attirant son visage vers le sien et l'embrassant avec passion

« Je savais que tu viendrais », dit-elle en se reculant.

Il déglutit.

« Ne dis pas de bêtises.

— Tu ne comprends pas le pouvoir des rêves. »

Avec la plus légère des caresses, telle une bille qui fait rouler un calot, elle le poussa vers la porte.

« Reviens vite », dit-elle dans un bâillement.

Il traversa la cour avec des fourmis dans les lèvres et sursauta au son d'une voix toute proche.

« Tu t'es levé tôt, si tant est que tu aies dormi. Où étais-tu passé ? »

C'était Vallon, en route pour les bains, qui considérait d'un air sévère l'apparence échevelée de Wayland.

« Je suis allé chasser.

— Tu as attrapé quelque chose ?

— Juste une colombe sauvage. »

XXVI

« Hauk Eiriksson », annonça le serviteur de Vallon.

Ce dernier interrompit sa discussion avec ses officiers.

Hauk entra dans l'*iwan* le torse bombé : il avait fière allure dans un nouveau costume de coupe viking taillé dans de la soie de Boukhara et ourlé de brocart d'or à la mode arabe. Il salua la compagnie à coups de révérences et de sourires.

« Je ne vous retiendrai pas longtemps. Je suis venu annoncer mon départ. Dans deux jours, je reconduirai mes hommes à nos bateaux.

— Vous devez avoir fait de bonnes affaires, commenta Vallon. Quelles marchandises transporterez-vous ?

— Des tapis remarquablement ouvragés, cinq cents nœuds par pouce et teints dans des rouges splendides grâce à un composé extrait à partir d'insectes.

— La cochenille, expliqua Hero.

— De belles soieries et mousselines, poursuivit Hauk. Des bijoux en argent, en cornaline et en tourmaline. Si je rapporte ne serait-ce qu'un quart de ces biens, je serai l'homme le plus riche de Svealand.

— C'est un très grand "si", dit Vallon. Le désert de Karakoum va vous rôtir vivants à cette époque de l'année. Et même si vous le traversez, vous pourriez découvrir que vos bateaux ont été volés. Vous pourriez attendre longtemps sur ce rivage avant que quelqu'un ne vienne vous secourir. Et ce sauvetage ne se ferait pas selon vos termes.

— Je commence à vous connaître, maintenant, sourit Hauk. Vous répugnez à affaiblir votre force de combat et espérez me persuader de rester avec vous jusqu'en Chine.

— Je serais sans nul doute beaucoup plus confiant si je m'embarquais dans la partie la plus difficile de notre voyage en compagnie de vos guerriers. »

Hauk secoua la tête.

« Mes hommes ont assez soupé du désert. Ils ont hâte de pouvoir humer de nouveau l'eau salée. »

Vallon tendit la main.

« Alors il ne me reste plus qu'à vous remercier pour votre aide et à vous souhaiter bon voyage et un joyeux retour chez vous. Je suis seulement désolé que notre passage à Boukhara ne m'ait pas donné l'opportunité de voir vos hommes déployer leurs qualités de guerriers, ajouta-t-il sans lui lâcher la main. Si vous étiez restés encore un mois, j'imagine que j'aurais vu leur courage mis à rude épreuve. »

Il le relâcha.

« Malgré tout… jusqu'ici, notre alliance s'est révélée utile. »

Hauk se raidit devant cet affront déguisé.

« Reste l'histoire des gages impayés. »

Vallon jeta un regard las à Aiken.

« Règle les comptes.

— Il faut bien vous accorder une chose, Vallon, s'esclaffa Hauk. Vous n'êtes pas pingre. Peut-être dînerez-vous avec moi demain soir.

— Le temps presse. J'ai bien peur de devoir renoncer à ce plaisir. »

Vallon fit une révérence sans appel.

« Dieu vous garde. »

Hauk répondit par le même geste.

« Et vous aussi. »

Il était presque à la porte quand le serviteur de Vallon entra de nouveau.

« Les guides, mon général. »

Hauk s'apprêtait à contourner le serviteur.

« Restez un peu, lança Vallon. Même si nos chemins nous mènent dans différentes directions, ces gentilshommes pourraient vous fournir des informations utiles. Ce sont des Sogdiens, experts en matière de commerce sur la route de la soie, membres d'une guilde qui conseille et accompagne les marchands depuis plus de cinq cents ans. »

Deux hommes franchirent la porte l'un derrière l'autre : un duo d'allure inhabituelle, dont le caractère étranger ne se voyait pas facilement. Tout ce que Vallon put déterminer de prime abord fut qu'ils se ressemblaient étonnamment et n'entraient ni dans le moule asiatique ni dans le moule occidental. Leurs cheveux roux et raides avaient la délicatesse de ceux d'un nourrisson, et ils avaient des yeux couleur raisin sec dans un visage étrangement sans âge. Ils portaient des chapeaux coniques inclinés sur le dessus du crâne et des vestes de brocart de soie tombant jusqu'aux genoux, qui s'évasaient sous la taille et où étaient brodés des ronds renfermant un cerf de part et d'autre d'un arbre stylisé. Leurs pantalons serrés étaient rentrés dans des bottes en chevreau qui montaient à hauteur de cheville et étaient ouvragées de fil d'argent dont la couture formait des écailles de poisson.

Ils s'inclinèrent comme un seul homme, polis, mais en aucun cas serviles.

« An Yexi et An Shennu, pour vous servir, annonça celui de gauche dans un grec passable. Ce sont là nos noms chinois. Les gens qui ne parlent pas notre langue ont du mal à prononcer nos patronymes de naissance. Son éminence le secrétaire du Commerce nous a fait savoir que vous voyagiez jusqu'en Chine et cherchiez des guides ayant une connaissance sans faille des routes et de leurs conditions. Si sa recommandation n'est pas suffisante, permettez-moi de vous présenter des références écrites par d'anciens émissaires. »

À en juger par la pile de pages jaunies, certains de ces documents remontaient aux premiers jours de la chrétienté. Vallon tendit le paquet à Hero.

« Nous les étudierons avec intérêt. Pour l'instant, expliquez-nous vos qualifications avec vos propres mots.

— Nous sommes des Sogdiens, membres d'une confraternité qui guide des caravanes à destination et en provenance de la Chine depuis trente générations. Contrairement aux guides locaux, qui se contenteront de vous emmener jusqu'à la prochaine oasis, nous vous accompagnerons pendant tout le voyage en facilitant votre passage à chaque étape et en nous assurant que vous fassiez les transactions les plus profitables. Nous avons des proches, des partenaires commerciaux et des agents dans toutes les villes sur la route de la soie, y compris Chang'an, l'ancienne capitale chinoise. Mon cousin et moi parlons couramment la majorité des langues que vous rencontrerez : arabe, persan, chinois, tibétain et ouïghour. Nous pouvons également communiquer en khitan et dans des langues de peuples dont vous n'avez jamais entendu parler.

— Qu'est-ce qu'il raconte ? » s'enquit Hauk.

Hero lui fit un résumé pendant que Vallon poursuivait son interrogatoire.

« Combien de fois avez-vous effectué ce voyage ?

— J'avais douze ans quand je suis allé pour la première fois à Chang'an, quinze quand je suis revenu. Depuis lors, j'ai suivi la route de la soie plus d'une dizaine de fois. »

An Yexi vit les yeux de Vallon s'étrécir sous l'effort du calcul.

« Je suis plus âgé que je n'en ai l'air. Soixante-trois ans pour être précis. Nous appartenons à une race d'une grande longévité. Mon père a fêté son centième anniversaire l'an dernier, après avoir effectué son dernier voyage en Chine à l'âge de soixante-dix-huit ans.

— Avez-vous été en contact avec la mission byzantine qui est passée par Boukhara l'an dernier ?

— Nous avons proposé nos services à leur commandant. Il a décliné en disant que nos taux de commission étaient trop élevés. »

Vallon croisa les bras.

« Annoncez-les.

— Un cinquième de la valeur de votre marchandise au marché de Boukhara. Nous aurons besoin de conduire un inventaire détaillé. »

Vallon fut estomaqué.

« Un cinquième ! C'est exorbitant.

— Je vous présenterai les mêmes faits qu'à vos prédécesseurs. Si vous partez en autonomie, en recrutant des guides et des caravanes de chameaux à chaque oasis, attendez-vous à perdre plus d'un dixième de votre trésor en présents, péages et taxes. Ajoutez à cela encore un dixième pour les marchandises chapardées et les provisions surfacturées. Sans compter le temps que vous perdrez à marchander, et je vous garantis que vous atteindrez la Chine moitié moins riches qu'à votre départ de Boukhara. *Si* vous l'atteignez. Embauchez-nous et il y a toutes les chances que vous arriviez à Kaifeng plus fortunés qu'à votre départ. Grâce à notre réseau d'agents, nous savons quelles marchandises se vendent au plus haut prix.

— Donnez-moi un exemple.

— Cette année, la mode parmi les dames de la cour de Song est à l'écaille de tortue afghane et au corail arabe. Achetez de l'écaille au marché de Boukhara et je vous garantis qu'à Kaifeng vous en obtiendrez une récompense dix fois supérieure.

— Voilà une affirmation hardie. »

An Shennu tapota les documents.

« Attestée par ces témoignages.

— Qu'est-il arrivé à la dernière expédition byzantine ?

— Les rapports et les rumeurs s'accordent à dire qu'ils ont péri dans le désert du Takla-Makan, à l'est de Khotan. Leurs guides les ont abandonnés et des bandits leur ont tendu une embuscade. »

Vallon avait réussi à comprendre ce qui était si déstabilisant chez ces Sogdiens. Ils répondaient comme s'ils étaient une seule et même personne, chacun reprenant là où son acolyte s'était interrompu en imitant ses gestes.

« Êtes-vous jumeaux ?

— Nous sommes cousins, comme je l'ai déjà dit. Nous appartenons à une race très unie.

— Chrétiens ? Musulmans ? Quoi ?

— Manichéens. »

Hero expliqua.

« Les manichéens considèrent l'univers comme le conflit entre la lumière et l'obscurité, le bien et le mal. Ils pensent que toutes les choses terrestres contiennent diverses quantités de particules de lumière piégées dans de la matière noire, à l'exception du soleil et de la lune qui furent créés à partir d'une lumière pure. Le Prince de l'Obscurité a créé l'homme en faisant copuler des diables de façon à…

— Des hérétiques ou des païens, quoi », interrompit Vallon.

Il dévisagea à nouveau les Sogdiens. Il lui était encore difficile de les distinguer.

« Ainsi donc, vous avez fait le voyage jusqu'à Kaifeng.

— Non, répondit An Yexi. (Ou peut-être était-ce An Shennu.) Nous ne sommes jamais allés au-delà de Chang'an. La nouvelle capitale se trouve à un mois de voyage plus à l'est, sur le fleuve Jaune.

— Quand avez-vous guidé une caravane jusqu'en Chine pour la dernière fois ?

— Il y a quatre ans. »

Vallon s'adossa confortablement.

« Je ne suis pas étonné que vous fassiez si peu d'affaires. Je vous suggère de baisser votre commission.

— Nos taux n'ont pas grand-chose à voir avec notre manque d'emploi. Le commerce de la route de la soie a décliné sous l'effet de la concurrence des nouvelles voies maritimes. La demande de soie chinoise a diminué depuis que les terres occidentales ont établi leurs propres fabriques. Aujourd'hui, les principales exportations chinoises sont le *chai* et la porcelaine : des marchandises volumineuses plus facilement transportables par mer que sur terre. Un vaisseau peut à lui seul transporter autant de porcelaine qu'une caravane, avec de plus grandes chances de livrer sa cargaison intacte.

— Vous êtes en train de dire qu'il existe une voie maritime entre la Chine et l'Occident ?

— Au départ du port de Canton, des navires de charge sont envoyés par étapes jusqu'en Inde, en Perse et en Égypte. Peut-être encore plus loin. À partir de là, mes spéculations cèdent place à vos connaissances sûres.

— Cette route maritime n'arrive pas jusqu'à Constantinople.

— Mais, si elle va jusqu'en Perse, intervint Hero, nous pourrions peut-être revenir par là.

— Concentrons-nous sur notre objectif immédiat, répliqua Vallon en français. Devons-nous employer ces guides en acceptant des termes aussi roides ?

— À mon avis, il le faut. Maître Cosmas, qui avait pris des guides sogdiens pour l'escorter jusqu'à Samarcande, parlait avec grande estime de leur intégrité. »

Vallon fit face aux cousins.

« Je vais réfléchir à votre proposition et prendrai bientôt une décision.

— Ne tardez pas. Même si nous partions demain, nous traverserions le Takla-Makan au zénith de l'été, et nous n'atteindrions pas la Chine avant le milieu de l'hiver. »

Une trompette claironna à l'extérieur du caravansérail et Vallon entendit des voix échauffées. Il se dirigea lestement sur le balcon au moment où la porte s'ouvrait à la volée devant une colonne karakhanide menée par l'officier qui les avait interceptés devant Boukhara.

« Voilà qui ne ressemble guère à une visite de courtoisie », commenta Josselin.

Annoncé par deux trompettistes, le commandant s'arrêta sous l'*iwan* et leva les yeux vers Vallon en tapant contre son poignet un document scellé.

« J'apporte une convocation qui vous ordonne de comparaître devant le président de la cour de justice.

— Sur quelle accusation ?

— La cour est réunie. Votre présence est exigée sur-le-champ. »

Le commandant tourna bride.

« Je vous attendrai dehors. »

Vallon regarda la cavalerie franchir les portes au trot.

« Quelqu'un sait-il de quoi il s'agit ?

— Des soldats doivent avoir été mêlés à une échauffourée, répondit Josselin. Ou avoir pris des libertés avec une femme.

— C'est plus grave que ça », intervint Wayland.

Vallon le regarda.

« Il y a deux nuits, j'ai secouru Zuleyka.

— Tu as fait *quoi* ? s'étrangla Vallon.

— Je suis entré de nuit chez son propriétaire et je l'ai arrachée au harem. Personne n'a été blessé. »

Vallon blêmit.

« Tu as pénétré de nuit par effraction dans la maison d'un homme pour lui voler son bien ? Mon Dieu, te rends-tu compte de la gravité de ton crime ? Ça pourrait saboter toute notre entreprise, mettre nos vies en péril. Et pour quoi ? postillonna-t-il. Une esclave, une putain qui danse… »

Il se rua sur Wayland.

Hero s'interposa vivement.

« Ce n'est pas le moment. Nous sommes attendus à la cour. » Vallon recula, défiguré par la rage.

« Je croyais pouvoir te pardonner n'importe quoi, mais pas ça. Pas ça. »

Ivre de colère, il laissa son serviteur l'éloigner et le rafraîchir en vue de l'audience.

En descendant dans la cour, il ordonna à Otia et à Josselin de rester sur place afin de mettre les hommes en alerte maximum.

« Ne laisse entrer aucun soldat sans mon autorisation. Hero, j'ai besoin de toi à mes côtés. Quant à toi, dit-il à Wayland. Tu m'accompagneras pour répondre aux accusations.

— Je viens aussi, dit Hauk.

— Cette affaire ne vous concerne pas.

— Si. Les Karakhanides ne feront aucune distinction entre votre armée et la mienne. »

Vallon ne reprit la parole que lorsqu'ils entrèrent dans le Régistan, une gigantesque place cérémonielle, déserte à l'exception de quelques soldats éparpillés sur le pourtour. À l'autre extrémité, érigée sur une montagne artificielle, se dressait l'Ark, une enceinte aux murailles agressives qui renfermait la citadelle, le palais, la trésorerie, les casernes, la cour de justice et la prison.

« Tu as dû avoir des complices, dit Vallon à Wayland.

— J'ai agi seul.

— Ne mens pas. Je flaire Lucas dans ce guêpier puant et tu t'es probablement arrogé l'aide de l'un de tes amis turkmènes. Je les dénicherai, crois-moi.

— C'est ma seule responsabilité. Si la cour se prononce contre nous, je reconnaîtrai ma culpabilité et j'en paierai le prix.

— Oh que oui ! Et s'il faut que je te voie te balancer au bout d'une corde pour sauver ma mission, qu'il en soit ainsi. »

Ils étaient au milieu du Régistan, l'entrée de l'Ark formait une fente obscure dans la lumière aveuglante du soleil.

« Et si je vous avais demandé d'intercéder en faveur de Zuleyka ? » demanda Wayland.

Vallon fit grincer ses mâchoires.

« J'aurais négocié sa libération. À contrecœur, mais je l'aurais fait. Tu devais bien le savoir, alors pourquoi n'es-tu pas venu me voir ?

— Parce que votre intervention aurait été vaine. Le marchand qui a acheté Zuleyka est le même homme qui a enchéri pour Lucas, l'homme qui a envoyé un de ses hommes de main attaquer Hero avec un couteau.

— J'aurais fait appel au secrétaire du Commerce.

— Et s'il avait refusé de prendre notre parti ? »

Vallon ne répondit pas.

« Je comprends mieux les Turkmènes que vous, ajouta Wayland. Pour avoir vécu neuf ans avec eux, je sais que la colle qui les lie est leur allégeance à un chef puissant. Vous êtes notre commandant, pourtant vous avez ignoré le premier affront…

— La perte de la bohémienne n'était pas un affront. C'était un soulagement.

— Je ne parle pas de Zuleyka. Des bandits ont enlevé Lucas et l'ont vendu à Boukhara sans que vous leviez le petit doigt pour le sauver. Si Aiken ne l'avait pas aperçu, si Hero ne l'avait pas acheté, à l'heure qu'il est, il serait effacé de votre mémoire. »

Vallon se tourna vers l'arche comme ils s'en approchaient.

« Hero a demandé au secrétaire si l'un de nos soldats avait été consigné au marché aux esclaves. Il a nié en avoir connaissance et vous n'avez pas insisté. Des dizaines et des dizaines de Boukhariotes doivent savoir que Lucas était l'un de vos soldats et que vous n'avez rien fait pour le récupérer. Le message selon lequel des brigands peuvent capturer n'importe lequel d'entre nous sans peur des représailles va nous devancer.

— Wayland n'a pas tort, commenta Hero.

— Qui t'a demandé ton avis ? aboya Vallon.

— Autre chose, reprit Wayland. J'ai acheté Zuleyka sur la côte choresmienne. Légalement, elle m'appartient.

— Je n'ai pas encore vu la couleur de ton argent.

— En ce cas, la vierge bohémienne reste votre propriété. Réfléchissez-y. »

Vallon lui jeta un œil et détourna aussitôt le regard.

« Une chose est sûre. Cette fille n'est pas vierge. »

Les massifs murs concaves de l'Ark les réduisirent au silence. Ils montèrent une passerelle et franchirent un gigantesque portail flanqué de tours reliées par des chemins de ronde. Derrière, un long tunnel menait à une cour ensoleillée. Les murs amplifiaient le claquement des sabots. De chaque côté des chaînes et des menottes étaient enroulées dans des renfoncements pareils à des cellules.

Ils débouchèrent sur une terrasse de marbre blanc éblouissant et le commandant boukhariote fit faire une diagonale aux accusés pour les mener vers un mur face à la cour. Des gardes délestèrent Vallon de son épée.

« Je veux un reçu. »

Le commandant commença à rechigner.

« Je représente Sa Majesté Impériale Alexis Ier Comnène, siffla Vallon entre ses dents. Donnez-moi un reçu. »

Un scribe convoqué à la hâte rédigea le document, puis le commandant pressa Vallon et ses coaccusés d'entrer dans la cour. La salle voûtée devait mesurer quinze toises de long et autant de haut. À l'autre bout, sur un trône derrière une rangée de gardes, était assis le *Kazi Kalan*, le président de la cour de justice, qui tenait sur ses genoux une hache de fonction plus grosse et plus splendide que celle que transportait le secrétaire du Commerce. Vallon se dirigea vers lui à grandes enjambées et ne s'arrêta que lorsque les gardes lui barrèrent le passage avec une haie de piques. Il foudroya le juge du regard : un homme glandulaire à la barbe évasée et avec de tristes yeux de poisson au-dessus de cernes couleur prune. Assis de guingois, il était enveloppé dans une robe de soie blanche suffisamment volumineuse pour servir de voile à un caïque et dont les plis étaient si habilement disposés qu'il avait dû falloir à un escadron d'habilleurs la moitié d'une matinée pour les arranger.

À la droite du juge et de ses juristes se tenait Yusuf, le secrétaire du Commerce, l'air mal à l'aise. À sa gauche une poignée d'hommes au visage sévère entouraient le plaignant, haute silhouette cadavérique dont la barbe teinte au henné n'était pas sans rappeler des poils pubiens. Vallon le détesta au premier regard.

Il le pointa du doigt.

« Est-ce là le voleur ? Est-ce là le malotru ? »

L'équipe du plaignant cilla sous la surprise. Un homme au visage patibulaire s'avança.

« Sa'id al-Qushair est le plaignant, le gentilhomme qui a porté de graves accusations contre vous. Les hommes qui l'accompagnent sont ses témoins.

— Quelles accusations ?

— Intrusion, agression, vol et autres violations grossières.

— Complètement sans fondement, ricana Vallon.

— C'est à cette cour d'en décider. »

Le restant de la matinée, le procureur exposa le dossier contre Vallon en appelant un témoin après l'autre. Tous s'accordaient à dire que deux jours auparavant, en plein cœur de la nuit, trois hommes armés – des soldats sous le commandement de Vallon – s'étaient introduits furtivement dans la résidence du plaignant, pénétrant dans les quartiers du harem et blessant l'une des épouses les plus âgées avant d'emporter de force une jeune esclave récemment acquise. Les hommes de la maisonnée s'étaient lancés à la poursuite des ravisseurs, qui s'étaient malheureusement échappés après avoir tué l'un des chevaux. Un molosse sauvage avait également été impliqué.

Vallon était là à tapoter son fourreau vide pendant que les preuves s'accumulaient, en jetant de temps à autre des regards mauvais au plaignant, qui réagissait par des appels à Dieu ou des gestes menaçants.

Quand le dernier témoin se rassit, le procureur se tourna vers Vallon.

« Voilà quelles sont les accusations. Les niez-vous ?

— Toutes. Mes hommes n'ont pas volé Zuleyka. Comment pourrais-je voler mon propre bien ? »

Il désigna Hauk.

« J'ai acheté la fille à ce gentilhomme il y a deux mois sur la côte occidentale de la mer Choresmienne. Demandez-le-lui. »

Ils s'exécutèrent, et Hauk déclara qu'il avait effectivement vendu Zuleyka à Vallon.

Le président de la cour de justice convoqua son équipe de juristes et il s'ensuivit un conciliabule interminable à propos de droit pénal et civil, d'acte délictuel, de points de jurisprudence et de nomologie, tandis qu'ils se reportaient à des affaires d'esclaves qui avaient échappé à leurs propriétaires pour se retrouver sous un autre joug – le tout en citant des précédents qui remontaient à l'époque de Mahomet.

Le temps que le groupe se séparât – telles des araignées après avoir aspiré la vie d'une mouche, songea Vallon – les ombres s'étaient étirées. À ce moment-là, le général avait pu constater que le juge n'était pas un homme en bonne santé. Il semblait ne souhaiter rien d'autre que de s'allonger. Un serviteur l'éventa avec des plumes de balbuzard.

Le procureur s'approcha de Vallon.

« Bien que personne ne remette en cause que vous ayez acheté l'esclave, le fait que vous l'ayez perdue il y a plusieurs semaines constitue un facteur important. Le plaignant l'a achetée en toute bonne foi. Il n'avait aucune idée que cette fille vous avait jadis appartenu.

— Maintenant il le sait et je n'ai nullement l'intention de renoncer à mon droit. Je remarque que vous faites référence à cette fille non pas comme à son esclave, mais comme à "celle que possède sa main droite". S'il souhaite contester, qu'il le fasse avec cette même main à l'heure et dans le lieu de son choix. »

Le procureur abattit son bâton.

« Général, vous êtes dans une cour de justice, qui ne souffrira pas d'être raillée. »

Vallon pointa le doigt.

« Si je volais ce bijou à votre chapeau et le vendais à un marchand qui ensuite le revendait à un tiers, qui en serait le propriétaire légal ?

— Moi, évidemment.

— Précisément.

— Mais cela ne signifie pas que j'aurais le droit de le reprendre de force. J'aurais cherché réparation auprès de la justice, en sachant que… (révérence au juge) elle serait rendue de façon impartiale.

— Je souhaite interroger son éminence le secrétaire du Commerce. »

Yusuf s'avança, sur ses gardes.

Vallon n'y alla pas de main morte.

« Le jour de notre arrivée à Boukhara, je vous ai informé que l'un de mes hommes ainsi qu'une esclave avaient été enlevés par des habitants des sables et pourraient fort bien, au moment même où je vous parlais, se morfondre au marché aux esclaves. Je vous ai conjuré de vous renseigner à leur sujet et de les remettre à leur place légitime.

— J'ai un vague souvenir de votre requête. Je ne me rappelle pas que vous ayez mentionné une esclave.

— Avez-vous, oui ou non, fait suite à ma requête ?

— Tout à fait, en vain. »

Vallon adressa un sourire à l'audience.

« Vous n'avez pas dû vous donner trop de mal. Il vous suffisait d'envoyer un subalterne au dortoir des esclaves pour découvrir que mon soldat y était détenu en attendant sa vente aux enchères publiques.

— Général… »

Vallon leva la voix.

« Il a fallu deux jours à mes hommes – deux ! – pour retrouver mon soldat à l'instant même où il était vendu au vu et au su de la populace. »

Il souleva le bras de Hero.

« L'homme qui l'a trouvé – ce gentilhomme ici présent – a été obligé de payer la somme de soixante-dix solidi afin de ramener l'un de mes propres soldats dans mes rangs. Et qui était l'enchérisseur à faire monter le prix à un niveau aussi ridicule ? »

Vallon tendit vivement l'index.

« Lui. Le soi-disant plaignant, le même homme qui la veille seulement m'avait dépossédé illégalement de ma maîtresse. Non content de me voler un de mes biens, il voulait m'en voler deux.

— Général…

— Laissez-moi dire clairement à quel point les crimes de cet homme sont odieux. Il est allé jusqu'à des extrémités folles pour asservir un homme qu'il savait fort bien être un soldat sous mon commandement, un soldat engagé pour servir votre allié,

Sa Majesté Impériale Alexis Ier Comnène. Si je ne me trompe pas sur la loi islamique, prendre des esclaves en temps de guerre est un droit accordé par Dieu. Boukhara est-elle en guerre contre Constantinople ? Dois-je avertir mes hommes de se protéger contre une attaque imminente ?

— Général, il me faut protester…

— Je n'ai pas fini. Et ce, seulement deux jours après avoir volé ma maîtresse. Oui, mes nobles amis. Ma maîtresse. Contrairement au plaignant, qui manifestement rassemble les femmes en troupeau comme un paysan élève des chèvres, Zuleyka est l'unique amour de ma vie. Mon cœur s'est brisé le jour où ces diables du sable me l'ont arrachée. »

Vallon s'embrassa les paumes des mains, qu'il présenta en coupe au paradis.

« Je remercie Votre Gloire Divine de m'avoir dans Votre bonté infinie restitué ma bien-aimée. »

Le procureur jeta un regard maladif au juge. L'auguste fonctionnaire rassembla les avocats d'un geste de sa hache. Quand ils eurent fini de délibérer, le procureur s'adressa à Vallon.

« Son excellence concède que cette affaire possède quelques traits complexes et reconduit la séance dans sept jours afin que certains faits puissent être établis et que le droit jurisprudentiel puisse être étudié. En attendant, vous et vos hommes êtes confinés à vos casernes et l'esclave sera confiée à cette cour. »

Vallon jeta un œil à Wayland.

« Tu l'as ?

— Oui. »

Le général prit son inspiration.

« Après avoir souffert un tel chagrin, je refuse de me séparer de ma bien-aimée maintenant que je l'ai retrouvée. Jamais ! »

Il frappa son fourreau vide.

« Il faudra d'abord me passer sur le corps. »

Dans le silence choqué, on entendit très clairement l'estomac du juge gargouiller.

« Continuez », murmura Hero.

Vallon avança d'un pas.

« Quant au confinement de mes hommes dans les casernes, je m'y plierai jusqu'à notre départ – dans trois jours.

— Général, le juge a décrété que vous resteriez à Boukhara jusqu'à la prochaine audience.

— Dans trois jours, je ferai partir mes hommes, honorant ainsi la confiance qu'a placée en moi mon maître impérial. Je ne puis croire que vous vous opposiez par la force à mon départ uniquement pour satisfaire la vanité et la vénalité de ce maraud. »

Le juge s'affaissa, le secrétaire du Commerce se caressa la bouche puis s'adressa au procureur. Ce dernier fit faire le tour de la salle au plaignant en lui tirant le coude et en lui chuchotant à l'oreille. En apprenant que le procès ne penchait pas de son côté, l'homme laissa libre cours à de terribles accès de colère – attitude à proscrire s'il voulait gagner la faveur des avocats éminents. C'est un homme en larmes qui s'arrachait la barbe que le procureur ramena à ses amis avant de s'approcher de Vallon avec un sourire factice.

« Nous pouvons arranger cette brouille.

— Cette brouille ? Il y a un instant seulement c'était un crime grave.

— Général, ne gâchez pas votre avantage. Proposez de l'argent au plaignant en guise de réparation.

— Payer ce maroufle pour mon propre bien ?

— C'est la seule façon de clore rapidement cette affaire.

— Si je paie ce voleur, vous laisserez partir mon expédition ?

— Oui. Le plus tôt sera le mieux. »

Vallon prit un air buté.

« Combien ?

— Soixante solidi pour la fille, vingt pour le cheval, dix pour l'agression. Arrondissons à cent.

— Ridicule ! Et le dédommagement pour les torts que ce butor m'a causés, alors ? S'il a souillé ma maîtresse, à quelle compensation cela me donne-t-il droit ? Il n'y a pas assez d'or dans tout Boukhara pour réparer cette insulte.

— Vous voulez partir, intervint le secrétaire du Commerce. Et nous voulons que vous partiez. C'est un petit prix à payer. »

Vallon contempla le toit qui s'assombrissait désormais dans la lumière du soir.

« Par devoir envers l'empereur et pour le bien de mes hommes, j'y consens. »

Il claqua des doigts à l'adresse de Hero.

« Paie ce maraud. »

Avant de tourner les talons, il remercia le juge.

« Votre excellence, je retire toutes les calomnies que j'ai pu répandre sur la justice de Boukhara. Vous avez rempli votre fonction de juge d'une manière qui vous hausse sur un piédestal en matière d'impartialité, de justice et de bienveillance envers le peuple de Dieu le Très-Haut.

— Il suffit », gronda le procureur.

Le secrétaire du Commerce rattrapa Vallon à la porte.

« Dans l'hypothèse improbable où vous survivriez à votre voyage en Chine, je vous conseille de ne pas revenir par Boukhara. Vous trouveriez porte close. »

Hero parvint à se retenir de rire jusqu'à ce qu'ils se retrouvent dans le Régistan.

« Je ne vous savais pas capable d'une telle éloquence. Vous auriez pu concurrencer Cicéron. »

Vallon ne partagea pas son hilarité. Il jeta un regard venimeux à Wayland.

« Nous l'avons échappé belle. Tu m'as signifié plus d'une fois n'être pas soumis à mon commandement. Fort bien. Puisque tu ne ressens aucune loyauté envers moi, ne t'attends pas à ce que je te propose ma protection. Tu peux tout aussi bien partir et prendre ta garce avec toi. »

Il éperonna sa monture.

« Vous ne le pensez pas, lança Hero. Hé, attendez ! »

Vallon ne s'arrêta pas.

XXVII

L'équipée de Wayland et la comédie de Vallon au tribunal s'ébruitèrent dans tout l'escadron et déclenchèrent l'hilarité générale. Les camarades de Lucas accueillirent celui-ci avec une sorte d'admiration hébétée : c'était le soldat le plus cher de l'histoire de l'armée byzantine. Ils étaient aussi contents du retour de Zuleyka. Le fait qu'il s'agissait là de son troisième affranchissement les amusait tout particulièrement. Ils l'en soupçonnaient d'autant plus de posséder de mystérieux pouvoirs et gardaient une distance respectueuse. Sans compter qu'ils étaient persuadés que Wayland avait jeté son dévolu sur elle – ou peut-être était-ce l'inverse, disaient certains.

Le procès eut une autre répercussion. Craignant les représailles du plaignant revanchard ou le courroux des notables de Boukhara, Hauk décida de repousser son retour à la mer Choresmienne et d'unir sa destinée à celle de Vallon pour une étape supplémentaire. Ses hommes accompagneraient l'expédition jusqu'à Samarcande, où ils augmenteraient leur stock de marchandises à vendre avant de retourner à leurs bateaux en évitant de repasser par Boukhara.

Ne disposant que de trois jours pour préparer la caravane, les hommes travaillaient nuit et jour à l'approvisionnement. Comme nombre des montures et des bêtes de somme étaient éreintées, il fallut les troquer contre des animaux fringants. C'est là que les Sogdiens révélèrent toute leur utilité. Shennu – Vallon avait laissé tomber le « An », patronyme chinois qui signifiait « originaire de Boukhara » – accompagna le général à une foire aux chevaux dans le Régistan.

« Quels roussins hideux ! s'exclama Wulfstan en balayant du regard les bêtes couleur souris aux poils hirsutes, affublées d'une tête en forme de maillet et d'une crinière en brosse.

— Il m'est arrivé de noyer des chiens plus beaux que ça.

— Ils sont élevés pour voyager dans le désert, expliqua Shennu. Ce sont des tarpans sauvages croisés avec du bétail turkmène. Ils peuvent survivre des semaines entières dans des conditions qui achèveraient vos chevaux grecs en l'espace de quelques jours. Leurs sabots sont tellement durs qu'il n'y a même pas besoin de les ferrer. »

Vallon jeta un œil aux chevaux.

« Quand bien même, je n'ai pas l'intention d'entrer dans Kaifeng avec les éperons qui traînent dans la poussière. »

Shennu le toisa.

« Si vous avez l'escarcelle bien garnie, vous pouvez acheter les plus beaux coursiers de la terre ici et maintenant.

— Montrez-moi. »

Shennu l'emmena à un enclos entouré par une catégorie d'acheteurs plus aisés. À la vue des destriers,

Wulfstan siffla. En majorité gris ou bais, ils faisaient la même taille que les montures de la cavalerie byzantine et, hormis une tête assez grosse et des pattes avant très raides, ils étaient magnifiquement proportionnés, et leurs yeux brillaient de fougue et d'intelligence.

« Ce sont des chevaux du Ferghana expliqua Shennu. Les Chinois les croient à moitié dragons, nés dans l'eau et capables de conduire leurs cavaliers au paradis. Ils sont réservés à l'aristocratie. »

Vallon désigna un hongre luisant :

« À combien pourrait se monter celui-là ?

— Vous avez l'œil en matière de chevaux.

— Rien d'étonnant. Je fais partie de la cavalerie.

— Ça ne va pas être donné.

— Mettez-y le prix.

— La somme pourrait être plus importante que ce que vous croyez, mais si vous apportez cet animal à Kaifeng en bonne – condition, vous le revendrez trois ou quatre fois plus cher que ce que vous allez débourser aujourd'hui. »

Bras croisés, Vallon regarda le palefrenier faire parader le ferghana. Des mains jaillirent aussitôt pour enchérir. Shennu remuait tout juste les sourcils.

« Avons-nous enchéri ? s'inquiéta Vallon.

— Évidemment. L'agent d'un riche marchand fait monter le prix. »

Vallon s'essuya les mains sur les cuisses.

« Renchérissez. »

Shennu gardait son calme tandis que les autres criaient en agitant les mains. La foule finit par s'apaiser, l'organisateur balança la tête de droite à gauche puis, tel un pendule qui s'immobilise, arrêta son regard sur Vallon.

« Le cheval est à vous, annonça Shennu. Félicitations.

— Combien ?

— Quarante-sept solidi.

— Fichtre !

— C'est moins que ce qu'on a versé pour Lucas », fit remarquer Aiken.

À minuit la veille du départ prévu à l'aube, tout le monde était réveillé dans le caravansérail, occupé à seller les chevaux, graisser les axes des charrettes, accomplir les innombrables tâches nécessaires pour mettre la caravane en branle. Cent soixante-quatorze chameaux de Bactriane étaient allongés dans la cour, se soumettant avec une indifférence hautaine aux manipulations de vingt-neuf chameliers du pays, femmes et enfants compris, qui les chargeaient de paquets. Chacun pouvait porter quarante livres de plus qu'un cheval et voyager certes moins vite mais deux fois plus loin et en buvant seulement un quart de la même ration d'eau.

Shennu alla voir Vallon.

« Nous sommes prêts. »

Il faisait encore nuit : la silhouette zébrée des nids de cigognes qui couronnaient les tours du *ribat* se découpait contre les étoiles grisonnantes. Vallon enfourcha sa splendide monture, se dirigea vers la porte et se dressa dans ses étriers.

« Soldats, nous partons pour la Chine. Soyez loyaux envers notre mission et entre vous, et vous pourrez rêver à un retour chargés de richesses et d'honneurs. »

Ses hommes poussèrent des cris de joie. Il fit signe aux gardiens des portes d'ouvrir.

« Que Dieu nous garde », lança-t-il en les franchissant.

Les chameaux marchaient encordés par dix et les derniers étaient encore en train de sortir de la ville quand Vallon entendit le premier appel à la prière s'élever, assourdi, dans la plaine derrière eux.

Josselin le rattrapa.

« Il semblerait que trois Turkmènes aient déserté.

— Je m'attendais à en perdre davantage.

— Après une semaine passée à courir la gueuse et à festoyer, les soldats ont oublié les rudesses de la traversée du désert. Ils sont tout excités à l'idée de parcourir la route de la soie.

— Dans un mois, ils ne seront plus aussi jouasses, grogna Vallon avant de jeter un œil au bout de la colonne. Maître Wayland est-il encore avec nous ?

— Oui, sire, il chevauche à l'arrière avec la bohémienne. Voulez-vous lui transmettre un message ? »

Depuis le procès, Vallon n'avait pas échangé un mot avec lui. Alors qu'il travaillait tard le soir dans ses quartiers, il avait souvent levé les yeux en entendant des pas approcher, dans l'espoir qu'il s'agissait de Wayland venu faire la paix. Il n'était jamais venu. Vallon raccourcit ses rênes et se dirigea vers le soleil levant.

« Non. »

Une semaine plus tard, l'expédition campait à deux lieues de Samarcande. Après les incidents de Boukhara, Vallon n'avait nullement l'intention de laisser ses hommes pénétrer de sitôt dans une autre ville. Hauk passa le voir dans sa tente après le souper et resta assis un moment en silence, une coupe à la main.

« Cette fois, c'est vraiment la dernière fois que nous nous voyons, finit-il par dire. Une part de moi aimerait vous accompagner, mais mes hommes ont le mal du pays. Cela fera bientôt deux ans qu'ils ont quitté leur foyer.

— Avez-vous une famille ?

— Mes ennemis l'ont tuée.

— J'ai une femme et deux filles à Constantinople.

— Je prierai pour que vous reveniez sain et sauf. Adieu. »

Vallon leva les yeux quand le Viking fut sur le seuil :

« Adieu, Hauk Eiriksson. »

Passé Samarcande, ils se dirigèrent à l'est via la Vallée de Ferghana, suant dans la chaleur humide. Ils firent une halte de deux jours à Och pour se ravitailler, puis grimpèrent une butte-témoin du massif du Pamir en traversant des champs où des éleveurs de chevaux nomades cultivaient de la luzerne pour leurs troupeaux. Le sentier se fit plus raide et plus étroit. Après quatre jours d'ascension à panteler dans l'air qui se raréfiait, la caravane arriva à un col rocheux couvert de plaques de neige et jonché d'os d'animaux et d'hommes : le pari d'une traversée aux beaux jours leur avait coûté la vie.

Le sentier montait et descendait sur les chaînes de montagnes en perdant progressivement de l'altitude, et s'étrangla à un moment donné dans des gorges de marbre si étroites, que le chargement des chameaux frottait contre les parois rendues lisses comme de la soie par des siècles de passage.

Sept jours après avoir quitté Och, depuis le dernier col du Takla-Makan, Vallon contemplait les étendues couleur rouille du désert qui avait englouti la mission précédente. Shennu lui expliqua que son nom signifiait : « On y entre, mais on n'en sort pas. »

Un soldat cria, Vallon se retourna : des cavaliers avaient surgi au-dessus du contrefort. Trop peu nombreux pour constituer une menace, ils chevauchaient d'une façon qui évoquait davantage la fuite que la poursuite.

« C'est Hauk et ses hommes », annonça Wulfstan.

Vallon en compta vingt-huit, soit huit de moins que lorsqu'ils s'étaient séparés à Samarcande.

Le chef Viking approcha, sa tenue de soie déchirée et tachée de sang séché.

« Que s'est-il passé ? demanda Vallon.

— Une querelle à propos d'une babiole qui à mon avis ne valait pas cinq dirhams s'est transformée en bataille rangée.

— Vous êtes poursuivis ? »

Hauk cracha.

« Non, à moins qu'ils veuillent encore ramasser une tannée. Pour chaque homme que j'ai perdu, ces marauds en ont perdu trois.

— Qu'allez-vous faire ?

— Il semblerait que le destin complote pour m'empêcher de rentrer chez moi. »

Hauk scruta les étendues voilées de poussière qui se déployaient à perte de vue.

« À quelle distance sommes-nous de la Chine ?

— Au moins quatre mois de route jusqu'à la frontière, et probablement encore deux autres pour arriver à la capitale.

— Hero m'a dit qu'il y avait une voie maritime entre la Chine et les mers occidentales.

— Je ne jouerais pas ma vie sur son existence. »

Hauk regarda derrière lui.

« Et moi je ne la risquerais pas en repassant par Samarcande et Boukhara. »

Trois de ses hommes étaient blessés, deux gravement. L'un d'eux, les poumons transpercés par une flèche, mourut le jour même. L'autre, c'était Rorik, le lieutenant gigantesque de Hauk. Après l'avoir examiné, Hero conclut qu'il ne pouvait plus rien pour lui. Un soldat lui avait fiché une lance à l'arrière de la cuisse en vrillant la pointe garnie de barbelures, occasionnant un trou dans lequel aurait pu s'enfoncer le poing d'un enfant.

Du pus suintait de la chair noircie et couverte de chiures de mouches. Hero secoua la tête à l'adresse d'Aiken qui se tenait à distance respectueuse, une main plaquée sur le nez à cause de la puanteur.

« Gangrène.

— Je ne suis pas encore foutu, râla Rorik. Le souvenir des yeux de mon attaquant quand je les lui ai arrachés de la tête me maintiendra en vie. »

Chaque jour durant les six qui suivirent, Hero lava et pansa la plaie, sidéré qu'une personne rongée à ce point par la mort refuse de céder à son appel. Lorsque l'expédition approcha de Yarkand, il en était presque à espérer le décès du Viking, dont les divagations épouvantables choquaient presque autant que son jarret en décomposition.

Le septième jour, Hero, certain que ce serait aussi le dernier, s'adonnait au nettoyage de la blessure quand celle-ci se mit à frémir sous l'effet, eût-on dit, de quelque éclosion diabolique. Dégoûté, le Sicilien recula d'un bond : la cuisse du Viking se déchira, expulsant une bouillie de chair putréfiée et un éclat de fer. Un filet de sang propre suivit.

Rorik ouvrit un œil injecté de sang. Son regard semblait déjà moins fou.

« Vous n'avez pas le droit d'être vivant, lâcha Hero.

— Bien sûr que si. Ce couard m'a attaqué quand j'avais le dos tourné. »

À Kachgar, Shennu enrôla de nouveaux chameaux et chameliers. Ici, la route de la soie se divisait : une branche serpentait au nord du désert sous les monts Tian, l'autre, qui en frôlait la limite méridionale, donnait sur la cordillère du Kunlun. Cent rivières se jetaient dans le Takla-Makan, aucune n'en ressortait. Shennu raconta à Vallon qu'au milieu du désert gisaient des villes enfouies sous le sable avec les corps momifiés de leurs citoyens blonds morts depuis des milliers d'années.

Ils empruntèrent la voie du sud. Le soleil de juillet, terni par la cendre de sa propre combustion, les accablait, rendant le voyage intolérable en journée. Chaque soir le maître de la caravane attendait le moment où les ombres recouvraient le bleu persistant du ciel désertique pour donner le signal du départ. Les chameliers se levaient alors péniblement, rassemblaient leurs bêtes entravées puis les conduisaient vers leur chargement où ils les obligeaient à s'agenouiller en tirant des coups secs sur leur harnais. Deux hommes installaient ensuite les paquets sur le bât et les y attachaient avec deux boucles et un crochet. Puis ils pliaient les tentes et les fixaient sur les animaux chargés du matériel de campement et enfin, une cordée après l'autre, la caravane s'ébranlait au tintement des cloches des chameaux et au son du chant des chameliers, qui pouvait aussi bien durer toute la nuit que s'arrêter sans raison, pour ne laisser entendre que le *frtt-frtt* des pattes des animaux dans le sable.

Au lever du jour ou peu après, la longue procession atteignait l'oasis ou le puits suivant, et là les chameliers alignaient leurs bêtes devant des abreuvoirs remplis avec de l'eau tirée grâce à des paniers d'osier calfatés. Ils les menaient ensuite paître la végétation épineuse, et le camp s'endormait d'un sommeil agité jusqu'à ce que le soleil sombre à l'horizon occidental. Et ils avançaient ainsi, jour après jour, nuit après nuit, semaine après semaine.

La nuit, quand il chevauchait, somnolent, dans le désert, Vallon s'imaginait parfois fouler un sentier au-dessus de la terre, un tapis d'étoiles sous les pieds. D'autres soirs, les sables blanchis par la lune cédaient progressivement place à de hautes haies et à des arbres en surplomb. Les yeux fixés sur quelque destination qui n'arrivait jamais, il se laissait aller au sommeil jusqu'à ce qu'un brusque cahot le ramène à une réalité presque aussi délirante que ses rêves.

Un soir, Vallon et Aiken se retrouvèrent en compagnie de Hero et des deux Sogdiens.

« D'après Shennu, nous devrions atteindre Khotan d'ici une semaine, annonça le Sicilien.

— Le jour où nous nous sommes rencontrés, je t'avais dit qu'un voyage n'était qu'un trajet fatigant entre deux endroits. Je n'avais pas tort. »

Hero éclata de rire.

« Reconnaissez-le. Une part de vous commence à croire que nous allons vraiment arriver en Chine. »

Vallon se tourna vers Shennu.

« Dites-nous-en plus sur ce peuple.

— C'est une race pleine de contradictions. Profondément conservateurs, les Chinois révèrent leurs ancêtres et leurs traditions, tout en étant extraordinairement inventifs. Selon eux, c'est le Mandat du Ciel qui nomme leur empereur. En même temps ils le considèrent mortel et donc faillible, ce qui donne à ses sujets le droit de le renverser si un désastre vient à frapper. Voilà pourquoi l'empire a subi tant de bouleversements malgré l'importance qu'accorde son peuple à l'harmonie. Mais ce sont les officiels lettrés, des fonctionnaires sélectionnés à l'issue d'un concours, qui détiennent le véritable pouvoir. En théorie, la compétition est ouverte à tous et la promotion se fait au mérite. En pratique, la plupart des candidats et des hauts fonctionnaires sont les fils d'aristocrates.

— Quelle place occupe l'armée ?

— La classe dirigeante la considère comme un mal nécessaire. Pour être franc, ils la méprisent. Nombre des commandants sont des étrangers, et les hommes de troupe sont pour la plupart des miséreux ou des criminels. Le cercle impérial préfère acheter ses ennemis plutôt que de les affronter. La Chine est pareille à un gros pot de miel entouré par des nuées de mouches : comme elle ne peut pas toutes les tuer, elle fait couler du miel dans la bouche de leurs maîtres en espérant qu'elles s'en satisferont. Évidemment, après avoir goûté ces gouttes sucrées, elles veulent s'abreuver directement à la source.

— Qui sont ces mouches ? demanda Vallon.

— Des cavaliers nomades. Des Tanguts à l'ouest, des Khitans au nord. Afin de les calmer, l'empereur les couvre de richesses aux dépens de ses sujets. »

Vallon adressa un sourire jaune à Hero.

« Ça me rappelle quelque chose. »

Ils chevauchèrent un moment en silence.

« Accepteriez-vous de nous enseigner le chinois ? demanda Aiken.

— Excellente idée, s'enthousiasma Hero.

— C'est une langue difficile, répondit Shennu. La bouche occidentale n'est pas adaptée à sa prononciation. »

Vallon désigna les ténèbres qui s'étiraient devant eux.

« Ce n'est pas comme si nous manquions de temps libre pour apprendre. Occupons ces longues nuits avec une activité pratique.

— Fort bien, dit Shennu avant de montrer le cheval de Vallon. *Ma*.

— *Ma*.

— Non. *Ma*.

— C'est ce que je viens de dire.

— Vous avez dit *ma*, qui signifie "mère". Une erreur comme celle-là pourrait vous mettre dans une situation des plus embarrassantes. Imaginez que vous demandiez à un gentilhomme chinois si vous pouvez monter sa mère ? »

Aiken retint un gloussement.

« *Ma*, fit-il.

— Très bien, le félicita Shennu.

— *Ma*, répéta Vallon.

— Maintenant vous avez prononcé le mot qui désigne le “lin”. Dans un autre contexte, la même prononciation signifierait “réprimander”.

— Quelle langue ridicule ! s'exclama Vallon. *Ma.*

— Écoutez, dit Shennu en étirant la bouche. *Ma*. Vous entendez la différence ?

— *Ma* », répétèrent Vallon et Hero.

Wayland les dépassa au petit galop, Zuleyka à ses côtés, son chien bondissant derrière.

Hero le héla :

« Nous apprenons le chinois. Veux-tu te joindre à notre cours ?

— Merci, répondit Wayland sans se retourner. Je n'aurai pas besoin de le parler. »

Hero le regarda s'éloigner.

« Vous avez entendu ça ? Si vous ne vous rabibochez pas, il va nous quitter. »

Aiken et Shennu échangèrent un regard et poursuivirent la leçon.

Vallon ralentit.

« Ce n'est pas à moi de faire le premier pas. Si Wayland s'excuse pour ses actes irresponsables, je lui restituerai avec joie une place dans mon cœur.

— Nous avons discuté. Il n'estime pas avoir mal agi. » Vallon grinça des dents.

« Vous êtes fâché parce qu'il s'est lié d'amitié avec la bohémienne.

— Il est marié à une femme qui m'est aussi chère que mes propres filles ! explosa Vallon. Ça me choque profondément de le voir se balader avec cette catin.

— Je ne crois pas qu'ils… Je ne crois pas… Et même s'ils l'ont fait… Syth a percé le cœur de Wayland d'un trou suffisamment grand pour que nulle autre ne puisse s'y loger.

— C'est bien ce qui me fait mal. Je n'aurais jamais cru qu'il puisse ne serait-ce que regarder une autre femme, dit Vallon en s'enroulant ses rênes autour des mains. Je croyais que Wayland et Syth avaient découvert ce que je n'avais jamais pu trouver : le véritable amour.

— Pourtant Caitlin et vous vous aimez. Je sais bien qu'il vous arrive de vous accrocher et de faire des étincelles, mais c'est normal quand le fer et la flamme se rencontrent. »

Vallon se tint coi un moment.

« Mon épouse est infidèle.

— Oh non, sire. Ne dites pas ça.

— Au cours de ces neuf dernières années, j'ai passé une saison sur quatre à la maison. Caitlin est une femme passionnée, vous ne pouvez pas dire le contraire. Je ne puis guère lui en vouloir d'aller chercher du réconfort dans les bras d'un autre.

— Vous êtes sûr ? En avez-vous la preuve ?

— Elle porte des bijoux bien trop coûteux pour avoir pu être payés par ma maigre bourse. Et une fois, peu après que je fus revenu sans prévenir de la frontière, le serviteur d'un seigneur byzantin est venu à la maison porter une lettre pour ma dame. Elle m'a dit que le message avait été écrit par l'épouse de cet homme, avec qui elle prétendait s'être liée d'amitié. Quelques semaines plus tard, nous avons croisé cette femme à la sortie de Sainte-Sophie. Elle n'a pas même jeté un regard à Caitlin. Elles étaient deux parfaites inconnues. »

Deux étapes supplémentaires les menèrent à une oasis entourée par une forêt de tamaris : les arbres poussaient dans des cônes de sable, leurs branches grêles et leurs feuilles grises s'agitaient dans un vent torride. Au réveil du soir, Josselin appela vainement un soldat. Ses compagnons d'escouade ne l'avaient pas vu depuis l'installation du camp. Il n'aurait pas déserté dans un endroit aussi hostile et un acte criminel n'était guère probable. Il avait dû s'écarter de l'oasis et se perdre en chemin. Les équipes de recherche alors missionnées se rendirent compte à quel point il était facile de s'égarer. Les tamaris sortaient du sable à cinq ou dix toises d'intervalle. Où que l'on se tournât, le paysage était identique. Il suffisait de marcher quelques cinquantaines de toises pour perdre tout repère. Vallon donna l'ordre d'allumer un feu de joie et laissa au camp une escouade chargée de signaler leur position à coups de cornet. Le lendemain matin, le soldat n'étant toujours pas revenu, Wayland partit à sa recherche. Un trop grand nombre de personnes et d'animaux avaient quadrillé l'oasis pour permettre à son chien de flairer sa piste. Wayland se dirigea vers le nord en hélant le soldat puis, au sortir de la forêt de tamaris, gravit une gigantesque vague de sable surplombant un océan de dunes rouges qui se chevauchaient comme des boucliers. Il en conclut que le soldat devait avoir péri à moins d'un quart de lieue du camp.

Shennu les avait mis en garde contre le vent noir qui pouvait frapper subitement. Il les attaqua le lendemain, alors que les hommes, allongés dans la chaleur de midi, ne parvenaient pas à dormir, gênés par des démangeaisons. Les chameaux commencèrent à blatérer et enfouirent leurs museaux dans le sable. Quelques cabots qui suivaient la caravane filèrent se mettre à l'abri en gémissant. Les chameliers couraient en tous sens à grand renfort de cris pour resserrer les sangles des selles et amarrer plus solidement les tentes.

En sortant de la sienne, Vallon constata que le ciel avait pris une teinte vitreuse. Une tache jaunâtre venue de l'est s'épaississait en une colonne grise dont la base tourbillonnante engendrait des diables de poussière qui valsaient à travers les tamaris avec un bruit effroyable. La tornade se rapprocha, le ciel s'obscurcit.

« Tous à l'abri ! hurla Shennu. Vite ! »

Vallon courut se mettre à couvert au pied d'une petite dune.

« Protégez-vous la tête ! » cria Shennu.

Face contre terre, la tête emmaillotée, Vallon entendit bruissements et cliquetis se muer en un grondement colérique puis en un cri perçant au moment où l'orage éclata en soulevant une vague de sable et de graviers. Des cailloux lui giflèrent les mains. La poussière s'insinua dans sa bouche et sous ses paupières. Il jeta un coup d'œil par-dessous sa cape : arbres, dunes et tentes surgissaient tels des spectres dans les ténèbres mugissantes. Il retint sa respiration : ses poumons étaient près d'éclater quand il y eut un déclic dans ses oreilles et que le silence se fit. Il crut être devenu sourd. Shennu le secoua : il souleva sa cape et vit que le ciel s'éclaircissait. Tout en crachant du sable, il se leva, chancelant, et découvrit que les tourbillons s'éloignaient vers l'ouest.

Des monticules enflaient de toutes parts : c'était les hommes, qui secouaient leurs vêtements et regardaient autour d'eux en clignant leurs yeux rougis par la poussière. Les tentes qui avaient résisté à la tempête ployaient sous le poids du sable. Le maître de la caravane lança un ordre : ses hommes récupérèrent les tentes et regroupèrent les animaux. Une poussière fine s'était insinuée jusque dans les contenants les plus étanches. La caravane s'ébranla alors que le soleil sombrait dans un lit de nuages en incendiant l'horizon occidental, dont le rougeoiement s'estompait en un violet parsemé de quelques nuages fumeux.

Ils effectuèrent de jour les deux dernières étapes pour rejoindre l'oasis de Khotan, sous le voile scintillant de la poussière soulevée par les animaux. La veille au soir de l'arrivée dans la ville, Aiken récitait l'*Énéide* de Virgile dans la tente de Vallon. Ils avaient entrepris de lire de la poésie afin de faire passer les longues marches nocturnes, et le général trouvait ce rituel apaisant. Aiken avait atteint un passage concernant la tragédie de Didon, reine des Phéniciens.

« *C'était la nuit, et par toute la terre, les corps épuisés jouissaient de la paix du sommeil ; les forêts et les mers cruelles étaient au repos, au moment où les astres roulent, au milieu de leur course, quand partout les champs se taisent : troupeaux et oiseaux bigarrés, habitants des lacs aux eaux limpides et hôtes des épaisses broussailles dans les campagnes, tous reposent la nuit dans un sommeil silencieux.*

Mais l'infortunée Phénicienne, jamais le sommeil ne la délivre ; jamais la nuit ne vient visiter ni ses yeux ni son cœur[1]*...* »

Vallon ouvrit les yeux : son serviteur rôdait sur le seuil.

« Navré de vous déranger, sire. Le jeune soldat Lucas est là. Il souhaite vous parler.

— À quel sujet ?

— Une affaire personnelle, apparemment. Il semble très agité.

— Je vais vous laisser », dit Aiken en faisant mine de se lever.

Vallon lui fit signe de regagner son siège. Les soldats ne venaient parler à leur commandant dans ses quartiers personnels que s'ils étaient convoqués. Il existait des voies et des procédures officielles pour leur permettre de porter leurs préoccupations à l'attention de leurs supérieurs.

« Si, que Dieu m'en préserve, Lucas s'est encore mis dans les noises, dis-lui qu'il aille en référer à son chef d'escouade. Je suis surpris que tu ne l'aies pas toi-même orienté dans cette direction.

— Je l'ai fait, sire. Je ne vous aurais pas importuné si… Très bien, sire. Je vais l'éconduire. »

Aiken attendit le départ du domestique.

« Au fait, Lucas s'est excusé pour son comportement grossier. Il avait l'air sincère.

— Content de l'entendre.

1. Traduction collective (faculté de philosophie et de lettres de Louvain) à l'initiative de Jean Schumacher.

— Je ne comprends toujours pas pourquoi il m'a pris si violemment en grippe. »

Lucas n'intéressait pas Vallon. Il s'adossa lourdement.

« Relis-moi ce dernier passage. »

XXVIII

Vergers de grenadiers et champs de coton entouraient Khotan, ville fortifiée à la frontière orientale de l'empire Karakhanide. C'était une importante cité commerciale de la route de la soie, réputée pour la qualité de ses soieries et les jades verts et blancs que les chercheurs de pierres ramassaient dans les deux rivières irriguant l'oasis. Après s'être installée dans le caravansérail, l'expédition se rendit en ville : Hauk et ses Vikings en quête de néphrite précieuse, Aiken et Hero pour visiter une importante madrasa. Les cités n'attiraient pas beaucoup Wayland, aussi resta-t-il dans ses quartiers. Il avait tendance à partager l'opinion des Turkmènes selon laquelle les hommes qui construisent des murs pour se protéger ne se rendent pas compte qu'ils fabriquent des prisons.

Le soir, des cris rauques l'attirèrent dans la cour. Hauk, complètement ivre, passa devant lui en chancelant sur sa selle.

« Bouffe-moi ça des yeux, dit-il d'une voix inarticulée en brandissant un morceau de minéral pâle.

— On dirait un bout de cailloux brillant. »

Hauk but une rasade de vin au goulot d'une bouteille et hoqueta.

« T'y connais rien, rétorqua-t-il en frappant la pierre. C'est du jade blanc. Et pas n'importe quel vieux jade. C'est du jade graisse de mouton. Seul l'empereur chinois est autorisé à en porter. Oublie les tapis que nous avons dû laisser à Samarcande. »

Il frappa de nouveau la pierre, manquant de se désarçonner.

« Ça, mon ami, ça fera ma fortune même si j'achète rien d'autre entre ici et la Chine.

— Fais-moi voir », dit Shennu en sortant de l'obscurité.

Le Sogdien soupesa le caillou, le brandit à la lumière puis le gratta avec un galet. Wayland savait ce qu'il allait dire avant même qu'il ouvre la bouche.

« Vous avez été dupé. C'est de l'ophite d'Afghanistan.

— Quoi ! » beugla Hauk.

Il voulut lui arracher la pierre des mains, bascula dans la poussière et se releva en tanguant.

« Venez, soldats. On retourne au bazar. Je vais lui arracher le foie à ce maroufle. »

Vallon lui bloqua le passage.

« Fermez les portes », ordonna-t-il.

Hauk tâtonna à la recherche de son épée.

« Hors de mon chemin. »

Vallon ne bougea pas, et l'un des lieutenants du Viking, plus sobre, conduisit à ses quartiers son chef qui se débattait avec force jurons. Wayland ne lui connaissait pas ce trait de caractère, ce qui renforça ses mauvais pressentiments. De retour dans sa cellule, il méditait entre autres sur cette affaire quand on frappa à sa porte.

« C'est moi. Wulfstan. »

Le fauconnier le fit entrer et alluma une lampe à l'aveuglette. Wulfstan avait dans les mains ce qui ressemblait à un rouleau de tissu blanchâtre.

« Tu ne devineras jamais ce que c'est », lança-t-il.

Wayland caressa l'étoffe : froide, lourde et inerte.

« Une espèce de soie grossière ?

— De la peau de salamandre, née dans le feu et ininflammable.

— Hauk vient de me montrer son jade. C'est la ronde des pigeons.

— D'accord, ce n'est pas de la peau de salamandre. C'est juste le boniment que m'a servi le vendeur. D'après Shennu, il s'agit d'un textile qui a été tissé à partir de fibres minérales. Les Grecs l'appellent l'asbeste, ce qui signifie "pure" ou "insatiable". Quelque chose comme ça. On s'en sert pour confectionner les linceuls royaux. »

Il s'empara de la lampe et porta la flamme sur le tissu. L'étoffe ne brûla, ne fondit, ni ne se consuma. Quand il écarta la flamme, celle-ci ne laissa qu'un halo cendré de noir de fumée, qu'il balaya d'un geste.

— Tu vois ? Le feu ne l'abîme pas. Plus la flamme est chaude, plus le tissu brille.

— Tu prévois d'en porter à ton enterrement ?

— Ne dis pas d'âneries. Je me disais que ça pourrait servir de protection contre le feu grégeois. Tu sais à quel point il peut être capricieux. »

Wayland réprima un bâillement.

« Tu as fait meilleure affaire que Hauk. »

Wulfstan se fourra l'étoffe sous le bras.

« Je ne suis pas venu te voir juste pour te montrer ma peau de salamandre. Hero m'a dit que tu avais l'intention de renoncer. Voilà qui ne me surprend point. Je te vois te morfondre depuis qu'on a quitté Boukhara.

— Partir, pas renoncer. J'ai failli vous quitter à Kachgar, où une bifurcation mène au sud, en Afghanistan.

— Ne la prends pas. Le général est peut-être trop fier pour le reconnaître, pas moi. On a besoin de toi.

— Je soupçonne Hero d'être derrière tout ça.

— Pas du tout. C'est ce qui se dit dans la caravane. »

Après le départ de Wulfstan, Wayland s'allongea sur son grabat. Il n'avait pas relevé le loquet de la porte, et au souffle d'une brise, le battant tourna sur ses gonds. Zuleyka apparut dans l'embrasure, sa robe ondoyait sur son corps. Elle lui fit signe.

« Sors, maintenant. On doit bientôt partir. »

Wayland se réveilla en sursaut : le seuil obscur était désert.

Le lendemain, il explora Khotan. Les Karakhanides musulmans, qui l'avaient prise moins d'un siècle auparavant, érigeaient des mosquées sur les fondations de temples bouddhistes et de monastères. Mais, ville frontalière, elle restait cosmopolite. En parcourant l'une des rues les plus vastes, Wayland céda le passage à un groupe de Tibétains qui se balançaient tels des pirates en permission à terre : des brutes épaisses aux cheveux noirs vêtus de bottes en feutre en forme de bateau et de robes rouges ou noires en carreaux écossais qui tombaient en plis sous la taille et dont la manche droite, très ample, pendait vide le long du corps, laissant ainsi voir torse et bras crasseux. Une épée grossièrement forgée battait contre la hanche et de gros colliers de corail et de turquoise cliquetaient contre des amulettes en argent contenant des charmes authentifiés par des lamas. Ils étudièrent l'étranger aux yeux bleus avec une franche curiosité avant de continuer leur chemin d'une foulée à faire trembler la terre.

Dans la rue suivante, Wayland passa devant une resserre. Un contremaître chinois, les mains rentrées dans les manches de sa robe, y surveillait une équipe de laquais aux cheveux nattés, vêtus d'une veste noire et d'un pantalon large serré aux chevilles, qui empilaient les bagages d'une caravane. Ni le maître ni les travailleurs ne lui prêtèrent attention.

Déambulant dans un bazar, il traversait le quartier puant des bouchers en chassant les mouches quand quelque chose à sa gauche attira son attention. Là, sur l'étal pestilentiel, les pattes attachées et les ailes bridées, était juché un aiglon.

« Nom d'un chien…

— Vous voulez acheter ?

— Où l'avez-vous capturé ? »

Le boucher désigna la cordillère du Kunlun.

« Des bergers l'ont pris sur son aire dans les montagnes. »

Il souleva le rapace à deux mains.

« Pas cher. »

Quand il le reposa, l'aiglon bascula puis se redressa, en appui sur les tarses, pattes écartées, la tête affaissée sur ses doigts contractés. Wayland fit la moue.

« Pourquoi acheter un oiseau dans cet état ?

— Pour la soupe.

— Vous mangez les aigles ? »

Comme nombre de citoyens de Khotan, le vendeur souffrait d'un goitre.

« Oh oui, sire. La viande de berkut rend les hommes forts. »

Wayland poussa un long soupir et examina la créature. Mourant, le rapace, bec béant, restait indifférent aux mouches qui couvraient ses yeux entrouverts.

« Avec quoi l'avez-vous nourri ?

— Du pain.

— Doux Jésus.

— Pardon ? »

Wayland réprima sa colère.

« Quand ces bergers l'ont-ils capturé ?

— Il y a une semaine peut-être, répondit le boucher avec un haussement d'épaules.

— Depuis quand l'avez-vous ?

— Il est frais de ce matin. »

Wayland tourna brusquement les talons.

« Il sera mort avant la fin de la journée.

— Pour vous, un solidus. »

Le fauconnier s'arrêta malgré lui. Le boucher inclinait la tête pareil à un oiseau qui s'apprête à embrocher un ver.

« Aucun homme sain d'esprit ne débourserait autant pour une charogne.

— Vous faites partie de la caravane grecque. On dit que vous dépensez les pièces d'or comme s'il s'agissait de boutons en corne. »

L'homme leva un doigt, semblant accorder une bénédiction.

« Un solidus.

— Allez au diable.

— Pas si vite, mon ami. Parlons un peu. Marchandons un peu. Nous sommes des gentilshommes. »

Wayland tendit un doigt rageur vers l'aigle.

« Je vais vous donner un dirham, histoire de lui épargner la marmite. »

Le boucher tapa dans les mains à l'adresse d'un garnement très attentif.

« Du *chai* pour notre vénérable client. À moins que ce gentilhomme ne préfère du vin. Je vous en prie, sire. Par ici. »

Wayland entra dans le caravansérail en serrant dans ses bras l'orphelin maladif, deux jeunes coqs vivants pendant à son cou. En l'apercevant, Lucas accourut.

« Pâques Dieu, un aiglon !

— Va trouver Hero et demande-lui du baume pour les yeux. »

Wayland entra dans ses quartiers d'un pas rageur et laissa tomber le rapace au sol. Même à un dixième du prix demandé – jeunes coqs compris – l'oiseau ne valait rien. Il était exaspéré : s'il avait été en bonne santé, les fauconniers du sultan Suleyman auraient déboursé autant que pour un superbe étalon. Le berkut est l'espèce la plus grosse de la famille de l'aigle royal, il est capable de tuer des gazelles, des renards et même des loups. Interrogé par Wayland, le boucher avait expliqué que personne dans l'oasis de Khotan ne pratiquait la fauconnerie.

D'un regard, son chien lui demanda la permission d'aller voir de plus près cet aiglon. Il renifla le plumage souillé, plissa la truffe et recula.

« Je sais », commenta Wayland.

Lucas déboula alors avec les potions de Hero et observa le fauconnier qui tamponnait les yeux de l'aigle.

« Il n'a pas l'air en bonne santé cet oiseau.

— Tranche le cou d'un coquelet et récupère le sang. Va chercher de l'eau fraîche. »

Zuleyka entra.

« Qu'est-ce que tu fais ?

— Pousse-toi, tu me caches la lumière. Non, reste. Je pourrais avoir besoin de ton aide.

— Tenez, dit Lucas en tendant à Wayland un bol de sang chaud.

— Attrape-la par les épaules. Ne serre pas trop. »

Lucas empoigna les rémiges.

« Comment savez-vous que c'est une femelle ?

— Parce que c'en est une. »

Wayland sortit de son sac d'affaitage un mince tube en boyau et un entonnoir en corne.

« Tiens-lui le bec ouvert, intima-t-il à Zuleyka.

— Elle pourrait me pincer.

— Ce n'est qu'un bébé. »

Zuleyka ouvrit le bec. L'aigle poussa un miaulement pitoyable et sembla s'effondrer de l'intérieur.

« Je crois qu'il est mort », murmura Lucas.

Wayland inséra le tube au-dessus de la langue pâlotte de l'oiseau, le fit glisser doucement dans le jabot, plaça ensuite à l'extrémité l'entonnoir, qu'il remplit à demi de sang dilué. Il secoua alors le tube pour s'assurer que le niveau du liquide baissait.

« Si vous voulez mon avis, vous perdez votre temps, commenta Lucas.

— Tu perds le tien. Laisse-moi perdre le mien. »

Goutte après goutte, il vida l'entonnoir. Puis il recula en chancelant et se frotta le front avec son avant-bras.

« Va chercher un panier. »

Zuleyka partit, suivie par le chien.

Wayland se laissa tomber sur une escabelle et contempla son achat. Le plus charitable aurait été de lui tordre le cou.

« Je peux encore être utile ? demanda Lucas.

— Non. Merci pour ton aide.

— Appelez-moi en cas de besoin.

— Si. Il y a bien une chose que tu peux faire : mettre un terme à cette situation ridicule avec Vallon. »

Lucas se raidit.

« J'ai essayé. Il y a quelques soirs de ça, j'ai demandé une audience, il a refusé de me laisser entrer.

— Tu n'es pas un ambassadeur qui cherche à se faire admettre auprès d'une cour étrangère. Tu es son fils. Prononce juste cette phrase ou laisse-moi la prononcer pour toi.

— Aahh, gémit Lucas. Ce n'est pas aussi facile que vous le croyez. Mettez-vous à la place de Vallon. Quel genre d'accueil réserveriez-vous à un fils que vous croyez mort depuis dix ans ? »

Ils se regardaient droit dans les yeux quand Zuleyka revint chargée d'un panier en osier doublé de laine. Wayland déposa l'aiglon dans son berceau puis reporta son attention sur Lucas.

« Cet aigle sera mort avant l'aube. La vie est courte. La chance de projeter son ombre face au soleil n'arrive qu'une fois. L'expédition précédente a été balayée entre ici et la prochaine oasis. Quand je serai parti, personne d'autre ne saura qui tu es.

— Vous allez partir ? »

Zuleyka tapa du pied :

« Il te dit d'y aller ! »

Elle s'accroupit devant le fauconnier et lui prit la main. Il la lui retira brusquement.

« Je te l'ai déjà dit. Tu ne m'intéresses pas. J'ai une femme et des enfants. »

La bohémienne frotta son visage contre les mains de l'Anglais. Il se leva d'un bond.

« Écarte-toi ! »

Piquée au vif, elle sortit et s'arrêta sur le seuil où elle brandit deux doigts pliés comme pour jeter un sort ou une malédiction.

« Toi tu restes là », ordonna Wayland à son dogue.

Le molosse se glissa derrière la bohémienne avec un air de chien battu, laissant son maître seul avec l'aigle agonisant.

Durant la nuit, l'oisillon fit un horrible bruit de succion : il évacuait la matière nocive qui lui bouchait les boyaux. Wayland se dressa sur un coude et scruta l'obscurité avant de se rallonger lourdement. Il avait déjà perdu trop de temps avec cet oiseau.

Il se réveilla à l'aube, alluma une lampe et s'approcha de l'aigle à pas de loup. Le rapace gisait, inerte, petite boule inanimée de chair et de plumes. Wayland prit son courage à deux mains et s'empara du cadavre.

À ce contact, l'aiglon ouvrit les yeux et cilla. *Cuip*, fit-il. Il se redressa en tremblotant. *Cuip*, répéta-t-il d'un ton plus insistant. *Cuip*.

Wayland courut à la porte. Les peupliers qui entouraient le caravansérail commençaient tout juste à se dessiner contre le ciel.

« Lucas ! »

Quand ce dernier déboula, le fauconnier tenait l'aigle sur ses genoux. Il souriait tel un père empli de fierté.

« Le bébé veut son petit déjeuner. »

Une nouvelle ration de liquide nourrissant ne fit qu'aiguiser son appétit et renforcer sa voix.

« Découpe du blanc de poulet. En menus morceaux. »

Le temps que le soleil blanchît les murs, l'aigle avait pris sa beccade et s'était endormi sur les genoux de Wayland : son jabot distendu faisait la taille d'une pomme. Le chien entra en catimini, l'air coupable.

« Allez-vous l'affaiter ? » demanda Lucas.

Wayland déposa l'aiglon dans son berceau.

« Je ne sais pas. Elle a été prise trop jeune. Aujourd'hui ses cris t'attendrissent, mais dans un mois, ses braillements te rendront fou. Elle ne sera alors plus un oisillon sans défense. Elle sera adulte et dangereuse, sans respect pour son maître ni personne d'autre. J'ai connu un fauconnier seldjoukide qui avait élevé un autour alors qu'il n'était encore qu'une boule de duvet. Six mois plus tard, le rapace – qui faisait un quart de la taille d'un berkut adulte – lui a arraché un œil et entaillé le visage du front jusqu'à la mâchoire. »

Lucas se frotta les mains.

« Comment allez-vous l'appeler ?

— Je ne suis pas doué pour les noms. Attends. Que penses-tu de Freya, la déesse nordique ?

— Ça me paraît bien. »

Lucas parti, Wayland examina l'oisillon de près pour la première fois. C'était un petit d'environ six semaines, à l'air empoté et dépenaillé. Ses rémiges ne s'étaient pas encore développées et sa tête était couverte de duvet. Pourtant il pesait déjà plus lourd que n'importe quel autre oiseau de proie qu'il avait affaité. Ses yeux noisette cendré, son bec en forme de serpette et ses serres safran armées de griffes noires laissaient entrevoir ses pouvoirs latents. Ses avillons étaient déjà aussi longs et épais que l'auriculaire de Wayland. Quand il aurait atteint sa taille adulte, chaque patte tendue, large d'un empan, serait suffisamment puissante pour transpercer le crâne d'un cerf.

Le fauconnier quitta Khotan en transportant l'aiglon sans entraves dans un panier placé devant sa selle. Engloutissant ses rations, Freya grandissait de jour en jour : en l'espace de deux semaines, le crapaud aviaire se métamorphosa en vengeur ailé de Jupiter. Elle avait désormais ses plumes définitives, seules quelques plaques de duvet subsistaient sur la tête, et son parement était un mélange automnal de gris, de brun clair, de cannelle, de prune et d'ocre brûlée. Wayland avait craint que ses expériences traumatisantes ne laissent des pennes affamées – ces plumes sur lesquelles de minces lignes indiquent un arrêt du développement et des points de faiblesse –, mais non, ses rémiges avaient poussé droit et sans défauts. Elle commença à exercer ses ailes et à scruter son environnement avec la curiosité d'un bambin qui explore le monde et ses merveilles.

Comme elle ne rentrait désormais plus dans son panier, il lui avait passé les jets autour des pattes et la transportait sans filière sur son poing ganté. Après une matinée à la porter, son bras plié s'était tellement engourdi qu'il parvenait tout juste à le bouger.

À Keriya, l'oasis suivante, il la pesa sur la balance d'un marchand de maïs. Les plateaux s'équilibrèrent à onze catties, soit l'équivalent de quatorze livres – et elle n'avait pas fini de grandir. Wayland commanda à un menuisier une perche de quatre pieds de haut, dont la base se glisserait dans une poche en cuir cousue à sa selle.

Durant l'étape suivante, il poursuivit sa chevauchée avec l'aigle cramponnée à sa perche, les ailes déployées sur une envergure de huit pieds, ses yeux à l'affût de tout ce qui traversait son champ de vision. Les soldats aimaient la voir en tête de la colonne : ils s'imaginaient que c'était l'équivalent en chair et en os des étendards portés par leurs aïeux militaires, les légions romaines d'antan.

L'un des Sogdiens rapporta une anecdote intrigante.

« Ce n'est pas la première fois que l'aigle romain parcourt la route de la soie, raconta-t-il à Wayland. Il y a fort longtemps, une armée romaine livra bataille contre une race appelée les Parthes, à Carrhes. Les Parthes vainquirent les légions et vendirent les survivants. Nombre d'entre eux furent déportés à l'est, voire pour certains jusqu'en Chine, où ils fondèrent une colonie qui conserva leur langue et leurs coutumes des siècles durant. L'un de mes ancêtres les a rencontrés lors de son premier voyage au Royaume du Milieu. Aujourd'hui ils ne sont plus qu'un souvenir, mais on peut encore trouver des armures romaines dans les bazars.

— Comment faites-vous, vous les Sogdiens, pour conserver des souvenirs aussi lointains, Shennu ?

— Dès que nous sommes en âge de comprendre la parole, nos anciens nous enseignent notre histoire.

Que s'est-il passé à cet endroit ? À qui peux-tu te fier dans cette oasis ? Qui éviter ? Quels puits fournissent de l'eau uniquement potable pour les chameaux et lesquels de l'eau suffisamment douce pour les hommes ? À quelle heure du jour les rivières gèlent-elles dans les montagnes, baissant ainsi de niveau et permettant une traversée en toute sécurité ? C'est le devoir d'un père de transmettre ces connaissances. Je me rappelle mon aïeul me parlant du premier voyageur chinois à avoir atteint l'empire parthe. Zhang Qian, c'était son nom, avait effectué ce périple mille ans plus tôt, mais à écouter mon grand-père raconter cette histoire, on aurait cru qu'ils avaient fait la route ensemble. Au fait, moi c'est Yexi. Mon cousin chevauche avec le général. »

Plus tard ce jour-là l'aigle se lança dans son premier vol maladroit. Soutenue par une bourrasque de vent, elle lâcha sa perche et s'éloigna au sud vers les terrains sableux. Les pattes ballantes, elle griffa le sol dans sa tentative d'atterrissage : elle n'avait pas appris à s'arrêter. Une dune de cent pieds de haut lui barrait le passage. Elle essaya de l'éviter mais, épuisée, elle culbuta queue par-dessus bec en arrivant au sommet. Wayland sauta de cheval pour aller la récupérer.

L'aigle, qui avait finalement réussi à monter au faîte de la dune, contemplait le paysage comme si cette immensité lui appartenait. Wayland la récupéra et posa sa joue contre sa tête, humant son odeur en se demandant une fois de plus pourquoi une créature dotée d'un appétit aussi carnassier exhalait le parfum des ajoncs.

« C'est assez de liberté pour le moment, dit-il. À partir de maintenant tu porteras filière et chaperon, et tu ne voleras que lorsque je t'en donnerai l'ordre. »

Il se reposa quelque temps. Un vent contraire chaud séchait la sueur sur son front et soulevait un voile jaune au sommet des collines de sable. Au sud, la brume qui des semaines durant avait dissimulé la cordillère du Kunlun se dissipa, dévoilant un panorama de pics glacés.

Lucas arriva au galop.

« J'ai cru que vous l'aviez perdue.

— Il lui reste encore beaucoup à apprendre avant de trouver son indépendance. Mon travail est de lui enseigner à chasser avant de la remettre en liberté.

— Vous avez l'intention de la relâcher ? »

Wayland ne répondit pas.

« Qu'est-ce que vous regardez ? »

Le fauconnier s'était levé et scrutait un vol de vautours qui tournoyaient à un quart de lieue au sud. L'un d'eux se sépara de la formation et plongea en piqué. Un deuxième suivit. Trois autres se joignirent à ce manège depuis différentes directions, et il aperçut davantage de points encore qui se rapprochaient.

Lucas suivit son regard.

« Probablement un chameau ou un âne sauvage.

— Un chameau mort n'attire pas cinquante vautours. C'est l'endroit d'un massacre. »

Ils franchirent laborieusement quatre dunes avant de dévaler jusqu'à un terre-plein de graviers traversé par le lit d'un ruisseau à sec. Wayland en longea le cours, guidé par la spirale de charognards et les bouffées occasionnelles de chair en décomposition. Au détour d'un coude, vingt vautours prirent lourdement leur envol.

« Foutre Dieu ! » s'exclama Lucas.

Douze corps boursouflés et noircis gisaient sur la rive caillouteuse du cours d'eau. Leurs meurtriers en avaient décapité certains, dont les têtes pendaient à des angles impossibles, dardant le regard aveugle de leurs yeux vitreux sur le soleil. Un brouillard bourdonnant de mouches survolait ce carnage. Deux loups se repaissaient des cadavres en putréfaction. Au cri de Wayland, l'un d'eux s'enfuit. L'autre, rongé par la gale, le menaça d'un claquement de crocs et continua à déchiqueter un bébé serré dans les bras de sa mère, jusqu'à ce que Lucas lui fonçât dessus, l'épée brandie. L'animal abandonna sa proie et s'éloigna en crabe dans les dunes, l'échine voûtée.

La puanteur était telle que Lucas dut se boucher le nez.

« Qui sont-ils ? »

Wayland observa la scène, les yeux plissés.

« Des marchands tibétains ou des pèlerins, à en juger par leurs tenues.

— Qui les a tués ?

— Des bandits. Peut-être ceux-là même qui ont exterminé la dernière expédition grecque.

— Nous ferions mieux d'avertir Vallon.

— Vas-y, toi. Je vais essayer de déchiffrer ces traces. »

Wayland quadrilla le terrain en quête d'indices. Lucas avait déjà disparu quand le chien arriva en trottinant.

« Dogue ingrat », lui fit son maître.

Puis il lui pencha la tête au-dessus d'une empreinte superficielle.

« Un membre du groupe s'est échappé. Va chercher. »

Le chien s'élança le long du ruisseau avec un jappement, s'arrêta pour flairer la piste et se retourna vers son maître en quête d'encouragement.

« Tu es sur la bonne voie. Continue. »

Après avoir parcouru deux cents toises dans la ravine, le chien fit brusquement volte-face et se figea, le museau pointé sur un trou dans la berge. La tanière d'un loup. Wayland se laissa glisser dans le lit du ruisseau et s'accroupit devant l'entrée.

« Tu peux sortir. Les bandits sont partis. Je ne te ferai aucun mal. »

Rien ne bougea.

« Je sais que tu es là. Il fait beaucoup plus frais là-dedans que dehors. Je brûle littéralement. Épargne-moi de trop longues souffrances. »

Le chien tournait autour du trou en aboyant. Wayland le rappela à l'ordre et lança une outre d'eau dans la tanière.

« Il faudra bien que tu sortes à un moment ou à un autre. »

Il portait l'aigle sur le poing gauche, son chien pantelait à ses côtés, quand deux mains s'agrippèrent de part et d'autre du trou avant que n'émergeât une tête couverte de poussière. Wayland hissa le survivant puis l'aida à se relever. Le choc lui avait donné un regard fou et des larmes avaient creusé deux rigoles sur son masque de terre.

« On va te ramener. »

Quelqu'un appela, Wayland se retourna : une escouade de soldats frangeait la dune la plus proche. Lucas plongea, perdit l'équilibre et dégringola les trente derniers pieds.

Wayland leva les yeux au ciel.

« Pourquoi faut-il que tu sois toujours aussi impulsif ?

Lucas secoua la tête et cligna des yeux.

« Qui est-ce ?

— Prends-le par l'autre bras, nous le découvrirons une fois de retour à la caravane. »

Une nuit passée aux bons soins de Hero remit Yonden, le survivant, sur pied. Lavé, hydraté, nourri et reposé, il se révéla être un jeune Tibétain avec des traits que les sculpteurs grecs auraient adoré tailler dans le marbre. Ses cheveux de jais lui arrivaient aux épaules. Il raconta son histoire dans un caravansérail délabré, au son des rats qui détalaient dans l'obscurité en couinant.

À l'âge de seize ans, il était entré dans un monastère bouddhiste dans le sud du Tibet, qui donnait sur une chaîne de montagnes appelée l'Himalaya. Il y avait deux ans de cela, un vieux moine avait exprimé le souhait d'effectuer un dernier pèlerinage à un tombeau situé dans un ensemble de grottes bouddhistes du nom de Dunhuang, sur l'embranchement nord de la route de la soie. L'abbé avait choisi Yonden comme serviteur et secrétaire pour accompagner le moine. Ils avaient alors voyagé deux ans durant en échangeant prières, horoscopes et médicaments contre l'aumône et l'hospitalité. Une fois à Dunhuang, le moine avait déclaré qu'il était arrivé à sa dernière demeure sur terre et qu'il ne retournerait pas au Tibet. Il se consacra à la prière et au jeûne et, au bout d'une semaine, son esprit le quitta de façon si paisible que même l'observateur le plus attentif n'aurait pas su déterminer le moment où son âme s'était échappée de sa coquille humaine pour s'envoler dans le néant divin.

Shennu traduisait en essayant de transmettre les émotions contradictoires de Yonden : son chagrin à la mort de son maître, son admiration devant la façon dont il s'était dépouillé de son manteau de mortel, sa colère que le saint homme l'ait laissé sans le sou pour effectuer son retour au monastère tibétain.

« C'était un test et j'ai échoué, déclara Yonden. Sans mon gardien spirituel, j'ai pris de mauvaises habitudes. J'ai fait des jeux d'argent et j'ai succombé aux tentations de la chair.

— Dis-nous en plus là-dessus, intervint Wulfstan en s'attaquant à un jarret de mouton. J'ai un faible pour les récits de péché et de rédemption. »

Il jeta un œil à ses compagnons.

« Ben quoi ?

— Excusez-moi, dit Vallon. Il faut que je m'entretienne de l'étape de demain avec mes centurions.

— Quand je suis arrivé à Keriya, je n'avais pour tout bien que les vêtements que je portais sur le dos, poursuivit Yonden. Et encore. Pour mon dernier repas, j'ai gratté le suif de mes chaussures et l'ai fait bouillir en guise de soupe. Dans le logis le moins cher que j'ai pu trouver, j'ai rencontré un groupe de marchands tibétains qui rentraient au Changthang après avoir troqué des queues de yak et des herbes médicinales contre du cuivre et du fer. Trois chercheurs d'or qui s'étaient joints à eux se sont proposé de nous guider. Leur seul et unique but était de nous massacrer jusqu'au dernier dans un endroit où personne ne verrait leur crime. »

Yonden joignit les mains et s'inclina devant Wayland.

« Si ce gentilhomme ne m'avait pas trouvé, leur diablerie serait passée inaperçue sur terre. »

Wulfstan donna un coup de coude à Shennu.

« Je voudrais en savoir plus sur ses péchés.

— Que vas-tu faire à présent ? demanda Wayland.

— Grâce à vous, je vais pouvoir retourner à mon monastère et chercher le chemin de la vérité. »

Wayland se leva et se couvrit les épaules de sa cape. Même l'été, les nuits étaient froides dans le Takla-Makan.

« Ne veux-tu pas entendre la fin de l'histoire de Yonden ? demanda Hero.

— Elle n'est pas encore finie. »

Le fauconnier confectionna pour Freya un chaperon avec une peau d'antilope qu'il cousit bord à bord avant de tremper le cuir et de le mouler sur un bloc de bois taillé par ses soins. Le chaperon, bien ajusté, cachait à la vue du rapace tout ce qui était susceptible de l'alarmer. Non que Freya craignît le monde. Elle avait été arrachée à la vie sauvage si jeune qu'elle considérait comme naturel l'étrange environnement dans lequel elle avait été plongée. Contrairement à tous les autres faucons que Wayland avait affaités, elle n'avait pas eu besoin d'être apprivoisée pour devenir docile. Après avoir été enlevée à son aire, fourrée dans une besace et exposée sur l'étal d'un boucher, plus grand-chose ne pouvait l'effrayer.

Cela faisait d'elle l'oiseau le plus facile que Wayland eût jamais dressé, et le plus dangereux. À un âge où elle aurait dû être éconduite par ses pairons depuis longtemps, elle faisait encore palpiter ses ailes à l'adresse de Wayland et sifflait pour réclamer à manger comme un bébé. Cela dit, elle avait appris à défendre son territoire : un cercle étroit autour de sa perche. Si quelqu'un d'autre que Wayland y empiétait d'une dizaine de pieds, elle se gonflait, hérissait ses plumes de cou et mettait l'intrus au défi d'approcher. Personne ne s'y risquait.

Autre chose. Freya détestait les chiens, celui de Wayland compris. Quand elle le voyait, son plumage s'aplatissait comme une cotte de mailles puis se distendait tant qu'elle semblait faire deux fois sa taille. Un jour, le molosse s'aventura dans son territoire. Elle l'attaqua et lui lacéra l'épaule en lui plantant un avillon sous la peau. Le dogue l'aurait tuée si Wayland ne lui avait pas empoigné le museau avant de retirer l'avillon d'un coup sec. Depuis ce jour-là, chien et aigle se toisaient avec une haine prudente.

Ayant constaté le danger que pouvait représenter Freya, Wayland n'aurait pas dû relâcher son attention. Il lui donnait des beccades de cuisse de lièvre tout en bavardant avec Lucas qui chevauchait à ses côtés, quand, jugeant qu'elle avait assez mangé, il retira la viande.

Il ne vit rien venir : les doigts de l'aigle jaillirent et quatre griffes se plantèrent dans sa main droite avec une force telle qu'il crut se faire pomper le sang jusque dans la tête. Le choc fit valser le pât mais Freya, conditionnée à penser que ses rations venaient directement du fauconnier, ne prêta aucune attention à la viande et resserra son emprise.

Wayland ne paniqua pas, ne se débattit pas. Les mains entravées, les larmes aux yeux, il attendit que s'estompât la lueur meurtrière dans les yeux de l'aigle, qu'elle relâchât ses serres et se remît sur son gant. *Cuip,* fit-elle, et elle se gratta le dessous du cou avec la délicatesse d'une douairière.

Lucas dévisageait son compagnon.

« Votre visage est devenu aussi blanc que de la craie. »

Wayland poussa un grognement et fléchit la main. Les griffes de Freya n'avaient même pas transpercé la chair, mais elles avaient laissé de profondes marques bleutées et sa main enflait.

Le soir venu, elle avait doublé de volume. Assis près du feu de camp, il la soignait sans guère prêter attention à la conversation, jusqu'à ce que Hero posât une question à Shennu.

« Lors de notre voyage dans les terres du Nord, nous avons trouvé une lettre écrite par un homme qui se faisait appeler prêtre Jean, dirigeant d'un royaume chrétien quelque part à l'est. Avez-vous entendu parler de cette légende ? »

Shennu inhala la fumée d'un arbuste qu'il avait ramassé dans le désert.

« Je connais ce nom, je connais cette histoire et j'ai entendu parler d'hommes qui sont morts en se lançant dans cette quête.

— Ce royaume n'existe pas, alors. »

Shennu cracha une bouffée de fumée vers les étoiles.

« Je ne puis rien affirmer. Il existe d'étranges royaumes cachés dans les montagnes au sud et à l'ouest. Tout le monde a entendu parler de Shambhala, un paradis bouddhiste dont les habitants jouissent de la vie éternelle à moins qu'ils ne quittent leur royaume. Mon grand-père m'a raconté que le chemin pour s'y rendre est facile au début, mais que plus on s'approche, plus la voie est incertaine et mène à une vallée glaciale sans possibilité d'avancer ni de revenir en arrière. »

Vallon, jusqu'alors silencieux, leva la tête.

« Je t'ai déjà dit il y a dix ans que la lettre du prêtre Jean était une fumisterie. Nous avons voyagé plus loin que presque n'importe qui jusque-là, or aucun de nous n'a vu les licornes, les dragons, ni les cyclopes que décrit ce prêtre roi. »

Shennu leva une main pour demander le silence.

« Le jeune lama voudrait dire quelque chose. »

Le Sogdien écouta avec des hochements de tête et demanda des clarifications avant de traduire.

« C'est une histoire que je n'avais encore jamais entendue. Yonden explique qu'il y a de ça plusieurs générations, un ermite chrétien est allé chercher l'illumination dans un monastère bouddhiste niché au plus profond de l'Himalaya.

— Un nestorien, sans aucun doute, commenta Vallon. Nous avons vu leurs communautés tout le long de la route de la soie. L'hérésie prolifère comme les rats.

— Chut ! fit Hero. Je veux en savoir plus. »

L'interrogatoire de Shennu s'acheva sur un signe de croix esquissé par Yonden. Wayland et Hero échangèrent un regard avant de s'approcher.

« Yonden a-t-il jamais rencontré un chrétien ? s'enquit Hero.

— Vous êtes les premiers qu'il voit. Il dit que dans sa jeunesse, son grand-père était allé au sud avec une caravane de sel et était arrivé dans la terre appelée

Népal après avoir franchi l'Himalaya. Ce pays se situe entre le Tibet et l'Inde. Dorje – ainsi s'appelait son grand-père – avait traversé une vallée où les lamas vénéraient un prêtre chrétien qui avait étudié dans leur temple de nombreuses années auparavant.

— Combien de temps ?

— Avant que nous Sogdiens ne commencions à garder la trace de notre histoire. Avant que les enseignements de Bouddha n'atteignent le Tibet.

— Comment s'appelait ce prêtre ?

— Oussu. Le grand-père de Yonden lui a raconté qu'il avait vu des *thankas* – des peintures sacrées – d'Oussu dans le temple. L'ermite avait également laissé des rouleaux écrits dans sa propre langue. Le lama avait expliqué à Dorje que peu après le départ d'Oussu vers son propre pays, un groupe de pèlerins ou de disciples étaient arrivés dans la vallée à la recherche des travaux de leur maître. Depuis lors, aucun chrétien jusqu'à vous ne s'est renseigné sur Oussu. »

Wayland avait oublié les élancements de sa main.

« Demande à Yonden de décrire cette vallée. »

Si le Tibétain avait décrit un éden avec des palais d'or et des fleuves charriant des bijoux, Wayland aurait considéré cette histoire comme un mythe.

« Un hameau désolé, établi à l'extrême limite de l'altitude habitable. Et tellement pauvre que ses habitants doivent passer l'hiver dans des villages moins élevés, laissant leurs lamas seuls dans le temple.

— Combien de temps nous faudrait-il pour y arriver ? demanda Hero.

— Trois mois », répondit Shennu.

Le Sicilien siffla, désappointé.

« Voilà qui fait un trop grand détour.

— Il serait à trois jours que ce serait encore trop loin, rétorqua Vallon. Même s'il s'agissait du royaume du prêtre Jean, il n'est pas sur notre route. Notre mission est d'atteindre la Chine par le trajet le plus direct. »

Le feu était désormais réduit à des braises qui crépitaient.

« Tant pis, fit Hero. De toute façon ma vue a tellement baissé qu'il m'aurait été impossible de mener une enquête satisfaisante. »

Wayland lui toucha l'épaule :

« Je pourrais être tes yeux. »

Hero le dévisagea en cillant.

« Si mon chemin me conduit suffisamment près, j'irai visiter le temple d'Oussu.

— Qu'entends-tu par là ? » demanda Vallon qui, alors qu'il se levait, s'était arrêté net.

Wayland leva la tête.

« Je rentre chez moi. »

Un flocon de cendre incandescente se détacha du charbon et s'envola telle une feuille rougeoyante. Vallon se rassit lourdement.

« Laissez-nous. »

Alors seul devant le général, Wayland se surprit à trembler.

« Pourquoi ? demanda Vallon.

— Vous le savez bien. Vous n'avez pas besoin de moi et nous passons notre temps à nous chercher querelle.

— Tu ne peux pas partir.

— Vous ne pouvez pas m'en empêcher.

— Si ce sont mes paroles sévères qui t'ont éloigné de moi, alors je les retire et je te demande d'être compréhensif. J'ai besoin de toi, Wayland. Et tu sais bien la place que tu occupes dans mon cœur. »

La gorge de Wayland se serra.

« Je n'ai pas pris ma décision à la légère. »

Vallon se massa le front.

« Tu n'arriveras jamais à rentrer chez toi tout seul.

— L'immensité sauvage et moi sommes de vieux amis.

— J'imagine que la bohémienne est derrière tout ça. »

Wayland secoua la tête.

« Elle est l'une des raisons qui me poussent à partir. »

Vallon se leva comme un vieillard et serra sa cape autour de ses épaules.

« Je ne peux pas me permettre de te céder un homme pour t'accompagner. »

Wayland se leva à son tour.

« Bien sûr que non. »

Il regarda Vallon s'éloigner.

Il se rasseyait, vidé par sa décision, quand Vallon revint.

« Je refuse de te laisser te balader dans ces régions désertes tout seul. Tu peux prendre trois hommes et deux chevaux supplémentaires. »

Le général resta sourd aux protestations du fauconnier.

« Pars avant le point du jour pour éviter de chagriner mes hommes. Que Dieu te protège. J'imagine que nous ne nous reverrons jamais. »

Wayland s'efforça de sourire.

« Mais si. Et si ce n'est pas ici-bas, dans l'au-delà. »

Vallon s'immobilisa, silhouette battant au vent dans la nuit.

« Je te chercherai dans l'au-delà, alors. »

Tibet

XXIX

Seul Hero était levé pour voir Wayland partir au plus profond de la nuit.

« Tu ne changeras pas d'avis ? Ton départ a blessé Vallon aussi grièvement que s'il avait perdu un fils.

— Les fils vont leur propre chemin dans le monde. »

Wayland, en selle, se pencha sur le côté. Au-dessus de lui, l'aigle chaperonnée était juchée sur sa perche telle une idole.

« Prends ça », dit-il en tendant une lettre.

Hero, en homme qui connaît le poids des mots, la soupesa.

« Sont-ce là tes dernières dispositions ?

— Bien au contraire. Cette lettre ressuscite les morts.

— Ça ne te ressemble pas de parler par énigmes.

— Lis-la quand je serai parti, tout s'éclaircira. Je te fais confiance pour respecter les conditions stipulées à la fin. »

Toghan et deux autres Turkmènes qui tiraient les montures supplémentaires approchèrent avec Yonden. Hero fit une ultime tentative de dissuasion.

« L’hiver va vous piéger du mauvais coté des montagnes. Je ne supporte pas l’idée que tu meures loin de tes amis dans je ne sais quelle immensité mugissante. »

Wayland lui frictionna l’épaule.

« Tant que tu vivras, je ne voyagerai jamais seul, dit-il avant de planter les talons dans les flancs de son cheval. Que Dieu te bénisse, Hero de Syracuse, on ne peut rêver meilleur compagnon que toi. »

Hero s’élança derrière lui.

« Et Zuleyka ? »

Wayland fit un geste dédaigneux.

« Ce n’est plus mon problème. »

Après trois jours de marche, ils arrivèrent au premier des cinq cols qui menaient au Changthang, vaste plateau dans le nord du Tibet. Derrière eux et très loin en dessous, le Takla-Makan rougeoyait tel un lit de braises à travers des rubans de poussière noire. À l’ouest, le soleil se couchait dans une brèche entre deux montagnes : un fil d’or séparait les pics de la nuit tombante.

Alors qu’il franchissait péniblement le troisième col, pris de nausées sous l’effet du manque d’oxygène, Wayland se retourna et repéra un cavalier solitaire qui suivait leurs traces.

« Je vous rattraperai », lança-t-il à ses compagnons.

En regardant le cavalier approcher, le chien se mit à agiter la queue, timidement au début puis, comme l’écart se réduisait, il rejeta la tête en arrière et ulula de plaisir.

« J’aurais dû m’en douter », marmonna Wayland.

Il faisait presque nuit quand Zuleyka le rejoignit, le visage fendu d'un sourire de vilain garnement. Wayland faisait grise mine.

« Tu veux rentrer chez toi, fit-elle. Moi aussi. Je sais que tu ne me renverras pas. »

Wayland réfléchit.

« Seulement parce que ça me coûterait quinze jours de voyage, répliqua-t-il avant de tourner bride. Je ne peux pas t'empêcher de me suivre, mais ne viens pas me demander de l'aide si tu faiblis. »

Il se retourna, soudain décontenancé.

« Tu n'as pour tout bagage que tes habits. Tu penses dormir où, au juste ? »

Elle le dévisagea comme s'il était benêt, un benêt pour lequel elle nourrissait de l'affection.

« Avec toi, bien sûr. »

Quand ils eurent franchi les montagnes, leur chemin les conduisit à travers une plaine salée dont la surface d'une blancheur de neige était peignée de sillons. Les cavaliers se confectionnèrent des masques afin de se protéger les yeux de la réverbération aveuglante et avancèrent, réduits au silence par l'immensité du paysage et le ciel écrasant. Ils tombaient ici et là sur des zones d'herbe clairsemée qui s'effritait sous les sabots des chevaux.

Après avoir descendu un escarpement, ils se retrouvèrent dans une campagne vallonnée dont les ondulations se succédaient à perte de vue telle la houle de l'océan. La monotonie de ce décor sans fin ne laissait pas d'exercer une fascination irrésistible. Planté au milieu de ces horizons multiples, Wayland avait à la fois l'impression d'être loin de tout, aux limites de son être propre, et d'occuper le centre de l'univers. Il essaya de décrire cette sensation au jeune moine, qui joignit les mains et contempla le lointain.

« Le vide concentre l'âme. Quand tu quitteras le Tibet, tu seras un autre homme que celui qui y est entré. »

Le terrain changea imperceptiblement, s'adoucissant en une steppe d'altitude brisée par des crêtes grises signalées au moyen de cairns pareils à des gnomes fossilisés. Ces balises étaient la seule indication du passage de l'homme. En trois semaines de voyage, ils n'avaient pas rencontré âme qui vive.

Malgré la stérilité apparente du plateau, faune et flore abondaient. Des marmottes sifflaient devant leur terrier. Des troupeaux de koulans partaient au galop puis s'arrêtaient sur les crêtes pour observer les intrus. Des moutons sauvages aux cornes en spirale avançaient en file indienne à flanc de montagne. Wayland tenta vainement de traquer les antilopes qui erraient sur la steppe. Pas un jour ne se passait sans qu'il vît une meute de loups : prédateurs au pelage jaunâtre miteux qui les suivaient parfois dans l'espoir de trouver des restes. Un matin, alors qu'il surveillait un point d'eau, Wayland tira sur un koulan, suivit la piste de la bête blessée et l'abattit à une ou deux lieues de l'endroit où il avait décoché sa flèche. Incapable de transporter seul la carcasse, il revint sur ses pas pour demander de l'aide. Le temps qu'il revînt, des loups avaient saccagé sa proie, dont ils se disputaient les sabots et la peau.

Toutefois c'étaient les *drongs*, des yaks sauvages, qui le fascinaient le plus : d'énormes créatures, aussi grosses que les aurochs qu'il avait croisés en Rus, mais qui semblaient encore plus imposantes avec leurs grands pans de fourrure noire.

Yonden lui conseilla de passer bien au large car il s'agissait des bêtes les plus dangereuses du Changthang.

« Leur pelage est tellement épais qu'il faut parfois jusqu'à cinquante flèches pour transpercer un organe vital.

— Il doit bien y avoir des Tibétains qui les tuent, répliqua Wayland. J'ai vu des cornes décorer des cairns. »

Yonden, fidèle à la vénération bouddhiste de tous les êtres vivants, allait jusqu'à éconduire les parasites en leur donnant sa bénédiction après s'être épouillé. Il se rapprocha du feu.

« Je vais vous expliquer comment les chasseurs s'y prennent. Ils creusent un trou dans les prairies où paissent les yaks et s'y couchent en attendant qu'un animal vienne à leur portée. Là, ils tirent des flèches le plus vite possible. Le *drong* attaque sans pouvoir atteindre les chasseurs, qui décochent de plus belle. L'animal revient à la charge en beuglant de rage et en creusant le sol avec ses cornes. Il faut alors du courage pour poursuivre l'assaut, et même si les hommes parviennent à infliger une blessure mortelle, il arrive que le yak, dans ses derniers soubresauts, s'écroule au-dessus de leur cachette et les enterre vivants sous sa masse. »

Wayland voulut éprouver ces affirmations en se rapprochant autant des yaks que la prudence le lui permettait. Lorsqu'il s'avançait sous le vent, les *drongs* détectaient son odeur à un quart de lieue et partaient au galop. En revanche, si Wayland approchait contre le vent, ils ne réagissaient pas à la menace en chargeant tête baissée : myopes et durs d'oreille, ils semblaient particulièrement stupides. Ils fonçaient sur une courte distance, leur queue dressée, misant sur l'effet intimidant de leur carrure. Pour peu que vous campiez sur votre position, ils reculaient ; si vous avanciez ils repartaient dans une charge feinte trépidante, queue en l'air. Wayland en conclut que Yonden avait exagéré le danger. Il suffisait de rester en dehors de leur chemin pour qu'ils restent en dehors du vôtre.

« Allons en chasser un, proposa Toghan en rongeant le fémur d'un lièvre que Wayland avait abattu le matin même.

— Suis-je un si piètre pourvoyeur ? demanda le fauconnier de l'autre côté du feu. Ton estomac a-t-il rétréci au point de toucher ta colonne ?

— Écoutez-le ! s'exclama Toghan avec un rire chevalin. Vous êtes un grand chasseur, poursuivit-il en se penchant. Non, ce n'est pas pour la nourriture que j'aimerais occire ces géants. En chasser un à l'arc serait un divertissement excitant. »

Wayland s'arrêta de mastiquer.

« Je ne vais pas tuer un si bel animal pour en laisser pourrir plus de la moitié. »

Le Seldjoukide haussa les épaules et sortit une cithare.

« À présent je vais chanter.

— Si tu y tiens. »

Toghan pinça les cordes.

« Je vais poursuivre l'épopée d'Oghuz, fondateur de l'empire seldjoukide, bénie soit sa mémoire.

— Toghan, tu psalmodies la vie d'Oghuz depuis notre départ du désert. Ne connais-tu pas d'autres chansons ? »

L'autre l'ignora.

« Nous sommes arrivés au moment où les Seldjoukides traversent l'Oxus et où l'empereur de Ghazni leur déclare la guerre, ordonnant à ses soldats de trancher le pouce de tous les garçonnets de façon à les empêcher de tirer à l'arc. »

Il ferma les yeux et émit une plainte nasale qui poussa le chien à s'éloigner du feu en geignant. Les compatriotes du Seldjoukide l'écoutaient attentivement : ils battaient la mesure en poussant de temps à autre des ululements de triomphe. Quand il eut terminé, des loups hurlèrent de toutes parts.

Les Turkmènes marmonnèrent leur approbation. Le ménestrel fit un large sourire.

« Maintenant je vais chanter une chanson de ma propre composition, qui décrit comment mes ancêtres… »

Zuleyka se leva dans un tourbillon et lui arracha l'instrument des mains. Éclairée par la lumière des étoiles, elle se lança dans une ballade dont Wayland ne comprit pas un mot, mais qui était interprétée avec une mélancolie si douce que son cœur déborda.

Toghan s'était endormi, il ronflait avec un bruit de crécelle. Zuleyka déposa la cithare à côté de lui et passa une main dans les cheveux de Wayland en s'éloignant.

Ce fut comme si un incendie s'était embrasé sur son crâne. Il se leva, alla vérifier que l'aigle était solidement attachée, ordonna à son chien de rester sur le qui-vive pour les protéger des loups et suivit Zuleyka dans la tente qu'ils partageaient. Après un mois passé à dormir à ses côtés, il pensait être immunisé contre ses charmes. Les rigueurs de ce voyage auraient poussé n'importe qui au célibat. À la fin d'une journée de chevauchée en haute altitude, à regarder vos compagnons rendre tripes et boyaux, à vous coucher lourdement, exténué et crasseux, sous des couvertures infestées de punaises et de poux, démangé par les parasites qui se repaissaient de votre chair, l'idée même de copuler avec quelqu'un d'aussi sale et pouilleux que vous était repoussante.

Pourtant ce soir-là il resta allongé sans dormir dans le noir, conscient que Zuleyka était elle aussi éveillée. Il se racla la gorge, changea de position et songea à Syth. Cela ne fit qu'augmenter son trouble. Il se tourna de l'autre côté.

« Tu m'as l'air agité, murmura Zuleyka.

— Quelque chose perturbe les chevaux. Je ferais mieux d'aller voir. »

Il sortit en rampant. La pleine lune et des champs d'étoiles éclairaient le plateau presque comme en plein jour. Les chevaux se débattaient contre leur longe. Le chien, aux aguets, l'air inquiet, se frotta la tête contre les jambes de son maître.

« Ce ne sont pas des loups, commenta Toghan depuis son tapis de couchage à côté du feu. Ce doit être la lune. »

De retour dans sa tente, Wayland se dit que le Seldjoukide avait raison. Des fantasmes absurdes lui traversaient l'esprit. Une énergie enfla en lui, demandant à être libérée. Il prit douloureusement conscience de la présence de Zuleyka qui, allongée à moins d'un pouce de lui, semblait reliée par une espèce de courant.

« Tu le sens aussi », dit-elle.

Il roula sur le côté et pressa ses lèvres contre les siennes en tirant sur ses braies. Elle se cabra.

« Pas si vite. »

Accroché à sa bouche, Wayland avait l'impression d'être aspiré dans un doux tunnel. Il lui caressa les seins. Elle s'agrippa plus fort à son cou. Il glissa la main vers son ventre.

La terre trembla, Zuleyka gémit.

Le sol oscillait sous leurs corps. Wayland posa les deux mains à plat pour se stabiliser. Les chevaux hennirent, les Turkmènes poussèrent des cris d'effroi. Zuleyka hurla.

« Que se passe-t-il ?

— C'est un tremblement de terre ! »

Ils s'accrochèrent l'un à l'autre tandis que sous eux, les rochers semblaient se dissoudre. Wayland se libéra de leur étreinte et sortit en titubant : un cheval cassa sa longe et partit au galop. L'ordre naturel avait été renversé. Les étoiles mouvantes étaient figées dans leurs orbites, tandis que la terre ferme glissait comme de la boue.

Il fit jour avant la fin des répliques et nuit avant le retour de Wayland au camp avec le cheval fugueur. Zuleyka vint à sa rencontre sous un ciel aux douces teintes gorge-de-pigeon.

« Prends la tente, lui intima-t-il. À partir de maintenant, je dormirai à la belle étoile. »

Freya avait désormais plus de trois mois, âge où un aigle sauvage aurait normalement dû apprendre à chasser pour se nourrir. Wayland n'avait pas négligé son éducation. Chaque après-midi avant l'installation du camp, il la nourrissait sur son poing en essayant de trouver le bon équilibre entre la satisfaction de son appétit et le maintien de son obéissance. Depuis l'incident, il la laissait toujours manger sa ration en entier et ne la prenait jamais sans lui proposer une friandise ou un exercice. Chaque matin elle l'accueillait avec des cris affectueux. Cependant elle demeurait agressive envers le chien et quiconque violait son territoire.

Il la fit maigrir en lui donnant pendant cinq jours de la viande lavée. La faim la rendait plus vive et plus agile. Bien que de taille adulte, elle n'avait pas perdu ses mauvaises manières d'oisillon. Seuls les vents de la liberté purifieraient sa nature.

Il commença son entraînement en la faisant sauter de sa perche sur son poing pour prendre de la nourriture. Cette étape se passa relativement bien et au bout de trois jours, il la posa sur un rocher et l'appela en augmentant quotidiennement la distance jusqu'à ce qu'elle volât une centaine de toises sans hésiter. Après cinq ou six battements d'ailes, elle se laissait planer. Quand elle effectuait les quelques dernières aunes en se laissant glisser, son envergure gigantesque occultait tout le champ de vision de Wayland : c'était une expérience assez troublante. Une fois, elle évalua mal son atterrissage et se posa avec une patte sur l'épaule de Wayland, l'autre sur sa tête : il saigna tellement qu'il ne parvint pas à se peigner pendant plusieurs jours.

Ensuite il la jeta sur un leurre : il la lançait de son poing sur une peau de lièvre rembourrée garnie d'un morceau de viande, que le cheval de Toghan tirait au bout d'une corde. Freya apprenait vite : en l'espace de quatre jours, elle dodelinait de la tête en quête du leurre sitôt que Wayland la déchaperonnait, et le poursuivait sur un quart de lieue.

« Jette-la sur du gibier », le supplia Toghan.

Wayland palpa la poitrine et les muscles des ailes de Freya.

« Elle n'est pas suffisamment en forme. Touche. Elle est aussi molle que de la pâte. »

La seule façon de la muscler était de la laisser voler librement et loin. Il lui accorda sa liberté le lendemain matin, en l'abéchant avant de la placer sans filière sur sa perche. Ils se trouvaient dans une plaine où l'horizon le plus proche était à huit lieues : des montagnes à un mois de chevauchée flottaient dans le ciel comme des îles. Elle s'élança aux alentours de midi en se dirigeant lourdement vers un gros rocher, où elle quémanda son pât.

« Il va falloir travailler pour l'obtenir », lui dit Wayland en poursuivant son chemin.

Les cris grincheux de Freya s'estompèrent derrière lui. Il avait parcouru près d'une demi-lieue, et pourtant elle était toujours juchée sur son perchoir. C'était le milieu d'après-midi quand elle les rattrapa en minaudant avant de se poser au sol. Wayland descendit de selle, brandit son poing ganté et elle courut vers lui tel un lutin ivre avant de monter se percher en battant furieusement des ailes pour réclamer sa récompense.

Il répéta cet exercice les trois jours suivants, et lors du dernier vol elle rama derrière lui pendant un quart de lieue avant de se poser sur son poing. Elle avait fait de beaux progrès, toutefois elle n'était toujours pas montée très haut et n'avait pas encore appris à maîtriser son élément. Wayland n'était guère surpris. Tant qu'ils ne pouvaient se fier à leur capacité à tuer, les faucons volaient rarement pour le plaisir. Il avait déjà fait l'expérience de rapaces qui restaient patiemment à mille pieds au-dessus de sa tête s'ils s'attendaient à ce que du gibier leur fût servi. Quand on relâchait ces mêmes oiseaux sans cette perspective de la proie, ils restaient accroupis sur une branche des heures durant alors que très haut dans le ciel, leurs congénères sauvages jouaient dans les courants ascendants.

Le lendemain matin, il chevaucha dans un vent contre, qui soufflait en rafales, des bancs de nuages filaient à toute vitesse au-dessus des crêtes découpées. Ce n'était pas un jour propice pour faire voler un aigle en apprentissage. Malgré sa détermination, Wayland fit une pause dans l'entraînement de Freya : ce n'est que lorsque le vent se calma qu'il lui ôta sa filière. Elle testa la brise en s'envolant d'un petit saut et plana un instant avant de revenir s'agripper sur la perche familière. L'accalmie ne dura pas. Une bourrasque l'emporta et la souffla telle une feuille gigantesque. Wayland la poursuivit au galop en agitant son leurre jusqu'à ce qu'elle disparût. Après avoir passé l'après-midi à la chercher, il renonça.

Le vent, qui s'était mué en tempête, lui fouettait le visage avec des gravillons et obligeait son cheval à marcher en crabe. Il rattrapa ses compagnons et Toghan le rejoignit en criant pour se faire entendre :

« Je t'avais bien dit de ne pas risquer ce vol. »

Au coucher du soleil le vent tomba, dans le ciel défilaient des couleurs d'une profondeur et d'une clarté telles qu'un devin en aurait interprété les motifs comme des présages de guerre ou de désastre, de naissance d'un empire ou de sa chute. Il n'y avait pas un souffle d'air quand Wayland leva la tête et vit un aigle à une hauteur démesurée : les derniers rayons du soleil donnaient des reflets bronze à son plumage et la première étoile scintillait au-dessus de lui.

« Ça ne peut pas être elle », fit Toghan.

Wayland observa l'aigle et descendit de selle.

« Tiens mon cheval. »

Il avança sur l'immense étendue déserte et agita un leurre sans cesser de siffler et d'appeler. Le rapace s'éloigna brusquement, tant et si bien que Wayland parvenait tout juste à le garder dans son champ de vision. Le soleil sombra. Des ombres voilèrent la terre.

Il s'apprêtait à renoncer quand la petite tache dans le ciel disparut. Les yeux plissés, il repéra un grain qui tombait à pic. Le grain dessina un cercle, se déployant en une forme d'aigle au moment où il atteignait le sommet de la boucle, puis se recontractant alors qu'il refermait les ailes en vue d'un nouveau piqué. Il effectua trois fois cette succession de mouvements, avant de plonger dans l'ombre de la nuit.

« Je l'ai perdue, dit Wayland. »

Toghan siffla.

« Écoute. »

Le son commença par une palpitation semblable au bruit d'une feuille qui s'accroche à une branche agitée par le vent, puis se mua en un grondement d'orage qui s'abat sur une forêt. Le fauconnier courut dans les ténèbres, le bras levé.

« Freya ! »

Silence, puis un long sifflement. Wayland brandit sa main gantée et attendit, le cœur battant.

Plonk.

Freya, qui l'instant d'avant était perdue, se retrouvait désormais sur son gant, passée en un jour de bébé à adulte. Elle foudroya du regard les ténèbres qui s'épaississaient, ajusta sa position et baissa la tête pour manger. Elle n'émit pas un son, et lorsque Wayland la plaça sur sa perche, elle fit une espèce de gloussement, tourna le cou pour positionner son jabot puis se fourra la tête sous une aile. Wayland se gonfla de fierté.

« Tu fais semblant d'aimer davantage cet oiseau que moi. »

Le fauconnier se retourna : Zuleyka se giflait la cuisse et tapait du pied.

« Je ne fais semblant de rien. Freya revêt plus d'importance à mes yeux que toi, et pourtant quand je l'ai crue partie, j'ai ressenti du soulagement. Une préoccupation de moins. J'ai choisi de prendre cette aigle avec moi. Je n'ai pas choisi ta compagnie. Je serais ravi de te voir partir. »

Elle se jeta sur lui en marmonnant des imprécations. Toghan l'écarta violemment. Il y eut un silence avant que la voix de la bohémienne ne transperçât l'obscurité.

« Je t'aime, Wayland l'Anglais aux cheveux d'or. Ce que j'aime m'appartient. »

On entendit claquer une gifle. Wayland rabroua Toghan :

« Inutile d'en venir aux mains.

— C'est elle qui m'a frappé », protesta le Seldjoukide.

Il était temps d'initier Freya à la chasse au gibier. Lui donner des demi-gorges pendant quelques jours permit de la mettre dans une condition que les Turkmènes appellent *yarak :* un besoin impérieux de tuer, qui se manifeste par la crête dressée, le plumage lâche et un regard fou. Quand Wayland aspirait l'air entre ses lèvres afin d'imiter le couinement du lapin, les doigts de l'aigle se contractaient si fort sur le gant qu'il râlait de douleur.

Il devait superviser le vol de façon qu'elle eût toutes les chances de réussir, et donc choisir la bonne proie. À ce stade de son développement, les moutons sauvages et les antilopes n'étaient pas à sa portée, mais les marmottes et les pikas ne représentaient pas un défi suffisant. Restaient les lièvres, qui abondaient dans la steppe. Le pelage plus épais que celui de leurs lointains cousins anglais, ils étaient tout aussi rapides et rusés.

Wayland quitta le groupe et traversa une étendue prometteuse d'herbage, en tenant Freya chaperonnée sur son poing et en gardant son chien au pied. Il n'eut pas besoin de marcher longtemps avant de repérer un lièvre qui galopait dans la prairie à moins d'une portée de flèche. À son approche, l'animal s'aplatit au sol. Il ordonna à son chien de se coucher, déchaperonna Freya et se dirigea vers le lièvre. Il n'était pas à plus de vingt toises quand l'animal fila. Freya réagit presque instantanément.

Ce fut burlesque : ses gestes devancèrent sa pensée. Sans cesser de battre des ailes, elle agrippa le gant de

Wayland en s'imaginant qu'elle avait déjà bondi sur sa proie. Wayland se retrouva avec un lourd paquet démantibulé pendu à son poing, tandis que le cheval, affolé, faisait des embardées, et que le lièvre détalait.

Le vol suivant ne fut guère plus réussi. Cette fois-ci Freya parvint à se désengager, mais elle se rua au sol où elle s'arrêta dans une glissade ridicule à dix toises devant Wayland. Il ne la récupéra que lorsqu'elle se fut ressaisie. Il avait appris que les oiseaux de proie, qui comprenaient l'humiliation, s'en prenaient aux personnes qui en avaient été témoins. Des fauconniers turkmènes lui avaient raconté qu'un aigle contrarié pouvait même attaquer les hommes, voire les chevaux.

Le lendemain, c'est le soir qu'il repéra les oreilles d'un lièvre, dressées sur une étendue de graviers qui se déployait à découvert sur plusieurs lieues. Il déchaperonna Freya. À présent elle savait que ce geste annonçait une chasse : elle chercha aussitôt la proie du regard.

Le lièvre avait disparu. Freya se retourna. Wayland la leva au-dessus de sa tête.

« Tu regardes du mauvais côté. »

Il ne sut pas qui fut le premier à bouger. Le poids sur son bras s'allégea et le lièvre s'éloigna à grands bonds. Freya était lancée, ramant dans l'air avec des mouvements qui semblaient léthargiques comparés à ceux du lièvre. Et pourtant, sans effort apparent, elle le rattrapa, tendit les serres et se prépara à l'impact.

Quand Wayland la rejoignit, elle s'agrippait à une touffe d'herbe en regardant autour d'elle d'un air interloqué.

« C'est la vie », commenta-t-il en lui proposant son pât.

Freya tirait vite les leçons de ses échecs. Le lendemain elle n'eut pas les yeux plus gros que le ventre : elle évalua ses chances avant de décider si elle devait ou non attaquer. Malgré tout, elle rata. Cette fois-ci cependant, elle retourna au poing et regarda alentour en quête d'une nouvelle proie.

Le bras de Wayland commençait à faiblir quand trois lièvres jaillirent sous ses pieds, chacun détalant dans une direction différente. Freya s'élança derrière l'un d'eux, gagnant de la hauteur avant de fondre sur sa proie.

Chasseur et chassé n'étaient plus que deux points quand ils convergèrent. L'une des taches bondit, l'autre disparut : le lièvre avait esquivé l'attaque de Freya.

Puis il y eut un battement d'ailes frénétique : Freya n'avait pas renoncé. Wayland, debout dans ses étriers, observait l'aigle qui resserrait l'écart.

Le lièvre courait en cercles et se trouvait à moins d'un furlong de Wayland quand Freya le buffeta, prédateur et proie roulant queue par-dessus tête dans un nuage de poussière. Wayland s'élança au galop pour lui prêter main-forte, mais le temps qu'il arrivât sur les lieux, le lièvre était mort. Freya hérissa ses plumes, il attendit alors qu'elle se fût calmée et qu'elle eût entamé sa proie avant de la rejoindre et de déposer de la viande fraîche à ses pieds. Elle tira dessus et dès qu'il fit mine de la retirer, elle lâcha le lièvre et monta sur son poing.

Il la récompensa généreusement et laissa se passer deux jours avant de la refaire voler. Ils foulaient désormais un terrain plus caillouteux, accidenté de ravines, où Wayland échoua dans ses recherches de proie.

Comme Freya avait la vue plus perçante que lui, il la déchaperonna et la transféra sur la perche. Ils n'avaient pas parcouru une demi-lieue qu'elle se mit à dodeliner de la tête vers quelque chose à leur gauche. Indécise, elle déployait à moitié les ailes puis les refermait d'un mouvement de ciseaux.

« Qu'est-ce que c'est ? » demanda-t-il.

Devinant qu'il ne s'agissait pas d'un lièvre, il s'apprêtait à s'emparer de ses jets quand elle s'envola à trente pieds de haut avant de prendre sa trajectoire.

Deux cents toises plus loin, une silhouette brun-roux déboucha et fila à la vitesse de l'éclair. Un renard. Freya se rapprocha. Wayland suivit cette poursuite avec un mélange d'excitation et d'appréhension. Les renards tibétains étaient de gros animaux, deux fois plus lourds que Freya. Celui-ci se dirigea vers une corniche abrupte fendillée de toutes parts. Il grimpa une paroi rocheuse pentue et était presque parvenu au sommet quand Freya le buffeta. Aigle et renard dégringolèrent, mais Wayland savait que l'attaque de Freya n'avait pas été fatale. Quand il les rejoignit, ils étaient prisonniers l'un de l'autre : Freya tenait sa proie par l'épaule et la croupe en s'appuyant sur sa queue pour éviter ses mâchoires. Wayland abattit le renard d'un coup de couteau et contempla l'aigle pantelante et ébouriffée.

« Ce n'est pas demain la veille que tu te réattaqueras à l'un d'eux. »

Deux jours plus tard, elle attrapa son deuxième renard. Cette fois-ci Wayland était suffisamment près pour la voir ralentir durant son approche finale puis, alors que le renard se retournait, aux abois, elle plongea et s'agrippa à son museau et à son dos. Quand Wayland les rejoignit, il découvrit qu'elle lui avait brisé le cou.

« Tu es presque prête à prendre ta place dans la nature. »

XXX

Ils arrivèrent à des pâturages foisonnant de troupeaux de moutons et de yaks domestiqués, où les tentes des nomades, en poil noir, ponctuaient les prés telles des araignées épinglées. Au risque de se faire attaquer par des mastiffs agressifs, les voyageurs cherchèrent nourriture et abri à un campement *drokpa*. Ses occupants se montrèrent hostiles jusqu'à ce que Yonden leur expliquât qu'il était un moine du Palais de l'Émancipation Parfaite : alors seulement les nomades abreuvèrent et restaurèrent leurs hôtes. Wayland avait déjà goûté au tsampa : un plat fait à partir d'orge moulu aussi finement que de la poussière, l'alimentation de base du Tibet. En revanche c'était la première fois qu'il le mangeait dans du thé avec du beurre rance de yak. Ce n'était pas trop mauvais, à condition de le considérer comme de la soupe et d'éviter de regarder les poils qui flottaient parmi les perles de graisse luisantes.

Une femme joviale, deux hommes et trois enfants occupaient deux tentes noircies par la fumée et dressées sur des dalles de pierre. La femme portait une robe longue en peau de mouton, dont la fourrure était tournée vers l'intérieur, mais la journée elle laissait son vêtement pendre à partir de la taille, dévoilant son torse nu. Les hommes étaient deux de ses trois maris, leurs relations ne semblaient pas du tout tendues. Le troisième époux, frère des deux autres, était parti faire du commerce au Népal. Chaque printemps, l'un des trois chargeait une caravane de moutons avec du sel et voyageait à travers l'Himalaya, revenant à l'automne avec du riz et de l'orge. En général le deuxième mari partait en estive. Wayland renonça à essayer de comprendre comment fonctionnait ce ménage lorsque les quatre époux étaient réunis en hiver.

Ils se reposèrent trois jours au campement. Matin et soir, les enfants trayaient les brebis, dont ils recueillaient le lait dans une corne de yak sauvage. Les animaux étaient attachés sur deux rangs face à face. Ils étaient si serrés que la tête de chaque mouton semblait pousser à l'envers sur le corps de son congénère opposé. Avant de partir, Wayland échangea un cheval boiteux contre un yak. Après deux mois de marche sur le Changthang, certaines de leurs montures étaient tellement maigres qu'elles ressemblaient à des squelettes cousus dans de la peau.

« Qui va s'occuper du yak ? » s'enquit Toghan.

Wayland désigna Zuleyka.

L'été touchait à sa fin. Tandis qu'à midi le soleil était encore suffisamment chaud pour brûler la peau, l'eau dans les zones ombragées restait gelée. Même en empilant des peaux de mouton sur lui, Wayland n'arrivait pas à dormir profondément à la belle étoile. Une nuit, glacé jusqu'aux os par un vent du nord mugissant, il alla s'abriter sous la tente de Zuleyka. Le chien était déjà à l'intérieur, lové truffe contre queue à côté d'elle.

« Qu'est-ce que tu fais ? grogna-t-elle.

— À ton avis ? Il fait un froid de canard dehors. »

Elle essaya de le repousser vers la sortie.

« Je ne veux pas de toi ici.

— C'est ma tente. Si tu ne veux pas la partager, c'est *toi* qui dors dehors. »

Zuleyka marmonna dans sa barbe.

« Comment ? s'impatienta Wayland.

— J'ai dit que j'avais un couteau et que je te poignarderais si tu posais la main sur moi. »

Wayland partit d'un rire un peu fou.

« Il faudrait vraiment être désespéré pour te forcer. Tu ressembles à une sorcière et tu pues comme un putois. »

Il n'exagérait pas beaucoup. Zuleyka avait les lèvres noires et couvertes de croûtes, son nez rouge pelait et ses boucles grises emmêlées ressemblaient à un nid de rat.

Il s'installa et s'était presque endormi quand il perçut de petites convulsions régulières. Il se leva à demi. Zuleyka pleurait.

« Qu'est-ce qu'il y a encore ?

— C'est vrai, vagit-elle. Cet horrible voyage a détruit mes attraits. Qui voudrait épouser une sorcière aussi vieillie et endurcie par le soleil et le froid ? J'aurais dû me tuer quand les Vikings m'ont capturée. »

Elle dégaina son couteau.

« Je peux encore le faire. Quel est l'intérêt de vivre ? »

Wayland voulut se saisir de l'arme et se cogna contre ses mains avant de trouver ses poignets.

« Arrête ! J'ai parlé sous le coup de la colère. Si tu veux vraiment savoir, tu es toujours belle. Trop belle pour ton propre bien et pour le mien. »

Zuleyka se rallongea et eut un gloussement guttural.

« Je le sais, maître anglais. J'aime bien taquiner.

— Tu es folle. »

Zuleyka bâilla et roula sur le côté.

« Dors bien, rendez-vous dans tes rêves. Je t'y attendrai. »

Un jour vint où Wayland entendit la chanson entêtante des oies qui migrent vers le sud, et dont les chevrons passaient dans le ciel en escadrons si larges qu'au loin on eût dit des rafales de pluie.

À ses pieds se déployaient des pâturages dans une cuvette peu profonde mais tellement vaste que son extrémité était cachée sous la courbe de l'horizon. Quelques nuages projetaient des ombres colorées sur une steppe qui semblait diffuser sa propre lumière. Un fleuve large de près d'un quart de lieue y serpentait. Sur une rive paissait un troupeau de yaks sauvages saisissant de noirceur, dont la silhouette se découpait nettement dans l'atmosphère claire et sans vent. À l'écart de leurs congénères, deux taureaux se battaient telles des bêtes tout droit sorties d'une fable : les voyageurs ressentaient le choc de leurs collisions comme de faibles secousses.

Ils chevauchèrent jusqu'au fleuve. Il y avait au moins six lits principaux à traverser, séparés par des bancs de gravier et des îles. Wayland remarqua que les yaks avaient cessé de paître et regardaient en amont, à l'endroit où le fleuve jaillissait d'une fissure au pied de la montagne. Il essaya de comprendre ce qui les avait alarmés. Probablement la meute de loups qui pointillait le paysage à une demi-lieue de là. Un groupe de grues s'envola bruyamment sur la berge opposée, et les yaks firent volte-face, queue dressée, et s'éloignèrent au galop.

Wayland avait noté que le courant était bien en dessous de son niveau maximum, certains lits étaient même presque à sec. Ce n'était pas inhabituel. À cette altitude les rivières gelaient la nuit dans leurs sources et ne coulaient que lorsque le soleil avait fait fondre la glace, parfois tard dans la journée. Wayland savait d'expérience qu'il valait mieux ne pas établir de camp dans le lit d'un cours d'eau à sec : il avait une fois été obligé d'évacuer une ravine inondée peu de temps après que les tentes avaient été plantées.

À force de caresses il poussa son cheval dans le courant, l'aigle juchée sur sa perche, Yonden sur ses talons et Zuleyka derrière, qui menait le yak par une corde attachée à l'anneau de bois fixé à ses naseaux. Les Seldjoukides s'attardèrent sur la berge à la recherche de bouse de yak sèche : seul combustible disponible sur le plateau.

Bien que le niveau d'eau fût très bas, la progression était lente car le courant rapide arrivait par endroits jusqu'au ventre des chevaux et le fond caillouteux rendait les appuis précaires. Certains rochers mesuraient deux pieds de large et n'étaient espacés que par un interstice où un cheval aurait pu se briser la patte en le franchissant négligemment. Wayland traversa avec précaution pour arriver à la première île, où il attendit Yonden et Zuleyka avant de passer à gué le chenal suivant. Toghan venait juste de mettre son cheval à l'eau, et les deux autres Turkmènes se dirigeaient vers la rive.

Wayland bondit sur le banc de gravier suivant et regarda derrière lui : les Turkmènes étaient en file indienne, le dernier retardé par la monture qu'il tirait. Le cheval de Wayland hennit et coucha les oreilles en arrière. Son chien gémit, le regard rivé en amont.

« Que se passe-t-il ? demanda Yonden.

— Je ne sais pas », répondit Wayland.

Il encouragea d'un geste les retardataires.

« Dépêchez-vous. »

La nervosité commençait à se transmettre aux autres animaux. Le cheval de Yonden regimba à pénétrer dans l'eau. Le yak planta les talons dans le sol. À l'arrière, le cheval de bât essaya de se libérer pour regagner la rive, manquant de désarçonner son guide.

Wayland dut talonner le sien pour qu'il s'attaquât au chenal suivant. C'était le plus vaste, large d'une trentaine de toises, jonché de rochers profondément enfoncés dans l'eau qui formait des tourbillons entre eux, augmentant ainsi la difficulté de trouver un passage. À un endroit, il se retrouva bloqué et dut faire un détour à contre-courant.

Il avait traversé les deux tiers du fleuve quand soudain il vit un bandeau blanc descendre en bouillonnant : ses contours émoussés évoluaient en permanence et projetaient des gerbes de gouttelettes. Ce n'était pas que de l'eau. Des plaques de glace s'entrechoquaient sur cette vague.

« Grands Dieux, murmura-t-il, puis il fit volte-face : Sauve qui peut !

— Et le yak ? hurla Zuleyka.

— Laisse-le partir. »

Il luttait contre le courant, évaluant sa progression par rapport à l'énorme masse d'eau : à moins de deux cents toises, elle se déversait à la vitesse d'un cheval au galop. Il l'entendait par-dessus le bruissement du courant : un sifflement mauvais entrecoupé de chocs assourdis quand les plaques de glace percutaient des obstacles. N'ayant plus qu'un chenal à traverser, il savait qu'il réussirait à s'en sortir, mais lorsqu'il se retourna, il prit conscience à sa plus grande horreur que deux des Turkmènes étaient condamnés. Le dernier abandonna le cheval de bât. L'animal détala, tomba sur le côté et agita les pattes pour se remettre debout.

La déferlante était si proche qu'elle étouffait tous les autres bruits : le grondement de l'eau était accentué par le frottement de la glace et le roulement des rochers au fond du fleuve. Des portes souterraines semblaient s'être ouvertes d'un coup.

Wayland sauta à bas de son cheval piaffant de terreur et le tira sur le rivage. La berge étant abrupte, il perdit un temps précieux à trouver un passage pour monter. Zuleyka cravachait pour le rejoindre, Yonden suivait de près. Toghan était loin en amont et les autres Turkmènes étaient encore au milieu du fleuve. Wayland aida Yonden et la bohémienne à grimper sur la rive.

« Continuez », leur intima-t-il.

Le fleuve, qui avait débordé de son lit, bouillonnait sur une cinquantaine de toises au-delà de la berge. Toghan fouettait son cheval pour lui faire franchir les rochers. L'animal trébucha, tomba à genoux, puis reprit pied.

« Ne panique pas ! hurla Wayland. Tu peux encore y arriver. »

Ces derniers instants s'étirèrent à l'infini, Wayland mesurait la progression du Seldjoukide par rapport à la déferlante. Parfois la vague ralentissait, enflait, puis explosait avec une force renouvelée.

Toghan lui jeta un regard désespéré.

« Sauve-toi ! »

Wayland tendit un bras.

« Viens. Tu y es presque. »

Leurs mains se joignirent quelques instants avant que la vague ne frappât. Toghan fit grimper son cheval sur la berge et tira Wayland derrière lui. Le fauconnier se retourna au moment où la masse de glace et d'eau balaya le yak et l'un des Turkmènes.

Ses jambes cédèrent. La vitesse de ce désastre le stupéfiait.

« Que s'est-il passé ? » demanda Yonden.

Wayland désigna l'amont d'une main tremblante.

« Le séisme a dû provoquer un glissement de terrain qui a bloqué le fleuve. L'eau s'est accumulée derrière ce barrage jusqu'à… »

Il se prit la tête à deux mains.

« Le comportement des yaks aurait dû m'alerter.

— Personne n'aurait pu le prévoir », le consola Zuleyka.

Toghan était dans tous ses états.

« Nous devons aller chercher nos amis. »

Wayland leva la tête.

« Ils sont morts. Nous essaierons de les retrouver quand le fleuve se sera calmé. »

En pleine crue, le fleuve emportait tout sur son passage en charriant des débris de glace. Les ombres s'allongeaient quand les survivants commencèrent les recherches. À la nuit tombée, ils avaient retrouvé la carcasse fracassée et informe du yak, dont le chargement, arraché, avait été perdu. Des deux Turkmènes et des trois chevaux disparus, ils ne virent nulle trace.

Ils firent le point de leurs pertes autour d'un feu de camp et arrivèrent à une estimation dégrisante. C'était le yak qui portait les tentes et la majorité de la nourriture : il ne leur restait plus que trois jours de rations.

« Nous ne mourrons pas de faim, assura Toghan. Mon arc et ton aigle nous fourniront de quoi manger le temps qu'on arrive à un autre campement nomade.

— Combien de temps avant d'atteindre ton monastère ? demanda Wayland à Yonden.

— Encore un mois. »

Pendant la nuit le fleuve retrouva son niveau normal. Les survivants, réfugiés plus que voyageurs, créatures les moins bien considérées de toutes dans cette immensité sauvage, poursuivirent leur chemin. Ne mangeant que le produit de leur chasse, ils sentaient le pincement de la faim quand leurs flèches rataient leurs cibles ou que le temps était trop orageux pour risquer de faire voler Freya. Wayland devait veiller à ce qu'il n'y ait pas de renard dans les parages avant de la relâcher. Elle en était devenue friande, allant parfois jusqu'à ignorer un lièvre pour ramer à la poursuite d'un renard une demi-lieue plus loin. Une fois elle avait jeté son dévolu sur un jeune loup, qu'elle aurait buffeté s'il n'était pas allé se réfugier dans une tanière.

Les campements n'étaient pas des moments réjouissants : il n'y avait guère de conversation susceptible d'alléger leur humeur maussade. Wayland n'arrêtait pas de penser au désastre du fleuve en s'admonestant de ne pas avoir su interpréter les signes d'avertissement. La vie facile avait émoussé ses instincts. C'était comme si son sixième sens confinant à la vertu l'avait déserté.

Il n'était pas davantage préparé à la tragédie qui allait s'abattre sur eux lors de l'étape suivante. Un vent du nord cinglant soufflait la neige parallèle au sol et sculptait des têtes de flèche glacées au pied de chaque touffe d'herbe. Toghan chevauchait devant, en fredonnant une chanson discordante. Wayland oscillait dans son sillage, à demi gelé, enfoncé dans la torpeur.

Il se réveilla en sursaut lorsque ce qui ressemblait à un nuage de fumée noire surgit à travers le rideau de flocons : un yak sauvage mâle chargeait Toghan. Au moment où Wayland identifia l'animal, il repéra des flèches fichées dans son flanc.

« Toghan ! »

Le Seldjoukide, qui n'avait pas vu le yak, se dirigeait pile en travers de son chemin. Comme percutée par un mur, sa monture l'éjecta sur un rocher. Le yak, les babines sanguinolentes, réduisit en bouillie le cheval hennissant en le faisant valdinguer avec ses cornes comme s'il ne pesait pas plus lourd qu'une plume. Un dernier assaut le fit tournoyer et le yak s'éloigna au petit trop en tachant la neige du sang qui coulait de ses flancs.

Wayland assista à la scène en se débattant pour contrôler sa monture affolée. Quelque part, Zuleyka hurlait. Il sauta à terre et traîna son cheval vers Toghan. Le Seldjoukide gisait de tout son long sur le rocher : son visage avait la couleur du fromage moisi et il y avait quelque chose d'étrange dans sa position.

Il lui prit les mains.

« Tu es un sacré chanceux.

— J'ai le dos brisé. »

Un voile noir tomba sur le fauconnier. Il se retourna et aperçut Zuleyka dans les tourbillons de neige. Elle fit un signe de dénégation.

Il s'agenouilla aux côtés de Toghan. Les yeux du Seldjoukide reflétaient une résignation lasse, comme s'il regardait déjà de l'autre côté de la porte de la mort.

« Je n'arrive pas à bouger. J'ai le dos brisé.

— Ferme les yeux. »

Les paupières du blessé se baissèrent lentement. Wayland lui pressa les mains.

« Est-ce que tu le sens, ça ?

— C'est mes jambes que je ne sens plus. Tout est mort à partir de ma taille. »

Wayland lui frappa le genou. Il lui tordit la cheville puis la titilla avec la pointe d'un couteau. Le Seldjoukide ne réagit pas.

Ses yeux papillotèrent.

« Quand j'étais petit, un ami à moi s'était brisé l'échine en faisant une course de chevaux. Dans un geste miséricordieux, un ancien l'avait étouffé. Je ne veux pas mourir comme ça. Tranche-moi la gorge pour que je puisse voir une dernière fois cette terre avant de mourir.

— Je ne peux pas faire ça.

— Tu le ferais pour ton chien.

— Tu n'es pas un chien. Tu es mon ami, même si tes chants me rendent fou. »

Toghan s'efforça de sourire.

« Alors mets un terme à ma chansonnette. Je n'ai pas envie d'être encore en train de fredonner quand vous m'aurez laissé et qu'un ours me plantera ses griffes dans le visage.

— Nous ne te laisserons pas. »

Wayland bascula sur les talons.

« Continue à lui parler », ordonna-t-il à Yonden.

Il ouvrit sa besace et en sortit une fiole que Hero lui avait donnée. Elle contenait un liquide que le Sicilien appelait « potion de sommeil », dont la formule était destinée à atténuer la douleur pendant une opération. Hero l'avait mis en garde sur le dosage : plus de trois ou quatre cuillers à café et le patient risquait de ne pas se réveiller. Les mains tremblantes, Wayland versa la moitié du contenu dans une coupe et apporta ce calice mortel à Toghan.

« Bois ça, intima-t-il. C'est un remède préparé par notre ami Hero. »

Toghan parvint à esquisser un sourire crispé.

« J'ai apprécié le temps que nous avons passé ensemble », déclara-t-il avant d'avaler la préparation.

Wayland lui caressa le front.

« Là, murmura-t-il. Je vais te veiller jusqu'à ce que tu t'endormes. Quand tu te réveilleras, tu seras au paradis. »

Toghan serait mort durant la nuit de toute façon, mais ce fut beaucoup plus rapide ainsi. Son regard vagabonda, il murmura une mélodie entrecoupée, puis ses yeux devinrent vitreux et se fermèrent. Yonden psalmodiait des prières en faveur d'une belle renaissance. Wayland le releva et lui dit en claquant des dents :

« Toghan est parti. Nous allons le suivre si nous ne nous abritons pas du froid. »

Cette nuit-là, Wayland resta allongé les yeux grands ouverts dans l'obscurité, en songeant à la mort et à l'infinité de ses ruses. Quand Zuleyka le caressa, il eut un mouvement de recul.

« Arrête. »

L'enterrement étant impossible dans ces landes gelées, Wayland et Yonden enfouirent le corps de Toghan sous un cairn de pierres face au soleil levant.

« Allez-y », dit-il aux autres.

Les mots qu'il parvint difficilement à articuler s'adressaient davantage à lui-même qu'au Seldjoukide. Il avait défié la nature et il avait perdu, exactement comme Vallon l'avait prédit, et sa fierté avait coûté la vie à trois hommes.

Il se leva et resta un moment à regarder vers le nord en se demandant où se trouvaient ses compagnons, le cœur brisé à l'idée de ne jamais les revoir.

Quatre jours plus tard, il arrêta son cheval, abasourdi à la vue d'une lune qui se levait au sud tandis qu'une autre allait doucement se coucher à l'ouest. Après s'être frotté les yeux, il vit que la lune montante était en réalité une pyramide de neige esseulée qui se découpait contre un ciel d'ardoise.

Yonden descendit de cheval et se prosterna.

« Le Précieux Joyau des Neiges, expliqua-t-il. Notre voyage est presque terminé. »

Wayland apprit que cette montagne était sacrée pour les bouddhistes, les bonpos, les hindous et les jaïns. Les bouddhistes le considéraient comme le centre de l'univers, l'axe autour duquel tournait le monde et la source de quatre grands cours d'eau – les fleuves Indus, Tsangpo ou Brahmapoutre et Sutlej et la rivière Karnali –, tous perçant la chaîne de l'Himalaya. Pour les bonpos, qui avaient greffé les enseignements du Bouddha à leurs traditions chamanistes, c'était la montagne du Svastika à Neuf Niveaux. Les hindous l'appelaient le mont Kailash ou Meru et croyaient que Shiva habitait à son sommet. Pour les jaïns, c'était l'endroit où le fondateur de leur foi avait réussi à se libérer du cercle infini de la mort et de la renaissance.

Il fallut trois jours pour atteindre la montagne sacrée. Les gigantesques fissures qui l'isolaient des autres pics formaient un sentier de pèlerinage ponctué par des tombeaux appelés chörten et par des murs érigés à partir de dalles gravées de textes sacrés et où étaient plantés des drapeaux de prière. Les voyageurs rencontrèrent des centaines de pèlerins qui faisaient le tour de la montagne, les bouddhistes en restant toujours à sa gauche, les bonpos en sens inverse. Certains d'entre eux, après avoir mis des années à atteindre leur objectif, effectuaient leurs dernières dévotions en se traînant le long du parcours, les mains et les genoux en sang.

Vue du sud, la montagne était encore plus belle : sa masse ciselée s'élevait au-dessus de deux lacs gigantesques, et ses parois verticales stratifiées étaient marquées de balafres qui ressemblaient effectivement à un svastika. Malheureusement son aura de spiritualité était dissipée par les échoppes sordides que des marchands avaient construites à la va-vite pour essorer les pèlerins jusqu'au dernier sou. Après avoir traversé un bazar où il avait repoussé les vendeurs ambulants qui proposaient charmes, remèdes et souvenirs à des prix impies, Wayland vit l'Himalaya emplir le ciel méridional.

Ils restèrent juste le temps d'acheter des provisions puis se dirigèrent vers l'est. Après avoir suivi le cours du Yarlung Tsangpo pendant une semaine sur une route qui menait à Lhassa, Yonden prit vers le sud au travers de collines éboulées. Trois jours plus tard, il les mena au sommet d'une crête.

Wayland ôta son chapeau. Devant lui s'étirait une vaste plaine herbeuse qu'une douce brise faisait ondoyer. De l'autre côté, des nuages, qui montaient de sombres vallées cachées, voilaient les toits dorés et les murs blancs d'un monastère bâti sur un éperon rocheux qui faisait saillie au-dessus d'un précipice. Au-delà de ce repaire s'élevaient des parois montagneuses derrière lesquelles se dressaient trois extraordinaires sommets enneigés : le Dhaulagiri, le Manaslu et l'Annapurna, expliqua Yonden. Des pics que nul mortel ne pouvait escalader.

Le chemin qui menait au monastère avait été taillé à même la roche, et il faisait presque nuit quand les trois compagnons atteignirent enfin le sommet de cet escalier montagneux. Yonden fit tinter une cloche : un moine ouvrit une porte fabriquée avec des madriers de six pouces d'épaisseur.

« Je suis revenu, annonça Yonden.

— Nous t'attendions », répondit le moine.

Il les guida dans le monastère, où la sonnerie lugubre de trompettes en conque et le fracas de cymbales se répercutaient sur les falaises.

XXXI

Yonden supplia Wayland de rester dans le monastère jusqu'à la fin de l'hiver.

« Les cols de l'Himalaya vont être bloqués par la neige. Et puis, c'est aussi l'époque où des groupes de bandits s'attaquent aux voyageurs qui reviennent de pèlerinage.

— Je ne puis attendre six mois. Si je pars maintenant, je pourrai être de retour chez moi d'ici le printemps. Dis-moi quel trajet il faut suivre. »

Yonden le conduisit au sommet d'un grand mur, d'où il désigna l'ouest par-delà des collines cuivre et ocre.

« Marche deux jours dans cette direction et tu atteindras une route qu'empruntent les marchands de sel. »

Il se tourna de l'autre côté.

« À trois jours à l'est se trouve un sentier de pèlerinage qui mène au royaume de Mustang et au temple ardent de Muktinath. Je te conseille de prendre la route du sel. Elle est plus facile.

— Quel chemin me conduira au temple de l'ermite chrétien ?

— Ni l'un ni l'autre. Nul moine ici ne s'y est jamais rendu. Ce n'est qu'un endroit dont m'a parlé mon grand-père.

— Tu veux dire qu'il pourrait ne pas exister ?

— Non, il existe, il se situe dans une vallée à quelques jours à l'est du Mustang, à laquelle on accède par un col que seuls les habitants de ce hameau perdu empruntent. Ce col sera déjà fermé. Presque aussi haut que les pics qui l'entourent, il n'est ouvert que quelques semaines en été. »

Wayland étudia la chaîne de montagnes. Le ciel au-dessus des pics était indigo, tellement sombre qu'il ressemblait aux confins de l'espace.

« Ce serait dommage de passer aussi près de ce temple sans le visiter. »

Yonden fit venir un moine âgé.

« Avant, Tsosang achetait des plantes médicinales aux marchands de cette vallée. Ils vendaient une plante rare appelée "herbe d'été, insecte d'hiver", un remède contre les maladies de poitrine. D'après lui, leur dernière visite au monastère remonte à trois ans. Des avalanches doivent avoir bloqué le col. Tu ne trouveras aucun guide. Je t'en prie, n'entreprends pas seul ce voyage.

— Je ne satisferai ma curiosité que pour faire plaisir à Hero. Je n'ai nullement l'intention de risquer ma vie. Je jetterai un œil au chemin et s'il est trop ardu, je suivrai le sentier qui traverse le Mustang. »

À la veille de son départ, Wayland alla voir Zuleyka. Depuis leur arrivée au monastère, il l'avait à peine croisée. Il lui tendit une pile de vêtements, notamment une robe longue en peau de mouton.

« Prends-les. Il va faire un froid mordant dans les montagnes.

— Je pensais que tu allais me laisser ici.

— J'y ai réfléchi. Je ne veux pas avoir une autre mort sur la conscience.

— Je n'aurais jamais été capable de trouver seule mon chemin pour sortir du Tibet.

— Je ne voyagerai pas avec toi jusqu'en Perse. Une fois que nous aurons franchi l'Himalaya, adieu.

— Une fois en Inde, je serai en sécurité. Des communautés luri y habitent. C'est de là qu'est originaire mon peuple. »

Wayland hocha la tête sans répondre.

Zuleyka rougit.

« Tu me regardes bizarrement.

— Ah bon ? Désolé. Il est temps d'aller se coucher. Nous allons partir tôt. »

Elle lui attrapa la manche alors qu'il faisait volte-face.

« Non, dis-moi ce que signifiait ce regard. »

Wayland avait les yeux rivés au sol.

« Tu le sais très bien.

— Je veux l'entendre avec tes propres mots. »

Il se dégagea.

« Je me disais à quel point tu étais jolie. »

Yonden et une dizaine d'autres moines assistèrent à leur départ.

« Promets-moi de ne pas laisser ta fascination pour le temple t'attirer dans le danger. Souviens-toi de ce que je t'ai dit au sujet de la terre de Shambhala. Le temps de se rendre compte qu'on ne l'atteindra jamais, il est trop tard pour faire demi-tour.

— C'est promis », répondit Wayland.

Il se hissa sur sa selle.

« Je ne t'ai même pas demandé ce que la vie te réservait à présent. »

Les moines psalmodièrent des bénédictions et firent tourner de petits moulins à prières. Yonden sourit.

« Demain je serai reclus dans une cellule où je ne verrai plus un seul être vivant pendant un an.

— Je t'ai vu respirer le parfum des fleurs et admirer une femme gironde. Coupé du monde, tu vas devenir fou.

— J'aurai des textes sacrés à étudier et la cellule possède une fenêtre qui donne à l'est. Chaque fois que je regarderai dehors, je serai avec toi en esprit. »

Le dernier geste du jeune moine fut d'enrouler des écharpes blanches en soie autour du cou de Wayland et de Zuleyka.

« Adieu, mes amis. Que Bouddha et tous les bons esprits vous accompagnent. »

Au monastère on leur avait fourni des montures fringantes et trois yaks, chacun avec un guide. Comme les chevaux ne pouvaient pas franchir le col d'accès au Mustang, une fois au niveau de l'approche finale, les guides les ramèneraient au monastère ainsi que deux des yaks.

Craignant d'être attaquée, l'escorte tibétaine cherchait la sécurité dans le nombre : elle se joignait à des groupes de marchands et de pèlerins qui empruntaient la route principale pour aller à Lhassa. Un trajet sans incident les amena au chemin du Mustang et à partir de là ils sortirent des sentiers battus en se dirigeant vers le sud dans un paysage sauvage et inhabité.

Deux jours plus tard, ils tombèrent sur un lieu de recueillement esseulé, au bord de la vague trace d'une sente qui conduisait dans les montagnes.

« C'est le chemin pour aller au temple », expliqua l'un des Tibétains.

Wayland leva la tête : un chaudron de nuages bouillonnants se déchira dans un tourbillon pour laisser entrevoir des glaciers, des cascades figées dans leur tumulte et des éperons rocheux acérés comme des lames de couteaux. Le tonnerre grondait, des éclairs zébraient le ciel entre les sommets. C'était comme contempler un abysse aérien où luttaient des dieux et des titans.

« Ventre Dieu, souffla Wayland. Hors de question que je grimpe là-haut. »

Il se tourna vers le chef de l'escorte.

« Nous allons prendre le sentier du Mustang. »

En retournant vers le chemin principal, ils repérèrent la pointe d'une volute de fumée qui s'élevait de nulle part et firent un grand détour avant d'établir le camp sur un plateau désolé. Wayland donna une pleine gorge à Freya.

« Demain, je la relâcherai », annonça-t-il à Zuleyka.

Tard dans la nuit, les grognements du chien le réveillèrent. Il défit les lanières à l'entrée de sa tente et jeta un œil dehors. La lune qui glissait à travers les nuages diffusait juste assez de lumière pour qu'il distinguât Freya juchée sur sa perche. En la voyant s'y agripper des deux serres, il comprit qu'elle était nerveuse.

« Que se passe-t-il ? murmura Zuleyka derrière lui.

— Sûrement des loups », répondit-il sans trop y croire.

Il sortit en rampant. Face au vent, le chien avait les babines retroussées et un grondement enflait au plus profond de sa gorge.

Wayland sentit une bouffée de suif et de laine moisie. Il rentra dans la tente en se tortillant.

« Nos visiteurs marchent sur deux pattes », lança-t-il.

Zuleyka ne paniqua pas.

« Des bandits ? demanda-t-elle.

— Personne d'autre ne s'approcherait en catimini d'un camp isolé en plein cœur de la nuit. Attends-moi là. »

Zuleyka rejeta ses couvertures.

« Je viens avec toi. »

Ils attendirent que la lune disparût derrière les nuages avant de se diriger discrètement vers la tente des Tibétains. La nouvelle que leur apporta Wayland les affola complètement.

« Parlez moins fort, siffla-t-il.

— Combien sont-ils ? demanda l'un.

— Je ne sais pas. Plus nombreux que nous, j'imagine. »

Les Tibétains jacassaient comme des oies terrorisées.

« Ces diables ne voyagent jamais à moins d'une dizaine. Nous ne sommes pas assez nombreux pour les combattre. Filons maintenant, sous le manteau de la nuit. »

Wayland le secoua.

« Ils nous entendront charger et seller.

— Il va falloir laisser les bêtes et poursuivre à pied. »

Wayland argumenta vainement pour qu'ils restent. La terreur s'était emparée d'eux, fuir tête baissée était la seule manière de la laisser derrière eux. Ils prirent tout juste le temps de rassembler quelques affaires avant de sortir de la tente à pas de loup.

Wayland en empoigna un.

« Si vous tenez à fuir, au moins faites-le correctement. Attendez que la lune se cache. »

Il le serra fort jusqu'à ce que la terre fût noyée dans l'obscurité et alors seulement il le poussa.

« Par là. Courez sans vous arrêter. »

Zuleyka chercha le fauconnier à tâtons.

« Pourquoi ne partons-nous pas avec eux ?

— Nous sommes plus en sécurité tout seuls.

— Wayland !

— Chut. »

Il lui glissa un doigt sur les lèvres.

« Il va bientôt faire jour. Si les bandits trouvent un camp vide, ils nous pourchasseront. À pied nous ne leur échapperions jamais. Ils nous rattraperaient et nous tueraient.

— Ils nous tueront si on reste là.

— Je devrais pouvoir les embobiner. »

Des nuages cachèrent la lune. Wayland prit Zuleyka par la main et ils coururent à leur tente. Là il tira les couvertures sur eux.

« On va rester là comme ça ?

— Le chien nous avertira s'ils attaquent. Mais ils ne le feront pas.

— Pourquoi ça ?

— Parce qu'il fait nuit et qu'ils ignorent à combien de personnes ils ont affaire. »

Zuleyka frémit à côté de lui.

« J'ai peur. Tu sais bien ce qu'ils vont me faire. »

Il lui passa un bras autour des épaules et la serra contre sa poitrine. Ses convulsions s'apaisèrent.

« C'est la première fois que tu me montres de la tendresse.

— C'est la première fois que je suis sûr que la tendresse ne s'embrasera pas en passion. »

Il sentait le cœur de la bohémienne battre aussi vite que celui d'un oiseau. Il lui caressa les cheveux. Dehors, l'aigle se réveilla et changea de position. Alors qu'il croyait Zuleyka endormie, elle chuchota son prénom.

« Parle-moi de ta femme.

— Non.

— Je ne sais même pas comment elle s'appelle.

— Je préfère le garder pour moi.

— Tu as peur que je lui jette le mauvais œil.

— Tu le ferais ?

— Peut-être. Elle est belle ?

— Je savais que tu demanderais ça.

— Alors ?

— Oui.

— Plus belle que moi ?

— Vous êtes deux opposés. Elle est aussi blonde que tu es brune.

— Parle-moi de tes enfants.

— Pourquoi toutes ces questions ?

— Ça m'aide à écarter la peur. Et puis je veux en savoir plus sur toi avant de mourir.

— Mon fils a huit ans, ma fille quatre.

— Tu devais être très jeune quand tu es devenu père.

— J'avais à peu près ton âge.

— Cela signifie-t-il que tu n'as jamais connu d'autre femme ? »

Wayland eut un rire rauque.

« Il y a quelques jours, j'ai failli. »

Zuleyka se leva et le toisa dans l'obscurité avant de se rasseoir.

« Et toi ? demanda-t-il. Je ne crois pas à ta virginité.

— Je suis vierge quand je veux l'être. »

Wayland eut un gloussement qui partit du ventre et se fraya un chemin jusqu'à sa poitrine.

« Qu'y a-t-il de si drôle ? »

Le chien aboya. Wayland rejeta les couvertures et s'empara de son arc de combat.

« Il est temps de se préparer à accueillir nos invités. »

Il attendit près du chien, une flèche encochée, une dizaine d'autres à portée de main. Zuleyka se tapit à ses côtés. Le molosse grondait en continu tandis que l'aigle bondissait de sa perche. Wayland se leva.

« Ho ! Qui approche dissimulé derrière le rideau de la nuit ?

— Des voyageurs inoffensifs, répondit une voix. Nous avons vu votre feu hier soir et nous nous demandions qui pouvait bien camper dans un endroit aussi désert.

— Je m'étonne qu'il vous ait fallu si longtemps pour vous montrer. J'espère que ce n'était pas la peur qui vous retenait. »

Le chien se précipita vers les bandits sur des jambes raides et se tint là le poil hirsute à aboyer d'un air de défi. Wayland le rappela.

Quand l'aube arriva, ce ne fut qu'une pâle version de la nuit : le paysage se délava, les montagnes étouffaient sous les nuages.

« Maintenant je vous vois. Bienvenue, fils indomptés. »

Quatorze silhouettes de cavaliers se matérialisèrent dans la pénombre. Zuleyka étouffa un cri.

« Ce sont des démons. »

Des masques en cuir moulé dissimulaient le visage des bandits et leur donnaient un aspect terrifiant. Hormis ces masques, il n'y avait guère d'harmonie dans leur accoutrement ni dans leurs armes. Certains portaient des chubas noires ou bordeaux, dont une manche pendait pareille à un tronc ridé, exposant à l'air glacial leur poitrine imberbe. D'autres allaient tête nue, leurs cheveux rêches et noirs ornés de plumes d'aigle et de coquillages. D'autres encore portaient des heaumes en peau de mouton ou des chapeaux en renard. La plupart arboraient des épées de formes diverses, un sabre rudimentaire constituant l'arme la plus recherchée. Quelques-uns se contentaient de lances ou de massues. Tous avaient de petits arcs suspendus à l'épaule.

Au centre du groupe, un homme qui se distinguait par sa cotte de mailles, de belle facture mais usée, leva une main et fit un petit salut bizarrement efféminé.

« Je m'apprêtais à préparer le petit déjeuner, poursuivit Wayland. Venez donc vous joindre à nous. »

Les hommes marquèrent une pause.

« Où sont vos compagnons ? demanda le chef en cotte de mailles.

— Ils ont fui cette nuit. Ils craignaient que vous ne soyez des bandits. »

Après avoir échangé un regard à travers la fente de leur masque en cuir, les cavaliers avancèrent. L'un d'eux lacéra la tente des bouviers et jeta un œil à l'intérieur.

« Où sont-ils allés ?

— Ils sont retournés à la route », répondit Wayland avec un haussement d'épaules.

Le chef le toisa du haut de sa selle.

« D'où venez-vous ?

— Du Palais de l'Émancipation Parfaite.

— Ah. Et où allez-vous ?

— Au Népal, répondit Wayland, le doigt tendu.

— Ah. Vous n'y arriverez pas en passant par là. »

Wayland s'accroupit et alluma un feu de bouse. L'autre l'observa puis se pencha et souleva les cheveux blonds du fauconnier. Il tira dessus pour voir s'il s'agissait d'une perruque.

« De quel pays viens-tu ?

— L'Angleterre », répondit Wayland.

À son tour il se redressa et souleva le masque du bandit. Des yeux injectés de sang le dévisagèrent dans un visage maculé de suie, de graisse et de poussière. Une paupière scarifiée pendait en un clin d'œil perpétuel. Il avait enroulé sur le dessus du crâne ses tresses ornées de rubans qui, détachées, lui seraient arrivées à la taille. En contraste avec sa mine de coupeur de gorges, il portait autour du cou une amulette arborant une image de Bouddha au sourire tranquille, symbole de sa compassion pour tous les êtres vivants.

« Pas étonnant que vous portiez un masque », commenta Wayland.

Il était doué pour les langues, les trois mois qu'il avait passés avec Yonden lui avaient suffi pour parler couramment tibétain, dont il avait appris sans le vouloir un dialecte aristocratique.

L'un des bandits gloussa. Le chef lui lança un regard noir puis se retourna vers Wayland et découvrit des crocs couleur rouille de la forme de pierres tombales.

« Montrez tous vos visages, intima Wayland. On ne peut pas boire du thé avec un masque. »

Les bandits échangèrent un regard. Sur l'ordre de leur chef, ils se découvrirent. Masqués ou pas, c'était la plus parfaite ribambelle de vilains que Wayland eût jamais rencontrée durant toutes ses errances : des trognes de loup, crasseux, le visage recouvert de poussière grasse telle une seconde peau.

La bouse de yak produisait de vives flammes chaudes sans faire de fumée. Wayland mit une marmite d'eau à bouillir.

« Je m'appelle Wayland. Qui êtes-vous ?

— Osher », répondit le chef après une hésitation.

Il désigna Zuleyka.

« Ta femme ?

— Une nonne. Nous effectuons un pèlerinage au tombeau de l'un de nos saints.

— Pourquoi ne pas vous être enfuis avec les autres ?

— Contrairement à eux, nous ne sommes pas des pleutres. » Osher semblait déconcerté.

« Vous ne redoutez pas que nous soyons des bandits ?

— Je *sais* que vous en êtes. Asseyez-vous.

— Vous n'avez pas peur que l'on vous tue ?

— Nous pourrons en reparler quand vous aurez bu votre thé. Avant que *je* tue qui que ce soit, j'aime en savoir le plus possible sur cette personne. »

Osher déploya sa chuba et se laissa tomber jambes croisées au sol. Une demi-douzaine de ses hommes l'imitèrent, les autres restèrent en selle : certains observaient la scène d'un air mauvais, quelques-uns arboraient des sourires bouffons, d'autres, éberlués, restaient bouche bée.

« Vous avez une belle paire de bottes », commenta Wayland à l'adresse d'Osher.

Celui-ci regarda ses souliers non sans fierté.

« C'est mon beau-frère qui les a faites, le meilleur bottier du Kham.

— Ah, vous êtes des Khampas. Les moines m'avaient mis en garde contre votre tribu. Vous êtes loin de chez vous. »

Zuleyka prépara le thé à la mode tibétaine, en cassant un morceau de brique de *chai* qu'elle jeta dans l'eau bouillante. Après l'avoir laissé infuser, elle versa le liquide dans un cylindre de bois cerclé de cuivre muni d'un piston. Elle ajouta du beurre et actionna le piston, occasionnant des bruits de succion qui tirèrent des éclats de rire lubriques à quelques Khampas. Osher calma d'un geste leurs singeries. Il observait d'un œil paresseux Zuleyka qui, l'image même de la pudeur pieuse, faisait décanter le breuvage dans la marmite. Les bandits sortirent des bols de leurs robes.

Wayland leur présenta un sac de tsampa.

« Servez-vous. »

Les hommes plongèrent la main dans l'orge qu'ils versèrent ensuite dans leurs tasses en le malaxant avec des doigts crasseux jusqu'à ce qu'il eût la consistance d'une pâte dure.

Osher s'en fourra une poignée dans la bouche.

« Ce pays d'où tu viens. C'est en Inde ?

— Plus loin. »

Le regard dans le vague, Osher se creusa la tête en quête de références géographiques.

« En Perse ?

— Plus loin, répondit Wayland après avoir bu une gorgée. Beaucoup plus loin. Je viens de la terre où le soleil sombre au bout du monde.

— Comment êtes-vous arrivés au Tibet ?

— Nous avons traversé le Changthang depuis Khotan. »

Osher toisa le molosse, assis à une vingtaine de toises, sur le qui-vive. Il prit une autre poignée d'orge.

« Rappelle ton mastiff.

— Il ne viendra pas.

— Et pourquoi ça ?

— Parce qu'il sait que vous le tueriez. Reprenez un peu de *chai*. »

Osher fit valser la marmite des mains de Wayland. Puis il dégaina son épée, qu'il pointa sur le chien. Quatre cavaliers éperonnèrent leurs montures, le molosse fit volte-face et s'enfuit. Poussant des cris morbides, les Khampas se lancèrent à sa poursuite.

Les autres se mirent à dévaliser les biens des voyageurs. L'un d'eux empoigna l'arc de cible du fauconnier en exhibant à ses compagnons les inscriptions dorées comme s'il s'agissait de signes cabalistiques. Il courba l'arme, mais son grand sourire se fit grimaçant lorsqu'il se rendit compte qu'il n'arrivait même pas à le bander de moitié. Un camarade le lui prit des mains, tira de toutes ses forces et brisa une flèche en s'arrachant la peau du poignet gauche au moment de décocher.

Les bandits s'immobilisèrent et toisèrent Wayland. Celui-ci tendit une main et sur un mot d'Osher, l'archer lui rendit son arc. Wayland désigna un cairn une centaine de toises plus loin.

« Faisons un concours amical. Celui qui tire la flèche le plus près de la cible a gagné. »

Les Khampas se bousculèrent comme des enfants qui veulent impressionner. Leurs arcs étaient courts, fabriqués à partir de matériaux de mauvaise qualité qui s'étaient dégradés au fil du temps et de l'exposition aux intempéries. Le tir le plus réussi fut trop court de dix bonnes toises.

Wayland encocha une flèche.

« Voilà qui sera difficile à battre. »

Il se balança en arrière pour faire contrepoids et tira. La flèche avait tout juste atteint le faîte de sa trajectoire quand elle passa bien au-dessus du cairn et tomba à terre un furlong derrière la cible.

« Perdu, commenta Wayland. Quand il n'y a pas un souffle d'air, c'est difficile d'évaluer la portée. »

Le rire d'un bandit brisa le silence. Quelqu'un d'autre l'imita, puis ce fut l'hilarité générale. Wayland proposa son arc à Osher.

« Vous voulez essayer ? »

Le Khampa lui enfonça dans la joue des ongles durs comme des burins.

« Tu aimes bien jouer des tours. Ne t'y frotte pas avec moi. »

Il recula et examina l'aigle. Jusqu'alors les Khampas avaient négligé le rapace ou tout simplement refusé d'en croire leurs yeux. Freya avait regagné sa perche où elle se tenait déchaperonnée, ses doigts noueux fermement plantés dans le bois, le corps à l'horizontale, les plumes raides.

« *Ko-wo* », fit Osher. Wayland hocha la tête.

« Je l'ai attrapée dans le Takla-Makan. »

Obéissant à un geste du chef, l'un des bandits alla mener une inspection. Freya l'observait. Comme il approchait, elle se gonfla en position agressive, la tête rejetée en arrière, le bec ouvert, les plumes hérissées en collerette.

« Si j'étais vous, je m'arrêterais là », conseilla Wayland.

Un pas de plus, et l'aigle se jeta sur le Khampa en tirant sur sa longe. L'homme hésita, dégaina son épée et la brandit.

De toutes parts, des voix s'élevèrent pour lui crier de laisser le rapace tranquille. Osher le rappela en le houspillant.

« L'aigle est l'esprit de notre clan, expliqua-t-il à Wayland. Est-ce pareil pour vous ?

— Oui. Et je chasse aussi le gibier avec elle.

— Tu chasses ? »

Il devint manifeste que les Khampas n'avaient aucune notion de fauconnerie.

« Je l'ai dressée à attraper des animaux.

— Quand tu la détaches, pourquoi ne s'enfuit-elle pas ?

— Je lui ai jeté un sort. »

Les Khampas s'agglutinèrent autour de lui, brûlant de curiosité.

« Qu'est-ce qu'elle chasse ? demanda l'un.

— Des lièvres, des renards…

— Serait-elle capable de tuer un loup ? »

Wayland comprit à les voir suspendus à ses lèvres que le loup revêtait une signification particulière pour eux.

« Je ne sais pas. Je n'ai jamais essayé de lui en faire attraper un. Pourquoi cette question ?

— Le loup est le totem d'un clan rival, expliqua Osher, les yeux rivés sur Freya. Montrez-moi comment elle chasse.

— Aujourd'hui les nuages sont trop épais, répliqua Wayland avant de ramasser sa selle. Il est temps pour nous de partir. »

Osher désigna les montagnes.

« Vous n'atteindrez pas le Népal en passant par là. Il n'y a pas de chemin.

— Mais si.

— Pourquoi voulez-vous aller par là ?

— Je vous l'ai dit. Nous effectuons un pèlerinage à un temple où un homme sacré de ma religion est jadis allé étudier.

— Comment s'appelle-t-il ?

— Oussu. »

Osher laissa errer son regard derrière Wayland. Les Khampas qui avaient fait détaler le chien s'en revenaient sur des montures écumantes. L'un d'eux leva les mains au ciel d'un geste défaitiste. Wayland commença à seller. Osher posa son épée en travers de la selle. Ses hommes attendaient.

« Nous n'avons besoin que d'un yak, dit Wayland. Vous pouvez garder les autres animaux. Prenez aussi la deuxième tente. »

Osher examina une fois de plus les montagnes.

« Nous allons vous accompagner un bout de chemin. Je veux voir votre aigle chasser. »

Zuleyka se porta à la hauteur du fauconnier.

« Je croyais que ce chemin était trop dangereux.

— Il l'est, mais si nous revenons sur nos pas, les Khampas nous tueront.

— En ce cas nous mourrons, quelle que soit la direction que nous prenons. »

Le chien revint et les suivit de loin. Les Khampas attendaient les ordres. Leur chef agita une main et rit.

Ce soir-là, autour du feu de camp, Wayland fit le récit de ses voyages, et Zuleyka chanta des chansons luri qui réduisirent les brigands à un silence larmoyant. Le lendemain matin, ils atteignirent le pied de la montagne, dont la montée au col était encore dissimulée par des nuages qui dévalaient les sommets.

Les Khampas harcelaient Wayland pour qu'il fît voler l'aigle. Il refusait. Comme il avait eu l'intention de relâcher Freya, il l'avait autorisée à faire bonne gorge et elle n'était donc pas assez affûtée pour chasser.

« Ce n'est pas un bon environnement », prétexta-t-il en désignant les falaises et les gouffres.

Le chef le menaça de son œil tombant.

« Demain nous vous quitterons, et nous ne partirons pas avant d'avoir vu l'aigle chasser. »

Le lendemain, ils gravirent péniblement une gorge et débouchèrent sur un plateau nu. Ici ou là des cairns, des lambeaux de drapeaux de prière et des foyers noircis par le feu constituaient les seules balises. Cela faisait des années que personne n'était passé par là.

En fin d'après-midi le ciel s'était éclairci, les voyageurs et leur escorte longèrent le bord du plateau qui s'embrasait, rouge sang.

« *Chang-ku !* cria un bandit. *Chang-ku !*

— Qu'est-ce qu'il dit ? demanda Zuleyka.

— Il a repéré un loup », répondit Wayland.

Il se dirigea vers un groupe de Khampas qui, surexcités, désignaient un amphithéâtre naturel ceint de falaises déformées par d'étranges plis et striures.

Le loup, qui s'était arrêté en entendant des cris humains, était assis mille pieds plus bas sur un banc rocheux et observait les silhouettes qui se découpaient à l'horizon.

Osher adressa un grand sourire à Wayland.

« Jette ton aigle. »

Le fauconnier montra les précipices.

« Si elle le tue, comment ferai-je pour la récupérer ?

— Nous trouverons le moyen de descendre. Jette-la. »

Cette opportunité en valait bien une autre pour Freya, songea Wayland. Il ne pensait pas qu'elle s'attaquerait au loup, mais la laisser voler librement puis la rappeler au poing pourrait impressionner les Khampas.

« Reculez tous. »

Le silence se fit. Il souleva Freya de la perche, lui caressa le dos et la déchaperonna.

Jamais elle n'avait été aussi belle, le soleil qui brillait à l'ouest illuminait son manteau et enflammait ses yeux. Ils parcoururent longuement les falaises des yeux.

« Pourquoi ne vole-t-elle pas ? murmura l'un.

— Elle n'a pas vu le loup. Elle ne le verra pas tant qu'il ne bougera pas. »

Il attendit dans la lumière faiblissante.

« Ça y est, il s'en va. »

Freya serra les doigts sur la perche quand elle le repéra et se pencha en avant, les ailes déployées. Wayland fit rouler son poing pour l'encourager à décoller.

D'un seul grand battement, elle s'envola. Ses ailes se levaient et se baissaient pareilles à des rames tandis qu'elle gagnait de la hauteur, manifestement indifférente au loup qui bondissait dans les ombres.

Bien au-dessus de l'amphithéâtre, petite tache dorée, Freya replia les ailes et dagua. Contrairement au faucon en piqué, elle n'adoptait pas la forme d'une larme mais celle d'une ancre. La vitesse de sa descente faisait siffler le vent entre ses ailerons déployés. Le loup l'entendit arriver : il détala et disparut dans un amas de rochers. Quelques instants plus tard, Freya plongea dans l'abîme obscur.

Les Khampas n'avaient cessé de l'encourager à grands cris. Ils scrutaient le fond de la cuvette : certains juraient avoir vu Freya emporter le loup dans les airs, d'autres assuraient que c'était le loup qui l'avait saisie entre ses crocs. L'issue du combat était importante pour eux, ils en vinrent aux mains.

« Dis-moi comment cela s'est terminé, demanda Osher d'une voix suave.

— Je ne sais pas. Je crois que le loup s'est échappé.

— Cherchons-les », lança un bandit en dévalant un défilé scabreux.

Le temps d'atteindre le fond de la cuvette, la lumière était si faible que Wayland aurait pu passer à cinq toises de Freya sans la voir. Elle ne portait pas de grelot et si elle avait tué, elle se figerait au-dessus de sa proie à la moindre approche.

« Restez en arrière, intima-t-il aux Khampas. Laissons le chien la chercher. »

Le mastiff flaira la piste du loup, qu'il suivit sans cesser de renifler ; Wayland lui emboîta maladroitement le pas. Il était certain que le loup s'était échappé et que l'aigle était soit laissée pour morte à terre, soit perchée quelque part très haut dans les falaises.

Le chien s'arrêta brusquement, regarda autour de lui puis revint sur ses pas. Deux corbeaux passèrent dans le ciel en poussant des croassements stridents. Ils tournoyèrent au-dessus d'eux, plongèrent sur quelque chose à droite et se juchèrent sur un énorme rocher. La truffe au ras du sol, le chien se dirigea vers eux. Les corbeaux s'envolèrent et disparurent dans l'obscurité.

Wayland se hissa sur des rochers. L'un d'eux était tellement gros qu'il dut prendre son élan, sauta et atterrit au sommet en chancelant. De l'autre côté, les ténèbres étaient impénétrables. Il regarda derrière lui.

« Allumez une torche. »

Brandon en main, Osher glissa avec Wayland de l'autre côté du roc.

« Là ! » s'écria Osher en tenant bien haut la flamme.

Deux étincelles jumelles reflétaient la lumière. Wayland se laissa tomber à genoux.

« C'est elle. Elle a tué. N'approchez pas sinon elle pourrait vous tuer aussi. »

Freya était à califourchon sur le loup. Comme elle n'avait pas tenté de le manger, elle sauta sur le poing de Wayland dès qu'il lui présenta son pât. Après lui avoir attaché ses jets, il la laissa faire bonne gorge tandis que les Khampas encerclaient le loup avec des exclamations stupéfaites et admiratives.

C'était un mâle adulte en bonne santé : Wayland n'arrivait pas à comprendre comment Freya l'avait tué jusqu'à ce que les Khampas l'écorchassent et qu'il découvrît une perforation profonde de la moelle épinière juste à la base du crâne.

Tout en buvant des bols de *chang* autour d'un feu, les bandits narraient les étapes de la chasse avec des détails de plus en plus élaborés. Certains déposèrent des offrandes devant Freya, qui se tenait chaperonnée à la lisière de l'ombre et de la lumière. Très haut dans le ciel, la lune inondait les précipices d'une lueur argentée.

Un loup hurla quelque part, un autre lui répondit d'un cri tellement glaçant que Wayland en eut le sang presque figé. Ce bruit lugubre s'éleva jusqu'à remplir l'amphithéâtre pour s'estomper progressivement en un sanglot à l'agonie.

XXXII

Le jour se leva sur un temps clair, qui donna à Wayland son premier aperçu du col. Ce n'était qu'une encoche bleue entre deux pics baignés de jaune par le soleil levant. Il dut pencher la tête en arrière pour le voir. Son regard descendit ensuite le long de cascades gelées, de glaciers et d'immenses parois festonnées surplombées par des corniches.

Les Khampas regardèrent Wayland et Zuleyka charger leurs affaires sur l'un des yaks, une bête couleur cannelle et crème au caractère placide et au regard tragique. Il s'appelait Waludong. Wayland souleva Freya de sa perche et s'approcha d'Osher.

« C'est ici que nos chemins se séparent.

— Donne-moi l'aigle.

— Elle ne volera pas pour vous.

— Donne-la-moi.

— Si vous la voulez, il faudra d'abord me tuer. »

Osher sembla envisager sérieusement cette option, caressant d'une main la poignée de son épée. Il brisa la tension avec son sourire mortuaire et serra le fauconnier dans ses bras.

« Avance lentement, mon ami. Reviens vite.

— Avancez lentement aussi », répondit Wayland.

Il cravacha la croupe du yak. Les bandits les regardèrent partir. Ils les regardaient toujours quand un éperon rocheux les déroba à leur vue.

Wayland ouvrit la voie au milieu des ombres froides, et finit par atteindre un palier ensoleillé. Très loin en dessous, il voyait l'amphithéâtre où Freya avait tué le loup. Avant de la déchaperonner, il trancha ses jets. La veille au soir, il l'avait laissée faire bonne gorge et son jabot saillait encore. Perchée sur son poing, elle contemplait le paysage, une brise lui ébouriffait les plumes. Elle déploya toute l'envergure de ses ailes et les maintint ainsi en s'appuyant progressivement sur l'air jusqu'à ce que Wayland pût la brandir à bout de bras. Légère comme le duvet du chardon, elle le quitta dans un beau vol coulé. Wayland la suivit des yeux, puis elle disparut.

« Tu es triste qu'elle soit partie ? demanda Zuleyka.

— Je ne la perds pas. Je la rends. »

Les moines lui avaient conseillé d'effectuer la traversée en une seule étape afin de ne pas risquer d'être surpris par la nuit au sommet sans avoir nulle part où s'abriter des éléments. L'autre côté, aussi raide que l'ascension, avaient-ils dit, plongeait de mille pieds vers le temple et son village.

Wayland crut d'abord qu'ils atteindraient le col avec de l'avance, pourtant, à midi l'encoche dans la paroi de la montagne semblait à peine plus proche. Zuleika prépara du *chai* et Wayland remarqua qu'on aurait pu boire l'eau bouillante à même la marmite sans risquer de se brûler. Ayant passé des mois à traverser un plateau où les vallées les plus basses étaient aussi élevées que la plupart des montagnes d'autres pays, il avait imaginé s'être acclimaté à l'altitude. Il n'en était rien : sa respiration se fit saccadée, ses tempes palpitaient.

Ils continuaient à monter, le yak creusant un sentier dans la neige qui lui arrivait jusqu'aux genoux. Wayland se retourna : le plateau tibétain se déployait jusqu'à l'incurvation de la Terre. Comme il se reposait, sa transpiration, devenue glaciale, le fit frissonner.

Le soleil plongeait vers les sommets quand au sortir d'un couloir de glace il vit le col juste au-dessus de lui. L'approche finale s'effectuait par un champ de neige très raide en dévers qui en cas de glissade risquait de les envoyer dégringoler de mille pieds sur un glacier. Le yak prit de l'avance, il crachait de la buée par ses naseaux et projetait de la poudreuse fine comme de la poussière de diamant. La douleur dans la tête de Wayland s'était intensifiée, il avait l'impression qu'on lui serrait un bandeau en fer autour du crâne. Il devait s'arrêter à peu près toutes les vingt toises, les mains sur les genoux, aspirant de longues bouffées d'air desséché. Zuleyka souffrait elle aussi, mais elle ne se plaignait pas.

Les distances étaient trompeuses avec l'oxygène qui se raréfiait. Le col semblait reculer aussi vite qu'ils avançaient. Wayland se retourna : il dominait des chaînes de montagnes qui s'alignaient sans suivre de direction particulière, des crêtes en dents de scie jaillissant de bassins de glace et des glaciers striés de débris caillouteux. En levant les yeux, il ressentit les premiers fourmillements de l'angoisse. Derrière le col, le ciel commençait à s'assombrir et un vent du sud soulevait des langues de neige du gouffre.

Il continua à se traîner en repoussant les limites de la douleur. Le cœur près d'exploser, des élancements dans la tête, il sentit la pente s'adoucir progressivement. Encore quelques centaines de pieds et il atteignit le col. À cet instant triomphal, des nuages s'amoncelèrent à l'horizon tels des fantômes gris, et le vent contraire qui se renforçait lui souffla de la poudreuse au visage. Il allait bientôt faire nuit, or il leur fallait encore descendre.

Ils franchirent le col péniblement, et c'est au crépuscule qu'ils parvinrent à un cairn matérialisant le point le plus élevé de l'ascension. Un peu plus loin, le sol se déroba sous leurs pieds. Ils se trouvaient au bord d'un immense cirque : mille pieds plus bas se déployait une arène en forme de fer à cheval qui s'aplatissait et se rétrécissait à l'extrémité. C'était là qu'ils devaient aller, mais Wayland ne voyait pas comment y parvenir. Le plus direct était de descendre un champ de neige en pente raide. À sa gauche, des crevasses trouaient la neige. À sa droite, un gouffre s'ouvrait entre un affleurement massif et un mur de falaises.

« Comment fait-on pour descendre ? demanda Zuleyka.

— Ce doit être par là », répondit-il en se dirigeant vers la droite.

Il se déplaçait vite, conscient que le temps allait bientôt leur manquer. Le vent souleva une tempête de neige en soufflant avec une violence telle qu'il traversait ses vêtements. Jamais ils ne survivraient à une nuit au sommet.

Pendant un moment, il sembla qu'il avait deviné juste : un escalier instable de rochers et de glace descendait entre les falaises. Il faisait presque nuit. Soudain il mit le pied dans le vide : un pas de plus et il aurait basculé. Au-dessous de lui, les marches plongeaient dans un couloir, une rampe de glace tassée dans une ravine.

« Ça ne peut pas être le bon chemin », lança Zuleyka.

Wayland remonta vers elle, souffla sur ses doigts gelés et déroula une corde qu'il attacha au bât du yak.

« Tiens Waludong », lui dit-il.

Il lança l'extrémité libre de la corde dans la ravine et descendit lentement en rappel. Ses bottes tibétaines avec des semelles en peau de yak n'offraient guère d'adhérence : il n'était pas arrivé au milieu de la ravine qu'il glissa. Il s'accrocha à la corde mais elle n'arrêta pas sa chute. Il fila pieds en avant, comme sur un toboggan. Il savait qu'il allait mourir, pourtant il ne ressentit nulle crainte et ne paniqua pas. Il eut même le temps d'enrouler la corde autour de son poignet droit avant que sa chute ne soit arrêtée d'une violente secousse qui manqua de lui déboîter l'épaule.

Ses pieds pendaient dans le vide. Il ouvrit les yeux sans oser remuer. La corde se détendit de nouveau et il glissa encore avant qu'un autre brusque coup de frein ne l'arrêtât, la moitié du corps dans le gouffre. Agrippé à la corde, il regarda par-dessus son épaule et ne vit rien que les ténèbres.

Zuleyka hurlait, sa voix était presque étouffée par le vent.

« Tu as failli faire basculer Waludong. Je ne vais pas pouvoir le retenir beaucoup plus longtemps. »

Wayland leva la tête.

« Je remonte ! »

Il se tracta, en s'attendant presque à ce que la corde cédât. Elle tint bon, il parvint à se hisser sur la terre ferme.

Quand il rejoignit Zuleyka, il constata qu'il s'en était effectivement fallu de peu. Le yak était à quelques pouces de perdre l'équilibre, Zuleyka avait planté les talons dans le sol pour le retenir. Si Wayland était tombé d'un pied de plus, ils auraient tous les trois basculé dans la mort.

« Je te croyais parti, pleura Zuleyka. Oh, Wayland, qu'allons-nous faire ? »

Il avait les lèvres tellement gelées qu'il parvenait tout juste à articuler.

« Il faut qu'on retourne au cairn. »

Il faisait nuit à présent. Sans l'accalmie du vent et l'apparition de quelques étoiles, ils n'auraient peut-être pas retrouvé leur chemin. La voie pour descendre n'était pas plus évidente qu'avant.

« Je suis gelée », gémit Zuleyka en claquant des dents.

Wayland souffrait aussi du froid, et ce n'était pas seulement son visage et ses mains. Son sang s'épaississait, il commençait à se figer autour de la zone vitale de son cerveau.

Au-dessous de lui, une silhouette drapée apparut, flottant à la surface de la neige.

Wayland se pencha vers elle.

« Yonden ? » bredouilla-t-il.

L'apparition s'estompa.

« Il faut descendre tout droit, dit-il. Nous allons mourir si nous attendons plus longtemps. »

Il n'avait pas fait trois pas que la corniche dissimulée sous le manteau neigeux s'effondra sous son poids et qu'il tomba. Il planta les doigts dans la neige dans une tentative désespérée de ralentir sa chute. Alors qu'il glissait sur le dos à une vitesse folle, il ne pensait qu'à une chose : s'il basculait par-dessus un précipice ou heurtait un rocher, l'impact le tuerait sur-le-champ.

Il percuta de plein fouet une congère, où il faillit s'enterrer. Il resta étendu un moment, haletant et toussant, avant de s'extirper du tas de neige. Il devait avoir fait une glissade de mille pieds : il ne voyait plus ni Zuleyka ni le yak. C'est alors qu'il repéra le chien qui descendait la plaque de neige à grands bonds. Le molosse se jeta sur lui et lui lécha le visage.

Il mit ses mains engourdies en porte-voix :

« Zuleyka, suis ma trace ! »

Impossible qu'elle l'ait entendu. Il allait devoir prendre une terrible décision. Épuiser ses dernières forces pour monter la rejoindre, ou l'abandonner et essayer de se sauver.

À peine avait-il entamé la remontée laborieuse du champ de neige qu'il entendit un petit cri et vit deux points noirs descendre lentement. Grâce à son équilibre de danseuse, Zuleyka parvint à le rejoindre sans glisser, avec le yak qui la suivait d'une façon mi-comique, mi-majestueuse, en position accroupie.

De là le chemin était visible, mais ils étaient encore loin d'être en sécurité. Wayland avait les bottes pleines de neige et un cataplasme de glace lui frigorifiait le dos. S'il ne trouvait pas vite un abri, les engelures lui feraient perdre l'usage de ses doigts et de ses orteils.

« Comment vont tes mains et tes pieds ? demanda-t-il à Zuleyka.

— Je ne les sens plus », répondit-elle d'un air apathique.

Cahin-caha, ils poursuivirent la descente du sentier, chacun centré sur sa douleur. Il recommença à neiger :

de gros flocons doux qui collaient au visage. Ils suivaient le yak, que Wayland encourageait par des cris empruntés aux nomades tibétains.

« *Ka, ka, ka. Bri, bri, bri.* Continue. » L'animal avançait d'un pas lourd et régulier.

« Guette une grotte ou une corniche abritée, bégaya Wayland. Quelque part où on pourra allumer un feu. »

Nul refuge n'apparaissait et la neige tombait plus dru, oblitérant la vue. Zuleyka trébucha et tomba.

« Je ne peux plus continuer », déclara-t-elle d'un ton neutre.

Wayland la releva.

« On ne doit plus être loin.

— Peu importe. »

Il la soutint d'une main et empoigna le chien par la peau du cou.

« Cherche un abri. Allez, va chercher. »

L'animal s'éloigna en bondissant. Wayland le suivit sans lâcher Zuleyka, ses pieds pareils à des blocs de glace. Le froid le faisait tellement divaguer qu'au début il crut rêver quand il entendit son chien japper au loin.

Il s'immobilisa, chancelant.

« Tu entends ça ? Viens. »

Il tira Zuleyka et accéléra le pas, heurtant des rochers, trébuchant. Il s'arrêta et se frotta les yeux. De l'obscurité et du rideau de neige émergeait une bâtisse qu'on eût dit construite dans une grotte blanche ou à l'extrémité d'un tunnel. Il avança, chancelant, sans parvenir à croire à la réalité de cette masure avant d'en effleurer la pierre.

C'était une maison à deux étages, dont l'accès à l'étable était bloqué par la neige. Wayland trouva un tronc creusé d'encoches qui montait au toit plat. Il déchargea le yak, puis poussa Zuleyka en haut de l'échelle et traîna le chien derrière lui. Un côté du toit était occupé par un appentis où était empilé du bois de chauffage. Cet abri avait servi de refuge en cas d'intempérie. Wayland discerna une trace carrée sur le toit. Il gratta la neige et découvrit une trappe. Après avoir brisé la glace qui en scellait les bords, il l'ouvrit. Une échelle descendait dans l'obscurité.

« Il y a quelqu'un ? » lança-t-il.

Il laissa tomber deux fagots de bois par l'ouverture avant de descendre. Maudissant ses mains engourdies, il parvint après moult tentatives à allumer une lampe. Sa flamme projeta des ombres dans une pièce d'environ vingt pieds de long et dix de large. Un foyer était creusé dans le sol à un bout de la salle et à l'autre bout se dressait un autel qui portait des offrandes destinées aux dieux. Des stalactites de glace mêlée de suie pendaient des poutres.

Il alluma du petit bois à l'aide de la lampe puis entassa des branches sur le feu et observa les flammes qui montaient à mi-hauteur de plafond. Zuleyka était affaissée au sol. Non sans mal, il lui enleva ses bottes et lui palpa les pieds. Raides comme du bois. Les siens étaient dans le même état. Il les tendit devant le brasier et attendit l'arrivée de la douleur. Elle commença par un fourmillement qui se mua en démangeaison puis enfla en un élancement insupportable. Il avait l'impression d'avoir les doigts couverts d'échardes et broyés dans un étau. Il avait la sensation qu'ils avaient doublé de volume et étaient près de se fendre, tels des fruits trop mûrs, mais ils se révélèrent, après inspection, simplement bouffis et marbrés. De l'autre côté du feu, Zuleyka sanglotait doucement. Le chien se mordillait les coussinets.

La douleur finit par s'apaiser, Wayland avait la nausée et des vertiges. Une soif dévorante le consumait. Il prépara du *chai* avec de la neige fondue, dont ils burent quatre bols chacun avant de s'allonger près du feu et de tomber dans un gouffre de sommeil.

Quand il se réveilla, il régnait une chaleur oppressante. De l'eau gouttait des stalactites et sifflait au contact des cendres. Zuleyka dormait toujours. Il ouvrit la trappe et sortit dans une luminosité ineffable, où de toutes parts les montagnes jaillissaient tels de vastes monuments de marbre blanc ciselé. Il avait dormi jusqu'à midi, le soleil lui frappait le visage. Leur masure faisait partie d'un ensemble de cinq bâtisses éparpillées au fond d'une cuvette ceinte d'à-pics verticaux. Quelques buissons épineux piquetaient la neige. Au sud, le sentier se divisait autour d'un chörten de façon à ce que les voyageurs bouddhistes puissent passer à sa gauche en venant de l'une ou l'autre direction.

Wayland glissa la tête dans la trappe.

« Réveille-toi. On est presque arrivés. »

Zuleyka le rejoignit sur le toit en clignant des yeux et en bâillant.

« Quel est cet endroit, alors ? Pourquoi n'y a-t-il personne ?

— Ce doit être un village d'été. »

Wayland ranima le feu en soufflant sur les braises et prépara le petit déjeuner. Ils se gavèrent de crêpes de sarrasin cuites dans du beurre. Les doigts et les orteils de Wayland étaient encore sensibles au moindre contact : plusieurs extrémités, grises, avaient l'air mortes. Il les massa avec du beurre.

« J'ai une sensation bizarre dans le nez », fit Zuleyka.

Le gel en avait brûlé le bout. Wayland y posa les lèvres.

« Il ne va pas tomber. »

Ils se reposèrent encore une nuit puis partirent en milieu de matinée sur un sentier qui longeait un ruisseau à moitié gelé. Au moment où ils franchirent une porte marquant le territoire autour du village principal, le cours d'eau avait disparu dans une gorge profonde à leur droite. Wayland repéra en bas de la vallée quelques lignes horizontales au milieu du chaos de rochers.

« Des champs. Le village ne doit pas être loin. »

Pour y arriver, ils durent jouer les équilibristes sur une sente d'un pied de large dessinée dans une pente d'éboulis. Wayland négocia un virage en épingle sous une falaise brisée et tendit la main à Zuleyka.

« On y est. »

Niché à l'entrée d'une vallée de l'autre côté de la gorge, le village ressemblait à une forteresse construite sur un éperon rocheux à cent pieds de haut, au sommet duquel s'accrochaient des maisons à deux ou trois étages, pareilles à des nids d'hirondelle. Nombre d'entre elles étaient affaissées ou gisaient en tas de décombres au pied de l'éperon. À l'arrière du village, des champs en terrasse s'élevaient sur la ravine.

« Il est désert, commenta Wayland.

— Le tremblement de terre qui a bloqué le fleuve a dû le détruire.

— Il a été abandonné depuis plus longtemps que ça. Les moines m'ont expliqué que cela faisait des années que les villageois n'avaient pas franchi le col. Ce que je ne comprends pas c'est pourquoi ils ne l'ont pas reconstruit. »

Il désigna l'autre côté de la ravine.

« Ce doit être le temple d'Oussu. »

Il se dressait, seul et hautain, sur un promontoire au pied d'une falaise érodée en colonnes flûtées et creusée de multiples grottes. Il semblait intact. Sur son toit, les lambeaux agités de drapeaux de prière défiaient les démons aux quatre coins du monde.

« Tu n'y arriveras jamais », dit Zuleyka.

À l'endroit où les lèvres de la gorge se rejoignaient presque, il y avait eu jadis un pont : des piliers en pierres érigés sur une fondation de dalles et de bois d'œuvre en signalaient les extrémités. La travée avait dû mesurer moins de trente pieds et, autant que Wayland pût en juger, il avait constitué le seul et unique lien entre les villageois et le reste du monde. Il s'approcha du bord. Plonger les yeux dans ce gouffre lui donna le vertige. Après plusieurs siècles d'efforts, la rivière avait percé les rochers à différents angles et ses méandres étaient désormais invisibles en aval. Wayland ne l'entendait même pas.

Il retourna vers Zuleyka.

« Nous allons camper ici cette nuit. Demain nous devrions passer sous la limite des arbres. »

Le soir, il contempla le temple qui se fondait dans les ténèbres. Un troupeau de moutons sauvages descendait lentement une falaise derrière le village.

« Le souper est prêt, annonça Zuleyka.

— Un instant. »

La déception de s'avouer vaincu si près du but lui laissait un goût amer dans la bouche. Moins de trente pieds, bon sang !

« Wayland ! »

Les étoiles formaient un filet vif-argent. La lune s'était levée. Wayland se gifla les genoux et se redressa.

« J'arrive. »

XXXIII

Alors que Wayland et Zuleyka sanglaient le bât sur le dos de Waludong, l'aube embrasait les pics. À l'endroit où ils se trouvaient, la lumière était d'un bleu froid et sinistre. La brise faisait frémir les buissons rabougris. Les moutons sauvages remontaient les falaises en file indienne.

« Tu es très silencieux », remarqua Zuleyka.

Wayland resserra une sangle, puis s'arrêta, le regard tourné vers la gorge. De leur côté, les deux piliers qui avaient jadis formé une porte pour monter sur le pont étaient encore debout. En face, il n'en restait qu'un seul.

« Je vais traverser », annonça-t-il.

Zuleyka, horrifiée, se décomposa.

« Mais il n'y a personne ici.

— Je cherche quelque chose.

— Quoi ?

— Je ne sais pas. Un ermite chrétien a vécu dans ce temple à une époque. J'ai dit à Hero que j'essaierais de découvrir qui il était et pourquoi il était venu là.

— Hero ne voudrait pas que tu fiches ta vie en l'air. »

Wayland désigna la gorge.

« Il n'y a guère plus de vingt pieds. Dans ma jeunesse, j'aurais pu les sauter.

— Mais comment ?

— Je me fabriquerai mon propre pont. »

Il sortit une bobine de son sac, tailla deux encoches dans une flèche – une sur la pointe, l'autre sous l'empennage – à chacune desquelles il attacha une longueur de ficelle de soixante pieds. Il fit passer la ficelle attachée à la pointe par-dessus la branche de son arc, encocha la flèche, jeta un œil au pilier d'en face et essaya d'envoyer la flèche derrière. Les ficelles biaisaient son tir. Il récupéra sa flèche et essaya de nouveau, en s'évertuant à faire tomber les ficelles de part et d'autre du pilier. Impossible. Durant le vol, les deux lignes s'emmêlaient. Il dut faire une trentaine de tentatives avant de faire tomber sa flèche à cinq toises derrière la colonne sur laquelle les ficelles s'étaient posées.

Il en secoua une : c'était celle qui était attachée à la pointe de la flèche. Tenant d'une main l'extrémité libre, il marcha vers la gauche jusqu'à ce que la ficelle glissât de la colonne. Il essaya de faire de même sur la droite avec l'autre mais elle s'accrocha à mi-parcours.

Il tira alors la ficelle de gauche de manière à faire tourner la flèche autour du pilier, puis ramena celle-ci vers lui. À l'extrémité de l'autre ficelle, il attacha une corde en crin de yak d'une centaine de pieds de long. Il tira ensuite sur la ficelle de gauche afin que la corde traversât la gorge puis contournât le pilier. Trop haut. Il l'enroula comme un fouet. Elle glissa de quelques pieds et resta coincée.

« Je ne pourrai pas mieux faire. »

Puis il tira la corde à lui. Une fois qu'il l'eut récupérée, il abouta les extrémités et lança le nœud au-dessus de l'un des piliers de son côté. La corde ainsi doublée pendouillait dans la gorge, celle de gauche était plus basse de plusieurs pieds.

« Tu n'arriveras jamais à traverser là-dessus, dit Zuleyka.

— Je n'ai pas fini. »

Il prit une autre corde, en attacha une extrémité à celle qui encerclait le pilier et tira pour que cette seconde corde contournât à son tour le pilier opposé avant de revenir de son côté.

« Tu comprends ce que je fais ? demanda-t-il à Zuleyka.

— Non. »

Comme il l'avait fait pour la première, il réunit ensuite les extrémités de la deuxième corde et jeta le tout par-dessus l'autre pilier. À présent deux paires de cordes séparées d'environ trois pieds enjambaient la gorge.

Son travail n'était pas encore terminé. Comme les cordes étaient trop lâches, il les tendit en les enroulant autour d'un poteau solide récupéré au milieu des fondations du pont.

Zuleyka l'observait, les bras croisés sur la poitrine.

« Ne fais pas ça. »

Wayland était moins sûr de lui qu'il n'en avait l'air. Les cordes n'étaient absolument pas symétriques et sous son poids, elles s'étireraient et frotteraient contre les piliers. Il s'essuya les mains, empoigna une paire de cordes et s'apprêta à poser les pieds sur la deuxième.

« C'est parti.

— Je t'en prie, Wayland. Si tu meurs, je ne te le pardonnerai jamais. »

Il s'écarta du bord de la falaise à pas glissés. La corde où il posa le pied s'affaissa aussitôt sous son poids et il n'évita la chute que grâce à la prise de ses mains sur l'autre. Il marqua une pause, fit légèrement rebondir la corde sous ses pieds afin de bien s'imprégner de la sensation, puis il entama la traversée en crabe.

« Je vais vomir », gémit Zuleyka.

Pouce après pouce, Wayland progressait. La corde s'étirait beaucoup plus qu'il ne l'avait anticipé, si bien que parvenu à mi-chemin, il était descendu à sept ou huit pieds au-dessous du bord de la gorge. Il se reposa un moment et, avant de repartir, regarda le gouffre. Il tourna la tête : Zuleyka l'observait, les mains plaquées sur la figure. Pour s'extraire de la gorge, il dut transférer presque tout son poids et ses efforts sur la corde du dessus. Il était presque arrivé au but quand la corde glissa le long du pilier : ses pieds lâchèrent. Il parvint à se cramponner à la force des bras, retrouva ses appuis et resta là accroché entre les cordes à un angle impossible, le visage luisant de sueur.

Plus que quelques pieds. Il les franchit d'une traite et tomba au sol. Il embrassa la terre et se retourna en se tortillant.

De l'autre côté, Zuleyka pleurait.

« Tu aurais pu mourir. Tu peux encore mourir ! »

Wayland avala de la bile.

« Si je n'arrive pas à revenir, j'ai cousu de l'argent dans le fourreau de mon arc de cible. Ça devrait être suffisant pour te permettre de rentrer chez toi. »

Des diables de neige remontaient la ravine en tourbillonnant, comme pour lui indiquer le chemin. Frôler la mort lui avait donné une conscience aiguë d'être vivant. Durant son ascension vers le temple, il remarquait tout : une plante alpine qui sentait la fraise quand on la foulait au pied, des pigeons des neiges tournoyant au-dessus du village avec un lent balancement d'ailes, l'odeur du genévrier portée par la brise.

Un haut mur cernait le temple. Wayland en fit le tour et pénétra dans l'enceinte par une brèche. La bâtisse était plus imposante que ce qu'il escomptait. Deux lions de pierre allongés en gardaient l'entrée et la porte était barrée de l'intérieur. Sur un des côtés, une petite fenêtre était scellée par des volets en panneaux de bois décorés de peintures de dieux courroucés arborant des colliers de crânes. Il manquait un panneau. Wayland passa un bras par l'interstice et ouvrit les volets.

« Désolé », dit-il aux gardiens avant de se hisser par l'ouverture.

Seule la lumière provenant de la fenêtre éclairait l'intérieur. Quand ses yeux se furent habitués à l'obscurité, Wayland découvrit, à l'autre bout de la pièce, trois statues dorées de Bouddha qui semblaient léviter. En dessous, une autre statue trônait sur une estrade devant un autel. À côté de l'autel se dressait une silhouette hideuse avec des yeux exorbités dans un visage noir et une bouche béante de colère. Devant la statue assise se trouvait un panier contenant des effigies piégées dans ce qui ressemblait à une toile de soie colorée. Des trompettes et des cymbales en cuivre miroitaient au sol. Il y avait des lampes à beurre sur presque toutes les surfaces disponibles.

Osant à peine respirer, Wayland en alluma une et avança. Les effigies dans le panier étaient fabriquées avec des boules de pâtes reliées par des fils de couleur. Il leva la lampe et retint un cri. La silhouette assise sur le trône n'était pas une statue. C'était le corps momifié d'un lama qui tenait dans ses mains flétries des instruments rituels : le *dorje* – ou foudre – dans l'une, une cloche dans l'autre.

Wayland brandit la lampe afin d'éclairer les traits du lama. Dans la mort si ce n'était dans la vie, il avait trouvé la sérénité. Si tant est qu'il fût mort. Yonden lui avait expliqué que certains hommes saints parvenaient au moyen d'une méditation profonde à provoquer un état où ils ne donnaient plus aucun signe de vie. Il n'osa pas le toucher.

Quelque part, une porte claqua, il fit volte-face.

« Qui est là ? »

Seulement le vent, qui gémissait à travers les interstices de la fenêtre. Wayland explora la pièce. Un mur était couvert de casiers contenant des livres protégés par des reliures en bois. Hero aurait peut-être été capable de comprendre de quoi il retournait, mais lui ne savait pas par où commencer. Il continua son exploration : des images de dieux et de démons surgissaient à la lumière de sa lampe avant de se noyer dans l'obscurité. Il frémit, incapable de repousser l'idée qu'il réveillait les morts.

Il s'arrêta pour scruter un *thanka :* une peinture qui représentait un dieu ou un saint assis dans une posture méditative, une main levée en signe de bénédiction et un arc-en-ciel formant un halo autour de sa tête. Il fut frappé par son apparence. Il n'avait pas l'air oriental. De longues boucles rousses encadraient son visage pâle, et ses yeux mélancoliques étaient plus ronds que ceux des saints représentés sur les autres *thankas*.

Wayland jeta un œil derrière lui avant de décrocher la peinture et de la rouler.

Le claquement du volet le fit sursauter. L'envie de s'échapper dans la lumière du soleil et l'air frais était presque irrésistible. Il tint bon en pensant à Hero qu'il s'imaginait à ses côtés en train de scruter la pénombre, la vivacité de son esprit compensant sa vue basse.

Une échelle conduisait à une galerie qui courait tout autour de la pièce. Wayland y monta. Là-haut, les dieux semblaient être des divinités d'un autre temps, plus malveillantes. Les images qui défilaient à la lumière de sa lampe étaient des démons vengeurs qui piétinaient les morts et copulaient avec les damnés au plus profond de l'enfer.

Wayland se signa et presque au même instant poussa un cri : un monstre se penchait pour le dévorer. Il le poignarda, son couteau s'enfonça profondément. Les griffes jaunes qui lui enserraient la tête ne se touchaient pas. Quelque chose de granuleux s'échappa de la plaie et tomba au sol avec un bruit pareil au sable s'écoulant dans un sablier. Figé pour l'éternité dans une attitude menaçante effroyable, un ours empaillé le dominait de toute sa hauteur.

Il en avait assez. Ses genoux s'entrechoquaient, il redescendit au rez-de-chaussée et ce n'est qu'une fois devant la fenêtre qu'il se rendit compte qu'il n'avait pas exploré l'ensemble du temple. Il se calma et alluma une dizaine de lampes. À leur lueur beurrée, il vit trois portes qui partaient de la pièce principale. Il les essaya une par une, le cœur battant la chamade. Dès l'instant où il était entré dans le temple, quelque chose lui avait dit qu'il n'en était pas le seul occupant vivant.

Il ouvrit la première porte : elle donnait sur une pièce renfermant des robes et des coiffes cérémonielles qui suggéraient des rituels chamaniques. La deuxième pièce était une chapelle meublée d'un autel et de trois statues dorées assises sur des fleurs de lotus. La troisième porte grinça sur ses gonds en cuir. Il laissa échapper un soupir de soulagement : c'était une cuisine, encombrée de tout un tas de matériel.

Alors qu'il refermait la porte, il entendit un bruissement à l'intérieur. Sûrement un rat. Puis il lui traversa l'esprit que si des rats avaient infesté le temple, ils auraient mangé les effigies en pâte et en beurre. Il se força à rouvrir le battant et se faufila au milieu du désordre. Un récipient tomba bruyamment à l'autre bout de la pièce.

« N'ayez pas peur, lança Wayland. Je ne vous ferai aucun mal. »

Il se dirigea au fond de la cuisine sur la pointe des pieds. Une pile de vaisselle en argile lui bloquait le passage. Il la repoussa, retint un cri et recula d'un bond.

« Doux Jésus ! » s'exclama-t-il, la main sur le cœur.

Un homme fou de peur se recroquevillait contre le mur. Âgé, grêle, il était complètement démuni.

« Je suis désolé de vous avoir effrayé, haleta Wayland. Pardonnez-moi de m'être introduit dans votre temple. Je le croyais vide. »

Le pauvre bougre tremblait en baragouinant.

« Je suis un pèlerin, expliqua Wayland en tibétain. Je suis venu ici car j'ai eu ouï dire qu'un ermite chrétien avait étudié dans ce temple à une époque. Il s'appelait Oussu. Ce nom vous est familier ? »

Le vieillard ne montrait aucun signe d'entendement. S'il lui était encore resté un tant soit peu de raison, l'intrusion de Wayland l'avait complètement balayée.

Le fauconnier déroula le *thanka*.

« Oussu, dit-il. Est-ce lui ? »

L'homme arrêta de trembler. Son regard passa de la peinture à Wayland, il tendit un doigt tremblant et fit le signe de la croix.

« Oussu.

— Merci mon Dieu ! » s'exclama Wayland, submergé par le soulagement.

Le volet battait dans le vent qui se renforçait. Il empoigna l'homme par le bras.

« Pourrions-nous parler dehors ? Je trouve l'atmosphère accablante ici. »

Il enleva la barre qui bloquait l'entrée et sortit en aspirant de grandes bouffées d'air. Les jambes en coton, il dut s'asseoir sur les marches du temple.

« Qui êtes-vous ? demanda-t-il. Que faites-vous ici tout seul ? »

L'homme était le sacristain du temple. Il était resté pour servir le lama après la destruction du village par un tremblement de terre quatre ans auparavant. Le lama était mort deux ans après, mais le sacristain ne l'avait pas abandonné. Il n'était pas complètement livré à lui-même. Chaque été, quelques villageois lui apportaient de la nourriture et d'autres provisions. Il désigna un sentier qui longeait le contrefort d'une montagne. Ils venaient par là, en franchissant un col qui n'était ouvert que quelques mois en été.

« Pourquoi ne viennent-ils pas par la vallée principale ?

— Fermée, répondit le sacristain. Une montagne est tombée dessus. »

Wayland laissa de côté cette nouvelle dérangeante.

« Qui était Oussu ? D'où venait-il ? »

Le sacristain ne savait rien hormis que le saint homme avait voyagé au départ de l'Inde.

« Il y a combien de temps ?

— Mille ans. »

Wayland sourit.

« C'est impossible. L'homme qui a fondé le culte d'Oussu est lui-même mort il y a mille ans. »

Le sacristain insistait.

« Il est venu durant le règne de Nyima Kesang, le deuxième lama. Attendez. »

Il entra dans le temple d'où il ressortit avec un livre. Il l'ouvrit et pointa une ligne.

« Nyima Kesang. »

Tout en faisant courir un doigt au fil des pages, il récita le nom des successeurs du lama jusqu'à ce jour. Il devait y en avoir eu plus de cinquante. Il referma le livre qu'il serra contre sa poitrine.

« Mille ans.

— On m'a dit qu'après la mort d'Oussu, des pèlerins chrétiens étaient venus visiter le temple. »

Le sacristain hocha la tête et refit le signe de la croix.

« Combien de temps après sa mort sont-ils venus ?

— Pas longtemps. Cent ans.

— Pourquoi sont-ils venus ?

— Pour rendre un culte à l'endroit où leur maître avait trouvé l'illumination. Ils voulaient emporter des reliques, mais le lama refusait de s'en séparer.

— Où ces pèlerins sont-ils allés ? »

Le sacristain désigna la vallée principale.

« Ils sont morts à cause de l'effondrement d'un pont.

— Qu'étudiait Oussu ? »

L'homme montra une grotte dans la falaise derrière le temple.

« Le dharma, les lois de Bouddha. Il a médité de nombreux jours et de nombreuses nuits et quand son esprit s'est éclairci, il est parti répandre la lumière.

— Où ça ? »

Le sacristain montra l'ouest.

« Chez lui. »

Wayland observa la grotte.

« Puis-je aller voir ? »

L'homme était trop faible pour l'accompagner. Wayland monta un escalier en tunnel creusé dans la roche et déboucha dans une pièce de la taille d'une chambre munie d'une plate-forme en pierre pour dormir. Depuis l'entrée, il voyait un pic étroit gainé de glace à la base invisible. Des niches taillées dans les murs de la grotte contenaient des rouleaux de parchemin. Wayland en sortit un et le déroula.

Ce n'était pas écrit en tibétain ni dans aucune autre langue qu'il reconnût.

Il entendit un cri assourdi : c'était Zuleyka, l'air minuscule et désemparé de l'autre côté de la gorge. Il descendit l'escalier et trouva le sacristain qui l'attendait. Il lui montra le rouleau.

« Est-ce Oussu qui l'a écrit ? »

Le vieillard hocha la tête.

« Écoutez, je sais que cela pourrait paraître sacrilège, mais je l'emporte avec moi. »

Le sacristain le toisa de ses yeux chassieux et voulut s'emparer du parchemin.

« Laissez-le à sa place originelle. Il est impossible de sortir de cette vallée.

— Vous avez dit qu'une montagne était tombée. A-t-elle bloqué le chemin ?

— Oui. C'est pour ça que le village est désert. Tout le monde est parti sauf moi. Quand je mourrai, le village mourra aussi.

— Vous avez dit que les villageois vous apportaient de la nourriture en passant par le col.

Nous sommes en hiver. Le col est fermé. »

L'homme tendait toujours la main pour récupérer le rouleau. Wayland le rangea dans sa besace.

« Je le prends. Si je suis arrivé à entrer dans cette vallée, j'arriverai à en sortir. »

Il fit le signe de la croix.

« J'espère que vos derniers jours ne seront pas trop solitaires. Au revoir, que Dieu vous bénisse. »

Le sacristain ne répondit pas. Arrivé devant la brèche dans le mur, Wayland se retourna une dernière fois : le vieil homme avait disparu.

Le fauconnier dévala la ravine, content de s'éloigner du temple. Ses spéculations au sujet d'Oussu s'arrêtèrent net au bord de la gorge. Il se rappela les propos du sacristain sur les pèlerins chrétiens morts dans l'effondrement d'un pont. De l'autre côté, Zuleyka avait le visage brouillé de larmes. Wayland s'en remit à Dieu, posa le pied sur la corde et effectua la traversée sans incident. Nul homme n'avait jamais été aussi soulagé de mettre le pied sur la terre ferme.

Zuleyka et lui s'enlacèrent dans une étreinte muette. Il enfouit son visage dans ses cheveux. Leur odeur de fumée, de sueur et de beurre l'emplit d'un étrange sentiment de nostalgie et de perte.

« Là, là, l'apaisa-t-il.

— Waludong est parti, hoqueta-t-elle entre deux sanglots. Deux yaks sont apparus et il s'est enfui avec eux en emportant notre tente et notre nourriture. Si tu avais été là, tu aurais pu le rattraper.

— J'ai dans ma besace des provisions pour quelques jours. De toute façon, Waludong ne nous sera plus guère utile à présent. Je suis content qu'il ait trouvé de la compagnie. »

Elle recula.

« Que veux-tu dire ?

— Le vieil homme dans le temple m'a dit qu'il n'y avait pas de chemin pour sortir de la vallée.

— Quel vieil homme ?

— Je t'expliquerai plus tard. »

XXXIV

Un rude chemin les attendait encore, mais quand ils eurent atteint la limite des arbres deux jours plus tard, ils changèrent de saison en l'espace d'une matinée. Ils descendirent au milieu de bouleaux qui s'embrasaient dans les dernières flammes de l'été, marchèrent sous des forêts humides composées de sapins et de rhododendrons. Des multitudes d'oiseaux minuscules voletaient à travers la canopée en laissant dans leur sillage un chant pareil au tintement de clochettes. Des convulsions sismiques avaient anéanti des tronçons entiers de chemin, emporté des ponts et détruit les rampes de pierre que les villageois avaient construites pour combler d'étranges failles sur un côté de la gorge. Avec l'aide de cordes, il leur fallut un jour pour parcourir un quart de lieue.

Le sentier descendait jusqu'à la rivière, où ils campèrent près des vestiges d'un pont.

« Attendons demain matin, dit Wayland. Le niveau sera plus bas. »

Il baissa de trois pieds durant la nuit, toutefois l'eau était encore trop haute pour passer à gué. Wayland chercha en aval un autre point de passage possible, mais les villageois avaient construit le pont sur le seul site praticable : il revint en haussant les épaules d'un air fataliste.

« On n'a plus qu'à traverser à la nage.

— Je ne sais pas nager. »

Il s'attacha une corde autour de la taille et en tendit l'extrémité libre à Zuleyka. À cinquante toises en aval, la rivière plongeait dans des rapides.

« Ne lâche pas. »

Il se déshabilla jusqu'aux braies et se lança dans l'eau qui n'était guère au-dessus du point de gel. Il agita les bras et jambes telle une grenouille désespérée, avant d'atteindre la rive opposée vingt toises plus bas que son point de départ. Après force encouragements, il persuada Zuleyka d'entrer dans l'eau et la tracta de l'autre côté. Le chien suivit sans aide. Le fauconnier alluma un feu et ils burent du *chai* brûlant.

« Il ne nous reste plus qu'un jour de nourriture », déclara-t-il.

Nue sous une couverture, Zuleyka le dévisagea avec un regard qui semblait faire l'inventaire de toutes ses erreurs.

« Je suis venue avec toi parce que je croyais que tu veillerais à ma sécurité. Si j'avais su que tu me traînerais dans des montagnes orageuses et des rivières glaciales, j'aurais choisi un autre compagnon.

— Comme Lucas ?

— Pourquoi pas, répondit-elle avant de claquer des doigts. Lui au moins il aurait placé mes souhaits au-dessus des siens. »

Wayland réfléchit à cette affirmation.

« Tu as à la fois tort et raison. Tort parce que Lucas n'aurait jamais été capable de trouver un chemin pour franchir ces montagnes. Raison parce qu'il aurait pu t'offrir un avenir beaucoup plus radieux que ce que je pourrai jamais te donner. »

La curiosité de Zuleyka fut piquée au vif.

« Ah oui, dit-elle en se tortillant vers l'avant. Comment ça ? »

Wayland remua le feu à l'aide d'un bâton.

« Lucas est le fils de Vallon. »

La bohémienne se leva d'un bond, dévoilant sans le vouloir un sein.

« Non !

— Si.

— Mais Vallon…

— Il ne le sait pas.

— Pourquoi ne me l'avais-tu pas dit ?

— Parce que ça ne te regarde pas. Si je te le dis à présent, c'est parce que ça ne change rien. »

Il toussa et désigna la peau nue de Zuleyka.

Elle baissa les yeux.

« Je n'arrive pas à croire que tu sois choqué par un bout de sein. Quand tu pisses devant moi, je ne me plains pas.

— Je n'agite pas mon braquemart à tous les vents.

— Si tu le faisais, je pourrais peut-être le voir un peu mieux.

— Ha, ha. »

Zuleyka écarta la couverture.

« Tiens. Regarde bien. »

Elle fit onduler son bassin.

« Je parie que ta femme ne sait pas faire ça.

— Grandis », répliqua Wayland.

Elle partit en courant, suivie par le chien. Son rire résonna avec des échos ensorcelés parmi les arbres.

« Au moins ton chien m'aime, lui. »

Voilà qui était parfaitement vrai. Batu – "Fidèle" –, qui avait grandi avec la fille de Wayland, était plus heureux en compagnie des femmes.

Zuleyka revint comme si de rien n'était.

« Je ne pensais pas ce que je disais », s'excusa-t-elle.

Wayland la contempla d'un air de résignation lasse. Elle était comme un enfant.

« Tu ne pensais pas quoi ? Ta déception devant ma virilité ou tes insultes à ma femme ?

— Je ne le pensais pas quand je disais regretter d'être venue avec toi.

— Je ne regrette pas non plus ta présence à mes côtés. »

Cette nuit-là, il lui parla de Syth : la façon dont ils s'étaient rencontrés, courtisés et épousés. Zuleyka garda un moment le silence.

« Jamais tu ne la quitterais pour moi, n'est-ce pas ?

— Pour personne.

— Et si tu n'étais pas marié ?

— Je ne sais pas. Toi et moi sommes trop différents : comme la glace et le feu, deux éléments en guerre perpétuelle.

— Le feu fait fondre la glace ; la glace éteint le feu.

— Disons comme la craie et le fromage, alors », s'esclaffa Wayland.

Ils se frayèrent un passage dans les débris d'un glissement de terrain qui avait emporté tout un pan de forêt, éparpillant les arbres tels des cure-dents sur des masses de rochers éclatés. Au sortir d'un virage, le fauconnier s'immobilisa, d'abord incapable de comprendre ce qui se trouvait devant lui.

La vallée s'était réduite à une balafre bouchée par un pan de montagne haut de mille pieds qui s'était détaché de la paroi de droite pour s'écrouler contre la face opposée. Après avoir passé une journée à chercher un moyen d'escalader cette porte de pierre, Wayland revint annoncer à Zuleyka qu'elle était infranchissable.

« Es-tu en train de dire que nous devons faire demi-tour ? Demi-tour, où ça ? » ajouta-t-elle d'une voix brisée.

Wayland observait la rivière. À leurs pieds, le courant se fracassait contre les rochers et projetait des gerbes de gouttelettes, tandis que des tourbillons glissaient à la surface comme à l'affût d'une proie. Le plus doué des nageurs n'aurait pas survécu une minute dans ce torrent. Il regarda le tunnel dans lequel l'eau s'engouffrait.

« La rivière a trouvé un passage. »

Zuleyka désigna le tunnel.

« Je n'entrerai pas là-dedans.

— La seule alternative est de retourner au village et d'y attendre l'ouverture du col l'été prochain. »

Il descendit jusqu'au torrent et se dirigea prudemment vers l'entrée du tunnel sur des rochers glissants. Il formait un triangle à angle droit d'une vingtaine de pieds de haut, et Dieu seul savait quels obstacles et dangers il renfermait. Wayland rampa sur une dalle moussue et, en appui sur les mains, scruta l'intérieur. Le tunnel n'était éclairé que sur une vingtaine de toises, il pouvait donc tout aussi bien mesurer cinquante toises qu'une demi-lieue. Il y aurait très bien pu y avoir des rapides et des chutes d'eau.

Il rejoignit Zuleyka.

« Je crois qu'on peut le faire. »

La bohémienne se mordilla les doigts.

« L'obscurité et la noyade sont mes pires cauchemars.

— Demain nous construirons un radeau. »

Le lendemain, ils passèrent la journée à chercher des troncs de la bonne taille. Le glissement de terrain avait élagué les arbres presque en intégralité, une aubaine pour Wayland qui n'avait en matière d'outil tranchant qu'un couteau. Ils sélectionnèrent huit jeunes fûts d'environ douze pieds de long et six pouces de diamètre, qu'ils traînèrent au moyen d'une corde jusqu'au sentier avant de les descendre un par un sur la berge de la rivière en amont du tunnel.

Wayland encorda les troncs ensemble. Quand le radeau fut terminé, le fauconnier l'attacha à un rocher, glissa l'embarcation dans l'eau et monta à bord.

« Tu vois, dit-il en se balançant de droite à gauche, il est insubmersible. »

Zuleyka esquissa un sourire guère convaincu. Le chien battit en retraite, la queue entre les jambes.

Le temps d'établir le camp et de manger les derniers restes de nourriture, l'obscurité commençait à tomber. Quelque part dans les forêts au-dessus d'eux un tigre rugit, des singes piaillèrent. Le chien gémit, le regard perdu dans les ténèbres. Wayland jeta une bûche dans le feu, qu'il entretint toute la nuit.

Le soleil n'était pas encore apparu au-dessus des falaises que Wayland conduisait déjà Zuleyka au radeau. À en juger par la ligne des hautes eaux sur la berge, le niveau de la rivière avait baissé d'un peu plus de deux pieds par rapport à la veille au soir. Il monta sur l'embarcation et tendit la main à Zuleyka. Elle hésita.

« Il y a sûrement un autre moyen.

— Non, il n'y en a pas. »

Tremblant de peur, elle grimpa. Comme le chien refusait de monter, Wayland finit par le traîner à bord et l'attacher. N'ayant pas négligé la sécurité, il avait fixé des boucles sur les troncs en guise de poignées. Il avait aussi envisagé d'accrocher des filins de sécurité mais y avait finalement renoncé en se disant que si le radeau se brisait, ils auraient plus de chance de s'en sortir en flottant librement.

Il regarda le tunnel.

« C'est parti, lança-t-il en larguant les amarres. Couche-toi et tiens bon. »

Le radeau glissa vers l'entrée. Les parois se refermèrent sur eux et l'embarcation se cabra dans une vague. Agenouillé à l'avant, Wayland scrutait l'obscurité. En heurtant un rocher, le bateau vrilla, de sorte que le fauconnier, désormais tourné vers l'arrière, regardait le triangle de lumière disparaître à toute vitesse. Avant qu'il ne pût se remettre dans le sens de la marche, le radeau percuta la paroi avec une violence telle que Wayland fut projeté sur le côté. Sans la poignée, il se serait retrouvé dans l'eau. Il faisait noir comme de la poix à présent, il n'y avait aucun moyen d'anticiper quand ni où le prochain choc surviendrait. Wayland était à plat ventre sur les rondins, une main plaquée dans le dos de Zuleyka. Le chien hurlait et tirait violemment sur sa longe.

« Tiens-toi tranquille, espèce de… »

Une nouvelle collision lui fit ravaler ses mots. Il sentit les troncs céder sous lui.

Ils glissèrent doucement dans une étendue d'eau calme avant de reprendre de la vitesse. Les clapotis et les gargouillis de l'eau se répercutaient contre les parois du tunnel et ce bruit enfla en un rugissement.

« Chute d'eau ! hurla Wayland. Accroche-toi ! »

Le radeau bondit et plongea par l'avant. Une vague les submergea puis ils retrouvèrent l'équilibre. Il vérifia que Zuleyka était toujours avec lui, puis chercha Batu à tâtons. Il avait disparu. Le grondement de la chute d'eau s'estompait derrière eux.

« Je vois la lumière du jour ! » s'écria-t-il.

Deux rochers se découpaient dans la brume grise et divisaient le flot en deux. Le radeau tournoya vers eux et les percuta par le côté. Le courant le fit basculer contre les rochers, où il s'immobilisa. Wayland essaya de le dégager mais ne parvint pas à exercer un levier suffisant. Complètement trempé, il était gelé jusqu'aux os.

Il grimpa laborieusement sur l'un des rochers et repoussa le radeau avec ses pieds. Lentement, l'embarcation commença à tourner. Un dernier effort et elle fut libérée, mais le courant l'emporta si vite qu'il fut impossible à Wayland de monter à bord. Il se jeta dessus et parvint de justesse à s'accrocher aux troncs tandis que le radeau filait à toute allure.

La lumière s'intensifia. Après encore quelques acrobaties, ils sortirent du tunnel. Un tourbillon les envoya valser vers la berge, où Wayland eut enfin pied. Zuleyka bondit à terre et l'aida à sortir de l'eau. Il rampa de quelques pouces et s'effondra.

« Brave fille. »

Quand il reprit connaissance, le chien lui léchait le visage et Zuleyka lui frictionnait le dos. Un soleil chaud irradiait une clairière étincelante de papillons.

« Je vais bien », dit-il.

Ils descendirent un chemin très fréquenté, tapissé d'aiguilles de pin, en passant alternativement des zones d'ombre et de soleil. Des pies aux ailes azur criaillaient dans le ciel. Les arbres s'ouvrirent devant eux : le sentier plongeait dans une pente raide boisée. Ils s'arrêtèrent au sommet, sans mot dire.

Ils étaient de retour dans le monde. Le torrent qu'ils avaient suivi était un affluent d'un vaste fleuve qui coulait vers le sud à travers une vallée couverte d'une forêt touffue. Très loin en dessous d'eux, un pont suspendu conduisait à une route. Wayland y distingua quelques voyageurs. De la fumée s'élevait de maisons bâties dans des clairières cultivées. Au-dessus de la crête de l'autre côté de la vallée, le ciel était frangé par une majestueuse chaîne de montagnes enneigées.

À midi ils mangeaient des boulettes dans une hostellerie destinée aux marchands et aux pèlerins qui voyageaient entre le temple ardent de Muktinath et les plaines du Népal et de l'Inde. Wayland acheta des habits pour lui et Zuleyka. Un autochtone les dirigea vers une auberge perchée au-dessus du fleuve. Le tenancier leur donna une chambre dotée d'un balcon en bois qui surplombait la route et leur demanda s'ils voulaient manger.

Lorsque Wayland se réveilla le lendemain, la nourriture qu'ils avaient commandée gisait intacte derrière la porte et Zuleyka dormait en ronronnant. Quand elle ouvrit les yeux, le voile violet du crépuscule emplissait la vallée.

« Je n'endosserai pas de nouveaux vêtements tant que je n'aurai pas pris un bain », déclara-t-elle.

Le tenancier leur apprit qu'ils pouvaient aller se laver dans des sources d'eau chaude qui sourdaient de rochers non loin en amont du fleuve. Son fils les y guida en s'inclinant devant un couple hindou assis nu dans une alcôve au-dessus d'une source bouillonnante.

Wayland et Zuleyka se dévêtirent à la source thermale suivante et se glissèrent dans l'eau. Sa chaleur était presque insupportable. Ils se hissèrent sur des marches en pierre, haletant dans l'atmosphère vaporeuse.

En regardant Zuleyka, Wayland se souvint qu'il avait fait l'amour pour la première fois avec Syth après qu'ils s'étaient lavés dans un sauna de fortune sur la rive d'un fjord du Groenland.

« Tu as l'air triste, commenta Zuleyka.

— Juste fatigué. »

Il se passa encore deux jours avant qu'ils ne fassent l'amour. Pour Zuleyka ce fut une expérience douloureuse. Il se révéla qu'elle était bel et bien vierge.

Elle déposa quelques gouttes de sang sur le front de Wayland.

« Dans la tradition luri, cela nous déclare mari et femme. »

Ils restèrent dans l'auberge une semaine, à recouvrer des forces et à s'habituer à leurs corps respectifs.

Le septième matin, Wayland était assis sur le balcon à regarder Zuleyka se brosser les cheveux, quand il entendit de la musique au loin. Zuleyka bondit. Wayland se leva.

Au nord, au sortir du virage, marchait à grandes enjambées un homme qui conduisait une mule blanche arborant une plume rouge et des ornements couverts de clochettes d'argent et de pompons. Une file d'hommes et de femmes suivait, les hommes en mantels blancs à taille haute, les femmes vêtues de culottes bouffantes et de tuniques de toutes les couleurs, les poignets ornés de bracelets, les oreilles percées d'anneaux. Un homme jouait d'une espèce d'instrument à vent, les femmes chantaient et battaient la mesure à l'aide de tambourins. Et, marchant à pas feutrés derrière l'ensemble, venait un ours tenu en laisse.

« Des Luri ? » demanda Wayland.

Zuleyka hocha la tête, radieuse. Elle les héla, la procession s'arrêta. L'homme qui menait la colonne leva la tête, une main en visière au-dessus de son visage basané. Zuleyka renouvela son appel et dévala la colline. Les Luri s'agglutinèrent autour d'elle et ils conversèrent longuement avant qu'elle ne revînt.

« Ils retournent en Inde pour l'hiver, haleta-t-elle. On peut y aller avec eux. »

Wayland la regarda emballer ses maigres affaires.

« Dépêche-toi, dit-elle.

— Je ne viens pas avec toi. »

Elle se décomposa.

« Il n'y a qu'une seule route vers le sud. Accompagne-moi au moins jusqu'à la plaine. »

Wayland l'enlaça.

« As-tu été heureuse ces quelques derniers jours ? »

Elle hocha la tête.

« Moi aussi. Séparons-nous tant que les souvenirs sont encore doux.

— Nous pouvons construire encore d'autres souvenirs heureux.

— Ton peuple ne m'acceptera jamais comme l'un des leurs, pas vrai ? »

Elle cilla.

« Tu vois bien, dit-il. C'est mieux comme ça. »

Elle se plaça devant lui.

« Au revoir, alors. Merci, Wayland. »

Il l'embrassa.

« Au revoir Zuleyka. »

Elle chassa une larme.

« Je n'arrive pas à croire que ça s'arrête là. Pas après tout ce que nous avons traversé.

— Ça ne s'arrête pas là. Je ne t'oublierai pas. »

Zuleyka réserva pour le chien ses larmes, qu'elle déversa sur sa tête rêche.

« Au revoir, Batu. Prends soin de ton maître. »

Le chef de la troupe luri la héla. Zuleyka redressa les épaules et s'éloigna.

« Cette chanson que tu avais chantée aux soldats dans le Karakoum, lança Wayland, elle a un nom ? »

Zuleyka renifla, entre rire et larmes.

« Elle s'appelle : "Quand on se rencontrera."

— Chante-la en partant, tu veux ? »

Il la regarda descendre la colline à la hâte, tellement légère, tellement gracieuse. Le chef de la troupe l'installa sur la mule. Elle leva la tête vers Wayland, lui adressa un geste de la main et se retourna face à la route. Les musiciens s'emparèrent de leurs instruments et entonnèrent la mélodie qui avait tant captivé Wayland.

Le chien leva la tête et hurla.

« Tu peux partir avec elle si tu veux », lui dit Wayland.

Le chien le regarda puis courut quelques toises avant de s'arrêter et de se retourner en agitant la queue d'un air incertain.

« Vas-y », l'encouragea Wayland.

Le chien descendit la colline à grands bonds et fila rattraper les Luri. Le fauconnier écouta la chanson s'évanouir au loin en escaladant la colline pour ne pas perdre de vue la procession. La musique s'atténua, Zuleyka tourna dans un virage et sortit de sa vie pour entrer dans sa mémoire.

Chine

XXXV

Au début du mois de novembre, l'expédition de Vallon se trouvait en plein cœur du Tsaidam, un bassin de marais salants qui s'étendait sur des centaines de lieues jusqu'à la frontière chinoise. L'eau des puits était saumâtre, et même si les Sogdiens la rendaient plus potable en faisant bouillir des rondins de pâte pour absorber la majeure partie du sel, les hommes souffraient d'une soif perpétuelle.

Les jours devinrent plus courts et plus froids, les nuits plus longues et glaciales. La caravane avait pris le pli de partir à minuit et de marcher jusqu'à midi afin que les chameaux eussent suffisamment de lumière du jour pour fourrager. La maladie avait emporté trois hommes. Aimery, le chef d'escouade de Lucas, comptait parmi les victimes : il était mort dans un étang d'eau noire croupie. Le serviteur de Vallon était aussi trépassé. Hero avait soigné les malades du mieux qu'il avait pu sans craindre de se faire lui-même contaminer.

Ce furent des jours sinistres. Les nuits de marche se fondaient les unes dans les autres, Vallon chevauchait dans une brume de lassitude sur une sente tachetée de lumière et bordée d'une ligne d'os blanchis pareils à de la laisse de mer. Deux nuits d'affilée ils traversèrent une étendue de dunes argileuses érodées en des formes étranges qui ressemblaient à des tumulus, des gigantesques termitières ou des coques de bateaux retournées. Chaque fois que le général piquait du nez sur sa selle, il était réveillé en sursaut par une embardée de son cheval devant une descente imprévisible ou une montée inattendue.

Au lever du jour, il vit de ses yeux ternes une excroissance à peine dépasser de l'horizon morne et vide. C'était le prochain caravansérail, encore distant de deux étapes. Le lendemain matin, il put discerner les murs d'un fort solitaire. Un détachement de cavalerie en sortit au galop. Vallon ordonna à ses hommes de se tenir prêts à dégainer et attendit les cavaliers.

Confrontés à une force militaire conséquente, ces derniers s'arrêtèrent net. L'un des soldats se pencha et ordonna aux Aubains de faire demi-tour.

« Il dit qu'il n'y a pas de place dans le fort, expliqua Shennu. Il est déjà occupé par deux trains de chameaux.

— Dites-lui de les mettre dehors. Pourquoi pourraient-ils se prélasser confortablement pendant que nous mourons de faim et de soif ?

— Ils refusent de partir. Une bande de brigands menace la route à deux ou trois jours à l'est. Ils ont massacré la dernière caravane qui a essayé de traverser leur territoire. »

Vallon continua à avancer.

« Dites à cet imbécile que nous sommes missionnés auprès de la cour impériale et que nous ne nous laisserons retarder ni par des camelots apeurés ni par une troupe d'égorgeurs. »

La cavalerie chinoise, équipée de bric et de broc, céda devant la puissance des armes et rebroussa chemin au galop. Vallon ne comprenait absolument pas quel objectif stratégique servait ce fort érigé sur une plaine rocailleuse qui s'étendait, plate comme la main, vers les quatre points cardinaux. Quand les Aubains pénétrèrent dans les fortifications, il y avait eu un revirement d'opinion : la garnison les accueillit tels des sauveurs venus les libérer d'un siège.

Le moindre recoin était occupé par des chameaux et leurs chameliers. Plus de deux cents hommes, femmes et enfants s'étaient réfugiés derrière ces murs, et après deux semaines, les ordures s'empilaient dans les cours. Leur peur ne faisait aucun doute et le commandant de la garnison expliqua à Vallon que leur terreur était justifiée. Ce n'était pas une bande de brigands ordinaire qui détroussait les voyageurs en pourfendant une ou deux âmes au passage pour accélérer les opérations. Non, celle-là était dirigée par un déserteur chinois du nom de Lu Double Lame, un ancien maître d'armes qui avait recruté une centaine de membres de la tribu Tangut. Lu était un monstre, un buveur de sang, pour qui le butin semblait être d'un intérêt secondaire. Il massacrait par plaisir, sans épargner personne, et ses disciples violaient jeunes et vieux des deux sexes avant de les passer par le fil de l'épée ou pire encore.

« Pourquoi n'éradique-t-il pas cette vermine ? demanda Vallon à Shennu.

— Il compte moins de quatre-vingts hommes dans sa garnison, dont la majorité est des criminels qui ont préféré effectuer leur service militaire sur la frontière plutôt que de se faire exécuter. Il ne possède même pas assez de chevaux pour les équiper. Il a imploré l'aide du gouverneur de province dans un message envoyé à Lanzhou, mais les troupes n'arriveront pas avant le printemps. Et même si elles venaient, il doute de leur capacité à occire ces bandits. Ils se cachent dans des grottes montagneuses au sud, d'où ils ne s'aventurent à sortir que lorsqu'ils reniflent une proie. Lu a des espions dans les points de ravitaillement pour l'avertir du passage d'une caravane. »

Shennu inclina la tête afin d'écouter la suite des propos du commandant.

« Il dit que Lu est protégé par des enchantements et qu'il ne peut être tué par un simple mortel. »

Vallon regarda l'homme par-delà le globe d'une lampe : à bout de nerfs, il tripotait un rosaire et le dévisageait d'un air désespéré empli d'expectative.

« Je vois le coup venir.

— La garnison va bientôt être à court de nourriture. Si les trains de chameaux ne partent pas dans les prochains jours, au fort, tout le monde va mourir de faim. Il vous supplie d'escorter la caravane vers l'est.

— Dites-lui que je compatis à sa situation critique, répondit doucement Vallon, mais que je ne peux pas l'aider. Si j'avais prêté assistance chaque fois qu'on me l'avait demandé, je serais encore à Khotan. »

Il se leva, le commandant fit de même, joignit les mains et s'éloigna d'un pas chancelant.

« Vous étiez son dernier espoir, murmura Shennu. Cela ne m'étonnerait pas qu'il abrège son humiliation ce soir.

— Cela n'ébranle en rien ma décision. Il nous faut atteindre Kaifeng avant que l'hiver ne nous pétrifie sur place.

— Si vous refusez d'escorter la caravane, je le ferai », lança une voix derrière lui.

Il se retourna : Hauk se dégageait du mur contre lequel il était appuyé.

« Vous m'avez embrigadé dans cette aventure en me faisant miroiter les profits que je pouvais tirer en louant les bras armés de mes hommes.

— Vous avez accumulé assez de richesse grâce au commerce.

— Pas assez et pas de la bonne espèce. À Khotan j'ai déboursé à foison pour du jade en toc. À Miran je me suis retrouvé avec toute une pile de faux tableaux religieux. »

Hauk se frotta le pouce contre l'index.

« L'argent et l'or sont la seule monnaie à laquelle je me fie. »

Du pouce, il désigna la fenêtre du cantonnement du commandant.

« Là-dessous il y a deux cents âmes qui craignent pour leur vie. À votre avis, combien ils seront prêts à verser à un homme qui accepte de les mener en lieu sûr ? Vous avez vous-même suggéré le prix. Un dixième de toute leur richesse.

— Je l'interdis.

— Ça, c'est l'autre détail que vous oubliez. Nous avions convenus que je ne suivrais vos ordres que lorsqu'ils coïncidaient avec mes propres intérêts. Lors des trois derniers mois, vous n'avez fait qu'agir dans *votre* intérêt. Il est temps de rétablir l'équilibre.

— Vous avez entendu le commandant de la garnison. Ces bandits sont trois fois plus nombreux que vos Vikings. »

Hauk fit un bruit méprisant.

« Ils s'attaquent à de la viande molle, pas à de bons gros muscles.

— Méfiez-vous. Leur chef est un ancien officier. La dernière caravane jouissait d'une escorte armée, ça ne l'a pas sauvée.

— Unissez vos forces aux miennes, dans ce cas. Nos chameaux ne marchent pas plus vite que les leurs. Si vous voulez accélérer le mouvement, débarrassez-vous de la catapulte et du siphon à feu.

— Que les marchands nous ralentissent, ce n'est pas ce que je crains. Vous avez raison, les bandits évitent les armées bien équipées. Seuls, nous arriverons probablement à traverser sans une égratignure. Si nous nous joignons à la caravane, en revanche, nous deviendrons une cible ostentatoire.

— Vous avez peur de vous battre ? Depuis qu'on a rejoint la route de la soie, vous avez perdu des semaines à marchander avec des petits chefs et des fonctionnaires cupides, à gaspiller de l'or précieux pour acheter des chameaux boiteux au lieu d'accélérer les choses en faisant couler du sang à bon escient. »

Vallon porta la main à l'épée.

« Faites attention à ce que vous dites. »

Hauk n'en était plus à s'inquiéter des conséquences possibles de ses paroles. Ses hommes et lui en avaient plus qu'assez de ce voyage qui leur minait le moral.

« Permettez-moi de prendre la parole, intervint Hero. Si nous voyageons seuls, mon soulagement d'éviter les bandits sera vite submergé par la culpabilité de savoir que nous avons condamné à mourir tous les autres voyageurs du fort.

— Si les rôles étaient inversés, s'emporta Vallon, ces camelots nous planteraient là sans le moindre scrupule. Vous avez bien vu comment ils traitent leurs chameaux : ils les chargent si grossièrement que les selles creusent sur leur dos des trous infestés de vermine, ensuite ils leur allument des feux sous l'arrière-train pour les forcer à bouger avant de finir par les abandonner dans le désert à la merci des loups. Ils n'ont même pas la bonté de soulager leurs bêtes d'une mort rapide.

— Je suis d'accord avec Hero », ajouta Aiken.

La puanteur de la foule entassée en bas emplissait la pièce.

« Piégé entre un pirate irresponsable et deux cœurs tendres, ironisa Vallon avant de se diriger à grands pas vers la porte. Faites venir le commandant avant qu'il s'ouvre les veines. Dites-lui que nous allons nous charger de son bagage humain. »

Sur ce, il pivota et désigna Hauk.

« C'est là ma dernière concession. Dès notre arrivée en Chine, notre partenariat sera dissout. »

Au sommet d'un col élevé entre le Tsaidam et le corridor du Gansu, Lucas se tourna vers le nord-est, où une dépression occupée par un lac s'estompait à l'horizon. Au sud, un soleil pâle éclairait une toile de fond monochrome de montagnes. Un vent cinglant les harcelait. Lucas renifla et souffla dans ses mains.

Vallon et Shennu le rejoignirent.

« *Koko Nor*, déclara Shennu en désignant le lac. Ça veut dire “Mer de Sarcelle”. Une communauté de moines y vit sur une île. Comme ils n’ont pas de bateau, ils ne peuvent communiquer avec le monde qu’en hiver, quand le lac gèle. C’est du sel, évidemment. »

Vallon frotta ses lèvres gercées.

« Je suis tenté de les rejoindre. »

Lucas l’entendait parler sans ressentir le moindre lien avec lui. Épuisé par le voyage, il ne pensait plus à Vallon comme à son père, si ce n’est en termes abstraits. S’il y avait eu une figure paternelle durant cette expédition, c’était le doux et calme Aimery, aumônier et confesseur officieux, qui chaque soir récitait le bénédicité avant le début du souper. Sa mort avait emporté quelque chose chez Lucas. Il observa Vallon en se demandant avec lassitude pourquoi Dieu laissait les mauvais prospérer et les bons mourir.

Quand les Aubains établirent leur premier camp au bord du lac, le soleil éblouissait dans un ciel sans nuages. Sous cette lumière vive, l’eau était d’un bleu profond transcendant. En face d’eux un escadron de cygnes volait si bas que Lucas voyait travailler leurs muscles pectoraux et entendait la mélodie lancinante du murmure du vent à travers leurs ailerons. S’ils rentraient ou s’ils partaient importait peu, Lucas aurait aimé les accompagner. Et à en juger par la façon dont les autres soldats suivirent des yeux leur trajectoire vers le sud jusqu’à l’affaiblissement de leurs cris, il n’était pas le seul.

Des giboulées de neige perturbèrent le rythme de la marche, obligeant la caravane à passer la nuit au bord d'un ruisseau qui s'écoulait goutte à goutte dans le *Koko Nor*. Vallon ordonna aux Aubains de monter les tentes en un carré défensif autour des chevaux et des bagages, laissant les chameaux et les deux trains de marchands sans protection. Les chevaux ne furent pas dessellés et des détachements de soldats furent postés. Ce fut l'escouade de Lucas qui prit le dernier tour de garde.

Au petit matin la neige cessa et une brume glaciale tomba. Lucas frémit sous sa cape, rabattit sa capuche sur sa tête et fit passer le temps jusqu'à l'aube. Le jour pointa avec une lumière opaque qui s'élevait du sol telle une émanation froide. Lucas ne voyait même pas Gorka posté dix toises à sa droite.

« Vous êtes toujours là, chef ?

— Je sais pas trop. Je serais pas fichu de retrouver ma queue dans cette purée de pois. »

Lucas dégaina son épée.

« J'ai cru entendre un bruit.

— Détends-toi, répondit Gorka en crachant. Un loup n'attaque pas les chiens de garde quand il a un enclos de moutons à sa merci. »

La lumière augmenta sans rien éclairer de solide. L'épuisement faisait naître des fantômes dans la brume. En scrutant le jour blanc, Lucas s'imagina voir des silhouettes vaguement humaines : elles étaient deux, qui approchaient au trot puis s'arrêtèrent. Il regardait fixement ces apparitions sans vraiment croire en leur existence. Derrière lui, les chevaux se mirent à hennir et à piaffer.

« Gorka… » lança-t-il d'une voix où perçait l'appréhension.

Soudain avec un cri qui lui glaça le sang, l'une des silhouettes lui sauta dessus. Il leva son écu juste à temps pour arrêter l'épée du bandit. Son assaillant poursuivit son chemin sans engager le combat. Les deux bandits se ruèrent dans le camp.

« Poursuis-les ! hurla Gorka. C'est les chevaux, qu'ils veulent ! »

Lucas s'élança à leur poursuite et rattrapa le bandit qui l'avait attaqué. Sentant sa présence, celui-ci fit volte-face, dérapa sur la neige et mit un genou à terre. Lucas hésita, l'homme se releva d'un bond : son visage était d'une cruauté sans pareille, une natte pendait à l'arrière de son crâne rasé à blanc. Il esquissa un semblant de sourire et brandit son épée, en quête d'une ouverture. Lucas riposta.

Le bandit répliqua avec un sifflement, en faisant danser la pointe de son épée.

La peur qui embourbait le cerveau de Lucas se dissipa. Voilà ce pour quoi il s'était entraîné. Il para l'attaque du bandit, lui écrasa son bouclier sur le visage et le frappa le plus fort possible à l'entrejambe. L'autre s'affaissa mollement. Lucas brandit son épée à bout de bras.

« Ne reste pas planté là foutre Dieu ! beugla Gorka. Tue-le ! »

Lucas abattit sa lame comme s'il essayait de fendre une bûche et entailla le crâne de son adversaire jusqu'au nez. De la cervelle jaillit, fumante dans l'air glacial. Lucas recula d'un bond comme s'il craignait d'être balayé par une marée de sang.

« Je viens de tuer un homme », murmura-t-il.

Après avoir jeté un dernier coup d'œil au cadavre, il courut vers un théâtre de pur chaos au centre du camp. Les cris et les hurlements, étrangement assourdis par la brume, se mêlaient aux hennissements des chevaux et au tintamarre des trompettes. Des silhouettes pâles grouillaient dans la brume sans que Lucas pût discerner s'il s'agissait d'amis ou d'ennemis avant d'être à portée d'épée.

Un cheval se ruait sur lui : l'un des ferghanas que Vallon avait achetés à Boukhara. Lucas se précipita en travers de son chemin et se jeta sur ses rênes alors que l'animal continuait sur sa folle lancée. Sans lâcher son épée ensanglantée, il parvint à s'accrocher d'une main et fut traîné sur dix toises avant de réussir à arrêter le cheval. Il se hissa sur la selle au moment où deux autres cavaliers ennemis le dépassaient au galop. L'un tenait fermement devant lui une silhouette au visage pâle qui se tourna vers Lucas avant que le cheval ne l'emportât.

« Aiken ! s'écria Lucas. Ils ont capturé Aiken ! »

Personne ne réagit. Dans le vacarme de la bataille, personne ne l'avait entendu.

Lucas lança le ferghana à la poursuite des brigands, dont les deux montures étaient déjà floues. Le terrain s'élevait au-dessus de la rivière, et plus il montait, plus la luminosité augmentait. Quand il surgit de la brume, il vit les cavaliers distants d'une cinquantaine de toises seulement, qui galopaient vers une rangée de chevaux que les autres bandits avaient laissés attachés sans surveillance avant de descendre subrepticement dans le camp.

L'un des brigands, pile sur la trajectoire de Lucas, courait à toute vitesse vers les montures. Soit il n'entendit pas le jeune Franc approcher sur le sol enneigé, soit il supposa que le cavalier était un compagnon, toujours est-il qu'il ne lui prêta aucune attention jusqu'à ce que le martellement des sabots l'avertît du danger : alors seulement il jeta un œil derrière lui. Il dut tout juste avoir le temps de percevoir la lame qui s'abattait et lui trancha le cou dans un geyser de sang.

Les yeux rivés sur le ravisseur d'Aiken, Lucas talonna son ferghana. Les deux cavaliers ennemis passèrent en flèche devant les chevaux attachés. Celui qui tenait Aiken se retourna. Encombré comme il l'était, il savait que Lucas serait plus rapide que lui et héla son compagnon. Les deux hommes firent volte-face pour affronter la menace et le cavalier libre se lança à l'attaque tête baissée avec un grand cri.

Lucas ne cilla pas. Sans lâcher sa cible des yeux, il poussa sa monture en évaluant comment et où frapper. L'ennemi lui fonçait dessus, la collision semblait inévitable.

Le cheval du bandit flancha au dernier moment et fit une embardée. Lancé au triple galop, l'épée à bout de bras, Lucas frappa son adversaire à la gorge. Quand il se retourna, il le vit s'éloigner au galop : deux fontaines de sang jaillissaient de son cou et sa tête rebondissait à terre.

Lucas regarda de nouveau devant lui. L'autre brigand éjecta Aiken du cheval, détacha son arc, encocha une flèche et se concentra sur sa cible. Lucas lui fonça dessus, vit l'arc s'ouvrir, sentit le vent de la flèche lui piquer la joue. Le bandit était encore en train de chercher à dégainer son épée quand Lucas lui tomba dessus : sa lame traça un arc serré et le frappa au niveau de la taille. Emporté par son élan, il ne s'arrêta pas, et quand il fit volte-face, l'autre était toujours en selle : une tache de sang s'élargissait sur son flanc et des fleurs rouge vif se déployaient sur la neige à ses pieds. Lucas prit son inspiration et s'élança pour porter le coup fatal. Le bandit glissa de sa selle et bascula à terre. Lucas ne perdit pas de temps avec lui. Il se saisit du cheval, qu'il guida à l'endroit où était planté Aiken, choqué et sans voix.

« Ça va ? » demanda Lucas d'une voix grave.

Aiken leva un doigt tremblant.

Ce que Lucas n'avait pas vu, c'était le plus gros des forces ennemies qui, rassemblé sur une crête, déferlait à présent sur eux comme une vague.

« Monte et galope à fond de train ! »

Aiken dut s'y prendre à deux fois pour s'installer sur sa selle. Lucas gifla la croupe de son cheval du plat de l'épée.

« Plus vite ! Ils nous rattrapent ! »

Le sommet de la vague était à une cinquantaine de toises derrière eux quand une vingtaine d'Aubains surgirent du banc de brouillard devant eux. Les bandits se divisèrent en se déployant de part et d'autre avec des aboiements dignes d'une meute de chiens.

Vallon arrêta son cheval devant Aiken.

« Dieu soit loué tu es sain et sauf. »

Aiken partit d'un rire étranglé.

« Lucas y est pour davantage que le Tout-Puissant. »

Vallon porta son regard sur le jeune Franc et tourna bride.

« Retourne protéger le camp. Ce n'était que le premier assaut. »

Sur le chemin du retour, Gorka s'approcha de Lucas et s'adressa à lui d'une façon étonnamment hésitante.

« Combien en as-tu tué ?

— Quatre, je crois. Mais l'un d'eux s'enfuyait, il ne compte pas. »

Gorka lui planta un baiser humide sur la joue.

« Ils comptent tous, mon garçon. Encore un et tu vas pouvoir la porter, ton armure grecque d'apparat. »

XXXVI

Aubains et Vikings avançaient en rangs serrés à travers un paysage de neige aveuglant ; ils avaient le lac à environ une lieue à leur gauche, des collines peu élevées au sud et au-delà des montagnes étouffées par les nuages.

Ils avaient couvert plus d'une lieue avec la caravane qui s'étirait encore longuement derrière, quand l'un des Turkmènes poussa un cri, le doigt pointé. Tous les yeux se tournèrent vers le sud. Au loin sur un promontoire était juché un cavalier solitaire vêtu d'une armure écarlate et d'un casque cornu.

« Ce doit être Lu Double Lame », déclara Vallon.

L'homme leva la main comme s'il se préparait à orchestrer des événements que lui seul pouvait prévoir.

« Que fait-il ? demanda Otia.

— Je crois qu'il essaie de nous intimider pour nous pousser à abandonner la caravane, répondit Josselin.

— Il n'a pas besoin d'attendre que nous partions, répliqua Vallon. Il peut leur tomber dessus quand bon lui semble. Ils sont trop éparpillés et nous trop peu nombreux pour l'en empêcher. »

Les caravaniers conduisaient leurs bêtes vers les Aubains à grand renfort de pleurs et de gémissements.

Vallon lança un regard mauvais à Hauk.

« Vous leur avez pris leur or et leur argent en leur faisant miroiter des mirages.

— Je l'ai, c'est tout ce qui compte, rétorqua le Viking en giflant sa sacoche. Soldats, avancez, ordonna-t-il, une main levée.

— Alors vous avancerez tout seuls », dit Vallon.

Il se dressa dans ses étriers.

« Aubains. Nous campons sur nos positions. Formez un carré serré.

— Laissez les caravanes, insista Hauk. Vous avez dit vous-même qu'en d'autres circonstances ces camelots nous abandonneraient sans aucun scrupule.

— Vous avez promis de les protéger. En tant que commandant de l'expédition, je suis le garant de votre parole. Si vous refusez de la tenir, je le ferai. Maintenant fuyez et laissez les vrais soldats se battre. »

Rouge de colère, Hauk se tortilla sur son cheval.

« J'affronterai l'ennemi avec vous, mais je n'oublierai pas vos insultes. »

Les Aubains attendirent sur la plaine. La silhouette perchée sur le promontoire baissa la main et quelque part un sifflet retentit. Les soldats se retournèrent, mal à l'aise.

« Sire ! » alerta un homme à l'arrière du carré.

Vallon et Otia le rejoignirent. Au loin, sur les étendues salées autour du lac, on distinguait un frémissement qui prit la forme de cavaliers alignés comme sur une frise : leurs silhouettes étaient étirées par la lumière trompeuse et leurs chevaux semblaient voler au-dessus du sol.

« Au moins quarante », déclara Vallon.

Désormais nombre des marchands et des chameliers avaient délaissé leur chargement pour assiéger les Aubains en les suppliant de leur accorder l'asile. Les soldats les ignorèrent ou éloignèrent violemment les plus importuns. Vallon vit une mère avec deux enfants s'agenouiller devant ses hommes en s'égosillant et en s'arrachant les vêtements.

« Ouvrez les rangs et laissez-les entrer », ordonna Vallon.

— Ils vont nous gêner, grimaça Otia.

— Ils nous gênent déjà. »

La formation s'écarta pour laisser passer les civils terrorisés. Comme certains étaient armés, les officiers de Vallon les placèrent de façon qu'ils comblent les trous dans le carré défensif. Les fantômes des bandits prenaient chair.

« Occupe-toi de l'arrière », intima Vallon à Otia.

Il retourna ensuite à l'avant et venait juste de prendre position quand Lu Double Lame abaissa la main une deuxième fois. Le reste de son armée déboula des ravines de part et d'autre du promontoire, cinquante à gauche, cinquante à droite.

« Tenez les rangs ! lança Vallon. Ils pilleront les caravanes avant de s'attaquer à nous. »

Les archers à cheval à l'avant et à l'arrière se déployèrent autour des Aubains et s'abattirent sur les animaux et les bagages abandonnés. Certains marchands, incapables de se séparer de leurs biens, moururent en voyant leurs possessions se faire saccager sous leurs yeux. Vallon se détourna à la vue de plusieurs brigands qui violaient une femme à tour de rôle pendant qu'un autre sodomisait son mari avant de lui trancher la gorge.

Devant pareille manne, les marauds ne savaient plus où donner de la tête. Ils couraient en tous sens, tailladant les sacoches dont ils renversaient le contenu à coups de pied avant de se précipiter sur l'animal suivant. Un petit groupe en arriva à se battre pour un paquet de biens précieux.

« Ils ont perdu toute discipline, commenta Josselin. Laissez-moi conduire une sortie. »

Vallon observa Lu Double Lame sur le promontoire.

« C'est une ruse. Il essaie de nous faire rompre les rangs. Dès l'instant où nous le ferons, ses hommes se replaceront. »

Un sifflet retentit, les bandits délaissèrent leur pillage et se rassemblèrent en une seule et unique force devant les Aubains. Nouveau sifflement : ils se divisèrent, une moitié sur la droite, une moitié sur la gauche, traçant des cercles autour du carré tout en décochant des flèches qui produisaient un bruit sinistre.

« Ne ripostez pas ! cria Vallon. Laissons-les croire que nous ne faisons pas le poids. »

Les bandits, qui s'enhardissaient, se rapprochaient à chaque tour, attendant d'être à une vingtaine de toises avant de tirer.

« Tuez-les ! » ordonna Vallon.

D'aussi près, les brigands constituaient des cibles faciles pour les archers turkmènes. Vingt flèches sifflèrent dans une trajectoire presque plane et une demi-douzaine de cavaliers s'écroulèrent au sol.

« Encore ! » lança Vallon.

Une nouvelle volée tua trois ennemis et coucha deux chevaux.

« Continuez à tirer ! »

Sévèrement balafrée, la horde recula hors de portée. Lu Double Lame descendit le promontoire au galop dans un nuage de neige. Une fois auprès de ses hommes, il les harangua. Ils se rangèrent sur trois lignes de cinquante face aux Aubains. Un silence tendu s'installa entre les deux positions.

Soudain les bandits attaquèrent avec des cris épouvantables, en se jetant de tout leur poids contre le premier rang ennemi. Depuis l'arrière, les archers firent tomber plusieurs assaillants durant l'assaut et une volée de javelots en tua encore d'autres. Puis les bandits frappèrent à leur tour.

Les brigands n'avaient aucune idée de la qualité des soldats auxquels ils s'attaquaient. Bien armés, protégés et montés, vétérans d'une dizaine de batailles et d'une centaine d'escarmouches, les Aubains absorbèrent le choc sans céder de terrain et hachèrent menu le premier rang des bandits tandis que dans le deuxième, les hommes caracolaient, tournaient, viraient, incapables de peser sur l'action.

Les Aubains devaient en avoir occis vingt quand les bandits se décidèrent à rompre les rangs et à battre en retraite.

« Poursuivez-les ! cria Vallon. Écrasez-les ! »

Il conduisit la charge, Josselin à ses côtés.

« Ce pourrait être une feinte, s'époumona le centurion. Ils sont toujours plus nombreux que nous.

— Oui, nous devons les anéantir maintenant. Sinon, Lu Double Lame nous harcèlera jusqu'en Chine. »

Vallon avait déjà choisi pour cible le chef des bandits. Lu chevauchait à la tête d'un écran de cavaliers et à en juger par sa façon de lancer des ordres à droite et à gauche, il s'imaginait encore pouvoir organiser une contre-attaque.

Le général réduisit l'écart. Son ferghana était tout ce qu'il avait espéré. Fort, courageux et vif, il fendit l'ennemi. Quarante livres de cotte de mailles le rendaient presque invulnérable face aux mauvaises épées des bandits. Balançant sa lame de droite et de gauche, il balayait l'adversaire.

Les brigands fuyaient devant lui. Il n'y en avait plus qu'une demi-douzaine avant d'atteindre Lu. Dix archers turkmènes les abattirent comme des chacals et ne restèrent alors que Vallon et Lu Double Lame.

Et Otia. Le centurion, qui s'était débrouillé pour devancer son général, n'était plus qu'à une vingtaine de toises derrière Lu. Vallon jura. Il était inutile de gaspiller de la salive pour le rappeler. Lent à prendre la mouche, le centurion était implacable quand il était irrité.

Lu s'engouffra dans l'une des ravines sous le promontoire, talonné par Otia. Le temps que Vallon pénétrât à son tour dans le défilé, les deux hommes avaient disparu au détour d'un virage. Le sol irrégulier le ralentissait. La ravine montait en serpentant et à chaque lacet, il s'attendait à découvrir Otia en train de se battre en duel avec Lu. Après un énième virage il vit le centurion, mais il était seul et redescendait en zigzags le sentier, un javelot planté dans le ventre.

Vallon arrêta son cheval et comprit au premier coup d'œil que la blessure était mortelle. Otia lui adressa un sourire contrit.

« J'ai eu son cheval. Il m'a eu, moi. »

Deux autres soldats déboulèrent bruyamment en haut de la ravine.

« Occupez-vous d'Otia », lança Vallon.

Sur ce, il éperonna son cheval et suivit la piste ensanglantée de Lu. La ravine se rétrécit et devint de plus en plus escarpée pour finir dans une impasse. Quand Vallon atteignit l'endroit où les parois se refermaient, Lu avait déjà fait gravir à son cheval une langue de roches meubles qui montait vers la crête. Vallon ne put suivre qu'à pas lents et dut à son tour descendre de selle avant le sommet pour guider son cheval à pied.

Il déboucha sur un plateau découpé par trois canyons et surmonté au sud par un mur de montagnes dentelées. Le cheval de Lu agonisait un peu plus loin, pattes écartées, tête basse, l'encolure et le poitrail luisants de sang. Vallon scruta les alentours en quête du chef des bandits, se demandant comment il avait pu disparaître sur ce sommet chauve. Quand il reporta son attention sur l'animal blessé, la silhouette trapue de Lu se tenait là, fermement ancrée au sol.

Vallon attendit en reprenant son souffle. Il rejeta l'idée de charger à cheval. La neige et les rochers rendaient l'avancée périlleuse, or il savait d'expérience qu'un guerrier talentueux à pied était capable d'esquiver une attaque à cheval et de convertir l'élan de son adversaire à son propre avantage.

Lu n'avait pas bougé. Il y avait quelque chose de troublant dans son immobilité. Vallon entama sa progression en avançant à l'allure d'un homme qui se rend à un rendez-vous important : sans se presser, d'un pas calme et direct. Approche ton ennemi comme si tu marchais dans la rue, lui avait appris son maître d'armes bien des années auparavant. Ni vite ni lentement, le pied ni trop léger ni trop lourd.

Son professeur lui avait enseigné bien d'autres choses qu'il avait essayé de maîtriser. Garde les idées claires. Ne programme pas la façon dont tu vas combattre ton ennemi. S'il vaut quelque chose, il lira dans tes pensées. La seule chose qui doit t'occuper l'esprit, c'est ta détermination à tuer, à transpercer ton ennemi comme un rien. Cette pensée aussi il la lira et en sera perturbé. Si tu peux, tue-le d'un seul coup. Le guerrier qui sautille dans tous les sens pour faire étalage de son jeu de jambes, de ses passes précises et de toutes ces satanées âneries ferait aussi bien de se mettre à la danse.

Lu n'avait toujours pas bougé. Les pièces de son heaume qui lui couvraient les joues pendaient en fanons pour lui protéger le visage et le cou. En guise d'armure, il portait une chemise de cuir rouge laqué et une jupette de la même matière. Deux épées recourbées pendaient à sa hanche gauche. Il ne portait pas de bouclier.

Vallon était suffisamment près pour discerner ses yeux : deux fentes noires fixes dans un regard imperturbable. Sans s'arrêter, il ajusta la prise de son épée et de son bouclier.

Lu chargea alors que quinze pieds les séparaient. Pour quelqu'un qui avait pris un départ arrêté, il sembla bondir à une vitesse extraordinaire, en dégainant simultanément ses deux épées côté tranchant. Vallon eut juste le temps de remarquer que celle de gauche était plus courte que l'autre avant que le bandit ne lui tombât dessus.

Lu piégea la parade de Vallon dans l'angle d'une croix formée par ses deux lames. Il s'était débrouillé pour retourner ses épées du côté non coupant, nota le général avant de parvenir à se dégager. Une épée de moins bonne qualité que la sienne aurait pu plier ou se briser sous la force de l'impact.

Un vrombissement : l'épée droite de Lu frappa violemment Vallon au côté droit. Il sut aussitôt qu'il avait au moins une côte cassée.

À partir de ce moment-là, il fut sur la défensive, parant du plat de l'épée et de son bouclier des passes presque trop rapides pour être vues : Lu parvenait par quelque prodige à changer la direction de ses coups à mi-chemin, de sorte que son bras droit armé frappait là où Vallon s'était attendu à ce que ce fût le gauche qui cognât et vice versa. Il avait l'impression de combattre une araignée ultra rapide avec des crocs, et sans son armure d'excellente facture qu'il portait par-dessus un *kavadion* en coton matelassé, Lu l'aurait tué en moins d'une minute. Il ne fallut pas plus de temps à Double Lame pour lancer deux attaques qui auraient pu s'avérer fatales : une botte en supination qui lacéra la protection nasale de Vallon comme du fer-blanc, et un coup au cœur qui transperça sa cotte de mailles au-dessus du sternum et pénétra rembourrage et chair.

Vallon parvint à arrêter la passe éclair suivante du rebord de son écu. Celui-ci était en tilleul, un bois tendre et léger, construit sans renfort métallique sur le pourtour. L'épée de Lu resta coincée juste assez longtemps dans les fibres pour que Vallon effectuât sa première contre-attaque menaçante : un coup porté du haut vers le bas qui ricocha sur l'épaule de Lu.

Il profita de ce bref répit pour analyser la situation. Il laissait Lu dicter le duel en essayant de le combattre sur son propre terrain, or il n'était pas à la hauteur. Il fallait qu'il joue sur ses forces à lui, qui n'étaient pas négligeables. Déjà il faisait une demi-tête de plus que son adversaire et avait une allonge et une longueur de lame supérieures. Son armure, de meilleure qualité, avait déjà résisté à des coups qui auraient été fatals s'ils avaient été portés par sa propre épée. Les lames incurvées que maniaient Lu étaient conçues pour tailader des adversaires moins bien protégés. À l'épée, il n'y avait en tout et pour tout que huit mouvements de base. Les lames à un seul tranchant de Lu lui offraient seize lignes d'attaque. L'épée à double tranchant de Vallon en offrait donc tout autant, et le fait qu'elle soit droite en faisait une arme plus versatile que la lame incurvée car elle était plus adaptée aux coups verticaux et horizontaux et permettait une meilleure pénétration même sans être à bout portant. Sans compter que son écu avait une fonction à la fois défensive et offensive. En revanche, il ne pouvait rivaliser avec la vitesse et l'endurance de Lu. L'homme qu'il était dix ans plus tôt avait changé, et durant leur voyage il avait eu peu de temps pour s'exercer à l'épée.

Le duel s'était installé dans un rythme déséquilibré : Lu dessinait avec ses épées des arcs rapides et fluides, dont l'élan était impulsé par les hanches ; tantôt il faisait glisser ses pieds, tantôt il se déplaçait à tout petits pas rapides. À l'inverse, les contre-attaques assénées par Vallon partaient essentiellement du coude et de l'épaule, et il se déplaçait en faisant de grands pas rasants. Le duel était aussi inégal qu'un combat entre un léopard et un ours.

Les lames courbes de Lu permettaient des bottes plus fluides que celles de Vallon, lequel contre-attaquait avec des coups rapides visant la tête et la poitrine, difficiles à anticiper du fait du rebord droit et de la pointe effilée. Et grâce à sa longue lame, il parvenait à garder Lu suffisamment à distance pour l'empêcher de porter un coup fatal. Si tu affrontes un lion, lui avait dit son maître d'armes, deviens un château.

Ce sont de menus détails qui déterminent parfois l'issue des grands affrontements. Un dérapage, un trébuchement, et le plus grand des épéistes peut mourir entre les mains d'un paysan armé d'une serpette. Ce qui fit basculer le duel en faveur de Vallon fut la poignée cruciforme de son épée. Lu lança une double botte croisée le visant à la tête, et Vallon parvint à coincer les deux lames sous sa poignée. Un quart de seconde seulement. Aussitôt il projeta son écu en s'y appuyant de tout son poids et déséquilibra Lu. L'instant d'après il dégagea son épée, retourna la lame d'une rotation du poignet et écrasa le pommeau sur le visage de son adversaire. Le bandit recula, chancelant, et Vallon poussa l'avantage, maniant à la fois l'écu et l'épée, imposant sa masse pour frapper l'autre. Même en cédant du terrain, Lu parvenait à porter plus de coups que Vallon n'en assénait. Aucun ne pénétra. Aucun ne dévia la charge bestiale du général. Sans prêter attention au coup que Lu s'apprêtait à délivrer, il brandit son épée et pénétra sa garde, lui plongeant sa lame dans la poitrine.

Lu ne tomba pas. Il recula d'un bond tel un chat, manquant ainsi d'arracher l'épée des mains de Vallon. Celui-ci poussa de tout son poids sur la poignée et fit courir le bandit sur vingt pieds : les jambes de Lu finirent par céder, et il bascula sur le dos. Vallon ne lâcha pas prise. Les lèvres retroussées, des filaments de morve sanguinolente au nez, il continua à appuyer comme pour enfoncer l'autre dans la terre.

« Meurs, maraud ! »

Lu s'avachit et ses épées lui tombèrent des mains. Toujours vivant, il regardait Vallon avec le même regard inerte qu'il avait eu durant tout le combat. Vallon lui retira son heaume.

« Tout bien réfléchi, prends tout ton temps. »

Quand il fut certain que Double Lame était mort, il se leva, se retourna, et vit Lucas qui se tenait un peu à l'écart.

« Combien de temps es-tu resté là ?

— Presque depuis le début du combat.

— Pourquoi ne m'as-tu pas prêté main-forte ?

— Un apprenti ne s'ingère pas dans l'œuvre d'un maître. » Vallon essuya le sang de son épée avec de la neige.

« Tu as beaucoup à apprendre, mon garçon. »

Hero pansa les plaies de Vallon et lui banda la poitrine. Il s'était fait violemment marteler, son torse prenait déjà les teintes menaçantes des nuées d'orage. Le Sicilien craignait que des organes internes aient été endommagés.

« Avez-vous uriné depuis le combat ?

— Oui, et il n'y avait pas de sang.

— Avez-vous mal à l'intérieur ?

— Tu te gausses ? J'ai l'impression d'avoir été piétiné par un troupeau de chevaux.

— Je vous conseille de vous abstenir de combattre pendant un mois. »

Une douleur semblable à la morsure d'une lame de scie tordue fit s'étrangler le rire de Vallon. Il se plia en deux en se tenant les côtes. Josselin l'aida à s'asseoir sur une escabelle.

« Sers-moi une coupe de vin », dit-il.

Il adressa un clin d'œil à Hero.

« Je veux croire que mon médecin m'autorisera ce pauvre réconfort.

— Je l'aurais moi-même prescrit – avec modération, ainsi que tout le repos que permettra notre voyage. »

Vallon sirota son breuvage et bascula la tête en arrière, sans penser à rien d'autre qu'au soulagement d'être en vie.

« Avant de partir, convoquez Lucas. »

Josselin fronça les sourcils.

« J'espère que vous n'allez pas le châtier d'être resté les bras ballants pendant que vous combattiez seul. Dans sa tête, il ne devait y avoir aucun doute sur l'issue. »

Vallon le rassura d'un geste.

« Je ne veux pas laisser le soleil se coucher sans l'avoir remercié d'avoir sauvé Aiken. »

Hero devança le centurion.

« Je vais le chercher. »

Vallon buvait son vin en essayant de repousser les images de Lu Double Lame aux yeux éteints à côté duquel il avait été réduit à une brute épaisse. Jamais il n'avait livré de combat aussi serré, et en toute logique martiale, c'était lui qui aurait dû être sans vie dans la neige tandis que le ciel s'obscurcissait en une nuit éternelle. Il remplit sa coupe. Dehors, ses troupes célébraient leur victoire autour d'un feu de camp.

Il reposa sa coupe lorsque Lucas entra vêtu d'une armure qui non seulement éclipsait sa propre cotte de mailles souillée de sang, mais qui était aussi supérieure aux harnachements qu'on lui avait présentés comme des cadeaux de l'empereur. Il lui fit signe d'approcher et se racla la gorge.

« Tu as fait du bon travail aujourd'hui. Je te remercie de tout mon cœur d'avoir sauvé Aiken. Je sais que nous avons eu des différends, mais je les remise aux oubliettes. Tu dois toujours de l'argent à cause des dépenses qu'ont occasionnées tes imprudences. Ma foi, considère tes dettes comme effacées. »

Lucas se tenait très droit.

« Merci, sire. »

Le vin et l'épuisement rendaient Vallon expansif.

« J'avais à peu près ton âge quand j'ai tué mon premier ennemi. Mais j'ai dû attendre l'âge adulte pour en occire quatre en un jour.

— Cinq, marmonna Lucas.

— Il en a tué un autre pendant notre charge », expliqua Josselin.

Vallon leva sa coupe en une santé muette.

« Apprends à penser avant d'agir et tu feras un bon soldat : tu seras capitaine avant ton vingtième anniversaire, je n'en doute pas. »

Lucas se redressa encore plus.

« Merci, sire. Je ferai de mon mieux pour récompenser cette foi en moi. »

Il s'apprêtait à partir quand Hero prit la parole.

« Je ne suis nullement surpris que Lucas se comporte aussi bien sur le champ de bataille. Il appartient à une lignée de combattants. C'est le sang des guerriers qui coule dans ses veines. »

Voilà qui est un peu fort, songea Vallon. À cet instant, Lucas ressemblait davantage à un écolier nerveux qu'à un futur général.

« Je suis sûr qu'il est de souche courageuse, répliqua Vallon d'un ton poli mais dédaigneux en se massant la gorge. Juste une chose. Cette armure. Tu ne crois pas que c'est un peu pompeux pour un soldat ?

— En effet, sire. Je l'ai juste enfilée pour voir si elle m'allait. »

Vallon se frotta les mains, indiquant de manière parfaitement explicite que l'audience était terminée.

« Je suis sûr que tu as envie de retourner auprès de tes camarades pour boire une coupe de vin bien méritée. »

Lucas demeurait planté comme un bout de bois, sans se tourner ni vers Vallon ni vers l'entrée. Hero lui donna un coup de coude et le garçon marmotta quelques mots inintelligibles.

« Je n'ai pas compris.

— Je ne m'appelle pas Lucas », grommela le jeune homme, les yeux rivés au sol.

Vallon se détendit.

« Peu importe. Les crimes que tu as pu commettre dans le passé ne m'intéressent pas. Chez les Aubains, chacun fait table rase du passé. Moi-même je portais jadis un nom différent.

— Guy », dit Lucas.

Vallon renversa son vaisseau.

« Pardon ?

— Guy. Le même nom que moi. Guy de Crion. »

Vallon eut l'impression que son crâne se vidait de son sang.

« Quoi ? »

Lucas leva la tête.

« Je suis votre fils. Je suis désolé si cela vous contrarie. Ça me contrarie aussi. »

Le général n'arrivait plus à respirer. Il s'agrippa à la table et serait tombé si Josselin ne l'avait pas soutenu. Il s'accrocha au centurion.

« Est-ce là quelque terrible fausseté ? bredouilla-t-il.

— Je l'ignore. Vous me voyez aussi choqué que vous, répliqua le centurion.

— C'est vrai, intervint Hero. Lucas est votre fils aîné. »

Vallon, de plus en plus horrifié, dévisageait le jouvenceau en prenant conscience des terribles implications de cette nouvelle.

« Cela signifie… cela signifie que tu étais là le soir…

— … où vous avez tué ma mère. Oui, j'étais là. »

Vallon se couvrit les yeux.

« Oh mon Dieu. »

Il s'assit, les tripes nouées. Inspirant par le nez, il tâcha de recouvrer son sang-froid.

« Comment m'as-tu retrouvé ?

— Un soldat en Aquitaine m'a appris que vous serviez dans l'armée byzantine. Le lendemain, je me suis mis en route. Par hasard je me suis retrouvé à effectuer la traversée de Naples à Constantinople sur le même bateau que Hero. J'ai failli lui dire qui je cherchais. Si je l'avais fait, vous auriez su la vérité depuis le début. C'est Pepin qui m'a orienté chez vous.

— C'était il y a plus de six mois, haleta Vallon. Pourquoi ne m'as-tu rien dit quand je t'ai engagé ?

— Je n'étais pas sûr de votre réaction. Je n'étais pas au clair avec mes propres sentiments et… Non, c'est faux. Je vous haïssais. Je voulais prendre ma revanche. Ensuite… Je ne savais plus quoi penser, alors j'ai gardé ce secret pour moi.

— Tu l'as raconté à Hero.

— Non, répliqua celui-ci. C'est Wayland qui me l'a appris, dans une lettre qu'il m'a donnée avant de nous quitter. »

Vallon toisa Lucas.

« Tu t'es confié à Wayland ?

— Il a deviné qui j'étais, mais je lui avais fait jurer de garder ça pour lui, répondit Lucas en frottant les pieds au sol. Je ne m'attends pas à ce que vous me traitiez comme votre fils. Pour ma part il m'est difficile de vous considérer comme mon père. Toute cette situation est particulièrement étrange et douloureuse. »

Vallon déglutit.

« Je ne sais pas trop comment t'appeler. »

Lucas redressa les épaules.

« Je suis plus à l'aise avec "Lucas". Et je serais plus à l'aise de m'adresser à vous en disant "sire". »

Vallon prit soudain conscience qu'il n'avait fait qu'effleurer la surface de l'abîme.

« Et ton frère et ta sœur ?

— Morts. »

Le général se plaqua une main sur les yeux.

« Il faut que je le dise à Aiken. Dieu seul sait comment il va prendre la nouvelle. J'étais déjà un assez piètre père comme ça.

— Nous allons vous accompagner », déclara Hero.

Nauséeux, hébété, Vallon se dirigea vers la tente d'Aiken, qu'il trouva en train de lire. Le garçon reposa son livre et se leva.

« Qui est mort ? »

Vallon ne trouva aucun moyen d'embellir la vérité.

« Lucas vient de m'apprendre qu'il était mon fils. Je n'ai pas vérifié cette affirmation, mais je n'ai aucune raison d'en douter. »

Aiken regarda alternativement Lucas et Vallon avant de partir d'un rire caquetant.

« Il n'y a pas là matière à réjouissance. »

Aiken s'essuya les yeux.

« Je ne ris pas. C'est l'équivalent masculin de l'hystérie. »

Il serra la main de Lucas.

« Félicitations. Maintenant je comprends ta brusquerie.

— Évidemment je te considère toujours comme mon fils », marmonna Vallon.

Aiken tourna la tête.

« De fait, je préférerais mettre fin à ces faux-semblants. Je sais que je ne serai jamais à la hauteur de vos aspirations, et quant à moi… mon sentiment à votre égard relève davantage du respect que de la dévotion filiale.

— Tu as tout de même besoin d'un tuteur jusqu'à l'âge adulte.

— Laissez-moi assumer ce privilège, déclara Hero. Avec votre accord, et celui d'Aiken, évidemment.

— J'accepte avec plaisir », répondit Aiken.

Vallon n'arrivait pas à se résigner à regarder Lucas.

« Si cette perspective ne t'est pas trop douloureuse, peut-être accepterais-tu de m'accompagner à mes quartiers. J'ignore si nous pouvons réparer une fissure aussi sanglante, mais je suis prêt à essayer si tu l'es.

— Oui, sire. »

La nouvelle se répandit dans tout le camp, causant beaucoup de stupéfaction et de joie. Le vin coula à flots et plus d'une coupe fut levée pour célébrer l'événement.

Gorka était saoul.

« Je savais que ce gaillard était de meilleure lignée que ce qu'il laissait entendre. Dès que je l'ai vu, je me suis dit, Gorka, on tient un officier en devenir. C'est pour ça que je l'ai pris sous mon aile et que je lui ai accordé une attention particulière.

— Tu lui en as fait baver, tu veux dire. Il va te le faire payer. "Oui, chef. Non, chef. Tu peux te le foutre au cul, chef."

— L'acier bien forgé a besoin d'être trempé dans une flamme ardente.

— Tu lui avais dit que d'ici à ce qu'il tue cinq hommes tu serais confiné dans un monastère, ce me semble.

— C'était ma façon de l'encourager à atteindre son objectif. Et c'est ce qu'il a fait. Aujourd'hui. Avec moi qui chevauchais à ses côtés comme j'avais chevauché aux côtés de son père à Dyrrachium. »

Wulfstan se joignit à eux.

« Parlent-ils encore ? s'enquit Gorka à voix basse.

— Dix ans, ça fait un bon peu à rattraper. Et il n'y a pas que le temps à combler. Vous avez probablement entendu que Vallon avait tué la mère de Lucas.

— Pour défendre son honneur, répliqua Gorka.

— Je sais, mais le garçon pourrait bien ne pas voir les choses sous cet angle.

— Le général va devoir lui offrir une promotion, ajouta un soldat après un bref silence. Il ne peut pas laisser son fils vivre à la dure dans les rangs.

— Détrompe-toi. Le général n'a pas de favori.

— Il en fera à tout le moins son porte-bouclier.

— Je croyais que c'était le rôle d'Aiken.

— Non mais franchement, la seule arme que ce jouvenceau sait manier c'est le stylet. Attention, je l'aime bien, mais il ne deviendra jamais soldat. »

Gorka se servit une nouvelle coupe.

« Quelle journée ! À notre victoire sur l'ennemi, et aux retrouvailles de Vallon et Lucas réunis par la grâce de Dieu. »

XXXVII

À partir de Xining, avant-poste sous contrôle tibétain dans le corridor du Gansu, les Aubains se rendirent par étapes à Lanzhou, ville frontalière chinoise et capitale provinciale au bord d'un coude du fleuve Jaune. Ils s'arrêtèrent devant un bataillon de soldats qui les attendaient à l'extérieur de la porte occidentale de la ville. Vallon portait son armure lamellaire et ses hommes avaient poli leur équipement, qui resplendissait. Au-dessus d'eux, l'aigle noir bicéphale de la bannière impériale byzantine faseyait dans un vent cinglant.

Un général corpulent rendit son salut à Vallon. Son uniforme semblait plus adapté au théâtre qu'au champ de bataille : un plastron moulé en bronze décoré d'un dragon crachant du feu, une cuirasse en acier qui descendait au mollet portée par-dessus trois jupons de fer, le tout surmonté par un casque ailé à plumes et une collerette à pointes sur la nuque.

L'homme s'inclina de nouveau. Shennu traduisit.

« Il demande si nous possédons des permis de voyager. »

Vallon était fatigué et il avait froid. Il croisa le regard de Gorka, et le Basque alla chercher une sacoche en coton, la dénoua et laissa tomber sur le sol gelé aux pieds du général chinois une tête noire en putréfaction. Le cheval du commandant recula.

« Ce bon vieux Double Lame ne se bonifie pas avec le temps, commenta Gorka.

— Lu Double Lame, déclara Vallon. La garnison qu'il terrorisait avait requis votre aide pour le mater. Nous vous avons épargné cette peine. »

Le général échangea des regards interrogateurs avec ses officiers avant de se retourner vers Vallon.

« Puis-je voir l'épée qui a occis ce diable ? »

Vallon la lui présenta à deux mains. Le général en palpa le fil, la brandit à la lumière et effectua quelques passes d'essai.

« J'imagine qu'il s'agit d'un élément d'une paire – mâle et femelle – travaillé par un puceau et une vierge qui, tels des esprits de dragons et des fabricants de foudre, forgent des lames capables de fendre du jade. »

Vallon récupéra son arme cabossée.

« Ça, je ne sais pas. Elle fait son office, et ça me suffit amplement. » L'homme pria très cérémonieusement Vallon de l'accompagner en ville. La colonne traversa les rues sous le regard sidéré des citoyens, pourchassée par des enfants crasseux au crâne rasé ou coiffés de couettes à angle droit.

Les Aubains arrivèrent à des baraquements lugubres. Avant de les quitter, le général chinois promit d'arranger une audience avec le préfet de province. De la neige tombait en tourbillonnant d'un ciel couleur pierre, Vallon alla se réfugier dans ses quartiers : une pièce meublée d'un lit plate-forme en briques d'argile appelé *k'ang*, et chauffé par-dessous au moyen d'un brasero. Après avoir passé des mois à dormir sur un sol gelé emmailloté dans le plus de couches possible, il dut se délester de la plupart de ses habits pour être à son aise.

Alors qu'ils attendaient d'être convoqués à la résidence du préfet, Vallon ne vit Lucas qu'en passant, tous deux échangeant des saluts guindés. Qu'y avait-il à dire ? Quels genres de souvenirs pouvait-on partager avec un fils dont la plus claire souvenance qu'il avait de vous était celle de la nuit où vous aviez tué sa mère ? Quand il tournait et virait sur sa couche au petit matin, il lui arrivait de regretter que Lucas l'eût retrouvé, voire que le jeune homme ne fût pas mort avec son frère et sa sœur, ne lui laissant ainsi qu'une tache indélébile sur la conscience. D'une certaine manière, c'eut été plus facile à vivre.

Quatre jours s'écoulèrent avant que le préfet ne lui accordât une audience. Shennu lui expliqua que ce délai ne se voulait pas un affront. La bureaucratie chinoise faisait remonter les notes de service en passant par tous les échelons administratifs, puis la réponse redescendait par le même chemin, en général accompagnée de requêtes pour obtenir des informations supplémentaires ou des clarifications.

Le préfet, un aristocrate à l'air distingué et aux traits ascétiques, questionna Vallon d'un ton raffiné quelque peu roucoulant au sujet de Byzance, de leur voyage, et de la nature et du tempérament des gens qu'il avait rencontrés sur le chemin. Shennu parlait au nom du général, cependant Vallon, qui avait travaillé son chinois d'arrache-pied, se rendit compte qu'il arrivait à comprendre la plupart des propos du préfet. Il répondit même une ou deux fois avant que Shennu traduisît, suscitant ainsi des sourires parmi le personnel du préfet.

« J'applaudis vos efforts d'apprendre notre langue, complimenta le gentilhomme.

— Merci pour vos encouragements devant si peu de chose. J'ai fourni cet effort par respect de l'ancienneté de votre civilisation. L'Empire chinois est un contrepoids du nôtre, ce sont des miroirs jumeaux de part et d'autre de la terre, séparés par la mer, des déserts et des barbares, et pourtant unis par la même vénération de la bonne gouvernance. Je vous ai expliqué pourquoi mon empereur m'avait confié cette mission. Étant venu de si loin et ayant perdu un si grand nombre d'hommes, je vous implore de faire usage de votre fonction pour nous envoyer à la capitale de toute urgence. »

Plusieurs groupes de fonctionnaires tinrent conciliabule à divers endroits de la pièce : les bureaucrates se rassemblaient par deux ou trois, discutaient, puis se séparaient et formaient un nouveau groupe. Enfin, ils se réunirent derrière le préfet.

« Avez-vous le poisson de bronze de l'émissaire ? » demanda-t-il.

Vallon jeta un regard perplexe à Shennu.

« C'est l'une des douze références diplomatiques, qui se présente sous la forme d'un poisson en deux parties, expliqua le Sogdien. Le gouvernement chinois en expédie une moitié au pays qui désire envoyer un émissaire et conserve l'autre. Les deux moitiés portent un nombre spécifiant le mois où les envoyés ont le droit de pénétrer dans la capitale. Si un émissaire arrive au cours de la troisième lune avec une moitié de poisson indiquant la deuxième, l'empereur refusera de le recevoir. S'il arrive trop tôt, il est obligé d'attendre jusqu'au moment qui a été spécifié. »

Vallon grinça des dents.

« C'est encore pire que la bureaucratie byzantine. Dis au préfet que je n'ai pas de moitié de poisson en bronze. Établis mes références comme suit : premièrement je suis l'ambassadeur de Sa Majesté l'Empereur de Byzance, représentant de Dieu sur terre. Deuxièmement, j'ai apporté la tête de Lu Double Lame, ce qui vaut bien un seau de poissons en bronze. »

Le préfet délibéra avec ses fonctionnaires avant d'annoncer sa décision.

« Je vais présenter votre requête, ainsi que les copies de vos références, à la Cour de Réception Diplomatique. Vous et vos hommes resterez à Lanzhou en tant qu'invités d'honneur jusqu'à ce que je reçoive une réponse. Nous veillerons à combler tous vos besoins en vous fournissant logement, nourriture, fourrage, tapis de couchage et médicaments — voire des funérailles si jamais l'un de vos hommes venait à décéder.

— À votre avis, combien de temps cela prendra-t-il pour qu'une réponse nous parvienne ?

— Nous sommes en hiver. Même si la cour accepte de recevoir votre ambassade, vous ne pourrez pas voyager avant le printemps prochain. »

Vallon ne put contenir sa consternation.

« Je viens de traverser le monde en huit mois, je ne vais certainement pas me tourner les pouces durant les trois mois à venir. S'il le faut, je partirai sans permission.

— Général, vous êtes un homme courageux et plein de ressources, mais il me faut souligner que vous êtes à présent dans le Royaume Céleste et donc soumis à ses lois. J'ai exposé mes conditions et vous seriez fort avisé de les respecter. Votre expédition compte moins de cent hommes. L'armée impériale chinoise est forte de plus d'un million de soldats. Vous ne quitterez pas Lanzhou avant que la cour ait étudié votre requête et vous ait informé de sa décision. »

Vallon sortit d'un pas rageur de la résidence, où plusieurs de ses hommes l'attendaient.

« Nous devons attendre que des gratte-papier à Kaifeng décident si nous pouvons continuer », leur annonça-t-il.

Repoussant d'un geste les palanquins mis à sa disposition, il parcourut les rues en fulminant.

« Passer une saison à Lanzhou ne sera peut-être pas du temps perdu, dit Hero. Cela nous laissera le loisir d'améliorer notre chinois et d'en apprendre davantage sur leur culture.

— Quant à moi, je ne suis pas contre un peu de repos, ajouta Aiken.

— Au diable tout cela. Je n'ai pas fait tout ce chemin pour être parqué à la frontière. »

Ses déambulations aveugles le conduisirent à franchir la porte nord et à longer la rive sud du fleuve Jaune, alors large d'une cinquantaine de toises.

Hero avança au bord de l'eau et scruta le courant froid couleur d'ardoise.

« Il ne m'a pas l'air jaune.

— Le fleuve a encore deux tiers de son chemin à parcourir, expliqua Shennu. Il charrie des sédiments au fur et à mesure de sa progression. Le temps d'arriver à Chang'an, il ressemble à de la boue liquide. »

Sur la berge d'en face, les bâtisses d'un temple grimpaient une falaise coiffée d'une pagode. En aval, trois roues hydrauliques aussi hautes que des églises tournaient avec une lenteur majestueuse : à cette distance, elles ressemblaient à un engrenage. Quelques pêcheurs jetaient leurs filets dans les eaux peu profondes. Les Aubains contemplaient le fleuve.

« On ne me ferait pas monter sur un des ces engins », commenta Wulfstan en désignant d'un signe de tête une embarcation primitive qui dansait au milieu de l'eau. C'était une espèce de train de flottage assemblé à partir de ce qui ressemblait à quatre pis gigantesques surmontés de tétons très allongés. Trois hommes le manœuvraient, l'un d'eux maniant une vaste rame de pilotage.

« Ils sont fabriqués avec de la peau de bœuf bourrée de paille », précisa Shennu.

Wulfstan cracha.

« Je croyais que les Chinois étaient une race intelligente. Pourquoi ne construisent-ils pas de vrais bateaux avec des clins solides et une voile ?

— Ils construisent de très beaux bateaux là où l'eau se prête à la navigation. Ici, les vents sont capricieux et le courant trop puissant pour être remonté. Ces radeaux ne sont pas aussi primitifs que vous le pensez. Les hommes se laissent dériver le long du fleuve jusqu'à arriver à un marché, où ils démontent leurs embarcations, chargent les peaux sur des ânes et retournent à leur village avec l'argent qu'ils ont gagné.

— Que transportent-ils ? demanda Hero.

— Des toisons, des peaux, du bois d'œuvre, du charbon : des marchandises trop encombrantes pour être chariées par voie terrestre.

— Qu'est-ce que le charbon ? demanda Aiken.

— Une roche que les Chinois utilisent comme combustible. »

Les Aubains méditèrent en silence sur cette curiosité. Hero suivait des yeux le radeau qui rapetissait sur le fleuve.

« Jusqu'où vont-ils ? demanda-t-il sans savoir où sa question le mènerait.

— Juste à quelques jours en aval, où se trouve le poste commercial suivant. De là, un autre équipage prend le relais et ainsi de suite, étape par étape, jusqu'à ce qu'un jour, des mois plus tard, les marchandises arrivent à Kaifeng.

— Voilà beaucoup d'efforts pour bien peu de gratifications. »

Shennu désigna l'embarcation qui dansait.

« Celle-ci est minuscule. Mais elles peuvent faire n'importe quelle taille. J'en ai vu d'aussi larges qu'un champ, fabriquées avec des centaines de peaux et surmontées par une plate-forme et des cabanes où les vendeurs peuvent dormir et cuisiner. »

Rien de cette conversation n'avait échappé à Vallon. Il leva la tête et regarda Wulfstan. Le Viking se massa le moignon en gloussant.

Shennu comprit fort bien cet échange de regards.

« Oh non. Vous n'atteindrez pas Kaifeng par ce biais-là.

— Vous venez de dire que ces radeaux faisaient tout le trajet jusqu'à la capitale, protesta Vallon.

— Par petites étapes. Vous ne pouvez pas vous contenter de suivre le fleuve en espérant qu'il vous amènera à Kaifeng. Non. »

Shennu regarda autour de lui et ramassa une branche de bois flotté.

« Le fleuve Jaune est le dragon d'eau de la Chine, poursuivit-il en dessinant une ligne ondulée sur le rivage. Là c'est sa queue, qui s'agite au départ du Tibet. »

Il tapota la base de cette queue avec son bâton.

« Lanzhou. De là son dos s'arrondit vers le nord puis à l'est sur des milliers de *li* avant de descendre jusqu'au cou. Kaifeng se situe au milieu du cou, car la gueule du dragon s'ouvre à l'approche de la mer Jaune. Passer par le fleuve doit être deux fois plus long que de passer par la route. »

Vallon contempla le radeau de peaux, qui n'était plus désormais qu'un point lointain. Il s'adressa à Wulfstan.

« Je dirais que le courant coule à environ deux ou trois milles par heure. Si nous voguons tout le jour durant, cela signifie au moins vingt milles par jour – chaque jour, sans effort.

— Pourquoi s'arrêter à la nuit tombée ? s'interrogea Wulfstan. Le fleuve ne s'arrête pas, lui. Nous pourrions parcourir cinquante milles du lever au coucher du soleil. »

Dans son angoisse, Shennu trépignait presque.

« Vous ne connaissez pas les dangers. Le fleuve passe au nord derrière la Grande Muraille et traverse des déserts contrôlés par des nomades khitans. À un certain endroit, il plonge par-dessus une terrible chute d'eau. »

Wulfstan prit un air rêveur.

« Comme au bon vieux temps, général. »

Vallon empoigna Shennu par le bras.

« D'où viennent ces radeaux ? »

Shennu se dégagea.

« Le préfet vous a interdit de poursuivre sans permission.

— C'est moi qui paie vos services, pas les Chinois.

— Le fleuve gèle à la nouvelle année.

— Alors plus vite on se mettra en route, mieux ce sera. Où pouvons-nous trouver une embarcation ? »

Shennu asséna un coup de pied sur son dessin.

« Dans un village à deux jours à l'ouest, au confluent de deux affluents du fleuve Jaune. C'est là que sont apportées les marchandises des hauts plateaux avant d'être embarquées.

— Allez voir là-bas, dit Vallon. Prenez Wulfstan et une escouade de soldats. Nous dirons aux Chinois que vous êtes repartis chercher un camarade souffrant que nous avions laissé dans un monastère.

— Et Hauk et ses Vikings ? s'enquit Wulfstan.

— Je préférerais m'en débarrasser, mais puisqu'ils ont déjà fait tout ce chemin, autant qu'ils aillent jusqu'au bout. Essayez d'acheter ou d'affréter deux radeaux suffisamment grands pour transporter l'ensemble des hommes, des chevaux et du matériel. »

Six jours s'écoulèrent avant le retour de l'équipée : les hommes avaient des mines tellement sombres que Vallon grimaça de déception. Ce fut Wulfstan qui laissa tomber le masque en premier.

« C'est arrangé. Après demain, de nuit, deux radeaux suffisamment grands pour embarquer tout le monde, hommes, chevaux et bagages, mouilleront dans un endroit paisible à quinze milles en amont.

— Les Chinois nous surveillent de trop près pour que nous puissions embarquer en secret », protesta Josselin.

L'ombre de Vallon allait et venait sur les murs de ses quartiers.

« Shennu, organise un rendez-vous urgent avec le préfet. »

Le lendemain matin, Vallon expliqua au gouverneur qu'il ne pouvait pas rester à Lanzhou. Comme il avait promis à ses hommes qu'ils arriveraient au terme de leur voyage avant le tournant de l'année, il craignait une mutinerie ou une désertion si on les laissait dans l'incertitude pendant encore trois ou quatre mois. Il avait décidé de rebrousser chemin.

Le préfet fut horrifié.

« C'est impossible. J'ai déjà envoyé des messagers porteurs de ma recommandation personnelle pour que la cour reçoive votre ambassade. Si, comme je l'espère et le pressens, la cour envoie une réponse positive et que vous êtes partis avant son arrivée, le gouvernement m'en tiendra responsable. Je vous en prie, réfléchissez encore. N'oubliez pas que durant votre séjour à Lanzhou, nous répondrons à tous vos besoins. Je comprends que vos hommes sont loin de chez eux et qu'ils se languissent des plaisirs domestiques. Soyez assuré que nous leur fournirons tous les conforts possibles. »

Vallon fit mine d'être apaisé – jusqu'à un certain point.

« J'apprécie votre proposition. Le problème, c'est que plus je satisfais les désirs de mes soldats, plus il me sera difficile de leur faire abandonner leurs habitudes de paresse. Lanzhou présente trop d'attraits pour des hommes qui n'ont pas goûté à la civilisation pendant la majeure partie de l'année. Quitte à ce qu'ils doivent rester sans rien faire tout l'hiver, je préférerais que ce soit dans un lieu qui offre moins de tentations. Xining, par exemple. »

Le préfet peina à contenir son soulagement.

« Vous êtes prêt à prendre vos quartiers d'hiver à Xining ?

— Être cantonnés à proximité d'un territoire ennemi aidera à maintenir la discipline. Plus tôt nous partirons, mieux ce sera. Demain, de préférence. »

Ravi de se débarrasser de la responsabilité des Aubains, le préfet se tourna vers son personnel.

« Organisez une escorte.

— Non, je vous en prie, protesta Vallon. Cela ne fera que renforcer l'impression que nous sommes des barbares indésirables. Nous sommes arrivés à Lanzhou sans aide aucune. Je ne doute pas que nous pourrons en partir par nos propres moyens. »

C'était l'après-midi quand ils quittèrent la ville, accompagnés par une escorte symbolique d'une dizaine de soldats chinois et un train de chameaux qui transportait suffisamment de provisions pour passer l'hiver. Rebroussant chemin, ils longèrent un affluent du fleuve Jaune et établirent le camp sur une langue de terre au fond d'une gorge. Comme Vallon avait entretenu de bons rapports avec les membres de l'escorte, ils acceptèrent sans hésiter son invitation à venir dans sa tente partager vin et mangeaille.

Ils étaient gentiment saouls lorsque deux escouades d'Aubains déboulèrent, les maîtrisèrent et les ligotèrent. Vallon descendit sur le rivage avec Wulfstan et Shennu.

Minuit passa. Une lune renversée glissait à la surface de la gorge. Vallon frémit sous sa cape.

« Tu crois qu'ils vont venir ?

— On leur graisse suffisamment la patte, répondit Wulfstan. À leur place, je respecterais ma part du marché. »

Au petit matin, Vallon se réveilla et vit une lanterne clignoter en amont du fleuve. Il se leva, se débarrassa de ses couvertures et discerna un bateau qui ramait dans le sens du courant. Parvenu à leur hauteur, il nagea à culer. Un homme les héla.

« C'est le gaillard avec qui j'ai fait affaire, expliqua Wulfstan. Il sait qu'il n'obtiendra le reste de l'argent qu'une fois que nous serons sur les radeaux. »

Il siffla, la barque accosta. Wulfstan tendit un sac d'argent. Le bateau repartit d'une poussée.

« On vient peut-être de dire adieu à une fortune », commenta Vallon.

La lanterne clignota cinq fois et au détour du coude arrivèrent deux masses plates informes que des rameurs s'efforçaient de faire progresser dans l'eau stagnante. Quand elles touchèrent la berge, Wulfstan sauta sur l'une d'elles. Puis il tendit la main à Vallon.

« Bienvenue à bord, sire. »

Le coq n'avait pas encore chanté quand les embarcations traversèrent Lanzhou au gré du courant, sans que le moindre chien ne remarquât leur passage. L'aube se leva sur des terres agricoles en terrasses et quatre jours plus tard, alors qu'ils se dirigeaient vers le nord, les Aubains virent un mur en pierres qui longeait la berge orientale, où des tours de guet désertées se succédaient avec la régularité d'une pulsation cardiaque. Le mur apparut de nouveau sur la rive opposée avant de se perdre au loin.

C'était un voyage étrange, où le paysage défilait comme dans un rêve. Vallon fixait des yeux un lointain point de repère en se disant qu'il n'arriverait jamais, puis sortait brusquement d'une sorte de transe pour découvrir qu'ils l'avaient dépassé et qu'un autre l'avait remplacé. La campagne se fit plus aride. Le jour pointait en bleu acide et jaune citron avant que le vent ne se levât et recouvrît tout d'une brume jaunâtre. À l'approche du crépuscule le vent tombait et le ciel s'éclaircissait, annonçant de splendides couchers de soleil et des nuits étoilées glaciales. À bord des radeaux, les hommes hibernaient autour de braseros en se demandant où les mènerait cette dérive.

Vallon avait appris que le grec ne serait d'aucune utilité dans l'Empire Céleste, Shennu consacrait donc une partie de la journée à faire progresser ses étudiants en chinois. Ces derniers testaient leurs compétences linguistiques sur les trente rameurs locaux qui constituaient l'équipage des deux embarcations : les résultats étaient mitigés. Vallon occupait également ses hommes par des manœuvres et des exercices quotidiens en tenue de combat. Ils passaient le reste du temps à jouer au *shatranj*, aux dames et aux dés.

Le courant les conduisit au nord dans un désert de dunes saupoudrées de neige. Puis le fleuve vira à l'est et le paysage s'aplanit en une steppe gelée où, avant le lever du jour, le soleil projetait une arche sombre au-dessus de l'horizon. Le vent était tellement froid qu'il soudait le métal et la chair et que le fleuve commença à geler : des langues de glace grignotaient l'eau depuis la berge. L'hiver resserrait son emprise, si bien que seul un chenal étroit demeurait praticable. Comme celui-ci se rétrécissait de jour en jour, Vallon ordonna à ses hommes de ramer avec tout ce qui leur passait sous la main.

Un jour vint où le soleil ne se leva pas face à eux. Le fleuve avait bifurqué au sud, les radeaux dérivaient dans une eau plus claire. Le mur réapparut, zigzaguant à l'est tel un serpent gris jaune.

Le temps se radoucit, et pendant une semaine les Aubains poursuivirent leur route sans craindre de se réveiller au matin pétrifiés dans le paysage.

Un après-midi, un cri tira Vallon de sa cabine de fortune. Tous les hommes ramaient pour rejoindre le rivage.

« C'est la chute d'eau contre laquelle Shennu nous avait mis en garde, expliqua Wulfstan. Les Chinois l'appellent le Bec Verseur. »

Vallon percevait son ronflement sourd à un quart de lieue, et une fois à terre, quand il se fraya un passage sur un promontoire qui dominait la chute, le grondement était d'une telle violence qu'il brouillait les pensées. Compressé en un chenal large de seulement quinze toises, le fleuve vomissait par-dessus une marche de cinquante pieds de haut. Un arc-en-ciel se déployait et les gouttelettes qui gelaient à l'air libre se collaient sur les sourcils de Vallon. Il empoigna Wulfstan et cria pour se faire entendre.

« On n'arrivera jamais à descendre ! »

Deux jours plus tard, ils étaient repartis. L'équipage chinois, aidé par les Aubains et les Vikings, se contenta de démonter les radeaux jusqu'à la dernière peau de bœuf et de les remonter sous la cataracte.

La campagne se peupla progressivement. Ils longèrent des villes souterraines creusées au pied de collines de lœss. De part et d'autre du fleuve, des roues hydrauliques gigantesques irriguaient les champs. Un soir, Vallon vit un bateau éclairé par une lampe, où trois hommes se servaient de cormorans dressés pour pêcher le poisson.

Le tournant de l'année devait être passé depuis peu quand à la nuit tombante Josselin appela Vallon pour lui montrer un feu qui brûlait à l'ouest dans les ténèbres.

« Un feu de signalement, déclara Vallon. Et j'imagine que la seule information qui vaille la peine d'être transmise nous concerne. Double la surveillance. »

Le lendemain, les hommes passèrent la journée à scruter les berges à l'affût de la moindre menace. Rien. Le fleuve s'élargit en un lac aux eaux lentes. Il fit particulièrement froid cette nuit-là et au lever du soleil, la brume rasait les flots. Le ciel était bleu pervenche. Du givre épais recouvrait la végétation sur les deux rives, si bien qu'on avait l'impression d'un paysage taillé dans de l'albâtre.

Une brise légère chassa doucement la brume.

« Un voilier appareille à l'ouest ! » cria Gorka.

Vallon l'avait déjà repéré : une jonque à deux mâts avec une proue basse carrée et une poupe élevée fortement inclinée.

« Il y en a une autre qui vient de la rive opposée. »

Un vaisseau plus petit équipé d'un seul mât.

Wulfstan apparut aux côtés de Vallon :

« M'est avis qu'ils veulent nous prendre en tenaille.

— Ordonne aux hommes de s'armer », intima Vallon à Josselin.

Sur l'autre radeau, les Vikings se démenaient déjà pour enfiler leurs armures.

« À quoi pouvons-nous nous attendre ? demanda-t-il à Shennu.

— Les pirates des fleuves sont bien armés et sans pitié. Ils ne laissent aucun témoin. »

Vallon pinça les lèvres. Les bateaux ennemis, encore à plus d'un quart de lieue, gîtaient sous la brise. Impossible de passer entre eux et pas le temps d'accoster. Il chercha Josselin du regard.

« Dis aux hommes de camoufler leurs armures et de se cacher au milieu des chevaux et des bagages. Il faut que les pirates nous croient de pauvres marchands sans défense. »

Il longea le bord du radeau et héla Hauk.

« Cachez vos hommes. Nous nous chargeons du bateau de droite, vous abordez l'autre. »

Hauk leva une main et les Vikings disparurent derrière des balles et des sacs. Les hommes de Vallon avaient fait de même. Les navires pirates étaient suffisamment près pour que l'on puisse distinguer les hommes agglutinés le long du bastingage.

Wulfstan tremblait comme un chien de chasse qui a flairé du gibier. Vallon lui jeta un regard amusé.

« Tu as hâte qu'il y ait un peu d'action, pas vrai ?

— Ça oui, sire. Quand vous m'avez accueilli, j'étais reconnaissant d'avoir trouvé un refuge confortable, triste que le temps des combats soit terminé.

— Il va nous falloir des grappins. Je veux capturer ces bateaux, pas les repousser. »

Wulfstan s'éloigna d'un pas vif et revint avec deux cordes à crochet. Il en tendit une à Gorka. Agenouillé derrière une balle de peaux de yak, Vallon regarda les vaisseaux approcher. À en juger par l'attitude des pirates, ils ne s'attendaient pas à rencontrer une très forte opposition.

« Les archers sont-ils prêts ?

— Oui, sire. »

L'équipage chinois s'était mis à pousser des hurlements de terreur absolument sincères. Ce spectacle réjouit fort les pirates, qui les raillèrent en leur faisant signe de venir entre leurs griffes.

« Attendez mon signal », dit Vallon.

L'écart s'était réduit à cent cinquante toises et le silence se fit, décuplant le bruit des clapotis de l'eau et du grincement des cordages. Vallon leva la main. Les pirates, vêtus des rebuts d'une demi-douzaine d'armées, visaient les radeaux avec de petites arbalètes. Le capitaine de la jonque que Vallon voulait attaquer faisait les cent pas sur le pont arrière. Une longue bannière faseyait à la tête de mât du vaisseau.

Vallon abaissa le bras : ses archers décochèrent une volée de flèches. Avant qu'ils ne pussent tirer une deuxième fois, les pirates répliquèrent avec des carreaux d'arbalète. Nouveau vol de flèches chez les

Aubains, et nouvel essaim de carreaux. Les pirates, qui se servaient d'arbalètes à répétition, décochaient des traits plus vite que les archers ne pouvaient bander leurs arcs. Contre des hommes dépourvus d'armure, ces carreaux auraient été dévastateurs, mais les arbalètes étaient légères et la plupart des traits rebondissaient ou se brisaient sur les cottes de mailles.

Seules vingt-cinq toises les séparaient quand le commandant de la jonque, comprenant qu'il y avait un problème, cria des ordres dans un cornet.

« Restez cachés jusqu'au dernier moment, expliqua Vallon à Josselin. Concentrons notre attaque sur la proue. Wulfstan. Tiens-toi prêt. »

La coque de la jonque les dominait à présent de toute sa hauteur. D'autres carreaux fusèrent. L'un d'eux ricocha sur l'armure de Vallon.

Le radeau percuta la jonque avec un soupir étouffé. Wulfstan et Gorka lancèrent des grappins par-dessus le bastingage.

« Massacrez-les ! » hurla Vallon.

Josselin conduisit l'assaut, couvert par une escouade d'archers. Il escalada le bastingage de la jonque en agitant son épée comme un fléau en attendant que les autres Aubains abordent. Vallon suivit une fois que ses troupes eurent maîtrisé l'avant-pont. De là ils avancèrent vers la poupe : chaque escouade constituait la dent d'une scie qui repoussait les pirates. Le commandant lança une contre-attaque désespérée et fut haché menu avec trois de ses hommes. Le reste des pirates se regroupèrent contre la barre de hourdis.

« Rendez-vous ou mourez ! » lança Vallon.

Il chercha Shennu du regard.

« Dis-leur. »

Vallon fit plus de trente prisonniers. Sur l'autre jonque, Hauk passait tous les pirates au fil de l'épée. Le général essaya de mettre un terme à cette boucherie.

« Vous allez avoir besoin de quelques hommes pour vous montrer comment manœuvrer ce bateau. »

Hauk se passa une main sur le front, où il laissa une traînée de sang.

« J'ai pas besoin de ces fichus pirates chinois pour m'expliquer comment faire naviguer un bateau. »

Les Aubains attachèrent le radeau à la poupe de la jonque, puis Vallon s'attela à comprendre quelle espèce de vaisseau il venait de capturer. Un pirate qui ne demandait pas mieux que de coopérer lui expliqua qu'il s'appelait *Jifeng*, ce qui signifiait « Vent Favorable », tandis que son acolyte portait le nom incongru de *Nuages Plaisants*. *Jifeng* mesurait plus de soixante pieds de long, sa coque formait un rectangle étroit. Équipé d'un safran à la poupe, il avait au mitan du pont une planche de la forme d'une nageoire qui traînait dans l'eau à bâbord et à tribord.

« Qu'est-ce que c'est ? demanda Vallon.

— Des dérives, répondit Wulfstan. C'est comme des quilles ajustables dont on peut se servir en eau peu profonde. Les Arabes en utilisent sur leurs boutres. »

Vallon le suivit dans la cale, où il trouva la cabine du capitaine, juste assez grande pour loger un grabat.

« Douillet petit cocon, commenta Wulfstan avant de se retourner. Aucun doute, c'est un bateau solide. Regardez-moi ça. La coque est compartimentée. Tout ça m'a l'air étanche. »

De retour sur le pont, Vallon examina les voiles. Elles étaient fabriquées avec huit lattes de bois revêtues de coton et gréées d'une manière qui dépassait son entendement.

« Tu penses que tu sauras le naviguer ?

— Laissez-moi un jour avec deux marins chinois et je pourrai l'emmener jusqu'en Norvège.

— Installe le siphon du feu grégeois à la proue et le trébuchet à la poupe. »

Ils gardèrent cinq pirates en guise d'équipage et déposèrent les autres à terre. La plupart ayant été enrôlés de force, ils s'éloignèrent à petites foulées comme des prisonniers libérés de leurs fers. Trois jours plus tard, le fleuve vira à l'est à travers des terres agricoles densément peuplées, où des nuées de paysans travaillaient dans des champs qui arboraient déjà la patine vert pâle du printemps approchant. Le courant avait déposé tellement de sédiments que le niveau du fleuve s'était élevé de quinze pieds au-dessus de la zone inondable : Vallon avait l'impression de léviter.

Les Chinois les rattrapèrent à Zhengzhong, où ils avaient érigé un barrage de bric-à-brac et de cordages en travers du fleuve. Vallon n'opposa aucune résistance et autorisa le commandant à monter à bord. L'officier, jeune et gauche, fit une révérence raide.

« Général, j'ai l'ordre de vous escorter jusqu'à Kaifeng.

— Il se trouve que c'est là ma destination. Je suis ravi d'achever mon voyage sous votre protection, bien qu'elle arrive un peu tard, je dois dire.

— Ce bateau est à présent sous mon commandement. »

Vallon se rapprocha de lui.

« Pour prendre le commandement d'un bateau pirate, il faut d'abord le capturer. Ce vaisseau est à moi.

— Général, je dois vous prévenir…

— Oui ? Que vous allez nous renvoyer à Lanzhou ?

— Général…

— Gorka. »

Le caporal s'avança à la hâte, chargé d'un petit tonneau qu'il ouvrit afin d'exposer la tête du capitaine des pirates conservée dans du sel.

« Il se faisait appeler "Poisson bouillasse" expliqua Vallon. Drôle de nom pour un pirate. J'imagine que vous savez que j'ai également tué le brigand Lu Double Lame. »

L'officier contemplait la tête lépreuse. Ses hommes tendirent le cou afin de mieux voir.

Vallon poussa son avantage.

« Évacuez vos soldats de mon bateau et je serai ravi de discuter plus longuement affaires. Sinon, vous pouvez m'arrêter et me conduire à Kaifeng pieds et poings liés comme un vulgaire criminel. La décision vous appartient. »

L'officier palabra avec ses conseillers avant de répondre.

« Vous pouvez poursuivre votre chemin jusqu'à Kaifeng sous ma haute surveillance. La question de l'appartenance de ce bateau sera résolue là-bas. »

Le soir, Vallon fut tiré de ses pensées agitées par un coup frappé à sa porte.

« Oui ? »

Lucas ouvrit le battant, les tripes du général se nouèrent. Chaque fois qu'il voyait son fils, c'était comme être confronté à un fantôme.

« La capitale est en vue, marmonna le garçon en évitant soigneusement de le regarder.

— J'arrive tout de suite. »

Au moment où Lucas tournait les talons, Vallon sentit son cœur se déchirer.

« Attends un peu. »

Lucas s'immobilisa, les épaules voûtées comme pour anticiper un coup.

Vallon remua les lèvres. Sa gorge se serra.

« Peu importe. Ce n'est pas le moment. »

Lucas partit et Vallon se plia en deux, les mains sur les genoux, le souffle court. Il avait été sur le point d'essayer de justifier son crime. *Ta mère était une femme adultère qui se délectait de la compagnie et des caresses d'un homme qui m'avait trahi et jeté dans des oubliettes jonchées d'ossements humains. Il m'avait même dérobé mon épée.* Vallon dégaina sa lame et posa son front contre le métal froid. Sa respiration s'apaisa. Non, Lucas était un innocent et l'innocence était sacrée. Prendre conscience qu'il ne pourrait jamais chercher sa rédemption auprès de son fils lui donnait la nausée.

Il s'aspergea le visage avant de monter sur le pont pour avoir son premier aperçu de Kaifeng. Par-delà quatre lieues de terre agricole plate, il contempla une tache de fumée entre une plaine brunâtre et un ciel miteux.

« Ne la jugez pas d'après vos premières impressions, prévint Hero à côté de lui. Kaifeng abrite plus de gens que tout l'Empire byzantin réuni. »

Vallon posa les mains sur le bastingage.

« Ce n'est pas ça.

— Je sais. C'est Lucas.

— Sa compagnie est une vraie torture. Je n'ai rien à lui dire – rien que j'ose lui dire. Chaque fois que je m'apprête à partager avec lui des souvenirs de son enfance – la première épée en bois que je lui ai offerte, le jour où je lui ai fait faire le tour du jardin sur un bouc –, je me rappelle soudain que ces souvenirs mènent tous à un seul et même événement, et j'ai envie de vomir.

— Vous partagez le même sang.

— Oui, la seule chose que nous partageons, c'est le sang de ma femme.

— Je lui ai expliqué les circonstances terribles qui ont conduit à ce meurtre. Laissez-lui du temps et il trouvera en lui la force du pardon. »

Vallon gifla le parapet.

« Tu ne comprends pas. Je ne veux pas de son pardon. Je ne suis pas un camelot qui cherche à tirer profit de la crédulité d'un client.

— Vous êtes trop dur avec vous-même.

— Ah oui ? J'ai subi comme père un triple échec. Après Lucas j'ai adopté Aiken, or sa plus grande hâte était d'échapper à mon tutorat.

— Grâce à vous, il est comblé et plus joyeux qu'il ne l'a jamais été. »

Vallon l'entendait à peine.

« Et à l'heure qu'il est, Caitlin a dû mettre au monde notre troisième enfant, pourtant il peut se passer plusieurs jours sans que j'aie la moindre pensée pour ma femme ni ma progéniture.

— De ce côté du monde, nous avons tous l'impression que les lieux que nous avons quittés sont lointains. Vos hommes vous considèrent comme leur père. Regardez derrière vous si vous ne me croyez pas. Vous avez promis de les conduire en Chine, et vous avez tenu parole. »

XXXVIII

Ordre avait dû être donné de mater les Aubains le plus tôt possible car peu après l'amarrage du *Jifeng*, une colonne de fonctionnaires portés dans des litières et flanqués d'une troupe composée de cavaliers et de fantassins essoufflés arriva avec grand fracas sur la jetée. Vallon et ses caporaux débarquèrent pour leur présenter leurs hommages.

D'un palanquin doré et laqué sortit un gentilhomme vêtu d'une robe violette qui le désignait comme un fonctionnaire appartenant à l'un des trois premiers échelons de l'administration chinoise. Barbu, la peau mate, le nez crochu, il n'avait pas l'air d'un autochtone. Il parvint à suggérer une révérence sans bouger la tête. Vallon lui retourna le compliment avec un peu plus de conviction.

De toute évidence il n'avait pas manifesté suffisamment de déférence, car l'un des serviteurs du fonctionnaire le réprimanda sur un ton qui le fit grincer des dents. Shennu se laissa tomber à genoux et se mit à se frapper la tête contre le sol. Vallon le releva.

« Un peu de dignité.

— C'est un fonctionnaire très important : chambellan auprès de la Cour de Réception Diplomatique au Bureau des Réceptions, sous la tutelle du ministère des Rites, une division du Département des Affaires d'État. Il dirige une équipe de vingt érudits qui agissent en tant qu'interprètes pour les envoyés étrangers. Cet homme derrière lui représente le Secrétariat qui traduit les lettres apportées par les envoyés étrangers. Nous serons sous leur responsabilité pendant notre séjour.

— Bienvenue dans le Royaume du Milieu, déclara le chambellan. La nouvelle de votre arrivée vous a précédés. J'ai préparé des logements où vous résiderez le temps que nous examinions vos lettres de créance.

— Comment saviez-vous que je parlais arabe ?

— Parce que c'est mon travail d'en apprendre le plus possible au sujet des visiteurs étrangers avant qu'ils posent le pied sur le sol chinois. Malheureusement, à cause d'erreurs qui ne me sont pas imputables, mes informations concernant votre statut et vos motivations sont lacunaires. Mes fonctionnaires les examineront par le menu durant les jours à venir. Si vous vous demandez où j'ai appris à parler arabe, mes ancêtres étaient originaires de Bagdad. La plupart des employés de mon département ont des origines étrangères. Leurs familles étaient coréennes, japonaises, khitans, ouïghours… »

Le chambellan tendit le doigt.

« Qui sont ces hommes ? »

Vallon regarda par-dessus son épaule et vit Hauk et son équipage appuyés bras écartés contre le bastingage du *Nuages Plaisants*.

« Des marchands vikings qui ont joint leurs forces aux nôtres. Ils ne font pas partie de ma délégation et il a toujours été entendu que nous nous séparerions dès notre arrivée à Kaifeng.

— Fort bien. »

Le chambellan désigna une escouade de cavalerie qui tenait une cordée de chevaux.

« Je préférerais chevaucher ma propre monture, déclara Vallon. Et il me faut faire des arrangements concernant mon bateau. »

Des murmures désapprobateurs s'élevèrent parmi les fonctionnaires.

« Ce voyage nous a pris près d'un an. J'ose espérer que vous ne me tiendrez pas rigueur de prendre un peu de temps pour remettre de l'ordre dans mes idées. »

Le chambellan mima des ciseaux. *Faites vite*.

Les chevaux étaient déjà sellés, les soldats récurés de pied en cap en vue du champ de manœuvre. Il ne leur fallut pas longtemps pour débarquer. Vallon détacha Wulfstan et quatre soldats pour rester à bord du *Jifeng*.

« Vous serez relevés dans quelques jours. D'ici là, ne laissez personne monter sans ma permission.

— Il faudra d'abord me passer sur le corps. »

Hauk héla Vallon alors qu'il descendait sur le rivage.

« Quel sort nous attend ?

— Je l'ignore, et je ne m'en soucie guère.

— Maudit sois-tu, Vallon ! Sans notre aide, jamais vous ne seriez arrivés en Chine.

— Sans votre ingérence, Otia et quatre autres soldats seraient encore en vie », rétorqua-t-il sans même se retourner.

Sur ce, il enfourcha son ferghana et s'éloigna sous les sifflets des Vikings et dans une cacophonie de tambours, de gongs et de trompettes. Devant les Aubains, un soldat brandissait un fanion portant une inscription chinoise.

« Qu'est-il écrit ? demanda Vallon à Shennu.

— Rien d'important.

— Qu'est-il écrit ?

— Des étrangers venus rendre hommage à l'empereur. »

Vallon empoigna ses rênes.

« Je m'attendais à quelque chose comme ça. »

Trois murailles défendaient Kaifeng. Derrière la première se trouvait une zone aussi agricole qu'urbaine. Après la deuxième se déployaient des masures insalubres serrées les unes contre les autres comme les dents d'un peigne. Alertés par les tambours et les gongs, les citoyens s'attroupèrent pour regarder passer les étrangers. Vallon comprit deux ou trois remarques au passage, invariablement exprimées sur un ton où se mêlaient émerveillement et dégoût.

« Vous avez vu comme ces barbares ont de longs nez.

— Berk ! Regardez leurs cheveux rouges. »

La muraille intérieure était percée d'un corps de garde gigantesque en forme de pyramide tronquée, avec des volées de marches qui montaient à une tour au toit concave et à des remparts où des soldats étaient alignés. Alors que les Aubains franchissaient l'arche carrée, ils durent céder le passage à un train de chameaux qui allaient à pas lents dans la direction opposée. En voyant l'indifférence hautaine des animaux et la foulée nonchalante mais déterminée des chameliers, Vallon ressentit une étrange nostalgie vis-à-vis du désert dont il avait eu tant de mal à s'extraire.

De l'autre côté de la porte, la rue s'agrandissait en une avenue large de plus d'un tir de flèche : elle était si vaste que les citoyens qui se promenaient en face le long des arcades marchandes semblaient minuscules. Des barrières peintes en rouge et noir divisaient la route, laissant un passage central désert réservé, d'après Shennu, à l'empereur. Des rangées de toits de tuiles inversées se déployaient à perte de vue, créant une ligne d'horizon basse aussi mouvante que la mer, interrompue de place en place par les tours de guet des combattants du feu et des pagodes coiffées de tuiles jaunes.

Ils traversèrent des canaux plantés de lotus où des arbres fruitiers s'alignaient sur les berges, et franchirent dans un claquement de sabots un pont arqué qui enjambait un fleuve encombré de vaisseaux de toutes tailles. L'escorte tourna à droite et descendit une avenue animée où s'entassaient étals, boutiques, tavernes et auberges.

« Comme c'est ingénieux ! » s'exclama Hero.

Vallon ne voyait pas de quoi il parlait.

« Cette charrette à bras, précisa Hero. La roue unique devant la rend facile à manœuvrer dans les espaces étroits. Pourquoi n'y avons-nous pas pensé ? »

Vallon sourit.

« J'ai l'impression que ton séjour va être intéressant. »

Un autre virage les amena dans un quartier résidentiel paisible. L'escorte s'arrêta devant une enceinte entourée de hauts murs et surplombée par des arbres.

Les soldats ouvrirent vivement des portes solides, Vallon entra. Sidéré, il tira sur les rênes.

« C'est un palais ! » s'exclama-t-il, lui qui s'attendait à des baraquements aux logis rudimentaires.

L'enceinte, qui devait mesurer plus de cent cinquante toises carrées, était subdivisée en maisons cloisonnées à deux étages, dont les murs étaient percés d'immenses fenêtres munies de persiennes pour laisser filtrer le pâle soleil hivernal. Sous la supervision du chambellan, les hommes de Vallon se séparèrent pour rejoindre les quartiers qui leur avaient été attribués, jusqu'à ce qu'il ne restât plus que lui.

La dernière porte s'ouvrit et il pénétra dans un jardin à la française : un verger de pruniers et de pêchers dans un coin, une bambouseraie derrière un rocher sculpté en forme de montagne, un jardin d'eau agrémenté d'un bassin qu'enjambait un pont ornemental en zigzags, et une zone de pelouse avec un belvédère dont l'emplacement ingénieux permettait de contempler ces différents paysages.

Le soleil qui se couchait derrière les murs en terre tassée illuminait de ses rayons un pavillon digne d'un conte de fées dont les murs et le toit étaient vermillon et or.

Le chambellan se pencha à l'extérieur de sa litière.

« Le Palais de la Paix et de l'Amitié, réservé aux délégations étrangères distinguées. Vous êtes les premiers hôtes à l'occuper depuis huit ans, je vous prierais donc de me pardonner si les aménagements ne sont pas à votre goût. S'il y a quoi que ce soit qui vous déplaît, informez-en l'intendant, il s'efforcera de corriger les défauts éventuels.

— Je suis sûr que ce palais répondra à mes besoins. »

Une armée de domestiques qui se tenaient à l'entrée de la maison se jetèrent au sol et s'y frappèrent la tête quand le chambellan mit pied à terre. Il les ignora et guida Vallon dans la maison en désignant telle ou telle pièce, expliquant les fonctions des divers laquais qui trottaient à ses côtés, animés d'un tel désir de satisfaire qu'ils avaient presque l'air déments.

Des paravents peints de paysages décoraient les pièces. Vallon se sentait trop grand et trop fruste pour cette maison. Il s'imaginait faire s'écrouler les murs d'un seul mouvement maladroit. Le dernier rougeoiement du soleil couchant éclaira une fenêtre obturée par du papier huilé. Les émanations d'un brasero au charbon de bois lui faisaient tourner la tête. Il fit un petit pas pour recouvrer son équilibre et porta une main à son front.

« Voilà longtemps que je n'ai pas dormi sous un toit. »

Le chambellan lui posa une main sur le bras.

« Reposez-vous autant que nécessaire. Personne ne viendra vous déranger tant que vous ne serez pas remis de votre voyage. »

Vallon passa un jour complet à dormir et se réveilla complètement ramolli, sous le regard inquiet de quatre domestiques.

« Qu'est-ce que vous faites là ?

— Votre esprit flottait. Nous craignions qu'il ne vous quitte. »

Vallon s'assit. Il avait la langue pâteuse et sèche, l'estomac creux.

« Apportez-moi de l'eau. »

Un laquais détala aussitôt et revint avec une aiguière en bronze. Vallon but tout son saoul, observé par des serviteurs qui n'avaient manifestement jamais vu personne boire.

Il s'essuya le menton.

« Laissez-moi le temps de me vêtir. »

Il lui fallut beaucoup d'acharnement pour s'en débarrasser, et même alors ils n'allèrent pas plus loin que la porte, d'où ils espionnèrent par l'embrasure, comme terrifiés à l'idée que Vallon pût se volatiliser en leur absence.

« J'ai besoin de prendre l'air. »

Talonné par la domesticité, il parcourut les jardins en s'arrêtant pour écouter un oiseau dont le chant familier semblait venir de l'autre bout du monde. Quand il retourna à la maison, affamé, il demanda s'il pouvait manger.

L'intendant prit le relais.

« Quels plats vous procureraient le plus de plaisir ? »

Durant les quatre mois précédents, Vallon s'était sustenté de bouillon, de tsampa et de nouilles.

« Je ne suis pas difficile. Ce que vous avez de prêt. »

Une éternité s'écoula avant qu'un défilé de serviteurs n'entrât avec des plateaux chargés de mets délicats. L'intendant souleva tour à tour les couvercles : pattes d'ours marinées dans de la pâte de soja fermenté, mijoté de rats de bambou accompagné de jujubes, larves de frelons rôties et salées…

Vallon se décida pour du mouton et des navets.

Il se rendormit avant la tombée de la nuit, se leva à l'aube et s'exerça à l'épée. Il retourna alors en nage auprès des gens de maison qui lui étaient entièrement dévoués.

« J'ai besoin de prendre un bain. »

Les serviteurs se regardèrent.

« Un bain ? »

Vallon les dévisagea.

« Vous prenez bien des bains en Chine, non ? »

Après leur avoir assuré qu'il était capable de se laver tout seul, il fut autorisé à faire trempette dans de l'eau parfumée au santal et au ginseng. Il découvrit autre chose à propos de l'hygiène intime chinoise : ils se soulageaient dans des cabinets et s'essuyaient avec du papier épinglé par feuilles sur le mur.

Le lendemain soir, il entendit des équipages s'arrêter devant la maison. L'intendant l'écarta de la fenêtre et l'installa dans un fauteuil semblable à un trône. L'établissement entier s'était entassé dans les antichambres. Vallon devina aux gloussements et aux coups de coude de ses visiteurs qu'il ne s'agissait pas de fonctionnaires d'État.

Dans sa chambre se faufilèrent une dizaine de femmes, tête basse : grandes ou petites, potelées ou menues, blondes ou brunes. Celle-ci s'était épilé les sourcils et s'en était dessiné des faux sur le front, pareils aux ailes d'un papillon. Celle-là s'était tellement plâtré de maquillage blanc et rouge que son visage ressemblait à un masque de comédien. Balsamine, clous de girofle et aloès embaumaient l'atmosphère.

« Diantre, que se passe-t-il ? » s'exclama Vallon, qui connaissait trop bien la réponse.

L'intendant s'inclina.

« Un seigneur viril a besoin d'une épouse pour maintenir l'harmonie entre le corps et l'esprit, expliqua-t-il plus ou moins en ces termes. Je vous en prie, faites votre choix : une seule ou plusieurs.

— Je ne veux pas de femme. »

Consternation générale. Au commandement de l'intendant, un domestique éconduisit les concubines et un autre laquais s'empressa de faire entrer une demi-douzaine de jeunes minaudières.

Les yeux de Vallon se réduisirent à deux éclats de quartz.

« Sortez-les moi d'ici. Je ne veux pas de femmes. Et je ne veux pas d'hommes ni de garçons non plus. Tout ce que je veux c'est la paix. »

Du côté chinois, le moral flancha. L'intendant missionna un domestique et au bout d'un laps de temps agité, Shennu apparut.

« Général, il serait impoli de refuser une concubine. Vos hommes ont déjà choisi des partenaires. Quelles que soient vos inclinations, n'hésitez pas à les faire connaître. »

Vallon s'empourpra sous l'effet de la colère.

« Par tous les diables ! Ils me jurent sans cesse vouloir satisfaire le moindre de mes désirs – sauf celui d'être laissé tranquille.

— Si vous prenez une concubine, elle vous protégera de ce harcèlement. Vous n'êtes pas obligé de coucher avec elle. »

Vallon faisait les cent pas dans la pièce.

« Fort bien, fournissez-moi une femme discrète capable de converser dans ma propre langue. »

À la vue du regard paniqué de l'intendant, il poursuivit :

« Ne me dites pas que dans tout l'empire de Song, il n'y a pas une seule femme qui parle grec.

— Nous avons appris toutes les langues connues.

— Alors apportez-moi une femme avec laquelle je puisse discuter. Seuls les animaux s'accouplent sans échanger un mot. Je ne suis pas un chien en mal de chienne. »

Une erreur de traduction déclencha un quiproquo.

« Vous voulez un chien ? » demanda l'intendant avec un dégoût poli.

Le rugissement de Vallon fit sursauter tout le monde.

« Amenez-moi une femme qui sache parler grec ! »

Au dernier moment, il songea qu'il n'avait pas été assez exigeant.

« Et de préférence pas trop disgracieuse. »

Il dormait dans son fauteuil quand l'intendant revint en faisant avancer trois femmes comme on chasse des souris. Vallon les toisa, les yeux plissés. L'une d'elles, trapue, avait la peau vérolée, une autre était presque tétanisée par la peur. En voyant la troisième, Vallon se leva. Grande et mince, elle avait les pommettes hautes, un petit nez en trompette et des yeux en amande typiques des Turkmènes, mais l'ovale délicat de son visage laissait penser que ses origines se trouvaient à l'ouest, en Perse peut-être, ou en Circassie. Elle avait la peau plus blanche que Vallon : d'une teinte dorée lumineuse, rehaussée par des cheveux bleu-noir lustrés coiffés en chignon et attachés avec des peignes d'ivoire.

« *Hellenika legete ?* demanda-t-il. Parlez-vous grec ?

— *Eulogemenos ho erchomenos en onamati kyriou.* »

Vallon reconnut avec étonnement cette citation biblique : « Béni soit celui qui vient au nom du Seigneur. »

Il se tourna vers l'intendant.

« Cette dame fera une excellente compagne. Merci pour votre aide, maintenant laissez-nous. »

Soulagé, l'homme leva les yeux au ciel et fit sortir d'un geste son personnel. Vallon contemplait cette femme, conscient que les cloisons étaient trop minces pour que leur conversation échappât aux oreilles indiscrètes.

« J'imagine que vous avez été envoyée pour rapporter tous mes faits et gestes », commença-t-il en grec.

Elle eut soudain l'air traquée.

« *Ti esti to onoma sou ?* » demanda-t-il.

Elle jetait des regards désespérés autour d'elle comme pour chercher une issue.

« *Eulogemenos ho erchomenos en...* »

Il fit une nouvelle tentative et obtint la même réponse.

« C'est tout ce que vous connaissez du grec », lâcha-t-il.

Il se laissa tomber dans son fauteuil, se soutint la tête d'une main et se mit à trembler, secoué par un rire rauque. Il s'arrêta net quand il vit des larmes monter aux yeux de la concubine. Il se leva d'une poussée et lui prit les mains.

« Comme vous ne parlez pas grec, nous allons devoir essayer de nous débrouiller avec mon chinois atroce. Je vous avais demandé votre nom.

— Qiuylue, murmura-t-elle.

— Lune d'Automne. Ça vous va bien. »

Il songea à une pleine lune qui s'élève le soir dans la brume.

Qiuylue rougit.

« Vous êtes fort aimable d'ignorer mes hideuses défigurations. » Vallon recula.

« Vos défigurations ?

— Mon âge et ma taille. Mes mains malhabiles et mes pieds disgracieux. Je m'étonne que vous n'ayez pas choisi l'une des jeunes filles du Quartier des Saules.

— Quel âge avez-vous ? »

Qiuylue hésita.

« Vingt-six ans. »

Vallon lui aurait donné plusieurs années de moins et supposa qu'elle en avait retranché autant à son âge véritable. Son squelette délicat préserverait sa beauté dans sa vieillesse.

« Vous n'êtes pas plus grande que nombre de femmes dans mon pays et vos mains sont très élégantes. Quant à vos pieds, peu importe leur pointure, je les préfère aux moignons et à la démarche titubante de ces femmes dont les pieds ont été bandés dès la naissance. C'est moi qui devrais m'excuser d'infliger un soldat grisonnant à une belle jeune femme.

— La jeunesse passe, répondit-elle comme on récite. La beauté se fane. La sagesse et le courage, eux, ne meurent jamais.

— N'ayez crainte. Je n'ai nullement l'intention de m'imposer à vous. Je suis marié et j'ai des enfants. Dans mon pays, nous restons fidèles à nos épouses. Du moins on essaie. Maintenant, si vous voulez bien m'excuser, j'aimerais prendre un bain. »

Elle porta vivement la main à sa bouche.

« Vous vous lavez dans l'eau ?

— Évidemment. J'ai chez moi une salle dédiée aux bains que j'utilise tous les deux ou trois jours. Pourquoi cet air surpris ?

— On m'avait dit que les barbares occidentaux ne prenaient jamais de bains. Chez les Khitans, mon peuple, l'eau est inconnue depuis la naissance. Ce n'est qu'à mon arrivée en Chine que j'en ai appris les vertus. »

Vallon se jeta une serviette sur l'épaule.

« À quelle fréquence vous lavez-vous ?

— Tous les dix jours, pendant les jours fériés officiels. »

Qiuylue dut remarquer la grimace de Vallon.

« J'ai pris un bain aujourd'hui quand on m'a ordonné… »

Elle se décomposa.

« Quand j'ai appris l'honneur que m'avait fait le chambellan.

— Quelles circonstances vous ont amenée en Chine ? »

Elle baissa les yeux, apparemment honteuse. Vallon lui leva le menton.

« Nous sommes des étrangers, soyons francs l'un envers l'autre. »

Il lui servit une coupe de vin.

« Tenez. Ça vous aidera à vous détendre. »

Elle ignora la coupe.

« J'étais la benjamine d'un chef de clan qui servait à la cour de Khitan Liao. Il y a sept ans, une délégation militaire chinoise est arrivée à la cour. Parmi eux se trouvait un officier qui m'admirait et souhaitait me prendre pour épouse. Mes parents ont pensé que ce serait une belle alliance. Ce n'est qu'en arrivant chez mon époux que j'ai découvert qu'il était déjà marié. Sa femme me haïssait. Comme elle avait des relations haut placées, elle a obligé son mari à me chasser de la maison. Après ça…

— Inutile d'en dire plus. Nous parlerons d'autres sujets quand j'aurai pris mon bain. »

Elle le suivit dans la pièce d'eau, où elle éconduisit trois domestiques qui attendaient pour servir Vallon. Elle resta après leur départ.

« Vous pouvez partir aussi, lui dit-il.

— Mais mon devoir est de vous servir en permanence.

— Votre devoir ne va pas jusqu'à me regarder me laver.

— Si vous ne voulez pas être touché par mes mains, permettez-moi de chanter pendant vos ablutions.

— Je préférerais être seul. »

Qiuylue s'agita.

« Si vous me repoussez, les domestiques croiront que je vous dégoûte et je perdrai la face. »

Vallon commençait à ne plus avoir envie de se laver.

« D'accord. Asseyez-vous là. »

Il se dévêtit et se glissa dans la baignoire. Qiuylue s'installa dans un fauteuil à un coin de la pièce et pinça les cordes d'un luth. Elle se mit ensuite à chanter un air mélancolique. Cette chanson et l'eau chaude parfumée le bercèrent. Il s'allongea, les bras de part et d'autre de la baignoire, les yeux clos.

Quand il les rouvrit, Qiuylue l'observait.

« Vous êtes très maigre. Votre corps projette à peine une ombre. »

Prenant ça comme une insulte à son physique, Vallon répliqua, sur la défensive :

« À quoi vous attendiez-vous ? Ça fait un an que je voyage sans répit.

— Grâce à mes soins, vous allez engraisser.

— Oui… bon… on verra.

— Votre oiseau pourpre est très gros, commenta-t-elle d'un ton factuel.

— Mon quoi ? »

Elle tendit le doigt.

« Joli morceau. »

Vallon se couvrit l'entrejambe.

« J'espère que cela ne vous choque pas.

— Vous devriez en être fier. Il engendrera bien des fils.

— Mes deux enfants sont des filles, rétorqua Vallon. Si Dieu le veut, il y aura un autre enfant quand je rentrerai chez moi. »

C'est alors qu'il se rappela Lucas.

« Non, j'ai aussi un fils. Il sert dans ma compagnie.

— Ah. »

Ils dînèrent ensemble en silence.

Vallon repoussa ses baguettes.

« Je n'arrive pas à me servir de ces bâtons. On les dirait conçus pour s'interposer entre un homme et sa mangeaille. »

Qiuylue se leva.

« Laissez-moi vous aider.

— Asseyez-vous ! »

La jeune femme obtempéra comme s'il l'avait frappée.

Vallon prit une profonde inspiration.

« Je m'excuse d'avoir levé la voix. Laissez-moi essayer de mettre les choses au clair. Je ne suis pas un enfant qui a besoin d'être habillé, lavé, et à qui on doit donner la becquée. Je vous prie de respecter mon âge mûr, comme je respecte… enfin, comme je vous respecte. »

Il amena la conversation sur un autre terrain.

« J'ai traversé le territoire khitan durant ma descente du fleuve Jaune. J'aimerais en savoir plus sur votre peuple. »

Il apprit alors que les Khitans s'étaient taillé un empire du nom de Liao au nord du fleuve Jaune. Ils avaient adopté le système de gouvernance chinois et jouaient leur rôle de tributaires du Royaume du Milieu tout en acceptant des pots-de-vin généreux, en échange de quoi ils s'abstenaient de marauder dans les territoires frontaliers chinois.

Le souper terminé, il fallut régler le problème du lit. Vallon s'imposa :

« Je suis encore fatigué de mon voyage, j'aimerais dormir seul. Ne vous en offensez pas, je vous prie. Il y a un autre lit dans la pièce voisine. »

Qiuylue joignit les mains et sortit à reculons.

Cinq nuits plus tard, alors que Vallon se retirait dans sa chambre à coucher, il découvrit le clair de lune qui filtrait par la fenêtre et une fille dans son lit avec la couverture remontée jusqu'au menton. Elle lui adressa un sourire plein de coquetterie. Il parvint à contenir son agacement.

« Que croyez-vous faire ? »

La fille découvrit sa poitrine.

« C'est dame Qiuylue qui m'envoie. Elle dit qu'il n'est pas convenable qu'un homme dorme seul. »

Vallon conserva un ton doux.

« Habillez-vous et allez voir cette dame. Remerciez-la pour sa considération et demandez-lui de venir auprès de moi. »

Il contemplait par la fenêtre la lumière cendrée sur les tuiles des autres bâtiments quand Qiuylue entra.

« Êtes-vous en colère contre moi ?

— Non. »

Il désigna le clair de lune. « Comme c'est apaisant. »

Elle le rejoignit. Il sentait son parfum. Elle murmura comme pour elle-même :

Devant mon lit clarté lunaire
Est-ce du givre couvrant la terre ?
Levant la tête, je vois la lune ;
Les yeux baissés : le sol natal.

« Quel poète ! commenta Vallon.

— Oh non. Ce n'est pas moi qui ai composé ce vers[1]. »

Il laissa les volets ouverts.

« Si je dois partager ma couche, je préférerais la partager avec vous. »

Ils s'arrangèrent pour se dévêtir et se glisser sous les couvertures sans observer leur mutuelle nudité. Allongé aux côtés de Qiuylue sans la toucher, Vallon avait l'impression d'être soumis à la torture. Peu à peu ses muscles se relâchèrent.

« Les Chinois s'embrassent-ils ?

— S'embrasser ?

---

1. Citation d'un poème de Li Bai (701-762), « Pensées d'une nuit calme ». Traduction française de François Cheng.

— Vous savez : quand un homme et une femme joignent leurs lèvres en guise de prélude à l'acte d'amour. Je demande parce que j'ai vu plus d'un couple tibétain se frotter le nez. Je ne vois pas trop le plaisir qu'il y a à ce geste.

— Bien sûr que nous nous embrassons. Voulez-vous que je vous embrasse ?

— Pour une fois, laissez-moi prendre l'initiative. »

Il lui glissa la main sous l'épaule et la retourna doucement.

« Détachez vos cheveux. »

Elle retira les épingles de sa coiffure et secoua la tête. La caresse de ses tresses sur la poitrine de Vallon lui fit fermer les yeux. Il attira son visage à lui. Leurs bouches se rencontrèrent, s'ajustèrent, s'effleurèrent, se pressèrent l'une contre l'autre et se fondirent ensemble.

XXXIX

Chaque matin des fonctionnaires de la Cour de Réception Diplomatique se rendaient au Palais de la Paix afin d'interroger Vallon et Hero au sujet de Byzance. Combien d'habitants vivaient à Constantinople ? Comment était organisée la société byzantine ? Y avait-il un code vestimentaire ? Que mangeaient les gens ? Qui étaient les alliés de l'empire, leurs ennemis ?

Si ce n'était pas la Cour de Réception Diplomatique, c'était le Département des Armes, chargé de l'établissement des cartes, qui exigeait qu'on lui livrât les moindres détails topographiques et environnementaux rencontrés par l'expédition.

Dans les jours qui avaient suivi leur arrivée à Kaifeng, la glace avait pétrifié le *Jifeng* au mouillage. À présent elle commençait à se briser et s'éloignait dans le courant en blocs jaunâtres. Des bourgeons apparurent sur les arbres et les rues gelées se muèrent en boue. Lors de la visite suivante du chambellan, Vallon laissa libre cours à son impatience.

« Voilà deux mois que nous sommes à Kaifeng. Quand allons-nous rencontrer l'empereur ?

— Bientôt, je crois. L'organisation est en bonne voie. »

Si Qiuylue n'avait pas été là pour l'apaiser, ce délai interminable aurait rendu fou Vallon. Peu importe à quel point sa journée avait été frustrante, il retrouvait le moral dès qu'il refermait la porte sur les fonctionnaires et se retrouvait seul en sa compagnie.

« Pourquoi me regardez-vous ainsi ? demanda-t-elle un soir.

— Je me faisais la réflexion que j'avais beaucoup d'affection pour vous.

— Je suis contente de vous rendre heureux.

— Plus que de l'affection. » Elle frémit.

« S'il vous plaît, ne dites pas des choses pareilles. »

Lors du premier jour doux de l'année, il escortait Qiuylue autour du jardin en admirant les bourgeons des pêchers quand il vit Lucas en compagnie d'une jolie Chinoise qui lui arrivait tout juste à la poitrine. Les deux couples s'arrêtèrent. Depuis qu'ils séjournaient dans la capitale, Vallon et Lucas s'étaient tacitement arrangés pour s'éviter.

Vallon fit le premier pas.

« Bonjour.

— Bonjour, sire. Pardonnez-moi d'être entré sans y avoir été autorisé. La porte était ouverte et je…

— Ce n'est rien. J'espère que ton logis est à ta convenance. »

Lucas ne put s'empêcher de jeter un œil à la fille.

« Je n'aurais pas pu demander mieux. »

Ils restaient là, mal à l'aise, tandis que les deux femmes se toisaient à la dérobée.

Vallon toussa.

« Permets-moi de te présenter Dame Qiuylue. Elle m'aide dans l'apprentissage de la langue et des coutumes chinoises. Ma dame, voilà mon fils, Lucas. »

Qiuylue lui adressa un salut gracieux auquel Lucas répondit par une révérence courtoise.

« Laissez-moi vous présenter Xiao-Xing – "Étoile du Matin". Moi aussi je m'évertue à être en meilleurs termes avec les Chinois. »

Vallon était certain que Xiao-Xing était la fille qu'il avait trouvée dans son lit au clair de lune.

« Excellent, oui, bon… »

Il se frotta les mains.

« Il y a du printemps dans l'air.

— Oui, sire.

— Le chambellan est venu hier apporter la nouvelle que nous attendions tous. Dans trois jours l'empereur Shenzong nous recevra au palais. Tu viendras avec moi.

— J'en suis honoré, sire.

— Comme mon fils.

— Oui, sire.

— Hero et Aiken seront également présents. Comme un simple général ne suscitera pas le respect de l'empereur, je me suis autoproclamé duc et j'ai conféré des titres appropriés aux autres officiers. Je te promeus comte. Fais en sorte que ton apparence reflète ton rang. Demande à ton serviteur de polir ton armure jusqu'à ce qu'on se voie dedans. Inutile de t'expliquer l'importance de faire une impression éblouissante.

— Oui, sire.

— Fi de ces formalités. Si tu ne peux te résoudre à m'appeler "père", je me satisferai amplement de l'emploi de mon nom. »

Le visage de Lucas trahissait de l'agitation.

« Je n'y arrive pas. »

Sur ce, il fit volte-face et éloigna sa compagne.

« Il va bien falloir qu'un jour on affronte le passé », lança Vallon.

Lucas s'empressa de faire franchir la porte à la fille.

« Qu'y a-t-il ? demanda Qiuylue. Pourquoi blêmissez-vous ? »

Vallon émit un profond soupir.

« J'ai assassiné sa mère sous ses yeux. »

Choquée, Qiuylue poussa un sifflement. Vallon lui saisit timidement le bras et la conduisit au belvédère. Tout en contemplant le jardin, il lui raconta son histoire.

Quand il eut terminé, elle garda un moment le silence.

« Je ne vois aucune raison de vous tourmenter. » Vallon secoua la tête.

« Avant qu'il fasse son apparition, j'avais plus ou moins enterré le passé. Voir Lucas est comme regarder une tombe s'ouvrir. Ce qui me tourmente c'est l'idée ignoble que je me sentirais plus tranquille aujourd'hui si je l'avais tué lui aussi. »

Qiuylue lui embrassa la joue.

« Il ne serait pas là s'il ne voulait pas faire la paix avec vous.

— Vous croyez ?

— Oui. Il vous ressemble. »

Vallon secoua la tête.

« Non, et c'est bien ce qui retourne le couteau dans la plaie. Il a les yeux de sa mère. Chaque fois que je le croise, c'est elle que je vois. »

Le chambellan et ses fonctionnaires passèrent les deux jours suivants à préparer les émissaires au protocole impérial.

« Le jour de la présentation, je vous ferai entrer dans le palais et vous conduirai dans la pièce occidentale à l'extérieur de la salle du trône. Quand l'empereur se sera assis, je vous conduirai devant Sa Majesté. Vous resterez debout dans un silence digne pendant que le vice-directeur du Secrétariat et ses fonctionnaires s'approcheront pour recevoir vos lettres de créances et d'État. Ils les déposeront ensuite sur un plateau et les liront face au trône. Si l'empereur ne fait aucune objection, je recevrai votre tribut que je placerai sur une table afin que l'empereur puisse l'examiner si tel est son choix.

— Attendez un peu, objecta Vallon. Ai-je entendu le mot "tribut" ?

— Tribut, présents, la distinction importe guère.

— Bien sûr que si. Les tributs sont offerts par des États sujets. Les présents s'échangent entre égaux. Les trésors que nous avons apportés sont des présents de la part de Sa Majesté Impériale Alexis Ier Comnène.

— J'informerai l'empereur de tous les faits pertinents.

— Veillez à lui dire que c'est une expédition byzantine qui la première a trouvé le chemin de la Chine, et non l'inverse.

— La Chine n'a nul besoin d'aller chercher Byzance. »

Hero tira sur la manche de Vallon.

« Vous possédez de nombreux talents. La diplomatie n'en fait pas partie.

— Bon, ensuite, poursuivit le chambellan. Une fois que l'empereur aura reçu vos lettres et vos présents, vous serez invités à approcher. Quand vous atteindrez l'endroit indiqué, vous ferez le *kowtow*. »

L'un de ses subalternes fit une démonstration : il s'agenouilla, se prosterna trois fois en touchant le sol avec son front puis se releva, et ce à trois reprises.

« Je refuse de me mettre à quatre pattes comme un chien », dit Vallon à Hero.

Il se tourna vers le chambellan.

« Je saluerai votre empereur comme je saluerais le mien : en m'agenouillant, la tête inclinée en signe de respect. »

Suffocation, consternation. Le chambellan et sa suite se retirèrent pour se concerter et revinrent inflexibles.

« Aucun ambassadeur d'un pays étranger ne peut approcher l'empereur sans faire le *kowtow*.

— Si mon dirigeant était là en personne, vous attendriez-vous à ce qu'il s'abaisse de façon aussi servile ?

— Vous n'êtes pas l'empereur byzantin.

— Je représente mon souverain. Votre empereur devrait m'accorder autant de respect que si c'était Alexis lui-même qui se tenait devant lui.

— Alexis vous traite-t-il comme son égal ? »

Vallon ne put éviter le piège.

« Non, bien sûr que non.

— Alors pourquoi notre empereur ne devrait-il pas vous traiter de même ? Vous n'êtes pas la personnification de votre souverain. Vous n'êtes que son honoré messager. »

Vallon s'était mis à transpirer.

« Si j'abaisse ma dignité, j'abaisse celle de l'empereur byzantin.

— Vous ne pouvez régler l'étiquette du palais de Kaifeng sur celle de Constantinople. Nos princes de sang font le *kowtow* devant leur empereur. Mes enfants me témoignent le même respect. C'est pourquoi vous devez faire de même. Sinon, vous vous élevez au-dessus de nous.

— Imaginez que les positions soient inversées et que vous ayez envoyé des émissaires chinois à Byzance.

— Non seulement ils effectueraient le *kowtow* devant votre empereur, mais ils brûleraient également de l'encens devant lui comme ils le feraient devant leurs dieux.

— Est-il déjà arrivé qu'un émissaire refuse d'effectuer le *kowtow ?*

— Plusieurs ont résisté. Mais un raisonnement sensé leur a tous sans exception fait prendre conscience de leur erreur. »

Le chambellan tendit une main, où un fonctionnaire déposa un rouleau de parchemin, que son supérieur déroula.

« Au cours de la deuxième année du règne de l'empereur Xuanzong – autrement dit il y a trois cent soixante-dix ans – un émissaire arabe envoyé par le calife avait soutenu qu'il ne s'abaissait que devant son dieu. Après une persuasion en douceur, il s'était prosterné de la manière indiquée. »

Il s'empara d'un deuxième parchemin.

« Nous avons là un autre précédent qui se rapproche davantage de votre situation.

— Comment ça ?

— Vous dites que les Byzantins sont les héritiers légitimes des Romains. Vous vous appelez citoyens de Rome.

— Par descendance directe.

— Alors il vous intéressera de savoir qu'il y a mille ans, des ambassadeurs envoyés par un souverain romain dénommé Antoine accomplirent le salut révérencieux nécéssaire devant l'empereur chinois. »

Vallon se tourna vers Hero.

« Mille ans ? C'est impossible.

— Mes connaissances de la succession impériale romaine sont lacunaires, mais j'ai souvenance qu'un empereur Antoninus a régné à peu près à cette époque-là. Si nous avons pu atteindre la Chine, je ne vois pas pourquoi les Romains n'auraient pas pu le faire. »

Ébranlé, Vallon reprit sa discussion avec le chambellan.

« J'ai perdu beaucoup d'hommes courageux au cours de ce voyage. Je refuse de déprécier leur sacrifice par des flagorneries.

— Je vous en prie. En respectant les coutumes du Royaume du Milieu, vous rendez les vôtres encore plus sacrées. Chaque hommage que vous rendez à notre souverain est bienséant et vous sera retourné. »

Acculé, Vallon fournit un ultime effort.

« Et si je refuse ?

— À moins que vous n'acceptiez d'observer le protocole, j'annulerai l'audience et vous quitterez la Chine sur-le-champ. »

Vallon chercha conseil auprès de ses compagnons.

« Que dois-je faire ?

— Acceptez, répondit Hero.

— J'imagine que s'ils me demandaient de baiser le cul de Shenzong, tu me dirais de le faire. »

Aiken leva les yeux au ciel. Il était devenu plus franc depuis qu'il était sorti de l'ombre du général.

« Ils ne vous demandent pas de baiser le cul de l'empereur.

— C'est tout comme, intervint Josselin. Mettez-les au pied du mur.

— Ce ne sont pas des paroles en l'air, répliqua Shennu. Personne ne peut approcher l'empereur sans faire le *kowtow*. Sa Majesté perdrait la face, ce qui est impensable. »

Vallon se surprit à regarder Lucas.

« Qu'en dis-tu ?

— Je crois que vous n'avez guère le choix. Être expulsé de Chine sans rien avoir obtenu serait encore plus dur à accepter.

— Alexis ne sera pas content d'apprendre que son ambassadeur a rampé devant l'empereur chinois.

— Vous ne serez pas obligé de le lui dire. Contentez-vous d'expliquer que vous avez observé le protocole nécessaire.

— J'ai une suggestion, reprit Aiken. Accomplissez le *kowtow*. En même temps, priez Dieu Tout-Puissant et terminez en vous signant. »

Shennu avait l'air malade d'angoisse.

« Le chambellan ne sera pas d'accord. »

Vallon jeta un œil aux hommes de l'autre côté de la pièce.

« Je ne lui dirai pas. »

Vallon parvint à gratifier les fonctionnaires d'un au revoir poli avant de se retirer dans sa chambre à coucher en aboyant aux domestiques de lui ficher la paix. Migraineux, il s'allongea sur son lit.

Le crépuscule emplissait la pièce quand Qiuylue s'y glissa.

« Je sais que vous avez donné l'ordre de ne laisser entrer personne, mais je m'inquiète pour vous.

— Pour l'amour de Dieu ! s'emporta Vallon. Cet ordre ne s'applique pas à vous. »

Qiuylue se crispa.

« Pardonnez ma rudesse. Tout ce cérémonial à la noix me rend fou. »

Qiuylue lui tenait la main. Depuis qu'elle avait appris que l'empereur allait recevoir son amant, elle le traitait comme un demi-dieu.

« Je n'arrive pas à croire que vous allez rencontrer l'empereur demain. Quel honneur ! Il faudra me raconter l'audience en détail.

— Si j'avais mon mot à dire, vous seriez à mes côtés. »

La concubine étouffa un cri et se couvrit la bouche.

Vallon se surprit à la comparer à Caitlin. Elles avaient beau être très différentes, il les aimait toutes les deux, et cette prise de conscience lui causa une pointe de chagrin. Il savait avec une certitude douloureuse qu'il avait déjà perdu Caitlin et que Qiuylue et lui n'auraient pas la moindre chance de trouver un bonheur durable.

L'empereur était très matinal et commençait à travailler sur les affaires d'État bien avant le lever du jour. L'aube était là depuis peu quand le chambellan entra avec fracas accompagné d'une troupe de cavalerie et d'une kyrielle de palanquins pour conduire les envoyés au palace. Alors qu'il attendait à l'extérieur du pavillon, Vallon ressentit un nouveau déchirement en jetant un œil à Lucas. Le jeune homme était aussi grand que lui et déjà plus large d'épaules, mais ce n'était pas seulement sa stature qui impressionnait. Durant les deux ou trois mois précédents, il s'était débarrassé de sa gaucherie de paysan. À présent, revêtu de son armure scintillante, on aurait dit un jeune dieu. Cette vague de fierté paternelle se mua en amertume. Lucas ne le traiterait jamais comme son père sauf en des termes extrêmement formels. Comment aurait-il pu en être autrement ?

Vallon monta avec lui dans la litière de tête. Huit porteurs en uniforme la hissèrent sur leurs épaules et sortirent de l'enceinte au petit trot. Vallon scrutait les rues ordinaires.

« Il semblerait que nous ne soyons pas dignes d'une procession triomphale.

— L'empereur ne veut pas que nous fassions une entrée grandiloquente avant de savoir comment l'audience va se dérouler. »

Vallon ajusta son épée.

« Il y a une tête qui pousse sur ces larges épaules. »

Pendant le reste du trajet, l'atmosphère fut saturée de mots que ni l'un ni l'autre ne pouvait se résoudre à exprimer. Vallon posa pied à terre comme si on venait de le libérer et regarda en haut de l'escalier qui montait aux portes du palais, où chaque marche était occupée par des soldats portant des bannières.

Le chambellan et ses fonctionnaires se regroupèrent à l'avant et précédèrent les émissaires dans une antichambre où tout le monde avait les yeux levés au ciel comme dans l'attente d'un coup de tonnerre.

« Reconnaissons-le, déclara Vallon, je suis nerveux. »

Soudain des gongs retentirent bruyamment et le roulement des timbales invita les fonctionnaires à se mettre au garde-à-vous.

« L'empereur s'est installé sur son trône, expliqua le chambellan à Vallon. Je me dois d'insister pour que vous respectiez les procédures adéquates.

— Après vous. »

Les portes s'ouvrirent et Vallon pénétra dans la salle du trône entre des rangées de soldats et d'aristocrates. Au bout de la pièce, l'empereur brillait comme le soleil. Vêtu de soie jaune brochée d'or, les mains jointes, il était assis sur un trône rouge laqué orné de têtes de dragon ; ses pieds glissés dans des chaussons reposaient sur un tabouret. En lieu et place de la couronne à laquelle Vallon s'était attendu, il portait un chapeau d'un noir clérical avec un rebord raide retourné à l'avant, et une baguette horizontale qui dépassait à l'arrière.

Le chambellan s'arrêta à dix toises du trône, où lui et sa suite se livrèrent au fameux salut pendulaire. Vallon était suffisamment près pour voir que Shenzong avait un visage grossier, la mâchoire plus large que le front, une moustache fort triste et un bouc clairsemé. L'apathie lui avait été inculquée dès le plus jeune âge. Quatre laquais brandissaient des drapeaux rectangulaires au-dessus de sa tête. Devant lui, un cran au-dessous, se tenaient la famille impériale et les ministres éminents.

Les lettres des émissaires furent lues à haute voix et leurs présents déposés sur une table jaune, puis le chambellan fit signe à Vallon d'avancer.

« L'empereur a gracieusement consenti à vous recevoir. Je vous prie d'observer le protocole. »

Vallon se tourna vers ses hommes.

« Vous savez quoi faire. »

D'un seul mouvement répété à maintes reprises, les Aubains effectuèrent le *kowtow* tout en psalmodiant le *Kyrie eleison* avant de lever les yeux au ciel et de se signer.

Au sein de la cour, des halètements de stupeur enflèrent en murmures indignés. Les barbares avaient insulté l'empereur. Le chambellan frappa du pied devant Vallon.

« Vous n'avez pas tenu parole.

— Bien au contraire. Puisque votre empereur gouverne sous Mandat du Ciel, vous ne pouvez pas vous opposer à ce qu'on adresse des prières au Tout-Puissant qui bénit nos deux royaumes. »

La salle se figea. De la fumée montait de bols d'encens. À un tout petit geste esquissé par Shenzong, le chambellan poussa un soupir de soulagement.

« L'empereur a décidé de ne pas vous tenir rigueur de votre comportement grossier eût rapport au fait que vous n'êtes pas encore familier des coutumes du palais. »

Shenzong étudia les portraits d'Alexis et de l'impératrice byzantine. Une once d'amusement se lut sur son visage.

« Sa Majesté Impériale dit que votre dirigeant est très poilu.

— À Byzance, une barbe touffue est considérée comme une marque de force et de virilité. »

Il y eut des claquements de langue désapprobateurs : ces propos auraient pu être pris comme une insulte à la masculinité de Shenzong.

« Sa Majesté Impériale demande par quel mandat gouverne votre empereur.

— Par le droit que lui confère une descendance ininterrompue avec les Césars, par la volonté de ses nobles et de ses citoyens, et par la grâce de Dieu Tout-Puissant qui l'a désigné comme Son représentant sur terre. »

Deux ou trois autres questions suivirent concernant le trajet qu'il avait emprunté, puis le chambellan déclara :

« Sa Majesté Impériale est heureuse que votre souverain étende son amitié. Il espère que votre séjour sera agréable et vous souhaite un retour tranquille dans votre pays natal. »

Vallon dévisagea Shennu. Le visage de l'empereur s'était éclipsé dans la neutralité.

« C'est tout ?

— L'audience est close », annonça le chambellan.

Après être sorti de la salle du trône à reculons, Vallon partit d'un rire creux.

« Nous sommes allés à l'autre bout du monde et tout ça pour quoi ? Quelques instants à ramper devant un homme qui a l'air de se faire suer comme un rat mort.

— C'est une posture feinte, répliqua Hero. J'imagine qu'il adopte toujours la même en public. Les Chinois l'appellent "l'homme solitaire", et je comprends pourquoi. Ce doit être l'homme le plus seul au monde. »

Un fonctionnaire entra avec empressement :

« Le Premier ministre souhaite vous dire un mot. »

Flanqué d'une nuée de préposés, un gentilhomme assez mal mis, d'une soixantaine d'années, approcha.

« C'est Wang Anshi, annonça Hero. Le plus proche conseiller de l'empereur. »

Vallon fit une révérence prudente. Wang Anshi le salua de même. Ses paupières tombantes et les poches qu'il avait sous les yeux lui donnaient un air profondément soucieux. En même temps, son visage irradiait l'intelligence et la bonne humeur. Il écarta ses serviteurs afin qu'ils ne puissent pas entendre.

« Votre Grâce, dit-il. J'aimerais en savoir plus sur votre pays et les raisons de votre mission. Ce serait pour moi un honneur que vous acceptiez de me recevoir dans votre résidence demain.

— Mon logis, bien qu'opulent pour un ambassadeur, est bien trop modeste pour accueillir un personnage aussi distingué que vous.

— Mes goûts et mes habitudes sont plus simples que vous ne pourriez l'imaginer.

— Il désire parler en privé, chuchota Hero en français. Loin des oreilles indiscrètes et des yeux fureteurs. »

Vallon s'inclina.

« Je crains de faire un hôte maladroit, mais si vous êtes prêt à fermer les yeux sur mes manières étrangères, je serai ravi de vous recevoir.

— Comme c'est aimable à vous. Je viendrai à la dixième heure si cela vous agrée. »

Et avec une révérence, il retourna auprès de ses gens.

« Ça y est, couina Hero.

— Ça y est quoi ?

— Ne comprenez-vous pas ? L'empereur est bien trop haut placé pour s'engager dans des bavardages diplomatiques. Il laisse cette tâche à ses ministres, dont aucun n'a de plus haut rang que Wang Anshi. Demain nous en viendrons au cœur du sujet. »

Au retour de Vallon, Qiuylue bouillonnait d'excitation. Elle lui fit raconter l'audience une dizaine de fois, à chaque fois d'un point de vue différent. Quand il l'informa que le Premier ministre les gratifierait de sa visite, son ravissement se mua en un choc angoissé. C'est tout juste si Vallon parvint à l'empêcher de se ruer dehors pour organiser la réception.

« Laissez ça aux domestiques. Dites-moi ce que vous savez sur le ministre. »

En tant que concubine d'un officier de haut rang, elle avait souvent eu affaire à des fonctionnaires du palais dont les langues s'étaient déliées après plusieurs coupes de vin. Ses propos au sujet du ministre inquiétèrent et encouragèrent Vallon à égale mesure. Wang Anshi était une énigme : descendant de petits fonctionnaires, il s'était élevé à la plus haute fonction grâce à son intelligence supérieure. Confucianiste respectueux de la tradition, c'était également un réformateur radical. Ses tentatives de remanier le système des taxes, de réorganiser l'armée et de créer une bureaucratie basée sur le mérite avaient déclenché l'opposition farouche de propriétaires conservateurs dont il menaçait les intérêts, ainsi que d'intellectuels qui pour des raisons confucéennes préféraient la gouvernance morale à l'intervention directe d'un gouvernement centralisé. Six ans auparavant, il avait été évincé de son poste pour y être rétabli deux ans plus tard. Après le tracas des affaires d'État, il trouvait le réconfort en écrivant de la poésie.

Le ministre arriva à l'heure prévue avec une escorte modeste : des porteurs firent passer son palanquin entre une haie d'honneur commandée par Vallon. Ce dernier lui offrit son bras et ensemble ils entrèrent dans la maison. Wang Anshi s'enfonça au milieu des coussins d'un lit de jour avec un soupir. Il renvoya tous ses domestiques à l'exception d'un jeune clerc et d'un garde du corps monumental qui prit place sur le seuil de la pièce.

« Désirez-vous du *chai*, Votre Excellence ?

— Je ne bois que du vin coupé à l'eau que je prépare moi-même. Je me dois de prendre des précautions contre l'empoisonnement. »

Après quelques plaisanteries, Wang en vint aux affaires, en commençant par expliquer la situation de la Chine.

« Notre plus grande menace extérieure vient des Khitans. Nous avons une armée de métier de plus d'un million de soldats, et pourtant nous payons à l'empire Liao un tribut annuel de deux cent mille rouleaux de soie et de cent mille onces d'argent. »

Le ministre sourit.

« Je crois savoir qu'une dame khitan a infiltré vos propres défenses. »

Vallon rougit pour la première fois depuis des dizaines d'années.

« Notre armée est principalement composée de mercenaires étrangers, de criminels et de paysans contraints de quitter leurs terres à cause de taxes exorbitantes. Il me semble qu'il en va de même à Byzance. Votre stratégie militaire fonctionne-t-elle ?

— Pour le moment, elle réussit. Comme la Chine, Byzance préfère la corruption ou la diplomatie à l'emploi de la force. Il y a un siècle c'était différent, quand l'empire était organisé en *themes* – des provinces gouvernées par des généraux et défendues par des soldats payés non pas en argent mais avec des concessions de terres. Un soldat doté de son propre lopin de terre se battra jusqu'à la mort pour le préserver.

— J'ai essayé d'introduire un système de milice locale similaire. J'ai échoué. »

Ils discutèrent jusqu'à midi avant que Wang ne se levât.

« Il semblerait que la Chine et Byzance aient de nombreux points communs : une armée coûteuse, un système de taxes aussi inefficace qu'inique, et une bureaucratie composée en grande partie d'aristocrates sélectionnés indépendamment de leur personnalité et de leur mérite. »

Vallon posa la question cruciale.

« Lors de votre discussion avec Sa Majesté, lui recommanderez-vous de former une alliance officielle entre nos deux empires ?

— Une alliance basée sur une faiblesse mutuelle n'aidera aucune des deux parties. Sans compter que la Chine et Byzance sont bien trop éloignées, séparées non seulement par des montagnes et des déserts mais aussi par au moins trois empires barbares belliqueux. De belles promesses couchées sur le papier n'ont aucune valeur si elles ne sont pas relayées par des actes. À tout le moins, ajouta Wang en voyant la déception de Vallon, vous retournerez chez vous porteur de la déclaration officielle d'amitié de Sa Majesté Impériale. Enfin… si vous décidez de retourner chez vous. Il y aura toujours un poste haut placé au sein de l'armée chinoise au cas où vous souhaiteriez rester dans le Royaume du Milieu. »

Vallon ne rejeta pas d'emblée cette proposition.

« Puisque vous évoquez le sujet, j'aimerais beaucoup voir de mes propres yeux les tactiques militaires et les armes chinoises.

— J'organiserai une journée de grandes manœuvres.

— Merci. J'ai entendu des histoires au sujet d'une arme étrange utilisée par vos soldats : un engin incendiaire puissant appelé Drogue de Feu. Il m'intéresserait tout particulièrement de le voir en action. »

Wang resta debout les mains jointes en se tournant les pouces.

Peu de choses échappaient à la vivacité de son esprit.

« Je vais devoir en parler à des fonctionnaires du ministère de la Guerre. »

Quelques jours plus tard, Vallon et ses officiers sortirent à cheval pour assister aux manœuvres de l'armée. Elle commença par faire la démonstration de la prise d'un château : un vrai château, construit à des fins d'exercice. Une troupe d'infanterie rampa sous le couvert de grands boucliers plats et cribla les remparts de carreaux tirés au moyen de lourdes arbalètes en cuivre et en bois. Ensuite prit place une équipe d'ingénieurs qui tiraient des trébuchets. Plus petits que la catapulte que Vallon avait traînée depuis Constantinople, au lieu d'être actionnés au moyen d'un contrepoids, ils étaient propulsés par plusieurs hommes qui tiraient sur des cordes attachées au bas bout du bras lanceur.

« Ils n'ont ni la portée ni le pouvoir destructeur des balistes byzantines, commenta Vallon. Je m'étonne qu'ils n'adoptent pas notre méthode.

— Leurs trébuchets à traction sont plus faciles à manœuvrer, répliqua Josselin. Ils peuvent envoyer trois ou quatre missiles quand on a juste le temps d'en lancer un. »

Les soldats s'attaquèrent ensuite à une tour en bois à un coin du château.

« Foutre Dieu ! jura Wulfstan. C'est un siphon de feu ou je ne m'y connais pas. »

Il avait raison. Après avoir mis sous pression un réservoir très semblable à celui que les Aubains avaient apporté avec eux, les Chinois dirigèrent un jet de combustible incendié sur la tour, qu'ils réduisirent à une ruine embrasée.

Vallon applaudit.

« Le secret de la réussite de nos batailles, tu parles ! »

L'après-midi, on les gratifia de démonstrations des unités de cavalerie. L'une d'elles impliquait des cavaliers protégés de lourdes armures et qui fonçaient au triple galop sur une position d'infanterie. De loin, on aurait dit que les fantassins n'avaient pour toute arme que des haches, et que leur position était défendue par des pieux fins et émoussés plantés de travers dans le sol.

« Ce ne sont pas des pieux, commenta Vallon. Les fantassins portent des pots de feu. Messires, je crois… »

Des explosions métalliques le coupèrent net. La cavalerie lança sa charge. À vingt-cinq toises de distance, l'infanterie enflamma les pieux. Ils explosèrent avec des *pops !* et des *bangs !* en éjectant des missiles invisibles qui semèrent la confusion parmi les chevaux.

Vallon chevaucha à travers la fumée nauséabonde et trouva le commandant de l'infanterie.

« J'étais persuadé que la cavalerie allait vous balayer comme de simples fétus de paille, dit-il avant de désigner les pieux qui se consumaient. Quel genre d'arme est-ce là ?

— Des lances de feu, votre Grâce. Elles tirent des balles en plomb, des cailloux et du verre. »

Vallon retourna auprès de ses hommes.

« Ce n'est pas une légende. La Drogue de Feu fonctionne.

— C'était du théâtre, répliqua Josselin. Un quart des lances ne se sont pas allumées, un autre quart a tiré trop tôt ou trop tard, et à en croire ces cris, certaines armes ont blessé leurs propres soldats. »

Vallon plissa les yeux.

« Quand bien même, la Drogue de Feu vaut la peine d'être possédée.

— Comment allez-vous l'obtenir ? »

Vallon s'aspira les joues.

« Je ne sais pas, mais que je sois maudit si je quitte la Chine sans avoir atteint au moins l'un de nos objectifs. »

XL

Pour Hero et Aiken, chaque jour à Kaifeng apportait son lot de découvertes et de réjouissances. Escortés par des préposés, ils se rendirent partout. Ils visitèrent la Pagode de Fer haute de deux cents pieds et ne furent qu'un peu désappointés de constater qu'elle était construite avec de la brique brûlée, ce qui lui conférait sa teinte métallique. On leur fit découvrir une fonderie de fonte, et ils entreprirent une excursion au Grand Canal, où ils observèrent des barges auxquelles on faisait descendre un palier au moyen d'écluses à double porte. Ils passèrent une journée à étudier le fonctionnement d'un engin cosmique de trente pieds de haut qui donnait le temps grâce à des poupées disposées sur des plateformes tournantes, et qui montrait les mouvements des corps célestes sur un globe rotatif. On pouvait en vérifier la précision par l'observation directe du soleil, de la lune et des planètes avec l'aide d'une sphère armillaire au sommet de la tour et soutenue par des dragons en bronze.

Ces trois instruments étaient actionnés par un seul et unique mécanisme à énergie hydraulique logé à l'intérieur de la tour. Les guides de Hero l'autorisèrent à en inspecter les rouages et même à prendre des notes et à faire des dessins. Un réservoir à niveau constant déversait de l'eau avec une pression uniforme dans trente-six écopes espacées régulièrement sur le rebord d'une énorme roue d'échappement. À chaque fois qu'une coupelle se remplissait puis se renversait, elle faisait basculer deux leviers qui tiraient vers le bas un madrier, libérant ainsi une trappe, ce qui permettait à la roue de tourner d'un cran pour que l'écope suivante se remplît. Tellement simple et tellement ingénieux.

Une seule chose gâtait le plaisir de Hero : sa vue se détériorait. Son œil droit voyait le monde à travers un voile de brouillard. Quelques jours après leur arrivée à Kaifeng, il avait parlé au chambellan de sa maladie et lui avait demandé si quelqu'un serait capable de la soigner. Le fonctionnaire l'avait envoyé dans trois hôpitaux différents, hélas les médecins ne lui avaient guère laissé d'espoir : non seulement l'opération de la cataracte réussissait rarement, mais en général elle dégradait encore plus la vue.

« Ils ne veulent pas prendre le risque d'opérer un hôte étranger, en conclut Aiken. Si la chirurgie échoue, ils perdront la face.

— Et moi si je ne trouve personne pour m'opérer, je perdrai la vue. »

Ce n'est que plusieurs semaines après, lors d'un banquet, qu'un fonctionnaire suggéra à Hero d'aller consulter un oculiste qui avait soigné avec succès sa propre affection de l'œil. Le médecin en question était un Indien immigré de la troisième génération ; or l'Inde était le pays où la première opération de la cataracte avait été réalisée.

Accompagnés par leur sempiternelle escorte, Hero et Aiken se rendirent chez lui quelques jours plus tard. Leurs porteurs les conduisirent dans une rue où pullulaient les offices médicaux qui se proposaient de tout soigner, de la calvitie à l'impuissance, de l'indigestion à la stérilité.

« Guérison rapide assurée », promettait un écriteau. Pour Hero, le quartier entier fleurait le charlatanisme, il fut donc rassuré quand il vit que le cabinet de l'oculiste ne portait pour seule publicité qu'un œil peint.

Un domestique le conduisit dans une salle d'attente. Hero se trémoussait sur le bord de son siège.

« Il n'en sortira rien de bon, dit-il à Aiken.

— À votre service, gentilshommes. »

Un homme brun à l'air doux était entré dans la pièce.

Hero se leva.

« Un fonctionnaire du palais vous a recommandé comme spécialiste des afflictions de l'œil.

— Vous avez des cataractes, déclara l'oculiste en prononçant son diagnostic à une distance de sept ou huit pieds. Puis-je vous examiner ? »

Hero resta pétrifié de nervosité tandis que l'homme scrutait ses yeux.

« L'occlusion dans votre œil gauche en est encore à un stade précoce, mais la cataracte de l'œil droit commence à durcir.

— Trop avancée pour être soignée, j'imagine », commenta Hero.

Il voulait entendre le pire et partir le plus vite possible.

« Il est évident que plus la substance flegmatique est mince et molle, plus les chances de réussite sont élevées. Toutefois il n'est pas trop tard pour enlever la cataracte de votre œil droit.

— Vous voulez dire que vous pouvez rétablir ma vue ?

— Il y a de fortes chances que je puisse l'améliorer. Je ne peux pas rétablir une vue parfaite. »

Hero fut rassuré, l'homme ne prétendait pas être un faiseur de miracles.

« Il me faut vous dire que je suis moi-même médecin, bien que je ne sois pas spécialiste des affections de l'œil. »

Il sortit sa copie du *Dix traités sur l'œil* de Hunayn ibn Ishaq.

« Certes il est écrit en arabe, mais il contient de nombreux schémas instructifs. »

L'homme le feuilleta.

« Cet auteur a de bonnes connaissances de base », commenta-t-il, sous-entendant qu'elles n'étaient pas à la hauteur des siennes.

Il rendit le livre.

« En tant que médecin, vous devez savoir quelles techniques chirurgicales sont employées.

— On m'a parlé de la procédure de la couche, où le chirurgien perce le globe oculaire au moyen d'une aiguille incurvée et repousse la substance opaque en dehors du champ de vision. »

L'homme se dirigea vers une table où étaient disposés ses instruments.

« Voilà le type d'aiguille dont vous parlez. Je ne l'utilise plus. »

Il s'empara d'une aiguille avec une pointe plus épaisse et plus plate.

« Elle est conçue pour pénétrer la membrane du cristallin et pousser la cataracte dans le corps vitré. Je trouve qu'elle permet d'obtenir des résultats meilleurs et plus durables. Toutefois les cas sont nombreux où aucune méthode ne corrige la maladie, parfois celle-ci empire.

— Jusqu'à la cécité ?

— Oui. »

L'oculiste reposa l'aiguille et revint avec une lancette.

« Je préfère employer une chirurgie plus complexe. Je pratique dans le globe oculaire une incision grande comme ça », expliqua-t-il en écartant deux doigts d'environ un tiers de pouce.

Hero déglutit.

« Vous découpez la cataracte ?

— Je l'aspire. J'avais avant à mon service pour effectuer cette tâche un assistant doté d'une incroyable capacité pulmonaire. Il est malheureusement décédé il y a quelques années. Incapable de trouver quelqu'un d'aussi doué, j'ai inventé une machine qui fait ce travail. »

Il lui montra une pompe aspirante munie à une extrémité d'un étroit parchemin.

Hero et Aiken échangèrent des regards dégoûtés.

« Quelles sont les chances de réussite ?

— Chaque cas est différent. Je peux vous montrer des témoignages de patients reconnaissants. Évidemment je ne vous montrerai pas les lettres des patients que j'ai rendus aveugles. Tout ce que je peux dire c'est que j'ai eu plus de succès que d'échecs. »

Hero croisa les mains pour les empêcher de trembler.

« Et si je ne subis pas cette opération ?

— Dans deux ou trois ans, vous perdrez l'usage de votre œil droit. Encore quelques années et le monde ne sera qu'un brouillard. Laissez-moi vous suggérer une solution possible. Comme le flegme dans votre œil gauche est mou, il peut être retiré plus facilement. Si vous vous décidez pour la chirurgie, je pourrais opérer cet œil en premier. Si mon travail aboutit, nous pourrons envisager d'enlever la cataracte de votre œil droit. »

Des calculs épouvantables traversèrent l'esprit de Hero. Il voyait encore relativement bien avec son œil gauche. Si l'opération échouait, sa vue se limiterait à son œil droit, avec lequel il parvenait tout juste à déchiffrer des mots écrits sous son nez. Puisque son œil droit était déjà en si mauvais état, peut-être aurait-il mieux valu commencer par celui-là. Si l'opération avortait… La bouche tordue, désespéré, il en appela à Aiken.

« Vous seul pouvez prendre cette décision, répondit ce dernier d'une voix douce.

— Inutile de décider tout de suite, intervint l'oculiste. Réfléchissez à ce que je vous ai dit. Consultez-moi si vous avez d'autres questions. Peut-être voudriez-vous un peu de *chai ?* »

Il les conduisit dans une pièce confortable. Une statue en bronze de Shiva, le dieu hindou de la destruction et du renouveau, trônait sur une table à côté d'une pierre à encre et d'autres outils d'écriture. Des exemples de calligraphie étaient accrochés au mur.

Hero en désigna un.

« C'est votre travail ?

— Mes gribouillages d'amateur ne sont pas dignes de votre attention. Je les fais afin de conserver l'habileté de mes doigts pour la pratique de la chirurgie.

— Je les trouve magnifiques, s'extasia Aiken. En particulier celui-là. »

L'oculiste le décrocha du mur.

« Vous me faites un grand honneur et vous m'en feriez un plus grand encore en acceptant mes dérisoires gribouillis. »

Il s'assit tête basse, plongé dans l'embarras.

L'entrée d'une jeune femme chargée du nécessaire pour le *chai* brisa ce silence malaisé.

« Ma fille », expliqua l'oculiste quand elle se fut retirée. « Ma femme est morte l'an dernier. »

Hero songea alors que si le chirurgien n'était pas capable de sauver les êtres les plus proches de lui, il n'était peut-être pas le mieux placé pour entreprendre une opération à risque. Il écarta cette pensée indigne, apaisé par le thé parfumé et l'atmosphère calme de la pièce. Le soir commençait à atténuer la lumière extérieure. Une brise légère à l'odeur de terre mouillée par la pluie le transporta plusieurs années en arrière, un jour de début de printemps en Angleterre. Il n'en revenait pas de la distance qu'il avait parcourue et de tout ce qu'il avait vu depuis. Il avait emmagasiné assez de souvenirs pour une vie entière, des milliers d'images à revoir encore longtemps après que la cécité aurait déposé son voile sur le monde. Il entendit à peine les mots d'encouragement et d'adieu du spécialiste.

« Prenez le temps de réfléchir. Même si vous décidez de ne pas faire cette opération, je vous en prie, revenez me voir. J'aimerais beaucoup entendre parler des techniques médicales que vous pratiquez en Occident.

— Ma décision est prise, répondit Hero. Je souhaite que vous accomplissiez l'opération.

— Vous êtes sûr ?

— Non. J'agis avec une foi aveugle. Commencez par l'œil gauche. »

L'homme lui prit les mains.

« Demain est un jour de mauvais augure. Revenez le matin suivant. Attendez-vous à un séjour de trois ou quatre jours. Ne mangez rien de solide demain. »

Quand Hero partit dans un pousse-pousse couvert pour aller se faire opérer, des trombes d'eau transformaient les rues en bourbiers. En regardant les porteurs fendre la pluie torrentielle sous des dais de fortune, il se demanda s'ils comptaient parmi les dernières choses qu'il verrait. Son humeur en dents de scie avait alterné entre optimisme et désespoir. À présent il était embourbé dans une mélasse fataliste.

Aiken lui serra le bras.

« Je sais que c'est un maigre réconfort, mais le temps que cet orage passe, votre calvaire sera terminé.

— Ou ne fera que commencer. »

L'accueil chaleureux de l'oculiste lui remonta le moral. Il observa d'un air approbateur la salle d'opération chaude, propre et délicatement parfumée. La pluie martelait le toit de tuiles.

Alors que le chirurgien le conduisait à un lit, Hero ne posa qu'une seule question.

« Administrez-vous des sédatifs à vos patients ? Si non, j'ai une préparation qui garantit d'atténuer la souffrance. Quand une procédure aussi délicate est à l'œuvre, cela doit aider que le patient ne cille ni ne s'agite. »

L'oculiste désigna un mortier posé sur une table à côté d'un brasero.

« J'essaie de réduire la douleur autant que possible. Si vous souhaitez appliquer votre propre baume, je vous en prie, faites. »

Hero était à présent allongé sur le lit, un assistant à l'air grave se tenait derrière le chirurgien.

« Je ne peux pas faire confiance à l'une de vos méthodes et en rejeter une autre. Faisons les choses à votre manière.

— Reposez votre tête et fermez les yeux. Essayez de vider votre esprit.

— Tiens-moi la main, demanda Hero à Aiken.

— Respirez profondément », enjoignit l'oculiste.

Hero inhala des vapeurs capiteuses, et lorsque le chirurgien lui adressa de nouveau la parole, sa voix lui parvint de très loin.

« Ouvrez les yeux. »

La pièce vacillait.

« Bien. Comme vous l'avez probablement découvert vous-même, les médecins font rarement de bons patients. Essayez de regarder votre nez et ne bougez pas. »

Une main se plaqua sur son front. Il vit l'oculiste se pencher, une lame étincelante à la main. Quelques instants plus tard, il entendit et sentit l'entaille que le chirurgien pratiqua dans le globe oculaire gauche.

« Excellent. Vous n'avez pas bougé un muscle. La réussite de cette première procédure est ce qu'il y a de plus déterminant. »

Hero n'eut qu'une vague conscience de ce qui suivit. On lui appliqua quelque chose sur l'œil gauche.

L'étau sur sa tête se resserra. Hero se contracta sous une douleur fulgurante.

« C'est fait, annonça l'oculiste. J'estime que c'est un succès. »

Hero, la langue pâteuse, avait du mal à parler.

« Dans ce cas, faites l'autre œil.

— Vous êtes sûr ? Ne voulez-vous pas attendre de déterminer l'issue ?

— Si la première incision a échoué, la deuxième n'y remédiera pas. Je suis résigné à la guérison ou à la cécité. Si cette dernière survient, je ne vous en tiendrai nulle rigueur. »

Une fois de plus les vapeurs lui firent tourner la tête. Le monde se liquéfia en une spirale qui l'aspira dans un vide immaculé. Il ne sentit pas la deuxième entaille.

Il se réveilla dans l'obscurité, un goût de vomi dans la bouche.

« Aiken ?

— Je suis à côté de vous.

— Je ne vois rien. »

Aiken s'esclaffa.

« C'est parce que vous avez les yeux bandés.

— Ils me font mal.

— C'est normal, le rassura l'oculiste. J'y ai appliqué des cataplasmes cicatrisants. Je les changerai demain. Essayez de ne pas rire, éternuer ni tousser. »

Hero sombrait régulièrement dans un état d'inconscience. Lors de ses phases de lucidité, il était convaincu que l'opération avait été un échec. Aiken resta en permanence à ses côtés, lui faisant la lecture ou évoquant leur voyage.

« Quelle heure est-il ? demanda Hero.

— Tard. Bien après minuit.

— Je me demande comment un aveugle peut savoir l'heure qu'il est. J'imagine qu'il utilise ses autres sens.

— Vous n'êtes pas aveugle.

— Je pourrais l'être.

— Si c'est le cas, je serai vos yeux.

— C'est ce que Wayland m'a dit avant de nous quitter. Je me demande où il est à présent.

— De retour chez lui, je l'espère.

— Cher Aiken, merci pour ton aimable soutien. Laisse-moi maintenant, va dormir un peu.

— Je ne suis pas fatigué.

— Mais moi si. »

Hero resta éveillé tout le reste de la nuit et entendit le premier coq annoncer l'aube et le bourdonnement croissant de la circulation à l'extérieur de sa fenêtre. L'oculiste arriva en milieu de matinée pour lui retirer ses bandages.

« Ne fixez pas trop haut vos espoirs, prévint-il. Les incisions sont encore enflammées. Il faudra attendre une semaine avant que nous puissions évaluer la puissance de votre vue. »

Lorsqu'il retira les couches de cataplasmes, la lumière brûla les yeux de Hero.

« Que voyez-vous ?

— Des ombres qui nagent dans un brouillard lumineux.

— Je n'en attendais pas mieux à ce stade. Je suis sûr que nous constaterons une amélioration demain. »

Il banda les yeux de Hero encore trois fois. La dernière, il retira les cataplasmes, et Aiken aida Hero à s'asseoir. Vallon, Lucas et Wulfstan se tenaient au pied de son lit avec des expressions qui hésitaient entre l'angoisse et l'espoir fou.

« C'est moi, annonça Vallon. Est-ce que tu me vois ?

— Je vous vois, répondit Hero. Je vous vois tous aussi clairement que le jour. Du moins je pourrais s'il n'y avait pas ces larmes. »

XLI

Vallon et Qiuylue faisaient une balade nocturne dans le jardin quand Josselin vint les trouver. Il les salua et s'inclina.

« Pardonnez mon intrusion, sire. Le soldat Stefan vient juste de me rapporter un fait étrange.

— En français, s'il te plaît », répliqua Vallon.

Il savait que Qiuylue devait rendre compte de tous ses faits et gestes et il n'était pas impossible qu'elle comprît le grec.

« Ma chère, voulez-vous bien nous excuser un instant ? » Qiuylue les laissa.

« Alors ? s'enquit Vallon.

— Quelques soldats sont sortis en ville ce soir. Ils buvaient dans une taverne quand un Chinois parlant l'arabe s'est approché de Stefan pour lui demander de vous faire passer un message. Il a parlé de vous en employant votre nom. Il vous est demandé à Hero et à vous de vous rendre demain midi à l'auberge du Phénix d'Or. L'homme a dit qu'il fallait vous assurer que personne ne vous suit.

— Avez-vous une idée de la personne que nous sommes censés rencontrer ?

— Pas la moindre, sire.

— Étrange, en effet. »

Il voyait bien à l'attitude de Josselin qu'il attendait autre chose de sa part. Il avait relativement négligé ses responsabilités militaires durant les semaines précédentes.

« Les hommes sont-ils satisfaits ?

— Trop. On va avoir un mal de chien à les arracher à cette terre du lotus. La moitié d'entre eux envisagent d'épouser leurs catins chinoises. »

Vallon connaissait l'histoire des voyageurs qui, après avoir goûté à la fleur de lotus, oubliaient famille et foyer et perdaient tout désir de retourner dans leur pays natal.

« Vous pensez que j'ai donné le mauvais exemple, c'est cela ?

— Je ne vais pas dire le contraire, sire. Puis-je vous demander quand vous avez l'intention de nous ramener chez nous ? Si toutefois vous avez l'intention de partir. Des rumeurs circulent que vous avez accepté un mandat au sein de l'armée chinoise.

— Balivernes, répliqua Vallon, piqué au vif par cette critique. Nous partirons à l'automne, quand un temps plus frais rendra le voyage plus facile.

— Je crois qu'alors il sera trop tard. »

Vallon regarda le centurion s'éloigner dans l'obscurité et resta un long moment à réfléchir à ses propos. En entendant la voix de Qiuylue, il sursauta.

« L'officier vous a-t-il apporté de mauvaises nouvelles ?

— Non, la simple routine. Je dois aller rendre visite à Hero. Je ne serai pas long. »

Il trouva le médecin en train de lire dans ses quartiers.

« Comment vont tes yeux ?

— La douleur a presque disparu et ma vue est plus nette qu'elle ne l'a été depuis des années.

— Merveilleux. Connais-tu la taverne du Phénix d'Or ?

— Elle est au coin de la route de la Fontaine de la Bière et de la rue du Tumulus du Crapaud. C'est l'une des auberges les plus populaires de Kaifeng.

— Nous sommes invités à y manger demain midi.

— Par qui ?

— Je ne sais pas. »

Il expliqua comment l'invitation lui était parvenue.

« Allez-vous y aller ?

— Je crois que oui. Ce pourrait avoir un rapport avec la Drogue de Feu. Le messager a insisté pour que nous gardions notre rendez-vous secret.

— Voilà qui pourrait se révéler difficile. »

Chaque fois qu'un Aubain quittait l'enceinte, il était suivi par des agents guère secrets. Leur surveillance était assez flagrante : ils restaient à découvert et il leur arrivait même d'intervenir pour montrer des paysages intéressants ou aider à marchander à un étal de nourriture ou dans une échoppe. C'était une façon pour les autorités de faire savoir aux étrangers que leurs moindres gestes étaient épiés, leurs moindres contacts signalés. Vallon avait fait l'expérience du pouvoir omniscient de l'État quand il avait essayé d'acheter des pétards pour mettre la main sur la Drogue de Feu. Son ombre avait fait capoter sa tentative en lui disant que les feux d'artifice n'étaient pas autorisés dans le cantonnement. Afin de voir jusqu'où s'étendait le contrôle de l'État, Vallon avait envoyé des soldats dans deux autres établissements, dont les propriétaires avaient platement refusé de les servir.

Se laissant une grande marge pour arriver au rendez-vous, Vallon et Hero quittèrent le cantonnement et se dirigèrent vers le sud. Il faisait doux, les rues grouillaient de monde. Une fois parvenus au fleuve qui traversait la ville d'est en ouest, ils bifurquèrent à droite.

« Est-ce qu'ils nous suivent ? demanda Hero.

— Ils sont deux, répondit Vallon. Ne te retourne pas. »

Un haut pont en arc, encombré par les étals et la circulation, enjambait le fleuve. Un bateau au mât baissé chargé de céréales en avait mal évalué la hauteur : il se retrouvait coincé au milieu de la travée. Vallon et Hero flânèrent le long des berges en s'arrêtant pour contempler des étals qui vendaient de tout : des horoscopes aux pains vapeur, des bijoux aux jouets.

« Attention à ce coquin, siffla l'un des agents à l'oreille de Vallon. Si vous voulez acheter des cadeaux à votre dame, je peux vous conduire à un bien meilleur endroit.

— Merci. Je ne sais pas ce que nous ferions sans vous. »

Hero et lui reprirent leur déambulation, les deux agents sur les talons. Vallon s'arrêta sur le quai et fit mine d'avoir repéré quelque chose d'intéressant en face.

« Voilà ce qu'il nous faut.

— Où ça ?

— Là en bas. »

Au-dessous d'eux un homme somnolait dans une yole. Vallon s'y laissa tomber et lança quelques pièces au passeur tout surpris.

« Mille pièces pour nous faire traverser. »

Les agents ne se dérobèrent pas à leur devoir. L'un d'eux essaya de se jeter dans l'embarcation et, ratant sa cible d'un pied, tomba dans l'eau. L'autre se rua vers le pont, désormais bloqué par une foule qui hurlait des conseils et des encouragements à l'équipage qui s'acharnait à libérer le bateau.

Vallon et Hero débarquèrent de l'autre côté avec une grande longueur d'avance et firent plusieurs détours avant d'atteindre le Phénix d'Or juste au moment où, au loin, des tambours annonçaient midi par des battements prolongés. L'auberge était bâtie au coin d'une intersection animée quadrillée par des paysans qui portaient sur l'épaule des perches en bambou où pendaient des marchandises, des faquins en sueur qui conduisaient dans des litières des fonctionnaires et des dames, des charrettes avec de hautes roues tirées par des bœufs ou des ânes et chargées de tonneaux de vin et de sacs de millet… Un groupe d'érudits avait choisi d'organiser un débat au centre du croisement. Des enfants lançaient des cerceaux au milieu de la circulation. D'un côté de l'établissement, des chalands s'étaient rassemblés autour d'un conteur professionnel.

Vallon et Hero se frayèrent un passage à travers ces flots tourbillonnants d'humanité. L'auberge s'élevait sur trois étages, les deux derniers s'avançant en balcons pour que les clients pussent observer le théâtre de la rue. Un portier fit passer les hôtes par une entrée peinte avec des couleurs vives.

Ils se figèrent, stupéfiés par la taille de l'établissement. Au moins cent clients occupaient la salle de banquet centrale et il y en avait autant dans les ailes de part et d'autre. Le vacarme des conversations et de l'entrechoquement des baguettes était assourdissant. Une armée de serveurs s'affairait en tous sens.

« Vous avez réservé ?

— Non. C'est notre hôte qui s'en est chargé.

— Son nom ?

— Ah, c'est bien là le problème. C'est une surprise…

— Le vôtre ?

— Vallon. »

Après avoir consulté un calepin, le gérant claqua des doigts à l'adresse d'un laquais qui passait par là afin qu'il prît en charge les invités.

« Suivez-moi, honorés sires.

— Voilà qui est très excitant », s'enthousiasma Hero en montant une volée de marches.

Au dernier étage, le domestique les conduisit dans le recoin d'un balcon qui donnait sur l'intersection et qui était en partie dissimulé par en dessous grâce à des arbres fruitiers plantés dans des bacs.

« Excellent endroit pour parler en privé », commenta Hero.

Vallon observait les allées et venues à l'extérieur.

« Ou pour nous assassiner. »

Il gardait un œil sur la rue, l'autre sur l'entrée du balcon. Une activité frénétique régnait dans le restaurant. Ce client voulait un plat chaud et épicé, son compagnon quelque chose de doux et de rafraîchissant. Un autre demandait que son porc soit frit, tandis que son confrère, après moult hésitations, préférait sa viande grillée. Une fois qu'une table avait fait son choix, le serveur filait en cuisine en entonnant la liste complète des commandes.

« Extraordinaire, commenta Hero. Ils n'écrivent rien. »

L'un de ces acrobates de la mémoire s'approcha de leur table d'un air affairé.

« Prêts ?

— Nous attendons notre hôte. Il a dû être retardé par la circulation.

— Jour très chargé, rétorqua le serveur. Vous commandez maintenant. »

Vallon remarqua un Arabe de haute taille qui traversait la rue en esquivant une procession taoïste. Il portait un turban bleu dont une extrémité lui voilait le bas du visage.

« Allons-y, dit Vallon. Tout ça doit être quelque fumisterie. »

Le serveur trépignait d'impatience pendant que Hero essayait de déchiffrer le menu.

« Que recommandez-vous ?

— Vous avez la soupe aux cent saveurs et l'agneau cuit à la vapeur de lait.

— La même chose pour moi, dit Vallon.

— Mettez-en trois », lança l'Arabe qui s'était matérialisé derrière le serveur.

Vallon n'en crut pas ses yeux.

« Mon Dieu ! »

Hero se jeta en travers de la table.

« Wayland ! Oh, Wayland !

— Pas si fort », chuchota le fauconnier.

Il se glissa sur un siège et sourit à ses camarades.

« Ma foi, le destin épargne l'optimiste. »

Vallon et Hero parlèrent en même temps. Comment était-il arrivé en Chine ? Que s'était-il passé durant la traversée du Tibet ? Avait-il trouvé le temple mystérieux ?

« Chaque chose en son temps », répondit Wayland.

Vallon le dévisageait avec des yeux humides.

« Je croyais ne plus jamais te revoir. J'aurais dû savoir que les mers et les montagnes n'étaient rien pour un faucon passager. Tu as maigri. »

Il mit de côté ses émotions en interpellant un serveur pour lui demander une cruche du meilleur vin.

Un silence s'ensuivit : trop de questions tourbillonnaient pour être exprimées.

« Voilà mon histoire en deux mots, commença Wayland. J'ai traversé le Tibet et franchi les cols de l'Himalaya pour arriver au Népal. J'ai trouvé le temple où j'ai obtenu des informations au sujet de l'ermite chrétien. Hero, j'aurai bien davantage de choses à te raconter sur mes découvertes quand nous aurons plus de temps. Je suis arrivé en Inde avec l'intention de me diriger vers l'ouest pour arriver en Afghanistan mais, bloqué par la guerre et la famine, j'ai fini par me retrouver dans un port non loin de l'embouchure du Gange. Alors que je me trouvais là, un navire marchand arabe a accosté avec un chargement à destination de la Chine. Las d'user mes semelles sur un sol étranger, je me suis fait embaucher comme marin. Après avoir mis cap au sud pour contourner une péninsule gigantesque et traversé un détroit, mon bateau a fait route au nord jusqu'à arriver dans une ville commerciale chinoise appelée Canton. De là j'ai poursuivi vers le nord par la mer et un chenal jusqu'à Kaifeng. Voilà un mois que je suis dans la ville.

— Pourquoi ne nous as-tu pas contactés plus tôt ? demanda Vallon.

— Je me suis dit que je serais d'une plus grande utilité si je dissimulais notre association. Comme les Chinois me croient un humble marin arabe, ils ne font guère attention à moi. Je peux aller et venir à ma guise. L'homme qui vous a transmis mon invitation est mon espion : il prête l'oreille aux conversations dans une taverne par-ci, un antre de jeu par-là. D'après ce que j'ai entendu, les Chinois vous retiennent prisonniers.

— Certainement pas, protesta Hero. J'ai exploré la ville et vu des merveilles auxquelles je n'aurais jamais rêvé.

— Wayland a raison, répliqua Vallon. Les Chinois nous ont enfermés dans une cage dorée en comblant tous nos désirs. Dieu seul sait que j'ai moi-même succombé à leur dorlotage. Au fait, je suis sûr que nous avons semé nos guetteurs.

— Je sais. Je vous ai suivis depuis le moment où vous avez quitté le cantonnement.

— Qu'as-tu appris d'autre ? demanda Vallon. Sais-tu ce que les Chinois ont l'intention de faire de nous ?

— Vous avez déjà répondu à cette question. Ils vous bercent dans un doux rêve d'où vous n'aurez jamais envie d'émerger. Dans les tavernes on raconte que l'empereur ne veut pas que vous quittiez la Chine. Il espère que le général Vallon acceptera de commander un régiment contre les barbares septentrionaux. Il est persuadé que Hero va choisir de rester dans le Royaume Céleste. »

Ces nouvelles dégrisèrent Vallon.

« Sont-ils au courant de l'intérêt que nous portons à la Drogue de Feu ?

— Ils ont su ce que vous cherchiez dès le jour de votre arrivée et sont déterminés à ce que vous ne la trouviez jamais. »

Wayland leva la tête.

« Votre concubine établit des rapports sur vos activités. Chaque domestique est un espion. »

Vallon rougit.

« Mangeons. »

Hero avala quelques cuillerées de soupe.

« As-tu remarqué quelque chose de changé chez moi ? » demanda-t-il.

Wayland l'examina.

« Quelque chose dans tes yeux ?

— Un chirurgien m'a enlevé mes cataractes. L'opération a été un succès. Je vois de nouveau clair – pas aussi bien que toi, mais assez bien pour lire sans inconfort. Et il ne m'arrive plus de croiser des amis dans la rue sans les reconnaître.

— C'est merveilleux.

— Et c'est merveilleux que l'une des premières choses qui s'offrent à mes yeux soit notre cher ami Wayland. »

Vallon posa une main sur celle du fauconnier.

« À moi aussi ce voyage m'a apporté plus que ce que j'aurais jamais pu espérer. »

Wayland regarda Hero.

« Tu lui as dit ? »

Hero eut un sourire radieux.

« Lucas l'a révélé lui-même à Vallon – non sans moult encouragements et pressions. »

Wayland marqua une hésitation.

« Et le père et le fils sont-ils réconciliés ? »

Vallon fit mine de se concentrer sur sa nourriture.

« Je prie pour que nous le soyons quand Dieu en aura décidé ainsi. »

Il eut un rire désespéré.

« J'ai encore la tête qui tourne. Nous avons tellement de nouvelles à nous échanger.

— Mon logis n'est pas loin d'ici, répondit Wayland. Nous pourrons parler à loisir après avoir mangé.

— J'ai bien peur que ma curiosité ne doive rester insatisfaite encore un peu plus longtemps, dit Vallon. J'ai une réunion avec le sous-ministre de la Guerre.

— De fait, ce dont je voulais parler intéressera davantage Hero que vous. Cela a trait à quelque chose que j'ai trouvé dans le temple au Népal.

— Dis-moi, le pressa Hero.

— Plus tard, le rabroua Vallon avant de lever sa coupe. Aux vieux camarades. »

« Mieux vaut que nous ne partions pas ensemble, dit Wayland à Hero. Laisse-moi le temps de prendre le large, puis tourne à droite à la sortie et arrête-toi au premier coin de rue. Mon ami chinois t'y attendra. »

Vallon et Hero partirent chacun de leur côté, Hero tournant à droite, comme on le lui avait indiqué. Au coin de rue où le conteur avait déclamé son histoire, une foule s'était rassemblée pour assister à un combat de lutte. Hero se dressa sur la pointe des pieds afin de regarder. De l'autre côté de la foule, deux jeunes campagnards assistaient au spectacle juchés sur le dos d'un buffle.

Hero écarta d'un geste un voyou qui vendait de la fausse monnaie utilisée lors des funérailles et scruta la périphérie de la foule à la recherche de quelqu'un qui ressemblerait à l'agent de Wayland.

Le vendeur de pièces désigna l'autre côté du croisement.

« Vous voyez le marchand qui vend du matériel de tir à l'arc ? » demanda-t-il en arabe.

Hero repéra un gentilhomme penché au-dessus d'un arc sur une véranda aménagée en stand de tir.

« Je le vois.

— Attendez que j'aie tourné au coin. Gardez bien vos distances. »

Hero le regarda traverser la rue tant bien que mal avant de le suivre. Son guide le conduisit d'un pas vif à la route de la Fontaine de la Bière avant de tourner dans une rue transversale. Hero peinait à ne pas le perdre de vue. La ruelle était bondée de soldats en permission, de marins étrangers et de jeunes candidats à la fonction publique qui festoyaient après les examens. Des lanternes en soie rouge pendaient au-dessus des portes de nombreux cavistes, et des femmes fardées et quelques garçons décadents prenaient des poses provocantes devant les fenêtres à l'étage.

Un troupeau d'étudiants ivres lui barra le passage en l'invitant à venir boire une coupe de vin avec eux. Quand il réussit enfin à se frayer un passage, son guide avait disparu.

« *Pstt !* »

Hero l'aperçut à l'entrée d'une allée. Il le suivit dans un dédale de cours et de bicoques délabrées. Il arriva à une impasse. Une porte s'ouvrit. Il entra, et le guide lui fit monter des escaliers branlants qui menaient à la chambre où Wayland l'attendait.

« Jamais je ne me serais attendu à te retrouver dans le quartier des Saules, commenta Hero. Une bâtisse sur deux est une maison close.

— C'est le quartier étranger. Je me fonds dans la population. Puis-je t'offrir du *chai ?* Du vin ? »

Hero était encore sous le choc de la résurrection du fauconnier.

« Rien, merci. J'étais tellement stupéfait de te voir que j'en ai oublié de te demander des nouvelles de tes compagnons. »

Wayland se servit une coupe de vin.

« Les Turkmènes sont morts. Deux se sont noyés dans la crue d'un fleuve. Toghan a été tué par un yak sauvage.

— Et Zuleyka ? »

Wayland ferma les yeux et but.

« Nous nous sommes séparés au Népal. Elle a pris mon chien avec elle. »

Une fille entra négligemment dans la chambre, la jupe à moitié dénouée, le maquillage baveux. Wayland lui dit quelque chose, elle bâilla et se retira.

Hero s'assit, les mains sur les genoux. Il lui semblait que Wayland avait changé durant son absence. Jamais il ne l'avait vu boire de vin dans la journée. Et la désinvolture avec laquelle il s'était adressé à cette prostituée…

« Tu as dit avoir trouvé le temple.

— Il est perché au bout d'une vallée, au-dessus de la limite des arbres, et surplombe un village déserté qui a été détruit dans un tremblement de terre. Tout avait été laissé en l'état, y compris le corps du lama assis devant l'autel. J'ai trouvé un sacristain qui est resté sur place comme gardien. Il m'a confirmé qu'un ermite chrétien du nom d'Oussu avait étudié au temple il y a mille ans. »

Hero sourit.

« Il arrive à nos historiens les plus érudits de s'embrouiller dans la chronologie, et j'imagine que des hommes sans instruction vivant dans un endroit aussi isolé doivent avoir une notion du temps très floue.

— C'est ce que j'ai pensé. Mais quand j'ai mis en doute les propos du sacristain, il m'a montré un livre qui énumérait tous les lamas depuis la construction du temple. Oussu est arrivé durant le règne du deuxième lama. Il y a dû y en avoir au moins cinquante autres depuis. J'ai compté.

— Tu as dit avoir trouvé une chose là-bas.

— Plusieurs, en fait. Le sacristain m'a montré la grotte où Oussu méditait. Il y avait sur les parois des symboles chrétiens dessinés par des pèlerins venus visiter le temple une centaine d'années après son départ.

— Des croix ?

— La silhouette d'un poisson. Cela vous évoque-t-il quelque chose ?

— Le poisson était l'un des tout premiers symboles chrétiens.

— Ce qui suggère que le sacristain disait vrai. »

Hero dissimula sa déception.

« J'espérais une découverte plus tangible. »

Wayland s'empara d'un tube en bambou qu'il décapuchonna.

« J'ai emporté un *thanka* et un rouleau de parchemin. »

Il sortit la peinture et la passa à Hero.

« C'est un portrait d'Oussu. »

Hero l'étudia.

« Le personnage a sans nul doute des traits occidentaux. Comment sais-tu qu'il s'agit d'Oussu ?

— Elle semblait différente de toutes les autres peintures. C'est pour ça que je l'ai choisie. Le sacristain m'a ensuite confirmé qu'il s'agissait d'un portrait d'Oussu.

— Il ne m'a pas l'air très vieux. Les couleurs sont encore vives.

— Elles l'étaient encore plus le jour où je l'ai vu pour la première fois. Rien ne perd de son éclat dans cette atmosphère sèche et froide. Cela faisait deux ans que le lama était mort et pourtant son corps était parfaitement conservé.

— Tu as dit avoir pris un parchemin. »

Wayland le lui tendit.

« Il faisait partie de la multitude que j'ai trouvée dans la grotte où Oussu avait passé de nombreux jours et de nombreuses nuits à méditer. J'ignore en quelle langue il est écrit. »

Hero le déroula. Il dégagea ses cheveux en arrière.

« C'est de l'araméen.

— Qui parle cette langue ?

— Elle est couramment utilisée dans l'empire des Arabes. Les juifs l'emploient davantage que leur hébreu natal. C'était la langue de Jésus.

— Je croyais que les premiers chrétiens écrivaient en grec.

— Pour la plupart, oui, mais un grand nombre d'entre eux avait comme langue maternelle l'araméen.

— Savez-vous le lire ?

— Non, mais je sais où trouver quelqu'un qui en est capable. Il y a une communauté juive à Kaifeng.

Ils sont venus de Perse il y a plus de cinq cents ans. Je suis sûr que l'un de leurs rabbins ou de leurs lettrés pourra traduire ce rouleau. Je vais organiser une visite.

— Pourquoi ne pas y aller maintenant ?

— Tout de suite ?

— Voilà cinq mois que je serre ce rouleau contre moi pour le protéger des tempêtes et des voleurs, sans cesser de me demander ce qu'il signifie. »

XLII

La *kenesa,* synagogue appelée Temple de la Pureté et de la Bonté, se dressait derrière de hauts murs dans l'allée de l'Enseignement de la Torah, une riche avenue non loin du palais impérial. Hero fit sonner une cloche devant l'entrée munie de doubles portes. Après un moment un guichet s'ouvrit, et un homme jaugea les visiteurs d'un œil méfiant.

« Vous êtes des Occidentaux, déclara-t-il en chinois.

— Nous sommes membres d'une ambassade impériale envoyée par Constantinople.

— Êtes-vous juifs ?

— Non.

— Alors que voulez-vous ? »

Hero s'efforça de prendre le ton le plus aimable possible.

« Durant notre traversée du Takla-Makan, nous avons acheté un rouleau de parchemin dans un temple bouddhiste. Ce qui a éveillé mon intérêt, c'est qu'il est écrit en araméen. J'avais espoir que quelqu'un dans votre temple pourrait me le traduire. »

Le gardien resta inflexible.

« Nous ne parlons pas l'araméen. Nous ne l'avons jamais parlé. Notre langue natale était le perse et le dernier locuteur perse est mort il y a plusieurs générations. »

Hero se décomposa.

« Personne ne peut nous aider ? »

Le gardien tendit une main.

« Donnez-moi ce rouleau. Je vais demander si quelqu'un connaît un lettré qui comprend l'écriture araméenne.

— Ne t'en sépare pas, prévint Wayland.

— Il ne va pas s'enfuir avec, répliqua Hero avant de sourire au gardien. Évidemment nous verserions des honoraires au traducteur.

— Attendez là, répondit l'homme en fermant le guichet derrière lui.

— Tu accordes manifestement beaucoup d'importance à ce rouleau, commenta Hero.

— J'ai failli perdre la vie en allant le chercher. »

Le portier revint, l'air quelque peu adouci.

« Le rabbin va vous recevoir. »

Les bâtiments de la synagogue étaient construits dans un style chinois, le temple situé dans un jardin agréable. Le portier les pressa d'entrer. Hero, qui avait déjà visité plusieurs synagogues, trouvait étrange d'en voir la disposition traditionnelle greffée sur l'architecture chinoise. Dans le prolongement de l'entrée se trouvait une table où étaient disposés un encensoir, des cierges et des bols d'huile. Derrière, encadrée par de la dentelle, se dressait la chaire de Moïse, sur laquelle avait été placée la Torah en vue de la lecture cérémonielle. De part et d'autre, deux colonnes noires laquées s'élevaient jusqu'à un dôme dans le toit : seul trait non oriental du bâtiment.

Un vieil homme qui, à l'exception d'une kippa, était en tous points chinois dans sa tenue et son apparence, reçut les visiteurs.

« Pardonnez l'accueil brutal du portier. Nous recevons rarement la visite de personnes étrangères à notre communauté.

— Les Chinois persécutent-ils les Juifs ? » demanda Hero.

Le visage cireux du rabbin se détendit.

« Ils tolèrent toutes les religions tant qu'elles ne menacent pas l'État. Après tout, les Chinois eux-mêmes n'arrivent pas à savoir s'ils sont confucéens, bouddhistes ou taoïstes. Nous juifs, ainsi que les nestoriens et les zoroastriens, sommes du menu fretin dans un océan. »

Il les conduisit dans une salle où étaient accrochées des inscriptions en chinois.

« Sont-ce des textes juifs ? demanda Hero.

— Oui, en effet. Celui-ci est tiré du Livre de Job. Mais je crois savoir que le vôtre est écrit en araméen. »

Hero lui présenta le parchemin. Le rabbin se mit à le dérouler.

« Mon compagnon à l'entrée n'était pas complètement honnête quand il vous a dit que personne ne lisait l'araméen. En me rendant compte que la source de toutes les choses sacrées se tarissait, j'ai pris sur moi d'apprendre l'araméen et l'hébreu auprès des rares âmes qui avaient conservé ces langues. Je ne possède qu'un piètre entendement de ces deux écritures.

— Regarde attentivement son visage, conseilla Wayland en français.

— Quand je ne serai plus de ce monde, poursuivit le rabbin, même ce timide lien avec nos racines sera rompu. »

Ses lèvres remuaient tandis qu'il se débattait avec la traduction du texte. Il en déroula une autre section en la brandissant à la lumière. Alors son front se plissa, ses yeux cillèrent et il retint un cri.

« Je te l'avais dit, murmura Wayland.

— Quelque chose aurait-il piqué votre intérêt ? » s'enquit Hero. Le rabbin s'efforça d'adopter un air impassible.

« Vous avez dit avoir acheté ce rouleau dans le Takla-Makan. Où précisément ? »

Hero avait préparé une histoire à la fois simple et plausible.

« Sur la route de la soie, nous avons visité les grottes bouddhistes de Dunhuang. Voyant que nous étions des Occidentaux, un moine s'est proposé de me vendre ce rouleau. Il affirmait qu'il s'agissait d'un texte chrétien, donc sans aucun intérêt pour lui. »

Le rabbin se tripota la gorge.

« J'imagine.

— Pouvez-vous nous dire de quoi il s'agit ? demanda Hero. Peut-être pourriez-vous nous lire les deux ou trois premières lignes ?

— Comme je vous l'ai dit, ma compréhension de l'araméen est faible. Je ne voudrais pas vous embrouiller avec une traduction confuse. Il me faudra au moins un mois pour déchiffrer ce texte. »

Hero ravala sa déception.

« Étant moi-même un lettré, je comprends ce besoin d'un rendu exact, mais si vous pouviez seulement nous donner une précis…

— Je ne suis pas tranquille à l'idée de le laisser entre ses mains, objecta Wayland.

— Nous ne trouverons personne d'autre pour le traduire. »

Le rabbin sourit.

« Vous êtes impatients d'en pénétrer le sens et votre curiosité excite la mienne. Je m'occuperai de ce rouleau en urgence. Revenez dans cinq jours. »

Le gardien les reconduisit vers la sortie et verrouilla l'entrée derrière eux.

« Nous aurions dû en faire une copie, se lamenta Wayland.

— Le rabbin ne va pas le voler. »

Les yeux du fauconnier brillaient d'une lueur étrange.

« Il est juif. Oussu était chrétien. Ce qui est écrit dans ce rouleau pourrait fort bien aller à l'encontre de ses propres croyances. Ce n'est peut-être pas quelque chose qu'il a envie de partager.

— J'ai toujours trouvé les érudits juifs tolérants vis-à-vis des autres religions du Livre. »

La rue était vide, la ville s'apaisait sous l'assaut du couchant. Wayland menait la marche.

« Je regrette quand même que nous n'ayons pas fait de copie. C'est ma faute. L'impatience l'a emporté sur la prudence. »

Hero s'empressa de le rattraper.

« J'ai comme l'impression que tu as une petite idée de ce que contient ce rouleau. »

Une centaine de trompettes avertirent les citoyens de Kaifeng de l'approche du couvre-feu. Wayland s'arrêta et posa ses mains sur les épaules de Hero.

« Si je te faisais part de mes soupçons, tu croirais que j'ai perdu la tête. C'est peut-être le cas. Mais je peux te dire une chose. Je ne suis plus l'homme auquel tu as dit adieu il y a de ça plusieurs mois. »

Quand Hero et Wayland revinrent à la synagogue, le rabbin les accueillit chaleureusement et leur offrit du *chai*.

« Avez-vous terminé ? » s'enquit Hero.

Le rabbin s'empara du rouleau et de sa traduction sur papier.

« J'ai consumé plus d'une lampe à cette tâche. Le bouddhiste qui vous l'a vendu avait raison. C'est l'Évangile selon saint Jean. »

Il suivit du doigt les premières lignes.

« *Au commencement était le Verbe, et le Verbe était Dieu.* »

Il sourit.

« Dieu seul sait comment ce parchemin est arrivé aussi loin à l'est. Vous devez être très excités.

— Une découverte remarquable, confirma Hero en regardant Wayland.

— Pourquoi Oussu se serait-il évertué à recopier un évangile en plein cœur de l'Himalaya ?

— Tu ne sais pas si c'est lui qui l'a écrit. Peut-être l'avait-il apporté pour diffuser la parole du sacrifice et de la résurrection de Jésus au peuple du Tibet.

— Dans un minuscule village perché dans les montagnes ? Il ne faisait pas d'évangélisation. Le sacristain m'a raconté qu'il passait son temps à apprendre la loi de Bouddha et à méditer. Quand il a atteint l'illumination, il est reparti en Occident. »

Le rabbin intervint avec tact :

« Votre ami semble contrarié.

— Il espérait que le rouleau contiendrait un texte inédit qui aurait éclairé d'une lumière neuve l'histoire des débuts de la chrétienté.

— Il est remarquable de trouver une copie d'un évangile chrétien aussi loin de la Terre sainte.

— Je le pense aussi », dit Hero.

Le rabbin lissa sa toge.

« Je dois me préparer pour un mariage. »

Il brandit le rouleau et sa traduction.

« Cela a été pour moi un exercice des plus intéressants. Peut-être souhaiteriez-vous faire un don à la synagogue ? »

Hero, voyant Wayland abattu, bavarda d'autres sujets tandis qu'ils retournaient à son logis. Une fois dans la chambre misérable, Wayland déroula le *thanka* et le déposa sur la table en maintenant les quatre coins à plat à l'aide de tasses. Il étudia le personnage énigmatique.

« Vous n'étiez ni copiste ni prédicateur.

— Qui était-il alors, à ton avis ? » demanda Hero.

Wayland ne répondit pas. Il sortit le rouleau de son tube et le déroula. Soudain il suffoqua.

« Qu'y a-t-il ?

— Ce n'est pas le rouleau que j'ai trouvé dans le temple.

— Mais tu ne sais pas lire l'araméen.

— Je l'ai porté suffisamment longtemps pour me rappeler le tracé des mots.

— Donne-le-moi. »

Hero examina les caractères.

« Tu as raison. »

Wayland lança un coup de pied dans la table.

« Je savais que nous aurions dû faire une copie.

— Mais pourquoi le rabbin aurait-il substitué un faux ? L'Évangile selon saint Jean ne doit pas présenter grand intérêt pour un juif dévot.

— Ce n'était pas l'Évangile selon saint Jean.

— Quoi alors ?

— Assieds-toi. Je vais prendre un verre de vin et je te suggère de faire de même. »

Assis, Hero tenait sa coupe sur ses genoux. Wayland but d'un trait la moitié de la sienne.

« Le sacristain m'a raconté qu'Oussu était venu au temple il y a mille ans et m'a montré des preuves pour étayer cette affirmation. Comme toi, j'étais sceptique. Je me rappelle lui avoir dit que si c'était vrai, Oussu aurait vécu à peu près à la même époque que Jésus.

— Plusieurs de ses disciples ont porté la parole de Dieu à l'étranger au moment de sa vie. Saint Thomas a édifié des églises jusqu'en Inde.

— Le sacristain m'a aussi dit que moins de cent ans après le départ d'Oussu, un groupe de pèlerins chrétiens était venu faire ses dévotions sur le site. Ce sont eux qui ont laissé le symbole du poisson sur les parois de la grotte. La seule explication de ce geste, c'est qu'ils vénéraient cet homme.

— Je ne comprends pas très bien où tu veux en venir.

— Oussu. Réfléchis à ce nom. »

Quand Hero fit le lien, il en renversa son vin.

« C'est impossible.

— Ah oui ? Cet Évangile de saint Thomas que tu avais trouvé en Anatolie. Tu étais persuadé qu'il renfermait un récit de la vie de Jésus avant qu'il ne commence à enseigner et à faire des miracles.

— Je n'ai pu en lire que quelques lignes avant que le secrétaire de l'émir ne me l'arrache des mains.

— Je me rappelle que tu m'avais dit qu'on ne savait rien de la vie de Jésus entre son enfance et l'époque où il fut baptisé à l'âge d'une trentaine d'années.

— C'est vrai. La majeure partie de sa vie s'est déroulée dans l'ombre.

— Durant cette période, il aurait pu voyager n'importe où. Il aurait pu aller aussi loin que le Népal. Pourquoi pas ? Je l'ai bien fait, moi. Au cours de mon trajet jusqu'en Chine j'ai eu largement le temps de réfléchir. Ce qui m'a frappé, ce sont tous les points communs que partagent le bouddhisme et le christianisme. Témoigne de la compassion à tous les êtres vivants. Pardonne à tes ennemis. Tends l'autre joue.

— La plupart des grandes religions enseignent des préceptes similaires, que les fidèles ont plus tôt fait de violer que d'observer.

— Je savais que tu me croirais fou. Ce n'est pas le cas du rabbin. C'est pour ça qu'il a volé le rouleau. Il contient les écrits de Jésus, ses pensées. »

Il se dirigea vers la porte.

« Je vais aller le récupérer. »

Hero le rattrapa.

« Imaginons que tu aies raison. Le rabbin refusera de te le rendre.

— Oh que non. »

Hero essaya désespérément de le retenir.

« Il va nier. Tu n'as aucune preuve. Le rabbin est un citoyen respecté. Il fera venir un magistrat. Tu seras arrêté. À tout le moins les autorités découvriront tes liens avec Vallon. »

Il l'écarta doucement de la porte.

« Bois un autre verre. »

Il parvint à asseoir le fauconnier et à lui fourrer une coupe dans les mains.

« J'aurais pu en établir la preuve si j'avais pu passer plus de temps dans le temple, se lamenta Wayland.

— Tu y retourneras peut-être un jour.

— J'ai perdu trois amis au cours de ce voyage, frémit Wayland. J'ai perdu Zuleyka et j'ai perdu mon chien. Pour quoi ? Tout ce que je voulais c'était retourner auprès de ma famille, et me voilà plus loin de chez moi que jamais, à vivre dans un bordel sans avoir rien tiré de mon voyage. »

Il éclusa son verre et contempla longuement le *thanka*. Comme il lui tournait le dos, Hero n'arrivait pas à savoir s'il riait ou s'il pleurait. Il n'avait encore jamais vu Wayland saoul avant, pas même éméché.

« J'ai en ma possession le seul portrait de Jésus qui existe, et personne – pas même toi – ne me croit. »

XLIII

Hero entra dans les quartiers de Vallon pétillant d'excitation.

« Regardez ce que j'ai là. »

Hero posa sur la table une petite plaque en fer rectangulaire qu'il badigeonna d'une résine poisseuse avant de placer un cadre autour.

« Cela a-t-il quelque rapport avec la Drogue de Feu ? demanda Vallon.

— Ceci, répondit Hero, est beaucoup plus intéressant. »

Il sortit d'une boîte de petits carrés d'argile dont une face portait un caractère chinois gravé, puis les encastra dans le cadre, en les calant bien à l'aide de lanières de bambou. Quand le cadre fut rempli, il recouvrit les caractères d'une encre collante, appliqua une feuille de papier sur l'ensemble, puis en frotta la surface avec un coussinet. Le sourire jusqu'aux oreilles, tel un prestidigitateur sur le point d'accomplir un tour de passe-passe incroyable, il s'empara d'un coin de la feuille, la retira et montra à Vallon la trace des caractères encrés imprimés de l'autre côté.

« Qu'est-il écrit ? s'enquit le général.

— Je ne sais pas. J'ai mis les pièces au hasard.

— Quel en est l'usage ? »

Hero encra de nouveau les caractères et effectua une deuxième impression.

« Vous voyez, une fois les caractères placés, je peux produire une copie en une fraction du temps qu'il me faudrait pour écrire une page. Je pourrais produire un livre en moins d'un jour. »

Vallon n'était pas impressionné.

« À en juger par le temps qu'il t'a fallu pour assembler ces pièces, composer un livre entier demanderait une semaine de travail. Un mois ne serait d'ailleurs peut-être même pas suffisant. Sans compter que tu jouais avec seulement quelques dizaines de caractères. Or la langue chinoise en compte des milliers.

— C'est pour cette raison qu'ils continuent à employer l'impression au bloc de bois. C'est plus rapide que le système amovible.

— Je commence à être perdu.

— Ne comprenez-vous pas ? Cette technique n'est pas réservée au chinois. L'alphabet grec ne comprend que vingt-quatre lettres. En en gravant suffisamment, on pourrait faire une page en une matinée, un livre en une semaine. Cela va bouleverser la fabrication des livres.

— Les scribes professionnels n'adopteront jamais cette méthode.

— Il n'y aura plus besoin de scribes avec mon matériel d'impression.

— Tu sais, Hero, il arrive que ton enthousiasme vis-à-vis des inventions modernes fasse fi du sens pratique.

— Vous êtes d'humeur bougonne ce matin.

— Assieds-toi. »

Vallon se posta à la fenêtre et désigna les cerisiers en fleurs.

« Voilà quatre mois que nous sommes à Kaifeng et nous n'avons nullement progressé pour convaincre l'empereur de conclure une alliance. Une alliance significative a toujours été un mirage. Byzance et la Chine sont tellement éloignées qu'elles pourraient être sur deux planètes distinctes. Le duc Phocas avait raison. Cette expédition était juste un moyen pour l'empereur de se débarrasser d'un traître et d'une gêne. Tout ce que nous avons, ce sont quelques cadeaux et un message destinés à Alexis qui alimenteront les conversations à Constantinople l'espace d'un jour avant d'être oubliés. Il est temps de rentrer chez nous. »

La poitrine de Hero se creusa, il était consterné.

« Vu le temps qu'il nous a fallu pour atteindre la Chine, quatre mois ne sont pas un séjour à rallonge.

— Si nous ne partons pas vite, nous allons nous retrouver à voyager en hiver.

— Attendez la nouvelle année, quand nous aurons tout le printemps et tout l'été pour effectuer le retour. Pour ma part je serais même ravi de rester encore davantage.

— Tu n'es pas le seul. Mes soldats ont l'impression d'avoir accosté dans les Îles du Bonheur, et plus ils y resteront, plus il sera difficile de les arracher à leurs maîtresses et à leurs coupes de vin.

— Nous n'avons toujours pas obtenu la formule de la Drogue de Feu.

— Et je doute que nous l'obtenions jamais. Ce qui n'est point une calamité. D'après ce que j'ai vu lors de la démonstration, sa puissance a été exagérée : les dégâts qu'elle cause sont davantage dus à ses qualités incendiaires qu'à ses effets explosifs.

— Je crois connaître un moyen d'en concentrer la puissance. Comme vous le savez, mon prénom est inspiré du nom de l'ingénieur Heron d'Alexandrie, inventeur d'un engin actionné par de la vapeur sous pression. Si on enfermait la Drogue de Feu dans un contenant hermétique qu'on chaufferait ensuite, elle libérerait toute son énergie…

— Je n'ai pas complètement perdu espoir d'en découvrir le secret, le coupa Vallon. Si je ne puis faire autrement, j'aurai recours à la corruption. Le pire qu'il pourra m'arriver si je suis découvert sera une déportation sommaire. Dans tous les cas, notre séjour en Chine touche à sa fin.

— Qu'arrivera-t-il à Qiuylue ? demanda Hero, l'air de marcher sur des œufs.

— Elle ne viendra pas avec moi. »

Le Sicilien s'aventura un peu plus loin sur ce terrain glissant :

« Vous nourrissez de toute évidence une grande tendresse mutuelle.

— Cette liaison ne pourrait jamais durer. Tu sembles oublier que je suis uni à une autre qui a de plus grands droits sur mon cœur.

— Évidemment je ne mentionnerai jamais Qiuylue à Caitlin.

— Peu importe. À mon retour à Constantinople, j'ai l'intention de démissionner et d'entrer dans un monastère. »

Hero était atterré.

« Mais vous êtes encore dans vos vertes années.

— De fait l'empereur a mis un terme à ma carrière en m'envoyant dans cette mission. Retourner les mains vides scellera mon destin. Dans le meilleur des cas, je serai de nouveau affecté sur une morne frontière. »

Hero se leva, triste comme un jour de pluie.

« Aiken et moi avons été invités à visiter la fabrique impériale de porcelaine cet après-midi. Peut-être aimeriez-vous nous accompagner ? »

Vallon fit la grimace.

« Savoir comment sont fabriqués les plats et les coupes ne m'intéresse pas. »

Voyant la mine de Hero s'assombrir encore davantage, il adoucit le ton :

« Ne laisse pas mes ennuis gâcher ta journée. Profite bien de ta visite et viens me voir à ton retour. »

Hero ne souffla mot de cette conversation à Aiken tandis qu'ils traversaient Kaifeng en litière. Il soupçonnait que cette décision de quitter la Chine allait à l'encontre des véritables désirs de Vallon. Tombé amoureux de Qiuylue, sa seule façon de retrouver le chemin de la fidélité était d'abandonner ce qui lui était le plus cher.

La fabrique impériale de porcelaine était située dans l'enceinte externe de la ville, dans un périmètre sécurisé qui abritait également une armurerie et des baraquements. Le directeur de la fabrique se chargea lui-même de la visite. Il les emmena d'abord sur le site où pendant cinquante ans on laissait s'éroder une argile spéciale. Ensuite il leur montra les fours et les fourneaux conçus pour générer les très hautes températures nécessaires à la cuisson des objets en porcelaine.

Enfin il les conduisit à une resserre où étaient stockées les marchandises terminées.

Déprimé par sa conversation avec Vallon, Hero ne parvint à faire montre que d'un intérêt tiède. Les pièces, magnifiquement ouvragées, étaient décorées de manière exquise. Brandies face au soleil, elles laissaient passer la lumière, et tintaient comme une cloche quand on les tapotait avec un galet. Toutefois après avoir vu son énième bol verni d'une subtile teinte verte, un sentiment d'ennui commença à s'installer. Hero avait l'habitude de la poterie arabe mordorée et de la céramique seldjoukide, qui bien que de facture beaucoup plus grossière, enchantaient l'œil par leurs motifs vivants peints en rouge, bleu, vert et or chatoyants.

« Magnifique exécution, commenta-t-il en manipulant un coussin en céramique vernissé de façon à ressembler à du jade. Vous arrive-t-il de décorer vos articles avec des pigments plus brillants ? »

Le directeur lui montra un vaisseau dont le bec était bordé d'un doux violet qui descendait en volutes jusqu'à un pied brun. Hero le trouva hideux.

« Pareil à un dîneur qui met trop de sel, mon goût a été émoussé par un excès de couleurs.

— Nous utilisons un pigment jaune exclusivement pour les articles impériaux », expliqua le directeur.

À son claquement de doigts, un ouvrier s'en revint chargé d'un vase : on eût dit une distillation de soleil.

Hero s'en empara avec révérence.

« Remarquable. Je n'ai jamais rien vu d'aussi raffiné de ma vie. Le vernis est si profond et pourtant si transparent. Il attire l'œil tout en le reflétant.

— Vernis à base de graisse de mouton, expliqua le directeur. Une seule famille sait comment l'obtenir. Même moi j'en ignore le secret.

— Qu'est-ce qui donne un jaune aussi magnifique ? D'où provient-il ?

— Si je vous le disais, je pourrais dire adieu à ma tête. Seule une dizaine d'hommes connaissent la formule. Les matériaux sont tellement rares et précieux qu'ils sont gardés sous clef dans l'armurerie. »

Nerveux à l'idée d'avoir entre les mains un trésor pareil, Hero rendit le vase.

« Je m'étonne que vous ne décoriez pas vos objets avec des bleus foncés. Au Turkestan, l'emploi que font les musulmans du cobalt dans leurs lieux sacrés est du plus bel effet : ils recouvrent des dômes entiers avec des tuiles qui scintillent comme la voûte céleste.

— Le cobalt est une matière rare en Chine, et le peu dont nous disposons est d'une qualité médiocre, qui donne une teinte boueuse que jamais je n'autoriserai sur la porcelaine produite ici. Le minéral qu'emploient les Karakhanides, importé de Perse, est trop lourd pour être transporté par voie terrestre. J'ai donné l'ordre à l'un des responsables de la flotte impériale de commander une expédition maritime. Revenez à la même époque l'an prochain et vous verrez quelle magie mes potiers sont capables d'accomplir avec le bleu perse. »

Hero s'exprima sans la moindre velléité d'obtenir un avantage.

« Il se trouve que notre expédition a transporté un baril de cobalt perse en Chine. C'était un ajout de dernière minute de ma part, et il m'est arrivé d'envisager de l'abandonner quand le chemin devenait ardu et les charges pesantes. J'adorerais voir comment vos potiers l'utilisent. »

Le visage du directeur passa de l'excitation à l'indifférence en un clin d'œil.

« Je vais vous alléger de votre cobalt. Il servira pour les pièces d'entraînement jusqu'à l'arrivée de ma commande. En guise de paiement… »

Il s'empara d'un bol au vernis ivoire décoré de fleurs de lotus ciselées.

« L'une de nos plus belles pièces, digne d'un palais.

— Je ne veux rien en échange, répliqua Hero. Le cobalt est un cadeau bien modeste comparé aux richesses dont Sa Majesté Impériale a couvert notre ambassade. Je désire seulement… »

Un coup de pied asséné à la cheville le fit taire.

« Ne leur en faites pas cadeau, siffla Aiken. Essayez de voir si pouvez l'échanger contre de la Drogue de Feu.

— Qu'est-ce qu'une fabrique de porcelaine irait faire avec de la Drogue de Feu ?

— L'armurerie. Vous avez entendu le directeur. Il conserve ses pigments précieux dans l'armurerie, là même où est rangée la Drogue de Feu.

— Je ne peux pas offrir du cobalt en échange de la Drogue de Feu. Cet explosif est un secret d'État. Le directeur nous ferait arrêter.

— Tâtez le terrain. Ce pourrait bien être notre dernière chance. »

Durant cet échange, le sourire du directeur s'était réduit à une mince ligne.

« Souhaitez-vous vendre votre bleu de Perse ? Si tel est le cas, vous pouvez choisir trois pièces, n'importe lesquelles, parmi celles qui ne sont pas réservées au palais de l'empereur. »

Hero prit son courage à deux mains.

« Je crains que ces beautés fragiles ne réchappent pas aux rigueurs d'un train de chameaux. Peut-être pourrions-nous explorer d'autres marchandises à vendre ? En privé. »

Le directeur était un grand buveur. Dès l'instant où il eut congédié son personnel, il éclusa du vin dans un vaisseau terreux comparé à la porcelaine. Il adopta un ton faussement jovial.

« Bon, écoutez, je ne suis pas un camelot. Je n'ai rien d'autre à offrir que ma porcelaine en échange de votre bleu perse. Enfin, peut-être pourrais-je vous verser mille pièces d'or. »

Hero sirotait son vin.

« Si l'on pouvait attribuer une valeur marchande à l'art, votre pièce la plus ratée vaudrait cinquante fois plus que mon cobalt.

— Connaisseur. Je le savais.

— Hélas ! non. Mes intérêts sont davantage tournés vers le royaume des sciences. Je suis médecin. Mon premier maître m'avait raconté que vos alchimistes avaient découvert l'élixir de vie, c'est l'une des raisons de mon voyage en Chine.

— Maudits taoïstes ! » s'exclama le directeur.

Il en était à sa deuxième coupe.

« Ils prétendent qu'en se tenant tel jour au sommet de telle montagne en psalmodiant l'incantation exacte, on devient un immortel. Sornettes. Par le passé des empereurs ont suivi ces instructions et construit des montagnes artificielles où ils allaient méditer pendant qu'au-dessous leurs sujets crevaient de faim. Ça ne changeait absolument rien. Les empereurs mouraient, comme tout le monde. Moi je suis les traditions anciennes. Je suis confucianiste. »

Il brandit sa coupe.

« Le vin fait avec du “mamelle de jument”. Le voilà l’élixir de vie.

— Mon maître disait que les alchimistes chinois avaient mis au point une sorte de composé qui, ingéré, augmentait la longévité. Mes investigations m’ont laissé perplexe. Il semblerait que cette formule soit désormais utilisée pour produire des détonations et des éclairs lors des fêtes populaires. »

Le directeur fronça les sourcils tandis qu’il se resservait pour la deuxième fois, puis son visage se détendit.

« Vous voulez parler de la Drogue de Feu, s’esclaffa-t-il. Moi je l’appelle Feu de Dragon. Des pièces entières ont été détruites par des alchimistes qui en expérimentaient les propriétés. Le gouvernement a essayé de me la faire adopter en affirmant qu’elle permettrait aux fours de monter à plus haute température. Au premier essai, le four a explosé, tuant ou estropiant les préposés. »

Il leva son visage aviné.

« J’ai oublié votre question.

— J’échangerais mon baril de cobalt contre un baril de votre Drogue de Feu.

— Je n’en ai pas. Je ne permettrais pas sa présence à proximité de la fabrique.

— Elle a probablement été stockée dans l’armurerie, là où vous conservez votre pigment de vernis jaune. »

L’homme reposa sa coupe en renversant un peu de vin.

« Me suggéreriez-vous de voler de la Drogue de Feu dans l’armurerie impériale ?

— Grands Dieux, non. Je me disais juste que vous pourriez en réquisitionner un peu afin de l’expérimenter dans vos fours. Je sais que les premiers essais ont été décevants, mais il pourrait valoir la peine de faire une deuxième tentative. »

À présent pensif, le directeur se resservit et sirota son breuvage.

« De la Drogue de Feu contre du cobalt. Humm. Il faudra des semaines pour que le directeur de l'armurerie réfléchisse à cette réquisition. Vous ne vous imaginez pas la montagne de paperasserie que cela implique. Et même là, il n'y a aucune garantie que ma requête soit accordée.

— Si je puis faire quoi que ce soit pour accélérer les choses… »

Le directeur saisit le sous-entendu.

« L'un de mes cousins est employé dans le bureau de l'intendant militaire comme commis à l'inventaire. Je vais m'entretenir avec lui de la meilleure façon de procéder.

— Si nous faisons appel à ses conseils, il devra être rémunéré.

— Votre prévenance vous honore. Mon cousin n'est pas un homme riche, et il a sous sa garde cinq enfants et deux parents âgés.

— Trois mille pièces lui faciliteraient-elles la vie ?

— Sept mille ce serait mieux.

— Cinq mille, marché conclu. »

Vallon jouait avec Qiuylue au *xiangqi*, les échecs chinois, quand Hero et Aiken déboulèrent, le sourire jusqu'aux oreilles comme des bambins surexcités.

Hero attendit le départ de Qiuylue.

« On a réussi, annonça-t-il. Nous serons bientôt en possession d'un baril de Drogue de Feu.

— Comment ça ?

— Vous vous souvenez du cobalt que j'ai intégré au chargement ? Il se trouve qu'il s'agit d'un matériau rare en Chine. En échange du bleu perse, le directeur de la fabrique de porcelaine nous a promis un baril de Drogue de Feu.

— Es-tu sûr que ce n'est pas un piège ?

— Aucune des deux parties n'a fait preuve de duplicité, intervint Aiken. Le directeur a mentionné qu'il conservait certains pigments de valeur dans l'armurerie impériale et j'ai tout de suite fait le lien.

— Comment sera-t-elle livrée ? Les gardes vérifient toutes les marchandises qui pénètrent dans le cantonnement.

— Je me suis débrouillé pour que l'échange se déroule sur notre bateau.

— Là aussi ils vérifient.

— Je crois connaître un moyen de la faire passer discrètement à bord.

— As-tu obtenu la formule ?

— Cela eût été placer nos espoirs trop haut.

— Alors nous ne sommes guère plus avancés.

— Détrompez-vous. Si les Chinois sont capables de découvrir les secrets du feu grégeois, nous sommes capables d'élucider le mystère de la Drogue de Feu. »

Le soleil se diluait dans le brouillard au-dessus de Kaifeng lorsque Vallon et son équipe atteignirent le bateau. Wulfstan les héla depuis le pont arrière et les salua d'un bras terminé par un crochet. Il s'était fait installer cette prothèse afin de faciliter les manœuvres de navigation. Sur la jetée, les fantassins d'une escouade chinoise délaissèrent leurs mah-jongs et leurs dés. Le capitaine les salua.

Vallon lui rendit son salut.

« J'apprécie le zèle que vous mettez à garder mon bateau. En remerciement de votre vigilance, ajouta-t-il en lui glissant une bourse dans la main.

— Je ne puis accepter les cadeaux.

— Allons, allons. Dans mon pays on considère comme une vertu de récompenser un service exemplaire. »

Les autres gardes s'étaient agglutinés autour d'eux.

« Partagez-le avec vos hommes. »

Ils se chamaillaient leur part quand Vallon et ses compagnons montèrent à bord.

« Tu dois t'ennuyer à mourir tout seul ici, dit le général à Wulfstan.

— Pas vraiment, sire. Je suis devenu compère avec les soldats et… ma foi, je vous demande votre indulgence sire, j'ai pris la liberté d'inviter un peu de compagnie à bord.

— Une femme ?

— Quoi d'autre ? De fait, j'envisageais de faire d'elle mon épouse. C'est un beau brin de fille.

— Ma foi, nous sommes tous humains. Même toi.

— Merci, sire. Quel bon vent vous amène ?

— Celui des affaires. Je t'expliquerai une fois la transaction effectuée. Tu connais la disposition du chargement. Va me chercher le baril de cobalt. »

Wulfstan disparut dans la cale, d'où il ressortit en traînant un petit fût.

« Dieu seul sait à quoi ça sert, en tout cas, ça fait un bon lest. Cent tonneaux comme celui-là suffiraient à maintenir un dromon dans ses lignes. »

Vallon se tourna vers Gorka.

« Tu sais quoi faire ?

— Oui, sire. »

Gorka plaça le baril dans une besace et descendit la passerelle. L'officier chinois lui barra le passage alors qu'il s'apprêtait à monter en selle. Le pot-de-vin avait beau l'avoir mis dans de bonnes dispositions envers les barbares, il n'avait pas baissé la garde pour autant.

« Qu'y a-t-il là-dedans ? Où l'emportez-vous ? »

Vallon répondit depuis le pont du bateau :

« C'est un pigment utilisé dans la fabrication des céramiques que j'envoie à la fabrique impériale de porcelaine. Gorka, montre-lui la facture de la vente et le sceau du directeur. »

Le militaire étudia les deux.

« Il va falloir que j'examine le contenu.

— Allez-y. Attention, c'est lourd. »

Rassuré que le baril ne contînt pas d'articles de contrebande, il peignit un caractère sur le fût afin de montrer qu'il avait inspecté les marchandises.

« Je m'excuse de ce contretemps.

— Je vous en prie, répondit Vallon avant d'ajouter avec un geste désinvolte : je vais descendre à ma cabine à présent. »

Une fois en bas, il empoigna Wulfstan.

« Apporte-moi un sac de sable, un entonnoir et un baril sec de la même taille que celui que vient d'emporter Gorka. »

Il contemplait le fleuve depuis sa cabine quand les gardes poussèrent des cris. Il monta sur le pont : Gorka revenait au galop.

« Qu'est-ce que tu fais, que diable ? lança-t-il. Tu aurais dû être à Kaifeng à l'heure qu'il est.

— Pourquoi vous emportez-vous ? demanda le capitaine chinois. Pourquoi le soldat est-il revenu ?

— Ce balourd a oublié la lettre qu'il était censé porter au directeur. »

Il gifla Gorka à l'épaule tandis que le soldat remontait la passerelle en titubant, toujours lesté par le baril.

« Imbécile. »

Il le suivit dans sa cabine, où Wulfstan, Hero et Aiken attendaient.

« As-tu procédé à l'échange ? demanda-t-il au soldat en sueur.

— Oui, sire.

— Fais vite », enjoignit Vallon à Wulfstan.

Le Viking prit le baril des mains de Gorka et faillit le laisser tomber sous le coup de la surprise.

« Mais ce n'est pas…

— Bien sûr que non. Vide-le. »

Wulfstan retira péniblement la bonde du baril et se mit à verser le contenu dans le tonneau vide à l'aide de l'entonnoir.

« Un peu de lumière, ça ferait pas de mal.

— Non ! hurla Vallon. Foutre Dieu ! » Wulfstan versa les derniers grains.

« Remplis le baril de Gorka avec le sable. Vite. »

Lorsque Gorka réapparut sur le pont, ployant sous le poids du baril originel désormais rempli de sable, le soleil était un rougeoiement écarlate dans le voile au-dessus de Kaifeng. Le capitaine de la garde, zélé à l'extrême, insista pour vérifier le chargement.

« Pour l'amour de Dieu ! cria Vallon. Il va rater le couvre-feu ! »

L'officier se contenta de s'assurer que le baril était celui qu'il avait marqué avant de faire signe à Gorka de passer. Les gardes le regardèrent s'éloigner au galop dans la poussière, puis retournèrent à leur feu de cuisson. Suant d'excitation, Vallon redescendit.

« C'est la bonne substance ? » demanda-t-il.

Hero avait versé un échantillon de la poudre noire sur une assiette.

« On dirait du charbon moulu finement. Il n'y a qu'un seul moyen de vérifier.

— On ne peut pas faire le test dehors. La Chine a beau être gigantesque, on n'est jamais à plus de quelques toises d'un péquenaud. Brûles-en un petit peu ici. Wulfstan, apporte un seau d'eau et une couverture de peau au cas où ça brûlerait trop fort. »

Hero forma un petit tas avec la poudre.

« Apporte-moi une lampe et une bougie. Gardez bien vos distances. »

Wulfstan s'interposa.

« Je suis le maître de l'artillerie. Si quelqu'un doit se faire roussir les sourcils, c'est moi. »

Hero céda sa place et le Viking alluma une bougie avec la lampe puis l'approcha de la poudre. Vallon, Hero et Aiken se pressèrent contre les murs de la cabine.

Vlouf !

Des flammes rouges et jaunes jaillirent. La fumée fit suffoquer Aiken. Hero ouvrit la fenêtre et éventa la pièce.

« Je reconnais l'un des ingrédients. Cette pestilence diabolique, c'est du soufre.

— Et l'autre odeur, s'esclaffa Wulfstan, c'est ma barbe carbonisée ! Ma parole, c'est du costaud !

— Tu n'en as embrasé qu'une cuiller à café, commenta Vallon. Imagine le résultat si on met le feu à tout le baril. »

Ils songèrent en silence aux conséquences de pareille expérience avant qu'Aiken ne dît tout haut :

« Cela consumerait notre bateau et tous ses occupants. »

Il se signa.

« C'est un composé du diable.

— Rangez-le bien en sûreté », ordonna Vallon.

XI

[illegible]

Avec l'aide d'un livre [illegible] illustré, elle lui enseigna [illegible]

[illegible] le mot. Luc [illegible]

[illegible] l'équipage de [illegible]

[illegible] avec laquelle [illegible] ses jambes l'a[illegible] de l'instinct. Il [illegible] toutes ses forces, le souffle court.

« Vous êtes là, sire ? »

Transporté, il descendait [illegible] quand le cri de Gorka [illegible]

« [illegible] Il [illegible] »

XLIV

Xiao-Xing était une amante douée, qui prit sur elle de faire l'éducation de Lucas afin qu'il quittât ses gestes gauches de paysan et ses accouplements maladroits.

Avec l'aide d'un livre de chevet somptueusement illustré, elle lui enseigna comment lui donner du plaisir et augmenter le sien. Lucas apprit la technique appelée « Poisson jouant dans l'eau de source », la position connue sous le nom du « Dragon dans la grotte » et, un soir, bien après minuit, elle l'initia aux délices épuisants du « Domptage de la princesse démoniaque ».

L'adresse avec laquelle Xiao-Xing avait positionné ses bras et ses jambes l'attira inexorablement dans le royaume de l'instinct. Il essaya de retarder l'orgasme en pensant à Gorka en train de manger. Cela ne l'aida guère. Des spasmes incontrôlables signalèrent la fin. Sous lui, Xiao-Xing se convulsait en s'agrippant de toutes ses forces, le souffle court.

« Vous êtes là, sire ? »

Transporté, il descendait des rapides à une vitesse folle quand le cri de Gorka stoppa net sa jouissance.

« Sire, c'est urgent. Il faut qu'on parte d'ici ! »

Lucas se libéra de l'étreinte de Xiao-Xing avec force jurons, se couvrit d'une serviette et entrouvrit la porte.

« Qu'est-ce que c'est que ces cris, que diable ? »

Malgré son empressement, Gorka ne put s'empêcher de glisser un regard vers la fille qui, assise, se couvrait la poitrine des mains.

« Ordres de Vallon. Faut se carapater au bateau. Ne prends que tes armes et ton armure.

— Pourquoi ?

— On a dû contrarier nos hôtes. Si nous attendons l'aube, ils vont nous arrêter. »

Lucas s'habilla à la hâte. Xiao-Xing le contemplait, éperdue. Il l'embrassa et lui prit le visage dans les mains.

« Je suis désolé mon amour. Je dois partir. »

Il attacha son épée, jeta son armure en travers de l'épaule et partit en courant. À en croire les jurons des hommes et les gémissements des femmes qui s'élevaient de tous les quartiers, cette séparation des cultures se faisait contrainte et forcée.

Gorka courait dans toute l'enceinte. Au loin dans la ville des pétards éclatèrent. Josselin attendait à la porte.

« Allez au Pont de Garde de l'Oiseau d'Or. »

Le regard de Lucas s'arrêta sur le corps d'un soldat chinois qui gisait de tout son long à quelques toises de l'entrée.

« Avance, l'enjoignit Josselin d'une poussée. Ne laisse personne se mettre en travers de ton chemin. »

Lucas et Gorka filèrent à travers les rues désertes, les pas des autres Aubains claquant derrière eux. Quelques années auparavant, chaque quartier de Kaifeng était entouré de murs où les portes fermaient après le couvre-feu et des veilleurs patrouillaient les avenues. À présent murailles et portes avaient disparu, mais le couvre-feu était toujours de mise et les patrouilles de nuit parcouraient les rues à l'affût de quiconque s'aventurait à l'extérieur de son propre quartier. Vingt coups de baguette, voilà le châtiment qu'encouraient les contrevenants.

Lucas et Gorka eurent tôt fait de tomber sur une escouade de gardes. Les soldats les interpellèrent et, voyant que les fuyards ne s'arrêtaient pas, ils pincèrent la corde de leur arc pour renforcer leur injonction, puis tirèrent des flèches à leurs pieds. Lucas et Gorka les dépassèrent en coup de vent. Derrière eux un sifflet retentit, d'autres répondirent.

Lucas se tenait la taille pour apaiser un point de côté.

« Plusieurs lieues nous séparent de la campagne. Trois murs et autant de portes bloquent notre échappée. Nous n'y arriverons jamais.

— Vallon a dû réfléchir à une solution. »

Le pont se dessina, désert à l'heure qu'il était, la lumière de quelques lampes à huile mouchetait le fleuve.

« Par ici », lança une voix.

Lucas tourna à droite et vit deux sampans amarrés, à côté desquels attendait une silhouette enturbannée, qui le fit avancer d'une bourrade.

« Montez dans les bateaux, pas un bruit. »

Lucas grimpa à bord d'une embarcation déjà occupée par une demi-douzaine d'Aubains désorientés et mécontents.

« Diantre, que se passe-t-il ? demanda l'un. À quoi joue Vallon, Pâques Dieu ? »

Lucas se hérissa.

« Parle encore une fois comme ça du général et je t'écorche vif. Il ne donnerait pas l'ordre de nous évader si ce n'était pas nécessaire. Maintenant, ne bouge plus d'un poil. »

Un silence tendu s'abattit, rompu par des coups de sifflet stridents et le vagissement de trompettes qui se propageaient dans toute la ville. Des fenêtres s'ouvrirent sur des habitants qui voulaient savoir quel crime avait perturbé leur repos. Une lune aux trois quarts pleine traversait à vive allure un banc de nuages. Quatre hommes supplémentaires se jetèrent dans le bateau de Lucas et cinq autres prirent place dans l'embarcation voisine. Lucas perçut par-delà leurs halètements des bruits de pas précipités puis une voix qui lui semblait familière sans qu'il parvînt à l'identifier.

« Tout le monde est là ?

— Tous ceux qui viennent, répondit Josselin. Deux ont refusé de partir. Un troisième était trop saoul pour tenir debout. Les patrouilles de nuit en ont capturé un quatrième. »

Il grimpa dans le sampan voisin, l'homme au turban monta dans celui de Lucas et ils partirent.

« Si vous n'avez encore jamais ramé, vous feriez bien d'apprendre fissa. Il faut qu'on dépasse le dernier mur avant que les Chinois ne comprennent comment nous avons l'intention de le franchir. »

Lucas s'empara d'une rame.

« Vous l'avez entendu. Souquez vite, souquez ferme. »

Les Aubains trouvèrent un semblant de rythme et la ville commença à défiler. Lucas songeait à Xiao-Xing, la charmante jeune fille qu'il ne reverrait jamais. Il tendit le bras et tapota dans le dos l'orchestrateur de ce branle-bas de combat.

« Quand quelqu'un me tire de ma couche au beau milieu de la nuit, j'aime bien savoir qui c'est. »

L'homme se retourna et sourit.

« Bien le bonjour, Lucas. Je suis content que tu aies survécu au voyage et encore plus content que tu aies dompté les démons qui te séparaient de ton père.

— Wayland ! Comment avez-vous atterri ici ?

— Plus tard. Ne t'arrête pas. »

Stupéfait, Lucas obéit un moment.

« Ils comprendront vite comment on a l'intention de s'échapper et enverront la cavalerie pour prendre le contrôle du bateau. Nous ne serons pas plus rapides que les chevaux.

— Vallon a beaucoup réfléchi à notre évasion. Si nous arrivons à sortir de la ville, nous atteindrons notre bateau.

— Où est le général ?

— Parti devant avec Hero et Aiken. Maintenant, arrête de m'importuner et rame. »

Des lumières dansaient devant eux, Lucas dégaina son épée. Il se laissa retomber lourdement quand il vit que ce n'était que des lanternes flottantes placées sur l'eau par des noctambules. En les regardant défiler à côté d'eux, il songea de nouveau à Xiao-Xing. Le chagrin de l'avoir perdue se mua en vague crispation d'angoisse. Kaifeng avait été un refuge, l'oasis ultime. Qu'allaient-ils faire à présent ? Où pouvaient-ils aller ?

À plusieurs reprises au cours de leur trajet, des gardes les repérèrent et donnèrent l'alarme, leurs cris se mêlant aux alertes qui se répandaient dans la ville entière. Désormais les Aubains avaient laissé derrière eux leurs songes peuplés de bien-aimées abandonnées et de quartiers douillets pour mettre toute leur énergie à ramer : ce qui était perdu l'était pour toujours, un avenir imprévisible les attendait.

Une escouade de cavalerie les intercepta et, sans pitié, les arrosa de flèches, blessant deux rameurs avant qu'une resserre bâtie sur la berge de façon anarchique n'arrêtât leur poursuite. L'enceinte extérieure de la ville leur boucha l'horizon. Des soldats, torches brandies, couraient en tous sens sur les remparts. Devant eux béait la gueule d'un tunnel.

Une flèche vint se planter dans le banc de nage à côté de Lucas avant que le tunnel se refermât sur eux. Quelques instants plus tard, ils émergèrent souplement : un paysage désert se déployait sous leurs yeux, le fleuve Jaune se reflétait sur les nuages rasants.

« Nous ne sommes plus très loin », annonça Wayland.

Lucas entendit un hennissement et repéra des chevaux dans une tache d'obscurité sur la rive droite.

« Accostez », intima le fauconnier.

Vallon se tenait sur la berge.

« En selle ! Direction le bateau ! »

Lucas bondit sur un cheval. À deux cents toises derrière eux, un flot de torches jaillit de l'enceinte de la ville.

« Ils arrivent ! lança Vallon. N'épargnez pas vos montures. Nous n'en aurons plus besoin. »

Sur ce, il lança son destrier dans l'obscurité, suivi par Lucas, qui cravachait sans merci. La plaine défilait à toute vitesse, des zones d'ombre s'étiraient vers le nord. Le fleuve se dessina devant eux à la lumière de la lune évanescente. Une flamme clignotait sur la berge.

« Droit sur la torche ! » cria Vallon.

Lucas atteignit la jetée et sauta à terre. Gorka, sur le pont du *Jifeng*, pressait les soldats. Lucas monta la passerelle en courant et quand il se retourna, il vit les lumières de la cavalerie à leurs trousses moucheter la plaine derrière eux. Wayland fut le dernier à embarquer. Les chevaux écumants qu'ils avaient laissés sur la rive miroitaient dans l'obscurité.

« Larguez les amarres ! » lança Wulfstan.

Jifeng se détacha de la berge et s'éloigna lentement dans le faible courant. Il était encore proche du rivage quand les Chinois arrivèrent à sa hauteur. Ils galopèrent le long du fleuve en décochant des flèches jusqu'à ce que le bateau dérivât hors de portée.

« Il s'en est fallu de peu, commenta Lucas.

— Ils ne vont pas nous laisser filer aussi facilement », rétorqua Wulfstan.

Vallon monta sur le pont arrière. Qiuylue se tenait derrière lui, vêtue à la mode nomade : une tunique ajustée pincée à la taille et des braies en peau de chevreau. Josselin frappa dans les mains afin d'obtenir le silence. Les marmonnements des soldats s'éteignirent. Cent Aubains avaient embarqué à Constantinople, il n'en restait que cinquante-quatre pour écouter Vallon leur annoncer leur sort.

« Vous avez sans doute entendu la rumeur que j'avais accepté de prendre le commandement d'un régiment chinois. Qui veut servir sous mes ordres ? »

Lucas regarda autour de lui et leva la main.

« Seulement un tiers d'entre vous, commenta Vallon. Tant mieux, parce que je n'ai nullement l'intention de m'enrôler dans l'armée chinoise. Je rentre chez moi. Qui est prêt à retraverser le Takla-Makan à mes côtés ?

— Je crois que c'est une question piège », murmura Gorka.

Vallon parcourut sa troupe du regard.

« Là aussi seulement un tiers. Les autres, que voulez-vous faire ? »

Les soldats gardèrent un silence buté.

« Moi je le sais, poursuivit-il. Vous voulez rester oisifs dans le Palais de l'Amitié avec vos catins, à vous faire servir comme des princes. Pensez-vous vraiment que les Chinois vous laisseraient continuer à vivre dans un luxe pareil ? Je vais vous dire ce qu'ils feront. Ils vous enrôleront et vous placeront à je ne sais quel avant-poste frontière comme ce trou perdu dans le Tsaidam. Ou bien ils vous enverront construire des murs sur le fleuve Jaune. On m'a dit que les ossements d'un million d'hommes gisaient ensevelis dans ces fortifications.

— Quelle est la raison de notre fuite ? demanda un soldat.

— Nous avons été envoyés à l'est afin d'établir des relations de respect mutuel entre Byzance et la Chine. Malheureusement le Fils du Ciel ne reconnaît aucun pays comme l'égal du sien. Nous partons avec pour tout bagage quelques paroles fleuries d'amitié. »

Personne ne parlait. Kaifeng n'était plus qu'une tache rougeâtre sur la plaine.

« On m'avait confié une autre mission, poursuivit Vallon. C'était d'obtenir la formule d'un engin incendiaire chinois appelé Drogue de Feu. Je ne suis pas arrivé à la découvrir, mais Hero et Aiken sont parvenus à se procurer un baril de ce composé. Hélas ! l'homme qui le leur a fourni est un ivrogne qui a la langue un peu trop bien pendue quand il est dans les vignes du Seigneur. La transaction a été découverte, et si Wayland n'avait pas eu un espion au sein de l'armurerie, nous nous serions tous réveillés ce matin avec une épée sur la gorge. C'est à peu près tout. Des questions ?

— Où allons-nous ?

— Comment diable Wayland est-il arrivé ici ?

— Ces deux questions appellent la même réponse. Wayland a fait voile depuis l'Inde et j'ai l'intention de revenir de la même façon. Cette perspective me glace moins que l'idée de rebrousser chemin à travers l'Asie. Avec des vents favorables, nous pourrions atteindre l'Inde d'ici le mitan de l'été et être de retour chez nous pour Noël. Vous aurez de nombreuses opportunités pour commercer durant le voyage, et vous ne serez pas à court de femmes dans les ports où nous mouillerons. Et puis pensez aux histoires que vous aurez à raconter à Constantinople. On vous paiera des tournées dans toutes les tavernes. »

Gorka se racla la gorge et cracha.

« Sanguienne, je commençais à me faire suer à rester vautré sans rien faire d'autre que ripailler, boire et forniquer. »

Un soldat se fraya un chemin vers Vallon.

« Pourquoi vous gardez votre femme alors qu'on a été arrachés aux bras des nôtres sans même avoir le temps de leur dire au revoir ?

— Je vais fermer les yeux sur ton insolence, répondit Vallon. Si j'avais abandonné Qiuylue, les Chinois l'auraient tuée. Rompez. »

Le général entra dans sa cabine et étreignit sa maîtresse.

« Je suis désolé de ne pas vous avoir prévenue. Le temps pressait.

— Vous n'auriez pas dû m'emmener.

— Auriez-vous préféré la mort ?

— Vous retournez auprès de votre famille. Or vous m'avez dit que dans votre pays un homme ne prend qu'une seule épouse. Il ne peut y avoir de place pour une autre femme dans votre foyer. Cela romprait l'harmonie. »

Vallon se laissa tomber sur son lit de camp.

« Je vous ferai accoster avec suffisamment d'or pour que vous puissiez entamer une nouvelle vie. Certes vous ne pouvez pas retourner à Kaifeng, mais le reste du monde vous est ouvert. Vous pourriez rentrer dans votre pays natal. Si ce sont les conforts d'une vie citadine que vous recherchez, vous pourriez aller au sud à Hangzhou. Quel que soit votre souhait, je ferai tout pour le réaliser.

— Mon seul désir est de rester à vos côtés le plus longtemps possible. »

À l'aube, il n'y avait aucun signe de poursuite. Mais les Aubains n'étaient pas tirés d'affaire pour autant. L'État employait des milliers de coureurs capables de relayer des messages jusqu'à quarante lieues à la ronde en un jour et une nuit. Et les coursiers à cheval étaient encore plus rapides puisque, galopant ventre à terre entre deux relais, ils étaient châtiés s'ils ne couvraient pas plus de soixante lieues par jour. Les routes stratégiques étaient également reliées par des tours de signalement qui transmettaient des messages au moyen de drapeaux ou de miroirs. À l'heure qu'il était, les garnisons chinoises en aval du fleuve pouvaient fort bien être en train de s'organiser pour intercepter les fugitifs.

Ce fut un soulagement lorsque des nuages s'amassèrent et libérèrent des torrents d'eau qui transformèrent les routes le long des berges en bourbiers. Malgré une brise très faible, le *Jifeng* maintenait un bon rythme. À cette époque de l'année, le fleuve Jaune était au plus haut, gonflé par la fonte des neiges. Par endroits, la glace printanière avait creusé les digues, créant de vastes lacs de huit lieues, où seuls les alignements sombres de saules et de peupliers permettaient d'identifier l'endroit où le fleuve se terminait pour laisser place à la terre. Wulfstan s'était procuré de vagues connaissances sur le cours inférieur du fleuve. Il devait falloir quatre ou cinq jours pour atteindre la mer.

Le troisième jour, le fleuve s'élargit. Vallon, penché à la proue, scrutait le soleil levant à travers les reflets à la surface de l'eau. De part et d'autre du fleuve, le vert humide des terres agricoles plates se fondait au loin dans le bleu vaporeux. Des échassiers s'élevèrent des bancs de sable en nuées tourbillonnantes. Des canards s'envolèrent des roseaux en sifflant dans le ciel. Des rangées de femmes aux jambes nues se courbaient pour planter des graines. Une charrette tirée par deux bœufs se dirigeait vers un village sur un pâle ruban de route.

Vallon avait donné l'ordre que le siphon du feu grégeois fût monté sur le pont avant. Wulfstan avait attaché le trébuchet à la poupe en renforçant le pont afin qu'il puisse en supporter le poids et la force du mouvement de recul. En guise de munitions, il avait choisi une quarantaine de pierres de lest qui pesaient entre vingt et cent livres pièce.

L'après-midi, Vallon observa Hero et Wulfstan qui conduisaient des expériences avec la Drogue de Feu afin d'en déterminer les propriétés de combustion.

« C'est trop imprévisible, commenta Hero. Une étincelle suffit à l'enflammer. Pour qu'elle ait la moindre utilité contre l'ennemi, il nous faudrait quelque chose pour retarder l'embrasement jusqu'au moment opportun. »

Wulfstan se frotta le front avec son moignon crocheté.

« Quand je servais dans la flotte byzantine, on utilisait le feu grégeois pour saper les murs des villes. Histoire d'avoir le temps de se mettre à l'abri, les soldats enflammaient les barils à l'aide de bougies à combustion lente – un peu comme des bâtons d'encens chinois. Des mèches, ils appelaient ça.

— Comment se fabriquent-elles ?

— Avec de la pisse. On en fait réduire un gallon à une demi-pinte, puis on y fait tremper une longueur d'étoupe, qu'on laisse ensuite sécher. Elle se consume sans brûler. Il suffit de la couper à la longueur voulue pour choisir le moment où elle déclenchera l'engin incendiaire.

— Va donc pisser », intima Vallon.

Ils fabriquèrent un petit radeau. Wulfstan remplit aux trois quarts un pot en terre cuite de Drogue de Feu, qu'il tassa avec du tissu ouaté trempé dans du feu grégeois. Il inséra ensuite dans la bourre une mèche d'étoupe.

« Il faudra quelqu'un pour l'allumer une fois loin du bateau. »

Vallon parcourut ses hommes des yeux.

« Gorka.

— Je savais que vous me choisiriez. »

Ils attachèrent une corde au radeau, qu'ils laissèrent filer dans l'eau à l'arrière. Gorka et un autre soldat s'installèrent dans la yole du *Jifeng* et se laissèrent dériver dans son sillage jusqu'à ce que le radeau fût à portée de main. Tandis que le soldat tenait la corde, Gorka alluma la mèche. Ils ramèrent alors vers le bateau et rejoignirent Vallon, Wulfstan et Hero à la poupe. Là, ils attendirent.

Et attendirent encore.

« Vous êtes sûr de l'avoir allumée correctement ? demanda Wulfstan.

— Quand j'allume quelque chose, ça reste allumé », s'agaça Gorka.

Vallon patienta encore un peu.

« La mèche a dû s'éteindre. Tirez le radeau à nous. »

Les soldats l'avaient rapproché à moins de dix toises quand le pot explosa, arrosant les spectateurs d'éclats d'argile.

« J'ai dû faire une mèche trop longue », commenta Wulfstan.

Gorka se retira une écharde du front. Du sang perla.

« Ou alors ta pisse est pas assez forte. »

Lucas descendit en courant à la cabine de Vallon et s'arrêta à l'extérieur, stoppé net par le rire détendu de son père. De rage, il ouvrit violemment la porte.

Vallon leva la tête, un bras passé autour de la taille de Qiuylue.

« Tu aurais pu frapper.

— Wayland a repéré des bateaux à l'arrière. »

Vallon lâcha Qiuylue. Sensible aux tensions entre le père et le fils, elle s'éclipsa. Lucas ne bougea pas.

« Oui ? s'enquit Vallon.

— Vous nous avez menti. Les Chinois n'avaient pas l'intention de nous arrêter. Vous avez inventé cette histoire pour nous faire paniquer et prendre la fuite.

— Qu'est-ce qui te fait croire ça ?

— Wayland m'a dit que vous aviez beaucoup réfléchi à l'organisation de notre échappée. Vous n'auriez pas pu faire venir les bateaux et les chevaux si vite. Vous aviez dû le planifier depuis plusieurs jours.

— C'était le seul moyen de maintenir l'unité parmi mes hommes. Tu as bien vu comme ils étaient réticents à quitter leur cantonnement. Si on leur avait laissé le choix, seul un tiers m'aurait suivi.

— J'ai levé la main, rétorqua Lucas, les dents serrées.

— Par devoir militaire plus que par dévotion filiale, j'imagine. »

Vallon se leva et lui toucha l'épaule.

« Un jour tu commanderas un escadron. Et ce jour-là, tu apprendras qu'il est parfois nécessaire de mentir. »

Il tendit le bras vers son épée.

« Je suis désolé que tu aies dû abandonner cette fille. »

Lucas eut un rire amer.

« Tu l'oublieras vite.

— On n'oublie pas son premier amour. J'ai laissé une part de mon cœur quand j'ai quitté Xiao-Xing.

— J'ai brisé le mien en mille morceaux quand j'ai tué ta mère. »

Entendre cet aveu ébranla le garçon. Ses yeux se remplirent de larmes.

« Cela ne vous a pas empêché d'épouser Caitlin. Et voilà que maintenant vous avez une autre amante.

— Je ne peux pas faire revenir ta mère. Si chacun de nous n'était destiné qu'à une seule et même personne, la vie serait une longue quête solitaire. Heureusement elle offre des secondes chances. »

Lucas déglutit.

« Durant les nombreux mois qui se sont écoulés depuis que je vous ai révélé que j'étais votre fils, vous n'avez jamais essayé de justifier votre crime.

— Ce n'est pas à moi de justifier ou d'expliquer l'impardonnable.

— Donc vous vous attendez à ce que ce soit moi qui le fasse.

— Non. Jamais je ne ferai porter ce fardeau à mon fils. C'est à moi d'endosser ce poids. »

Lucas serra les poings.

« J'ai essayé. Je veux dire, Wayland et Hero m'ont expliqué comment Roland vous avait trahi et laissé moisir dans une prison maure. Je sais que ma mère était infidèle. Seulement…

— C'était ta mère bien-aimée et moi je l'ai tuée. Ne te tourmente point. Laisse-moi ce souci. Je ne cherche pas le pardon. C'est la raison pour laquelle je n'ai jamais cherché de confesseur. »

Lucas le dévisagea à travers des yeux embués de larmes.

« Je vous ai observé de près depuis notre départ de Constantinople. Parfois je me disais que vous agissiez comme un monstre ; d'autres fois je m'émerveillais de la façon dont vous parveniez à vous faufiler entre les dangers sans verser une goutte de sang. »

Vallon ne sembla pas l'entendre. Il boucla son baudrier.

« J'ai grossi, on dirait. Montons affronter notre destin. »

XLV

Loin derrière, à plusieurs lieues, trois silhouettes brisaient le paysage plat et désert du fleuve.

Vallon attendit, jaugeant leur progression.

« Ils ne semblent pas gagner de terrain.

— Ils n'ont pas besoin de forcer, répliqua Wulfstan. Nous sommes encore à deux jours de la mer. »

À midi, le convoi ennemi était suffisamment près, et les Aubains virent ce à quoi ils allaient se confronter. L'un des vaisseaux était un quatre-mâts à trois ponts, moitié plus gros que le *Jifeng*. Le deuxième avait trois mâts. Le troisième, qui ressemblait davantage à une tour flottante qu'à un bateau, n'avait pas de voile du tout et restait pourtant à la hauteur des autres sans moyen manifeste de propulsion.

« J'ai vu des bateaux comme ça dans le sud, commenta Wayland. Il est mû par des roues à aubes semblables aux roues hydrauliques d'un moulin. Certains navires en ont une demi-douzaine ou plus, chaque paire étant reliée par un axe muni de pédales qui dépassent comme des barreaux plats : un jeu de pédales pour chaque pauvre bougre qui doit les actionner.

— Combien de soldats allons-nous affronter ?

— À lui seul, ce quatre-mâts en transporte probablement une centaine, répondit Wulfstan, et ils seront armés avec toutes sortes d'armes : arbalètes lourdes, catapultes à traction, lance-flammes, grenades incendiaires… À Kaifeng un marin m'a expliqué que la flotte chinoise mettait du temps à se colleter avec l'ennemi. Au lieu de se battre, ils ont ces longues perches munies d'une charnière à la base et d'un marteau à pointes au sommet. Quand ils arrivent à portée de l'adversaire, ils laissent tomber le marteau sur le bateau histoire de le maintenir à distance respectueuse le temps de le pilonner.

— Autant se rendre tout de suite, quoi.

— Ce que les Chinois n'ont pas, c'est un trébuchet à contre-poids. Je peux lancer une dizaine de rochers sur leurs ponts avant que leurs catapultes ne règlent leurs tirs. Leur engin incendiaire n'arrive pas à la cheville du nôtre non plus. Il brûle fort, il brûle vite, mais il n'adhère pas et ne brûle pas jusqu'à l'os comme le feu grégeois. »

Vallon se tourna vers les soldats.

« Replacez le siphon à la poupe. »

Pendant que ses hommes s'affairaient à la tâche, il examina le *Jifeng* et vit à quel point il était vulnérable au feu : un gigantesque fagot flottant.

« Qu'est-il arrivé aux peaux qui composaient les radeaux ?

— Rangées dans la cale, répondit Wulfstan. On en a deux cents, assez pour couvrir tout le pont.

— Fais-le. »

Le soir tomba, le soleil déclina derrière les bateaux ennemis, à présent à moins d'une demi-lieue. Les Aubains œuvrèrent toute la nuit à recouvrir la jonque et à envelopper la poupe dans deux couches de peaux. Quand elles furent toutes en place, ils les détrempèrent. Comme les voiles en lattes et en coton ne pouvaient pas être ignifugées, Vallon ordonna à ses hommes de retirer la grand-voile et de la remiser sous le pont. La lune, presque pleine, brillait sur les navires de guerre chinois qui serraient le *Jifeng* de tellement près que les Aubains entendaient les battements de tambours et les messages criés entre les vaisseaux.

« Pourquoi n'attaquent-ils pas ? demanda Lucas.

— Les attaques nocturnes sont risquées, répondit Vallon. Je vais aller faire un somme. Je te suggère de faire de même.

— Je suis trop nerveux pour dormir. »

Vallon s'éloigna puis revint sur ses pas.

« J'aimerais que tu ne t'éloignes pas de moi demain.

— Je n'ai pas besoin d'être chouchouté.

— Je ne pensais pas à ta protection, s'esclaffa Vallon. Je me fais vieux pour combattre. Je me sentirai plus en sécurité avec une main droite forte et habile à mes côtés. »

Lucas rougit.

« Bonne nuit… » dit-il, laissant un mot en suspens.

Vallon s'arrêta, des fourmis sous la peau. *Dis-le*, pria-t-il. *Il se pourrait qu'il n'y ait pas d'autre occasion et si je meurs demain, je quitterai ce monde plus paisiblement en sachant que mon fils m'a reconnu comme son père*.

« Bonne nuit, sire. »

Vallon était de retour sur le pont avant l'aube, armé de pied en cap ; les navires de guerre les talonnaient toujours, le clair de lune lové dans leurs voiles.

Une brise légère soufflait du sud, presque à angle droit par rapport au *Jifeng*. La lune sombrait dans la brume qui s'évaporait du fleuve tandis que le jour se levait. Ces vapeurs eurent tôt fait de se dissiper et le soleil frappa fort. Le courant s'était ralenti, rendu si épais par la vase que l'on aurait dit de la soupe. À un jour de la mer, le fleuve semblait soudain indifférent de l'atteindre : plusieurs bras allaient ici et là se perdre dans des labyrinthes de roseaux. Wayland, nommé maître de la navigation, alla chercher conseil auprès de Vallon.

« Quel chenal devrions-nous prendre ? »

Le fleuve se divisait autour d'un banc de sable, le bras gauche était moitié moins large que le droit : il mesurait moins de cent toises et n'était navigable que sur un tiers de sa surface.

« Prends le plus étroit. On a un plus faible tirant d'eau que l'ennemi. Ils ne pourront pas nous doubler sans risquer de s'ensabler. »

Le *Jifeng* entra doucement dans le chenal entre deux murs de roseaux. Les Aubains attendirent, suant dans leurs lourdes armures. Vallon se déplaçait au milieu d'eux, les exhortant au courage. Il alla rendre une courte visite à Qiuylue avant de prendre position sur le pont arrière.

Wulfstan sortit de la cale d'un pas traînant : il tanguait et s'appuyait sur tout ce qu'il pouvait, encapuchonné et emmailloté dans de lourdes robes blanches qui descendaient jusqu'aux pieds, tel un membre d'une secte diabolique. Vallon l'empoigna.

« Tu es saoul. » Wulfstan hoqueta.

« Et vous vous avez la frousse, mais je dégriserai bien assez vite.

— Qu'est-ce que tu portes, que diable ? »

Wulfstan lorgna fièrement son drapé.

« De l'asbeste. Les Arabes l'appellent *Hajar al-fatila :* "mèche de pierre", car nulle flamme ne peut l'atteindre. Dans cette défroque je pourrais traverser l'enfer et ressortir de l'autre côté sans un poil de roussi.

— Ils arrivent ! » lança Lucas.

Les coups de tambour s'étaient accélérés. Des cris de guerre provoquèrent l'envol catastrophé de groupes d'oiseaux sauvages. Le quatre-mâts venait sur le *Jifeng*, des pots de feu rougeoyaient sur le pont avant et le soleil embrasait la proue plaquée de fer.

La première volée de carreaux d'arbalètes frappa lourdement.

« Tous aux abris ! » ordonna Vallon. Il se jeta sous la barre d'arcasse avec une demi-douzaine de soldats.

Seuls l'équipe du trébuchet et le timonier restèrent sur le pont, partiellement protégés par des balles et des écrans d'osier. De sa main valide, Wulfstan chargea l'une des pierres les plus légères dans la poche du trébuchet. En reculant pour vérifier portée et cible, il chancela et s'écroula. Vallon se rua sur lui.

« Je te tuerai pour ça ! »

Wulfstan leva le bras.

« Aidez-moi. Cette tenue pèse un âne mort. »

Comme il portait son armure sous ses tissus ignifugés, il fallut deux hommes pour le remettre sur pied. Il fit craquer ses jointures et regarda le navire de guerre approcher, les yeux plissés.

« Pas encore, chantonna-t-il. Attendez mon signal. »

La dizaine d'hommes qui actionnaient la catapulte ennemie tirèrent sur des cordes et lancèrent le premier missile. Le tir fut beaucoup trop court. Wulfstan glissa la main dans les vastes plis de sa robe, d'où il sortit une bouteille. Il l'ouvrit avec les dents et but.

Vallon brandit son épée.

« Wulfstan, si tu survis à cette bataille, je me chargerai moi-même de te fouetter. »

Le Viking reboucha la flasque et adressa un regard pervers au général.

« Chut ! Vous perturbez ma concentration. »

Une nouvelle pierre tomba avec force éclaboussures dans le sillage du *Jifeng*. Wulfstan s'accroupit, évalua le tir.

« Attendez… Attendez… Tirez ! »

Le bras lanceur bascula vers le ciel, la poche se tendit comme un fouet et le missile fendit l'air dans une vaste parabole avant de s'écraser sur le pont arrière du navire de guerre

« Mettez celle-ci maintenant ! » cria Wulfstan en désignant une autre pierre.

Quand les artilleurs chinois parvinrent enfin à ajuster leur tir, l'équipe de manœuvre du *Jifeng* avait eu le temps d'effectuer cinq lancers. Vallon se recroquevilla : un roc rebondit sur le pont à côté de lui. L'ennemi était à moins de cinquante toises, le commandant dirigeait des équipes d'arbalétriers qui lançaient des pluies de traits si lourds qu'ils s'enfonçaient dans la barre d'arcasse pourtant épaisse de deux pouces.

Les archers Aubains étaient inférieurs en nombre et sous-équipés, ils ne pouvaient répliquer qu'avec des tirs rapides avant de se remettre à couvert. Indifférent à cette averse mortelle, Wulfstan continuait à orchestrer les lancers entre deux rasades d'alcool.

« Chargez-moi ce gros maroufle », lança-t-il en pointant le rocher le plus lourd du tas.

Deux hommes se démenèrent pour le soulever et ce faisant l'un d'eux tomba raide mort, transpercé par un carreau qui eut encore suffisamment de puissance pour aller se planter dans le grand mât.

Le roc roula bruyamment sur le pont arrière. Gorka se jeta dessus pour l'empêcher de tomber à l'eau. Avec l'aide d'un deuxième chargeur, il parvint à le placer dans la poche.

« Celui-là je l'appelle l'œuf de coucou, commenta Wulfstan. Parce qu'on n'en voudrait pas dans son nid. »

Il abaissa le bras.

« Lancez ! »

Tapi sous la barre d'arcasse, Vallon regarda le bras lanceur se redresser dans une secousse puis ralentir jusqu'à l'arrêt presque total, freiné par son fardeau. La corde attachée à la poche se déploya paresseusement avant de se tendre, et le missile fut propulsé. Ce fut davantage une chandelle qu'un tir droit. Vallon entendit se briser le trébuchet avec un bruit sinistre, mais toute son attention se portait sur la petite planète noire qui après avoir décrit un arc étriqué d'une centaine de pieds défonça le pont avant du navire de guerre avec un craquement creux. Puis il y eut un nouveau fracas quand elle traversa le pont inférieur.

Wulfstan abandonna le trébuchet et rampa vers Vallon. Plus que cinquante pieds et le navire ennemi leur mettrait le grappin dessus : des rangées de soldats rejoignaient le pont avant au petit trot, s'entassant à la proue, prêts à l'abordage.

En regardant le long de la barre d'arcasse, Vallon s'efforça d'encourager ses hommes.

« Vos vies me sont précieuses, ne les vendez pas au rabais, lança-t-il avant de s'adresser à l'arrière. Archers, faites en sorte que chaque tir compte. »

Il se laissa glisser sur le pont. Wulfstan lui proposa sa bouteille. Vallon la repoussa d'une gifle et aurait frappé le maraud s'il n'avait pas vu le sang qui lui tachait la moustache.

« Tu es blessé. »

Quelqu'un hurla. C'était Wayland.

« Quoi ? » s'écria Vallon.

Le vacarme que faisait le navire chinois l'empêcha d'entendre la réponse. Les ordres nets et précis avaient laissé place à des braillements angoissés. Il pointa la tête au-dessus du parapet.

« Par tous les diables ! »

La proue du navire de guerre chinois qui quelques instants auparavant se cabrait au-dessus de la poupe du *Jifeng* plongeait désormais par la pointe et se retrouvait plus basse. Le bateau décrochait : il prenait l'eau. Les soldats grouillaient sur le pont avant dans la plus grande confusion.

Vallon baissa les yeux sur Wulfstan :

« Ton dernier tir les a eus. Prends donc une autre bouteille. »

Le Viking cracha du sang.

« J'ai bu mon dernier coup. »

Vallon n'eut pas le temps de s'enquérir de la gravité de sa blessure. Le navire touché se dirigeait vers la berge afin de laisser place à la deuxième jonque. Wulfstan se releva à la force des bras et s'appuya sur la barre d'arcasse.

« Les cordes qui fixent l'axe du trébuchet ont sauté. On a peut-être tout juste le temps d'amorcer le siphon. »

Il positionna le brasero déjà rougeoyant sous le réservoir d'huile. Le vent était tombé, les deux bateaux dérivaient à la même vitesse, séparés d'un furlong.

« Économisez vos flèches », ordonna Vallon.

Un bourdonnement d'activité de part et d'autre de la jonque ennemie attira son attention.

« Ils sortent les rames ! lança-t-il. Pouvons-nous faire de même ? »

Wayland leva les mains en signe d'impuissance.

« Ma mixture a besoin de cuire plus longtemps, déclara Wulfstan entre deux respirations rauques. Demandez à vos archers d'entraver la progression des Chinois. »

Disposant de plus de temps pour viser, les archers aubains tirèrent volée après volée sur les rameurs. Chaque homme qu'ils tuaient ou blessaient était remplacé. Vallon ne put s'empêcher d'admirer le courage et la discipline de l'ennemi.

« On va bientôt être à court de flèches ! lança Gorka.

— Gardez-les pour l'abordage. »

La jonque gagnait du terrain. Sous son armure, Vallon dégoulinait de sueur. Il avait ordonné à ses hommes de se mettre à leur poste de combat peu après l'aube, et désormais le soleil était presque au zénith. Le réservoir de feu grégeois cliquetait sur une note de plus en plus aiguë.

« Combien de temps, encore ?

— Je dirais que c'est bientôt bon. D'ailleurs, si on attend trop, on va se faire sauter.

— Comment pouvons-nous ralentir ? »

Wulfstan s'essuya du sang de la bouche.

« Jetez une ancre de fortune à l'arrière. »

En l'espace de quelques minutes, les soldats placèrent deux lests de cent douze livres dans un filet attaché au grand mât par une corde. Six hommes le basculèrent par-dessus bord et il s'enlisa dès qu'il toucha le fond, réduisant de moitié la vitesse du *Jifeng*.

Soudain il y eut une explosion sur leur pont avant, suivie d'un embrasement. Deux hommes brûlés hurlèrent. Leurs compagnons les enroulèrent dans des peaux pour étouffer les flammes.

« Chaux vive », commenta Wulfstan.

Le ralentissement soudain du *Jifeng* prit de court le commandant de la jonque. Les rameurs essayèrent de nager à culer, mais le navire avait pris trop d'élan. Le *Jifeng* faisait presque du sur place quand la jonque ennemie arriva à moins de cinq toises et que Wulfstan ouvrit la valve du siphon.

Tapi à dix pieds seulement, Vallon sentit la chaleur phénoménale de l'engin incendiaire lorsqu'il éclaboussa la proue de la jonque. Il entendit des cris derrière le rugissement du liquide sous pression. L'instant d'après il fut couché au sol par la collision de la jonque avec la poupe du *Jifeng*. Des gouttelettes de feu grégeois grésillèrent sur les peaux humides.

Les yeux plissés, il vit à travers la fumée que l'engin incendiaire avait pris sur la poupe de la jonque. Les flammes grimpaient sur les haubans tels des écureuils féroces. Un morceau de voile de misaine s'embrasa, le feu alimentait le feu, tant et si bien que tout le pont avant se mua en enfer.

Les sourcils de Vallon carbonisaient dans la chaleur. Retenant sa respiration afin de se protéger les poumons, il trancha la corde de l'ancre. Lentement, le *Jifeng* se sépara de la jonque ennemie, des flammes de six pieds de haut jaillissaient des tentures en cuir suspendues à la poupe. Vêtu de sa tenue ignifugée, Wulfstan pénétra dans le brasier et d'un coup d'épée, détacha les peaux qui tombèrent à l'eau sans cesser de brûler. Des poches de flammes dansaient sur le pont du *Jifeng*. Les Aubains les écrasaient comme s'il s'agissait de rats ou de gobelins, pour les voir rejaillir quelques instants après.

« Mettez du sable et du vinaigre », ordonna Wulfstan.

Une fois les feux éteints, Vallon retira son heaume et aspergea son front ébouillanté. Sur la jonque en feu de la proue jusqu'au mitan du pont, l'ensemble des marins et des soldats avaient battu en retraite à l'arrière et se débarrassaient de leurs armures. Vallon vit des silhouettes sauter dans le fleuve et s'agripper à des barils et à des planches, tout ce qui était capable de flotter.

Wulfstan cracha du sang.

« Et de deux. »

À travers les volutes de fumée nauséabonde, le troisième bateau approchait à grands bouillons : de l'écume jaillissait de roues à aubes cachées derrière une fausse coque protégée par un lourd coffrage. C'était le vaisseau le plus laid et le plus inutile que Vallon eût jamais vu. Là où une jonque avait une proue pentue et un pont avant bas et fuselé, cette monstruosité avait une tour carrée de vingt pieds de haut, dont le parapet en bois était garni de meurtrières pour les archers et les arbalétriers. Derrière cette tour, une structure gigantesque de la forme d'une maison occupait presque tout le reste de la coque avec son toit incliné et des murs aveugles percés seulement de portes, dont une dizaine mesuraient dix pieds de haut, chacune peinte d'un tigre à la gueule béante.

Vallon chercha Wulfstan des yeux.

« Diable, mais qu'est-ce que c'est ? »

Se comprimant la poitrine de son bras gauche crocheté, Wulfstan s'avança dans une embardée.

« Ces portes sont des trappes, où des rampes d'abordage sont fixées à la base par une charnière. Derrière chaque tigre, une demi-douzaine d'hommes attendent que les deux bateaux soient côte à côte, et là, ils laissent tomber les trappes et dès que les rampes frappent le bastingage, ils se ruent à l'abordage.

— Tu peux orienter le siphon sur eux ?

— J'ai vidé le réservoir. Il ne me reste plus qu'un baril, et on n'a pas le temps de le chauffer. »

Le bateau à aubes emprunta un trajet chaotique : tel un insecte aquatique, il fila bien au large du côté tribord du *Jifeng* et resta là tandis que son mystérieux commandant évaluait les forces en présence et réfléchissait à comment et quand attaquer. L'absence de toute menace visible perturbait les Aubains, qui se replièrent à bâbord afin de mettre un maximum de distance entre eux et cet ennemi caché.

Vallon, appuyé contre le bastingage à tribord, houspillait ses troupes :

« Pourquoi restez-vous en arrière comme des damoiselles à leur premier bal ? Vous n'êtes pas des vierges. Ce ne sont pas des démons. Ce sont de simples soldats, comme vous, qui en plus nous ont vus détruire deux bateaux et tuer des dizaines de leurs camarades. Deux escouades en ligne avec moi ! lança-t-il avec un geste vif du bras à l'adresse de Josselin. Une escouade d'archers à l'arrière. »

Les Aubains se mirent en formation d'un pas traînant. Lucas s'approcha de Vallon.

« Où voulez-vous que je me mette ?

— Ma cheville gauche est fragile. De ce côté-là, si tu veux bien. »

Lucas prit place, il respirait fort, sans toutefois paniquer. Vallon lui jeta un œil et toutes les chaînes qui entravaient son cœur se brisèrent. Il étreignit vivement le garçon.

« Quel que soit notre destin, je veux que tu saches à quel point je suis fier d'avoir mon fils à mes côtés.

— Jamais je ne me mettrai ailleurs. J'ai trouvé ma place, même si le voyage a été douloureux.

— Comment puis-je atténuer ta peine ? Dis-moi. Nous n'avons guère de temps. »

Lucas rentra les épaules.

« Votre épée. Chaque fois que je la vois, elle me rappelle cette fameuse nuit.

— Évidemment, siffla Vallon. J'aurais dû y penser moi-même.

Josselin, appela-t-il, va me chercher une autre… »

Lucas le retint.

« Je ne voulais pas dire maintenant. Pas avec l'ennemi sur le point d'attaquer. »

Vallon se tourna vers leur adversaire.

« Tu es un excellent épéiste, mais tu manques d'expérience au combat. Voilà ma dernière leçon. Tuer est un péché mortel que l'on doit éviter sauf en cas d'absolue nécessité. Mais quand il n'y a nul autre recours, tuer est tout ce qui compte. Rien ne doit s'interposer entre l'intention et l'exécution : ni la pensée, ni la colère, ni la conscience. Le soldat qui tue sans hésiter triomphe neuf fois sur dix. Occis ton ennemi et laisse Dieu juger. »

Le bateau à aubes avait beau avoir l'élégance d'un lieu d'aisance, il était étonnamment maniable, capable de changer de direction dans sa propre longueur. Il se plaça derrière le *Jifeng* avant d'accélérer brusquement pour se mettre à sa hauteur : seuls vingt pieds séparaient les deux navires. Vallon parcourut du regard sa rangée de soldats et fut consterné de la voir aussi clairsemée.

Wulfstan s'approcha d'un pas chancelant.

« J'ai une idée. Servez-vous de la Drogue de Feu.

— Comment ? Nous n'avons pas le temps de l'allumer. Et quand bien même, elle nous ferait probablement sauter.

— Laissez-moi faire. »

Vallon scruta ses hommes.

« Que quelqu'un aille chercher le baril de Drogue de Feu. »

Un soldat courut à la cale et revint chargé du baril.

« Emballe-le dans un filet et attache-le à mon crochet », intima le Viking.

Tandis qu'un homme fixait le baril à sa griffe, Wulfstan s'empara du dernier tonnelet de feu grégeois.

« C'est le problème quand on n'a qu'une seule main. Il va falloir que quelqu'un me le verse dessus et y mette le feu.

— Wulfstan ! » s'étrangla Vallon.

Le Viking toucha un petit trou ourlé de sang dans son costume d'asbeste.

« Un carreau a transpercé mes organes vitaux. Je vais mourir quoi qu'il arrive, alors autant que ma mort soit utile. »

Vallon déglutit. Il regarda autour de lui et tomba sur Gorka.

« Fais ce qu'il dit.

— Sire, je ne peux pas.

— C'est un ordre. Inonde sa tenue de feu grégeois et tiens-toi prêt à y mettre le feu. »

Alors que Gorka versait l'engin incendiaire sur Wulfstan, le bateau à aubes se rapprochait lentement. Une dizaine d'arbalétriers bondirent à la proue de la tour, d'où ils décochèrent des carreaux qui foudroyèrent trois Aubains.

Wulfstan toussa un petit bout de chair ensanglantée.

« Dès qu'ils jetteront leurs grappins, je me précipiterai vers la trappe arrière. Demandez aux archers de me dégager le passage. »

Vallon fit volte-face.

« Vous avez entendu ? Concentrez vos tirs sur les deux trappes arrière. »

Le bateau à aubes glissa jusqu'à être à portée d'abordage. Vallon se racla la gorge.

« Vous savez ce que je m'apprête à dire alors autant que vous le disiez pour moi. »

Les Aubains frappèrent leurs écus avec la poignée de leurs épées.

« Ici ou dans l'au-delà ! »

Seuls douze pieds séparaient Vallon des tigres rugissants. Dix pieds… huit…

Les trappes s'ouvrirent d'un coup et tombèrent avec fracas sur le bastingage du *Jifeng*. Au bout de chaque rampe surgit une file de soldats armés de haches et d'épées. Avant même que le premier eût sauté sur le pont, plusieurs Aubains s'écroulèrent sous une pluie de carreaux tirés depuis la tour. Gorka approcha une lampe de la robe de Wulfstan et – Vallon n'en crut pas ses yeux – Hauk Eiriksson et ses Vikings jaillirent en première ligne de l'assaut.

Le général brandit son épée.

« Traître ! Coquin ! »

Il n'eut pas le temps de réfléchir davantage à cette trahison. Une vague de soldats bondit sur le pont. Son premier adversaire fut un fantassin chinois qui agitait une hache. Vallon esquiva sa lame et l'embrocha de l'entrejambe à la poitrine. Cet adversaire ne s'était même pas encore écroulé que Vallon avait déjà retiré son épée, cherchant sa prochaine cible. Du coin de l'œil, il vit Wulfstan s'embraser en une boule de feu et de fumée grasse et noire. Cette torche humaine traversa le pont à toute vitesse et marqua une pause devant le bastingage avant de grimper sur la rampe. Deux soldats reculèrent précipitamment pour s'écarter de cette apparition terrifiante, et Wulfstan disparut dans la coque du bateau à aubes.

Vallon était pris dans une mêlée. Un soldat abattit sa hallebarde, il lui trancha le cou. L'espace occupé par le mort fut aussitôt comblé par Rorik, le Viking gigantesque qui, au Turkestan, avait défié les lois de la nature en guérissant d'une jambe gangrenée. Vallon l'entraîna à gauche, puis à droite, et encore à droite, et lorsque le colosse ne sut plus de quel côté danser, Vallon le tua d'un coup rapide au cœur.

Il recula d'un bond et vit alors Lucas aux prises avec deux épéistes. Il en élimina un d'un seul coup et l'autre se carapata en quête d'un adversaire plus facile. Lucas fit la moue.

« Ce n'est pas une partie de plaisir.

— Ne t'éloigne pas. »

Vallon jeta un œil à ses troupes : la bataille était perdue. De petits groupes de fantassins chinois s'étaient refermés autour de ses Aubains qui passaient un par un au fil de l'épée. Hauk tua le centurion Josselin, cet homme doux qui avait toujours eu des rapports courtois avec les Vikings.

« Tu paieras ça en enfer ! cria Vallon.

— Je te garde pour la fin », répliqua Hauk.

Vallon n'eut pas le temps de répondre. Deux autres hommes l'assaillirent et il en oublia sa propre injonction : sa colère était telle qu'il trancha le bras armé de ses adversaires d'un seul et même coup d'épée. Lucas s'était éloigné, le général bondit à ses côtés.

« Dos à dos. »

Une meute de soldats les obligea à céder du terrain. Vallon enchaînait coup droit, dégagement, estoc, mais chaque homme tué était aussitôt remplacé par deux autres. Sa cheville gauche fragilisée céda et il partit en avant.

« Père ! »

Vallon retrouva l'équilibre.

« Ne t'inquiète pas pour moi. »

Il para une nouvelle attaque en sachant que la suivante ou celle d'après signerait la fin.

« Derrière vous ! » cria quelqu'un.

Il fit volte-face et se retrouva dans la trajectoire d'une massue qui vint se fracasser sur son heaume. Le monde vira au blanc, puis au noir.

Gisant de tout son long sur le pont, il essayait de reprendre le contrôle de ses membres lorsqu'une main lui arracha son casque : il était nez à nez avec le visage souriant de Hauk Eiriksson.

La voix du Viking semblait venir de très loin.

« Nous n'avons jamais échangé de vrais adieux, Vallon le Voyageur au Long Cours. »

Vallon toussa.

« Je t'ai dit au revoir deux ou trois fois, tu es toujours revenu comme un dogue en mal de maître.

— Pas cette fois-ci. »

Hauk brandit son épée.

« Si près de la tombe, si loin du paradis », commenta-t-il.

Vallon avait vaguement conscience du fracas des armes qui se poursuivait autour de lui.

« Si Lucas est vivant, épargne-le. Épargne Qiuylue.

— J'ai des ordres, je ne peux pas me permettre d'indulgence. Lucas te rejoindra en enfer. Quant à ta catin, on s'en servira cette nuit et on s'en débarrassera au matin. Une fois qu'on en aura fini avec elle, aucun homme ne voudra plus jamais l'approcher.

— Pourquoi tant de haine ? grogna Vallon. Après tout ce qu'on a fait pour vous. Après tout ce que nous avons vécu ensemble. »

Hauk leva bien haut son épée.

« Accorde à un homme fier une faveur qui est à ton propre avantage et tu te feras un ennemi à vie. »

Vallon vit l'épée tomber. Tout se liquéfia en une lumière rouge rugissante, un ouragan qui fit exploser l'univers en mille morceaux et les envoya valser dans un vortex noir.

De très loin, Vallon entendit des cris, parmi lesquels une voix était plus proche et plus insistante que les autres. On lui tirait sur la main. Il cligna des yeux et vit un visage noirci de fumée. C'était Lucas, qui l'extirpait de sous un poids mort. Il se débattit pour se libérer et parvint à s'agenouiller : le corps de Hauk lui était tombé dessus, un morceau de bois d'œuvre déchiqueté dépassait de l'arrière de son crâne. Vallon prit appui sur son épée pour se redresser. Le bateau à aubes s'écartait du *Jifeng* dans un nuage de fumée : la plus grande partie de sa structure avait été décapitée.

L'explosion avait ôté toute velléité de combat aux Chinois. Ils essayaient de retourner à leur navire sans offrir la moindre résistance aux Aubains, qui les suivaient en faisant pleuvoir les coups, pareils à des soûlards fatigués. Comme l'écart entre les deux vaisseaux augmentait, nombre des soldats ennemis tombèrent à l'eau faute de sauter assez loin et coulèrent à pic, entraînés par le poids de leur armure.

Vallon tendit l'oreille. Depuis la coque du bateau à aubes leur parvenaient les cris d'hommes brûlés vifs. En passant en revue le carnage sur son propre pont, il vit Lucas. Il tendit les mains, et les deux hommes se tombèrent dans les bras sans mot dire : leurs larmes se mélangeaient sur leurs visages couverts de suie et mouchetés de sang.

Vallon brisa leur étreinte et tint son fils à bout de bras.

« Tu m'as appelé "père".

— Éteignez ces feux ! » cria Gorka.

Une dizaine de flammes avaient pris et auraient probablement dévoré le bateau s'il n'avait pas été recouvert de peaux. Une fois le dernier brasier étouffé, Vallon contempla le bateau à aubes qui brûlait dans leur sillage.

« Que Dieu te garde, Wulfstan. Tu t'es orchestré des funérailles dont n'importe quel Viking aurait été fier. »

Le cœur lourd, il se retourna pour dénombrer les autres victimes de son camp. Le bilan lui enleva toute la satisfaction de la victoire. Dix-sept morts. Il regarda autour de lui, encore désorienté par l'explosion.

« Où est Wayland ?

— Par ici ! » lança Aiken.

Le fauconnier, assis à bâbord dos au bastingage, se tenait le haut du bras. Le carreau d'une arbalète à répétition y était logé.

Vallon poussa un soupir de soulagement.

« Dieu soit loué ce n'est que ça. »

Hero leva les yeux.

« Le trait est empoisonné. »

Vallon ne comprenait pas.

« Du poison ? Quel poison ? »

Le sourire de Wayland tenait davantage du rictus.

« Du genre fatal. »

Il retira sa main afin de montrer le sang noir visqueux qui coulait de la plaie.

Vallon, qui était dans un état de conscience embrumée, fut brutalement propulsé dans une réalité insupportable.

« Ne peux-tu donc rien faire ? Pourquoi ne pas utiliser de l'eau ? Essaie une saignée. Fais-le bouger. »

Il voulut relever Wayland.

« Arrêtez, lui dit le fauconnier.

— Où souffres-tu ? »

La respiration de Wayland se faisait saccadée.

« J'ai l'impression qu'une main gelée me compresse le cœur.

— Non ! s'écria Vallon. Tu ne vas pas mourir. »

Il tomba à genoux et le serra contre sa poitrine.

« Je suis désolé, dit Hero. Je ne peux rien faire. »

Vallon regarda Wayland mourir à petit feu : le sang désertait son visage, ses yeux se voilaient. Pourtant tout près, il n'entendit que le dernier mot du fauconnier – « Syth » –, prononcé sur une note expirante d'amour, de culpabilité et de chagrin.

L'Anglais rejeta la tête en arrière et son corps se convulsa avant de se détendre dans la mort.

La larme à l'œil mais serein, Hero prononça le *Te Deum.* Lucas sanglotait ouvertement et les autres Aubains contemplaient la scène, anéantis. Vallon pressa la tête de Wayland contre sa poitrine et leva des yeux gonflés de chagrin.

« Laissez-moi seul avec lui. »

Il berça le cadavre du fauconnier comme on endort un enfant.

« Pas toi, Wayland. N'importe qui d'autre, mais pas toi. Tu brillais comme le soleil, d'une lumière que je pensais ne jamais voir s'éteindre. Lors de notre premier voyage, j'en étais venu à te considérer comme un fils : si talentueux et si contrariant. Et puis tu as trouvé mon véritable fils, et le jour où celui-ci m'appelle “père”, tu glisses dans le néant. Oh Wayland. Que vais-je dire à Syth ? »

À l'endroit où l'eau passait du jaune boueux au bleu clair, les survivants confièrent à la mer les corps de leurs camarades. Les rayons du soleil à l'agonie se déployaient tel un éventail d'or au-dessus de la côte qui s'éloignait. Après les derniers rites, Vallon resta seul au bastingage. Il dégaina son épée pour la dernière fois, la contempla quelques instants, puis la jeta par-dessus bord. Elle disparut presque sans bruit dans l'océan.

Les derniers Aubains se trouvaient sur le pont avant. Vallon les rejoignit en boitillant.

Hero brandit une boussole.

« Vous reconnaissez cet objet ?

— Oh que oui ! Le mystérieux orienteur à l'aiguille pointée vers le sud qui m'a fait revenir sur mes pas quand nous nous sommes rencontrés il y a bien des années de cela. Si j'avais su alors où il me mènerait, j'aurais passé mon chemin.

— Il ne dicte pas le destin, répliqua Hero. Il se contente de donner des directions. C'est vous qui décidez laquelle prendre. »

Un doigt plié, Vallon se frotta l'œil.

« Wayland nous a montré le chemin. Cap au sud, puis à l'ouest. Nous rentrons chez nous.

— Cette brise nous emporte à l'est, prévint Lucas.

— Qu'y a-t-il par là-bas ?

— Si nous poursuivons vers l'orient, nous arriverons en Corée, répondit Aiken. Derrière cette terre se trouve une île appelée Japon. "Le pays du soleil levant."

— Sire ! »

Vallon se retourna. Tout le monde l'imita. Qiuylue était montée sur le pont, vêtue comme au jour de leur rencontre : elle portait une robe ornée de grues et de pins, symboles de longévité et de fidélité. Elle s'était aussi maquillée, et sa coiffure évoquait un coquillage.

Elle se dirigea vers la poupe. Personne ne bougeait.

« Qiuylue ? »

Une fois au bastingage, elle se retourna, lui fit face, joignit les mains et inclina la tête.

« Arrêtez-la ! » hurla-t-il.

L'homme le plus proche se trouvait encore à plusieurs pieds quand elle rassembla les pans de sa robe, monta sur la barre d'arcasse, déploya les bras tel un oiseau qui prend son envol, et sauta.

Remerciements

Certaines scènes de rue se déroulant à Kaifeng sont inspirées d'un rouleau peint au début du XIIe siècle par Zhang Zeduan, *Promenade le long du fleuve le jour de la fête Qingming*, lequel dresse un tableau de la société dans la capitale chinoise. Cette œuvre remarquable, de plus de cinq mètres de long, reste inégalée quant à la somme d'informations qu'elle donne sur une cité médiévale. Non seulement elle en présente des détails architecturaux, mais elle offre également le spectacle de la vie quotidienne dans la métropole : scènes de marchands et de conteurs, de caravanes et de bateaux de chargement, de pêcheurs et d'érudits, de lutteurs et de paysagistes, de magiciens et de musiciens, d'étudiants et de débardeurs…

Comme toujours, je suis reconnaissant à mon agent Anthony Goff ainsi qu'à ses collègues de David Higham Associates. Merci aussi à Ed Wood et à Iain Hunt, mes éditeurs chez Sphere, pour leur inestimable contribution.

À l'approche du délai de remise du texte, ma fille Lily m'a proposé de relire la première moitié du tapuscrit. J'ai énormément apprécié ses corrections et ses suggestions – autant pour ce qu'elles sous-entendaient que pour ce qu'elles affirmaient.

Deborah, ma femme, m'a soufflé le latin et le grec, notamment la traduction de l'*Énéide* de Virgile. Je ne puis dire à quel point je lui suis reconnaissant de son soutien et de ses encouragements.

Ouvrage composé par
PCA – 44400 Rezé

Imprimé à Barcelone par:
BLACK PRINT
en juin 2018

POCKET – 12, avenue d'Italie – 75627 Paris Cedex 13